Engelsjagd

City of Angels 02

Andrea Gunschera

SIEBEN VERLAG

City of Angels 01: Engelsbrut, 2009
City of Angels 02: Engelsjagd, 2010

Engelsjagd
Andrea Gunschera

Covergestaltung: Mark Freier
ISBN: 978-3-941547-05-6
Sieben Verlag, 64372 Ober-Ramstadt
www.sieben-verlag.de

Prag, 1712

Krachend fiel die Tür ins Schloss. Gabriel starrte auf die Risse, die sich auf der Spiegelfläche gebildet hatten. Die Echos von Zoes Absätzen verhallten im Korridor. Schweigen quoll in die Leere.

„Geh doch zum Teufel“, murmelte er. Die Kerzenflammen zitterten. Sein Blick streifte das zerwühlte Bett auf der anderen Seite des Zimmers, die Kissen noch warm von ihrem Duft. Citrus und Sandelholz. Ein Duft, der den Geruch der Krankheit überdeckte, so wie der Schleier, mit dem sie seit Tagen ihr Gesicht verhüllte. „Geh doch!“, brüllte er. Die Stille glättete sich und schluckte die Silben wie Fußspuren im Schlamm. Solange die Pest unter ihrem Dach hauste, hatte Gabriel die Bediensteten aus dem Haus verbannt. Er hatte geglaubt, dass es nur wenige Tage dauern würde. Nur so lange, bis Zoe sich erholte. So überzeugt war er gewesen, dass er sie heilen konnte.

Er riss einen der hohen Fensterflügel auf und blickte hinab auf die Straße. Nieselregen benetzte das Kopfsteinpflaster, tränkte die Nebelschwaden und ließ ihn frösteln. Weit entfernt hörte er Hufschlag und die eisenbeschlagenen Räder einer Kutsche. Stimmen verhallten in der Dunkelheit. Er wollte wütend auf Zoe sein, doch es gelang ihm nicht. Schuld erstickte den Zorn wie eine Decke aus Asche. Gottes Fluch über seine gefallenen Kinder.

Plötzlich konnte er nur noch daran denken, dass Zoe allein dort draußen war. Zwar patrouillierten Wachen die Gassen des Hrad□any, doch seit die Pest die Stadt verwüstete, herrschten kriegsähnliche Zustände auf den Straßen von Prag. Den Stadtwachen gelang es nicht, den plündernden Mob in die Schranken zu weisen.

Mit einem Ruck wandte Gabriel sich ab. Auf dem Weg nach unten nahm er zwei Treppenstufen auf einmal, packte seinen Degen und stürmte hinaus in die Nacht.

Die Stimmen schwollen an und verhallten. Er glaubte, Kinderlachen zu hören. Vor der Czerny-Villa am oberen Ende der Gasse standen mehrere Kutschen, die Umrisse schwarz im Fackelschein. Einen Moment zögerte er, dann entschied er sich für die andere Richtung, den Berg hinunter. Rauch hing in der Luft. Der Wind trug den Qualm der Scheiterhaufen hinauf in die Stadt.

„Zoe!“, rief er. Sie konnte nicht weit gekommen sein. Etwas regte sich vor ihm in den Schatten. Er blieb stehen. „Zoe?“

Eine Katze schoss aus dem Hauseingang, ein Fauchen, und das Tier verschwand im Dunkeln. Die Glocken der Katedrála schlugen an, zwei Stunden vor Mitternacht. Langsamer setzte er seinen Weg fort. Seine Instinkte spannten sich. Er wusste nicht sofort, was es war, vielleicht ein Geräusch. Ein Wimmern, ein aufgeschrecktes Käuzchen. Oder der Geruch von Kupfer, der seine Sinne streifte. Seine Faust schloss sich um den Degen.

„Zoe!“

Hinter einer Biegung beleuchteten zwei Sturmfackeln die Treppenflucht, die hinunter zur Nerudova führte. Gabriel sog scharf die Luft ein. Blut.

Der Regen machte sein Leinenhemd klamm. Er fror in der plötzlichen Kälte. Die Treppen sahen aus wie ein Schlund, der in die Tiefen der Hölle führte. Mit einer Hand zog er den Degen, mit der anderen hob er eine Fackel aus der Halterung. Die Flammen zischten und wanden sich, Pech verbrannte ihm den Handrücken. Fluchend setzte er einen Fuß auf den schlüpfrigen Stein.

Das Wimmern war wieder da, und dieses Mal hätte Gabriel geschworen, dass es kein Käuzchen war. Die Angst um Zoe ballte sich in seinem Magen zu einem Eisklumpen. Sein Handrücken schrammte über einen vorstehenden Pfeiler, leise klirrte das Waffengehenk. Tiefer führten die Treppen, tiefer den Berg hinab. Seine Sinne, die schärfer waren als die eines gewöhnlichen Menschen, machten Konturen im Nebel aus. Abrupt blieb er stehen.

Er schauderte, als sie so unvermittelt vor ihm auftauchte. Nicht wegen der Kälte, sondern wegen des Grauens, das sie umwehte. Eine Ahnung dessen, was vor ihm lag. Was er tun musste. „Zoe", flüsterte er. Sie hatte ihren Schleier zurückgezogen. Ein entrückter Ausdruck lag auf ihrem Gesicht, die Lippen glänzten. Feuerschein, gestreut durch den Nebel, umfloss sie wie eine Aura aus Licht. Ein Engel in weißer Seide. Ein Tropfen Rot löste sich, rann ihr Kinn hinunter und zerstörte die Illusion.

„Zoe, was hast du getan?"

Das Wimmern schnitt in die Stille und zog seinen Blick in die Schatten hinter Zoe. Er trat an ihr vorbei und senkte die Fackel. Ein Mädchen lag auf den Stufen, vielleicht sechs Jahre alt. Gabriel dachte an das Gelächter, das er von der Czerny-Villa gehört hatte. Die Kleine trug nur Fetzen am Leib. Ihre Brust hob und senkte sich heftig, wie ein verletztes Vögelchen. Er spürte Zoes Finger an seinem Arm, ein überraschend starker Griff. Zoe drängte ihn zur Seite und beugte sich über das Kind.

„Nicht!" Er ließ die Fackel fallen und packte ihr Handgelenk.

Zoe fuhr herum. Die Bosheit in ihren Augen erschreckte ihn. „Lass mich", knurrte sie. „Keiner wird sie vermissen."

Die Flechte, vor ein paar Tagen noch ein winziges Mal, hatte sich in eine Schorfkruste verwandelt, die ihren Hals und die Hälfte ihrer Wange bedeckte. Gabriel wusste, dass es mehr Stellen wie diese an ihrem Körper gab. Zoe veränderte sich und es gab nichts, was er dagegen tun konnte. Er hatte ihr sein Blut gegeben, doch statt zu genesen, verwandelte sie sich. In etwas Grausiges, in einen Albtraum. Das Schrecklichste daran war, dass er die Symptome kannte. Er wusste, was am Ende des Weges lag. Vergeblich hatte er ihr mehr von seinem Blut gelassen, immer mehr, weil er gehofft hatte, dass das die Verwandlung aufhalten würde.

Sie wehrte sich gegen seine Umklammerung und er registrierte, wie stark sie geworden war. Ihre Lippen verzerrten sich, sie knurrte. In diesem Moment hatte sie nichts Menschliches mehr an sich.

„Hör auf!", fuhr er sie an. Zu seiner Überraschung gehorchte sie und ließ von ihm ab. „Ich liebe dich." Die Worte waren rau in seiner Kehle. Der Schmerz drohte, ihn zu zerreißen. „Ich liebe dich wirklich. Aber ich lasse nicht zu, dass du Kinder tötest. Wir werden einen Weg finden."

„Was geschieht mit mir?", wisperte sie. Die wahre Zoe schimmerte durch die Raubtiermaske, die süße und wundervolle Zoe, die Frau, die er hatte heiraten wollen, zwei Tage, bevor die Pest in die Stadt gekommen war. „Was hast du getan?"

„Ich liebe dich", wiederholte er. „Du musst mir vertrauen." Leere Worte. Die Hoffnungslosigkeit ihrer Lage überwältigte ihn.

Ihre Augen flammten auf. Ohne Vorwarnung zog sie ihm die Nägel über das Gesicht. Ein Brennen, das ihn so sehr überraschte, dass er seinen Griff lockerte. Zoe riss sich los und stürzte sich auf das Kind. Gabriel setzte ihr nach. Ein Schuss krachte. Er taumelte zurück, stürzte und prallte mit dem Rücken gegen eine Stufe. Benommen starrte er auf das Blut, das seine Hemdbrust überschwemmte, und dann auf die Pistole in ihrer Hand. Beißender Pulverdampf breitete sich aus. Die Wunde würde ihn nicht umbringen, dazu bedurfte es mehr als einer Kugel, doch der Schmerz lähmte seinen rechten Arm und trieb ihm Tränen in die Augen. Er tastete nach dem Degen, den er beim Sturz verloren hatte, und richtete sich wieder auf.

Zoe ließ die Pistole fallen und packte das Kind an den Haaren. Die Kleine leistete kaum noch Widerstand. Er ahnte den Dolch in der Hand seiner Verlobten mehr, als dass er ihn sah. Zoe würde dem Mädchen die Kehle aufschlitzen. Alles in ihm bäumte sich auf.

Zoes Kopf fuhr herum, als er auf sie zustürzte. Sie holte zum Stoß aus, er hob den Degen. Ein

Reflex, tausendfach eingebrannt. Die Klinge sauste nieder in einem funkelnden Bogen, die Spitze fand Widerstand. Zoe schrie, halb Schmerz, halb Wut. Dann war er bei ihr, wollte sie greifen und ihr den Dolch entwenden. Seine Brust brannte wie Feuer.

„Trink von mir", keuchte er. Dabei wusste er, dass es sie nicht retten würde. Doch was sollte er tun? Ihr Dolch schrammte ihm über die Rippen, zerfetzte sein Hemd und riss ihm die Seite auf. Entweder hatte sie ihn nicht gehört oder sie war zu wütend, zu sehr im Kampfrausch gefangen. Er fing ihr Handgelenk, sie drängte ihn rückwärts. Er rutschte, vermutete die Treppenstufe hinter sich, aber trat ins Leere. Sie stürzten eng umschlungen. Der Aufprall war hart und schmerzhaft und Gabriel schmeckte Blut. Erst jetzt wurde ihm bewusst, dass sie sich nicht mehr wehrte.

„Zoe?" Entsetzen kroch seine Kehle hinauf. Sie lag auf der Seite wie eine zerbrochene Puppe, die Augen weit offen und leer. Ihr Kopf war in einem unmöglichen Winkel vom Hals abgeknickt. Sein Blick flog hoch zu dem Mädchen. Die Steine schwammen in Blut.

Gottes Fluch über seine gefallenen Kinder. Die Schuld war ein schwarzes Leichentuch.

Seine Schultern zitterten, als er neben Zoe in die Knie sank und ihren Kopf auf seine Oberschenkel bettete. Langsam beugte er sich hinab, um sie zu küssen. So, als schliefe sie nur.

I

Mojave Wüste, Kalifornien. Gegenwart.

Ein Ruck schleuderte Emily in den Sicherheitsgurt und erschreckte sie so sehr, dass sie das Lenkrad verriss. Kreischend würgte der Motor ab. Der Lexus geriet ins Schleudern, verlor die Spur. Das Bremspedal blockierte. Scheiß Idee, flackerte es durch ihren Geist, während sie vergebens versuchte, den Wagen zurück in die Mitte der Straße zu zwingen. Scheiß Idee. Panik flutete in ihr hoch. Schotter spritzte, der Lexus schoss die Böschung hinunter, ein dumpfer Schlag, dann kam das Fahrzeug zum Stehen.

Emily brauchte Minuten, bis sie die Hände vom Lenkrad lösen konnte. Allmählich dämmerte ihr, dass ihr nichts passiert war. Mit zitternden Fingern öffnete sie den Gurt. Schwerfällig schob sie sich im Sitz hoch und klappte die Sonnenblende herunter. Im winzigen Spiegel kontrollierte sie ihr Make-up. Ihre Lippen und die Augenbrauen waren noch immer perfekt. Kopfüber schüttelte sie ihr Haar aus und kämmte es mit den Fingern. So war es besser.

Als sie ausstieg, traf sie der Wind wie eine Peitsche aus Glas. Und diese Hitze. Sie hatte gehofft, dass es so spät im Jahr nicht mehr so heiß sein würde. Aber im Grunde hatte sie es vorher gewusst. Hatte es gewusst und sich trotzdem bereit erklärt, es zu tun. Sie lockerte den Knoten des Seidentuchs um ihren Hals, hängte sich die Handtasche um und lief los.

Die Straße war eigentlich keine richtige Straße, sondern eine Schotterpiste, die einen verbrannten Hügel hoch führte. Schon nach wenigen Minuten schnappte sie nach Atem. Sie blieb stehen und starrte die Steigung hinauf. Der Sand verschwamm in der flirrenden Luft. Auf der anderen Seite zweigte irgendwo ein Pfad zur Eysmont Ranch ab. Sie wünschte, der Wagen hätte es noch bis zur Kuppe geschafft. Ihre Füße schmerzten. Der Wind, der ihr Staub und winzige Steinchen ins Gesicht schleuderte, machte sie aggressiv. Sie widerstand dem Bedürfnis, sich das Seidentuch vom Hals zu reißen. Als sie endlich auf der Kuppe stand, die Abzweigung aber nicht entdecken konnte, übermannte sie eine so heftige Frustration, dass ihr Tränen in die Augen stiegen. Die Schotterpiste zog sich weiter und verschmolz mit dem Horizont. Josuabäume bedeckten den Hang zu ihrer Rechten wie verkrüppelte Vogelscheuchen, kaum höher als ihre Knie.

Emily trottete weiter, die Zähne zusammengebissen, weil die Riemchen der Sandalen ihr bei jedem Schritt in die Fersen schnitten. Als sie endlich auf den Pfad stieß, gut eine Meile hinter der Kuppe, brannten ihre Lungen. Schwer ließ sie sich auf den Felsbrocken sinken, der die Wegkreuzung markierte, und legte den Kopf auf die Knie. Nun weinte sie doch, aber nur ein bisschen. Nur so viel, dass sie sich leichter fühlte und die Tränen ihr Make-up nicht ruinierten.

Sie trank ihre Wasserflasche leer und quälte sich zurück auf die Füße. Ein paar Hundert Yards hinter der Kreuzung passierte sie einen Holzzaun und einen Brunnen. Kein Vieh, keine Menschenseele weit und breit. Nach einer weiteren halben Stunde schälten sich die Umrisse eines Hauses aus der flimmernden Luft.

„Gott sei Dank“, flüsterte sie, dem Zusammenbruch nahe.

Das Ranchhaus mit seinen weiß gekalkten Adobemauern glich einer alten spanischen Mission. Zwei Stufen führten zu einer Holztür, die Fenster glichen Schießscharten. Emily blieb stehen und blickte sich unschlüssig um. Ein alter Pontiac Firebird und ein staubiger Tacoma Pick-up parkten in der Zufahrt, der einzige Hinweis, dass dieser Ort bewohnt war.

„Hallo?“, rief sie halblaut. Auf dem Weg zur Veranda stolperte sie und stürzte auf ein Knie. Es war nur abgeschrammte Haut, aber mehr, als sie in diesem Moment ertragen konnte. Sie fand keine Kraft mehr, die Tränen zurückzuhalten. Ihr Elend überwältigte sie. Unkontrolliert begann sie, zu schluchzen. Den Mann bemerkte sie erst, als er sie an der Schulter berührte.

„Alles okay mit Ihnen?" In seiner Stimme lag wenig Freundlichkeit. Nur ein melodischer Akzent, den sie nicht zuordnen konnte.

Zu erschöpft, um noch Furcht zu empfinden, hob sie den Kopf. Durch den Tränenschleier erfasste sie seine schlanke, kantige Silhouette, Jeans über Schuhen mit schweren Sohlen, ein staubiges T-Shirt. Er bot ihr keine Hilfe an, als sie sich aufrichtete. Sie presste ihre Finger gegen die Wangenknochen. Das Haar klebte ihr feucht an den Schläfen. „Haben Sie etwas zu trinken?"

Der Mann trat einen Schritt zurück. „Wie sind Sie hierher gekommen?"

„Ich hatte einen Unfall."

„Wo?"

Sie starrte ihn an. Sein Haar fiel ihm in dichten Strähnen auf die Schultern, dunkel mit helleren Spitzen, wo die Sonne sie gebleicht hatte. Die Bandana um seinen Kopf, ein blau und weiß bedrucktes Tuch, ließ ihn aussehen wie einen dieser Gangtypen aus South Central. Er würde misstrauisch sein, hatte Carl gesagt. Sie unterdrückte ihren aufsteigenden Ärger.

„Auf der Straße", sagte sie. „Eine halbe Meile vor dem Hügel."

„Und was haben Sie hier draußen zu suchen?"

„Ich war auf dem Weg nach Matavilya Crest. Könnte ich jetzt bitte etwas zu trinken haben?"

Wortlos drehte der Mann sich um und verschwand im Haus. Emily folgte ihm mit zögernden Schritten. Einen Augenblick später tauchte er mit einer Wasserflasche wieder auf. Sie trank, bis sie würgen musste.

„Matavilya Crest, ja?" Sein Blick verunsicherte sie. „Gehören Sie zu diesen Verrückten?"

Sie war so schockiert von seiner Unverschämtheit, dass ihr keine passende Antwort einfiel.

„Vergessen Sie's. Soll ich Ihnen einen Abschleppdienst rufen? Könnte aber eine Weile dauern, bis die hier rauskommen."

Emily setzte das liebenswürdigste Lächeln auf, das sie zustande brachte. „Eigentlich hatte ich gehofft, dass Sie mich das letzte Stück fahren könnten. Wenn es Ihnen nichts ausmacht. Es ist nicht weit. Ich kann Sie auch bezahlen."

Natürlich machte es ihm etwas aus. Emily las es in seinem Blick. Er hatte Besseres zu tun und an Geld war er nicht interessiert. Dass sie ihn schließlich doch überzeugt hatte, erfüllte sie mit Stolz. Zufrieden lehnte sie ihren Kopf ins Sitzpolster und beobachtete seine Hände auf dem Lenkrad. Er trug einen altertümlich anmutenden Ring, ein schwerer Aquamarin in einer Silberfassung. Ein Stich durchfuhr sie, weil sie so etwas schon einmal gesehen hatte. Obwohl sie es nicht genau erkennen konnte, wusste sie, dass die Fassung in Gestalt eines Drachens gehämmert war, der mit Schwanz und Klauen den Stein umklammerte. Doch sie wollte nicht darüber nachdenken.

„Haben Sie auch einen Namen?", fragte sie. „Ich heiße Emily."

„Gabriel."

Gabriel Eysmont. Richtig. Emily kniff die Augen zusammen, als sie den Schatten eines Bergrückens verließen und gleißendes Licht auf die Frontscheibe prallte. Wolken aus Staub und Hitze hüllten den Wagen ein. Die Klimaanlage funktionierte nicht richtig, doch Gabriel schien das nicht zu stören. Er hatte schöne Hände. Sie wünschte, dass er seine abweisende Fassade aufgab und sich auf eine richtige Unterhaltung einließ, anstatt einsilbige Antworten zu geben. So als interessiere ihn überhaupt nichts an ihr. Das kränkte sie.

Die Straße schraubte sich in weiten Kurven einen Hang hinauf und mündete in einem Hochplateau, das auf drei Seiten von schroffen Bergflanken begrenzt wurde. Matavilya Crest lag in der Mitte der Ebene, ein großes Anwesen, dessen Mauern die gleiche rötliche Farbe hatten wie der Fels, aus dem die Berge bestanden. Sie fuhren durch das Tor in einer Lehmziegelmauer, die das Haupthaus, zwei Gästehäuser, Garagen und eine christliche Kapelle umfriedete. Sonne fing sich in den Stacheldrahtrollen, die die Mauerkrone bewehrten. Auf dem Sandplatz neben der Kapelle standen ein paar Autos, doch kein Mensch war zu sehen. Emily spürte Nervosität in sich aufsteigen. „Da wären wir." Ihr Lachen erstarb, als Gabriel nicht reagierte.

Er nahm den Fuß vom Gas und ließ den Wagen vor das Haupthaus rollen. „Okay, von hier finden Sie den Weg. Viel Glück."

Sie berührte ihn leicht an der Schulter. „Darf ich Sie wenigstens zu einem Kaffee einladen?"

„Danke, aber ich muss zurück."

„Jetzt kommen Sie." Ihre Nerven vibrierten. Sie hielt seinen Blick fest und lächelte. „Bitte. Das können Sie mir nicht abschlagen."

Gabriel zögerte einen langen Moment, doch dann stellte er den Motor aus. Emily war so erleichtert, dass sie ihn am liebsten umarmt hätte. Sie löste den Sicherheitsgurt und stieg aus. Verstohlen musterte sie die Hausfronten. Gabriel warf die Wagentür hinter sich zu und umrundete den Pontiac. In diesem Moment stieß jemand die Türflügel des Haupthauses auf. Kühle streifte Emilys überhitztes Gesicht. Sie verspürte heftiges Bedauern, doch konnte dem jetzt nicht nachgeben. Stattdessen glitt sie zur Seite, erhaschte einen letzten Blick auf Gabriels Gesicht. Überraschung flackerte über seine Züge, dann Erkenntnis, dann eine plötzliche Härte. Emily floh.

Hinter ihr brandete das Stakkato einer Maschinenpistole auf. Sie blickte sich nicht um. Alles, was sie getan hatte, war, ihn herzuführen. Ihr Job war erledigt. Mit den Schüssen hatte sie nichts zu tun.

2

Violet fiel es schwer, nicht auf die Ader zu starren, die auf Wilkens Stirn pulsierte. Trotz der Klimaanlage stand ihm Schweiß auf der Stirn. Die Ader wand sich wie eine purpurne Schlange, widerwärtig und faszinierend zugleich.

„Sie glauben also wirklich, mit seinem Visum ist alles in Ordnung?“ Wilken kratzte sich am Kopf. „Ich meine, Panama! Die kennen doch nichts außer Bestechung und Drogen, was wollen Sie da erwarten? Diese Typen ändern sich nicht, bloß weil sie einen Fuß in die Staaten setzen.“

„Wir haben es überprüft, Mr. Wilken.“ Violet schob ihm einen Stoß Ausdrucke über den Tisch. „Bewilligung der Einwanderungsbehörde, Investorenvisum mit Stempel vom Konsulat in Panama, Gewerbekonzession.“

„Graben Sie doch mal bei seiner dreckigen Verwandtschaft!“ Ein Schwall Hähnchen mit Knoblauch Atem ließ sie verstummen. „Sie sind doch hier die Schnüffler, ich muss Ihnen nicht sagen, wie Sie Ihren Job machen müssen!“

Nein, das musste er nicht. Aus dem Augenwinkel beobachtete sie Marshall Scott, der hinter seinem Schreibtisch hockte und vorgab, eine Akte zu lesen.

„Seine Frau und die beiden Söhne arbeiten legal in seiner Firma.“ Violet strich die Blätter mit den Handflächen glatt. „Ihre Papiere sind makellos.“

„Was ist mit Drogen?“

„Drogen?“

„Drogenhandel.“ Wilken senkte die Stimme. „Sie könnten doch ein bisschen nachhelfen? Sie mit Ihren Kontakten? Ich meine …“

„Sie meinen was?“

„Na, was man so hört. Ich würde auch“, er versuchte ein verschwörerisches Lächeln, „eine Prämie drauflegen. So eine Prämie, die können Sie doch sicher brauchen?“

Marshall hinter seiner Akte bekam einen Hustenanfall. Violet war nicht sicher, ob das Zufall war oder ein geheimes Zeichen. Jeff Wilken, dieses Arschloch, sah sie erwartungsvoll an. Leider hatte er den Scheck noch nicht ausgestellt, deshalb erwiderte sie so höflich, wie es ihr durch zusammengepresste Zähne möglich war: „Ich verstehe nicht.“

„Na damals bei dem DEA-Skandal.“ Er hörte nicht auf, zu grinsen. Subtil wie ein Bulldozer. „Damals, als Sie …“

Das Telefon klingelte.

„Als ich bei der DEA rausgeflogen bin“, unterbrach sie ihn schneidend, „weil ich Steve Altman nicht vögeln wollte und der einen Sündenbock brauchte? Wollten Sie darauf hinaus?“ Sie richtete sich so heftig auf, dass der Stuhl gegen die Wand krachte. „Denken Sie, ich würde noch in diesem Loch von Büro sitzen und mit Dreckskerlen, wie Ihnen, Geschäfte machen, wenn ich fünfzig Pfund Koks abgezweigt hätte?“ Ihre Stimme schwoll an, als müsse sie ein Duell gegen das Telefon gewinnen. „Marshall, gehst du an das Dreckstelefon?“

Aber er hatte schon abgenommen. „Bardo & Scott Private Investigations, was kann ich für Sie tun?“

Die Ader an Wilkens Schläfe entwickelte ein beängstigendes Eigenleben. „Ich verrate doch keine Geheimnisse“, nörgelte er. „Kam alles auf FOX News. Ich dachte bloß, Sie könnten das Geld brauchen.“ Auf den Dreckskerl ging er nicht ein. Oder vielleicht hatte er das überhört, weil er sich Steve Altman mit ihr im Bett vorstellen musste.

Violet stieß den Atem aus. „Vielleicht begleichen Sie zuerst die letzte Rechnung, bevor wir über Zukunftsmusik reden?“

„Aber Sie haben nichts herausgefunden!“

„Deine Mutter“, rief Marshall dazwischen.

Entnervt fuhr Violet sich durchs Haar. „Der Auftrag lautete, Pablo Makis Immigrationshintergrund zu checken, okay? Es gab eine Fünfzig-fünfzig Chance, dass wir etwas finden, und Pablo ist sauber. Tut mir leid für Sie.“

„Sie sagt, es ist dringend.“ Marshall bedeckte die Sprechmuschel des Hörers mit der Hand.

„Was?“ Violet drehte sich zu ihm um.

„Deine Mutter.“

Eine neue Woge Hähnchen mit Knoblauch Dunst lenkte ihre Aufmerksamkeit zurück auf ihr unmittelbares Problem.

„Aber das bringt mich keinen Schritt weiter.“ Wilkens feiste Hände kneteten die Armlehnen seines Stuhls. „Für Nichts kann ich Ihnen keinen Scheck ausstellen.“

„Hören Sie“, sie ignorierte Marshalls warnenden Blick, „warum heuern Sie nicht einfach ein paar billige Crackjunkies an und sagen denen, die sollen Ihr Problem abstechen?“

Dem Ausdruck auf Wilkens Gesicht nach zu urteilen, konnte er der Idee durchaus etwas abgewinnen. Wahrscheinlich wusste er nur nicht, wie er an die Crackjunkies herankommen sollte. Das Telefon begann, wieder zu klingeln.

„Vielleicht können Sie da was arrangieren?“ Er grinste freudig.

Fassungslos starrte sie ihn an. Er nahm das nicht wirklich für bare Münze.

„Dann kommen wir vielleicht doch noch zusammen und Sie können was gutmachen.“ Das Klingeln hörte nicht auf, und Marshall telefonierte nun auf der anderen Leitung. Wilken strich mit dem Daumen über das Holzornament an der Stirnseite ihrer Schreibtischplatte. „Dann wird's vielleicht doch noch was mit der Prämie, und Sie können sich mal ordentliche Möbel kaufen.“ Nachlässig hakte er unter eine Stelle, wo die Zierblende sich löste. Mit einem Knacken platzte der Firnis und riss den Rest von Violets Beherrschung mit sich.

Sie schoss um den Schreibtisch herum und blieb so dicht vor ihm stehen, dass sie die Poren auf seiner Nase erkennen konnte, Knoblauch hin oder her.

„Okay. Raus! Raus aus meinem Büro.“

Verwirrung glitt über sein Gesicht und ließ ihn fast komisch erscheinen. „Was?“

„Wir sind eine seriöse Detektei.“ Sie behielt seine Ader im Blick. „Da wir leider keine fünfzig Pfund Koks im Keller haben, sind wir gezwungen, für Arschlöcher wie Sie zu arbeiten, aber alles hat seine Grenzen.“

Wilkens Gesicht verfärbte sich einen Stich ins Purpur. Das Telefon verstummte für einen Augenblick, dann klingelte es erneut.

„Also raus, bevor ich die Cops rufe.“

„Sie machen einen Fehler.“ Wilkens Stimme vibrierte.

„Ich glaube nicht.“ Violet packte ihn am Arm und zerrte ihn zum Ausgang. „Sie sollten übrigens was gegen Ihre Knoblauchfahne unternehmen.“

Wilken blieb stehen und schüttelte ihre Hand ab. Jetzt zitterte er wirklich. „So können Sie nicht mit mir umspringen.“

„Und was wollen Sie dagegen tun? Mir ein paar billige Crackjunkies auf den Hals schicken?“ Violet riss die Tür auf. „Vielleicht hätten Sie Ihre Rechnung begleichen sollen, dann hätte ich Ihnen welche vorgestellt. Und jetzt raus.“ Sie sah absichtlich nicht zu Marshalls Schreibtisch. Das Telefon klingelte. Ihre Mutter. „Raus!“, brüllte sie Wilken an. „Verschwinden Sie endlich.“

Sie warf die Tür mit so viel Gewalt hinter ihm ins Schloss, dass die Fensterscheiben klirrten.

„Großartig.“ Marshalls Stimme überlagerte das Telefonklingeln. „Das hast du gut gemacht. Du solltest Konfliktmanager werden.“ Er nahm den Hörer ab. „Bardo & Scott Investigations, was kann ich …“

Violet beugte sich über ihren Schreibtisch und begutachtete die gebrochene Zierleiste.

„Sie ist gerade in einem Kundengespräch", schwang Marshalls Stimme herüber. „Ja, ein schwieriger Kunde. Ja, mit Charme und Überredungskunst, genau. Mrs. Bardo, ich sage ihr, sie soll zurückrufen, sobald ..."

Sie trat an Marshalls Tisch. „Gib her, ich nehme sie."

Seine Stimme wurde nachdrücklicher. „Und danach wird sie erst mal psychologische Betreuung brauchen. Was? Nein, Mrs. Bardo, Sie müssen nicht in zehn Minuten noch mal anrufen. Sie meldet sich, gleich, nachdem sie als geheilt entlassen ist." Mit mehr Schwung als nötig legte er auf.

Sein Lächeln dämpfte ihren Ärger nicht. „Was erzählst du meiner Mutter für einen Scheiß?"

„Kaffee, Schatz?" Marshall hob eine Augenbraue. „Das muss anstrengend gewesen sein."

„Was für ein Arschloch", brach es aus ihr heraus.

„Zum Glück hast du ihm das jetzt gesagt. Das gibt ihm sicher zu denken. Er wird Buße tun, zehn Ave Maria beten und dann ..."

„Marshall?"

„Ja?"

„Verarsch mich nicht."

„Kein Problem." Sein Lächeln verschwand. „Ich kann dich gern ohrfeigen, wenn dich das wieder zu Verstand bringt. Mir war nur das Risiko zu groß, dass du mich mit vorgehaltener Waffe aus dem Büro jagst."

Sie wischte sich eine störende Haarsträhne aus der Stirn. Müdigkeit kroch in ihr hoch und erstickte ihre Lust, zu streiten. Sie musterte Marshall, der mit seiner randlosen Brille und den Cargohosen aussah, wie eine Mischung aus philippinischem Drogendealer und Collegestudent. Was der Wahrheit ziemlich nahekam, auch wenn er das gern anders darstellte.

„Tut mir leid", murmelte sie. „Die zweitausend Dollar können wir wohl in den Wind schreiben."

„Ich weiß, dass er ein Arsch ist, Violet. Aber wir schwimmen nicht gerade im Geld. Du sagst selbst, dass wir uns die Kunden nicht aussuchen können." Sie wandte sich ab und schenkte sich Kaffee aus der Thermoskanne ein. „Hör auf, dich zu ärgern", sagte Marshall hinter ihr.

„Als wenn ich's mir auf die Stirn tätowiert hätte", erwiderte sie, ohne sich umzudrehen. „Bardo & Scott, die erste Anlaufstelle für Arschlöcher. Violet Bardo hat fünfzig Pfund Koks geklaut und ist damit durchgekommen. Das ist meine beste Referenz. Ist das nicht zum Totlachen?" Dabei war ihr nicht nach Lachen zumute. „Inzwischen wünschte ich, ich hätte es getan."

Sie spürte Marshalls Hand auf ihrer Schulter. „Mann, und ich dachte, du spielst uns allen was vor."

Sie schnaubte. „Versuch nicht, mich abzulenken."

„Willst du was Schönes hören?"

„Sicher."

„Während du dich mit Wilken gestritten hast, hat eine neue Klientin angerufen. Sie will, dass wir ihren Exmann überwachen."

„Oh." Nun sah sie ihm doch ins Gesicht. „Und du bist sicher, dass du nicht was falsch verstanden hast? Also, dass sie nicht überwachen sagte, sondern erschießen?"

Das Telefon klingelte. Marshall zog eine Grimasse. „Das ist deine Mutter."

Violet nahm ihm den Hörer aus der Hand. „Hallo Mom." Die Stimme ihrer Mutter klang atemlos und belegt, als ob sie geweint hätte. Sofort krampfte sich Violets Magen zusammen. „Bist du okay, Mom?" Sie beobachtete Marshall, der versuchte, die abgebrochene Zierleiste an ihrem Schreibtisch anzukleben.

„Deine Schwester ist verschwunden!" Einen Moment hing Stille in der Leitung, als warte sie auf Violets Reaktion. „Hast du etwas von ihr gehört?"

Sie hatte Mühe, ihre Erleichterung zu verbergen. Mom war nichts passiert, sie machte sich nur wieder Sorgen um ihre Zuckerfee. Natürlich hatte Violet keine Ahnung, wo Emily sich herumtrieb, es interessierte sie auch nicht.

„Das letzte Mal an Weihnachten."

„Redet ihr denn nie miteinander?"

Violet stieß den Atem aus. „Wir haben nicht viele Berührungspunkte." Genau genommen zwei. Weihnachten und Thanksgiving, wenn sie an Mutters Esstisch saßen und Eintracht heucheln mussten.

„Sie ist verschwunden", wiederholte Mom. „Seit vier Wochen!"

„Hast du mal in ihrem Haus angerufen?"

„Da geht niemand ans Telefon. Ihre Putzfrau weiß auch nicht, wo sie ist."

Violet musterte einen Fleck an der Decke.

„Und Stephan sagt nur, sie hätte eine Auszeit gebraucht und wollte für ein paar Wochen verreisen."

„Wer ist Stephan?"

„Sie sind verlobt." Die Worte kamen zögernd. „Hat sie dir nichts erzählt?"

„Wir telefonieren nicht oft, Mom."

„Stephan sagt, er wüsste nicht, wohin sie gefahren ist. Vielleicht nach Hawaii. Aber ich kann mir nicht vorstellen, dass sie einfach so wegfährt und niemandem etwas sagt. Das passt einfach nicht zu ihr."

„Hör mal, Mom ..."

„Ich dachte, vielleicht kannst du nach ihr sehen? Du bist doch bei der Polizei. Du kennst die richtigen Leute, du kannst sicher herausfinden, ob ihr etwas zugestoßen ist."

Erschöpft lehnte Violet sich gegen die Wand. Sie verzichtete darauf, ihrer Mutter zum zwanzigsten Mal zu erklären, dass sie vor elf Monaten bei der DEA, der staatlichen Drogenbehörde, rausgeflogen war. Mom zog es vor, die Skandalberichterstattung zu ignorieren, bei der Violets Name immer wieder fiel. Sie war die einzige Frau in einer Riege von männlichen Verdächtigen, und obwohl es nicht zur Verurteilung gereicht hatte, war ihr Gesicht im kollektiven Gedächtnis hängen geblieben. Es hatte gereicht, um ihre Karriere bei der Drogenbehörde zu ruinieren.

„Mom ..."

„Hast du überhaupt Stephans Telefonnummer?" Papier raschelte. „Drei-eins-null, vier-sieben-vier ..."

Violet sah aus dem Fenster und beobachtete die zwei Jungs vom Haus gegenüber, die mit ihren Skateboards übten. Sie kannte diesen Stephan nicht. Sie hatte kein Interesse, ihn anzurufen, so wenig, wie sie sich überhaupt mit Emilys Problemen beschäftigen wollte. Ihre eigenen Probleme hielten sie ausreichend in Atem. Zum Beispiel Jeff Wilken, der nach Hähnchen mit Knoblauch stank und seine Rechnungen nicht bezahlte, aber von ihr erwartete, dass sie seinem Konkurrenten Drogen unterschob. Doch das konnte sie ihrer Mutter natürlich nicht sagen.

3

„Das ist wirklich faszinierend“, sagte der Mann namens Carl. Gabriel versteifte sich instinktiv, als Carl die Klinge entblößte. Es war ein Armeedolch, eine grobe Waffe mit Sägezahnschliff auf der Oberseite. Carl drückte die Spitze gegen Gabriels Bauchmuskeln und durchbrach die Haut, bis ein wenig Blut floss. „Wie funktioniert das?“

Mörtelstaub rieselte Gabriel in den Nacken, als er die Handschellen belastete. Seine Schultern brannten. Sie hatten ihm die Hände über dem Kopf an eine Wasserleitung gefesselt. Zuerst hatte er geglaubt, dass er das Eisenrohr aus seiner Verankerung reißen könne. Doch es brach nur der Verputz von der Decke, die Installation löste sich nicht.

„Ich frage mich, wie weit das geht?“ Carls Stimme war ein kultivierter Bariton, der zu einem Gelehrten passte und in diesem Kellerloch deplatziert wirkte. „Also, wenn man dir ein Bein abtrennen würde, wächst das dann nach?“

Etwas polterte dumpf von oben auf die Deckenplatten, mehr Staub löste sich aus den Fugen. Gabriel schloss die Lider, um seine Augen zu schützen.

„Erzähl mir etwas über den Engel.“ Carls Atem blies in seinen Nacken.

„Welcher Engel?“

„Wo versteckt er sich? Kann man mit ihm reden? Braucht man dafür einen Spezialisten in Althebräisch?“

„Was?“

Ein scharfer Schmerz riss Gabriel den Atem aus der Kehle. Er erstarrte in purer Agonie, dann senkte er den Blick auf den Dolch, den Carl ihm bis zum Heft in die Seite gerammt hatte.

„Der Engel.“ Carl ließ den Griff der Waffe los und trat zurück. Seine Umrisse verschwammen vor Gabriels Augen. „Das muss nicht so laufen. Du könntest einfach meine Fragen beantworten und wir lassen dich gehen.“

„Aber ich kann euch nicht helfen.“

Das war die Wahrheit. Er verstand nicht einmal, was sie von ihm wollten. Carl und sein Haufen verrückter Paramilitärs jagten ein Hirngespinst. Sie hatten die Mühe auf sich genommen, seiner habhaft zu werden, weil sie glaubten, dass ausgerechnet er ihnen helfen könnte. Wäre er nicht so erschöpft gewesen, zerschlagen von einer mörderischen Transformation, die kaum zehn Stunden zurücklag, es hätte ihn zum Lachen gereizt.

Ein Engel. Absurd. Selbst für jemanden wie ihn, der mit den alten Abstammungslehren aufgewachsen war, weil sein Vater unermüdlich nach einem Wissen grub, das entweder längst verloren war oder niemals existiert hatte.

Carl drehte die Klinge in der Wunde herum. Gabriels Muskeln versteiften sich unter dem Schock. „Wir können ewig so weitermachen.“ Carl ließ die Waffe los und griff nach der Wasserflasche, die er auf einem Mauervorsprung abgestellt hatte.

Leise klirrten die Kettenglieder, als Gabriel sein Gewicht verlagerte. Nachdem er einem von Carls Männern mit einem Tritt das Gesicht zertrümmert hatte, hatten sie seine Fußgelenke mit einer schweren Stahlkette an das Regal gefesselt, das die rückseitige Wand verstellte.

„Was ist so wichtig an diesem Engel?“ Carl trank einen langen Schluck aus der Flasche. Wasser glänzte in seinem Bart, als er sie absetzte. „Warum hältst du das hier aus, um ihn zu schützen?“

„Du willst es nicht begreifen“, erwiderte Gabriel schleppend. „Dein Engel ist mir gleichgültig. Ich glaube nicht einmal, dass er existiert. Und wenn ich falsch liege, Punkt für dich. Mach mit ihm, was du willst.“

„Er existiert.“ In Carls Stimme schwang Schärfe. „Ich weiß, dass er existiert.“

„Dann solltest du dich vielleicht auf die Suche nach ihm machen, anstatt deine Zeit mit mir zu verschwenden." Blut rann aus der Wunde in seiner Seite, ein warmes Rinnsal, das sein T-Shirt und den Bund seiner Jeans tränkte. Nicht, dass es noch einen Unterschied machte. Der Stoff war längst steif von älteren Schichten getrockneten Blutes. „Ich bin keine Hilfe für dich."

„Natürlich bist du das."

„Sagt wer?"

„Du kommst mit besten Empfehlungen." Carl wischte sich mit dem Handrücken über den Mund. „Meine Quelle sagt, du bist der Experte, wenn es um Engel geht. Vor allem um die gefallenen. Und ihre Brut." Er stellte die Flasche zurück in die Nische. „Bist du ein Erstgeborener?"

Gabriel antwortete nicht. Seine Gedanken hatten zu rotieren begonnen. Schneller, immer schneller. Vater, was hast du getan?

„Unvorstellbar."

Carls Worte verhallten in seinem Geist, bedeutungsloses Rauschen. Er verstand nun, was geschehen war.

„Hast du Babylon gesehen? Den Aufstieg und Fall der großen Hure? Hast du den Atem Gottes gespürt?"

Erst der Schmerz riss ihn zurück in die Gegenwart, eine brennende Qual. Carl hatte den Dolch gepackt und aus der Wunde gezogen. Gabriel starrte auf die blutverschmierte Klinge.

„Du wirst mir nichts vorenthalten", knurrte Carl. „Du spürst das hier genau wie ein Mensch." Er stieß ihm die Klinge tief in den Leib. „Du stirbst nur nicht daran."

Gabriels Knie brachen unter ihm weg, bis die Handfesseln ihn auffingen. Mit den Schmerzen sammelte sich Hass auf den Mann. Darunter, wie ein leises Fieber, kroch etwas Schlimmeres seine Glieder herauf.

Eine weitere Transformation.

Gabriel hatte nie verstanden, warum ihre Art zuerst durch die Hölle musste, um Heilung zu erfahren. Seine Wahrnehmung verschwamm, sein Puls schoss hoch. Der Herzschlag dröhnte ihm in den Ohren. Carl verblasste zu einem Schemen, ein weiterer Schatten im Dunkeln. Gabriels Kiefer schmerzten, als er die Zähne aufeinanderpresste, um der ersten Welle standzuhalten. Doch seine Beherrschung splitterte binnen weniger Herzschläge. Er wand sich in roten und schwarzen Schlieren, sein eigener Schrei hallte ihm in den Ohren. Er schrie, bis seine Kehle heiser war. Die zweite Welle riss ihn nach vorn. Schwer stürzte er in die Ketten. Der Schmerz war ein Feuerstrom, ein Netz aus tausend Klingen, der ihn in einen Abgrund riss und sein Bewusstsein auslöschen wollte. So spürte er kaum mehr die dritte Welle, und auch nicht die lange Erschöpfung danach, als sich die Wunden zu schließen begannen.

Als er wieder zu sich kam, war Carl verschwunden. Gabriel wusste nicht, wie viel Zeit vergangen war. Es gab kein Fenster in seinem Gefängnis. Seine Muskeln fühlten sich wund und zerschunden an, Durst brannte in seiner Kehle. Von den Messerwunden in der Seite und dem Unterleib war nur ein leises Ziehen geblieben. Sein Blick glitt zu den zwei Männern, die ein Stück entfernt auf Holzkisten saßen und sich gedämpft unterhielten. Einer der beiden, ein bulliger Latino, hieß Joseph.

Gabriel senkte die Lider und regte sich nicht. Carl würde früh genug zurückkehren, und dann begann alles von vorn. Carl faszinierte die Transformation. Er würde beginnen, die Grenzen auszuloten. Die pathologische Neugier seines Peinigers war viel bedrohlicher als purer Sadismus.

Er leckte sich über die gesprungenen Lippen. Er musste hier raus. Wie ein Anfänger hatte er sich in die Falle locken lassen. Weil seine Instinkte eingerostet waren. Vielleicht hatte er zu viele Jahre draußen in der Einsamkeit verbracht, sich von Hitze und Wind einlullen lassen und der

Gewissheit, dass sich nie eine Menschenseele in seine Ecke der Wüste verirrte. Aber nun hing er in Ketten in diesem Kellerloch, umringt von waffenstarrenden Verrückten. Diese Ketten waren keine gewöhnlichen Handschellen, wie sie die Cops benutzten. Carl hatte gewusst, dass sein Gefangener etwas Besonderes war, jemand, den normale Ketten nicht halten konnten. Diese Fesseln waren stark genug, um einen Elefanten zu bezwingen. Sie hatten sich vorbereitet. Doch Gabriel konnte nicht den Hauch einer Aura erspüren. Niemanden vom Blut. Carl war nur ein Mensch, so wie alle, die ihm folgten. Dennoch wusste er um das Geheimnis des Blutes. Katherina würde das nicht gefallen. Die Vorstellung erheiterte ihn für einen Moment und verblasste.

Nun verstand er endlich, mit wem sie ihn verwechselten. Sein Vater war es, der sich mit den alten Legenden auskannte. Thomasz, der nie begreifen wollte, warum sein Sohn das Schwert den Büchern vorgezogen hatte. Anders als Gabriel schätzte Thomasz Geselligkeit und geistreiche Gespräche, umgab sich mit Künstlern und Literaten.

Es lag Ironie in dieser Verwechslung. Thomasz lebte ein öffentliches Leben mitten in Los Angeles. Carl aber hatte ausgerechnet Gabriel aufgespürt, der sich in einem Wüstenloch verkroch, so viele Jahre schon, dass sich kaum noch jemand an ihn erinnerte.

Nur für eines war seine Gefangenschaft gut. Solange Carl ihn für Thomasz hielt, schwebte sein Vater nicht in Gefahr. Mit einem Ruck zog Gabriel an den Ketten. Seine Handgelenke waren verheilt. Gut für einen neuen Versuch, die Leitung aus der Decke zu reißen. Staub rieselte herab, das Rohr ächzte.

„Er ist wach“, sagte Joseph.

Der Latino stand von seiner Kiste auf, zog die Pistole aus dem Hosenbund und schraubte den Schalldämpfer auf. Bosheit glitzerte in den dunklen Augen. Noch einmal zog Gabriel vergeblich an den Ketten. Joseph trat näher und lächelte. Hass erfüllte Gabriel. Verzweiflung und ohnmächtige Wut. Die Stahlschellen verletzten seine Handgelenke, die Leitung hielt stand und Joseph hob die Pistole. Er ließ sich Zeit beim Zielen. Mit einem trockenen Geräusch löste sich der Schuss. Gabriel hörte sich aufschreien, als der Schock ihn überwältigte und der plötzliche Schmerz, der von seinem zertrümmerten Ellbogen hochschoss in sein Nervensystem.

4

Violet legte die Arme um ihre Mutter und zog sie an sich. Mom, klein und zerbrechlich, roch nach Lavendel und Kernseife, dem Duft von Violets Kindheit, Liebe und Wut und Traurigkeit. Stolz mengte sich hinein, Schuldgefühle und eine Spur Gift, wenn sie an Emily dachte. Die Zuckerprinzessin.

Moms roter Kater strich ihr um die Beine. Ihr Blick glitt über Moms Schulter zur Verandaeinfassung, in der zwei Sprossen fehlten. Farbe blätterte von den Wänden. Das Haus brauchte dringend eine Renovierung.

„Ich bin so froh, dass du kommen konntest." Moms kleine Hand tätschelte ihren Rücken. „Sicher habt ihr viel zu tun."

Jetzt nicht mehr, nachdem sie Mister Knoblauchhähnchen hinausgeworfen hatte.

„Es geht schon." Ihre Finger gruben sich in Moms Strickjacke. Dann richtete sie sich auf und trat einen Schritt zurück.

„Es gibt Blaubeermuffins", sagte ihre Mutter auf dem Weg ins Haus. „Und frische Erdbeeren. Die magst du doch so gern."

Violet musterte das Blechgehäuse an der Wand. „Hast du die Klimaanlage reparieren lassen?"

„Es ist Ende Januar", Moms Stimme machte deutlich, dass sie nicht darüber reden wollte, „da brauche ich sie nicht."

Ja genau, und mit ein bisschen Glück verkaufte sie genug von ihren Perlenarmbändern und Blaubeermuffins auf Nachbarschaftsfesten, um im Sommer die Reparatur bezahlen zu können. Doch natürlich würde ihre Mutter lieber sterben, als das zuzugeben. Sie traten ins Wohnzimmer, Violet ließ sich in einen der schweren Sessel fallen. Kaffeeduft und Möbelpolitur stiegen ihr in die Nase.

„Und du hast wirklich nicht mit Emily telefoniert in letzter Zeit?" Ihre Mutter setzte ein Tablett mit Geschirr und einer Kaffeekanne auf dem Couchtisch ab.

„Nein, Mom." Violet unterdrückte aufsteigenden Ärger.

„Sie hat dir Stephan nicht vorgestellt?"

„Nein."

Für einen Moment lag ein verlorener Ausdruck auf Moms Gesicht, der Violet die Kehle zuschnürte. Sie zwang sich zu einem Lächeln. „Sicher war sie sehr beschäftigt. Genau wie ich."

„Ja, aber …" Mom brachte den Satz nicht zu Ende.

Violet hob die Kanne vom Tablett und schenkte Kaffee in die Tassen. Metall klingelte leise gegen Porzellan.

Ihre Mutter zog eine Schachtel aus dem Bücherregal und wühlte ein Foto heraus. „Sieh mal." Ihre Miene hellte sich auf. „Ist das nicht wundervoll?"

Violet konnte nicht erkennen, wo das Bild aufgenommen war. Emilys Porzellanpuppengesicht mit den großen blaugrauen Augen wirkte feenhaft im weichen Licht, ihr schwarzes Haar war zu Locken gedreht. Hinter ihr stand ein Mann, der die Hände auf ihre Schultern gelegt hatte. Ein attraktiver Mittvierziger, ein Hauch Grau in den blonden Haarspitzen, der aussah, wie einer dieser Silicon-Valley-Millionäre auf den Titelseiten der Forbes. Reich geworden mit Microsoft-Aktien und nun CEO einer Fortune 500 Company. Er passte zu Emily. Emily, die ihrer Mutter unbedingt vorgaukeln wollte, dass sie ein glückliches Leben führte. Vielleicht tat sie das sogar. Vielleicht hatte sie alles, was eine Frau sich wünschen konnte. Vielleicht war das mal keiner dieser Typen, der Frauen sammelte wie Gemälde oder Sportwagen, der Emily am Wochenende mit seiner Psychotherapeutin betrog und unter der Woche mit der Sekretärin.

„Das ist Stephan." Stolz schwang in der Stimme ihrer Mutter.

Violet ließ das Foto sinken. „Und was macht er so?"
„Er ist Geschäftsmann."
„Oh, toll." Sie nickte. „Er weiß also nicht, wo Emily steckt?"
„Er sagt, sie ist im Urlaub." Mom ließ sich in ihren Armsessel sinken. „Sie brauchte eine Auszeit. Sie hat hart gearbeitet und wollte sich ein paar Wochen vor der Welt verstecken."
„Wozu dann die Aufregung?"
Moms Stimme sackte ab. „Ich versuche seit Wochen, sie anzurufen, aber sie meldet sich nicht. Und Stephan ..." Sie zögerte. „Ich habe das Gefühl, er sagt mir nicht alles. Vielleicht haben sie sich gestritten." Ein wenig Häme stieg in Violet auf. Eine hässliche Empfindung, die sie unterdrückte. „Er sagt, sie ist nach Hawaii geflogen, aber er hat ihre Adresse nicht. Das würde sie doch nicht einfach so tun, wenn alles in Ordnung wäre?"
Violet stieß den Atem aus. „Mom, das ist nicht das erste Mal und es wird nicht das letzte sein. Emily ist erwachsen. Sie kann tun und lassen, was sie will. Vielleicht sucht sie nur ein paar Tage Ruhe."
„Aber drei Wochen!", fiel ihre Mutter ein.
„Vielleicht hat sie Mister Perfekt beim Vö...", sie würgte sich ab, „Küssen mit seiner Exfrau erwischt, was weiß ich?"
„Violet!"
„Was denn?" Sie hielt Moms anklagendem Blick stand. „Du sagst doch selbst, dass du Stephan nicht traust."
Mom schlürfte kleine Schlucke von ihrem Kaffee, stellte die Tasse zurück auf den Tisch und rührte mit dem Löffel darin herum. Violet fuhr mit einem Finger die Muster auf der Sofalehne nach. Sie hasste sich dafür, dass sie Mom betteln ließ, statt ihr den Gefallen zu tun und ein paar Anrufe zu machen.
„Du weißt, wie sie ist." Moms Stimme war leise. „Sie braucht jemanden, der auf sie achtgibt. Sie ist so zart." Die Silben zitterten. „Sie kann nicht ..."
Sie kann nicht allein überleben. Das Mantra, auf das Emilys Leben gegründet war. Sie ist so zart. Du musst ihr helfen. Sie ist doch deine Schwester. Der Kaffee schmeckte plötzlich bitter. Violet beugte sich nach vorn und bedeckte Moms Finger mit ihrer Hand. „Es tut mir leid", sagte sie. „Ich kümmere mich darum. Ich finde heraus, wo sie steckt."

Auf dem Weg zu Emilys Haus rief sie Stephan an. Zu ihrer Überraschung nahm er nach dem dritten Klingeln ab.
„Stephan Amaryllis."
Seine Stimme klang warm und angenehm und versetzte ihr einen Stich Ärger.
„Wie bitte?"
„Stephan hier", wiederholte er geduldig.
„Nein, den Nachnamen. Ich habe Ihren Nachnamen nicht verstanden."
„Amaryllis. Wer spricht da bitte?"
„Violet Bardo", sagte sie. „Ich bin Emilys Schwester. Falls sie mich mal erwähnt haben sollte."
„Das hat sie in der Tat." Sie war sicher, dass er lächelte. „Ich habe nur das Beste von Ihnen gehört."
Das bezweifelte sie, aber der Mann konnte nichts dafür. Er wollte nur höflich sein. „Unsere Mutter macht sich Sorgen, weil Emily sich nicht meldet."
„Ich auch." Ein weiches Lachen. „Allmählich befürchte ich, sie will mich nie wiedersehen."
„Sie klingen aber nicht sehr besorgt."
„Weil ich weiß, dass es ihr gut geht."

„Super. Wie kann man Kontakt mit ihr aufnehmen?"
„Das ist geheim. Sie tötet mich, wenn ich das verrate."
Violet seufzte. „Hören Sie, das hilft mir nicht. Meine Mutter schläft schlecht, weil sie befürchtet, dass Emily räuberischen Assassinen in die Hände gefallen ist. Ein Lebenszeichen wäre sehr hilfreich."
Stephan zögerte einen Moment. „Also gut", sagte er schließlich. „Ich schicke ihr eine Brieftaube."
„Nach Hawaii?"
Er lachte. „Vielleicht doch lieber eine Flaschenpost."
Violet musste lächeln. Egal, ob er mit seiner Sekretärin schlief oder nicht, er hatte Charme. „Okay", sagte sie. „Heute noch?"
„Sie sind aber hartnäckig."
„Ich weiß."
„Ich tue, was ich kann."
Violet bremste scharf, weil die Ampel vor ihr auf Rot schaltete. „Bestens. Dann brauche ich Ihnen keinen Vortrag zu halten, wie unerträglich ich sein kann, wenn man mich hängen lässt."
„Das kann ich mir gar nicht vorstellen", gab er fröhlich zurück. „Aber ich halte Sie auf dem Laufenden."
Amaryllis. Was war das, ein Künstlername? Emily fand es sicher hinreißend, dass der Nachname ihres Verlobten wie eine farbenprächtige tropische Blume klang. Violet murmelte einen Abschiedsgruß, nahm das Telefon vom Ohr und bog in die Senalda Road, eine schmale Straße, die vom Mulholland Drive abzweigte und sich steil am Hang entlangschraubte. Die Häuser hier oben fingen bei zwei Millionen an. Hübsche kleine Anwesen im Haziendastil und dazwischen Bauhausvillen. Schließlich fand sie den Briefkasten mit der richtigen Hausnummer, dahinter zurückgesetzt ein schmiedeeisernes Tor, das die Zufahrt zum Grundstück versperrte.
Sie parkte ihren alten Saab am Straßenrand und stieg aus. Der Weg auf der anderen Seite des Gitters wand sich ein paar Meter den Hang hinauf und verschwand hinter einer Kurve. Lorbeer und Efeu überwucherten die Hügelflanken. Sie warf einen kurzen Blick über die Schulter, stellte fest, dass die Straße menschenleer war, setzte einen Fuß auf die untere Querstrebe und zog sich hoch. Die Speerspitzen sahen zwar martialisch aus, waren aber mehr Show als echtes Hindernis. Zudem hatte sie keine der kleinen sechseckigen Plaketten erspäht, mit denen überteuerte Sicherheitsfirmen darauf hinwiesen, dass ungeladene Eindringlinge, die auf dem Golfrasen herumtrampelten, unverzüglich erschossen wurden.
Auf der anderen Seite sprang sie hinunter und folgte der Rampe bis zu einem Hof mit Garageneinfahrten. Darüber erhob sich der Schlussakkord aus Emilys dreijährigem Ehedesaster. Eine Villa mit Panoramafenstern und italienischem Ziegeldach. Die Rolltore vor den Garagen waren verschlossen, doch Violet entdeckte einen Trampelpfad, der durch Büsche und Blumen nach oben führte. Sie stieg den Abhang hinauf, umrundete das Haus und blieb auf der Terrasse stehen, die einen atemberaubenden Blick über die Hollywood Hills bot. Zitronenbäume säumten den Pool. Eine der Fenstertüren stand einen Spalt offen. Violet frohlockte. Typisch Emily. Eine Nachlässigkeit, auf die sie gehofft hatte.
Sie schob die Tür auf und betrat das geräumige Wohnzimmer. Rostrote Vorhänge filterten die Sonne. Eine seltsame Neugierde stieg in ihr auf, als sie mit der Hand über eine Sofalehne glitt. Das also war das Haus ihrer Schwester. Ein Kleid lag zusammengeknüllt auf einem Sessel, Flitter und rote Seide. Ihr wurde bewusst, dass nichts ihr Verhältnis zu Emily so gut illustrierte wie die Tatsache, dass sie einbrechen musste, um zu sehen, wie ihre Schwester wohnte. Die aufkeimende Entdeckerfreude erstickte unter der Frage, ob die Verachtung, die sie ihrer Schwester entgegen-

brachte, nicht selbstgerecht war. Ihr Leben lang hatte Emily sich mit einem hübschen Gesicht und wohl kalkuliertem Charme erschlichen, was andere sich hart erarbeiten mussten. Doch wem gab das Leben recht? Emily besaß ein Haus in den Hollywood Hills und würde einen Mann heiraten, der ihr nicht nur Autos und Gucci-Handtaschen kaufte, sondern auch noch aussah wie Daniel Craig. Ganz im Gegensatz zu ihr, die sich mit Typen herumschlug, die nach Hähnchen mit Knoblauch stanken und ihre Rechnungen nicht zahlten, während sie mit zwei Mieten im Rückstand war.

Auf dem Couchtisch lag eine Telefonrechnung vom letzten Monat. Blau und weiß prangte das AT & T Logo auf dem Briefkopf. Sie klappte ihr Handy auf und rief Marshall an.

„Wo steckst du?", fragte er zur Begrüßung.

„Ich bin gerade ins Haus meiner Schwester eingebrochen." Violets Blick glitt über drei Bronzestatuetten, die auf der Anrichte standen. „Du weißt schon, die verlorene Tochter. Ich bin schwach geworden. Ich habe meiner Mutter versprochen, sie aufzustöbern."

Marshall machte ein Geräusch, das sie nicht identifizieren konnte.

„Arbeitet deine Cousine eigentlich noch bei AT & T?"

„Hör mal ..."

„Jaja, ich weiß", fiel sie ihm ins Wort, „wenn sie den Job verliert, bringt deine Tante dich um."

„Warum fragst du dann?"

„Es wäre nur eine Kleinigkeit. Sie soll keine Kundendaten klauen oder so was." Violet biss sich auf die Lippen. „Nur schnell etwas überprüfen. Ich kaufe ihr auch dieses Calvin-Klein-Kleid ..."

„Das du dir sowieso nicht leisten kannst."

„Warte!" Mit einer Hand pflückte sie den Flitterfetzen vom Sessel. „Sag ihr, ich habe sogar noch was Besseres." Sie studierte das Label auf der Innenseite. „Dolce & Gabbana und rot wie die Sünde." Es roch nach Parfüm, aber sie konnte es reinigen lassen. „Sie soll nur überprüfen, wo sich Emilys Handy zum letzten Mal eingeloggt hat."

„Sonst nichts?" Er klang überrascht. „Dafür ist Dolce & Gabbana ein bisschen übertrieben, oder? Ich sage ihr, du lädst sie ins Kino ein."

„Nehmen wir es als Vorschuss auf zukünftige Gefallen." Sie lächelte. „Okay, die Nummer ist sechs-zwei-sechs ..."

Irgendwo im Haus schlug eine Tür zu. Der Knall ließ sie zusammenzucken. Das konnte ein Windstoß gewesen sein. Oder eine Katze. Oder ein weiterer Einbrecher. Und sie war nicht einmal bewaffnet.

„Warte", wisperte Violet. Ihr Nacken begann, zu prickeln. Sie ließ das Kleid fallen und griff sich eine bronzene Meerjungfrau von der Anrichte. Ein wenig lächerlich kam sie sich vor, als sie mit ihrer improvisierten Keule in den Flur trat, aber ihr Misstrauen war stärker. Zwei Türen standen offen. Sie spähte in eine Art Büro und in ein Schlafzimmer, das Emily offenbar als Kleiderschrank nutzte. Als sie sich der dritten Tür näherte, die geschlossen war, streifte Erdbeerduft ihre Nase. Sie packte ihre Bronzekeule fester und presste sich rücklings an die Wand. Mit der freien Hand klinkte sie die Tür auf, doch nichts geschah. Keine Regung, kein Laut. Kein Kugelhagel.

Sie beugte sich vor und spähte in ein großes Schlafzimmer. Halb erleichtert, halb beschämt über ihre Schreckhaftigkeit ließ sie die Meerjungfrau sinken. Sie hatte sich getäuscht. Es gab keinen Eindringling. Nur der Erdbeergeruch hing in der Luft, wie ein exzentrisches Raumparfüm. Vielleicht stand ihre Schwester auf Sex mit Erdbeeren.

Sie betrat das angrenzende Badezimmer und schaltete das Licht ein. Der Waschtisch sah aus, als habe jemand in größter Eile etwas gesucht. Parfümfläschchen und Cremedosen waren umgestürzt. Um das Waschbecken herum lag der Inhalt eines Medizinschranks verstreut. Schlafmittel,

Antibiotika, dazu alle möglichen Medikamente, deren Namen sie nie gehört hatte. Tabletten, die sich Emily im Laufe der Jahre gegen ihre eingebildeten Krankheiten hatte verschreiben lassen.

Auf dem Boden des Waschbeckens war eine rostfarbene Flüssigkeit angetrocknet, darin klebte eine Folie mit großen schwärzlichen Kapseln. Der Anblick verursachte ihr eine Gänsehaut, ohne dass sie genau wusste, warum. Sie drehte sich um und entdeckte einen Putzeimer neben der Toilette. Er war zur Hälfte gefüllt. Mit heißem Wasser, das noch dampfte.

Die Meerjungfrau zum Schlag erhoben, riss sie die Tür zum Abstellraum auf. Ein Schwall unverständlicher Worte schoss ihr entgegen, halb Betteln, halb weinerliches Lamento. In der Dunkelheit machte sie eine Mexikanerin aus, die sich in eine Ecke zwischen Wäschekorb und Reisetasche gekauert hatte und schützend die Hände über den Kopf erhoben hielt. Die Putzfrau. Violet ließ die Meerjungfrau sinken.

„Was machen Sie hier drin?"

Die Mexikanerin hieß Inez und beteuerte, dass sie nichts stehlen wollte. Hastig nestelte sie einen Schlüssel aus ihrer Hosentasche, um zu beweisen, dass sie die Erlaubnis hatte, das Haus zu betreten.

„Ich glaube Ihnen ja." Violet roch an der leuchtend gelben Spraydose, die sie neben Inez im Kleiderschrank gefunden hatte. Der Erdbeergeruch überwältigte sie.

„Gehört die etwa Ihnen?"

Inez stand mit hängenden Schultern da und betrachtete den Boden. „Ich wollte mir nur schnell die Haare machen." Sie wies auf den Waschtisch. „Sehen Sie, wie das hier aussieht?"

„Ja, aber warum in aller Welt haben Sie sich im Schrank versteckt?"

„Ich dachte, Sie sind ein Einbrecher."

„Ich bin Emilys Schwester. Keine Angst, wir haben keine Geheimnisse voreinander."

Inez wirkte nur mäßig erleichtert. „Dann kennen Sie diese Leute?"

„Welche Leute?"

„Die Verrückten." Inez tippte mit dem Zeigefinger gegen ihre Schläfe. „Loco rematato, verstehen Sie?" Ihre Stimme sank zu verschwörerischer Nähe ab. „Wenn Sie ihre Schwester sind, dann wissen Sie sicher, was mit ihr los ist? Sie benimmt sich seltsam in letzter Zeit."

„Was meinen Sie?"

Die Putzfrau machte eine vage Handbewegung. „Sie taucht nur kurz auf und spricht nicht mit mir. Letzte Woche hat sie eine Vase zerschlagen ..."

„Warten Sie", unterbrach Violet ihren Redefluss. „Letzte Woche? Ich dachte, sie ist verreist?"

„Verreist?" Verständnislos blickte Inez sie an.

Großartig. Violet seufzte. Dann hatte Stephan sie angelogen. Oder Emily hielt ihn genauso zum Narren wie alle anderen. So oder so, sie musste Inez beruhigen. „Kommen Sie." Sie fasste die Putzfrau am Arm und zog sie aus dem Bad. „Ich mache uns einen Kaffee und dann gehen wir ins Wohnzimmer und unterhalten uns wie zivilisierte Menschen."

„Die Etherlightkirche, genau." Inez' Gesicht bekam einen verträumten Ausdruck. „Sie haben ein Gebetshaus in Nord Hollywood mit einem schönen Altar."

„Und Emily ist dieser Kirche beigetreten?"

Die Mexikanerin nickte heftig. „Zuerst dachte ich, dass es gut für sie ist. Jeder braucht einen Hafen. Warten Sie, ich zeige Ihnen etwas."

Sie kramte in ihrer Handtasche und brachte ein verknittertes Blatt Papier zum Vorschein. Die obere Hälfte wurde eingenommen von einem Stundenspruch, umrahmt von zwei Rauschgoldengeln und einem Strahlenkranz. Darunter befanden sich ein Foto, Sonnenaufgang über der Wüste und eine Wegbeschreibung.

„Lag im Papierkorb", verkündete Inez. „Ist doch schade drum."
„Interstate 15 Nord." Anstelle einer Adresse waren nur GPS-Koordinaten angegeben. „Das ist die Straße nach Vegas, oder?"
„Was?" Irritiert blickte Inez sie an.
„Die Adresse hier."
„Nein, ich meine das da." Ein brauner Zeigefinger tippte auf die Textpassage zwischen den Engeln.

Und der Herr sprach zu seinen Kindern: Seid fest im Glauben und unerschütterlich und folget mir. Die Feuersbrunst wird sich teilen und die Wogen der Sintflut werden nicht über euch hinwegfegen, denn eure Seelen sind wertvoll und rein und verdienen es, errettet zu werden.

Inez lächelte. „Ist das nicht wundervoll? Reinheit ist Erlösung. Und jeder kann ihrer Kirche beitreten." Die Schrift war verschnörkelt. „Aber seit sie zu den Etherlightmessen geht, verändert sie sich", klagte die Mexikanerin. „Diese Leute, die sie dort kennengelernt hat, tauchen manchmal hier auf. Emily sagt, ich soll mich nicht darum kümmern. Aber sie sind schrecklich!" Ihre Stimme sank ab. „Sie gibt ihnen einfach die Schlüssel. Und wenn sie kommt, geht sie mir aus dem Weg. Dreht mir den Rücken zu, wenn ich sie anspreche. Manchmal sucht sie etwas und bekommt Wutanfälle, wenn sie es nicht findet."
„Wann haben Sie sie zuletzt gesehen?"
„Vor zwei Tagen."
„Hat sie irgendetwas gesagt?"
„Nur: ‚Geh mir aus dem Weg und mach dich irgendwo anders nützlich'. Sonst nichts."
Violet hob eine Augenbraue. „Und da sind Sie noch hier?"
Inez zuckte mit den Schultern. „Sie zahlt mir zwanzig Dollar die Stunde." Ein entschuldigendes Lächeln spielte um ihre Lippen. „Und sie kontrolliert nie die Stunden."

Inez schloss das Tor auf, sodass Violet nicht wieder das Gitter übersteigen musste. Der Zettel mit dem Bibelspruch steckte in ihrer Tasche, zusammen mit den schwarzen Kapseln und der AT & T Telefonrechnung. Den Dolce & Gabbana Fummel warf sie auf den Beifahrersitz. Während sie ausparkte, rief sie im Büro an. Marshall nahm erst beim zweiten Versuch ab. „Wie sieht's aus?", fragte sie.
„Letzter Login war vorgestern, kurz nach Mittag in Baker."
„Kannst du noch ein paar Sachen für mich checken?" Sie lenkte den alten Saab zurück auf die Straße.
„Klar."
„Großartig. Erstens, es gibt eine Kirche namens Etherlight. Die haben eine Kapelle in Oxnard und einen Fernsehkanal. Ich brauche ein paar Hintergrundinformationen." Durch die Leitung hörte sie Tasten klappern. „Dann habe ich GPS-Koordinaten." Sie gab ihm die Zahlen durch. „Kannst du mir sagen, was das ist?"
Im Rückspiegel tauchte ein Polizeiwagen auf. Mit einem Fluch nahm Violet das Handy hinunter. Sie hob den Fuß vom Gas und wartete, bis die Cops außer Sichtweite waren, dann legte sie das Telefon zurück ans Ohr.
„Check die Koordinaten zuerst. Die brauche ich in ein oder zwei Stunden."
„Und du?"
Sie warf einen Blick auf die Uhrzeitanzeige im Cockpit. Kurz vor zwei, früher Nachmittag. „Ich fahre nach Vegas."

Sie brauchte fast eine Stunde, um die Peripherie von Los Angeles zu durchqueren.

Danach dünnten sich die Autoschlangen aus, und als sie die San Gabriel Mountains erreichte, war der Highway fast leer. Kein Mensch fuhr mitten in der Woche nach Las Vegas. Die riesige graue Interstate lag wie ausgestorben in der Nachmittagssonne. Vierspurig schnitt sie durch die Berge, teilte die Schutthalden des hoch gelegenen Victor Valleys und wälzte sich auf der anderen Seite der Tehachapi Mountains hinunter, hinter denen die Mojave Wüste begann. Violet überholte ein paar Trucks, folgte eine Zeit lang einem weißen Pick-up und hielt schließlich auf einem Rastplatz vor den Überresten einer Tankstelle, um mit Marshall zu telefonieren. Ein leichter Wind wehte und machte die Hitze erträglich.

„Matavilya Crest." Stolz schwang in Marshalls Stimme.

„Was ist das?"

„Der Ort zu deinen GPS-Koordinaten. Er ist auf regulären Karten nicht verzeichnet."

„Ah." Sie musste die Augen zusammenkneifen, weil die Sonne blendete. Die Ebene zu beiden Seiten des Highways leuchtete in Sand- und Purpurtönen. „Wie komme ich da hin?"

„Du verlässt die Interstate zwanzig Meilen hinter Baker an der Cima Road, folgst der Straße fünfzehn Meilen nach Norden und hältst nach einer Schotterpiste Ausschau, die linker Hand abzweigt und auf ein Hochplateau führt."

„Und dort liegt Matavilya Crest?" Sie stockte bei dem Versuch, den Namen auszusprechen. „Was ist das? Ein altes Indianerdorf?"

„Matavilya Crest ist eine Villa, die ein Zeitungsmillionär in den Sechzigern gebaut hat. Der Mann ist 1985 gestorben und seitdem steht das Haus leer, weil die Erben sich nicht einigen können. Sicher, dass sich deine Schwester da oben versteckt?"

Sie stieß einen Stein beiseite. „Keine Ahnung. Es ist meine einzige Spur."

„Viel Glück", sagte Marshall. „Und mach keine Dummheiten."

Violet stieg in ihren Wagen und fuhr zurück auf den Highway. Die Interstate schwang sich in weitem Bogen hügelabwärts, folgte dem Ufer eines ausgetrockneten Salzsees und verlief weiter nach Osten. Eine Eisenbahnstrecke wurde in der Ferne sichtbar, dahinter die Berge am Horizont. Sie ließ Baker hinter sich, eine Ansammlung von Tankstellen und Fast-Food-Restaurants und hielt Ausschau nach ihrer Abfahrt.

Die Cima Road begann als asphaltierte Straße, verwandelte sich jedoch nach zehn Meilen in eine Sandpiste. Mit leiser Besorgnis registrierte Violet, dass die Nadel ihrer Benzinanzeige dem letzten Drittel der Skala entgegenstrebte. Vielleicht hätte sie in Baker tanken sollen. Doch jetzt wollte sie nicht mehr umdrehen und die zwanzig Meilen zurückfahren.

Am Straßenrand tauchte ein rostiges Autowrack auf. Weit entfernt bewegte sich eine Silhouette zwischen den Joshuabäumen, die aussah wie eine Hyäne. Sie nahm den Fuß vom Gas und versuchte, genauer zu erfassen, was es war. Vielleicht ein Kojote oder ein wilder Hund, denn Hyänen gab es hier nicht. Etwas irritierte sie an der Art, wie das Tier sich bewegte. Dann verschwand es in einer Senke und tauchte nicht wieder auf.

Die Abzweigung, die Marshall ihr beschrieben hatte, fand sie nur durch Zufall, doch danach führte die Piste stetig aufwärts in ein Labyrinth rostbrauner Felsen und Violet wusste, dass sie auf dem richtigen Weg war. Die Sonne hing tief, als sie endlich die Hochebene erreichte. Matavilya Crest schien zuerst eine Fata Morgana, ein flimmernder Umriss am Horizont. Aus dem Dunst schälten sich eine Mauer, die Dächer mehrerer Häuser, Palmenwipfel und ein Glockenturm. Wie ein Fort aus der Zeit der spanischen Konquistadoren, wären da nicht das Stahltor gewesen und die Mauerkronen aus Stacheldraht. Das Anwesen wirkte einsam, aber nicht verfallen. Reifenspuren führten zum Tor. Offenbar hatten die Erben sich zwischenzeitlich geeinigt. Sie bremste und studierte das Bronzeschild an der Mauer. Eine stilisierte Sonne bedeckte die obere Hälfte der Tafel, darunter stand in goldenen Lettern: Church of Etherlight.

„Großartig“, murmelte sie. „Volltreffer.“

5

Die Decke vibrierte, winzige Putzbrocken trafen Gabriel im Nacken. Er vermutete, dass sich seine Zelle unterhalb des Haupttors befand. Immer, wenn ein Wagen die Einfahrt durchfuhr, bebte die Struktur unter den Erschütterungen. Die Handschellen schnitten ihm ins Fleisch, doch es gelang ihm nicht, sich weit genug aufzurichten, um die Arme zu entlasten. Der Schmerz in seinen Beinen war zu einem dumpfen Pochen abgeklungen. Sein Blick glitt über den Boden, verharrte am Rand eines Lichtkegels und tastete sich zurück zu seinen Füßen, die Beine herauf zu den Knien. Der Stoff seiner Jeans glänzte schwarz vom Blut.

Im Augenwinkel erfasste er die Pistole mit dem Schalldämpfer, die Carl auf den Holzstuhl gelegt hatte. Er fror, wo der Schweiß auf seiner Haut zu trocknen begann.

„Du ermüdest mich.“ Carls Stimme hallte aus weiter Ferne in Gabriels Geist. Er trieb in einem Fieberrausch, der seine Sinne abstumpfte und Carls Worte zu Echos verzerrte. „Du strapazierst meine Geduld.“ Carl war ein Schatten, jetzt schrie er fast, ganz nahe an seinem Gesicht. „Kannst du mir nicht wenigstens den verdammten Namen geben? Wie heißt dieser Scheißengel?“

Ein Tritt gegen seine zerschmetterten Knie explodierte in seine Lethargie. Ein Schmerzensschrei stieg ihm in der Kehle auf, sein Magen rebellierte. Carl packte ihn beim Haar und zwang seinen Kopf in den Nacken. Ihre Blicke bohrten sich ineinander. Hass flocht sich um die Schmerzen.

„Ich werde dich töten“, stieß Gabriel hervor.

Dumpf krachte das Tor über ihm ins Schloss. Die Decke zitterte.

*

Die Frau, die ihr das Tor geöffnet hatte, stellte sich als Nicole vor und lotste Violet mit ihrem Golfwägelchen zu einem Parkplatz neben der Kapelle. „Haben Sie Ihr Gepäck im Auto?“

„Gepäck?“ Violet schlug die Tür zu und schloss ab. Sie betrachtete die parkenden Fahrzeuge. Emilys Wagen war nicht darunter. Falls sie immer noch ihren hellblauen Lexus SUV fuhr, mit dem sie an Thanksgiving bei Mom aufgetaucht war. Vielleicht hatte Stephan ihr inzwischen einen hübschen kleinen Porsche geschenkt.

„Ist das hier ein Hotel?“

Verwirrung glitt über Nicoles Züge. „Kommen Sie nicht von Oxnard?“

„Nein.“ Vorsichtig musterte Violet die Frau. Nicole war etwas jünger als sie, vielleicht Ende zwanzig, mit einem unauffälligen Gesicht. „Ich bin hier, um meine Schwester zu besuchen.“

Misstrauen verdunkelte Nicoles Blick. „Dann wurden Sie nicht eingeladen?“

„Doch, natürlich. Von Emily. Sie wird schon auf mich warten.“

„Und Sie sind …?“

„Violet Bardo. Meine Schwester heißt Emily Bardo.“

Nicole zögerte. „Na gut“, sagte sie nach einigen Sekunden. „Kommen Sie mit.“

Sie überquerten den Platz zwischen der Kapelle und dem Haupthaus und traten in ein dämmriges Atrium. Ein intensiver Geruch nach Möbelpolitur hing in der Luft, durchsetzt mit Räucherstäbchenaroma. Nicole schlüpfte hinter die marmorne Empfangstheke und tippte etwas am Computer, dann blickte sie auf.

„Es tut mir leid, aber wir haben hier keine Emily Bardo.“

„Sind Sie sicher?“

„Sie ist nicht im System, also ist sie nicht hier.“

„Das ist merkwürdig. Vielleicht hat sie einen falschen Namen angegeben?" Entschuldigend hielt Violet ihr Handy hoch. „Ich kann sie leider nicht anrufen. Kein Empfang."

„Warum sollte sie das tun?", fragte Nicole kühl.

„Ach wissen Sie", Violet wandte den Kopf, weil sie glaubte, eine Bewegung hinter sich wahrzunehmen, „meine Schwester ist eigen. Reist gern inkognito." Ein großes Gemälde von einer Kreuzigungsszene hing neben einer Holztreppe. Auf der anderen Seite begann ein Korridor. Doch da war niemand. „Emily ist ziemlich auffällig. Schwarze Locken, leuchtend blaue Augen. Klein und zierlich. Wie Schneewittchen."

Nicoles Gesicht wurde nicht freundlicher. Violet ahnte, dass das hier in eine Sackgasse führte. „Was ist das für ein Ort?", fragte sie. „Ich dachte, es wäre ein Hotel."

„Nein", wiederholte Nicole, „ist es nicht. Kommen Sie, ich bringe Sie zurück zum Tor."

„Das ist ein Mutterhaus." Marshalls Worte kamen abgehackt durch die Leitung.

Violet fröstelte, als Wind ihr über den Nacken strich. Sie hatte fast die ganze Strecke zurück zum Highway fahren müssen, um wieder telefonieren zu können. Die Spitzen der Berge schimmerten purpurn und golden, von der Ebene dämmerte Schwärze herauf. Mit Einbruch der Nacht wurde es kalt.

„Etherlight ist eine Art Scientology für die Freunde der Apokalypse. Die sind in den letzten Jahren recht populär geworden, predigen eine Mischung aus Weltuntergangslehre und christlichem Erlösungsideal."

Violet stieß sich von der Motorhaube ab. „Und was tun sie mitten in der Wüste?"

„Keine Ahnung. Vielleicht suchen sie einen brennenden Dornbusch."

„Was?" Sie umrundete den Wagen.

„Sie werden demnächst einen brauchen." Marshall kicherte. „Sie kündigen vollmundig die Apokalypse an, und dieses Jahr wäre es dann so weit. Wenn sie nicht stattfindet, müssen sie sich eine gute Ausrede einfallen lassen."

„Mit diesem Mutterhaus stimmt etwas nicht." Violet betrachtete die Lichter, die in einigen Meilen Entfernung den Highway hinunterflossen. „Sie behaupten, Emily nicht zu kennen, aber das glaube ich nicht."

„Wegen ihres Handys?"

„Was hätte sie sonst hier zu suchen?"

„Vielleicht war sie auf dem Weg nach Vegas, und unterwegs ist der Akku ausgegangen?"

Sie antwortete nicht gleich, weil sie glaubte, eine Bewegung in den Schatten wahrzunehmen. Ihr kam das Tier in den Sinn, das sie auf dem Weg nach Matavilya Crest gesehen hatte. Es gibt keine Hyänen in der Mojavewüste. Unwillkürlich richteten sich ihre Nackenhaare auf. Sie starrte eine Sekunde länger in die Dunkelheit, dann stieg sie ins Auto und verriegelte die Türen.

„Ich muss mich da noch mal umschauen", sagte sie.

Kies spritzte unter ihren Reifen, als sie den Wagen wendete und holpernd auf die Piste zurückfuhr, die zum Hochplateau führte. Vor der letzten Kurve schaltete sie die Scheinwerfer aus. In der Ferne tauchte Matavilya Crest auf, eine Ansammlung von Lichtpunkten in der Nacht. Violet rollte näher, bis sie den Stacheldraht auf der Mauer erkannte. Dann verließ sie die Zufahrt, legte hundert Yards parallel zur Einfriedung zurück und blieb stehen. Jetzt hieß es warten. Sie stellte den Motor ab und schob ihren Sitz zurück, um es sich bequem zu machen.

Kurz nach Mitternacht zog sie ihre Pistole aus dem Handschuhfach, eine Browning BDM, die sie sich nach dem DEA-Desaster gekauft hatte. Sie wog die Waffe in der Hand, unsicher, ob sie sie wirklich mitnehmen sollte. Das Ding war schwer und unbequem. Sie rechnete nicht damit, dass sie in die Verlegenheit kommen würde, sich ihren Weg freischießen zu müssen. Andererseits war da ein diffuses Unbehagen, das sie nicht ignorieren wollte. Schließlich folgte sie ihrem Bauchgefühl, stieg aus und schob die Browning in den Hosenbund.

Alle fünfzig Yards tauchten Scheinwerfer die Mauer in kaltes Licht. Die Nacht war so still, dass sie das Knirschen der Steinchen unter ihren Schuhsohlen hörte. Kurz fragte sie sich, ob sie mit Hunden patrouillierten, dann wischte sie den Gedanken beiseite. Unwahrscheinlich, dass im Ordenshaus einer Kirche militärische Sicherheitsstandards herrschten, selbst wenn sie die Apokalypse predigten. Am Nachmittag hatte sie jedenfalls keine Wache gesehen.

Gut zweihundert Yards vom Tor entfernt endete die Mauer an einer Kapelle. Sie blickte hoch zu einer Reihe von Fensterbögen. Die Wand war aus Adobeziegeln geschichtet, die Fugen weich und brüchig. Probeweise grub sie ihre Fußspitze in einen der Zwischenräume. Der Lehm knirschte, aber hielt ihr Gewicht. Gut. Sie stieß den Atem aus, packte einen Vorsprung und zog sich hoch.

Als sie einige Minuten später das Fenstersims erreichte, überzog ein Schweißfilm ihr Gesicht. Erleichtert stellte sie fest, dass die Öffnungen nicht verglast waren. Ihre Finger tasteten durch eine dicke Schicht Staub, ein Ruck, und sie war oben. Auf der anderen Seite lag eine Holzempore, die sich um das Kirchenschiff zog. Violet fand eine Wendeltreppe neben dem Altar und stieg hinunter in die Haupthalle. Durch die Fenster fiel ein schwacher Lichtschein, der Kirchenbänke und ein massives Eingangsportal enthüllte. Ein Flügel gab nach, als sie dagegen drückte. Rasch schlüpfte sie nach draußen. Das Anwesen lag in tiefem Schlaf. Kein Geräusch störte die Nacht. Violet wartete ein paar Minuten, ohne dass etwas geschah, dann setzte sie sich in Bewegung. Gebückt überquerte sie die freie Fläche zwischen Kapelle und Haupthaus. Die Eingangstür war verschlossen, doch sie brauchte nur wenige Augenblicke, um das Schloss aufzubrechen, eine lächerlich simple Konstruktion. Zwei bläuliche Notlämpchen hoben die Konturen des Atriums aus dem Dunkel. Sie schlüpfte hinter die Marmortheke und erweckte den Computer zum Leben.

„Passwort", murmelte sie. „Klar."

Sie durchstöberte die Schubladen unter der Konsole, fand ein paar Haftnotizen, einen Quittungsblock, eine Stahlkassette, doch keinen Hinweis auf das Passwort. Frustriert ließ sie sich auf den Stuhl sinken. Ihr Knie stieß gegen ein lockeres Brett und verursachte ein Klappern, das sie zusammenzucken ließ.

„Shit!"

Sie tastete über die vorstehende Kante, fand einen Griff und zog daran. Eine schmale Schublade kam zum Vorschein. Darin lag eine großformatige Kladde mit einer Liste von Namen und Daten. Ein Gästebuch. Ihre Stimmung hob sich. Im spärlichen Licht des Monitors überflog sie die letzten Seiten und fand, was sie suchte. Emily Bardo, vierter November, das lag fünf Tage zurück. Daneben stand eine dreistellige Zahl, von der Violet hoffte, dass es eine Zimmernummer war.

Zehn Minuten später verließ das Glück sie.

Sie studierte die Zimmernummern in einem Seitenflügel des Hauses, als weiter vorn im Gang eine Tür aufflog. Geistesgegenwärtig presste sie sich an die Wand. Die Pistole drückte gegen ihr Rückgrat. Der Korridor war unbeleuchtet bis auf die winzigen LEDs unter den Türschildern, doch das konnte sich schlagartig ändern. Stimmen drangen zu ihr herüber, zwei oder drei Männer. Jemand lachte. Sie musste hier weg. Sofort.

Mit einem Ruck löste sie sich von der Mauer, der Teppich schluckte ihre Schritte. Sie erreichte den Durchgang zu den Treppen, packte den Türrahmen und schwang sich ins Dunkel. Keine Sekunde zu früh, denn im gleichen Moment krachte die Tür weiter vorn ins Schloss. Das Herz hämmerte ihr in der Kehle. Die Stimmen näherten sich. Hier konnte sie unmöglich bleiben. Lichtschein aus dem oberen Geschoss leckte über die Stufen. Von unten quoll Dunkelheit herauf.

Also nach unten.

„... leer um diese Zeit." Sie hörte schwere Schritte. „Anderthalb Stunden bis Hollywood."

Ein Aufprall ließ sie zusammenzucken, metallisches Scheppern, ein lauter Fluch. „Pass doch auf!" Jemand kicherte. „Scheiß Geländer!"

Fromme Schwestern waren das jedenfalls nicht. Sie holte tief Atem und stieg weiter hinab, immer tiefer. Die Treppe mündete in einen stockfinsteren Absatz. Sie ertastete eine Feuertür und drückte dagegen, doch konnte sie nicht öffnen. Großartig.

Die Männer weiter oben debattierten immer noch, auch wenn ihre Stimmen jetzt gedämpfter klangen. Die Stufen führten weiter nach unten. Warum hatte dieses Haus zwei Kellergeschosse? Das war ungewöhnlich. Die Luft roch abgestanden. Eisenspäne, Staub und verrottete Kartoffeln. Hähnchen mit Knoblauch war nicht dabei. Violet fuhr sich über die Augen. Sie musste sich konzentrieren. Vor ihr zeichnete sich der helle Umriss einer Tür ab, Licht von der anderen Seite. Mit der flachen Hand drückte sie gegen das Türblatt. Rost bröckelte unter ihren Fingern. Die Tür bewegte sich und gab den Blick frei auf den Rücken eines Mannes mit einer Maschinenpistole über der Schulter. Sie zuckte zurück, als hätte sie sich verbrannt. Fromme Schwestern? Nie im Leben! Wohl eher die Inquisition. Was war das für ein Laden?

Über ihr dröhnten Schritte, jemand kam die Treppe herunter. Sie erfasste den hellen Fleck einer Taschenlampe auf der gegenüberliegenden Wand. Ihre Gedanken rasten. Halb im Reflex griff sie nach ihrer Waffe. Sie konnte den Kerl schlecht erschießen, doch wenn sie ihn mit einem gezielten Hieb am Hinterkopf erwischte ...

Erneut stieß sie die Tür vor sich auf, die Hand mit der Pistole zum Schlag erhoben, doch der Mann war verschwunden. Musste sich vor einer Sekunde in Bewegung gesetzt haben. Umso besser. Sie stieß den Atem aus und schlüpfte in den leeren Gang.

Der Korridor war niedrig und eng und verzweigte sich in einer T-Kreuzung. Violet glitt um die Ecke und rannte zum nächsten Durchgang, presste sich gegen die Wand und blickte sich um. Ein intensiver Geruch nach Maschinenöl hing in der Luft. Die Tür vom Treppenhaus stieß gegen die Mauer. Schritte klangen auf und verstummten abrupt.

„Max!", hörte sie die Stimme des Mannes. Metall klapperte auf Metall. „Max, bist du da?" Eine schmutzige Leuchtstoffröhre flackerte unter der Decke. „Wo steckst du, Mann?" Hohl prallte die Stimme von den Wänden ab.

Violet schob den Sicherungshebel der Browning zurück.

Maschinenöl. Eisenspäne.

Sie verharrte einige Minuten, ohne dass etwas geschah, dann spähte sie um die Ecke. Der Korridor lag leer vor ihr. Sie schnaubte, um den Geruch aus der Nase zu bekommen. Das war kein Maschinenöl, sondern ein durchdringender Cocktail aus Rost und Industriereiniger, der ihr fast den Atem raubte.

Ein Schrei brach sich an den Wänden.

Der nackte Beton verzerrte den Hall, ließ aber keinen Zweifel, dass das ein Mensch war. Die Härchen in ihrem Nacken richteten sich auf. Sie umklammerte ihre Pistole, unschlüssig, was sie tun sollte. So schnell wie möglich hier raus, schrie die Stimme der Vernunft in ihr. Es ging sie nichts an, was Etherlight in seinen Kellern anstellte. Auf Zehenspitzen schlich sie zurück zur Feuertür, die ins Treppenhaus führte. Doch die Tür gab keinen Millimeter nach, als sie zog. „Verdammt", hauchte sie zwischen zusammengepressten Zähnen. Jetzt wusste sie, was da zuvor geklappert hatte. Ein Schlüssel in einem Schloss.

Ein zweiter Schrei flog durch die Mauern und riss abrupt ab. Ein Funkgerät krächzte, dann hörte sie eine Stimme, ohne Worte zu verstehen. Mist, hier konnte sie nicht bleiben. Sie ließ von der Tür ab, umklammerte die Browning mit beiden Händen und glitt in den zweiten Gang. Der

Korridor machte einen Knick und mündete in einen halbdunklen Raum mit einem Heizkessel. Der Metallgestank, der ihr aus dem Durchgang entgegenschlug, drohte, sie zu überwältigen. Plötzlich wusste sie, was es war. Kein Rost, keine Metallspäne. Sondern Blut.

„Nein, habe ich nicht."

Sie erschrak, als die Stimme dicht vor ihr aufklang, sie den Mann aber nicht sehen konnte. Er musste auf der anderen Seite des Heizkessels stehen. Aus dem Funkgerät drangen zerhackte Wortfetzen, die keinen Sinn ergaben. „Nein!", wiederholte er, hörbar genervt.

Das musste der Kerl sein, der die Tür abgesperrt und den Schlüssel eingesteckt hatte. Sie hatte keine Ahnung, ob er allein oder ob der zweite Mann bei ihm war. Kurz spielte sie mit dem Gedanken, sich in einer der Abstellkammern zu verbergen und zu warten, dass sich die Tür wieder öffnete. Doch jede Faser ihres Wesens sträubte sich bei der Vorstellung. Zu viele Unwägbarkeiten. Außerdem übte dieser halbdunkle Raum eine morbide Faszination auf sie aus. Alles in ihr drängte darauf, herauszufinden, was sich hier abspielte.

„Aber das ist nicht mein Scheißproblem!" Der Unmut im Tonfall schlug um in Aggression. „Können wir das vielleicht später besprechen? Ich kann dich schlecht verstehen!"

Violet näherte sich dem Kessel und tastete über die Isolationsmatten. Hier war es so dunkel, dass sie kaum ihre Hand vor Augen sehen konnte.

„Ich habe es euch gesagt, das wird nicht funktionieren."

Der Blutgeruch machte sie schwindelig. Ihre Courage schwankte. Sie war nicht mehr sicher, ob sie wirklich wissen wollte, was sich auf der anderen Seite des Kessels befand. Etwas klirrte wie Kettenglieder.

„Warte mal", sagte der Mann.

Sie umrundete den Kessel zur Hälfte und wich einem Strang Wasserleitungen aus. Auf der anderen Seite malte eine Glühbirne einen glänzenden Fleck auf den Boden. Schwacher Schein fing sich auf den Strukturen der gegenüberliegenden Wand und hob schwarz und klobig den Rücken eines Mannes aus den Schatten. Sein Haar leuchtete rotblond im Licht. Zu ihrer Erleichterung trug er keine Maschinenpistole. Doch ihr stockte der Atem, als sie eine zweite Silhouette entdeckte, tiefer im Schatten und seltsam verdreht.

„Keine Ahnung, was mit ihm ist."

„Carl hat gesagt, dass ..." Der Rest des Satzes aus dem Funkgerät zerstob in atmosphärischem Rauschen. Es knackte ein paar Mal, dann riss die Stimme ab.

Der Rotblonde streckte einen Arm aus, eine Bewegung verwischte im Dunkel. Ein Keuchen entwich in den Raum, dann erkannte sie, dass er den Kopf eines anderen Mannes gepackt hielt, der mit den Armen an die Decke gefesselt war. Die hielten hier unten einen Gefangenen fest? Jedenfalls war das eine Gelegenheit, die sie vielleicht nicht wieder bekommen mochte. Der Kerl war abgelenkt, beide Hände beschäftigt.

Mit drei Schritten war sie hinter ihm und ließ den Griff ihrer Pistole mit aller Wucht auf seinen Hinterkopf niederkrachen. Das Funkgerät polterte auf den Beton. Einen Lidschlag später sackte der Mann zusammen. Gott sei Dank. Hastig durchsuchte sie ihn nach Waffen. Auf dem Boden glänzte klebrige Feuchtigkeit. Sie realisierte, dass es Blut sein musste und ein Teil von ihr wollte zurückzucken. Doch sie zwang sich zur Konzentration. Wenn die Jahre bei der Polizei sie eins gelehrt hatten, dann, den Fokus aufs Wesentliche zu richten. Zuerst musste sie sicherstellen, dass der Rotblonde keine Bedrohung mehr darstellte. Unter seiner Jacke entdeckte sie eine Pistole in einem Schulterhalfter und über seinem Fußknöchel ein Springmesser. Zuletzt schaltete sie das Funkgerät aus.

Hinter ihr klirrten leise die Kettenglieder. Sie sprang auf und drehte sich um, doch konnte nicht viel erkennen. Ein helles T-Shirt voller dunkler Schlieren, nackte Arme voller Blut. Nachträglich spülte der Schock über sie hinweg, als sie näher trat. Der Kopf war dem Gefangenen auf die Brust gesunken, die Beine an den Knien eingeknickt, sodass sein ganzes Gewicht auf den Armen lastete. Sie streckte eine Hand aus und tastete nach dem Puls des Mannes. Ein paar Haarsträhnen streiften ihren Handrücken. Er lebte, doch war nicht bei Bewusstsein. Ihr Blick wanderte zu den Handschellen, mit denen man ihn an ein Leitungsrohr gefesselt hatte. Es brauchte nicht viel Fantasie, diesen Heizungskeller in einen mittelalterlichen Folterkerker zu verwandeln. Oh Gott. Und sie hatte im Stillen Witze über die Inquisition gemacht.

Wenn es noch eines Beweises bedurft hätte, dass etwas nicht stimmte in Matavilya Crest, hing er direkt vor ihr. Wachen mit Maschinenpistolen und ein Gefangener, den man bis zur Besinnungslosigkeit gefoltert hatte.

Großer Gott, in was war Emily da hineingeraten?

Sie musste den Mann herunterholen. Doch zuerst wollte sie sicherstellen, dass der Rotblonde ihr nicht in die Quere kam. Zwischen Kisten voll Gerümpel fand sie Kabelbinder, mit denen sie den Kerl an Händen und Füßen fesselte. Sie knebelte ihn mit einem ölverschmierten Lappen und wandte sich zurück zum Gefangenen. Um an die Kette zwischen den Handschellen zu gelangen, musste sie sich strecken. Sie schrak zusammen, als er sich regte, ließ aber nicht von ihm ab. Die Kette war solider Stahl. Unmöglich, mit bloßen Händen etwas auszurichten.

Erneut bückte sie sich zum Rotblonden hinab und durchwühlte seine Taschen. Sie fand einen Schlüsselbund, doch der Schlüssel für die Handschellen war nicht dabei. Verdammt, ihr lief die Zeit davon. Was, wenn der Kerl mit der Maschinenpistole wieder auftauchte? Sie brauchte eine Zange oder einen Bolzenschneider. In den Regalen konnte sie nichts Brauchbares entdecken, deshalb stürzte sie zurück in den Korridor und durchstöberte die Abstellkammern, die sie zuvor passiert hatte. In einer Kiste mit Gartenwerkzeugen entdeckte sie endlich eine große Baumschere. Nicht ideal, aber besser, als die Kette in Stücke zu schießen. Als sie aus der Kammer hinaustrat, ließ ein Geräusch sie erstarren. Eine Toilettenspülung, dann fließendes Wasser. Max? Hektisch sah sie sich um. Sie wusste nicht, hinter welcher der Türen das Bad lag. Der Korridor war hell erleuchtet. Nicht der beste Ort, um mit einem Kerl zusammenzustoßen, der mit einer Maschinenpistole bewaffnet war. Sie hastete zurück zum Heizungsraum und tauchte in die Dunkelheit vor dem Kessel, um Max auf die gleiche Weise außer Gefecht zu setzen, wie sie es mit seinem Freund getan hatte.

Was nicht funktionieren würde, schoss es ihr durch den Kopf. Der Rotblonde lag noch immer auf dem blutverschmierten Beton. Von der Tür aus konnte man ihn nicht sehen, aber sobald Max den Heizkessel umrundete, war es vorbei mit dem Überraschungsmoment.

Eine Tür schlug zu, Schritte näherten sich. Zwei Sekunden später tauchte Max auf. Er blieb im Durchgang stehen und blinzelte, wohl um seine Augen an die Dunkelheit zu gewöhnen. Die Maschinenpistole trug er jetzt in einer Hand, den Gurt um den Unterarm geschlungen. Violet presste sich gegen die Heizungsrohre und umklammerte mit schweißnassen Fingern ihre Pistole. Sie konnte ihn mit zwei Schüssen in die Knie außer Gefecht setzen, auf die kurze Distanz würde sie ihn kaum verfehlen. Doch damit würde sie das ganze Haus aufwecken.

Max setzte sich wieder in Bewegung, kam direkt auf sie zu. Sie versuchte, mit dem Heizungskessel zu verschmelzen.

Plötzlich ging ein Ruck durch seinen Körper. Er fluchte, begann zu rennen. Instinktiv stieß sie sich ab und stürzte ihm nach, ihre Schritte kaum hörbar unter seinen schweren Fußtritten. Er hielt auf den Lichtkreis zu, an dessen Peripherie der Körper des Rotblonden lag, und brachte die Maschinenpistole hoch. Sie war kaum zwei Schritte hinter ihm, als er den Abzug durchriss. Der Leib des Gefangenen bäumte sich unter den Einschlägen auf. In einem Winkel ihres Bewusstseins realisierte sie, dass die Schüsse kaum mehr Lärm verursachten als ein platzender Reifen. Die

Waffe war schallgedämpft.

Entsetzen spülte wie Eiswasser über sie hinweg, Fassungslosigkeit. Sie holte mit der Pistole aus und hieb nach Max' Schädel, doch im gleichen Augenblick beugte er sich nach vorn und nahm dem Schlag die Wucht. Sie erwischte ihn nur im Nacken. Er taumelte, stürzte aber nicht. Violet setzte sofort nach, der zweite Hieb riss ihm die Wange auf, dann packte er ihren Arm mit der Pistole und verdrehte ihn. Sie keuchte auf unter dem plötzlichen Schmerz. Angst verwirbelte im Adrenalin. Sein Gesicht verzerrte sich, als sie ihm ein Knie in den Unterleib bohrte, Mordlust blitzte in seinen Augen auf. Gegen ihren Willen lösten sich ihre Finger unter seinem Zangengriff, die Browning polterte zu Boden. Max zog die Maschinenpistole hoch, Violet fing den Lauf mit der freien Hand und drückte ihn zur Seite. Sekundenlang rangen sie miteinander. Der Mann war stark und sie konnte spüren, wie das Gleichgewicht kippte.

Er ließ ihren Arm los, um mit beiden Händen die Pistole herumzuziehen. Sie landete einen Tritt gegen sein Knie, er strauchelte, sie bekam den Gurt der Waffe zu fassen und riss daran. Ein Schuss löste sich. Violet schnappte nach Luft, wartete auf den Schmerz. Doch erst als Max in die Knie ging, wurde ihr bewusst, dass die Kugel ihn erwischt hatte, nicht sie. Ohne einen weiteren Laut sackte er zusammen.

Sie stolperte zwei Schritte zurück. Die Maschinenpistole schlug gegen ihren Oberschenkel. Ihr wurde übel, als sie ihren Arm streckte. Der Schmerz schoss von ihrem Ellbogen hoch in die Schulter und ließ sie für einen Moment Sterne sehen.

„Bastard", stieß sie hervor. „Verdammter Bastard."

Sie blinzelte ein paar Tränen fort. Ob aus Schmerz oder Schock, sie wusste es nicht. Sie musste sich zusammenreißen und das hier durchziehen, gebrochener Arm oder nicht. Das Klirren der Ketten riss sie zurück in die Realität. Der Gefangene regte sich. Eine zweite Welle Übelkeit spülte über sie hinweg. Unmöglich. Sie hatte gesehen, wie eine Salve von Schüssen seinen Körper zerfetzt hatte. Es war unmöglich, dass er noch am Leben war.

„Holen Sie mich hier runter."

Seine Worte klangen hohl und verzerrt und so leise, dass sie zuerst glaubte, ein Gespenst zu hören. Sie verlor den Verstand, das war die einzige Erklärung.

„Machen Sie schon." Der Mann hob quälend langsam den Kopf. „Er hat einen Schlüssel. Der, den Sie erschossen haben."

Den ich erschossen habe … sie kämpfte den aufsteigenden Schwindel nieder. Das war Notwehr gewesen. Der Kerl hatte versucht, sie umzubringen. Nicht, dass es eine Rolle spielte. Sie hatte nicht vor, ihre Visitenkarte zurückzulassen, wenn sie von hier verschwand.

Ein Husten erschütterte den Körper des Mannes.

Hastig tastete sie Max' Taschen ab. Sie musste ihn schließlich auf den Rücken wälzen, um zu finden, was sie suchte. Zwei kleine Schlüssel in der Innentasche seiner Jacke. Mit zitternden Gliedern richtete sie sich auf und trat an den Gefangenen heran. Sie stellte sich auf die Zehenspitzen und schloss die Handschellen auf.

„Vorsicht", keuchte sie, als er gegen sie sackte. Sie krallte ihre Finger in sein T-Shirt und fing ihn auf, doch er war schwer und brachte sie aus dem Gleichgewicht. Mit zusammengebissenen Zähnen schleppte sie ihn zur Tür und ließ ihn an die Wand sinken.

„Wir müssen hier raus." Seine Stimme klang heiser, sein Atem ging schwer und ungleichmäßig.

„Ich weiß." Violet umklammerte den Schlüsselbund mit einer Hand, mit der anderen half sie ihm auf. Sie verstand nicht, wie er überhaupt noch bei Bewusstsein sein konnte. Er blutete aus einem halben Dutzend Wunden, einige davon so schwer, dass sie allein ausgereicht hätten, ihn in den Tod zu befördern. Aber das spielte erst einmal keine Rolle. Er hatte recht, sie mussten hier raus, bevor noch mehr Bewaffnete auftauchten.

Auf dem Weg zur Stahltür zog der Mann eine breite Blutspur hinter sich her, die sie schaudern ließ. Er stützte sich auf ihre Schulter, sie hielt seinen Arm und seine Hüfte umschlungen.

„Wie heißen Sie?", fragte sie, um ihn am Reden zu halten, damit er nicht wieder ohnmächtig wurde.

„Gabriel", brachte er hervor.

„Gabriel, okay. Freut mich, Sie kennenzulernen." Was für ein bizarrer Moment. Der Blutgeruch drohte, sie zu überwältigen, doch stur zog sie ihn weiter, einen Schritt vor den anderen. „Ich bin Violet."

An der Stahltür brauchte sie ein paar Sekunden, um den richtigen Schlüssel zu finden, dann traten sie ins Treppenhaus. Die Tür fiel hinter ihnen zu und Dunkelheit legte sich um sie wie ein weicher Mantel. Violet schloss ab, bevor sie ihren Weg fortsetzten. Die Treppen stellten eine fast unmögliche Herausforderung dar. Gabriel stützte sich so schwer auf ihre Schulter, dass sie fürchtete, zusammenzubrechen. Sie machten jede Menge Lärm, doch dieses Mal hatte sie mehr Glück. Keine der Türen im langen Korridor flog auf, während sie sich zum Ausgang schleppten. Als sie hinaustraten in die kalte Nachtluft, fühlte Violet eine solche Erleichterung, dass ihr Tränen in die Augen stiegen.

„Wir müssen zum Tor." Sie blinzelte und erneuerte ihren Griff um seine Hüfte. Er antwortete nicht, aber richtete sich so weit auf, dass er ihre Schulter ein wenig entlastete. Dennoch schien es Ewigkeiten zu dauern, bis sie die Hoffläche überquert hatten.

Der Parkplatz tauchte vor ihnen auf. Ihr kam eine Idee. Sie wühlte den Schlüsselbund aus ihrer Hosentasche und musterte den Autoschlüssel, der daran hing, den aufgeprägten Mercedes-Stern.

„Nobel geht die Welt zugrunde." Sie zielte aufs Geratewohl Richtung Parkplatz und betätigte die Zentralverrieglung. Ein feines Surren, Scheinwerfer leuchteten auf. Euphorie schoss ihr ins Blut. Sie hatten es fast geschafft.

Und dann brach die Hölle hinter ihnen los.

*

Gabriel war so benommen, dass er die Schreie hinter sich kaum realisierte. Er brauchte all seine Konzentration, um mit der schwarzhaarigen Frau Schritt zu halten. In einem Winkel seines Bewusstseins fragte er sich, wie es möglich war, dass so viel Kraft in ihrem schmalen Körper steckte. Doch der Gedanke trieb fort, wie alles andere, als eine neue Schmerzwelle aufbrandete und seine Knie nachgaben.

Dann hörte er Schüsse und Violets Stimme, die ihm etwas zubrüllte. Sie riss die Beifahrertür des schwarzen Mercedes Geländewagens auf und stieß ihn hinein. Eine Sekunde später hechtete sie hinter das Lenkrad und zog die Tür zu. Der Motor brüllte auf, mit durchdrehenden Rädern fuhr sie an. Sie streiften einen anderen Wagen, Schüsse peitschten über den Hof, die Heckscheibe explodierte unter einer Kugelsalve. Glassplitter trafen seinen Nacken, ein winziges Stechen, das sich auflöste in der Welle purer Qual, die erneut über ihn hinwegbrandete.

Aber nicht jetzt. Mit zusammengepressten Zähnen kämpfte er gegen die Transformation an. Nicht ausgerechnet jetzt.

Violet schrie etwas, beugte sich über ihn und streckte einen Arm aus, während sie mit der anderen Hand lenkte. Dann begriff er und packte den Sicherheitsgurt.

„Festhalten!", rief sie.

Er blickte auf, die Mauer raste auf sie zu, Flutlicht fing sich gleißend auf den Stacheldrahtrollen. Mit furchtbarer Wucht krachten sie ins Tor. Die Frontscheibe splitterte unter dem Aufprall, das Schloss brach, die Stahlflügel klafften auf. Schleudernd nahm der Geländewagen wieder Fahrt auf, das Plateau hinunter.

„Alles okay?“, stieß sie hervor.

Gabriel nickte. Mit zusammengepressten Zähnen versuchte er, das Zittern unter Kontrolle zu bringen. Er konnte, nein, durfte die Transformation nicht länger aufhalten. Nicht bei der Menge Blut, die er verloren hatte. Vor ihnen knickte die Piste steil nach unten ab. Violet bremste hart, ließ den Wagen in die Kurve schießen und schaltete die Scheinwerfer aus.

*

Die Jagd hinab in die Ebene war ein Albtraum. Violet beobachtete nicht länger die Scheinwerfer der Verfolger im Rückspiegel, sondern starrte auf die Straße, die im Mondlicht kaum zu erkennen war. Das Netz aus Rissen in der Windschutzscheibe behinderte ihre Sicht. Sie musste jede Kurve erahnen.

Immer wieder krachte der Mercedes Geländewagen in Rinnen und Schlaglöcher, schrammte gegen Fels, geriet ins Schleudern und fand wie durch ein Wunder zurück auf die Spur. Dann endlich blieben die Kliffe zurück und die Piste wand sich in die weite Ebene. Violet warf Gabriel einen Blick zu. Der Mann hatte den Kopf gegen die Polster gepresst, seine Augen geschlossen, die Hände zu Fäusten geballt. Das Mondlicht verwandelte sein Antlitz in eine zerklüftete Landschaft blauer Schatten, doch verbarg nicht, dass jeder Muskel zum Zerreißen gespannt war, als kämpfe er einen furchtbaren Schmerz nieder.

„Ich bringe Sie in ein Krankenhaus.“ Falls er nicht vorher am Blutverlust starb. Ihre Hilflosigkeit machte sie wütend. „Halten Sie noch ein Weilchen durch, ja?“

Mit einer Hand grub sie ihr Handy aus der Hosentasche und starrte auf die Netzsuche. Frustriert ließ sie es vor sich auf den Sitz fallen. Sie war noch mindestens zwanzig Meilen vom nächsten Signalradius entfernt. Im Rückspiegel tauchten die Lichter wieder auf, drei Punkte am Horizont, die nacheinander in die Ebene hinunterglitten. Shit.

Sie trat das Gaspedal durch, der Wagen beschleunigte. Ein schleifendes Geräusch irritierte sie, das vorher nicht da gewesen war. Einen Augenblick später heulte der Motor auf und stürzte in den Leerlauf, weil etwas im Getriebe brach. Die Nadel auf dem Tacho sank ab auf sechzig Meilen, dann fünfzig. Vierzig. Die Scheinwerfer in ihrem Rücken wurden größer.

„Halt durch, okay?“ Diesmal richtete sie ihren Appell an den Wagen, nicht an den sterbenden Mann neben sich. „Lass mich jetzt nicht hängen.“ Sie unterdrückte das Bedürfnis, hemmungslos zu fluchen, während sie den Gangwähler in den Leerlauf und wieder zurückschob.

Dreißig. Im Nacken brach ihr der Schweiß aus.

Sacht tippte sie das Gaspedal an, das Getriebe griff. Vor Dankbarkeit war sie versucht, ein Stoßgebet zu flüstern. Sie gab etwas mehr Gas, der Wagen beschleunigte, das Schleifen mischte sich in den Klang des Motors. Und die Verbindung zum Getriebe riss abermals ab.

„Verdammt!“

Die Nadel zitterte und fiel wieder. Zwanzig.

Die Scheinwerferpaare im Rückspiegel wuchsen weiter an. Wenn sie in diesem Tempo weiterkroch, hatten ihre Verfolger sie in fünf Minuten eingeholt. Kurz entschlossen riss sie das Lenkrad herum, überwand die Böschung und holperte über die mit Steinen und Grasbüscheln übersäte Ebene. Sie betete, dass die Achsen durchhielten. Gabriel atmete in kurzen, heftigen Stößen. Sie fasste nach seiner Schulter und erschrak, als sie die Hitze spürte, die von seiner Haut ausging. Der Mann fieberte. Als sie ihre Handfläche gegen seine Wange legen wollte, schoss sein Arm hoch und hielt sie fest.

„Anhalten“, keuchte er. Seine Stimme klang kaum noch menschlich.

„Was?“ Sie sah in den Rückspiegel. Wenigstens waren die verdammten Scheinwerfer verschwunden. Die Gotteskrieger mussten bereits die Stelle passiert haben, an der sie ins Gelände abgebogen war. Wenn sie auf den Highway stießen, würden sie wissen, dass sie ihre Beute verloren hatten, aber dann spielte es keine Rolle mehr.

„Halten Sie an!“ Seine Finger umklammerten ihr Handgelenk so fest, dass es schmerzte.

Ein Hindernis prallte gegen den Unterboden, dann ging ein so heftiger Ruck durch das Fahrzeug, dass sie nach vorn in den Gurt geschleudert wurde. Violet verriss das Lenkrad, der Mercedes schlingerte, hart trat sie auf die Bremse. Mit einem Ruck kamen sie zum Stehen. Der Motor erstarb.

Sie holte tief Atem, drehte den Kopf und starrte ihn an. „Sind Sie verrückt geworden?“

Gabriel antwortete nicht, sondern stieß die Tür auf und taumelte ins Freie. Er stürzte auf die Knie, richtete sich wieder auf und verschwand im Dunkeln.

Ein paar Sekunden blieb sie sitzen, weil Wut, Panik und Sorge in ihr rangen und sie nicht sicher war, welcher Gefühlsregung sie nachgeben sollte. Die ganze Aktion war völlig aus dem Ruder gelaufen. Es hatte ein kleiner Einbruch werden sollen, doch nun hockte sie in einem gestohlenen Autowrack mitten in der Wüste, nachdem sie diesem Kerl das Leben gerettet hatte, mit dem etwas nicht stimmte. Ihr Blick fiel auf die Blutschlieren, die den Beifahrersitz besudelten. Wenn er da draußen unbedingt sterben wollte, war das nicht ihr Problem.

Aber so einfach war es nicht. Sie bückte sich nach ihrer Pistole und stieg aus. Das Blut an ihren Händen hatte sich in einen klebrigen Film verwandelt. Sie wischte sich die Finger an ihrer Jeans ab, umrundete den Wagen und starrte über die Ebene, in der Gabriel verschwunden war. Grasbüschel und Kakteen zeichneten sich schwarz im Mondlicht ab.

„Hey“, rief sie halblaut. Wind strich über ihren Nacken und ließ sie frösteln. „Alles okay?“

Für einen Herzschlag glaubte sie, ein Rascheln zu hören, dann ein Knurren, das abrupt verstummte. Sie spannte sich an. Doch da war nichts außer dem Pfeifen des Windes.

Plötzlich schwang ein Schrei herüber.

*

Gabriel stolperte, brach in die Knie und riss sich die Handflächen auf bei dem Versuch, sich abzufangen. Er spürte den Schmerz nicht, nur die Wärme des Blutes auf der Haut. Seine Muskeln verkrampften sich unter Wellen purer Agonie, die sich höher auftürmten, immer höher und sein Inneres in Stücke rissen. Er hörte sich schreien, verlor jedes räumliche Gefühl. Ein Abgrund gähnte ihm entgegen. Er fiel, ein Sturz ins Bodenlose. Sein Geist krümmte sich zusammen vor Entsetzen. Es spielte keine Rolle mehr, dass der Schmerz nur die Erneuerung ankündigte. Nichts spielte eine Rolle. Die Transformation überrollte ihn mit der Wucht eines göttlichen Schwertstreichs und löschte sein Denken aus. Er wusste nicht, wie lange er schrie. Sekunden, Stunden, die Zeit dehnte sich.

Endlich erloschen die Flammen. Er wurde zu Asche in einem wirbelnden Sturm. Als der letzte Windhauch sich legte, sank er hinab in die Dunkelheit. Lautlos, ein schwacher Hauch. Sein Herzschlag verharrte.

Schließlich, nach einer Ewigkeit, stürzte er zurück in die Realität. Hustend und keuchend rang er nach Atem. Ihm wurde bewusst, dass er am Leben war, und dass die Schmerzen in seinem Körper zu Taubheit und Leere verklungen waren. Steifgliedrig richtete er sich auf die Knie. Konturen schälten sich aus der Schwärze, als seine Sicht sich klärte. Er erfasste Sträucher und Steine, den Wagen in einiger Entfernung und die Silhouette der Frau, die vor ihm aufragte. Dahinter, im Augenwinkel, glaubte er, eine Bewegung wahrzunehmen. Er versuchte, zu erkennen, was es war, doch nichts regte sich mehr im Dunkeln.

„Alles okay mit Ihnen?", durchschnitt Violets Stimme die Stille.

Er wusste, er schuldete ihr Dankbarkeit. Sie hatte ihn aus diesem Loch befreit, auch wenn er ihre Beweggründe nicht verstand. Sacht tastete er nach ihrem Geist. Keine Aura, nichts, das darauf hinwies, dass sie mehr war als ein gewöhnlicher Mensch. Er stieß den Atem aus und richtete sich auf. Violet taumelte zwei Schritte zurück, als habe eine unsichtbare Faust sie getroffen.

„Mir geht's gut." Seine Kehle war noch heiser vom Schreien. „Keine Sorge."

Auf ihrem Antlitz wechselten Unglaube und Entsetzen in rascher Folge. Das Mondlicht enthüllte jedes Detail ihres Gesichts und Gabriels Sinne fanden allmählich zurück zu ihrer alten Schärfe. Er wusste, dass sie ihn im Gegenzug nur schemenhaft wahrnehmen konnte, und war plötzlich froh darum. Ein Teil von ihm registrierte, wie zierlich sie war. Ein schmaler, drahtiger Körper, der zu einer Tänzerin passte. Ihre Schultern unter einem ärmellosen blauen Top waren sehnig und gut trainiert. Er machte einen Schritt auf sie zu, doch sie wich weiter zurück. Der Wind verwirbelte ihr Haar, glatte schwarze Strähnen, die ihr bis zum Kinn reichten. Mit beiden Händen hob sie eine Pistole.

„Bleiben Sie stehen." Ihre Arme zitterten. Die Schatten hinter ihr regten sich. Vielleicht spielten seine Sinne ihm einen Streich. „Was bist du?"

Ihre Frage lenkte seine Aufmerksamkeit zurück auf ihr Gesicht. „Es ist alles in Ordnung." Er sah ihr in die wasserhellen Augen. „Du kannst die Waffe runternehmen."

Ihr Blick wurde schmal. „Wieso ..."

„Wieso ich nicht tot bin?" Er verzog einen Mundwinkel. „Ich erkläre es dir. Wenn du aufhörst, mich mit der Pistole zu bedrohen."

„Mir ist gerade nicht nach Halloweenscherzen." Ihre Worte kamen gepresst und verrieten den enormen Druck, unter dem sie stand.

Ein leiser Anflug von Schuldbewusstsein spülte über ihn hinweg, der nicht allein darin begründet lag, dass sie ihn aus Matavilya Crest befreit hatte. Sie brachte eine Saite zum Schwingen, rührte an etwas, das er tief vergraben hatte. Er konnte es nicht benennen und das verstörte ihn. Er wusste nur, dass er ihr keine Furcht einjagen wollte.

„Kein Halloweenstreich." Gabriel breitete die Arme aus. „Wenn ich dir etwas antun wollte, hätte ich das schon längst getan, oder nicht?"

Violet presste ihre Lippen zu einem Strich zusammen. Die Pistole in ihren Händen bebte. Endlich ging ein Ruck durch ihren Körper, sie senkte die Waffe.

„Danke", flüsterte er.

Ein merkwürdiger Geruch streifte seine Nase, eine scharfe Note im Nachtwind. Es irritierte ihn, wie zuvor die Bewegung, die er zu sehen geglaubt hatte. Er roch sein Blut, aber das war es nicht.

„Was ist mit deinen Verletzungen?", fragte sie. Die Aggression in ihrer Stimme war schleppender Erschöpfung gewichen.

„Ich bin ..." Er verstummte. Zur Hölle, wann hatte er sich je darum geschert, seine Natur zu verbergen? Die Garde mit ihren lächerlichen Anstrengungen, die Existenz ihrer Art vor den Menschen geheim zu halten – welchen Unterschied machte das noch? So sehr fürchteten sie einen Kreuzzug gegen die Kinder vom Blut, dass sie selbst vor Hinrichtungen nicht haltmachten, um ihre Regeln zu zementieren. Doch die Zeiten hatten sich geändert. Wenn heute jemand proklamierte, dass er von einem gefallenen Engel abstammte, dessen Blut ihn jung hielt und jede Wunde heilte, wurde er als Freak abgetan. Er wollte allerdings nicht, dass diese Frau ihn für einen Verrückten hielt. Das war eine ungewohnte Regung, die ihn überraschte.

„Ich bin ziemlich robust", sagte er.

Sie schob die Waffe in den Bund ihrer Jeans. Schmerz flackerte über ihr Gesicht.

„Bist du verletzt?" Er trat näher und fasste nach ihrem Arm. Violet wich ihm aus, doch die Bewegung schien ihr noch mehr Schmerzen zu bereiten.

„Nicht", murmelte er. „Nicht bewegen."

„Fühlt sich an wie gebrochen", stieß sie zwischen zusammengebissenen Zähnen hervor.

Sanft tastete er über ihren Ellbogen. „Geprellt", gab er zurück. „Glück gehabt." Dann entdeckte er die Schürfwunde an ihrer Wange und eine weitere Schramme an ihrem Oberarm, vielleicht ein Streifschuss. Blut rann ihren Arm hinab und tropfte von ihrem Ellbogen in den Sand. „Mein Haus ist nicht weit von hier." Er konnte kaum glauben, dass er das sagte. Die Folter musste seinen Verstand beeinträchtigt haben. Dennoch redete er weiter. Obwohl alles in ihm schrie, sich umzudrehen, sie stehen zu lassen und nie wieder über diese Begegnung nachzudenken. „Wir können diese Kratzer säubern und den Ellbogen bandagieren. Dann schläfst du für ein paar Stunden."

6

Violet protestierte nicht, als Gabriel sich hinter das Lenkrad zwängte. Nachdem die Anspannung der letzten Stunden nachgelassen hatte, floss die Kraft aus ihr hinaus. Ihre Muskeln brannten. Schmerzlich spürte sie all die kleinen Schrammen, die sie zuvor ignoriert hatte. Jeder Herzschlag pulsierte durch ihren lädierten Ellbogen.

Die Frage, was mit Gabriel geschehen war, nagte an ihr. Sie hatte gesehen, wie sein Körper sich unter den Kugeleinschlägen aufgebäumt hatte. Eine schusssichere Weste hatte er jedenfalls nicht getragen. Doch ihr fehlte die Energie, darüber nachzudenken.

Gabriel verzichtete darauf, die Scheinwerfer einzuschalten. Es schien ihn nicht zu stören, im Dunkeln zu fahren. Mühelos wich er Bodenwellen und Staubrinnen aus, als wäre es helllichter Tag. Das war genauso merkwürdig wie alles andere an ihm. Etwas entging ihr hier. Doch die Erleichterung, lebend und ohne größere Blessuren aus Matavilya Crest entkommen zu sein, legte sich wie eine schwere Decke um ihren Geist, wärmte sie und dämpfte alles andere zu fernem Hintergrundrauschen.

Mondschein tauchte das Innere des Wagens in kalte, blaue Farben. Während Gabriel sich auf den Weg konzentrierte, fand Violet zum ersten Mal Zeit, ihn genauer zu betrachten. Ihr Blick glitt über seine schlanken, kräftigen Handgelenke, die langen Finger und wanderte wieder aufwärts zu seinem Gesicht. Sein Profil war scharf und schön geschnitten, dichtes Haar reichte ihm bis auf die Schultern. Wangen und Kinn waren von Bartstoppeln bedeckt, die ihn aber nicht verwahrlost erscheinen ließen, sondern maskulin.

Hitze stieg ihr ins Gesicht, als sie sich ertappte, dass sie ihn attraktiv fand. Was war das, eine neue Spielart des Stockholm-Syndroms? Sie biss sich auf die Lippen und zwang sich, geradeaus aus dem Fenster zu sehen. Ein Schauder lief ihren Nacken hinunter, als sie sich vorstellte, dass sie und dieser Mann in seiner einsamen Blockhütte in der Wüste – was genau anstellen würden? Sie schluckte. Die Wunden versorgen, duschen und ein paar Stunden schlafen. Was sonst?

„Warum?", fragte er plötzlich.

Sie schrak auf. „Warum was?"

„Warum hast du mich da rausgeholt?"

„Zufall." Sie verspürte das idiotische Bedürfnis, zu kichern und hatte Mühe, den Laut zu ersticken. „Ich war auf der Suche nach meiner Schwester. Dann tauchte jemand im Gang auf und ich musste mich verstecken. Der einzige Weg führte in den Keller."

„Deine Schwester?"

„Lange Geschichte."

Er warf ihr einen misstrauischen Blick zu.

„Ich bin Privatdetektivin. Meine Schwester ist verschwunden. Ich ermittle gewissermaßen in eigener Sache."

„Auf Matavilya Crest?"

„Das war meine beste Spur." Sie zuckte mit den Schultern und sog im gleichen Moment scharf die Luft ein, weil neuer Schmerz in ihren Ellbogen schoss. „Ich dachte, das sind fromme Brüder. Wenn ich gewusst hätte, dass sie …", sie führte den Satz nicht zu Ende. „Weißt du etwas über die Sekte? Warum haben die dich dort festgehalten?"

Gabriel antwortete nicht. Auch gut. Vielleicht war er morgen früh ja gesprächiger. Mit einem Mal wurde ihr der ganze Irrwitz der Situation bewusst. Sie begleitete einen wildfremden Mann, der eigentlich tot sein sollte, in sein Haus mitten in der Wüste und alles, was sie miteinander verband, war die gemeinsame Flucht. Sie wusste nichts über ihn. Vielleicht war er ein Psychopath, der Frauen in seinen Unterschlupf lockte, um ihnen die Haut abzuziehen und Taschen daraus zu nähen?

Unsinn. Sie sah Gespenster. Wie wahrscheinlich war es, dass er sich im Heizungskeller eines Sektenhauses mitten in der Wüste ankettete, damit seine Opfer ihn befreien und auf diese Weise Vertrauen zu ihm fassen konnten? Ihre Fantasie ging mit ihr durch, nichts weiter. Falls es sein Plan war, sie zu vergewaltigen und in Stücke zu schneiden, hätte er das einfacher haben können. Andererseits: War es nicht gerade das, was Psychopathen ausmachte? Aberwitzige Gedankengänge, die ein normaler Mensch nicht nachvollziehen kann?

Inzwischen fuhren sie wieder auf einem Schotterweg. Die Lichter des Highways waren nicht zu sehen. Verstohlen zog sie ihr Handy hervor und kontrollierte den Empfangsbalken. Nichts. Nicht das schwächste Signal.

„Hier draußen funktioniert nur Satellitentelefon", sagte Gabriel. Nach einer kurzen Pause fügte er hinzu: „Mach dir nicht so viele Sorgen. Mein Angebot entspringt reiner Höflichkeit."

Blut schoss ihr ins Gesicht. „Habe ich so laut gedacht?"

„Es kreist in Großbuchstaben über deinem Kopf." Er lächelte schwach. „Du fragst dich die ganze Zeit, ob ich ein Serienkiller bin und ob du es schaffst, nach deiner Pistole zu greifen, bevor ich es bemerke."

„Tue ich das?" Sie kam sich vor wie ein Idiot. Gabriel war ein anderes Kaliber als Mister Knoblauchhühnchen. Der Mann war intelligent und schlagfertig. Und nun, da er auf geheimnisvolle Weise von seinen Wunden genesen war, umgab ihn plötzlich mehr als ein Hauch von Gefahr. Das war die Aura eines Jägers, nicht der Beute.

Gabriel bremste und bog in eine Sandpiste. „Wir sind gleich da."

Ein Viehzaun tauchte im Mondlicht auf, ein Brunnen, schließlich ein Hof mit mehreren Gebäuden. Er lenkte den beschädigten Wagen hinter das Wohnhaus, parkte ihn neben einem staubigen Pick-up und stieg aus. Die plötzliche Stille klang wie Kanonendonner in Violets Ohren.

Kies knirschte unter ihren Schuhen und dann das dumpfe Echo der Holzbohlen, als sie Gabriel die Stufen zur Veranda hinauf folgte. Er deaktivierte eine Alarmanlage und sperrte das überraschend moderne Schloss auf.

Sie dämpfte ihre Stimme. „Bist du sicher, dass die uns hier nicht aufspüren können?"

„Nicht in meinem Haus."

„Du meinst, sie finden es nicht? Oder sie wagen sich nicht hierher?"

„Das ist mein Haus", wiederholte er, als erkläre das alles. „Hier können sie mich nicht überraschen. Das wissen sie genau." Er stieß die Tür auf. „Fühl dich ganz wie zu Hause."

Violet zog die Knie an die Brust und vergrub ihre Hände unter einer Wolldecke mit Indianermustern. Nur mühsam unterdrückte sie das Zittern, das tief aus ihrem Inneren kam. Von ihrem Platz auf dem großen Sofa beobachtete sie Gabriel, der Holzscheite im Kamin anzündete.

„Dein Adrenalinspiegel fällt ab", sagte er. „Das ist eine normale Reaktion. Du hast einen Mann erschossen und um dein Leben gekämpft. Ich nehme nicht an, dass du das jeden Tag tust, also ..."

„Wieso?", unterbrach sie ihn. „Komme ich dir vor wie ein Amateur?" Sie verkroch sich tiefer unter die Decke und sah ihm ins Gesicht, weil sie nicht auf seine blutverkrusteten Kleider starren wollte. Die Frage hörte einfach nicht auf, in ihrem Kopf zu kreisen. „Warum bist du nicht tot?"

Seine Augen verengten sich.

„Versteh mich nicht falsch", setzte sie hastig nach. „Ich finde es großartig, dass du noch am Leben bist." Sie stockte. „Was ist mit dir passiert? Da draußen, als ich anhalten musste?"

Ein paar Herzschläge lang hielt er ihren Blick fest. Ihr fiel auf, dass seine Augen von außergewöhnlicher Farbe waren. Nachtdunkel, mit Einsprengseln von Gold und Lavendel. Seine Wimpern, dicht und lang, zeichneten halbmondförmige Schatten auf seine Wangenknochen. Ihre Kehle verengte sich.

„Du wirst mir ohnehin nicht glauben", gab er zurück. „Kannst du dich noch zehn Minuten gedulden? Ich brauche eine Dusche und etwas Frisches zum Anziehen."

„Klar."

„Wenn du etwas trinken willst, da drüben ist der Kühlschrank."

Er durchquerte den Raum und verschwand durch eine Tür auf der anderen Seite. Nach einigen Minuten hörte sie das gedämpfte Geräusch fließenden Wassers. Ein Teil der Anspannung fiel von ihr ab, nun, da sie allein war. Seit er sich auf so unerklärliche Weise erholt hatte, nahm Gabriels Präsenz ihr schier den Atem. Sie konnte sich nicht erinnern, wann ein Mann sie zuletzt so fasziniert hatte. Wäre sie ihm in einer Bar begegnet, sie hätte auf der Stelle versucht, ihn flachzulegen. Der Gedanke brachte sie zum Lächeln. Schorf und verkrustetes Blut verbargen nicht, wie gut er aussah. Zudem hatte er eine Art, ihr den Wind aus den Segeln zu nehmen, die sie wütend machen sollte, aber stattdessen amüsierte.

Sie zog die Decke fester um ihre Schultern und stand auf, um die Umgebung zu erforschen, während Gabriel außer Sicht war. Der Holzfußboden und die Mauern aus Lehmziegeln verliehen dem Raum einen warmen, urtümlichen Charakter, ebenso wie die Indianerteppiche an den Wänden. Neben dem Kamin stand eine reich beschnitzte Anrichte. Mit Antiquitäten kannte sie sich nicht aus, aber konnte sich des Eindrucks nicht erwehren, dass dieses Möbelstück alt und kostbar war. Ebenso wie der Schwertständer, der darauf ruhte. Drei Klingen lagen im Gestell, die, wenn sie echt waren, ein Vermögen wert sein mussten.

Mit einem Finger fuhr sie über den Handschutz eines Degens. Der Geruch von Waffenöl stieg ihr in die Nase. Anerkennend hob sie eine Braue. Wer hätte gedacht, dass sich in einem Ranchhaus mitten in der Wüste solche Schätze versteckten?

Ein frei stehender Arbeitstisch trennte den Küchenbereich ab. An der Spüle wusch sie sich Gesicht und Hände, sorgfältig darauf bedacht, den Ellbogen nicht zu belasten. Als die Schramme über ihrem Jochbein mit Wasser in Kontakt geriet, verwandelte sich das Pochen in ein scharfes Brennen. Sie unterdrückte einen Fluch und presste ein Geschirrhandtuch dagegen, bis der Schmerz abklang.

Womit verdiente Gabriel seinen Lebensunterhalt? Sie hatte Kuhzäune gesehen, aber er wirkte nicht wie eine dieser verkrachten Existenzen, die die Zeichen der Zeit missachteten und an ihrem armseligen Leben hier draußen festhielten, obwohl die Viehzucht kaum noch etwas einbrachte. Oder er war mit Technologieaktien reich geworden und führte ein Leben als Aussteiger. Wie ein Programmierer im Ruhestand sah er allerdings auch nicht aus.

Zurück am Kamin hielt sie die Handflächen vor die Glasscheibe. Die anheimelnde Hitze und der Geruch des Holzfeuers versetzten sie in versöhnliche Stimmung. Sie war geneigt, die These mit dem psychopathischen Frauenmörder vorläufig fallen zu lassen. Während sie diesem Gedanken nachhing, schlug ihre Laune um in eine aufgekratzte, fast verwegene Erwartungsfreude, die unter den gegebenen Umständen völlig unpassend war.

Aber zur Hölle damit, wer bestimmte, was passend war und was nicht? Sie musste sich täglich mit Arschlöchern wie Wilken rumschlagen, die nach Schweiß und Knoblauch stanken und sich für ungeheuer clever hielten, während sie versuchten, sie aufs Kreuz zu legen. Nicht genug damit, jagte sie ihrer missratenen Schwester nach, die weiß Gott alt genug war, um auf sich selbst aufzupassen. Ihr Alltag war so farblos und hässlich wie die Fassaden der mexikanischen Wohnbaracken hinter ihrem Büro.

Das prasselnde Kaminfeuer lullte sie ein, die Sofapolster, die nach Leder rochen und warmer Eleganz. Die Vorstellung, dass sie mit diesem undurchsichtigen, gut aussehenden Mann in diesem

Haus eingesperrt war, fünfzig Meilen von der menschlichen Zivilisation entfernt, lenkte ihre Fantasie in unerwartete Bahnen. Sie presste die Fingerspitzen gegen ihre Schläfen. Reiß dich zusammen, okay? Vergeblich bemühte sie sich, das Lächeln zu unterdrücken, das sich erneut in ihre Mundwinkel schlich.

*

Gabriel stützte sich an der Wand ab und lehnte seine Stirn gegen die Fliesen, während heißes Wasser seinen Rücken hinabrann. Seine Knie schmerzten. Es war nur ein Phantomschmerz, der in zwei oder drei Tagen verschwinden würde. Knochen und Sehnen waren verheilt, die Narben glänzten wie Seidenpapier.

Er wusste nicht einmal, wie viel Zeit er in diesem Kellerloch zugebracht hatte. In seiner Erinnerung verschwammen die Tage zu einem endlosen Albtraum. Die Erkenntnis, wie leicht er sich in die Falle hatte locken lassen, ließ ihn schaudern. Die Jahrzehnte hier draußen hatten ihn sorglos gemacht. Nach seinem letzten großen Streit mit Katherina hatte er sich von seinesgleichen zurückgezogen, in diese tröstliche Einöde, in der niemand versuchte, ihm fremde Regeln aufzuzwingen.

Er starrte hinab auf den Strudel aus Blut und Wasser, der seine Füße umspülte. Es gefiel ihm nicht, aber diese Frau namens Violet hatte ihm höchstwahrscheinlich das Leben gerettet. Als sie seine Ketten gelöst hatte, war er bereits so geschwächt gewesen, dass an eine Flucht aus eigener Kraft nicht mehr zu denken war. Er hatte seine Kerkermeister unterschätzt.

Das Wissen, das er Violet Dankbarkeit schuldete, schürte sein Unbehagen. Halb bereute er, sie mitgenommen zu haben. Das war ein Fehler. Doch sie rührte eine Empfindung auf, deren Existenz er beinahe vergessen hatte. Ihr widersprüchliches Wesen weckte sein Interesse und forderte ihn heraus. Er wollte wissen, was sie auf Matavilya Crest zu schaffen hatte. Warum vor allem hatte sie das Risiko auf sich genommen, ihn dort hinauszuholen?

Entschlossen stieß er sich von der Wand und drehte das Wasser ab. Er war ein erbärmlicher Gastgeber. Vermutlich wollte sie sich genauso dringend Blut und Dreck abwaschen wie er und er ließ sie stundenlang warten. Ein Bild flackerte in seinem Geist auf, gänzlich unerwartet. Er und sie gemeinsam unter dem heißen Wasserstrahl, ihr Körper an seinem. Er schüttelte den Kopf. Das war verrückt.

Im Augenblick forderten andere Dinge seine Konzentration. Er musste nach Los Angeles fahren, um seinen Vater zu warnen. Carl war clever. Nur eine Frage der Zeit, bis er darauf kam, dass er den falschen Mann verhört hatte. Carls Männer würden den Rest der Nacht mit ihrer Suche verschwenden und dann begreifen, dass die Chance vertan war. Danach würde Carl Alternativen in Erwägung ziehen. Er musste wissen, dass das Überraschungsmoment kein zweites Mal funktionierte, und eine offene Konfrontation wagte er nicht.

Gabriel schlang sich ein Handtuch um die Hüften und trat aus der Duschkabine. Sein Blick fiel auf einen Haufen gebrauchter Kleidung. Rasch bückte er sich und warf ihn in die Holztruhe an der Wand. Er wollte nicht, dass …

Was? Dass sie schreiend davonlief, nachdem sie seine Unordnung in Augenschein genommen hatte? Lächerlich. Das hier war kein romantisches Tête-à-tête. Und Violet wirkte nicht wie eine Frau, die ein verwüstetes Bad in die Flucht jagen konnte. Selbst wenn. Weit würde sie ohnehin nicht kommen.

Violet stand mit dem Rücken zu ihm, als er das Wohnzimmer betrat. Um ihre Schultern lag die Wolldecke, die er ihr gegeben hatte.

„Wenn du willst, kannst du duschen“, sagte er.

Sie drehte sich zu ihm um. Ihr Blick war undeutbar. Ihm fiel auf, wie hell ihre Augen waren, ein scharfer Kontrast zu ihren pechschwarzen Wimpern. Ihr Haar umrahmte das schmale Gesicht wie Rabenschwingen. Ein anderes Antlitz überlagerte ihre Züge, eine Erinnerung, eine längst vergangene Zeit. Er blinzelte. Das war absurd. Mit Gewalt drängte er die Schimäre zurück.

Dann war da wieder nur Violet, die Privatdetektivin in Jeans und Top, mit einer blutigen Schramme, die sich quer über ihren Oberarm zog. Violet wirkte zart und zerbrechlich, aber er wusste, dass sie das nicht war. Er hatte sie kämpfen gesehen.

„Klar", sagte sie.

„Komm, ich zeige dir das Bad." Er ließ sie vorbei und fragte sich erneut, warum er sie hierhergebracht hatte. Und wusste doch, dass es nicht Fürsorge war oder ein plötzlicher Anflug von Gastfreundschaft. Ihr Arm streifte seine Hüfte, eine zufällige Berührung, ihr Haar schimmerte bläulich im Halbschatten. Er war müde und erschöpft und konnte sich kaum erinnern, wann er das letzte Mal eine Frau anziehend gefunden hatte. Dennoch starrte er einen endlosen Augenblick auf die Haarsträhnen in ihrem Nacken und konnte kaum dem Drang widerstehen, die Hand auszustrecken und sie zu berühren.

„Die rechte Tür", sagte er. „Handtücher sind im Regal."

Sie wandte den Kopf und lächelte. Obwohl Müdigkeit darin lag, berührte es ihn. So warm fühlte es sich an. So vertraut. Unwillkürlich lächelte er zurück.

*

Violet stieß langsam den Atem aus, als die Tür hinter ihr ins Schloss fiel. Sie fühlte sich seltsam aufgekratzt, wie trunken von ihrer eigenen Courage. Wasserdampf beschlug die Spiegel und die Glasflächen der Duschkabine. Ein Mosaik aus Blau- und Goldtönen zierte die Wände, ein unerwarteter Luxus. So ungewöhnlich wie die alten Möbel oder die Sammlung historischer Klingen. Das Gefühl von Unwirklichkeit wurde stärker. Rasch streifte sie ihre Kleidung ab. Zuerst brannte das heiße Wasser in den Abschürfungen, doch nach einigen Minuten verklang der Schmerz. Sie spürte, wie ihre Muskeln sich entspannten, wie die innere Kälte wich. Lange und gründlich wusch sie ihr Haar. Es kostete sie Überwindung, den warmen Duschstrahl endlich abzudrehen. Tropfnass trat sie hinaus und langte nach dem Handtuch. Das Gefühl von Luxus war unbeschreiblich, als sich der Stoff um ihren Körper schmiegte.

Sie wischte den Spiegel frei und betrachtete die Schramme auf ihrer Wange. Jetzt, wo das Blut verschwunden war, war nur ein kleiner Riss geblieben. Bei Weitem nicht so schlimm, wie sie befürchtet hatte.

Neben dem Waschbecken hing ein Schränkchen, das jedoch nur Rasierzeug und Seife enthielt, keine Medikamente, wie sie gehofft hatte. Auf der oberen Ablage ertastete sie etwas Metallisches. Schmuck? Ein leiser Stich Schuldbewusstsein durchfuhr sie, weil sie Gabriels Sachen durchstöberte, doch die Neugier war stärker. Sie angelte einen Ring herunter und sog scharf die Luft ein, als sie sah, was sie da in der Hand hielt. Der ist nicht echt, flüsterte eine Stimme in ihrem Hinterkopf. Der kann unmöglich echt sein.

Ihr Daumen fuhr über den riesigen Aquamarin in der Mitte, gefasst vom Leib eines Drachens aus geschwärztem Silber. Hübscher Tand, vielleicht aus einem Rollenspielladen. Doch irgendwie passte das nicht zu dem Mann, zu diesen Möbeln, zu allem, was sie bisher gesehen hatte. Vorsichtig legte sie den Ring an seinen Platz.

Als sie zurücktrat, stieß sie gegen eine Wäschetruhe. Der Deckel verrutschte, sie griff danach, um ihn zu richten und erhaschte einen Blick auf Gabriels blutverschmierte Kleidung. Das schlechte Gewissen kehrte zurück, zusammen mit ein wenig Widerwillen, als sie mit spitzen Fingern sein T-Shirt herauszog. Ihre Manieren hatten wirklich ernsthaft gelitten. Schränke durchstöbern und in der Wäsche des Gastgebers wühlen, wie tief konnte man sinken? Sie rümpfte die Nase und hielt den Stoff gegen das Licht.

Ein Schwall Befriedigung glitt über sie hinweg, als sie die Einschusslöcher fand. Drei hässliche Risse quer über die Brust, und weiter unten noch einer, der ein Austrittsloch auf dem Rücken hatte. Sie hatte sich das nicht eingebildet. Die Garbe aus der Maschinenpistole hatte Gabriel wirklich erwischt.

Leises Grauen überlagerte die Euphorie. Vorhin hatte sie spekuliert, dass er vielleicht eine schusssichere Weste getragen hatte. Diese These konnte sie fallen lassen. Sie würde ihm sowieso nicht glauben, hatte Gabriel gesagt. Violet ließ das T-Shirt zurück in die Truhe fallen. Auf die Story war sie gespannt.

Steifgliedrig zog sie sich an. Die Schmerzen in ihrem Ellbogen waren zu einem dumpfen Pochen abgeklungen. Um wenigstens den Anschein einer Frisur herzustellen, strich sie sich mit den Fingern durchs feuchte Haar. Barfuß tappte sie zurück ins Wohnzimmer. Kaffeeduft legte sich wie Balsam um ihre Nerven, als sie den Raum betrat. Gabriel hantierte in der Küche.

„Hast du Hunger?", fragte er.

„Wie spät ist es?"

Er zuckte mit den Schultern. „Kurz nach vier. In zwei Stunden geht die Sonne auf. Willst du Frühstück?"

Eine harmlose Frage, doch Violet stieg Hitze in die Wangen. Ihre Affären, die sie von Zeit zu Zeit unterhielt, One-Night-Stands ohne Bedeutung, schafften es kaum jemals bis zu dieser Frage. Willst du Frühstück? Dem Duft nach Kaffee haftete mit einem Mal etwas Magisches an.

„Ja", stieß sie hervor, plötzlich heiser.

Ob er ihr eine Abfuhr erteilen würde, wenn sie versuchte, ihn zu verführen? Der Gedanke kam aus dem Nichts und verflog, als ihre Blicke sich verhakten und sie ihr Spiegelbild in seinen Augen zu sehen glaubte.

„Frühstück, gut." Gabriel löste sich zuerst aus dem Bann. Sie war enttäuscht und erleichtert zugleich. Er öffnete den Kühlschrank. „Willst du Rührei mit Schinken? Oder Pfannkuchen? Und – mal sehen, Orangensaft?"

„Klingt toll", stammelte sie.

„Beides?"

Ihr fiel auf, dass sie seine Frage nicht beantwortet hatte. „Pfannkuchen. Wenn's nicht zu viel Mühe macht."

„Macht es nicht." Er warf die Kühlschranktür zu und nahm eine Packung Fertigpulver aus einer der Schubladen. Dann schob er ihr eine Tasse zu. „Kaffee?"

Sie legte ihre Hände um das heiße Porzellan. Über den Tassenrand hinweg beobachtete sie, wie Gabriel den Pfannkuchenteig anrührte.

„Wer bist du?", fragte sie.

Er hielt inne. „Das ist kompliziert. Eigentlich wäre es besser, wenn du nicht fragst."

„Ich bin furchtbar neugierig." Sie seufzte. „Das ist mein Beruf."

Gabriel schaltete den Herd ein und goss Öl in eine Pfanne. „Sagen wir, bei mir heilen körperliche Verletzungen etwas schneller als üblich."

„Machst du Witze?"

„Überhaupt nicht." Das Öl zischte auf, als er eine Kelle flüssigen Teigs in die Pfanne beförderte.

„Da war kein Trick?" Sie legte den Kopf schräg. „Du meinst, jemand kann dich in Stücke schießen und das heilt einfach so? Binnen einer Stunde? Durch Handauflegen?"

„Nicht einfach so. Es ist ziemlich schmerzhaft." Wie beiläufig das klang. Mit einem Schulterzucken blickte er auf. „Ich habe dich gewarnt, dass du mir nicht glauben würdest."

„Ja, weil du Spielchen mit mir spielst."

„Warum sollte ich?"

Er hob den Pfannkuchen auf einen Teller und goss eine weitere Portion ins siedende Öl. Entweder er war ein hervorragender Schauspieler oder er glaubte das, was er ihr erzählte. Vielleicht war er nicht ganz richtig im Kopf. Oder, so unwahrscheinlich das klang, er sagte tatsächlich die Wahrheit. Sie hatte jedenfalls keine vernünftige Erklärung für die Durchschusslöcher in seinem T-Shirt, und dass die Kugeln ihn getroffen hatten, daran bestand kein Zweifel. Großartig, sie stand vor einem medizinischen Wunder.

„Dann bist du ...", sie kam sich idiotisch vor, „unsterblich oder so was in der Art?"

„So was in der Art." Gabriel drehte sich zu ihr um. „Willst du Blaubeeren in deinen Pfannkuchen?"

„Was?"

„Ob du Blaubeeren willst."

Er sah sie an, als sei sie ein geistig zurückgebliebenes Kind. Zorn sammelte sich tief in ihrer Kehle. Wollte er sie auf den Arm nehmen? „Mir doch egal", fuhr sie auf.

„Ganz ruhig." Er hob beide Hände. „Woher soll ich wissen, dass du ein Problem mit Blaubeeren hast. Vergiss, dass ich gefragt habe. "

„Ich habe kein Problem mit Blaubeeren!"

„Nicht?" Ein leises Lächeln spielte um seine Lippen. Er machte sich über sie lustig. Leicht hob er ein Plastikschälchen an. „Also willst du doch welche, oder ..."

Zorn schoss in ihr hoch wie eine weiß glühende Lohe. Mit einem Satz war sie bei ihm und packte seine Hand mit den Blaubeeren. Ihre Gesichter waren so nah beieinander, dass sein Atem ihre Wange streifte. Plötzlich wusste sie nicht mehr, was sie eigentlich hatte sagen wollen.

„Hör auf, mich zu verarschen", flüsterte sie. „Ich hab dir das Leben gerettet, okay?"

„Ja, wahrscheinlich hast du das."

Sein Blick verdunkelte sich, dann ließ er das Plastikschälchen fallen. Sie glaubte, dass er auch den Herd ausschaltete, konnte es aber nicht sehen, weil sie sich darauf konzentrieren musste, weiterzuatmen.

„Es gehört sich nicht, seinen Lebensretter zu verarschen", brachte sie hervor.

„Nein?" Sein Arm legte sich um ihre Taille. Mit einem Ruck zog er sie an sich. „Du bist sehr schön, wenn du wütend bist."

Ihr wurde bewusst, wie viel Kraft in seinen Armen steckte. Sein Körper regte sich an ihrem. Hitze floss ihr ins Blut. Sie spürte seine Erektion und wusste plötzlich, worauf das hinauslaufen würde. Ihre Sinne reagierten auf ihn, ein überwältigendes rauschhaftes Begehren. So hatte sie die Verführung nicht geplant, so überraschend, so wild, so ...

Als wenn das eine Rolle spielte.

Das Blut sang ihr in den Ohren, seine Finger in ihrem Nacken waren wie Stahl und Seide, sein Duft betörte sie. Er senkte den Kopf, um sie zu küssen. Seine Lippen waren weich und fest, besitzergreifend und einladend zugleich. Sie rissen eine so heftige Sehnsucht in ihr auf, dass sie zurückzuckte vor der Intensität dieser Empfindung und der Verletzlichkeit, die darin lag. Eng umschlungen taumelten sie aus der Küche. Ihre Kniekehlen stießen gegen das Sofa und sie sank rücklings in die Polster, Gabriel über ihr, seine Hände in ihrem Haar. Sein Kuss wurde fordernd, fast gewalttätig, wie eine lang aufgestaute Flut, die sich endlich Bahn bricht. Als ihre Blicke sich wieder trafen, waren seine Augen dunkel und verhangen, unergründlich und voll Hunger. Sie schob die Hände unter sein T-Shirt und umfasste seinen Rücken. Ihre Fingerspitzen schienen Feuer zu fangen, wo sie seine Haut berührten. Er fühlte sich so gut an.

Wenn das hier ein One-Night-Stand war, dann zweifellos einer, den sie nicht so schnell vergessen würde. Dabei schmeckte er zu süß für ein flüchtiges Begehren, zu intensiv.

Hör auf, zu denken.

Gabriels Lippen glitten über ihre Wange, ihren Hals hinab, verharrten auf ihrem Schlüsselbein, seine Zähne strichen über ihre Haut. Seine Hände zitterten in ihrem Nacken, als müsse er darum kämpfen, die Kontrolle zu behalten. Nichts war weich an diesem Mann und dennoch rang er um Zärtlichkeit. Dieser offensichtliche Widerspruch berührte Violet so sehr, dass sie sich kaum mehr fürchtete, ihren Schutzschild fallen zu lassen. Unter seinen Händen fühlte sie sich ungeheuer begehrenswert, eine aufregende neue Empfindung, die sie überwältigte.

Offenbar spürte er die Veränderung in ihr. Er hob den Kopf und sah sie an. Nachdenklichkeit schimmerte in seinem Blick. Sie spannte sich an, weil sie nicht sicher war, ob auch Zweifel darin lag. Sie wollte nicht, dass er zweifelte.

Mit einem Ruck löste sie die Hände von seinem muskulösen Rücken, grub sie in sein Haar und zog ihn zu sich herab. Mit der Zungenspitze strich sie über seine Lippen, kostete sein Zögern, küsste seine Mundwinkel, drängte tiefer. Sie warb, kokettierte, verführte.

Ein Schauder überspülte sie, als Gabriel sich ergab. Seine Finger nestelten am Saum ihres Tops, zogen es hoch, glitten unter den Spitzensaum ihres BHs. Der Stoff löste sich, dann presste sich sein Körper an ihren. Sie spürte seinen Atem, seinen Herzschlag, seine warme Haut und glaubte, sterben zu müssen für dieses Gefühl, weil es so kostbar war. Sein Duft berauschte sie, Zimt und warmer Sand und Leder.

Er lehnte sich zurück und zog sie mit, bis sie auf ihm lag, ließ nicht zu, dass ihre Körper sich trennten. Seine Finger rannen ihren Rücken hinunter, folgten dem Saum ihrer Jeans, zogen den Reißverschluss auf und streiften sie ihr von den Beinen. Die Härchen auf ihrer Haut richteten sich auf, wo er sie berührte, ein unbeschreiblicher Genuss.

Ohne sich aus seinem Kuss zu lösen, tastete sie nach seinem Gürtel. Hastig löste sie die Schnalle, kämpfte mit den Knöpfen. Dann war da seine Hand, er half ihr. Zitternd berührten ihre Finger die seinen. Sein Begehren riss eine heftige, überschäumende Freude in ihr auf.

Sie streichelten sich, liebkosten einander, sein Atem war heiß an ihrer Wange. Er hielt ihren Blick fest, während sie ihre Hüften an seinen rieb, seine Finger durch ihre Locken strichen, mit ihr spielten, tiefer eintauchten, sie in den Wahnsinn trieben.

Als er in sie eindrang wie gleitende Seide, hielten sie inne, wie überwältigt von der Magie des Moments. Sie wollte mehr von ihm spüren und begann, sich zu bewegen, langsam zuerst und genussvoll. Seine Hände umfingen ihre Hüften, er nahm ihren Rhythmus auf. Sein Griff wurde hart, sein Atem schnell und schwer. Längst konnte sie nicht mehr denken, nur noch fühlen, mit einer Intensität, die sie nicht für möglich gehalten hatte. Ihre Sinne verschmolzen zu purer Ekstase. Jeder Stoß trieb sie näher an den Abgrund, den sie heftig ersehnte und zugleich hinauszögern wollte. Die Zeit dehnte sich. Doch dann, mit einem Schauder, trieb es sie fort in einer weichen Explosion, Regenbögen aufgelöst in Wasser. Gabriel. Wie von selbst formten sich die Silben seines Namens.

Gabriel.

Später schmiegten sie sich erschöpft ins warme Leder, die Glieder ineinander verschlungen. Violet hatte sich nach vorn sinken lassen, ihr Kopf ruhte an seiner Schulter. Schläfrig lauschte sie seinem abklingenden Herzschlag.

„Wer bist du?", murmelte er an ihrem Ohr.

Es dauerte ein paar Sekunden, bis sie begriff, dass die Frage an sie gerichtet war. Ihr Geist fühlte sich an wie warmes Öl. Sie wollte nicht denken, nur reglos in der Wärme versinken, eingehüllt vom Schlag seines Herzens.

„Wer bist du, Violet?“

Ihr Name auf seinen Lippen klang wie eine seltene Blume. Vage wurde ihr bewusst, dass das, was sich zwischen ihnen abgespielt hatte, viel mehr war als flüchtiger Sex zwischen Fremden. Ohne es in Worte fassen zu können, fühlte sie sich, als sei ihr eine tiefe Einsicht gewährt worden. Was das bedeutete, wusste sie noch nicht. Doch es fühlte sich gut an, wie ein unerwartetes Geschenk. Gabriel musste es ebenfalls spüren. Sie hatten etwas geteilt. Etwas so Kostbares, dass Violet kaum wagte, daran zu rühren.

Warum fürchtete sie sich dann davor, auf seine Frage zu antworten? Tja, wer bist du, Violet? Ein abgehalfterter Excop, ein Privatschnüffler an der Grenze der Legalität? Tochter einer Mutter, die Blaubeermuffins und Strickdeckchen verkaufen muss, um ihre Klimaanlage reparieren zu können? Die Realität stürzte erbarmungslos auf sie nieder und schlug ein Loch in ihren Tagtraum. Eisige Winde wehten herein und vertrieben die Wärme.

Kein Scheiß, Violet, sieh dich doch an. Der letzte Kerl, mit dem du geschlafen hast, hat versucht, deine Brieftasche zu klauen. Und war auch noch so blöd, sich dabei erwischen zu lassen.

Sie drehte den Kopf und sah, dass das Feuer im Kamin zu einem Häufchen Glut zusammengefallen war. Gänsehaut bildete sich auf ihren Armen und dieses Mal war es kein wohliger Schauder. Gabriel regte sich unter ihr und zog die Indianerdecke hoch. Dann spürte sie seine Finger in ihrem Haar. Sanft drehte er ihren Kopf herum, bis ihre Blicke sich trafen.

„Was glaubst du denn, wer ich bin?“, gab sie die Frage zurück.

Er lächelte. „Ich denke, du bist ein Traum.“ Mit einem Finger zog er die Linie ihres Kinns nach. „Vermutlich habe ich Matavilya Crest niemals verlassen. Ich bin bewusstlos und du nur ein Produkt meiner Fantasie.“

Seine Worte stiegen ihr zu Kopf wie schwerer Wein. Sie fühlte sich seltsam erleichtert und versuchte, die spöttische kleine Stimme zu ignorieren, die in ihrem Hinterkopf wisperte. Mach dich nicht lächerlich, Violet Bardo. So was passiert dir nicht. Dein Leben ist kein Disneyfilm.

„Normalerweise bin ich nicht so …“

„Nicht so was?“ In seine Augen trat ein belustigtes Funkeln.

„Impulsiv.“

„Wie bedauerlich.“ Er legte eine Fingerspitze gegen ihren Mund, eine federleichte Berührung. „Was muss ich tun, um diesen Zustand aufrechtzuerhalten?“

Er spielte mit ihr. Schon wieder. Sein Lächeln milderte die Härte der Linien in seinem Gesicht. Von der rechten Braue zog sich eine markante Narbe zur Wange, die sie zuvor nicht bemerkt hatte. Seine Schönheit schüchterte sie ein. So etwas passiert dir nicht. Die Sache hat einen Haken. Du musst nur danach suchen.

Hinter den Fenstern dämmerte der Morgen. Gabriel streichelte ihre Lippen mit der Fläche seines Daumens und sie dachte, dass sie noch nie so erotisch berührt worden war.

„Willst du Frühstück?“, fragte er.

Seine Lenden streiften ihren Oberschenkel und sie bemerkte, dass er schon wieder hart war. Sofort stieg Hitze in ihr auf. Sie ließ ihre Hand über seinen Bauch gleiten, ertastete Muskeln und straffe Haut und strich die dünne Haarlinie hinab, bis er scharf den Atem einsog.

Mit der Zungenspitze stieß sie gegen seinen Finger. „Später“, flüsterte sie. „Vielleicht später.“

*

Im Schlaf sah sie betörend aus. Gabriel widerstand dem Drang, ihr Gesicht zu berühren, denn er wollte sie nicht wecken. Ihre Wangen waren rosa, die Lippen rot von seinen Küssen. Mit einem Stich Schuldbewusstsein rieb er sich über seine Bartstoppeln.

Durch die Fenster fiel Morgensonne. Violets Haar glänzte tiefschwarz im Licht, die Wimpern zwei dunkle Sicheln auf ihrer Haut, die die Zartheit ihrer Gesichtszüge betonten. Im Schlaf wirkte sie verletzlich, ein weiterer dieser Widersprüche in ihr, die ihn so faszinierten. Dabei kannte er sie kaum zwölf Stunden.

Es war erschütternd, wie sehr sie ihn an Zoe erinnerte. Die wahre wunderbare Zoe, bevor sie sich in ein Ungeheuer verwandelt hatte. Die Schuld fühlte sich erdrückend an, noch immer nach all den Jahren. Er fragte sich, ob sich das ändern würde, eines Tages. Vielleicht war das hier ein Zeichen, eine zweite Chance. Gabriel schloss die Augen. Er glaubte nicht an göttliche Intervention. Violet war nicht Zoe. Sie hatte ihn aus dem Etherlightkerker befreit und sie trug etwas an sich, das ihm die Selbstbeherrschung raubte. Doch sie war nicht Zoe. Mit diesem Vergleich tat er beiden Unrecht – Violet ebenso wie seiner Verlobten, der er auf den vereisten Treppen einer Prager Seitenstraße das Genick gebrochen hatte. Die Jahrhunderte hatten die Schuld nicht fortgewaschen, nur gedämpft zu einem dumpfen Pochen. Wie eine Wunde, die nie richtig verheilte. Er hatte nicht nachgedacht. Weder, als er Violet in sein Haus mitgenommen, noch später, als er sie geküsst hatte, aus einem verrückten Impuls heraus.

Violet drehte sich halb im Schlaf. Die Decke glitt ihr von den Schultern und entblößte einen Arm und den Ansatz ihrer Brüste. Was geschah, wenn sie aufwachte? Sie würden frühstücken und dann würde sie so rasch verschwinden, wie sie aufgetaucht war. Kein Grund, die Erwartungen hochzuschrauben. Er konnte sie kaum bitten, noch ein paar Tage zu bleiben. Zumal er diese Art Ablenkung im Moment nicht brauchte. Er musste seinen Vater aufsuchen und ihm von dem Mann namens Carl und seinen verrückten Ambitionen berichten. Zwar glaubte er nicht, dass Etherlight ihm erneut gefährlich werden konnte, nun, da er gewarnt war. Doch sein Vater war eine ganz andere Sache.

Violet bewegte sich erneut, Haarsträhnen fielen ihr in die Stirn. Gabriel strich sie beiseite, ließ seine Finger auf ihrer Wange ruhen, glitt tiefer, den Hals hinab bis zu der kleinen Vertiefung unter ihrem Schlüsselbein. Ein winziges Tattoo verzierte die Haut. Eine Libelle, fein gestochen. Er musste lächeln.

„Was ist?"

Ihre Stimme schreckte ihn auf. „Ich dachte, du schläfst", murmelte er schuldbewusst, doch ohne die Hand zurückzuziehen. „Ich habe gerade deine Libelle betrachtet."

Sie tastete danach, ihre Finger stießen leicht gegen seine. Die Berührung durchfuhr ihn wie ein elektrischer Schlag.

„Als Kinder haben wir in den Kanälen hinter der Union Station gespielt." Ihre Stimme klang schläfrig. „Wir hatten einen Geheimplatz. Ein Tümpel, in dem auch im Sommer das Wasser steht. Dort gibt es jede Menge Libellen. Stell dir vor, riesige bunte Libellen mitten in diesem Drecksloch aus Stacheldraht und Blechbaracken. Ich habe mir immer vorgestellt, dass es Elfen sind und dass sie ein Tor zum verborgenen Elfenkönigreich haben." Sie lachte leise. „Mit vierzehn habe ich aufgegeben, zu suchen und mir das da stechen lassen. Mom war entsetzt. Sie dachte, ich sei endgültig auf die schiefe Bahn geraten."

Er beugte sich vor und küsste die Stelle. Sie seufzte. Ein kleiner Laut, der seinen Atem beschleunigte. Ohne nachzudenken, senkte er den Kopf und strich mit den Lippen über ihre Brüste, bis er ihre Hände in seinem Haar spürte.

„Wie spät ist es?", fragte sie.

„Kurz vor zehn." Er hob den Kopf. „Willst du Kaffee?"

Sie nickte.

„Kaffee im Bett?"

Ihr Lächeln vertiefte sich. In diesem Moment dachte er, dass er nie etwas Schöneres gesehen hatte als Violet, die sich verschlafen auf seinem Sofa unter der alten Indianerdecke zusammenrollte.

*

Träge beobachtete Violet, wie Gabriel seine Jeans anzog, dann verschwand er aus ihrem Blickfeld. Sie hörte ihn in der Küche werkeln, wenig später kitzelte der Duft von frisch gebrühtem Kaffee ihre Nase. Mit zwei Keramikbechern kehrte er zurück und schlüpfte zu ihr unter die Decke. Der Jeansstoff streifte ihre Haut, sie rieb ihren Fuß gegen seinen. Dem Moment haftete eine so intime Vertrautheit an, dass es fast schmerzte. Verrückt. Gabriel war ein Fremder, doch es fühlte sich nicht so an.

Sie richtete sich halb auf und berührte die frischen Narben auf seiner Brust. Dazwischen fanden sich ältere Wundmale, verblasst und kaum sichtbar auf der gebräunten Haut. Offenbar war er nicht zum ersten Mal so schwer verletzt worden.

„Du schuldest mir noch eine Geschichte“, sagte sie.

Gabriel fing ihre Hand. „Ich dachte, du hast es vergessen.“

„Ich vergesse nie etwas.“

„Das hatte ich befürchtet.“

Er rollte sich herum und zog sie an sich. Sie musterte die irritierenden Einsprengsel in seinen Augen, Gold und Lavendel auf Mitternachtsblau. So etwas hatte sie nie zuvor gesehen. Aber bis gestern Nacht war sie auch nie zuvor Zeugin einer Wunderheilung geworden und die vernarbten Einschussstellen an seinem Körper bewiesen, dass das kein Trick gewesen war.

„Ich bin ...“, er zögerte, „nicht ganz so menschlich, wie es den Anschein hat.“

Sie wusste nicht, ob sie lachen oder ihn ungläubig anstarren sollte. „Was heißt das? Bist du aus Area 51 ausgebrochen oder was?“

Er lachte. „Ich bin nicht ET's großer Bruder, wenn es das ist, was du denkst.“

„Nicht?“

„Ich bin zur Hälfte menschlich, zur Hälfte ...“

„Ein Werwolf? Verwandelst du dich bei Mondschein?“ Es sollte ein Scherz sein, doch diesmal lachte er nicht. „Entschuldige.“

„Die Legende sagt, dass unsere Art aus der Verbindung von gefallenen Engeln mit menschlichen Frauen stammt.“ Er zuckte mit den Schultern. „Keine Ahnung, ob das stimmt. Tatsache ist, dass wir sehr robust sind. Nicht einfach umzubringen. Unsere Sinne sind schärfer als die eines normalen Menschen. Wir sind sehr langlebig und altern kaum.“

„Wir? Du meinst, es gibt noch mehr wie dich?“

„Viele.“

„Aha.“ Sie war nicht sicher, ob er sie auf den Arm nahm. Aber seine Miene war vollkommen ernst und er wirkte nicht wie jemand, dem eine Schraube fehlte. Seine Erklärung war so gut oder schlecht wie jede andere. Im 21. Jahrhundert gab es Wunderheilungen ebenso wenig wie real existierende Engel. „Wieso hat noch kein Mensch davon gehört?“

Sein Lächeln kehrte zurück. „Wenn's auf Fox News käme, würdest du es glauben?“

Sie sah ihn nur an.

„Wenn dir ein leibhaftiger Dämon auf dem Santa-Monica-Boulevard begegnet, würdest du nicht denken, es ist ein Schauspieler mit einer guten Maske?“

„Ich verstehe.“

„Ja?“

„Ich weiß, was du sagen willst. Wir glauben das, was wir glauben wollen.“ Was nicht automatisch hieß, dass sie ihm seine Geschichte abkaufte. Sein Atem strich warm über ihre Wange und lenkte sie ab, ebenso wie seine Hand, die Muster auf ihren Rücken zeichnete. Doch sie wollte das Thema noch nicht fallen lassen. „Wie alt bist du?"

Sein Lachen vibrierte an ihrem Ohr. „Das willst du doch gar nicht wissen. Du glaubst mir ohnehin kein Wort."

Wenn er verrückt war, dann jedenfalls nicht im gängigen Sinne. Verrückten war es normalerweise nicht gleichgültig, ob man ihre Behauptungen anzweifelte oder nicht. Gabriel dagegen schien es nicht zu kümmern, ob sie ihm glaubte. Sie spürte seine Lippen an ihrem Hals und wusste nicht, ob sie verärgert oder geschmeichelt sein sollte.

„Tut mir leid, ich glaube nicht an Engel", stieß sie hervor. Es hatte leichthin klingen sollen, doch ihre Stimme betrog sie. Sie hatte Schwierigkeiten, sich auf das zu konzentrieren, was sie eigentlich sagen wollte, weil er nun begann, ihr Ohr mit seiner Zunge zu liebkosen.

„Nicht?"

„Hast du schon mal einen gesehen?"

„Nein."

Er malte eine warme Spur hinunter zu ihrem Schlüsselbein. Ganz leicht streiften seine Zähne ihre Haut. In ihrem Unterleib erwachte eine vertraute Hitze. Mit einem Ruck legte sie beide Beine um seine Hüften.

„Aber du glaubst trotzdem, dass du von einem abstammst?"

„Woher soll ich das wissen?" Seine Stimme kitzelte an ihrer Kehle. „Keine Ahnung, was an den alten Geschichten dran ist." Seine Hand schob sich zwischen ihre Leiber und nestelte an seiner Jeans. Mit dem Handrücken streifte er die Innenseite ihrer Schenkel und fachte das Feuer weiter an. „Falls es je Engel gab, sind sie schon lange verschwunden."

Die Decke glitt auf den Boden, als Gabriel die Hose abstreifte. Ihr Blut brannte. Seine Erektion zwischen ihren Beinen schürte die Hitze zu weißer Glut. Sie wollte ihn schon wieder, und ein Teil von ihr konnte kaum fassen, wie sehr sie sich Gabriel auslieferte. Sex hatte ihr nie viel bedeutet, es gab andere Dinge, die ihr Leben bestimmten. Diese Art von rauschhafter Ekstase war eine neue Erfahrung. Kein Wunder bei einem Mann, der von sich behauptete, von einem gefallenen Engel abzustammen. Der Gedanke zerrann unter seinen Fingern auf ihrem Körper, seidig und fordernd, und seinen Lippen, die sie in einen süßen Wahnsinn trieben und jede Vernunft auslöschten.

*

Es war früher Nachmittag, als Gabriel das Öl in der Pfanne ein zweites Mal erhitzte. Der Pfannkuchenteig in der Schüssel war zu Klümpchen geronnen. Er überlegte kurz, dann schüttete er neue Blaubeeren hinein.

Violet lehnte an einem Stuhl und sah ihm zu. Sie war einsilbig, seit sie zum zweiten Mal aufgewacht waren. Nicht abweisend, aber sehr still. Er versuchte, das Unbehagen zu unterdrücken, das sich in seinem Magen zusammenballte. Er wollte nicht, dass sie ging. Aber er konnte sie auch nicht bitten, zu bleiben.

„Mein Auto steht noch in der Nähe von Matavilya Crest", sagte sie.

„Dann werden sie es inzwischen gefunden haben." Er fühlte halbherzige Erleichterung, dass sie das Gespräch auf neutralen Boden lenkte.

„Ich weiß nicht." Sie zuckte mit den Schultern. „Ich habe es ein gutes Stück entfernt abgestellt. Wer sind diese Typen eigentlich?"

„Etherlight? Eine Sekte. Sie haben sich vor anderthalb Jahren in Matavilya Crest eingenistet."

„Und was wollen die von dir?"
„Sie sind auf der Suche nach einem Engel."
„Was?"
„Sie dachten, ich könne ihnen einen Tipp geben." Er goss Teig in die Pfanne. Öl zischte auf. „Aber wie ich schon sagte, ich bin nie einem begegnet. Ich bezweifle, dass es sie überhaupt gibt."
„Aber wenn du von einem abstammst …"
„Es ist nur ein Mythos. Vielleicht sind wir auch das Ergebnis eines verunglückten Experiments. Vielleicht würfelt Gott, woher soll ich das wissen?"
Violet fuhr sich mit den Fingern durchs Haar. Sie wirkte unschlüssig, als wolle sie etwas sagen und hätte es sich im letzten Moment anders überlegt.
Wie machen wir weiter, wollte er fragen. Doch er fragte nicht. Er schwieg und konzentrierte sich darauf, Pfannkuchen zu backen, als hinge sein Leben davon ab.
„Meine Schwester ist verschwunden", sagte Violet in die Stille hinein. „Von ihrer Putzfrau weiß ich, dass sie der Etherlightkirche beigetreten ist. In ihrer Wohnung habe ich die Koordinaten von Matavilya Crest gefunden."
Er nahm zwei Teller und eine Karaffe mit Ahornsirup aus dem Schrank.
„Sie haben mir gesagt, dass sie sie nicht kennen", fuhr Violet fort, „aber ich habe ihren Namen im Gästebuch gefunden. Ich konnte nur ihr Zimmer nicht ausfindig machen. Außerdem stand ihr Auto nicht auf dem Parkplatz." Sie löste sich von der Stuhllehne und trat näher. „Ich habe nicht das ganze Gelände abgesucht, aber der Wagen wäre mir aufgefallen. Hast du schon mal einen himmelblau lackierten Lexus RX gesehen? Kein Mensch außer Emily kauft sich einen SUV für fünfzig Riesen in Himmelblau."
Sie schlug einen Plauderton an, aber er spürte die Unruhe zwischen ihren Worten. Nervosität umgab sie wie ein Mantel aus Dornen. Er fragte sich, was geschehen war. Vielleicht bereute sie, mit ihm geschlafen zu haben? Der Gedanke versetzte ihm einen Stich.
„Andererseits weiß ich nicht, ob Emily den Lexus überhaupt noch hat", fuhr sie fort. „Das letzte Mal, dass ich sie damit gesehen habe, ist drei Monate her und …"
Moment. Ein hellblauer Lexus SUV mit zerschrammter Front und gebrochener Vorderachse, der von der Straße abgekommen war. Sie waren daran vorbeigefahren, als er die Frau nach Matavilya Crest gebracht hatte. Den Rest von Violets Worten nahm er kaum mehr wahr. Ein Gesicht, ein Lächeln, das an eine Erinnerung rührte. So wie Violet. Und nun, als er die Verbindung zog, war die Ähnlichkeit so offensichtlich, dass er kaum glauben konnte, dass ihm das nicht früher aufgefallen war.
Ihm wurde kalt.
„Emily", unterbrach er sie. „Sagtest du Emily?"
Er dachte an Emilys Stimme, zart und singend, ganz ohne die Härte, die Violet anhaftete. Wie ein Idiot hatte er sich von ihr in die Falle locken lassen.
„Das ist ihr Name." Violet hielt inne. „Stimmt was nicht?"
Wut sprang in ihm auf wie eine Feuerlohe. Ein Rest seines Bewusstseins wisperte, dass Violet nichts davon wusste, dass sie auf der Suche nach ihrer Schwester war, dass sie Emily nicht erwähnt hätte, wenn sie mit dieser Schlampe unter einer Decke steckte. Oder betrog er sich selbst? Versuchte er, etwas zu rechtfertigen, sich das Erlebte schön zu reden?
Die Wut war ein roter Nebel, der Licht und Farben verzerrte. Der Phantomschmerz in seinen Knien flammte auf. Hass auf Carl überflutete ihn und auf Emily, die sein Vertrauen erschlichen hatte, um ihn in die Falle zu locken. Er sah, dass Violet sich versteifte, öffnete und schloss seine Finger, grub seine Nägel tief in die Handflächen, bis Blut seine Fingerspitzen benetzte. Der leichte Schmerz fühlte sich gut an. Instinktiv machte er zwei Schritte auf sie zu. Violet wich zurück

und hob die Hände zu einer defensiven Geste.

„Hey warte, was ist los? Was habe ich gesagt?"

Das Bedürfnis, etwas zu zerstören, wurde übermächtig.

„Gabriel!" Jetzt schrie sie beinahe.

Sie stieß rücklings gegen das Sofa, wich zur Seite und hielt plötzlich ihre Pistole in den Händen. In ihrem Blick funkelte Angst, vermischt mit wilder Entschlossenheit. Er hatte diesen Ausdruck letzte Nacht gesehen, als sie mit dem zweiten Wächter gerungen hatte. Sie würde abdrücken.

Das gefiel ihm.

„Gabriel", fauchte sie, „bleib stehen, okay? Du jagst mir Angst ein."

Aber genau darum ging es ja. Er wollte mehr von der Furcht in ihren Augen sehen. Emilys Züge schienen ihr Gesicht zu überlagen. Der Mahlstrom in seinem Kopf rauschte wie eine Springflut.

„Wenn ich sie erwische, töte ich sie." Er formulierte jedes Wort deutlich, damit sie verstand, was er sagte. „Ich töte sie, verstehst du? Ebenso wie Carl. Ein langsamer, schmerzhafter Tod."

So schmerzhaft wie zerschmetterte Knie, wie Messerklingen zwischen den Rippen, wie dieses Gefühl, von innen heraus zerfetzt zu werden. Mit übernatürlicher Schärfe hörte er, wie Violet die Sicherung an der Waffe zurückschob.

„Stopp!" Ihre Stimme klirrte. „Keinen Schritt näher!"

Dann stieß der Lauf gegen seine Brust, doch sie drückte nicht ab. Warum drückte sie nicht ab?

„Bitte", flüsterte sie.

Ihr Duft traf ihn wie ein Hammerschlag, die Panik in ihren Augen, die halb geöffneten Lippen. Sie weiß es nicht. Der Schleier aus Wut lichtete sich, ein Rest Klarheit darunter. Sie hat nichts damit zu tun. Gabriel starrte sie an. Plötzlich wusste er nicht mehr, ob er sie verletzen oder an sich ziehen wollte.

„Willst du es mir erklären?" Sie betrachtete ihn mit versteinerter Miene, ihr Körper angespannt wie eine Stahlfeder.

Das Rot wölbte sich, zerfaserte an den Rändern. Er wich einen Schritt zurück. Doch sie hielt weiter die Waffe auf ihn gerichtet. „Warum drückst du nicht ab?", fragte er.

Violet hielt seinen Blick fest, ohne zu blinzeln. „Würde es dich umbringen?"

„Nein."

„Das dachte ich mir."

Sie war nicht länger weich und verletzlich. In diesem Moment ahnte er, dass er etwas Kostbares verloren hatte. Etwas, das unwiederbringlich war.

„Hast du dich wieder im Griff?"

Eine unbarmherzige Frage ohne Vertrauen. Keine Spur von der Nähe, die sie geteilt hatten. Das Gefühl von Verlust wurde unerträglich. Darunter gärte noch immer die Wut, doch sie hatte an Schärfe verloren.

Violet ließ die Pistole sinken. „Na schön." Sie klickte die Sicherung zurück. „Was hat sie angestellt?"

*

„Sie ist mit dem Wagen von der Straße abgekommen. Das hat sie zumindest behauptet." Gabriels Stimme klang ausdruckslos.

Die unmittelbare Gefahr war gebannt. Dennoch konnte Violet sich nicht überwinden, die Browning aus der Hand zu legen. Es war der psychologische Effekt. Das Gewicht der Waffe beruhigte sie. Obwohl sie wusste, dass sie ihr gegen Gabriel nichts nutzte. Es ärgerte sie, dass er ihr Angst eingejagt hatte, doch sie riss sich zusammen. Der Schock über Gabriels plötzliche Verwandlung saß ihr tief in den Knochen und sie wollte das kein zweites Mal provozieren. Der Mann war unberechenbar. Auch wenn sie mit ihm geschlafen hatte, wusste sie nicht das Geringste über ihn.

„Als sie hier aufgetaucht ist, wollte ich ihr einen Abschleppdienst rufen, aber sie hat mich überredet, sie nach Matavilya Crest zu fahren." Geräuschvoll stieß er den Atem aus. „Sie hat mich aufs Kreuz gelegt. Matavilya Crest war eine Falle."

„Ich weiß nicht." Das war absurd. Warum sollte Emily so etwas tun? Unbehaglich verlagerte Violet ihr Gewicht. Der Arm mit der Pistole fühlte sich wie Blei an. „Emily kann naiv sein, aber sie lässt sich nicht mit Gangstern ein."

„Es gibt für alles ein erstes Mal." Kalt sah er sie an.

Da dämmerte es ihr. Schob er etwa ihr die Schuld zu? Ja, das tat er. Was immer Emily getan hatte, er machte sie, Violet, dafür verantwortlich! Sie konnte einfach nicht glauben, dass das wirklich passierte.

„Dein Problem, wenn beim ersten süßen Lächeln dein Verstand aussetzt." Es quoll ihr wie von selbst von den Lippen. Als sie sah, wie seine Augen sich zu Schlitzen verengten, war es zu spät. Außerdem brodelte so viel Zorn in ihr, dass es ihr gleichgültig war. „Ich wette, sie musste sich nicht mal besonders anstrengen."

„Raus!", knurrte er.

„Was?"

„Verschwinde aus meinem Haus."

Das Bedürfnis, ihn zu verletzen, wurde übermächtig. Sie hatte Schwierigkeiten, klar zu denken. Wie konnte er es wagen, ausgerechnet ihr die Doppelzüngigkeit ihrer Schwester vorzuwerfen, nachdem er sich wie ein liebeskranker Idiot von Emily zur Schlachtbank hatte führen lassen?

„Nicht, dass es besonders schwer wäre, dich rumzukriegen."

Gabriels Schweigen war eine stumme Drohung. Violet machte ein paar Schritte rückwärts, noch immer mit der Pistole im Anschlag. Mit einer Hand griff sie hinter sich und stieß die Tür auf. Gabriel regte sich nicht. Sie wollte noch eine Beleidigung hinzuzufügen, nur um ihm eine Reaktion abzuzwingen, doch dann fiel die Tür ins Schloss und der Moment ging vorbei. Mit steifen Gliedern marschierte sie über den Hof und stieg in den demolierten Mercedes Geländewagen. Sie drehte den Zündschlüssel herum, den Gabriel stecken gelassen hatte. Gott sei Dank sprang der Motor an. Violet warf die Pistole auf den Beifahrersitz und schob den Gangwähler auf D. Das Getriebe knirschte bedrohlich, als sie das Gaspedal antippte, doch die Räder begannen, zu rollen. Wie eine Schildkröte rumpelte der Wagen vom Hof.

Es war nicht ganz die Art von Abgang, die sie sich vorgestellt hatte. Aber egal. Sie war erwachsen. Ihr Stolz konnte Schlimmeres verkraften. Wütend biss sie die Zähne zusammen. Wut war gut. Schützte vor Tränen. Sie zwang sich, nicht in den Rückspiegel zu sehen, während sie den Brunnen und die Viehzäune passierte und dann über die Erhebung kroch, die die Zufahrt zu Gabriels Haus von der Schotterpiste trennte.

7

Violet wusste nicht genau, was sie ritt, als sie in die letzte Biegung beschleunigte, hinauf auf das rote Plateau. Die Sonne stand tief und blendete sie. Das Getriebe klang, als würde der Mercedes keine zwei Meilen mehr durchhalten.

Mittlerweile war ihr Zorn zu düsterem Groll abgeklungen. Dennoch gelang es ihr nicht, ihre Gedanken zu ordnen. Sie wusste, dass es idiotisch war, nach Matavilya Crest zurückzukehren. Sie konnte den Saab immer noch als gestohlen melden und Etherlight die Cops auf den Hals schicken.

Andererseits lag ihre Tasche im Auto, mit Schlüsseln und Geld und allen Papieren, ebenso wie der rote Dolce & Gabbana Fummel, den sie Marshalls Schwester versprochen hatte. Sie versicherte sich, dass sie den Saab weit genug vom Anwesen entfernt abgestellt hatte. Mit ein wenig Glück war der Wagen unentdeckt geblieben und sie konnte ihn zurückholen, ohne überhaupt in Sichtweite des Tors zu geraten. Sie musste nur vorsichtig sein. So vorsichtig wie gestern Nacht, echote das gehässige Stimmchen in ihrem Hinterkopf. Sie rollte im Schritttempo vorwärts, bis sie auf die Felsformation stieß, bei der sie in der Nacht zuvor den Saab geparkt hatte. Warmer Wind zerrte an ihrem Haar, als sie ausstieg. Die Abenddämmerung hatte die Gluthitze vertrieben. Ihr Magen knurrte. Mit neu aufsteigendem Ärger verscheuchte sie den Gedanken an Blaubeerpfannkuchen.

Sie schob die Browning BDM in ihren Hosenbund und lief ein Stück an den Felsen entlang. Sie war plötzlich nicht mehr sicher, wo genau sie den Saab abgestellt hatte. Was, wenn diese Etherlighttypen die Umgebung abgesucht und ihren Wagen gefunden hatten? Vielleicht beobachtete man sie in diesem Moment, um sicherzustellen, dass sie allein war? Ihr Nacken begann, zu kribbeln. Unbehaglich blickte sie sich um. Die Sandkliffe waren voll Überhängen, Rissen und Aushöhlungen, die jede Menge Verstecke boten. Sie packte die Pistole und schob die Sicherung zurück.

Schließlich entdeckte sie Reifenspuren im Sand. Stammten die von ihr oder von ihren Verfolgern? Sie wusste es nicht. „Shit", flüsterte sie in den Wind. Das Gefühl, beobachtet zu werden, wurde stärker. Wahrscheinlich Einbildung. Sie versuchte, zu lachen, doch es kam nur Krächzen über ihre Lippen. Sie hatte gesehen, was diese Typen mit Gabriel angestellt hatten. Die würden sie nicht am Leben lassen bei dem, was sie getan hatte.

Sie wollte sich nicht in Stücke schießen lassen, vor allem nicht für Emily. Himmel, wie sie diese Göre hasste. Doch Mom würde es das Herz brechen, wenn Emily etwas zustieß, also konnte sie die Geschichte nicht einfach auf sich beruhen lassen. Sie musste das durchziehen.

Violet bog um einen Vorsprung und verspürte vage Erleichterung, als sie den Saab entdeckte, offenbar unbeschadet. Die Fußabdrücke, die vom Wagen wegführten, waren ihre eigenen. Gott sei Dank. Sie ließ die Browning sinken und entriegelte den Wagen. Ihre Furcht war unbegründet.

„Ma'am?"

Die Stimme war leise und wurde fast vom Wind verschluckt, doch ließ sie vor Schreck zusammenzucken. Vor den Felsen bewegte sich eine zierliche Gestalt. Es war eine Frau, blondes Haar, helle Haut. Wieso hatte sie die zuvor nicht gesehen? Instinktiv zog sie die Waffe wieder hoch.

„Nein, warten Sie." Die Silben zitterten im Wind.

„Stehen bleiben", schnappte Violet. Wenn das eine Falle war, worauf warteten die anderen?

Die Frau gehorchte, zeigte aber kein Anzeichen von Besorgnis. „Ich kenne Ihre Schwester."

„Was?" Violet hätte gern hinter sich geblickt, wagte aber nicht, die Blondine aus den Augen zu lassen. Sie trug Jeans über silberfarbenen Flipflops und eine cremefarbene Seidenbluse. Elegant und völlig ungeeignet für die Wüste.

„Emily Bardo ist doch Ihre Schwester, oder?"

„Und wer sind Sie?"

„Ich bin Mary." Die Frau legte eine Hand an die Lippen und kicherte, eine kleinmädchenhafte Geste, die nicht zu ihrer Erscheinung passte. „Wie Maria, die heilige Mutter Gottes. Mary, verstehen Sie?"

„Klar." Violet warf nun doch einen raschen Blick über die Schulter.

„Da ist niemand." Mary strich ihr Haar zurück. „Ich habe gelauscht, als Sie mit Nicole gesprochen haben."

Der Moment in der Eingangshalle kam Violet in den Sinn, als sie geglaubt hatte, eine Bewegung im Augenwinkel wahrzunehmen.

„Ihre Schwester braucht Hilfe." Mary schien nicht einmal zu bemerken, dass eine Waffe auf sie gerichtet war. Oder es kümmerte sie nicht. „Sie nährt die Dunkelheit."

Violet blickte sich abermals um. Doch da war nichts. Nur Wind, der um die Felsen strich. Der Himmel hatte sich in Purpur und Gold verfärbt, die Schatten in tiefes Blau. Zweifelnd musterte sie die Frau.

„Wie haben Sie den Wagen gefunden?"

„Ich bin oft hier draußen. Ich wusste, dass Sie kommen würden. Also habe ich gewartet."

„Um mir etwas über meine Schwester zu erzählen?"

„Sie ist krank." Mary dämpfte ihren Tonfall, als sei das ein Geheimnis, das man nur flüstern durfte. „Seit dieser Diagnose verändert sie sich."

Violet ließ die Pistole sinken. Sie war nicht sicher, was sie von der Blondine halten sollte. Schwer zu sagen, ob die Frau Emily wirklich kannte oder ob sie nicht ganz richtig im Kopf war. Natürlich schloss eines das andere nicht aus.

„Sie wissen schon", unterbrach Mary ihren Gedanken, „die Diagnose."

„Nein. Weiß ich nicht."

„Aber Sie sind ihre Schwester."

Ein unüberhörbarer Vorwurf schwang in Marys Worten. Violet erstarrte für einen Moment. Die Vorstellung, der schwachsinnigen Blondine in die Knie zu schießen, erschien plötzlich reizvoll. Wieso bildete sich alle Welt ein, über ihre Beziehung zu Emily urteilen zu müssen? Erst Gabriel, der sie für ihre Schwester in Sippenhaft nahm, und jetzt das? Sie würde die blöde Kuh in Stücke reißen, wenn sie sie erwischte, aber das ging verdammt noch mal niemanden was an.

„Was ist das für eine Diagnose?", fragte sie.

„Emily hat Leukämie."

„Emily und ihre eingebildeten Krankheiten", schnappte Violet. Dann erst realisierte sie, was Mary gerade gesagt hatte. Ein kleiner Schauder lief ihr Rückgrat hinunter. „Leukämie?"

„Sie hat es Ihnen nicht erzählt?" Marys Züge wurden weich. „So ist sie eben, sie will niemandem zur Last fallen."

Wohl kaum. Doch Violet sprach den Gedanken nicht aus. „Sind Sie mit ihr befreundet?", fragte sie stattdessen.

„Wir stehen uns sehr nahe."

Die Worte trafen eine wunde Stelle. Was war das? Für einen Moment versuchte sie, der Natur dieses Unbehagens nachzuspüren. Abscheu vor der Heuchelei, die sie ihrer Schwester unterstellte? Mitleid mit Mary? Oder Eifersucht? Sie stellte fest, dass sie nicht darüber nachdenken wollte. So kühl, wie es möglich war, stellte sie die nächstliegende Frage.

„Wann hat sie diese Diagnose bekommen?"

„Ich weiß nicht." Mary legte beide Arme um ihren Körper und wiegte sich hin und her. „Ich sollte Ihnen das nicht sagen. Ich weiß nicht, ob sie das überhaupt will. Sonst hätte sie es Ihnen nicht verschwiegen."

Das Unbehagen schlug um in Ärger. „Fein." Violet riss die Wagentür auf. Sie musste ihren Groll nicht spielen. „Dann behalten Sie es für sich." Sie schleuderte die Browning auf den Beifahrersitz und ließ sich hinter das Steuer fallen.

Mary sah auf. „Was machen Sie?"

„Wonach sieht es für Sie aus?" Violet griff nach dem Sicherheitsgurt. „Ich verschwinde."

„Aber Emily ..."

„Wenn Sie mir nichts sagen wollen, kann ich nichts tun."

Mary biss sich auf die Lippen. Schließlich überbrückte sie die Distanz zum Wagen und blieb in der geöffneten Tür stehen. „Also gut."

„Also gut was?"

„Ich sage es Ihnen. Und dann finden Sie sie und helfen ihr. Versprechen Sie es."

*

Gabriel hüllte das Schwert in seine Jacke und warf es in den Fußraum des Pick-ups. Trockener Schlamm bröckelte von der Trittleiste, als er die Tür ins Schloss knallte.

Er hatte sich benommen wie ein Idiot. Je länger er nachgrübelte, desto unwahrscheinlicher erschien es, dass Violet mit Emily gemeinsame Sache machte. Warum sollte ihn die eine Schwester in die Hände von Etherlight liefern, damit die andere ihn wieder hinausholte? Natürlich blieb die Möglichkeit, dass Violet in Carls Auftrag gehandelt hatte, um sein Vertrauen zu gewinnen und ihm Informationen zu entlocken, die er unter der Folter nicht preisgegeben hätte. Doch dann wäre sie kaum so naiv gewesen, Emilys Namen zu erwähnen.

Wie er es auch drehte und wendete, es passte nicht zusammen. Er hatte ihr Unrecht getan. Sie hatte reagiert wie eine Furie. Das war ihr gutes Recht. Was aber nichts daran änderte, dass sie fort war und er sie höchstwahrscheinlich nie wiedersehen würde. Der Gedanke versetzte ihm einen Stich.

Als er in den Wagen steigen wollte, erregte ein Funkeln im Sand seine Aufmerksamkeit. Er bückte sich und entdeckte ein Silberkettchen mit einem filigranen Anhänger. Eine Libelle mit farbig emaillierten Flügeln. Fest schloss er seine Faust um das winzige Ding, als könne er es zu Staub zermalmen. So stand er, minutenlang, atmete tief ein und stieß die Luft wieder aus, in mühsam kontrollierten Zügen. Was war an dieser Frau, das ihn in Rage versetzte? Er war nicht sicher, ob sein Zorn wirklich ihr galt oder sich selbst.

Endlich löste er sich aus seiner brodelnden Starre und schob sich hinter das Lenkrad. Sie war fort und das war vermutlich die beste Lösung. So sehr er die Nacht genossen hatte, Violet blieb eine Ablenkung, die er sich nicht leisten konnte. Nicht, solange das Problem mit Etherlight bestand. Er zog die Tür zu und schaltete die Scheinwerfer an. Die Ebene schimmerte wie Blut und Malvenblüten, als er vom Hof fuhr.

*

„Es war ein Schock für sie."

Mary zitterte in der Abendkühle. Die Temperaturen fielen rapide ab, nachdem die Sonne verschwunden war. So wie sie da stand, mit ihren Sandalen und der Seidenbluse, die Arme um den Oberkörper geschlungen, tat sie Violet leid. Sie sah verloren aus.

„Chronische myeloische Leukämie."

Violet nickte ohne rechte Überzeugung. Es passte nicht zu Emily, dass sie das vor Mutter verschwieg. Normalerweise hielt sie sich nicht zurück, wenn es darum ging, Mitgefühl zu heischen. „Und das war vor zwei Monaten?“

„Aber dann ist sie auf diese Therapie gestoßen. Sie war sehr euphorisch.“

Violet hatte Probleme, ihre Augen auf Mary zu fokussieren. Im Zwielicht glaubte sie eine Bewegung hinter der Blondine wahrzunehmen, kaum mehr als ein Schatten, der nicht mehr da war, als sie genauer hinschaute. Ihre Nerven spielten ihr Streiche. Sie war ausgehungert und übermüdet und ihr Abgang bei Gabriel hatte ihrer seelischen Verfassung nicht gerade gutgetan.

„Emily zog nach Matavilya Crest, um zur Ruhe zu kommen. Die Therapie ist sehr anstrengend. Ich war froh, dass sie gekommen ist. Matavilya Crest ist ein Ort der Kraft.“ Marys Gesicht nahm wieder diesen kindlich-versonnenen Ausdruck an. „Gott hat uns den Weg gewiesen und hier versammeln wir uns unter Seiner schützenden Hand.“

Waren es nur die Schatten, die die Felsen hinaufkrochen und eine Illusion von Bewegung schufen? Violet richtete ihre Aufmerksamkeit auf die Frau.

„Aber sie lauscht nicht mehr auf Gottes Stimme. Sie verändert sich. Wenn ich versuche, mit ihr zu sprechen, reagiert sie, als wäre sie von einem bösen Geist besessen.“

„Was meinen Sie damit?“ Das Chaos aus Tabletten und umgestürzten Fläschchen kam Violet in den Sinn.

„Sie wird aggressiv. Sie greift mich an. Diese Therapie hat sie verändert. Ich kann das Böse an ihr riechen.“

„Sie greift Sie an?“, fragte Violet ungläubig. „Sie meinen, sie wird gewalttätig?“ Das passte definitiv nicht zu der Emily, die sie kannte. Undenkbar, dass ihre Schwester eine körperliche Auseinandersetzung riskierte.

Mary nickte.

„Und was erwarten Sie von mir?“ In gewisser Weise war das noch bizarrer als die Ereignisse der vergangenen Nacht.

„Sie ist seit drei Tagen verschwunden. Ich versuche, sie anzurufen, aber ihr Telefon ist tot.“

„Ich weiß“, murmelte Violet.

„Dann habe ich Carl um Rat gefragt. Aber mir kommt es nicht so vor, als würde er meine Sorgen ernst nehmen.“

Dass du das Böse an ihr riechen kannst? Natürlich ein guter Grund, um Himmel und Hölle in Bewegung zu setzen. Violet verbiss sich die Gemeinheit. „Wer ist Carl?“, fragte sie stattdessen.

„Unser Hohepriester.“

„Euer Hohepriester.“ Sie ließ sich das Wort auf der Zunge zergehen. Klar, was war eine Sekte ohne Hohepriester? Und die Kerle, die auf sie geschossen hatten, waren wohl die Tempelwachen? An dieser Stelle hätte sie Marys Thesen endgültig als Gestammel einer Verrückten abgetan, wäre da nicht die letzte Nacht gewesen mit den sehr realen Gefahren. Und die Hasstiraden, die Gabriel gegen Carl ausgestoßen hatte. Gütiger Himmel, in was war sie hineingeraten?

Mary streckte eine Hand aus. „Sehen Sie.“ Ihr Tonfall sank ab zu verschwörerischem Wispern. Eine zerknitterte Schachtel wurde in ihrer Handfläche sichtbar.

„Was ist das?“

Marys Lippen zitterten. „Das sind die Früchte des Teufels.“

Es war fast dunkel, als Violet den gewundenen Pfad hinunterrollte, der zurück zur Interstate führte. Wieder hatte sie die Scheinwerfer ausgeschaltet, doch dieses Mal war es ihr eigener Wagen und sie fuhr Schritttempo, ohne fürchten zu müssen, dass eine Horde schießwütiger Gorillas sie einholte.

Mary hatte erzählt, wie sie Emilys Zimmer durchwühlt und die Schachtel im Mülleimer gefunden hatte. Es war eine weiße Medikamentenpackung mit dem Aufdruck VORTEC Pharmaceuticals. Zwei schwarze Dragees klebten in der Folie, die den halb aufgelösten Kapseln glichen, die Violet im Waschbecken ihrer Schwester gefunden hatte. Leider hatte Mary sich geweigert, das Böse näher zu beschreiben, das sie darin zu sehen glaubte.

In sicherer Entfernung vom Plateau schaltete Violet das Licht ein. Sie stellte fest, dass ihr Handy immer noch keinen Empfang hatte, und betastete ihren Ellbogen. Der Schmerz war zu einem erträglichen Pochen abgeklungen.

Unwillkürlich drifteten ihre Gedanken zu Gabriel, zu der gemeinsamen Nacht und dem ernüchternden Morgen danach. Dieser Schmerz fühlte sich schärfer an, wie eine dünne Klinge tief innen. Ein Kerl, der unverwundbar war und behauptete, von Engeln abzustammen. Großartig. Die Wüste war voll mit Verrückten, und sie hatte mit einem von ihnen geschlafen. Schlimmer noch, sie konnte die Erinnerung nicht einfach abstreifen wie einen Mantel, wie bei anderen Gelegenheiten.

Ein Schatten riss sie aus ihren Gedanken, eine plötzliche Störung im Scheinwerferlicht. Nein, kein Schatten, eine massive Gestalt. Ein Tier? Ein Hund oder ein Kojote? Sie trat auf die Bremse, doch der Abstand schmolz im Bruchteil einer Sekunde, dann erschütterte der Aufprall den Saab. Ein Krachen und die Fliehkraft schleuderte sie nach vorn in den Gurt. Sie fluchte, in ihren Ohren rauschte das Blut, der Wagen rutschte ein Stück und kam zum Stehen.

Das durfte nicht wahr sein. Sie hatte ein Tier überfahren! Die Erkenntnis hämmerte durch ihren Kopf und löschte alles andere aus. Sie hatte tatsächlich ein Tier überfahren, in dieser gottverfluchten Einöde, in der man sonst vier Tage ausharren konnte, ohne auch nur eine Eidechse zu Gesicht zu bekommen.

Ein hysterisches Kichern stieg ihr in die Kehle. Wahrscheinlich hatte sie den einzigen Kojoten im Umkreis von hundert Meilen erwischt, der örtliche Tierschutzbund würde Amok laufen. Das Kichern erstickte, drohte in Schluchzen überzugehen, doch dann hatte sie sich wieder im Griff, biss die Zähne zusammen und richtete sich in ihrem Sitz auf. Das Scheinwerferlicht streifte eine Böschung, Grasbüschel, ein Stück der Sandpiste. Violet löste den Gurt und stieß die Tür auf. Sofort hörte sie ein leises Schaben. Sand knirschte. Rasch umrundete sie die Front des Wagens, der Scheinwerfer blendete sie für einen Moment und da war eine Bewegung im Schatten hinter dem Radkasten. Sie ging in die Knie, um besser erkennen zu können, was es war.

Aus dem Dunkeln schoss etwas auf sie zu, eine Explosion aus Fell und Schatten und heißem Atem. Ein hoher Ton schrillte in ihren Ohren, halb Jaulen, halb Knurren. Mit einem Schrei fuhr sie zurück. Sie stürzte auf ihre Handflächen, der Herzschlag explodierte in ihrer Kehle. Endlich begriff sie, dass das Biest irgendwie festhing, während es geiferte und nach ihr schnappte. Ein Bein war unter dem Reifen gefangen.

Violet kroch rückwärts, stolperte auf die Füße und brachte ein paar Schritte Abstand zwischen sich und das wütende Tier. Es hatte die Größe und Gestalt eines Kojoten, doch etwas stimmte nicht. Sie konnte nicht ausmachen, was es war, denn die Kreatur gebärdete sich wie ein rasender Dämon. Der Sand um den Reifen war blutgetränkt.

Was sollte sie tun? Sie konnte sich dem Kojoten nicht nähern, ohne angegriffen zu werden. Doch wenn sie einfach weiterfuhr, mochte er sich Stunden oder Tage quälen, um dann zwischen den Steinen zu verrecken.

Die Laute, die er ausstieß, steigerten sich allmählich zu einem hohen Kreischen, das ihr einen Schauder über den Rücken jagte. Kurz entschlossen trat sie zurück an den Wagen und packte die Browning vom Beifahrersitz. Als sie wieder aus der Tür auftauchte, sah sie, dass der Kojote sein Bein losgerissen hatte und auf sie zukroch, quälend langsam mit verdrehten Gliedern. Die Lefzen entblößten ein Furcht einflößendes Gebiss. Der Anblick riss ein urtümliches Entsetzen in Violet auf. Im Impuls zog sie die Waffe hoch und jagte fast das gesamte verbliebene Magazin in den Leib der Kreatur.

Ihr Atem ging wie eine stampfende Schiffsturbine. Sie fühlte sich plötzlich, als würden überall in der Dunkelheit Schatten lauern. Bestien, die darauf warteten, über sie herzufallen, wenn sie ihnen den Rücken zuwandte. Das war idiotisch, das wusste sie, aber es gelang ihr trotzdem kaum, die Panik zu kontrollieren. Mit zittrigen Knien näherte sie sich dem Kadaver. Sie stieß mit dem Fuß dagegen, um sicherzugehen, dass das Tier tot war. Und dann wurde ihr klar, was damit nicht stimmte. Aus der Nähe sah es noch immer aus wie ein Kojote, doch wie einer, der unter einer schrecklichen Krankheit litt. Das Fell war zu Büscheln verklebt, ganze Hautpartien schimmerten nackt und bläulich, andere waren von dickem rotem Schorf bedeckt, der einen Fluchtreflex in Violet auslöste. Brust und Vorderläufe wirkten zu schwer und muskulös für den Leib, die Pfoten endeten in langen Krallen. Ein übergroßes Gebiss entstellte den Schädel zur Fratze.

Was zur Hölle war das? Ein schief gelaufenes Genexperiment, eine Kreuzung zwischen Hyäne und einem Berglöwen?

Das musste sie Marshall zeigen. Wie betäubt zückte sie ihr Handy und machte ein paar Fotos, dann taumelte sie zurück in den Wagen. Ihre Hände am Lenkrad zitterten noch lange, nachdem sie den Freeway erreicht hatte.

8

Gabriel wusste schon ein paar Blocks entfernt, dass etwas nicht stimmte.

Sein Vater bewohnte einen Loft in der Brewery, einer Künstlerkolonie auf dem Gelände einer ehemaligen Industriebrauerei. Thomasz war nicht der Einzige vom Blut, der sich dort niedergelassen hatte. Gabriel kannte ein halbes Dutzend Schattenläufer, die ebenfalls in der Brewery lebten, einige von ihnen Thomasz' engste Freunde und Gefährten.

Wie jeder vom Blut konnte auch Gabriel die Nähe anderer Schattenläufer spüren, wenn diese ihren Geist nicht bewusst abschirmten. Als er sich der Brewery näherte, fühlte es sich an, als würde er in ein Feld extrem starker statischer Aufladung eindringen. Die Luft knisterte förmlich, hektisch und rastlos wie ein aufziehendes Gewitter. Die Gemeinschaft befand sich in hellem Aufruhr.

Der geistige Tumult krachte wie eine Sturmflut in sein Bewusstsein. Etwas war geschehen. Vielleicht hatte er Carl unterschätzt. Sein Magen zog sich zusammen. Unstet trommelte er mit den Fingern auf das Lenkrad, während er darauf wartete, dass die Ampel auf Grün sprang. Er hatte einen ganzen Tag verloren, weil er sorglos gewesen war. Noch in der gleichen Nacht hätte er nach Los Angeles fahren müssen, statt sich dem Rausch mit dieser Frau zu ergeben. Ein Funken Wut sprang auf. Auf Violet, doch mehr auf sich selbst.

Was, wenn seinem Vater etwas zugestoßen war, wenn Carl ihn in seine Gewalt gebracht hatte?

Mit dem Daumen tastete Gabriel über die Naht auf der Unterseite des Drachenrings, wo das Schmuckstück gebrochen und repariert worden war. Die Ampel sprang um, er gab zu viel Gas, quietschend und rutschend nahm der Pick-up Fahrt auf.

Sie verbrachten nicht viel Zeit miteinander, zu unterschiedlich waren ihre Ansichten. Doch die Blutsbande zwischen ihm und seinem Vater reichten tief. Er war auf Tomasz' Wohlergehen bedacht und wusste, dass sein Vater umgekehrt genauso empfand.

Hinter einer Unterführung voll Graffiti bog er in die Einfahrt zur Brewery und parkte hinter einer Batterie Müllcontainer. Die Pferdeskulptur aus Stahlstreben, die sich im Innenhof erhob, war über und über mit Lichterketten behängt.

Die Szenerie wirkte auf unheimliche Weise normal und reflektierte so gar nicht das Tohuwabohu aus Empfindungen, das gegen seinen Geist brandete. Mit Efeu überwucherte Ziegelmauern flüsterten im nächtlichen Schatten, aus einer Werkstatt hallten Hammerschläge. Wind raschelte in den Blättern und zupfte an seinem Haar. Gabriel erklomm eine Betonrampe, die sich über die Front eines ehemaligen Lagerhauses zog. Das Holztor am Ende der Rampe stand offen, doch dahinter brannte kein Licht. Sein Unbehagen verstärkte sich.

„Hallo?“, fragte er halblaut in die Stille.

Die Hammerschläge klangen jetzt weiter entfernt. Er trat ein und tastete nach dem Wandschalter. Einen Augenblick später flammten die Lampen eines Kristalllüsters auf und tauchten den Loft in weiches Licht. Bücherregale bedeckten die Wände vom Boden bis zur hohen Decke. Seine Füße versanken im tiefblauen Teppich. Er blieb stehen und betrachtete den Schreibtisch seines Vaters, die schweren Möbel, die Stapel von Büchern und Zeitungen, die überall auf dem Boden aufgeschichtet lagen. Kein Zeichen eines gewaltsamen Einbruchs. Es sah aus, als sei Thomasz nur kurz hinausgegangen und würde jeden Moment zurückkehren.

„Vater? Bist du da?“

Niemand antwortete. In der Küche lag Obst aufgeschnitten auf einem Brett. Die Äpfel waren braun angelaufen, der Saft von Orangen und Trauben zu glänzenden Flecken getrocknet. Gabriel bückte sich nach dem Messer, das auf den Boden gefallen war, als plötzlich das Licht erlosch. Instinktiv packte er die kleine Waffe und fuhr herum. Nicht schnell genug. Im gleichen Moment spürte er die Bewegung hinter sich. Er erstarrte, als die unverwechselbare Schärfe einer Schwertklinge über seinen Nacken strich.

*

Vor und zurück. Unablässig glitt Emilys Finger über das Mal. Vor und zurück. Als könnte sie es wegwischen. Sie hielt die Augen geschlossen, als die Tür über den Teppich schleifte.

„Lass das Licht aus", murmelte sie.

Sie fühlte Stephans Schritte, anstatt sie zu hören. Feine Erschütterungen vibrierten in der Luft. Das verstörte sie noch mehr als die sichtbaren Zeichen, die überall an ihrem Körper wucherten. Wann hatten ihre Sinne diese Schärfe erlangt? Stephan streckte eine Hand nach ihr aus, auch das konnte sie fühlen.

„Nicht."

Die Finger erstarrten in der Luft. Wie konnte er sich überhaupt durchringen, sie zu berühren? Empfand er Mitleid mit ihr?

„Ich habe mir Sorgen gemacht", sagte er.

Emilys Kehle verengte sich. Mit dem Handrücken wischte sie eine Träne fort, die unter ihren Wimpern hervorquoll. Dann tastete sie zurück zu der Stelle, wo die Haut sich narbig und taub anfühlte. Die Flechte reichte nun bis zu ihrem Ohr und ließ sich nicht mehr verbergen. Emily war dankbar, dass er nicht fragte, wo sie gewesen war. Sie konnte ihm nicht offenbaren, welche Abmachung sie mit Carl getroffen hatte.

„Ich liebe dich", sagte Stephan. „Ich finde einen Weg."

Nein. Er würde das nicht verstehen.

*

„Nimm das verdammte Schwert runter", sagte Gabriel.

Der Mann zögerte, dann hob sich das Gewicht von Gabriels Nacken. Das Licht flammte wieder auf.

„Pascal."

Gabriel richtete sich auf und drehte sich um. Er musterte den hageren, schwerknochigen Mann, der ein enger Freund seines Vaters war. Pascal war Waffenschmied. Ein Handwerker, kein Krieger. Dass er mit entblößter Klinge in der Hand vor ihm stand, war der untrügliche Beweis, dass etwas Außergewöhnliches geschehen war.

Vom Eingang näherten sich zwei weitere Schattenläufer. Ihre Aura vibrierte schärfer und aggressiver als die, die Pascal verströmte. Einer der beiden war Keith, ein Philippino mit kurz geschorenem Haar, der zu Katherinas Garde gehörte. Den anderen, einen blonden Hünen mit steinernen Gesichtszügen, hatte er nie zuvor gesehen.

„Gabriel." Pascal wich einen Schritt zurück. „Ich bin froh, dass du gekommen bist."

„Was ist hier los?"

„Sie haben Thomasz mitgenommen."

„Und Jibran", fügte der Blonde hinzu. „Keine Chance. Wir haben sie in den Kanälen verloren."

Die Kleidung der beiden Schattenläufer war bis zu den Hüften durchnässt. Noch immer verstand Gabriel nicht, was hier vorging. Der Eisklumpen in seinem Magen schwoll an.

„Das ist schlecht", grollte Pascal. „Sehr schlecht."

„Ein paar von unseren Leuten durchkämmen die Seitenarme, aber wir haben das zuvor schon getan." Der Blonde hob beide Hände in einer defensiven Geste. „Wir haben die halbe verfluchte Stadt auf den Kopf gestellt."

„Tut mir leid wegen dem hier." Pascal hob das Schwert an. „Ich habe dich nicht gleich erkannt. Ich dachte, du gehörst zu denen."

„Was zum Teufel ist passiert?" Gabriel versuchte nicht, die Schärfe in seinem Tonfall zu unterdrücken.

„Wir waren sorglos." Die Schultern des Waffenschmieds sackten nach vorn. „Wir konnten uns an fünf Fingern abzählen, dass sie irgendwann hier auftauchen. Und jetzt haben sie Thomasz und Jibran."

„Und wer sind die?"

„Es tut mir leid." Pascal senkte den Blick. Seine Stimme bröckelte. „Es tut mir so leid."

*

Es war kurz nach zehn, als Violet endlich vor ihrem Apartment parkte. Sie war todmüde, jeder Muskel schmerzte. Die langen Stunden auf dem Freeway, das Flirren der Rücklichter und ihre Anstrengungen, nicht einzuschlafen, indem sie abwechselnd die Klimaanlage bis zum Anschlag aufdrehte und dann wieder das Fenster aufriss – das alles ließ die Erlebnisse der vergangenen zwei Tage immer unwirklicher erscheinen. Fast konnte sie sich einreden, dass es nicht mehr gewesen war als ein böser Traum.

Jedenfalls, wenn sie die Delle im Kotflügel des Saab ignorierte und die kleine weiße Schachtel neben sich auf dem Beifahrersitz. Und Gabriels Duft, der besitzergreifend in ihrer Kleidung hing.

Sie stopfte die Browning und Emilys Luxusfummel in die Handtasche, verriegelte den Saab und erklomm steifgliedrig die Außentreppe zu ihrem Apartment. Ihre Wohnung lag im zweiten Stock eines Mietshauses in einer schäbigen, aber einigermaßen sicheren Nachbarschaft. Die Tatsache, dass nur eine Mauer sie vom Freeway trennte, hielt die Miete niedrig. Mit dem Lärm konnte sie leben. Der war nicht schlimmer als das Geschrei der philippinischen Nachbarskinder und die Brüllorgien, die sich das Paar ein Stockwerk über ihr lieferte, wenn sie genug getrunken hatten.

Sie entdeckte Marshall schon von Weitem. Er saß in dem Korbstuhl neben ihrer Haustür und hatte seine Füße auf die Holzkiste gelegt, in der sie Krempel lagerte, den sowieso keiner klauen wollte. Als er sie bemerkte, ließ er sein Buch sinken.

„Du verdirbst dir die Augen bei dem Licht", sagte sie.

„Freut mich auch, dich zu sehen."

Marshall lächelte sie unverdrossen an. Glatt rasiert, mit seinem weißen Hemd über den Cargohosen, das Haar ordentlich zum Zopf gebunden, verkörperte er mal wieder den Traum jeder hispanischen Schwiegermutter. Wahrscheinlich renkten sich die beiden Teenager im Nachbarapartment schon die Hälse aus beim Versuch, ihn durch die Fenster anzustarren. Violet widerstand der kindischen Versuchung, ihn abzuküssen, nur um die Mädels neidisch zu machen.

„Was liest du da?" Sie erhaschte einen Blick auf den Buchumschlag. „Die göttliche Komödie?"

„Sag nichts. Schließ einfach die Tür auf und freu dich, dass ich dir ein Abendessen gekauft habe."

Sie gehorchte ohne Widerspruch. Natürlich war sie froh, ihn zu sehen. Sie war nur zu erschöpft, um ihre Freude in Worte zu kleiden. Marshall verstand sie auch so. Er war ihr bester Freund. Der einzige, wenn sie darüber nachdachte. Seit sie ihn vor fünf Jahren aus der Gosse gezogen hatte, war ein stilles Vertrauen zwischen ihnen gewachsen. Damals hatte sie noch für die DEA gearbeitet und darüber hinweggesehen, dass er Crack an Straßenecken vertickte, im Gegenzug für Informationen über die großen Fische. Nach ihrem Rauswurf bei der Agency hatten sie zusammen die Detektei gegründet. Marshall war ein begnadeter Hacker. Sie hatte ihn gefragt, warum er sein Talent nicht zu Geld machte, statt mit Drogen zu dealen. Familientradition, war seine Antwort und ein verlegenes Grinsen.

„Die Putzfrau deiner Schwester hat im Büro angerufen", sagte er. „Sie fragt, ob sie das Honorar in bar bekommen kann anstatt als Scheck."

„Klar." Violet stieß die Tür auf. „Kein Problem."

Auf dem Weg zurück nach L.A. hatte sie mit Inez telefoniert und die Mexikanerin mit süßer Zunge und dem Versprechen auf ein paar Extradollars überredet, ihr Bescheid zu geben, wenn Emily in ihrem Haus auftauchte. Auch Stephan musste sie noch mal auf den Zahn fühlen. Aber selbst wenn er etwas über ihren Verbleib wusste – die Frage war eher, warum Emily sich versteckte.

„Wie geht's dir übrigens?" Marshall drängte sich an ihr vorbei in die Küchenecke und stellte eine Papiertüte auf dem Tresen ab.

„Frag nicht." Sie schleuderte die Schuhe von den Füßen und ließ sich auf ihre übergroße, abgeschabte Ledercouch fallen. „Hast du zufällig was in den Nachrichten gehört über eine Schießerei in der Wüste?"

„Kein Wort."

„Gut." Sie hielt Marshall ihr Handy hin. „Sieh dir das mal an."

Marshall klickte durch die Fotos, dann blickte er stirnrunzelnd auf. „Was ist das?"

„Das ist mir ins Auto gerannt."

Sein Blick verdunkelte sich. „Davon hast du nichts erzählt."

Nein, hatte sie nicht. So wie sie auch bei Gabriel ein paar Details ausgelassen hatte. Zum Beispiel, dass sie mit ihm geschlafen hatte. Oder dass er behauptete, von gefallenen Engeln abzustammen und das mit Selbstheilungskräften belegte, die den gesunden Menschenverstand ad absurdum führten.

„Ich hab's vor lauter Neuigkeiten vergessen. Hast du so was schon mal gesehen?"

„Eine Hyäne?"

„Fast. Könnte eine Hyäne sein, nicht wahr?" Violet nagte an ihrer Unterlippe. „Aber nicht ganz. Und selbst wenn es eine wäre, was macht die in der Mojavewüste? Falscher Kontinent." Sie spürte, wie Ungeduld und die nachschwingende Furcht sich zu Aggression verdichteten.

Marshall legte das Telefon auf den Couchtisch und wandte sich zur Küche. Violet beobachtete aus halb geschlossenen Augen, wie er zwei Pappschachteln aus der Tüte hob, mit Tellern und Besteck hantierte und die Mikrowelle anstellte.

„Willst du Hühnchen Teryaki oder Thunfischsushi?"

„Mir egal. Hast du schon was über diesen Medikamentenhersteller herausgefunden?"

„VORTEC Pharmaceuticals?" Marshall lachte. „Hör mal, ich bin ein Genie, aber kein Gott, okay? Wir haben erst vor einer Stunde telefoniert."

„Ja, aber …"

„Ich habe nachgesehen, was die Suchmaschine so hergibt." Er hob den Teller aus der Mikrowelle und stellte ihn vor ihr auf den Couchtisch. Dann richtete er sich mit einer Plastikbox und Stäbchen auf dem Sessel ein. „Guten Appetit. Ich nehme das Sushi."

Eine Zeit lang aßen sie schweigend. Sie genoss die Stille, die Vertrautheit mit Marshall, das Wohlbehagen, das sich von ihrem Magen ausbreitete. Selbst dieses nagende Gefühl von Verlust, das immer dann aufflammte, wenn ihre Gedanken über Gabriel stolperten, war leichter zu ertragen.

„Willst du wissen, was das Internet über VORTEC zu sagen hat?", fragte Marshall.

„Ja bitte."
„VORTEC ist auf Krebsforschung spezialisiert."
„Krebsforschung", wiederholte Violet.
„Sie stehen kurz davor, eine vorläufige Genehmigung für den Verkauf eines Medikaments namens Sangrin zu erhalten, das angeblich die Zellveränderungen, die Krebs verursacht, rückgängig machen kann."
„Oh wow. Wieso habe ich noch nie davon gehört?"
„Weil sie auf Cartoon Network keine Berichte über Krebsforschung bringen."
Violet packte ihren ausgeblichenen Stoffhasen von der Couchlehne und schleuderte ihn in Marshalls Richtung. Lachend fing er ihn auf.
„Kein Problem, ich habe es auch nicht mitbekommen. VORTEC hat den Heiligen Gral gefunden und wir haben es verschlafen. Krebs wird in Zukunft heilbar sein."
Emily, Leukämie, die Früchte des Teufels. Ihre Gedanken wirbelten durcheinander. Sie wusste nicht viel über Leukämie, eigentlich gar nichts. Leukämie war Blutkrebs, oder nicht? Damit machte die Verbindung zu VORTEC Sinn.
„Das VORTEC Medikament steht kurz vor der Zulassung", sinnierte sie. „Aber es ist noch nicht draußen. Wie kann sie dann eine Therapie damit machen?"
„Vielleicht ist sie in einer Testgruppe?"
„Möglich." Violet drehte die weiße Pappschachtel zwischen den Fingern. „Das ist keine Verkaufsverpackung. Wo sitzen die? Hier in der Stadt?"
„Riverside Rancho, nördlich vom Griffith Park. Sie haben ein Forschungszentrum mit angeschlossener Klinik."
„Eine Klinik? Vielleicht fragen wir da mal, ob meine kleine Schwester auch brav ihre Untersuchungstermine einhält."

*

„Natürlich kümmert dich nicht, was in der Stadt geschieht. Das ist dein gutes Recht."
Gabriel ignorierte die subtile Provokation in Pascals Worten. Sie hatten sich in der Werkstatt des Waffenschmieds versammelt. Es roch nach Kaffee und Maschinenöl. Keith hockte auf der Drehbank und zeichnete mit einem Finger Muster in die Eisenspäne. Der blonde Hüne, den Pascal als Cyric vorgestellt hatte, hantierte in der Küche.
„Wir haben hier ein Problem", fuhr Pascal fort. „Seit ungefähr drei Monaten."
„Seit Marco verschwunden ist", warf Keith ein.
„Mit Marco fing alles an." Pascal lehnte sich in seinem schäbigen Ledersessel zurück. „Seitdem verschwinden immer mehr vom Blut. Vor allem die jungen."
„Aber Marco ist alt", sagte Gabriel.
„Marco war keine leichte Beute." Keith sprach mit einem melodischen Akzent, der die Silben zu weichen Wellen verschliff. „Das wird ihnen eine Lehre gewesen sein. Also stellen sie den Schwächeren nach."
„Es hat eine Weile gedauert, bis klar wurde, dass jemand Jagd auf uns macht", nahm Pascal den Faden wieder auf.
„Was ist mit der Garde?", fragte Gabriel.
„Wir kriegen die Scheißkerle nicht zu fassen." Cyric entkorkte eine Weinflasche und setzte sich auf die Treppenstufen. „Wir wissen nicht einmal, mit wem wir es zu tun haben. Inzwischen machen sich alle in die Hosen und haben eine Scheißangst, überhaupt noch auf die Straße zu gehen."

Pascal stieß vernehmlich den Atem aus. „Wir hier in der Brewery dachten, das ist sicheres Terrain. Hier wagen sie sich nicht her."

„Falsch gedacht", schnappte Keith. „Aber ihr wolltet ja keinen Schutz."

Pascal warf dem Jüngeren einen mörderischen Blick zu.

Keith ließ nicht locker. „Ihr hättet unser Angebot annehmen sollen. Katherina ist ziemlich wütend. Sie wollte den Suchtrupp zuerst nicht losschicken, als sie von Thomasz gehört hat."

Pascal wollte zu einer gesalzenen Entgegnung ansetzen, aber Gabriel stoppte ihn. „Was genau ist mit Thomasz passiert?"

„Thomasz war mit Jibran und Ben zusammen. Jemand ist in Bens Wohnung eingedrungen, wahrscheinlich ging alles sehr schnell. Sie haben Ben getötet und Thomasz und Jibran mitgenommen."

„Ben war ein Mensch", ergänzte Keith.

„Ben war Bildhauer", fuhr Pascal fort. „Sie haben sich ein oder zwei Mal die Woche zum Schach spielen getroffen."

„Wir haben Bens Leiche verschwinden lassen und sein Apartment aufgeräumt", sagte Cyric. „Damit wir uns nicht auch noch mit den Cops rumschlagen müssen."

„Hat niemand den Lärm gehört?"

„Es gab keinen Lärm." Pascals Stimme gewann an Schärfe. „Das ist ja das Problem. Niemand sieht oder hört etwas, wenn diese Überfälle passieren. Und wenn Menschen in der Nähe sind, töten sie diese."

„Ist von diesen Entführungsopfern jemals wieder eins aufgetaucht?"

„Nein." Cyric nahm einen tiefen Schluck aus der Weinflasche. „Nicht ein einziges. Nicht mal eine verdammte Leiche."

9

Sonnenstrahlen weckten Gabriel und der ungewohnte Geruch nach Pergament und alten Büchern, wie er nur in Bibliotheken zu finden ist.

Für einen Moment wusste er nicht, wo er sich befand. Mit einem verstörenden Gefühl von Desorientierung richtete er sich auf und realisierte endlich, dass er auf der Couch eingeschlafen war, die neben dem Schreibtisch seines Vaters stand. Auf dem Beistelltisch, zwischen Zeitschriften, Büchern und zusammengehefteten Computerausdrucken, funkelte die Libelle. Aus winzigen schwarz geschliffenen Glassteinchen, die ihr als Augen dienten, starrte sie ihn an. Er erwiderte den Blick und fragte sich, warum es ihm nicht gelang, die Frau aus seinem Kopf zu vertreiben.

Er war krank vor Sorge um seinen Vater, er hatte sich mit Szenarien gemartert, bei denen Thomasz blutüberströmt an einer Kellerwand hing, gehalten von den gleichen Ketten, die auch er nicht hatte überwinden können. Wie sollte sein Vater, ein Gelehrter, diese Verhöre ertragen? Thomasz war kein Krieger, körperliche Gewalt war ihm zuwider. Wann immer in Europa ein Krieg tobte, war Thomasz geflohen, während Gabriel sich von einer Schlacht in die nächste stürzte. Er hatte sich als Söldner verdingt, erst den Johannitern gedient, dann dem Schwedenkönig, später den Anhaltinern und einem halben Dutzend anderer Fürstenhäuser, die für mehr Land oder ihre Kirche oder beides fochten.

Er bezweifelte, dass sein Vater jemals eine Waffe in der Hand gehalten hatte. Thomasz' Hände waren weich und empfindlich, wie die Pergamentseiten, die sie jeden Tag berührten. Thomasz war alt und sein Blut mächtig, aber Carl würde ihn zerbrechen.

Hinter dieser Bürde lauerte der Gedanke an sie. Weiche, rabenschwarze Haarsträhnen, ein unbarmherziger Zug um ihre Mundwinkel, den er mit seinen Küssen fortgenommen hatte. Diese Libelle, ein Abbild ihrer filigranen Erscheinung, die über die Härte in ihrem Inneren hinwegtäuschte. Er wusste, dass diese Härte nur eine weitere Schicht abschirmte, noch tiefer drinnen. Er hatte es gesehen, gespürt in dieser Nacht. Jetzt war sie in seinem Kopf und er konnte nicht aufhören, über sie nachzudenken.

Er hatte Cyric und Keith noch nichts von Etherlight erzählt, hatte auch Carl Miller nicht erwähnt, den Kopf der Sekte mit der Stimme eines Literaten und der pathologischen Neugier eines Serienmörders. Die Erinnerung an das fahle Gesicht mit den wasserblauen Pupillen ließ ihn schaudern.

Er trat ans Fenster und blickte hinaus auf das Bündel rostiger Rohrleitungen, die sich wie eine Brücke über den Hof zogen. Carl war nur ein Mensch. Er mochte über eine mächtige Organisation verfügen, mächtiger sogar, als Gabriel zuerst vermutet hatte, aber er blieb ein Mensch. Sein Körper konnte so leicht zerstört werden wie der jedes anderen Menschen.

Und er würde ihn zerstören. Ein paar Sekunden schwelgte er in der Vorstellung, seine Hände in Carls Blut zu baden. Mit dem, was Pascal ihm über das Verschwinden der anderen Schattenläufer erzählt hatte, gewann seine Begegnung mit Carl eine neue Tragweite. Doch warum hatte Gabriel keinen anderen vom Blut auf Matavilya Crest gespürt? Bedeutete es, dass Carl sie alle getötet hatte? Oder gab es noch mehr Orte wie diese einsame Festung in der Wüste, an denen Etherlight seinen undurchsichtigen Geschäften nachging? Und welches Motiv lag hinter den Entführungen? Carls Suche nach einem leibhaftigen Engel?

Das war verrückt. Carl war vielleicht ein Psychopath, doch kein Idiot. Er würde nicht ziellos Jagd auf Schattenläufer machen, in der vagen Hoffnung, dass irgendeiner seine Fragen beantworten konnte.

Wie konnte Etherlight überhaupt Träger des Blutes ausfindig machen? Äußerlich unterschieden sie sich nicht von gewöhnlichen Menschen. Nur ein Schattenläufer war in der Lage, einen anderen seiner Art zu erkennen. Die einzige Erklärung bestand darin, dass Carl einen Insider hatte, einen Verräter, der selbst das Blut in sich trug und Etherlight als Spürhund diente.

Doch das war Spekulation. Gabriel wandte sich vom Fenster ab. Es gab zu viele Fragen, auf die er keine Antwort wusste. Er musste etwas tun, aber fühlte sich, als irre er mit verbundenen Augen durch ein Labyrinth. Der Preis für sein Versagen war der Tod seines Vaters. Es machte ihn wahnsinnig.

Ihm blieb nichts anderes übrig, als mit Katherina zu reden. Auch wenn er viel darum gegeben hätte, diese Begegnung zu vermeiden.

*

„Sieht aus wie eine Schönheitsklinik in Orange County", raunte Violet. Sie hörte Marshalls Atem in dem winzigen Ohrstöpsel.

Der Vorplatz des Instituts war mit Basalt gepflastert. Sorgfältig geschnittener Rasen rahmte die Steinplatten.

„Frag sie doch, ob sie deine Brüste machen wollen."

Sie schnaubte. „Was stimmt nicht mit meinen Brüsten?"

„Woher soll ich das wissen? Es sind deine Brüste."

Lautlos glitten die Glastüren auseinander, als sie sich näherte. Die Silberriemchen an den Jessica-Simpson-Sandalen schnitten ihr schmerzhaft in die Fersen, aber die Absätze klapperten effektvoll auf dem Hochglanztravertin. Sie erhaschte einen Blick auf ihr Spiegelbild, die hellblaue Kunstlederjacke über einem Sommerkleidchen, das sie sich von Camilla, Marshalls modebewusster Cousine, geliehen hatte, und hoffte, dass man ihr die Beverly-Hills-Göre aus reichem Hause abkaufte.

Die Lobby war kreisförmig konstruiert, Glas, Leder und geschliffener Stahl. Klaviermusik wehte aus versteckten Lautsprechern. Neben der Rezeption befanden sich zwei Aufzüge. Eine elegant gekleidete Afroamerikanerin mit Modelmaßen stand hinter dem Tresen und klapperte auf ihrer Tastatur, während eine ältliche Dame auf sie einredete.

„Es tut mir wirklich leid, aber wir haben keine Julia Albright im System, Ma'am", hörte Violet die Rezeptionistin sagen.

Sie blieb so nahe stehen, wie es möglich war, ohne aufdringlich zu wirken.

„Vielleicht haben Sie den Namen nicht richtig geschrieben." Die alte Dame sprach einen eleganten britischen Akzent. „Schauen Sie bitte noch einmal nach. Albright, Julia", buchstabierte sie.

„Ich habe den Namen richtig geschrieben. Ich versichere Ihnen, ich …"

„Hier, sehen Sie", die Frau legte einen kleinen Stapel Bilder auf die Glasplatte, „ich habe Fotos. Sie war zweimal wöchentlich bei Ihnen, sie hat keine einzige Untersuchung ausgelassen."

„Mrs. Albright", ein genervter Ton schwang in der Stimme der Rezeptionistin, „Sie irren sich. Ihre Tochter ist nicht im System. Und das bedeutet, dass sie hier nicht behandelt worden ist." Ihr Blick glitt zu Violet und wieder zurück. Die Diskussion war ihr offensichtlich unangenehm. „Wenn Sie jetzt bitte unser Haus verlassen möchten, es warten andere Patienten, die Termine haben."

„Aber Doktor Arnolds, der arbeitet doch bei Ihnen, nicht wahr? Er war der Arzt, der die Studie überwacht hat."

„Bitte Ma'am, das hat doch keinen Zweck. Sie bilden sich etwas ein."

„Ich habe da draußen einen Parkplatz gesehen, da steht sein Name drauf. Reserviert für Doktor Arnolds." Der Tonfall der Dame wurde schrill. „Warum lügen Sie mich an?"

Eine der Aufzugtüren glitt auf und zwei Männer in grauen Anzügen traten hinaus. Violet sah die Kabel, die von den Mikrofonen hinunter in die Hemdkragen führten. VORTEC leistete sich eine eigene Sicherheitstruppe. Interessant.

„Miss Albright, wenn Sie nicht sofort gehen, rufe ich die Polizei."

„Ja, rufen Sie die Polizei!" Mit einer heftigen Bewegung fegte die Dame ihre Fotos zurück in die Handtasche. In diesem Moment erreichten sie die beiden Gorillas. Sie fuhr herum und Violet konnte ihr Gesicht sehen, rosige Pergamenthaut, Lesebrille und ihre Lippen, die vor Aufregung zitterten. „Rufen Sie doch die Polizei!", verlangte sie, während die Männer sie zum Ausgang drängten. „Erklären Sie denen, was mit Julia passiert ist!"

Lautlos sank die Glastür hinter ihr ins Schloss.

„Entschuldigen Sie bitte, es tut mir leid, dass Sie das mit anhören mussten." Die Rezeptionistin hatte zurückgefunden in ihren synthetisch-höflichen Tonfall. „Willkommen bei VORTEC Pharmaceuticals. Mein Name ist Mara, wie kann ich Ihnen helfen?"

„Schon in Ordnung." Violet strich sich die Haare zurück und setzte ihr bestes missbilligendes Lächeln auf. „Können Sie solche Leute nicht schon an der Tür abfangen?"

„Es tut mir leid." Maras Lider flatterten. „Ich wusste ja nicht ..." Sie brach ab. „Das wird nicht wieder vorkommen." Ein angestrengtes Lachen. „Jetzt sind wir ja gewarnt."

„Ich habe einen Labortermin. Gesundheitscheck."

„Natürlich." Sichtlich erleichtert wandte sich Mara ihrem Computer zu. „Ihr Name, bitte?"

„Elena Bartoc."

Lackierte Fingernägel glitten über die Tastatur und hielten inne. „Elena Bartoc?"

„Für neun Uhr dreißig."

Das Klappern setzte wieder ein, nun mit einem Hauch Nervosität. „Bei wem haben Sie den Termin gemacht, bitte?"

„Jesus, wenn diese Schlampe sich schon wieder vertan hat", Violet lehnte beide Arme auf die Glasplatte und beugte sich vor. „Amy heißt sie, Süße. Und Sie sollten vielleicht damit anfangen, qualifiziertes Personal einzustellen. Das wäre heute das zweite Mal, dass sie mich umsonst hierher bestellt. Und wissen Sie, was? Ich sorge dafür, dass sich das herumspricht, okay?" Sie ließ ihre Stimme ansteigen und reihte die Drohungen aneinander wie Maschinengewehrfeuer. Einschüchterung, das hatte sie schon bei den Cops gelernt. Dem anderen keine Zeit zum Nachdenken lassen. „Sie werden richtig schlechte Publicity kriegen. Das wird Ihren Aktionären gefallen! Und wenn Sie glauben, dass mein Vater danach auch nur noch einen Finger für VORTEC rührt, dann liegen Sie falsch! Wie war Ihr Name? Mara?"

Die Rezeptionistin wurde blass unter der dunklen Haut. Sicher hatte sie nicht erwartet, dass auf das Malheur mit der alten Frau gleich ein noch schlimmerer Eklat folgen würde. Einer, der sie ihren Job kosten konnte, wenn sie etwas Falsches sagte.

„Hören Sie mir gut zu, Mara. Sie rufen jetzt im Labor an und klären das. Ich werde den Termin nicht noch einmal verschieben, und wenn ich von dieser Versuchsreihe zurücktrete, dann kriegen Sie den PR-Gau des Jahrhunderts, darauf können Sie sich verlassen."

Mara nickte, den Telefonhörer schon in der Hand. Sie fragte nicht einmal, wer Amy eigentlich war. Fünf Minuten später hatte Elena Bartoc ihren Termin, und Mara wagte nicht zu fragen, für welche Testreihe genau sich Miss Bartoc zur Verfügung stellte.

Mit klackenden Absätzen marschierte Violet an Mara vorbei in den Aufzug, der sich wie von Geisterhand öffnete.

„Das läuft ja wie geschmiert", murmelte sie, als sich die Kabinentür hinter ihr schloss.

„Du schaust zu viel Nipp/Tuck", kommentierte Marshall. Er klang schwer beeindruckt.

Sie schob ihre Füße in den Jessica-Simpson-Sandalen hin und her, um die Schmerzen zu lindern. Wie hielten diese Hühner das bloß aus?

*

Die Galerie Petrowska lag an der Hill Street, Ecke Siebte Straße in Downtown, ein unscheinbarer Eingang zwischen Broadway Trade Center und einem mexikanischen Schnellrestaurant. Jacarandabäume verschatteten die hohen Fenster. Auf den Granitstufen sonnte sich eine grau getigerte Katze, die nur mit den Ohren zuckte, als Gabriel über sie hinwegstieg und die Tür aufstieß. Sofort umfing ihn kühle Stille. An den Wänden des Foyers hingen riesige Cartoongemälde, Explosionen aus Farben, die das Licht zum Sprühen brachten. Er drückte gegen eine Platte in der verspiegelten Seitenwand. Eines der Paneele glitt lautlos beiseite und offenbarte einen Durchgang zum Büro.

Katherina Petrowska stand am Fenster und wandte ihm den Rücken zu. Ein Wasserfall silberblonden Haars fiel ihr hinab auf die Hüften. Sie war groß und schlank und von einer Aura herrschaftlicher Eleganz umgeben, die in dieser Umgebung fast anachronistisch wirkte. Ohne Eile drehte sie sich um.

„Hallo Katherina", sagte Gabriel.

„Ich dachte mir, dass du auftauchen würdest." Ihre perfekt geschminkten Lippen bewegten sich kaum. Nicht der kleinste Anflug eines Lächelns glitt über ihr Antlitz. „Was willst du?"

Die Herrin über die Garde von Los Angeles und Besitzerin einer gut gehenden Galerie machte sich keine Mühe, Freundschaft zu heucheln. Nun gut, dann würde er es auch nicht tun.

„Thomasz wurde entführt. Und ein paar Dutzend andere vom Blut. Was gedenkt die Garde, dagegen zu tun?"

Sie hob eine Braue. „Ich bin dir keine Rechenschaft schuldig."

„Jemand macht Jagd auf unsere Art und ihr könnt ihn nicht aufhalten. Ist das nicht die wichtigste Verpflichtung der Garde? Die Kinder des Bluts vor Bedrohungen zu schützen? Oder hat die Garde ihre Macht verloren? Ein Tiger ohne Zähne, der ..."

„Hör auf!", fuhr sie ihn an.

Es bereitete ihm Genugtuung, dass sie so leicht aus der Fassung geriet.

„Dass du es wagst, dich hier blicken zu lassen." Ihre Worte waren Säure, die zischend auf Eisscherben trifft. „Was kümmert es dich überhaupt? Warum versteckst du dich nicht weiter in deiner Einsiedelei, bis die Sache ausgestanden ist? Stiehlst dich aus der Verantwortung, wie sonst auch?" Ihr Gesicht war steinern, doch ihre Augen loderten. „Was willst du hier? Mir Vorwürfe machen? Oder fühlst du dich schuldig, weil dein Vater einem Unheil zum Opfer gefallen ist, von dem du bis gestern Nacht nicht einmal wusstest, dass es existiert? Weil es dir so verdammt egal ist, was mit uns anderen passiert?"

Die Befriedigung verglühte in einer Stichflamme aus Wut, die ihm schier den Atem nahm. Seine Hände verkrampften sich zu Fäusten, während er um seine Beherrschung kämpfte. Er machte einen Schritt auf Katherina zu, deren Körper sich mit einem Ruck spannte.

„Komm doch", flüsterte sie. „Lass uns herausfinden, wer der Stärkere ist."

Die Vernunft war eine tonlose Stimme, die unter dem Dröhnen des Herzschlags in seinen Ohren zu ersticken drohte. Auf einer abstrakten Ebene seines Verstandes wusste er, dass Katherina ihn nur provozierte. Er würde Thomasz nicht retten, indem er sie bekämpfte. Sie mussten ihre Kräfte bündeln, anstatt sich einander an die Kehle zu gehen, sich auf die echte Bedrohung konzentrieren. Doch ihr Blick war ein Spiegelbild seiner Mordlust, eine Einladung zum Blutvergießen. So stand er starr, lauschte dem Rauschen seines Blutes und wartete, dass seine Fäuste zu zittern aufhörten. Er hielt Katherinas Blick fest, diesen Abgrund aus Hunger und Wut und spürte, wie sich die dünnen Fäden seiner Selbstbeherrschung verfestigten. Enttäuschung sank in Katherinas smaragdfarbene Pupillen, als sie erkannte, dass es keinen Kampf geben würde. Nicht hier und heute. Dann glättete sich ihr Antlitz, eine unheimliche Verwandlung, die jede Spur von Emotion tilgte.

„Also?“ Sie legte den Kopf zur Seite. „Du weißt doch längst, dass die Garde im Dunkeln tappt. Warum bist du gekommen?“

„Ich will dir helfen.“ Eine seltsame Ruhe breitete sich in Gabriel aus, als schaffe sein Unterbewusstsein ein Gegengewicht zu dem Zorn, der sich noch immer unter der Oberfläche staute. Alles an Katherina forderte seinen Widerspruch heraus, doch hatte er seinen Sieg bereits errungen. Ohne Waffen und ohne einen Tropfen Blut zu vergießen. Das stimmte ihn versöhnlich.

„Du willst dir selbst helfen.“

Er zuckte mit den Schultern. „Und indem ich mir helfe, helfe ich der Garde.“

„Was erwartest du von mir?“ Ihre Marmorfassade war so makellos wie zuvor. Nichts zeugte mehr von der emotionalen Eruption, die soeben stattgefunden hatte.

Gabriel trat an ihr vorbei ans Fenster und betrachtete die Autos, die auf sechs Spuren über die Kreuzung rollten. „Erzähl mir, was du über die Entführungen weißt.“

Vor dem Parkhaus auf der anderen Straßenseite döste ein Penner. Zwei junge Koreanerinnen stöckelten vorbei und unterhielten sich angeregt, Kaffeebecher in der Hand.

„Und dann?“, fragte sie.

„Habe ich vielleicht einen Namen für dich. Und einen Ort, an dem wir mit der Suche beginnen können.“

*

Violet fuhr in den zweiten Stock der Klinik. Alle anderen Tasten reagierten nicht auf ihren Fingerdruck. Vermutlich brauchte man eine Chipkarte, um sie zu aktivieren. Das Institut war abgeschottet wie eine Hochsicherheitsanlage.

Die Aufzugtüren öffneten sich in ein kleines Atrium mit cremefarbenen Ledersesseln. Der Empfangstresen war umlagert von einer Gruppe Frauen, die sich leise unterhielten. Die Krankenschwester auf der anderen Seite telefonierte. Kaffeeduft milderte den strengen Geruch nach Desinfektionsmittel. Violet schlüpfte am Empfang vorbei in den langen Korridor, der von Milchglastüren ohne Türklinken gesäumt wurde. Zwei Ärzte kamen ihr entgegen, grüßten sie und blieben vor einer Tür stehen. Einer der beiden legte seine Hand auf ein kleines Metallfeld. Mit einem Klicken löste sich die Verriegelung und die Tür glitt auf. Die Ärzte verschwanden im Raum dahinter. Nachdem die Tür wieder ins Schloss gefallen war, trat sie näher und untersuchte den Mechanismus.

„Sensorfeld für einen Fingerabdruck“, flüsterte sie in ihr Mikrofon, „und eine Kamera für Gesichtserkennung.“

„Wo bist du?“, knackte Marshalls Stimme.

„Im Patientenbereich der Klinik. Ich habe gleich meinen Labortermin.“ Sie wandte sich ab und folgte dem Korridor bis zum Ende.

„Mach keinen Scheiß, okay?“

„Was denn? Chipkarte klauen hat sich ja gerade erledigt. Warte mal.“

Sie stieß leicht gegen eine Tür, die einen Spalt offen stand.

*

„Marco del Calzo war der erste“, sagte Katherina. „Wir haben es nur nicht gleich realisiert. Niemand hat sich Gedanken gemacht, als er von der Bildfläche verschwand. Ein paar Leute dachten, dass ihm der Boden hier zu heiß geworden ist und er einfach eine Zeit lang untertauchen wollte. Außerdem", ein abschätziger Ton schlich sich in ihre Stimme, „wäre es nicht schade um ihn. Wir haben gehofft, jemand hätte uns die Drecksarbeit abgenommen und ihn aus dem Verkehr gezogen."

„Er war ein Bluttrinker." Das war eine Feststellung, keine Wertung. Er war nie mit Marco aneinandergeraten. Wenn solche wie Marco der Sucht verfielen, war das nicht sein Problem. Blut wirkte auf ihre Art wie eine starke Droge und war ein Weg ohne Wiederkehr. Er selbst hatte nie das Bedürfnis verspürt, sich dem Rausch zu ergeben. Oft genug hatte er gesehen, wie die Sucht gute Männer in Bestien verwandelte. Menschen verwandelte es in etwas noch Schlimmeres. Aber das war ein dunkles Kapitel seiner Erinnerung, an dem er nicht rühren mochte.

„Marco war ein umsichtiger Bastard. Zumindest hat er keine Spur aus Leichen hinter sich hergeschleift. Er gab der Garde keinen Anlass, ihn aus dem Verkehr zu ziehen."

„Woher weißt du, dass er den mysteriösen Entführern zum Opfer gefallen ist?"

„Wir wissen es nicht sicher. Aber Marco war der Erste von vielen. Seitdem verschwinden jede Woche zwei oder drei vom Blut." Katherina fuhr sich durchs Haar. Plötzlich schimmerte ihr wahres Alter in den smaragdgrünen Augen. „Wir können das nicht hinnehmen. Jeder Mann, den ich entbehren kann, ist auf der Suche nach den Entführern. Ich biete allen in der Stadt Schutz an. Aber es gibt immer noch welche, die die Bedrohung nicht ernst nehmen."

„Wie die Kolonie in der Brewery."

„Pascal ist ein verrückter alter Narr!", fuhr Katherina auf. „Genauso wie dein Vater, der mit Mächten herumspielt, die er nicht versteht!"

„Was meinst du damit?"

„Das weißt du genau."

Diesmal ging es ihr nicht darum, ihn zu provozieren, das spürte er. Ihre Erbitterung war echt.

„Thomasz gräbt in den alten Mythen herum, als wären es Kindermärchen. Er zerrt Dinge an die Oberfläche, die besser begraben bleiben sollten. Damit gefährdet er uns alle!" Auf ihren Wangen pulsierte fiebriges Rot.

Gabriel schluckte die bissige Antwort hinunter, die ihm auf der Zunge lag. So hatte er Katherina nie zuvor erlebt.

„Was glaubst du, woher Mordechai von dem Gefallenen wusste? Wer hat die alten Schriften für ihn durchforstet? Woher konnte Mordechai von den Seelengefäßen erfahren, wenn nicht von deinem Vater?"

„Wovon sprichst du überhaupt?" Er hatte die Gerüchte gehört, doch wenig darauf gegeben. Die Nachricht vom Tod des Mordechai Carnegie, einem Erstgeborenen, war wie eine Schockwelle durch die Reihen der Schattenläufer gegangen. Vor allem, da Mordechai zwei Dutzend Getreue mit in den Untergang gerissen hatte, ganz zu schweigen von den Menschen, die in der Schlacht zwischen seinen Männern und der Garde getötet worden waren. Aber was ging ihn das an? Katherina hatte Mordechai gehasst, weil er sich der Autorität ihrer Garde widersetzte, doch Gabriel interessierte sich nicht für Machtkämpfe dieser Art. Dass sein Vater allerdings für Mordechai gearbeitet haben sollte, hörte er zum ersten Mal. Thomasz hatte nie etwas darüber erzählt. Andererseits war Thomasz ihm keine Rechenschaft schuldig. Es war Sache seines Vaters, wem er seine Dienste verkaufte. Warum also nicht Mordechai Carnegie?

„Mordechai hat einen Gefallenen auf diese Welt zurückgebracht! Oder ist dir das auch entgangen in deiner selbst gewählten Klausur?"

Nur langsam sickerten Katherinas Worte in seinen Geist und trafen auf ein anderes Puzzleteil, das plötzlich schrecklichen Sinn ergab. „Du meinst einen gefallenen Engel?"

„Du weißt es nicht.“ Ihr Lachen klang bitter. „Du nimmst tatsächlich keinen Anteil mehr an dieser Welt. Aber eines Tages wirst du begreifen, dass du nicht ewig die Augen verschließen kannst. Macht bedeutet Verantwortung. Das Blut ist stark in dir, Gabriel Eysmont, ist dir das bewusst? Du bist ein Krieger, aber hast du dich nie gefragt, warum du deine Feinde niedermähen kannst wie Weizenhalme? Doch statt Verantwortung zu übernehmen“, sie spuckte die Worte förmlich aus, „hast du es vorgezogen, dich als Söldner zu verdingen. Dich hat nie interessiert, für wen du kämpfst oder warum. Und beim ersten Mal, wo das Schicksal dich auf die Probe stellt, ziehst du dich in deinen Panzer zurück wie ein trotziges Kind und kehrst der Welt den Rücken.“

Fassungslos starrte er sie an. Sie schleuderte ihm ihre Vorwürfe mit so viel Bitterkeit entgegen, so voller selbstgerechtem Zorn, dass ihm jede Erwiderung in der Kehle stecken blieb. In seinem Inneren erhob sich ein Strudel aus Wut, Hass und verletzter Ehre. Die schiere Ungerechtigkeit ihrer Anschuldigungen überwältigte ihn, doch er atmete nur, zwang den Sturm in seine Schranken, atmete weiter und ließ nicht zu, dass seine Emotionen nach außen brachen. Er war hierhergekommen, weil er Katherina brauchte, um seinen Vater zu retten.

Minutenlang ballte sich Schweigen im Raum.

Dann, in ruhigerem Tonfall, sagte Katherina: „Du hast mich richtig verstanden. Ein gefallener Engel wandelt wieder auf dieser Welt, ein gefährliches und unberechenbares Relikt. Nur Gott weiß, welche Konsequenzen das für uns haben wird. Aber im Moment ist der Engel nicht unsere unmittelbare Sorge. Wir müssen diese Entführungen stoppen.“

„Ich habe vielleicht eine Spur.“

In Katherinas Blick glomm ein Funke auf.

„Es ist eine Sekte.“

Und dann erzählte er ihr von Etherlight und dem Anwesen in der Mojavewüste und Carl, der ihn mit seinem Vater verwechselt hatte und so begierig darauf gewesen war, etwas über einen gefallenen Engel zu erfahren.

*

Hinter der Tür lag nur die Wäschekammer mit Regalen voller Kittel und Laken. Verdammt. Missmutig kehrte Violet zum Empfang zurück. Die Frauengruppe um den Tresen hatte sich mittlerweile aufgelöst. Die Schwester schenkte ihr ein überwältigendes Lächeln. Wahrscheinlich hatte Mara sie gerade gewarnt, dass jeden Moment eine unerträgliche Beverly-Hills-Zicke auftauchen würde, deren Vater leider VORTECs Forschungen mitfinanzierte.

„Ich habe einen Untersuchungstermin“, verkündete Violet. „Allgemeine Gesundheitsprüfung.“

„Wunderbar.“ Die Krankenschwester strahlte sie an. „Für welche Testreihe haben Sie sich beworben, bitte?“

„Wir hatten telefoniert. Es geht um ein neues Migränemedikament.“ Marshall hatte die Ausschreibung auf den Webseiten der Klinik gefunden.

„Ihr Name bitte?“

„Elena Bartoc.“

Die Schwester tippte etwas in ihren Computer, dann blickte sie irritiert auf. „Ich kann Ihren Namen leider nicht finden. Würden Sie …“

„Ja, ich weiß“, unterbrach Violet sie in entnervtem Ton. „Ihre Kollegin hat's vermasselt. Mein Name ist nicht im System. Ich habe es Ihrer begriffsstutzigen Empfangsdame schon erklärt. Ich bin nicht aus Spaß hier, okay? Ich kann auch wieder gehen.“ Aus dem Augenwinkel registrierte sie, wie das Interesse der umsitzenden Patienten erwachte. Die Schwester bemerkte es ebenfalls und es war ihr noch peinlicher als Mara.

„Oder holen Sie doch einfach Ihren Chef." Violet schürzte die Lippen. „Dann können wir das ganz schnell klären."

*

„Du glaubst, dass Etherlight hinter dem Verschwinden unserer Leute steckt?" Katherina ließ sich in das Ledersofa am Fenster sinken, wirkte aber angespannt wie ein Panther, der seine Beute belauert.

Gabriel zuckte mit den Schultern. „Es ist eine Theorie. Sie haben mich überwältigt und sie wussten genau, was sie zu tun hatten. Carl wollte Informationen über einen Engel. Ich dachte, er ist verrückt, aber jetzt ..." Mit einer Handbewegung wischte er den Gedanken beiseite. „Er hat mich für Thomasz gehalten. Er wusste von ihm. Er sagte, jemand hätte ihm eine Empfehlung gegeben."

„Ein Mensch", sagte Katherina gedankenverloren. „Ein Mensch, der Jagd auf uns macht. Ganz wie in alten Zeiten."

„Am Anfang hat er seine Opfer vielleicht willkürlich ausgewählt", spann Gabriel den Faden weiter. „Er weiß, es gibt einen Engel da draußen und er will Informationen, doch er weiß nicht, wo er anfangen soll. Er bekommt einen Tipp, greift sich den Erstbesten vom Blut. Doch der kann ihm nicht helfen, also sucht er weiter. Bis er auf den Namen meines Vaters stößt."

„Er muss einen Insider haben. Jemanden, der ihm hilft, uns zu identifizieren."

„Auf Matavilya Crest habe ich nichts gespürt. Nicht den Hauch einer Aura."

„Das muss nichts heißen."

„Nein", gab Gabriel zu. „Vielleicht haben sie noch einen anderen Unterschlupf hier in der Stadt. Mich haben sie nach Matavilya Crest verschleppt, weil sie dachten, ich bin der Hauptgewinn. Der Spezialist, der sich mit den alten Mythen auskennt."

„Und jetzt haben sie Thomasz in ihrer Gewalt." Katherinas Wangenmuskeln verhärteten sich. „Was will diese Sekte von dem Engel?"

„Was weiß ich? Direkten Zugang zu Gott? Die Legitimation ihrer Lehre als die einzig selig machende? Was wollen christliche Fanatiker mit einem Engel? Benutz deine Fantasie!"

„Matavilya Crest also." Die Silben schmolzen Katherina von den Lippen wie flüssiges Glas. „Wo ist das genau?"

*

„Nein, kein Problem", wiegelte die Schwester ab. „Ich lege schnell eine Kartei für Sie an. Tut mir wirklich leid, da muss etwas schiefgelaufen sein."

Violet setzte ihr hochmütiges kleines Lächeln auf. Das war leicht, dazu musste sie nur an Emily denken. Sie brauchte sich nicht umzublicken, um zu wissen, dass sie die volle Aufmerksamkeit der anderen Patienten im Warteraum hatte.

Zehn Minuten später holte eine Laborassistentin sie ab. Die Frau blieb vor einer der Türen stehen, blickte in die winzige Kamera und legte ihre Hand auf das Scannerfeld. Mit einem Surren glitt der Schließbolzen zurück.

„Wow", sagte Violet. „Das ist ja wie in einem James-Bond-Film bei Ihnen."

Die Assistentin lächelte. „Nachdem wir vor zwei Jahren ein neues Management bekommen haben, wurde unsere Klinik komplett modernisiert. Wir haben eine der fortschrittlichsten Forschungseinrichtungen in Kalifornien."

Sie betraten einen Untersuchungsraum mit Panoramafenstern und weiß glänzendem Mobiliar.

„Ein neues Management?"

„Ich war damals erst kurz dabei", plauderte die Assistentin, während sie Violet zu einem Stuhl dirigierte, „als klar wurde, dass die Firma zahlungsunfähig war, dachten wir, VORTEC müsste schließen und wir verlieren alle unseren Job. Dann stiegen die neuen Geldgeber ein und alles wendete sich zum Guten." Sie wand ihr eine Manschette um den Arm.

„Und wer sind diese neuen Geldgeber?"

Im gleichen Moment erkannte Violet, dass sie einen Fehler gemacht hatte.

„Ich weiß nicht. Investoren eben." Das Gesicht der Assistentin verschloss sich.

Schweigend setzte sie das Stethoskop auf Violets Arm. „120 zu 80. Herzlichen Glückwunsch. Ihr Blutdruck liegt im Optimalbereich."

„Aber jetzt geht es VORTEC ja richtig gut", versuchte Violet das Gespräch wieder aufzunehmen. „Man liest nur noch Erfolgsmeldungen in der Presse."

„Ja, das ist wahr." Die Assistentin lächelte zaghaft und stellte ein Tablett mit Röhrchen, Spritzen und verschiedenen anderen Utensilien neben Violet ab. „Ich nehme Ihnen jetzt Blut ab. Möchten Sie sich dafür lieber hinlegen?"

„Ich bleibe sitzen, kein Problem." Violet sah zu, wie die Frau ein frisches Paar Plastikhandschuhe überstreifte. „Ich finde es so aufregend, dass Ihr neues Krebsmedikament bald auf den Markt kommt. Stimmt es, dass Sie Krebs damit heilen können? Also nicht nur verlangsamen, sondern wirklich heilen? Einfach durch das Schlucken von Tabletten?"

„Ich nehme es an, ja." Das Lächeln der Assistentin verkrampfte sich ein wenig. „Ich habe nicht an den Testserien mitgearbeitet, aber alle sind euphorisch. Die Erfolgsquote ist sehr hoch. Wie Sie vielleicht wissen, werden wir in Kürze die vorläufige Zulassung für Sangrin erhalten."

„Das ist wundervoll! Sie werden der Welt ein großes Geschenk machen."

„Das hoffe ich, ja." Die Assistentin zog den Stauschlauch an Violets Arm fest und tupfte ihre Armbeuge mit einem alkoholgetränkten Wattebausch ab. „Das hoffen wir alle."

Violet fragte sich, warum sie das Wort hoffen so merkwürdig betonte. Aus der Assistentin war keine weitere Information herauszubekommen. Die Frau füllte stoisch die Röhrchen mit Violets Blut, befragte sie zur Häufigkeit und den Symptomen ihrer Migräneanfälle und schrieb alles sorgfältig in ein Formblatt. Sie plauderte über Nichtigkeiten und gab vor, nur das über Sangrin zu wissen, was auch in den Pressemitteilungen stand. Nach kaum zwanzig Minuten waren sie fertig.

Die Assistentin bat Violet, sich an der Rezeption die Unterlagen für die Testreihe aushändigen zu lassen und ihre Termine für die Zwischenuntersuchungen zu vereinbaren. Violet verabschiedete sich, doch statt in den Warteraum zurückzukehren, verbarrikadierte sie sich in der Damentoilette und ließ sich gegen die Wand sinken.

„Hast du mitgehört?", fragte sie mit gedämpfter Stimme.

„Ich besorge mir gerade die Namen der mysteriösen Investoren", gab Marshall zurück.

Sie drückte an der winzigen Kapsel in ihrem Ohr herum, um ihn besser verstehen zu können. „Ich würde gern einen Blick in ihre Patientenlisten werfen. Der einzige Computer, an den ich herankomme, steht unten am Empfang. Aber jemand müsste die Rezeptionistin ablenken."

„Jemand? Du meinst, jemand wie ich?"

„Sie heißt Mara und sieht aus wie Miss Elfenbeinküste."

Etwas raschelte in der Leitung, dann ein gedämpfter Knall, so als sei ein Teller auf Steinfliesen zerbrochen.

„Marshall?"

Ein Fluch drang undeutlich durch die Leitung.

„Alles okay bei dir?"

„Wie viel Dollar darf ich für Blumen ausgeben, Schatz?"
„Blumen?"
„Ich habe eine Idee."

Es dauerte fast zwei Stunden, bis sich Marshall wieder meldete. Violet hatte in der Zwischenzeit den Papierkram erledigt und es sich dann auf einem der Ledersofas bequem gemacht. Die Schwester brachte ihr den dritten Kaffee und machte gutmütige Witze über ihren Verlobten, der sie hier hängen ließ, statt sie abzuholen, wie er versprochen hatte.

„Bist du bereit?", knisterte Marshall in ihrem Ohr.

Sie legte die Zeitschrift zurück auf das Tischchen, stand auf und winkte der Schwester einen Abschiedsgruß zu.

Als sie in der Lobby den Fahrstuhl verließ, sah sie, wie sich etwas Riesiges, Schwankendes vor die Eingangstüren schob. Dann betrat Marshall die Halle und hielt auf den Empfang zu. Abwartend blieb Violet neben dem Aufzug stehen.

„Sind Sie Mara?" Er strahlte die Rezeptionistin an. Seine Zähne leuchteten schneeweiß. Er hatte seinen Zopf gelöst, sodass sein Haar um seine Schultern spielte. Die dunklen Strähnen schimmerten wie in einer Shampoowerbung.

Maras Stimme klang höflich distanziert. „Was kann ich für Sie tun?"

„Ein guter Freund bat mich, Ihnen ein Geschenk zu überreichen." Mit einer eleganten Verbeugung, die aussah, als habe er sie aus einem Piratenfilm gelernt, überreichte er der verblüfften Frau eine einzelne Rose. „Es ist nur leider zu groß, um es in einem Stück durch diese Tür zu bringen." Sein Lächeln war unwiderstehlich, vor allem mit diesen süßen kleinen Grübchen um seine Mundwinkel, die er einsetzte wie eine Waffe. Violet stand völlig reglos. Trotz der Anspannung musste sie all ihre Selbstbeherrschung aufbringen, um sich das Lachen zu verkneifen.

„Möchten Sie wenigstens kurz einen Blick darauf werfen? Dann können Sie sich ja überlegen, ob ich es in zwei Stücke schneiden und hier hereinwuchten soll, oder lieber direkt zu Ihnen nach Hause liefern?"

„Ich verstehe nicht", stammelte Mara. „Wer ist denn Ihr Freund?"

„Ein leidenschaftlicher Verehrer Ihrer Schönheit und Ihres sprühenden Geistes." Marshall zwinkerte ihr zu. „Ich habe einen Brief zwischen den Blumen gesehen. Jetzt kommen Sie, verderben Sie sich nicht die Überraschung."

Mara war so perplex, dass sie ihm tatsächlich folgte. Dreißig Sekunden später trat Violet an die Rezeption, als gehöre sie hierher. Aus dem Augenwinkel beobachtete sie, wie Marshall der Rezeptionistin den Vortritt an der Tür ließ. Dann erfüllten Ausrufe den winzigen Kopfhörer, die zwischen Verzückung und Fassungslosigkeit schwankten.

Violet öffnete den Windows Explorer und begann, sich fieberhaft durch die Ordner zu klicken. Schon nach wenigen Sekunden wurde ihr klar, dass das zu nichts führte. In der kurzen Zeit würde sie niemals finden, was sie brauchte. Sie wusste ja nicht einmal, was das genau war. Okay, nächster Versuch.

Sie öffnete eine Suchmaske und gab Emily Bardo als Suchbegriff ein. Eine Sanduhr begann, zu laufen. Draußen diskutierten Marshall und Mara, wie mit dem Blumengesteck zu verfahren sei.

„Hören Sie, ich muss zurück an meinen Platz", klang Maras Stimme durch das Rauschen.

„Dann geben Sie mir doch Ihre Adresse und ich fahre es Ihnen nach Hause. Oder warten Sie, nehmen Sie sich wenigstens ein paar von den Rosen und behalten Sie sie hier. Damit Sie den restlichen Tag Freude daran haben."

Die Suchroutine näherte sich der Siebzig-Prozent-Marke. Das Telefon begann zu klingeln. Gleichzeitig kündigte ein dezenter Glockenton den Aufzug an. Violet hörte, wie die Türen aufglitten, und veränderte ihre Position so, dass ihr Körper den Computerbildschirm verdeckte.

„Ma'am?", fragte eine männliche Stimme hinter ihr.

Sie warf einen Blick über die Schulter und fuhr leicht zusammen. Shit. Security. Das hatte ihr noch gefehlt. Geistesgegenwärtig hob sie den Telefonhörer ab und zwang sich ein entschuldigendes Lächeln auf die Lippen. „VORTEC Pharmaceuticals, guten Tag. Was kann ich für Sie tun?"

Eine Dame von den Los Angeles Stadtwerken stellte sich vor und bat um Entschuldigung, dass der Müll an diesem Morgen nicht abgeholt worden war.

„Das ist gar kein Problem", flötete Violet.

Der Security-Mann wirkte ungeduldig, aber wenigstens nicht übermäßig misstrauisch. Ihr brach der Schweiß aus. Das Lächeln auf ihren Lippen fühlte sich inzwischen an wie mit Reißzwecken befestigt. In ihrem Ohrmikrofon redete Marshall auf Mara ein, die zunehmend ungemütlich wurde, während Violet sich den Telefonhörer ans andere Ohr presste und der Dame vom Public Works Department lauschte.

Keine Treffer für Ihre Suchanfrage, verkündete das graue Fenster. Verdammt. Was jetzt? Aufs Geratewohl gab sie den einzigen anderen Namen ein, der ihr in den Sinn kam: Albright, Julia.

Der Security-Mann machte eine Geste, die wohl als Frage zu verstehen war, wie lange das Telefonat noch dauern würde.

„Augenblick bitte", sagte sie zu der Mülldame, dann blickte sie den Mann herausfordernd an.

„Wo ist Mara?", fragte er.

„Hatte was Dringendes zu erledigen." Sie zuckte mit den Schultern. „Halbe Stunde."

„Aber ich muss sie unbedingt ..."

„Halbe Stunde", wiederholte sie. Dann nahm sie die Hand vom Hörer. „Tut mir leid, da bin ich wieder. Wann sagten Sie, kommen Ihre Leute?"

Der Wachmann winkte entnervt ab. Vor Erleichterung wurde ihr fast schwindelig, als er sich auf dem Absatz herumdrehte und den Rufknopf am Aufzug drückte. Die Suchroutine auf dem Bildschirm listete ein Dutzend Dokumente auf, in denen Julia Albrights Name auftauchte. Violet wartete, bis die Aufzugtüren sich hinter dem Wachmann geschlossen hatten, dann zerrte sie mit fliegenden Fingern einen USB-Stick aus der Jackentasche und steckte ihn an den Computer. Sie wartete, dass das kleine Speichermedium vom System erkannt wurde, doch nichts passierte. Am Rand ihres Gesichtsfeldes bemerkte sie, dass sich die Eingangstür bewegte. Die Rezeptionistin. Ihr ging die Zeit aus. Offenbar waren die USB-Anschlüsse an diesem Computer deaktiviert, damit niemand unerlaubt Daten nach draußen schaffen konnte. Klar, was hatte sie erwartet in einem Gebäude, in dem alle Türen mit Bioscannern gesichert waren?

„Morgen gegen fünf Uhr schicken wir einen außerplanmäßigen Wagen", sagte die Dame am Telefon. „Entschuldigen Sie noch einmal die Verzögerung."

Violet öffnete das erste der Dokumente, eine Tabelle mit vielen Namen und Kürzeln, und klickte auf Drucken. Unterhalb ihrer Tischplatte sprang leise surrend der Laserdrucker an. Gott sei Dank. Maras Absätze klickten auf dem polierten Stein.

„Kein Problem", beschied sie der städtischen Müllabfuhr, dann legte sie auf. Mit rasender Geschwindigkeit öffnete sie alle anderen Dokumente, schickte sie nacheinander zum Drucker und zog die noch warmen Blätter heraus, sobald sie im Papierschacht auftauchten.

„Marshall", zischte sie, „halt sie noch zwei Minuten fest. Ich hab's gleich!"

„Mara", hallte Marshalls Stimme durch das Foyer. „Mara, warten Sie! Ich habe noch etwas vergessen!"

Mara blieb stehen. Das Telefon klingelte erneut.

Violet schloss alle Dateien und löschte die Historie in der Suchanfrage, während sie auf die letzten Ausdrucke wartete. Zuletzt klickte sie den Terminplaner wieder nach vorn, damit die

Rezeptionistin keinen Verdacht schöpfte. Der Drucker verstummte. Sie riss die Blätter an sich, wich zurück zu den Aufzügen und stopfte den Papierstoß in ihre Handtasche, die sich daraufhin nicht mehr schließen ließ.

Hoch aufgerichtet, mit glühenden Wangen und durchgedrücktem Rücken stöckelte sie durch die Halle in Richtung Eingang. Auf halbem Weg begegnete sie Mara, deren Gesichtsausdruck nicht zu deuten war. Die Frau hielt eine Faust voller Rosen umklammert, als handele es sich um Wurfmesser.

„Hey Mara", warf sie ihr zu. „Danke und einen schönen Tag!"

Sie war nicht sicher, ob die Rezeptionistin etwas erwiderte, denn einen Augenblick später glitten die Glastüren auseinander und gaben den Blick frei auf ein Ungetüm aus Draht und Plastikblättern. Ein riesiges Herz versperrte ihr den Weg. Das Ding war mit Unmengen von Rosen gespickt wie ein überdimensionales Nadelkissen. Ganz oben thronte eine monströse Schleife aus rotem Papier, auf die jemand Mara, I love you! gepinselt hatte.

Marshall, der sich anschickte, das Ding auf seinen Pick-up zu laden, grinste übers ganze Gesicht.

*

Gegen seinen Willen war Gabriel beeindruckt von der Effizienz, mit der Katherina die Garde führte. Sie brauchte weniger als zwei Stunden, um eine schlagkräftige Truppe aus einem Dutzend Kämpfern zusammenzuziehen.

„Kaum tauchst du auf, ziehen wir in den Krieg", sagte Keith. In seiner Stimme schwang kein Vorwurf, nur Bewunderung.

Der junge Mann hockte neben ihm auf einer niedrigen Mauer, die ein Industriegelände am Rand von Downtown begrenzte. Ein schwerer Transporthubschrauber stand im Hof. Nach und nach trafen die anderen Männer ein. Viele trugen Schwerter. Wie er gut genug wusste, waren diese Klingen nur vordergründig ein Anachronismus. Im Kampf gegen Ihresgleichen war eine Enthauptung der sicherste Weg, einen Schattenläufer vom Leben in den Tod zu befördern. Feuerwaffen waren wohl geeignet, einen Gegner vom Blut in die Knie zu zwingen, doch nicht, um ihn zu töten.

Sein Blick glitt zu Keith, der fast noch ein Junge gewesen war, als er sich der Garde angeschlossen hatte. Das war ein paar Monate vor Gabriels letztem großen Streit mit Katherina gewesen, der schließlich darin gipfelte, dass er seinen kurzen Dienst bei der Garde quittierte.

„Endlich unternehmen wir etwas, statt nur zu reden." Keith zog seinen Dolch und betrachtete die Klinge in der Sonne. „Wirst du eine Zeit lang bleiben, Mann?"

„Nicht länger als notwendig. Falls es dir niemand erzählt hat, Katherina und ich sind nicht die besten Freunde."

„Glaubst du, wir ziehen gegen einen gefallenen Engel?"

„Wie kommst du darauf?"

„Ein paar von den anderen fragen sich, ob der Gefallene, den Mordechai freigesetzt hat, etwas mit den Entführungen zu tun hat."

„Was ist das für eine Geschichte mit dem Engel?"

Unglauben trat in Keiths Blick. „Du hast das nicht mitbekommen?"

„Nicht viel." Er langte in seinen Nacken, um die Bandana um seinen Kopf neu zu knoten. „Nur ein paar Gerüchte."

„In der Nacht sind viele gute Männer gestorben." Keith kaute auf einem Grashalm herum. Gedankenverloren schob er den Dolch zurück in die Scheide. „Aber Mordechai kennst du, oder?"

„Altes Blut.“ Gabriel nickte. „Einer aus der ersten Generation. Katherinas intimster Feind. Vor Ewigkeiten habe ich zusammen mit seinem Sohn gekämpft, Alan Schattenherz. Er bezeichnete Mordechai als Ungeheuer.“

„Es heißt, dass es Alan war, der ihn am Ende erschlagen hat.“

„Warum?“

„Wegen einer Frau.“

„Er hat seinen Vater für eine Frau erschlagen?“ Gabriel lachte verbittert auf, dann schwieg er einen Moment. „Eine Frau. Natürlich, was sonst.“

Es gelang ihm nicht, Violets wasserhellen Blick aus seinem Gedächtnis zu tilgen. Das machte ihn zunehmend aggressiv. Auf dem Weg hierher hatte er darüber nachgedacht, ihre Adresse in der Stadt ausfindig zu machen. Es verstörte ihn, wie sehr sie sich in sein Bewusstsein gebrannt hatte. Himmel, Emily Bardo mit ihrem unschuldigen Lächeln hatte ihn in eine Falle gelockt, die ihn fast das Leben gekostet hätte. Wahrscheinlich war sie sogar in die Entführung seines Vaters verstrickt. Und er konnte nur daran denken, wie es sich angefühlt hatte, die Lippen ihrer Schwester zu küssen?

Voller Groll schüttelte er den Kopf. Es war eine flüchtige Nacht gewesen. Nichts von Dauer. Nur Sex ohne Reue. Warum konnte er Violet dann nicht aus seinem Kopf verbannen?

„Was ist?“, fragte Keith.

„Nichts. Erzähl mir von diesem Engel.“

Keith sah ihn prüfend an. Falls er Gabriels widerstreitende Emotionen bemerkte, ließ er es sich jedenfalls nicht anmerken. „Mordechai war besessen von der Vorstellung, einen gefallenen Engel ins Leben zurückzuholen. Eine Seele aus ihrem Kerker zu befreien und in ihren unsterblichen Leib zurückzuführen.“ Keith hob eine Braue. „Klingt episch, was?“

„Wie alle alten Legenden.“

„Die hier war echt. Mordechai hat es geschafft. Nicht, dass wir es ihm leicht gemacht hätten. Katherina war überzeugt, der Engel sei wahnsinnig und würde die Stadt dem Erdboden gleichmachen. Sie hat Himmel und Hölle in Bewegung gesetzt, um die Erweckung zu verhindern. Die Garde hat eine offene Attacke auf Mordechais Festung ausgeführt.“ Keith spuckte den Grashalm aus. „Mordechai hat sich aus dem Staub gemacht, aber Alan zurückgelassen, um seinen Rückzug zu decken. Ich habe nie zuvor so ein Blutbad gesehen. Er hat ein Dutzend unserer Leute abgeschlachtet, bevor wir ihn zu Fall brachten.“

„Alan Schattenherz?“, fragte Gabriel ungläubig. „Warum sollte er das tun?“

„Wir haben ihn für den Feind gehalten“, murmelte Keith. „Wir wussten nicht, dass sein Vater ihn benutzte.“ Er schwieg ein paar Sekunden. „Mordechai kam jedenfalls davon und hatte genug Zeit, um das Ritual durchzuführen und den verfluchten Engel ins Leben zurückzurufen.“

„Hast du ihn gesehen?“

„Den Engel?“ Keith schüttelte den Kopf. „Ich nicht. Aber Cyric. Er sagt, es war ein riesiger Schatten, der sich vom Dach eines Hochhauses in Downtown stürzte und in die Nacht verschwand. Er kann fliegen, verstehst du?“

„Wo ist er jetzt?“

„Das weiß keiner so genau. Es gibt alle möglichen Gerüchte. Katherina hat Männer ausgeschickt, die alle verdammten Valleys im Umkreis von hundert Meilen absuchen mussten.“ Ein bissiges Grinsen stahl sich in seine Mundwinkel. „Sie ist ein bisschen manisch, was diesen Engel angeht. Wir haben uns schon gefragt, ob es was Persönliches ist.“

Erzähl mir von dem Engel. Wo versteckt er sich? Fast glaubte Gabriel wieder Carls Stimme zu hören, diesen kultivierten Tonfall, in dem Charisma schwang, das Wissen um die Macht und die Erwartungsfreude eines sadistischen Psychopathen. Woher wusste Carl von dem Engel? Wahrscheinlich von dem gleichen Verräter, der ihm auch half, seine Opfer ausfindig zu machen. Hier schloss sich der Kreis. Was würden sie in Matavilya Crest finden? Seinen Vater in Ketten? Die Leichen ihrer Blutsgenossen? Oder einen gefallenen Engel, der darauf brannte, seine Saat zu vernichten? Keith' Antlitz spiegelte wider, was er selbst empfand. Eine Mischung aus Neugier und Furcht vor dem, was dort draußen wartete.

*

Violets Knie begannen zu zittern, während sie den Parkplatz überquerte und das VORTEC Gebäude hinter sich ließ. Als sie sich umblickte, sah sie, wie Marshall losfuhr. Das Herz auf seiner Ladefläche schwankte wie eine riesige Vogelscheuche. Die Verbindung stand noch, sie hörte, wie er das Radio aufdrehte.

„Hey", sagte sie. „Noch da?"

Marshall begann, lauthals zu lachen. „Jesus, hast du ihr Gesicht gesehen?"

Sie steuerte auf das Starbucks-Cafe am anderen Ende des Parkplatzes zu. „Wo hast du dieses Ding aufgetrieben?"

„Ein Freund von meinem Cousin Vergil hat einen Blumenhandel. Das Herz stellt er jedes Jahr raus in den Hof, wenn Valentinstag ist. Mara war sich bis zum Schluss nicht sicher, ob das ernst gemeint war oder nicht."

„Du bist der Beste."

„Ich weiß. Hast du was im Computer gefunden?"

„Vielleicht." Sie drückte die Tasche fester an sich. „Ich hole mir einen Kaffee, dann treffen wir uns im Büro und sehen uns meine Ausbeute an."

10

„Keine Ahnung, warum Emily nicht auf der Liste ist.“ Violet beugte sich vor und massierte ihre schmerzenden Füße. Sie hatte die Zuckerpuppenklamotten gegen Jeans und ein ärmelloses weißes T-Shirt getauscht. „Diese Julia Albright ist jedenfalls drauf und sie scheint in der Sangrin-Testgruppe gewesen zu sein, wenn ich die Aufregung ihrer Mutter richtig gedeutet habe.“

„Vielleicht gab es zwei Gruppen?“, schlug Marshall vor.

Violet griff nach der Tabelle mit der Übersicht aller Testpersonen. Zweiundachtzig Namen. Das Blatt war mit farbigen Markierungen übersät, das Ergebnis mehrerer Stunden Arbeit, die sie mit dem Versuch verbracht hatten, die Buchstabenkürzel zu entschlüsseln. Große Fortschritte hatten sie nicht gemacht.

„Ich habe eine Idee.“ Sie angelte das schnurlose Telefon vom Tisch. Die einzig nützlichen Informationen neben den Namen waren die Telefonnummern. Violet wählte die Nummer aus der ersten Spalte, Kathleen Anderson, und lauschte dem Rufton.

„Hallo?“, meldete sich eine Frauenstimme.

„VORTEC Pharmaceuticals, hier ist Mara“, jubilierte sie, „guten Tag! Spreche ich mit Kathleen Anderson?“ Sie schenkte Marshall ein breites Lächeln, als der sie überrascht anblickte.

„Oh ... hallo“, stammelte die Frau. „Ja.“

Sie wirkte verwirrt, aber das war verzeihlich bei diesem Überfall. Im Hintergrund lief ein Fernseher.

„Wir führen eine Nachbefragung all unserer Patienten durch, die an der Sangrin-Studie teilgenommen haben.“

Ein unverständliches Nuscheln war die Antwort.

„Wie geht es Ihnen, Ms. Anderson?“

„Ganz gut.“ Allmählich schien sie sich zu fassen. „Aber Sie haben doch gesagt, der Test ist abgeschlossen? Heißt das, ich muss noch mal in Ihre Klinik kommen?“

„Nein. Wir machen nur eine telefonische Umfrage unter allen Teilnehmern der Studie. Darf ich Sie bitten, mir drei Fragen zu beantworten?“

„Na gut. Wenn es sein muss.“

Die Begeisterung der Patientin hielt sich in Grenzen. „Super, vielen Dank. Hier die erste Frage: Wurde Krebs bei Ihnen diagnostiziert, bevor Sie sich für die Studie angemeldet haben?“

„Aber das haben Sie doch alles in Ihren Unterlagen“, grummelte die Frau.

„Kein Problem. Haben Sie durch die Behandlung eine Verbesserung festgestellt?“

„Hören Sie“, regte sich Kathleen Anderson auf, „warum fragen Sie mich das? Hat jemand bei Ihnen die Unterlagen verräumt, oder was?“

„Nein, das ist nur, weil wir die Patientenakten von der Umfrage getrennt halten ...“ Violet hielt inne. „Wissen Sie was? Vergessen sie es. Schönen Tag noch und kaufen Sie bald wieder bei VORTEC Pharmaceuticals.“ Sie nahm den Hörer herunter und legte auf.

„Was war das denn?“, fragte Marshall.

Violet spürte, wie ihre gute Laune zurückkehrte. „Auf dieser Liste sind alle Telefonnummern. Wir rufen sie der Reihe nach an, und versuchen rauszufinden, ob noch mehr Leute verschwunden sind. Und dann vergleichen wir, was diese Menschen gemeinsam haben. Julia Albright zum Beispiel“, sie tippte auf den grün markierten Namen auf der Liste, „ist mit einem P markiert. Es gibt nur drei andere Namen, die das gleiche Kürzel tragen. Wenn wir also die Gemeinsamkeiten finden ...“

„... wissen wir, wonach wir suchen müssen? Wonach suchen wir übrigens?“

„Wenn ich das wüsste." Violet strich sich die Haare in den Nacken. „Ich bin sicher, dass da was im Busch ist und VORTEC spielt eine Rolle in der Geschichte. Ich kann nur den Finger noch nicht drauflegen."

*

Cyric führte das Kommando über die Gruppe. Ein Ruck ging durch die Maschine, als die Kufen des Transporthubschraubers auf dem Felsboden von Matavilya Crest aufsetzten. Gabriel trug sein Schwert über der Schulter und die kurzläufige Uzi Maschinenpistole in der Hand, die Keith ihm aufgedrängt hatte.

„Los, raus!", befahl Cyric.

Ein Déjà-vu überlief Gabriel, ein feiner Schauder, als seine Stiefelsohlen den Boden berührten und rötlicher Staub um seine Füße wirbelte. Geduckt hastete er aus der Reichweite der Rotorblätter. Die tief hängende Sonne übergoss die Hauswände und die Felsen dahinter mit flüssigem Kupfer.

Keith, der neben ihm rannte, atmete Kampflust aus jeder Pore. Dicht hinter ihnen waren Jamil und Joacin, die assyrischen Zwillinge. Gabriel bezweifelte, dass sie tatsächlich in Assyrien geboren waren. Vermutlich waren sie viel jünger als er. Doch ein unübersehbar arabischer Einschlag prägte ihre Züge. Glänzende Kajalstriche umrahmten ihre Augen und verliehen ihnen das Aussehen orientalischer Prinzen.

Die Doppeltüren des Haupthauses flogen auf und spien vier Männer mit Maschinenpistolen aus, die auf der obersten Treppenstufe stehen blieben. Rufe verwirbelten im Rauschen der Rotorblätter. Cyric hob eine Hand, um die Gruppe zum Stehen zu bringen.

„Willst du verhandeln?", fragte Gabriel.

„Vielleicht strecken sie ja freiwillig die Waffen", erwiderte der Hüne. „Sie sind in der Unterzahl."

„Es könnte eine Falle sein."

Als sie Gabriel auf dem Hof überwältigt hatten, waren sie mindestens zu zehnt gewesen. Argwöhnisch musterte er die Nebengebäude. Die Mauern der Kapelle brüteten still in der Abendhitze.

„Hey", rief ein Kerl mit Glatze und brauner Lederjacke vom Haupthaus herüber. „Was wollt ihr hier?"

Gabriel tauschte einen Blick mit Erik, einen hellhäutigen, kaltäugigen Mann, der den Rang eines Leutnants in der Garde innehatte. Er las sein eigenes Misstrauen in den Augen des anderen.

„Ich sage, wir legen sie alle um", schlug Erik vor.

Cyric ignorierte ihn. „Werft eure Waffen weg", rief er zurück. „Dann können wir reden."

Eine Bewegung im Augenwinkel erregte Gabriels Aufmerksamkeit. Doch da stand nur ein Fensterflügel in der Kirchenwand offen und zitterte im Wind.

„Was ist mit euren Waffen?", brüllte der Glatzkopf.

Der Rotor auf dem Hubschrauber kam schwingend zum Stehen. Gabriel wurde unruhig. Etwas stimmte hier nicht. Das war zu leicht. Warum ließen sich die Kerle überhaupt hier draußen blicken? Taktisch ergab das keinen Sinn.

„Sag ihm, wir wollen mit Carl sprechen", raunte er Cyric zu.

Er starrte wieder hoch zu den Fensterbögen im Obergeschoss der Kirche. Hinter den Säulen staute sich Schwärze.

„Wir wollen mit Carl sprechen", schwang Cyrics Stimme über den Platz.

Je länger Gabriel diese dunklen Nischen fixierte, umso intensiver wurde sein Gefühl, dass dort etwas lauerte. Er konnte nur keine Bewegung ausmachen.

„Carl ist nicht da", rief der Glatzkopf. „Was wollt ihr?"
Dann erfasste er doch etwas, ein kurzes Blinken. Licht, das sich für den Bruchteil einer Sekunde auf blankem Metall fing. Oder einer Ziellinse.
„Zurück!", brüllte er. „Zurück!"
Er rannte bereits, packte Keiths Arm und zerrte ihn mit. Erik war neben ihm. Er erhaschte noch einen Blick auf Cyric, dann zerriss eine Detonation die Luft. Die Druckwelle schleuderte ihn von den Füßen, hart landete er im Staub. Für einen Moment konnte er nichts hören, weil seine Trommelfelle betäubt waren. Der Gestank von Kordit und verbranntem Metall biss ihm in die Nase. Eine zweite Explosion erschütterte den Boden. Stöhnend wälzte er sich herum. Der Hubschrauber hatte sich in ein brennendes Wrack verwandelt. Rauch und dichte Staubwolken verdüsterten die Luft. Neben ihm regte sich Keith. Allmählich kehrten die Geräusche zurück, wie durch dichten Nebel.
„Scheiße", keuchte jemand, „was war das?"
Gabriel kam auf die Füße, entsicherte die Uzi und packte das Schwert mit der anderen Hand. Nicht weit entfernt ratterten Maschinengewehrsalven.
„Die Kirche!", stieß er hervor.
Einer der assyrischen Zwillinge tauchte aus dem Staub auf. Rage und Blut entstellten sein schönes Gesicht. Zwei weitere Kämpfer schlossen sich ihnen an, als sie gemeinsam das Tor aufbrachen. Jemand hatte die Türflügel von innen verbarrikadiert, doch sie hielten dem Ansturm nicht lange stand. Die hölzernen Flügel krachten nach innen, Gabriel warf sich zur Seite. Ein Kugelhagel ging auf sie nieder. In die Schüsse mischten sich Schreie, lautes Rufen und Stiefelsohlen auf poliertem Stein. Er glaubte, Cyrics Stimme zu hören. Dicht an die Wand gepresst kroch er zum Säulengang und brachte sich unter dem umlaufenden Balkon in Deckung. Keith hielt sich dicht hinter ihm. Seine Hände troffen vor Blut.
„Bist du okay?", fragte Gabriel.
Der andere setzte ein verzerrtes Grinsen auf. „Ich stehe noch, oder?"
„Da vorn." Gabriel deutete auf eine Wendeltreppe.
Erik tauchte hinter ihm auf. Die Schützen auf der Balustrade hielten den Eingangsbereich unter Feuer. Von den Wänden prallten Querschläger ab, das Echo der Schüsse vervielfältigte sich zu ohrenbetäubendem Donner. Niemand stellte sich ihnen in den Weg, als sie in dem Tohuwabohu die Treppenstufen hinaufschlichen. Fünf oder sechs Männer hatten sich hinter der Balustrade verschanzt. Der Typ mit dem Granatwerfer war nicht zu sehen, wahrscheinlich stand er auf der anderen Seite des Balkons. Mit zwei großen Sätzen nahm Gabriel das letzte Stück der Treppe, zog im Laufen die Uzi hoch und feuerte in die Gruppe. Keith und Erik schlossen zu ihm auf. Die Kugeln fetzten Holzsplitter und Putz von den Wänden und richteten ein Blutbad unter den Heckenschützen an. Keith stürmte weiter und nahm auch den rückseitigen Balkon unter Feuer. Gabriel tat es ihm gleich, bis niemand von den Etherlightverteidigern mehr auf den Beinen stand. Der schwere Granatwerfer krachte zu Boden, prallte gegen die Brüstung und blieb dort liegen.
Die Stille danach hallte gespenstisch von den Mauern wider.
„Alles klar da unten?", rief Erik.
Jemand fluchte. Ein dröhnendes Lachen.
„Ihr Anfänger!", frotzelte ein zweiter. „Habt euch sauber aufs Kreuz legen lassen."
„Und du nicht, oder was?"
Gabriel trat an den Rand des Balkons und blickte hinunter. Er sah Cyric und die assyrischen Zwillinge. Einer der Brüder hockte am Boden und untersuchte sein Bein.
„Was ist mit den Kerlen vom Haupthaus?", rief er herunter.
„Um die kümmern sich Marc und Sanchez", erwiderte Cyric. „Der Hubschrauber ist übrigens

Schrott."

„Der hier lebt noch", verkündete Keith. Gabriel drehte sich zu ihm um und betrachtete den bulligen Latino, der sich in einer Blutlache krümmte. Panik und Schmerz flackerten in den Augen des Mannes.

„Hallo, Joseph." Mit einem schmalen Lächeln ließ sich Gabriel in die Hocke sinken, bis sein Gesicht dicht an dem des Verwundeten war. „Soll ich dir die Kniescheiben zerschießen? Oder sagst du mir freiwillig, wo wir deinen Boss finden?"

*

Es dauerte mehrere Stunden, bis Violet und Marshall sich durch die Liste telefoniert hatten. Sechs der Testprobanden waren nicht zu erreichen. Zwei hatten Anrufbeantworter, bei den anderen klingelte es entweder ins Leere oder eine Automatenstimme erklärte, dass der Teilnehmer nicht verfügbar sei.

Marshall nahm eine schwarze Kapsel vom Tisch und hielt sie gegen das Licht. „Dieses Zeug heilt also Krebs? Einfach so? Was ist da drin?"

„VORTECs bestgehütetes Firmengeheimnis." Violet schaltete das Licht ein. „Kannst du die Adressen dieser sechs Leute herausfinden?"

„Klar."

Er legte die Kapsel zurück und ließ sich in seinen Arbeitsstuhl fallen. Das leise Klackern der Tasten unter seinen Fingern war ein behaglicher Vorhang aus Normalität. Violet wählte Stephans Nummer, doch der nahm nicht ab. Auch nicht, als sie es ein zweites und drittes Mal versuchte. Beim vierten Mal sprang die Mailbox an. Er hatte das Telefon ausgeschaltet. Nicht, dass es sie sonderlich überraschte.

*

Ein süßlicher Hauch von Verwesung schlug ihnen entgegen, als sie den Heizungskeller von Matavilya Crest betraten. Gabriel ging voran, die Maschinenpistole in der Armbeuge. Das Schwert schlug ihm bei jedem Schritt gegen den Rücken. Er hatte es zurück in die Scheide gesteckt, um die Hände freizuhaben. Um Carl und seine Bande außer Gefecht zu setzen, brauchte er die Klinge nicht.

Dennoch fröstelte er, als er die Ketten sah, die von der Decke hingen. An denen sein Blut klebte. Ein zäher Sirup bedeckte den Boden, zweifellos die Quelle des Gestanks. Keith rümpfte die Nase, als Fäden der widerlichen Flüssigkeit an seinen Schuhsohlen kleben blieben und bei jedem Schritt schmatzende Geräusche verursachten.

„Hier ist niemand." Cyric musterte den Inhalt der Regale an der Wand.

Gabriel schwankte zwischen Erleichterung und Frustration. Er war froh, dass seinem Vater nicht das gleiche Schicksal widerfahren war. Doch sie hatten Thomasz nicht finden können.

Joseph und die anderen Überlebenden von Carls Männern gaben vor, nichts von den Entführungen zu wissen. Sie schworen Stein und Bein, dass Gabriel der Einzige war, den sie hierher verschleppt hatten. Er glaubte nicht, dass sie etwas verschwiegen. Joseph hatte sich vor Angst in die Hosen gemacht. Der Latino hätte seine Mutter verkauft, um seinen Hals aus der Schlinge zu ziehen.

Gabriel senkte die Uzi und blickte sich um. Abgesehen von den Ketten und den Blutpfützen war das ein gewöhnlicher Heizungskeller. Neben dem Kessel entdeckte er die Umrisse eines Körpers in der schwärzlichen Masse, die vermutlich von dem Kerl stammten, den Violet erschossen hatte.

Der Gedanke traf ihn wie eine Faust. Sie hatte ihr Leben riskiert, um ihn aus diesem Loch zu befreien, und er hatte sie aus seinem Haus geworfen. Nein, zuerst hatte er seiner Lust nachgegeben, sie benutzt wie eine billige Hure und dann hatte er sie vertrieben. Das Schuldgefühl war ein eisernes Band, das ihm die Luft abschnürte. Hatte er wirklich nur mit ihr geschlafen, weil ihr Gesicht ihn an Zoe erinnerte? Nein. Es hatte sich gut und richtig angefühlt, mit ihr zusammen zu sein. Als sie ihm von Emily erzählt hatte, hatte ihn sein Zorn geblendet, einer seiner verdammten Wutanfälle, die er schon früher nicht unter Kontrolle halten konnte. In einer Sekunde zerstörte er Dinge, die sich nie mehr reparieren ließen.

„Gabriel?“ Cyrics Stimme riss ihn aus seiner Erstarrung. „Alles okay?“

„Klar.“ In seiner Kehle hatte sich Eis gebildet.

„Hör mal.“ Mit der flachen Hand schlug Cyric gegen die Ziegel.

Das Geräusch klang hohl und nicht wie eine gemauerte Wand. Der Hüne trat kraftvoll gegen die verdächtige Stelle. Putzbrocken und Staub lösten sich und offenbarten einen Untergrund aus Brettern.

„Interessant“, murmelte Keith.

Gabriel half Cyric, die Reste des Lehmputzes zu entfernen. Die Bretter saßen fest, doch mithilfe eines Brecheisens aus einer der Werkzeugkammern gelang es ihnen, sie aus der Verankerung zu lösen. Es war ein versteckter Durchgang. Muffige, abgestandene Luft schlug ihnen entgegen, als sie einen Fuß in die Dunkelheit auf der anderen Seite setzten. Sie fanden keinen Lichtschalter, doch der Strahl der Taschenlampe enthüllte einen großen fensterlosen Raum, der vollgestellt war mit Unmengen rostiger Metallfässer.

Keith pfiff durch die Zähne. „Was ist das? Der geheime Schatz der Templer?“

„Leuchte mal.“ Gabriel beugte sich zum Schild auf einem der Fässer. „HCB. Hexachlorobenzen.“

„Was ist das?“, fragte Keith. „Uran?“

„Ein Fungizid.“

„Was?“

„Pilzbekämpfungsmittel für Getreidesaat. Das Zeug, das sie auf den Feldern versprühen“, sagte Gabriel schulterzuckend. „Keine Ahnung, wie lange das hier schon steht.“

„Nicht sehr lange“, konstatierte Cyric. „Sieh dir mal die Staubschicht hier an.“ Er fuhr mit dem Finger über ein Regal. „Auf den Fässern liegt kein Staub.“

Keith wölbte die Unterlippe vor. „Was hat das mit unseren Leuten zu tun?“

„Vermutlich nichts“, gab Gabriel zurück.

„Sie sind nicht hier.“ Cyric wischte die Hand an der Hose ab. „Aber es war eine gute Spur, Mann.“ Er sah plötzlich müde aus. „Hey, tut mir leid.“

Gabriel nickte nur.

„Kommt schon.“ Der Hüne schlug ihm leicht auf die Schulter. „Lass uns die Sauerei aufräumen, die wir hier angerichtet haben.“

11

Marshall brauchte nicht lange, um die Adressen ausfindig zu machen. „Andy Kilroy ist übrigens als vermisst gemeldet", sagte er mit Stolz in der Stimme.

„Hast du das aus dem LAPD-System?", fragte Violet kauend. Sie hatte Nudeln mit Pilzsoße und gebratenen Reis vom Koreaner um die Ecke besorgt, während Marshall seine Quellen durchforstete.

„Si." Er lehnte sich in seinem Stuhl zurück. „Nenn mich Gott."

„Du bist der Größte."

„Ich weiß."

„Warum heuerst du nicht bei der CIA an, statt für ein paar lausige Kröten untreuen Ehefrauen und meiner bescheuerten Schwester nachzuspionieren?"

„Mit meinem Lebenslauf?" Er hauchte ihr einen Kuss zu. „Willst du Details?"

„Die kenne ich doch längst."

Er grinste schief. „Nein, ich meine die von Mr. Kilroy."

Violet suchte den Namen in der Liste. „Sag schon."

„Vermisst gemeldet von einer Margareth Hurst, die seine Vermieterin ist. Die Anzeige ist drei Wochen alt."

„Sonstige Angaben?"

„Die Miete wurde nicht bezahlt. Die Vermieterin glaubt nicht, dass Mr. Kilroy verreist ist. Sie sagt, die Wohnung sieht aus, als sei Andy nur eben zum Einkaufen gegangen."

Violet betrachtete die gelb angestrichene Spalte auf dem Ausdruck. Neben Andy Kilroy prangte ein P. Wie auch neben Julia Albright und zwei weiteren Patienten. „Ich frage mich, wofür dieses P steht."

„Willst du die Adressen der anderen beiden P-Kandidaten?"

Sie schob sich eine Ladung Reis in den Mund und nickte.

„Marv Snyder wohnt in Boyle Heights. Und Jeffrey Doud hat ein Haus in Camarillo, das ist bei Ventura."

„Gut." Die Uhr auf ihrem Handy stand auf kurz vor acht. Genug Zeit, um noch einen Abstecher nach Boyle Heights zu machen.

Der Distrikt lag auf der anderen Seite des San Bernardino Freeways. Hier wohnten fast ausschließlich mexikanische Familien. Snyders Haus befand sich in den Flats, einer Nachbarschaft, die bis vor ein paar Jahren für Bandenkriminalität und Straßengewalt berüchtigt gewesen war. Billig gebaute Häuser säumten die Malabar Street, mit eingezäunten Vorgärten und Gittern vor den Fenstern. Nicht, dass das viel gebracht hätte. Diese Holztüren ließen sich mit einem Fußtritt aufbrechen.

Violet drosselte die Geschwindigkeit und suchte nach den Hausnummern. 2742 war ein grün gestrichenes Holzschindelhaus, in dessen Einfahrt ein Ford F150 Pick-up parkte. Hinter den Jalousien brannte Licht.

Sie verbarg die Pistole unter ihrer Lederjacke, zog die falsche LAPD-Marke aus der Handtasche und lief die paar Schritte bis zur Haustür. Die Türglocke klang wie ein chinesisches Glockenspiel. Leere Bierdosen stapelten sich auf der Terrasse.

Die Tür wurde aufgerissen und ein groß gewachsener Weißer in Jeans und Unterhemd füllte den Rahmen. Er roch nach Alkohol und setzte ein breites Grinsen auf.

„Hey Lady, warum hat das so lange gedauert?" Genüsslich musterte er sie von Kopf bis Fuß. Besonders lange verharrte sein Blick auf ihren Brüsten. Violet war so perplex von seiner Begrüßung, dass ihr keine passende Erwiderung einfiel. „Du bist ne Süße, was?“ Seine Pranke fasste nach ihrem Arm, um sie ins Haus zu ziehen. „So süß, wie du bist, da hab ich doch gerne gewartet. Was hast du drunter?“

„Wie bitte?“

Seine Hand tastete nach ihrer Hüfte und zuckte zurück, als er gegen die Pistole stieß. „Zur Hölle, was trägst du da mit dir rum?“

Mit einem großen Schritt war sie über die Schwelle und stieß ihn gleichzeitig zurück. Sie zückte die Marke. „Ich bin nicht deine Süße, klar?“

Seine Miene wechselte in rascher Folge von Verblüffung über aufflammenden Ärger zu einem Ausdruck tiefen Misstrauens. Mit halb erhobenen Händen wich er zurück. „Kein Stress, Ma'am, okay? Ich wollte Ihnen nicht zu nahe treten. Tut mir leid, Ma'am, hab Sie verwechselt.“

„Ja, passiert mir andauernd.“ Mit dem Fuß warf sie die Tür zu. „Sind Sie Marv Snyder?“

Sein Blick flackerte. „Nein, ich bin Dan. Hat der Idiot was angestellt?“

Sie steckte die Marke zurück in die Jackentasche und seufzte innerlich. Das wäre ja auch zu einfach gewesen. „Lebt er hier?“

„Das ist mein verdammtes Haus. Marv hängt hier ab und zu rum, aber ich habe ihn auch schon eine Ewigkeit nicht mehr gesehen. Hören Sie, egal was er angestellt hat, ich hab nichts damit zu tun. Ich repariere nur sein scheiß Auto.“

Geräuschvoll stieß sie den Atem aus. „Keine Sorge. Ich will ihn nicht einbuchten. Nur ein paar Fragen stellen.“

Zum Glück hatte der Kerl so viel Angst vor den Cops, dass er nicht mal nach ihrem Namen fragte. Bevor sie bei der DEA rausgeflogen war, hatte sie keine Ahnung gehabt, wie schwierig es war, privat zu ermitteln, wenn man innerhalb der legalen Grenzen bleiben wollte. Die falsche Marke war ein netter Trick, aber Gnade ihr Gott, wenn sie damit erwischt wurde.

„Was für Fragen?“

Auf dem Fernseher im kleinen Wohnzimmer flackerte CSI Miami. „Er hat an einem Medikamententest teilgenommen. Es gab Unregelmäßigkeiten, und wir müssen herausfinden, ob er auch davon betroffen ist.“

Der Argwohn wich nicht vom Gesicht des Mannes, aber wenigstens löste sich ein Teil der Anspannung in seinem Körper. Er sah nicht mehr aus, als würde er jeden Moment durchs Fenster fliehen.

„Das Zeug ist ihm nicht gut bekommen“, murrte er. „Ich hab ihm gesagt, er soll mit dem Scheiß aufhören, aber er musste ja nichts bezahlen. Hat gesagt, wenn ich's umsonst kriege, warum soll ich's dann nicht nehmen?“

„Was heißt das, nicht gut bekommen?“

„Hautausschlag und so 'n Zeug. Sah nicht gut aus. Ich hab ihm gesagt, er soll die Arschlöcher verklagen. Keine Ahnung, ob er's gemacht hat. Hab ihn ein paar Wochen nicht gesehen. Hören Sie, Marv hat sich eingebildet, er hätte einen verdammten Lungentumor, weil sein Vater auch an Krebs gestorben ist und er mit seinem alten Herrn zusammen Ungeziefermittel auf den Feldern versprüht hat, unten in Ventura. Hat zehn Jahre den Dreck eingeatmet. Deshalb wollte er bei dem Test mitmachen. Aber ich sag Ihnen, das war nur seine Einbildung. Der war 'n bisschen schwach auf der Brust, sonst gar nichts.“

„Wissen Sie, wie man ihn erreichen kann?“

„Sein Handy ist aus. Wahrscheinlich hängt er mit ner scharfen Lady in Mexiko ab, was weiß ich?“

„Ja, wahrscheinlich“, sagte Violet schwach. „Hat er eine Wohnung?“

„Der wohnt immer bei seinen Frauen. Ist ja auch 'n hübscher Junge.“ Dan grinste anzüglich.

Allmählich schien er Vertrauen zu fassen.

„Na schön." Sie rang sich ein dünnes Lächeln ab. Am liebsten hätte sie ihm eine Telefonnummer gegeben, damit er sich meldete, wenn Marv wieder auftauchte. Aber nach der Aktion mit der Marke konnte sie das nicht bringen. „Dann tut es mir leid wegen der Störung. Passen Sie auf sich auf."

„Sie sind sicher, dass Sie heute Abend schon was vorhaben?", fragte er mit neu gewonnenem Mut.

„Tut mir leid." Sie heuchelte Bedauern, denn immerhin hatte er sich als kooperativ erwiesen. „Ich muss los. Die Kleinen werden sich schon wundern, wo ich bleibe."

*

„Wo habt ihr die Spur verloren?", fragte Gabriel.

Er saß neben Cyric in seinem alten Pontiac, der wie durch ein Wunder die Explosionen auf dem Hof von Matavilya Crest überstanden hatte. Vor ihnen malten sich die Silhouetten der Berge gegen den tiefgoldenen Horizont ab. Die Interstate war dicht befahren und sie kamen nicht so schnell voran, wie sie gehofft hatten. Es würde nicht lange dauern, bis jemand die Cops über den Zwischenfall in Matavilya Crest verständigte, und dann wollten sie so weit fort sein wie möglich. Erik hätte am liebsten alle Bewohner in die Kirche gesperrt und das Gebäude in Brand gesteckt.

„Riverside Rancho", gab Cyric zurück.

Er klang genervt, aber das lag vermutlich an seinem Telefonat mit Katherina. Natürlich tobte sie, weil sie Matavilya Crest in Schutt und Asche gelegt hatten. Auch als Cyric sie darauf aufmerksam gemacht hatte, dass nicht sie den verdammten Granatwerfer abgefeuert hatten, hatte es nichts genützt.

„Ein paar Mal ist es uns gelungen, sie zu verfolgen. Zwei Mal dachten wir, wir hätten sie, aber es war jedes Mal nur der Wagen, den sie am Straßenrand zurückgelassen hatten."

„Riverside Rancho", sinnierte Gabriel. „Das ist am Griffith Park."

„Da wo sich Ventura Freeway und Golden State Freeway kreuzen. Ziemlich unübersichtliche Ecke. Direkt neben der 134 fließt der L.A. River. Auf der anderen Seite verläuft ein Bahndamm. Es gibt zig Brücken und Unterführungen."

„Habt ihr die Gegend durchsucht?"

Cyric schoss ihm einen gereizten Blick zu. „Wir haben jeden verdammten Stein umgedreht."

„Ich werde mich da trotzdem noch mal umsehen."

„Weil du cleverer bist als wir?" Cyrics Stimme klirrte vor Frustration. „Du bist ein arroganter Bastard, hat dir das mal jemand gesagt?"

„Ständig", murmelte Gabriel. Er war müde und verspürte keine Lust, zu streiten. „Ich bezweifle nicht, dass ihr alles auf den Kopf gestellt habt. Ich will trotzdem noch mal hinfahren. Weil ich mir Sorgen um Thomasz mache, weil er mein Vater ist und verdammt noch mal nicht auf sich aufpassen kann, und weil ich mir nicht vorwerfen will, ich hätte nicht alles Erdenkliche zu seiner Rettung getan."

„Schon gut." Cyric nahm eine Hand vom Lenkrad und fuhr sich übers Gesicht. „Das alles geht schon zu lange. Ein paar von den Verschwundenen kannte ich gut, also glaub nicht, mir ist das egal."

Die Interstate wand sich einen Berg hinauf und schwang dann weit hinab in die Hochebene, auf deren anderer Seite die San Gabriel Mountains aufragten. Wie Perlen einer Kette reihten sich die Rücklichter der Autos aneinander.

„Danke übrigens für die Warnung", sagte Cyric. „Hättest du den Kerl in der Kirche nicht gesehen, hätte er uns alle ins Nirwana geblasen.“

So wie den Piloten des Hubschraubers. Der Mann hatte die Explosion nicht überlebt. Das Blut und seine Selbstheilungskräfte nutzten nichts, wenn man den Körper in tausend Stücke sprengte.

„Sie wussten, dass wir kommen“, sagte Gabriel. „Jemand hat ihnen einen Tipp gegeben.“

Cyric runzelte die Stirn. „Es waren nicht viele eingeweiht.“

„Das macht den Kreis der Verdächtigen klein.“

„Du denkst, es ist jemand aus der Garde?“

Gabriel zuckte mit den Schultern. „Carl hat einen Insider. Er weiß über uns Bescheid.“ Aber warum war Carl dann dieser Fehler unterlaufen? Da war die Frage, die er nicht laut aussprach. Warum die Verwechslung mit Thomasz? Seine Finger ertasteten das Silberkettchen mit der emaillierten Libelle, das noch immer in seiner Jackentasche lag. Er wusste nicht einmal Violets vollen Namen. Wie sollte er sie jemals wiederfinden? Der Gedanke war plötzlich da und schwebte hinter seiner Stirn, während sie sich als Teil dieser gigantischen Blechlawine zurück nach L.A. schoben.

Wie konnte er sie wiederfinden?

Ganz selbstverständlich war es ihm in den Sinn gekommen, hatte die Frage einfach übersprungen, ob er sie überhaupt wiederfinden wollte. Was wusste er schon über die Frau? Dass sie in einer heruntergekommenen Gegend hinter der Union Station in L.A. aufgewachsen war, Libellen liebte und als Privatermittlerin arbeitete. Das war nicht viel. Und dass ihre Schwester Emily mit der Etherlightkirche verbunden war. So sehr, dass sie sich bereit erklärt hatte, einen ihr unbekannten Mann in eine Falle zu locken. Doch Emily war nicht unter den verstörten Zivilisten gewesen, die sie im Hof von Matavilya Crest zusammengetrieben hatten.

Er schloss die Augen und zwang sich, an etwas anderes zu denken. Thomasz, sein Vater. Groß, verträumt, hagere Züge, die Haut blass von Jahrhunderten in Bibliotheken. Er ließ die Libelle los und ballte die Hände zu Fäusten. Cyric Stimme war wie eine weitere Sequenz im Rauschen des Asphalts unter den Reifen.

„Tut mir leid. Ich weiß, wie du dich fühlst, Mann.“

*

Auf der Fahrt nach Hause rief Violet zuerst Inez an, die keine Neuigkeiten zu berichten hatte und dann Stephan, der nicht abnahm. Frustriert warf sie das Handy auf den Beifahrersitz. Großartig.

Drei Personen aus der Sangrin-Testgruppe, die ein spezielles Kürzel verband, waren verschwunden. Die ganze Sache stank zum Himmel. Wie Emilys Verstrickung mit Etherlight da hineinpasste, konnte sie sich erst recht nicht erklären. Ganz zu schweigen von der fragwürdigen Rolle, die ihre Schwester in der Geschichte mit Gabriel gespielt hatte. Der Gedanke an ihn riss die Wunde wieder auf, die sie den ganzen Tag hartnäckig ignoriert hatte. VORTEC und die kryptischen Patientenlisten hatten sie beschäftigt gehalten. Doch nun, als sie ihren Wagen durch die nächtlichen Straßen lenkte, sickerte Gabriels Bild in ihr Bewusstsein wie ein schleichendes Gift.

Sie konnte Marshall bitten, etwas über ihn herauszufinden. Und dann? Sie wusste doch, wo er wohnte. Himmel, sie konnte sich ins Auto setzen und zu ihm hinaus in die Wüste fahren. Unwillkürlich musste sie lächeln. Mit einem Korb Blaubeeren auf dem Beifahrersitz als Versöhnungsgeschenk oder was?

Sie nahm nicht den Freeway, sondern blieb auf der Griffith Avenue, weil die Fahrt durch die Wohnsiedlungen sie in eine friedfertige Stimmung versetzte. Magnolienbäume und Sykomoren schirmten die Häuser gegen die Straße ab und streuten das Licht der Straßenlaternen. Mit halbem Ohr lauschte sie den Lokal News im Radio. Ausfall der Telefonleitungen nach einem Erdbeben in Mexiko. Ein neuer LAPD-Skandal, weil drei Officer einen Nicaraguaner bei einer Verkehrskontrolle verprügelt hatten. Überfall auf ein Tierheim in North Hollywood, der dritte in zwei Wochen. Die Täter vermummt, vermutlich Mitglieder einer militanten Umweltorganisation. Zuletzt die Sportnews. Werbung plätscherte aus den Boxen. Sie musste lächeln, als der Radiomoderator einen Witz über die Tierbefreier riss.

Erst als sie in den Broadway bog, vorbei am Azteca Center mit seinen mexikanischen Lebensmittelläden, Schnapsstores und einer Wäscherei, fiel ihr der Wagen in ihrem Rückspiegel auf.

Sie erkannte das Auto nicht genau, aber die Frontleuchten saßen hoch und glimmten nur schwach. Sie überlegte, wann der Wagen hinter ihr aufgetaucht war. Die Straße lag verlassen und sicher war es Zufall, dass er wie sie in den Broadway fuhr. Trotzdem wuchs eine Unruhe in ihrem Magen, die sie schließlich dazu bewog, an der nächsten Querstraße nach links zu biegen und dann wieder nach rechts, tiefer hinein in das Wohngebiet. Sie spähte in den Rückspiegel und fühlte Erleichterung, dass die Scheinwerfer verschwunden waren. Ihre Berufsparanoia hatte angeschlagen, nichts weiter.

Sie nahm die nächste Verzweigung nach rechts und kehrte zurück auf den Broadway, der sich auf dem letzten Stück belebte. Neonreklamen und Schaufenster erleuchteten die Nacht, in den Eingängen der Läden und Clubs drängten sich Leute.

Vielleicht würde sie es tatsächlich tun, wenn der ganze Ärger mit Emily ausgestanden war. Sich ins Auto setzen und in die Wüste fahren, hinaus zu Gabriels Haus. Was konnte schon schiefgehen? Wenn er ihr einen Korb gab, dann wusste sie wenigstens, woran sie war und konnte aufhören, sich Tagträumen hinzugeben. Sie biss sich auf die Lippen und gab Gas, als die Ampel vor ihr auf Grün sprang.

Wieso beschäftigte sie der Mann so sehr? Weil das Gefühl von Nähe, das sie mit ihm geteilt hatte, immer noch nachhallte? Weil sie sich fühlte wie eine Vierzehnjährige, die unsterblich in diesen süßen Typen aus der Klasse über ihr verknallt war, nachdem der sie hinter dem Spind geküsst hatte, seither aber ignorierte? Nein, das stimmte nicht ganz. Sie war kein Teenager mehr, der einen gestohlenen Kuss mit Liebe verwechselte. Sie hatte ihre Lektionen gelernt. Sie wusste, dass sich etwas zwischen Gabriel und ihr entzündet hatte, das viel mehr war als Triebbefriedigung mit einem attraktiven Fremden.

An der Zweiundzwanzigsten Avenue bremste sie und bog ab. Die Straße war dunkel und leer. Sie parkte vor der Kirche der Chinesischen Einheit vor Gott und lief die fünfzig Yards zurück zu ihrem Apartmenthaus.

„Hey", klang eine gedämpfte Stimme hinter ihr auf.

Ein Blick über ihre Schulter offenbarte eine Gestalt in Jeans, abgetretenen Boots und viel zu weitem Sweatshirt, die Kapuze tief ins Gesicht gezogen.

„Sorry, kein Kleingeld", blieb ihr auf den Lippen kleben, denn im gleichen Moment zog er seine Waffe.

Es war ein großer Trommelrevolver, der silbrig glänzte. Ein antikes Stück, doch sie wollte nicht herausfinden, ob das Ding noch funktionsfähig war oder nicht. Shit, das hatte ihr gerade noch gefehlt. Ein bescheuerter Junkie, der sich nicht traute, einen Schnapsladen zu überfallen und deshalb lieber Passanten auf der Straße auflauerte.

„Ruhig, Mann." Langsam hob sie die Hände. „Ich kann dir fünfzig Dollar geben. Wär das was?"

„Scheiße, nein", knurrte der Kapuzenmann. Er kam näher und wedelte mit seinem Revolver. „Ich schätze, du hast 'ne Pistole dabei, Schätzchen."

Sie wollte verneinen, aber er schnitt ihr mit einer Geste das Wort ab. „Klar hast du eine. Wenn du ein Bulle bist, hast du auch 'ne Knarre."

Heilige Mutter Gottes, was wollte der Kerl? Er hatte etwas an sich, das ihr Angst einjagte. Vielleicht waren es seine Bewegungen, die zu flüssig wirkten, zu schnell und gleichzeitig unkoordiniert, als verfüge er über eine abnorme Gelenkigkeit, mit der er aber nicht umzugehen wusste.

„Vielleicht habe ich eine", gab sie zurück. „Aber ich muss sie nicht benutzen, oder?"

„Ich will nur reden, okay?", kam es rasselnd aus dem Dunkel unter der Kapuze.

Ein Psychopath. Wunderbar. Wir reden ein bisschen und dann mache ich mir eine Kette aus deinen Ohren. „Worüber willst du reden?" Sie musste näher an ihn heran. Nah genug, um seinen Revolver zu packen und ihn zu entwaffnen. Doch er näherte sich ganz von selbst. Zwei Armlängen entfernt blieb er stehen.

„Was wolltest du von Dan wissen?"

Ah, daher wehte der Wind. Wenigstens die Psychopathentheorie konnte sie fallen lassen. Wahrscheinlich ging es um Drogen oder Autodiebstahl, wenn ein Kerl wie Dan darin verwickelt war und sein Freund hier dachte, sie war ihnen auf der Spur.

„Ich war auf der Suche nach seinem Kumpel." Kein Grund, nicht die Wahrheit zu sagen. „Er hat Medikamente bekommen, die nicht ganz koscher waren. Ich ermittle in der Sache."

„Ohne Scheiß?"

Sie zuckte mit den Schultern, eine Bewegung, die sofort neue Anspannung in seinen Körper schießen ließ. Hitze stieg ihr in den Nacken. Sie musste vorsichtig sein. Der Kerl war hypernervös. „Warum sollte ich lügen?"

„Lass uns da rübergehen." Er gestikulierte mit dem Revolver. Violet hoffte nur, dass sein Finger am Abzug nicht zu sehr zitterte. „Dann erzähl ich dir was."

Sie gehorchte ohne Widerwort.

„Setz dich da hin." Der Kapuzenmann wies auf einen Stapel Betonschwellen. Er ließ sich ein Stück entfernt von ihr nieder.

„Wozu brauchst du die Waffe", fragte sie, „wenn wir nur reden wollen?"

„Reine Vorsichtsmaßnahme. Okay, also die Cops wollen VORTEC an den Kragen?"

„Wir suchen Beweise." Sie hatte mit der Story angefangen, also musste sie auch dabei bleiben. „Ein paar Leute sind verschwunden."

„Gut", murmelte er. „Gut, gut. Die sind gefährlich. Ist euch das klar?"

„Was meinst du damit?"

„Du hast keine Ahnung, was? Überhaupt keine Ahnung, auf was ihr euch einlasst."

Die Früchte des Teufels. Der Gedankenfetzen kam aus dem Nichts. Warum diese Assoziation? Warum gerade jetzt? Ihr wurde kalt, obwohl die Nachtluft mild war.

„Jetzt fragst du dich, wer ich bin, Schätzchen. Was? Fragst du dich das die ganze Zeit? Wer versteckt sich unter der Kapuze?" Ein schriller Unterton schwang in seiner Stimme.

„Ja", stieß sie mit erzwungener Ruhe hervor. Obwohl ihr schlecht war vor Angst. „Ja, das frage ich mich."

„Ich bin Marv."

„Hallo, Marv", sagte sie sacht.

„Ich war in diesem scheiß Test." Der Kapuzenmann ließ den Revolver in den Schoß sinken. „Als ich das erste Mal in dieser schicken Klinik war, haben sie mir Kaffee und Snacks gegeben. War sehr nett. Und wollten alles Mögliche wissen, ob ich allein lebe oder Verwandte habe oder was mein Job ist. Dann haben sie Tests mit mir gemacht. Mein Blut untersucht und so was. Danach konnte ich wieder gehen und nach zwei Wochen haben sie angerufen und gesagt, ich sei drin. Ich hab mich gefreut, weil ich dieses Ding in der Lunge habe, aber keine scheiß Krankenversicherung. Hab ich nie gebraucht, vierhundert Dollar im Monat, wie soll das ein sicherung. Hab ich nie gebraucht, vierhundert Dollar im Monat, wie soll das ein normaler Mensch bezahlen?“ Er verstummte.

Violet lauschte in das Schweigen. Sein Atem rasselte.

„Ich hab diese Kapseln genommen“, fuhr Marv fort. „So wie es draufsteht, eine morgens und abends. Zwei Wochen. Dann hab ich Hautausschlag bekommen.“ Er ließ den Revolver los und knetete seine Hände, die in weichen Handschuhen steckten. „Zuerst nur kleine Flecken. Einer am Arm, einer am Bauch und einer unter der Achsel. Wie Schorf, verstehst du? Ich hab mir keine Sorgen gemacht. Ich hab's nicht mal richtig gemerkt. Aber sie wurden größer. Immer größer. Und dann hab ich mir doch Sorgen gemacht und bin zu der Klinik gegangen. Die haben sich das angeguckt und gesagt, das geht wieder weg. Das ist nur vorübergehend.“

Er hob den Kopf und starrte sie an, aber sie konnte nichts erkennen in der Dunkelheit unter der Kapuze.

„Ich fahre also nach Hause und ein paar Straßen weiter fährt mir so ein scheiß Pick-up in die Karre. Das war ein ziemlicher Schlag, mir ist schwindelig, ich merke, wie mir Blut aus der Nase läuft. Zwei Minuten später ist auch schon die Ambulanz da, ich denke mir noch, das ging aber schnell. Sie sagen, ich soll in die Notaufnahme mitkommen und ich will sie noch fragen, wie viel das kostet, weil ich doch keine scheiß Krankenversicherung habe. Aber da ist diese Lady, sie spritzt mir was. Beruhigungsmittel, sagt sie. Ich zieh noch meinen Arm weg und krieg nicht die volle Ladung ab. Sie drücken mich auf die Pritsche und da sehe ich den anderen Doktor und denke mir, verdammt, das Gesicht kenn ich doch, den hab ich vorhin in der Klinik gesehen. Mir wird klar, das sind Leute von VORTEC. Und ich frag mich, wieso die einen Notdienst haben. Das ist doch nur ein Institut und kein richtiges Hospital. Ich hab da nie Krankenzimmer gesehen. Also mach ich mir Sorgen, weil mir das alles merkwürdig vorkommt. Der Krankenwagen fährt los, nach einer Weile halten sie wieder an und schieben die Pritsche mit mir raus und ich denk, was zur Hölle soll das werden? Sie verladen mich in einen kleinen Transporter. Ich tu so, als würde ich schlafen und fummle an den scheiß Gurten rum.

Die machen die Türen zu, wir fahren wieder los und irgendwann hab ich die Gurte auf, aber ich denk mir, was mach ich, wenn die Knarren haben? Dann bremsen wir und ich hör Sirenen. Die Bullen, und diesmal bin ich froh, sie zu hören. Wir stehen da also zehn Minuten rum und die fangen an, sich Sorgen zu machen. Wissen nicht, was da draußen los ist. Jetzt oder nie, denk ich, spring auf und reiß die Tür auf.“

Er zupfte am Saum seiner Kapuze, als wolle er sicherstellen, dass sie sein Gesicht vollständig bedeckte. Verstohlen musterte Violet seine Finger, sein schmutziges Sweatshirt, die Stiefel ohne Schnürsenkel. Er sah aus wie ein Penner.

„Wir stehen mitten auf einem Freeway. Chaos, die Feuerwehr ist da, Polizeiwagen blockieren alle drei Spuren. Muss ein schlimmer Unfall sein. Ein Typ wirft Leuchtfackeln auf die Straße. Ich lauf direkt in die Cops hinein und die fragen mich, was zur Hölle ich hier verloren hätte, ich soll mich zurück in mein Auto scheren und warten, bis sie die Straße freigeben. Ich bin scheißfroh, weil sich von den VORTEC Typen keiner traut, mir nachzurennen. Also diskutiere ich noch ein bisschen mit den Cops rum, bis sie meine Personalien aufnehmen wollen wegen Behinderung ihrer Arbeit. Die haben mich tatsächlich mitgenommen und eingebuchtet, aber am nächsten Morgen wieder rausgelassen.“

Wow. Violet holte tief Luft, um sich zu sammeln. „Das ist eine wilde Story. Warum haben Sie den Cops nicht gesagt, dass man versucht hat, Sie zu entführen?“

„Weils 'ne wilde Story ist?“ Er lachte auf. „Was, wenn die mir nicht geglaubt hätten? Nee, ich hab schon genug Ärger am Hals. Aber wenn ich's der Bande heimzahlen kann, kein Problem. Was ist in diesen scheiß Kapseln drin?“

„Das versuche ich gerade, herauszufinden. Was ist aus Ihrem Hautausschlag geworden?"

Marv saß ganz still. Sie hätte schwören können, dass er mit sich kämpfte. Dann endlich nestelte er an seinen Handschuhen. Er zog einen aus und streckte seinen Arm vor, bis das Sweatshirt auch sein Handgelenk entblößte.

„Nicht erschrecken", wisperte er. „Ich glaub nicht, dass es ansteckend ist."

Das schwache Licht der Straßenlaternen war gnädig. Es verbarg mehr, als es enthüllte. Marv weigerte sich jedoch, die Kapuze abzunehmen, weil er nicht wollte, dass sie sein Gesicht sah. Er sagte es nicht, aber sie hörte es zwischen den Zeilen. Er glaubte nicht, dass jemand diesen Anblick aushalten konnte, ohne von Widerwillen überwältigt zu werden. Das ertrug er nicht. Selbst nicht bei einer Fremden, die er vor zehn Minuten noch mit einem Revolver bedroht hatte.

Sie betrachtete die Krallen, die aus dem rot wuchernden Schorf hervorragten. Die Haut hatte sich in ein Gewebe aus Knoten und Schuppen verwandelt und spannte sich über unförmigen Beulen. Die Fingerknöchel drohten, das Fleisch zu durchstoßen, als würden dort Dornen wachsen. Marvs Hand zitterte.

„Ich höre Schritte auf hundert Yards Entfernung." Er sprach so leise, dass sie sich anstrengen musste, seine Worte zu verstehen. „Ich kann Menschen riechen. Als du vorhin die kleine Ablenkungsrunde gedreht hast, musste ich dir nicht folgen. Ich wusste genau, wo du warst. Scheiße, ich konnte sogar fühlen, wie du Panik gekriegt hast, weil ich zu nah rangefahren bin."

Ihr wurde schwindelig. Die Früchte des Teufels. Marys entrückte Stimme wehte durch ihren Geist. Kein Wunder, dass VORTEC das vor der Öffentlichkeit verbergen wollte. Sie standen kurz vor der vorläufigen Zulassung von Sangrin. Wenn Patienten nach der Einnahme des Medikaments solche furchtbaren Deformationen erlitten, vor allem innerhalb weniger Wochen, konnte VORTEC das auf keinen Fall nach draußen sickern lassen. Also jagten sie die Leute und ließen sie für immer verschwinden?

„Da ist noch mehr." Marv zog die Hand zurück und verbarg seinen Revolver unter dem Sweatshirt. Ächzend stand er auf. „Ich zeig dir noch was, Schätzchen."

Ohne Eile schlenderte er zu einem dunkelblauen Transporter, holte aus und rammte eine Faust gegen die Fahrertür. Violet zuckte zusammen. Gott, hoffentlich hatte er sich nichts gebrochen. Aber Marv drehte sich zu ihr um, als sei nichts geschehen. Im Blech glänzten eine tiefe Delle und ein Riss im Zentrum des Kraters. Ein Streich wie von einem Vorschlaghammer. Unmöglich.

Es war unmöglich, dass ein Mensch so viel Schaden mit seiner bloßen Faust ausrichten konnte. Genauso unmöglich wie Nachfahren gefallener Engel, die sich binnen Stunden von tödlichen Schusswunden erholten. Das hätte sie auch nicht geglaubt, wenn sie es nicht gesehen hätte.

Okay, vielleicht war das ein Fiebertraum. Vielleicht hatte sie sich eine Schlägerei mit Mr. Hähnchen-mit-Knoblauch geliefert und lag mit einem Hirntrauma in der Notaufnahme.

„Ich schätze, ich verwandle mich in den Unglaublichen Hulk", knurrte Marv. Seine Stimme holte sie zurück ins Hier und Jetzt. „Mal sehen, wann meine Haut anfängt, sich grün zu verfärben."

„Sie sollten einen Arzt aufsuchen." Im gleichen Moment, da sie es aussprach, wusste sie, wie hilflos das klang. „Hören Sie", fügte sie rasch hinzu, „ich werde diese Typen drankriegen und dann schauen wir uns nach einer Behandlung um. Die werden dafür bezahlen. Haben Sie eine Telefonnummer, unter der ich Sie erreichen kann?"

„Willst du mich verarschen?"

„Nein", sagte sie ruhig.

Marv zuckte mit den Schultern, eine seltsam verdrehte Bewegung. „Geh zu Dan, wenn du was von mir willst. Dann finde ich dich schon." Er wandte sich ab und ging ein paar Schritte, dann blieb er erneut stehen. „Du bist nicht wirklich ein Bulle, oder? Du hast Dan Scheiße erzählt."

„Ich bin Privatermittler“, gab sie zurück. „Meine Schwester war in der Sangrin-Testgruppe. Sie ist spurlos verschwunden.“

„Tut mir leid.“

„Muss es nicht.“

Er kicherte. „Du hast Dan einen mächtigen Schrecken eingejagt. Der hat sich fast in die Hosen gemacht vor Angst.“

„Hey, vielleicht haben Sie sie mal gesehen? Sie heißt Emily.“

Marv schüttelte den Kopf.

„Oder kennen Sie Julia Albright?“

„Tut mir leid, Schätzchen. Sagt mir nichts. Hab mir schon gedacht, dass die das bestimmt tausend Leuten gegeben haben, aber die haben das schön getrennt. Wussten sicher, warum.“

Er stand einen Moment und sah sie an. Sie erwiderte den Blick. „Ich hab noch was“, sagte er. „Willst du wissen, wo die mich hinbringen wollten?“

„Sag es mir.“

„Ich hab mich ein paar Nächte in der Gegend um die Klinik rumgetrieben.“ Wieder sein rasselndes Kichern. „Hab ja sonst nichts zu tun. Hab gewartet, bis der Ambulanzwagen wieder auftaucht und mich an ihn drangehängt. Weißt du, wo die 5 und die 134 sich kreuzen?“

„Am Griffith Park?“

„Genau. Du fährst am Zoo Drive runter, dann zweigt ein Schotterweg ab, der am L.A. River entlangführt. Unter der Freewaybrücke gibt's einen Einstieg in die Kanalisation. Da drin sind sie abgetaucht. Eine halbe Meile Luftlinie von ihrer feinen Klinik. Ich wette, das ist ein Hintereingang.“ Irgendwo in der Nähe jaulte eine Polizeisirene auf. Marv zuckte zusammen und hob beide Hände. „Okay, das war's. Ich bin raus.“

„Danke“, rief Violet ihm nach.

Aber er war schon in der Nacht verschwunden, lautlos wie ein räuberischer Schatten.

12

Als Violet am nächsten Morgen aus einem unruhigen Schlaf schreckte, war sie zuerst nicht sicher, welchen Teil der Ereignisse sie geträumt und welchen sie wirklich erlebt hatte. Verzögert registrierte sie, dass irgendwo ihr Handy klingelte. Sie stieß die Decke zurück und tappte nackt in die Küche auf der Suche nach ihrer Handtasche. Das Telefon war unauffindbar. Vergeblich durchwühlte sie sämtliche Taschen ihrer Jacke. Schließlich fand sie es in ihrer Jeans, doch da hatte der Anrufer längst aufgegeben.

„Shit", flüsterte sie, als ihr Blick auf die Uhr fiel. Kurz nach zehn. Sie hatte grandios verschlafen. Auf dem Display leuchtete die Nummer ihrer Mutter, aber sie wollte jetzt nicht zurückrufen. Vor dem ersten Kaffee hatte sie keinen Nerv, Mom zu erklären, dass sie Emily noch nicht gefunden hatte.

Aber mach dir keine Sorgen, Mom. Erste Nachforschungen haben ergeben, dass sie einer militanten Endzeitsekte in die Hände gefallen ist und sich wahrscheinlich in einem dunklen Loch versteckt, wo sie zu einem Monster mutiert.

Dagegen war Mr. Hähnchen-mit-Knoblauch harmlos. Das hatte sie nun davon, mit ihrem Schicksal zu hadern.

Mit zittrigen Fingern goss sie Wasser in ihre Billig-Espresso-Maschine und füllte Kaffeepulver ins Sieb. Dann schleppte sie sich ins Bad, wusch sich das Gesicht und betrachtete ihre Augenringe. Gut, dass es so dunkel gewesen war in Gabriels Haus. Anders konnte sie sich nicht erklären, was ihn dazu bewog, sie zu verführen. Sie fühlte sich wie der kleinste der sieben Zwerge, der im Dreck herumkriechen und Schneewittchens verlorenes Medaillon finden muss, während seine großen Brüder mit der schwarzhaarigen Schönen flirten. Instinktiv tastete sie nach der leeren Stelle zwischen ihren Brüsten und fühlte sich noch elender, als ihr einfiel, dass sie die Libellenkette irgendwo auf ihrem Wüstenabenteuer verloren hatte. Entweder in Matavilya Crest oder in Gabriels Haus. Sie wusste nicht, welche der beiden Alternativen frustrierender war.

Mit steifen Gliedern schlüpfte sie in Jeans und ein Sweatshirt, das kuschelig weich vom vielen Tragen war und ihren Anfall von Selbstmitleid linderte. Kaffeeduft umschmeichelte ihre Nase, als sie in die Küche zurückkehrte. Mit der Tasse in der Hand ließ sie sich in den Sessel fallen. Sie öffnete Emilys Arzneischachtel und betrachtete die schwarzen Kapseln. Kaum zu fassen, dass solche Macht in den Dingern steckte. Ein paar der Probanden, die sie angerufen hatten, überschlugen sich vor Dankbarkeit. Eine Frau mit Tumoren im ganzen Körper behauptete, vollkommen geheilt zu sein und fabulierte von einem göttlichen Wunder.

Auf der anderen Seite war da Marv Snyder und seine verrückte Story. Beim Gedanken an den Anblick seiner Hand strich ein Schauder über sie hinweg. Da war nichts Menschliches mehr gewesen. Sie hätte das Ding fotografieren sollen, doch in diesem Moment war sie so schockiert, dass sie nicht gewagt hatte, ihn um Erlaubnis zu fragen.

Die Folie knisterte unter ihren Fingern, als sie eine Kapsel herausdrückte. Ganz leicht nur ritzte sie die Kapselhaut mit dem Daumennagel ein. Ein Tropfen gelartiger Flüssigkeit quoll heraus. Ohne nachzudenken, hob sie die Hand und leckte ihn ab. Der Schock war so heftig, dass ihr Kopf rücklings in die Polster flog.

Ein Kaleidoskop unbeschreiblicher Empfindungen explodierte auf ihrer Zungenspitze. Wie Lava aus einem Vulkan überschwemmten Bilder und Emotionen ihren Geist, fremdartig und in einer solchen Geschwindigkeit, dass sie glaubte, ihr Bewusstsein müsse in Rauch aufgehen. Erschreckt kniff sie die Augen zusammen, hielt den Atem an und presste die Fäuste gegen ihre Schläfen.

So rasch, wie die Erfahrung sie überrollte, verblasste sie wieder. Was blieb, war Herzrasen und das Gefühl, von einem Güterzug überfahren worden zu sein. Sie presste die kalten Handflächen in den Nacken. Holte tief Luft. Stieß sie wieder aus. Und wartete, bis das Zittern ihrer Hände nachließ, sodass sie nach der Kaffeetasse greifen konnte. Mit einem Zug stürzte sie das heiße Gebräu hinunter.

Oh. Mein. Gott.

Was war das für ein Zeug? Trotz der Jahre bei der DEA hielten sich ihre Erfahrungen mit bewusstseinserweiternden Drogen im Eigenversuch in Grenzen, aber Koks war Kindergarten gegen das hier. Benommen tastete sie nach der Kapsel, die ihr aus der Hand gefallen war. Sie klaubte sie vom Teppich auf und betrachtete den klebrigen Faden, der sich am Riss gebildet hatte. Ehrfürchtig ließ sie das Ding auf die Tischplatte fallen. Krebsmedikament? Von wegen! Das war die heißeste Designerdroge, die ihr jemals untergekommen war. Ein Mal lecken, Instant-Rausch. Himmel, wenn das Zeug seinen Weg auf die Straße fand, würden die Junkies über Leichen gehen, um da ranzukommen.

Ihr war schwindelig. Sie fühlte sich ausgelaugt, aber auf angenehme Weise, wie nach einem Orgasmus. Mit unsteten Fingern tastete sie nach dem Handy und rief im Büro an. Marshall nahm sofort ab.

„Hi Marshall", stöhnte sie. „Ich bin's."

„Du klingst, als hättest du einen Kater."

„Mir geht's auch nicht gut."

„Hattest du einen rauschenden Abend?" Er klang so frisch und vergnügt. Wie machte er das?

„Wie man's nimmt." Sie starrte wieder auf die Kapsel, die sich allmählich rotbraun färbte, weil der Inhalt auf die Glasplatte sickerte und Licht in die Hülle drang. „Ich habe Marv Snyder gefunden."

Etwas in ihrer Stimme schien seinen Enthusiasmus zu bremsen. „Ist das gut oder schlecht?", fragte er vorsichtig.

„Sagen wir so", sie biss sich auf die Unterlippe, „es gibt der Sache eine paranormale Komponente." Sie dachte an die Vorführung mit der Autotür. Der Unglaubliche Hulk. Tja, das traf es genau. Passte auch zu der krallenbewehrten Dämonenpranke, die Marv ihr gezeigt hatte.

„Paranormal?", hakte Marshall nach. „Du bist sicher, dass du nicht gestern Abend in einer Bar abgestürzt bist?"

„Absolut sicher. Willst du die Kurzfassung hören?"

„Ich kann's kaum erwarten."

„Sangrin scheint eine hässliche Nebenwirkung zu verursachen. Extreme Hautveränderungen, eine Art Mutation. Und VORTEC lässt die Probanden verschwinden, bei denen diese Nebenwirkung auftritt."

„Wow." Kurz hing Schweigen in der Leitung. „Wann hast du das rausgefunden?"

„Ich habe mit Marv Snyder gesprochen."

„Scheint eine interessante Begegnung gewesen zu sein."

„War großartig. Ich habe mir fast in die Hosen gemacht vor Angst."

„Willst du ins Büro kommen? Oder soll ich dich aufsammeln?"

„Geht schon. Noch was. Kannst du Pläne von der Kanalisation in Riverside Rancho auftreiben? Wir suchen nach einem Einstieg am L.A. River direkt unter der Freeway-Brücke am Kreuz zwischen 5 und 134. Marv behauptet, da gäbe es einen Hintereingang in die Klinik."

„Wie Madam wünschen. Darf man fragen, was wir damit vorhaben?"

„Wir schauen uns das mal an."

„Ah."

„Was soll das heißen, ah?"

„Nichts."
„Du denkst immer noch, ich fantasiere im Wodkadelirium, stimmt's?"
„Das hast du gesagt, nicht ich."
Sie schnaubte. „Ich mache noch einen Abstecher zu Millie ins Labor. Sie soll sich diese Sangrin-Kapseln mal ansehen."

*

Gabriel presste die Zähne aufeinander. Egal, was er sagte, es würde alles nur schlimmer machen. Katherina war auf dem Kriegspfad. Sie wollte Blut sehen. Jeder Versuch, sie zu besänftigen, war zwecklos, wenn sie in dieser Stimmung war. Also riss er sich zusammen und setzte eine ausdruckslose Miene auf. Auch wenn er ihr am liebsten an die Kehle gegangen wäre. Aber damit würde er sich den Rückhalt der Garde verscherzen, und den brauchte er, um Thomasz zu finden. Katherina schwelgte in diesem Moment. Sie machte eine Show daraus, ihn bloßzustellen.

„Hast du die leiseste Ahnung", zischte sie, „was passiert, wenn die Bullen eine Verbindung zu uns ziehen?"

Die Sonne, die durch die hohen Fenster der Galerie fiel, hüllte sie in einen unwirklichen Schleier, wie die Aura einer antiken Göttin. Gabriel hätte seinen Ring darauf verwettet, dass auch das ein wohlkalkulierter Effekt war. Aus dem Augenwinkel sah er, wie Cyric unruhig sein Gewicht verlagerte.

„Ich habe dir vertraut." Ihr Tonfall hob sich. „Ich bin deinem Rat gefolgt. Und wohin bringt uns das?"

„Sie wussten, dass wir kommen", warf Cyric ein. „Es war eine Falle. Es waren ja nicht wir, die das verdammte Anwesen in Stücke geschossen haben. Die hatten einen Granatwerfer."

„Mit dem sie den Hubschrauber in die Luft gejagt haben. Lucis ist tot. Und wofür?" Katherinas Blicke nagelten ihn fest, wie smaragdene Speere. „Habt ihr auch nur den Hauch einer Spur gefunden?"

„Jemand hat uns verraten!" Jetzt wurde auch Cyric laut. „Hast du mir zugehört? Sie wussten, dass wir kommen. Falls es dort Gefangene gab, haben sie die vorher weggebracht."

Katherina blinzelte, dann drehte sie sich zurück zu Gabriel. „Woher wissen wir, dass das nicht alles geplant war?"

Er erwiderte ihren Blick. Ihre Lippen verzogen sich, entblößten leuchtend weiße Zähne. Ein unbehagliches Schweigen breitete sich aus. Dann sickerte endlich Verstehen durch die Stille. Fassungslosigkeit. Und eine brennende Wut. Wie Lava stieg sie in ihm empor. Tiefrot, unaufhaltsam, füllte sie seine Kehle aus, wollte ihn blenden. Er konnte kaum atmen. Er starrte sie an und unterdrückte das Zittern. Brüllen wollte er, aber ein Rest von Verstand hielt ihn fest.

„Was willst du damit sagen?"

Katherina hob eine Braue. „Wer von uns hat Matavilya Crest auf den Tisch gebracht? Ein einsames Anwesen mitten in der Wüste, die perfekte Falle?" Ja, sie genoss es. Sie präsentierte ihre Karten mit der überlegenen Routine eines Berufsspielers. „Bevor du hier aufgetaucht bist, hatte niemand etwas von dieser Sekte gehört."

„Nennst du mich einen Verräter?"

Der Anflug eines Lächelns glitt über ihr schönes Gesicht, ohne die Augen zu erreichen. „Ich stelle nur ein paar Fragen."

„Katherina, hör auf", sagte Cyric.

Ihr Kopf flog herum. „Stellst du meine Autorität infrage?"

Der Hüne hob die Hände.

„Meine Aufgabe ist es, unsere Art zu schützen." Sie begann, mit langsamen Schritten den Raum zu durchmessen. „Es ist meine Pflicht, Fragen zu stellen. Und deshalb", abrupt blieb sie vor Gabriel stehen, „stelle ich dir die Frage, warum du meine Leute in dieses Wüstenloch geführt hast." Sie machte eine winzige Pause. „Nachdem du rechtzeitig zur Entführung deines Vaters aufgetaucht bist, um eine glaubwürdige Motivation vorweisen zu können. Ich frage mich", sie nahm ihre Wanderung wieder auf, „ob Thomasz vielleicht eingeweiht war. Ob der Überfall auf die Brewery …"

Gabriel hörte den Rest nicht mehr, weil sein Herzschlag in seinen Ohren tobte wie Faustschläge gegen einen Harnisch. Seine Muskeln bewegten sich in altvertrautem Rhythmus. Sein Körper barst, in stahlglatten Reflexen und weißglühender Wut. Er riss Katherina zu Boden. Ihre makellose Haut sprang unter seinen Fäusten auf, der Drachenring zerriss ihre Wange. Blut bespritzte seine Finger, bevor sie sich in ihre Kehle gruben. Ihre Augen weiteten sich in Verblüffung und Schock. Ein Anblick wie süßer Nektar. Sie hatte nicht damit gerechnet, dass er sie tatsächlich angreifen würde. Nicht vor den anderen. Die Zeit schien sich zu verlangsamen. Oder war es seine Wahrnehmung, die die Sekunden auseinanderzog, sodass er den Rückschwung jeder einzelnen Wimper in Katherinas Lidschlag erkennen konnte? Er spürte die anderen mehr, als dass er sie sah. Ein Lufthauch streifte seinen Nacken, während Katherinas Körper sich unter seinen Knien aufbäumte. Mühelos kam er auf die Füße und glitt zurück, bevor sie ihn von sich schleudern konnte. Wie von selbst schmiegte sich das Heft des Schwertes in seine Hand. Erik und Jamil stürmten auf ihn zu. Konturen verliefen ineinander. Durch seine Adern tobte Feuer. Die Klinge sang.

Sein Zorn entlud sich in machtvollen Schlägen, zerfetzte Muskeln und Sehnen und explodierte in einem Funkenregen, als das Schwert endlich auf Stahl prallte. Erik parierte seinen Hieb. Den Schock spürte er bis tief in die Schulter. Mehr Klingen blitzten auf. Der Geruch von Blut erfüllte die Luft. Er zog die Waffe hoch und trieb Erik quer durch den Raum. Der Leutnant verlor das Gleichgewicht. Gabriel packte das Heft mit beiden Händen und trieb Erik die Klinge waagerecht in die Schulter, bis sich die Spitze in die Wand dahinter grub. Eriks Schrei verwehte. Ein scharfer Schmerz schoss durch seinen Rücken und ließ Gabriel herumfahren. Ungeschickt parierte er Jamils Attacke, unterlief die Schneide mit der eigenen Waffe und stieß den Assyrer mit einem Fußtritt zurück.

Doch nun drangen sie von allen Seiten auf ihn ein, ihre Gesichter ein Wirbel verschwimmender Farben. Er hieb um sich wie ein Berserker, brachte Joacin zu Fall, tauchte unter Cyrics Attacke weg, der vor ihm auftauchte. Jemand fügte ihm eine Wunde am Oberschenkel zu, die wie wahnsinnig blutete. Er konnte spüren, wie das Leben aus ihm herauslief, während er rücklings taumelte und gegen die Wand stieß. Sein Schrei vermengte sich mit den Schreien der anderen zu einer wütenden Kakofonie. Wut brannte wie ein Leuchtfeuer in seinen Adern, hielt ihn aufrecht und führte seinen Arm, obwohl er bereits wusste, dass er das hier nicht gewinnen konnte. Doch er hatte Katherina bluten lassen und das löste wilde Freude in ihm aus.

Den Hieb, der ihn zu Fall brachte, sah er nicht kommen. Der Boden drehte sich ihm entgegen, der Aufprall riss ihm den Atem von den Lippen. Dann breitete sich ein dumpfer Schmerz in der Brust aus und schließlich nur noch Schwärze.

*

Das Wetter passte zu Violets Stimmung. Eine undurchdringliche graue Wolkendecke wusch die Farben aus den Vorgärten und verwandelte die Stadt in eine trostlose Betonwüste mit billigen Leuchtreklamen.

Sie kaufte sich ein Sandwich und eine Handvoll Schokoriegel beim Mexican Deli auf der anderen Straßenseite, bevor sie das Büro betrat.

„Ich habe was gefunden!", verkündete Marshall.

„Die Kanalpläne?" Sie warf ihre Einkäufe auf den Tisch. „Willst du einen Schokoriegel?"

„Börsenberichte von 2007. VORTEC hat tief in der Scheiße gesteckt, die standen kurz vor dem Bankrott. Dann hat ein neuer Eigentümer den Laden übernommen. Ein halbes Jahr später kam die Ankündigung für Sangrin und der Laden war gerettet. Die Investoren überschlugen sich, ihr Geld in die Neuentwicklung zu pumpen."

„Dann können sie Negativschlagzeilen für Sangrin gerade nicht brauchen, was?"

„Das wäre ganz schlecht. Sie müssen unbedingt die vorläufige Zulassung durchkriegen."

„Und nun stell dir vor, in den abschließenden Testreihen tauchen diese Nebenwirkungen auf. Vielleicht nur bei ein paar Leuten, aber ... Marshall, du hättest ihn sehen sollen. Er hatte sein Gesicht unter einer Kapuze versteckt, aber seine Hand sah aus wie aus einem Horrorfilm."

„Marv Snyder? Warum geht er nicht zum Arzt?"

„Weil er Angst hat, schätze ich. Und keine Krankenversicherung." Ohne rechten Enthusiasmus wickelte Violet einen Schokoriegel aus. Sie musste ihre Mutter zurückrufen und ihr eine Lüge über ihre Schwester erzählen, damit Mom sich nicht zu Tode sorgte. „Versuch, diese Kanalpläne aufzutreiben, okay?"

Gott, wie sie Emily hasste.

*

Es war dunkel, als Gabriel zu sich kam. Schmerzen tobten durch seinen Körper. An seinem Geist leckte gefährliche Schwäche, die ihm mehr als alle Qualen verriet, dass er an der Schwelle des Todes stand.

Er spürte die Kontraktionen einer beginnenden Transformation, doch mangelte es ihnen an Kraft. Wie eine schwache Tide rollten sie über ihn hinweg, Wellen, die im Schlamm erstickten. Bei dem Versuch, sich aufzurichten, stieß er mit dem Kopf gegen ein Hindernis. Sie hatten ihm die Hände auf den Rücken gefesselt. Geräusche und rüttelnde Bewegungen drangen in sein Bewusstsein und er begriff, dass er im Kofferraum eines Wagens eingesperrt war. Heftig riss er an seinen Fesseln, doch sie schnitten ihm nur in die Handgelenke. Seine Schultern brannten wie Feuer. Übelkeit ließ seinen Kopf schwimmen.

Er krachte gegen die Rückbank, als der Wagen abrupt bremste. Sekunden später flog die Kofferraumklappe auf und Licht blendete ihn. Zwei Männer packten ihn an den Armen und zogen ihn aus dem engen Gefängnis. Sie schleppten ihn ein Stück die Straße hinunter und stießen ihn gegen ein Betongeländer. Vergeblich versuchte er, sich aus dem eisernen Griff seiner Scharfrichter zu befreien. Er erfasste Asphalt und einen stahlgrauen Himmel, der sich abrupt wegdrehte, als er den Boden unter den Füßen verlor. Seine Glieder versagten ihm den Dienst.

„Willst du wissen, wo wir sind, Arschloch?", fragte eine Stimme.

„Riverside Rancho", sagte der andere. „Da, wo unsere Leute verschwunden sind."

Gabriels Hüfte schrammte gegen den Stein, eine Faust packte sein Haar und zwang seinen Kopf hoch. Farblose Augen starrten ihn an.

„Niemand stellt sich gegen die Garde."

Bosheit schwang im Lachen des anderen.

„Vielleicht finden sie dich ja?"

„Wenn du lange genug lebst?"

„Dann findest du ganz schnell heraus, was sie mit deinem Vater gemacht haben."

„Dann kannst du ihm in der Hölle Gesellschaft leisten."

Der Sturz von der Brücke schien ewig zu währen. Sein Geist flog wie losgelöst von seinem Körper. Bilder glitten vorüber: Thomasz, eine Bibliothek, die Nächte in Prag. Schlachten, in denen Mordgier über Menschlichkeit triumphierte. Blut und Tod und Scheiterhaufen, auf denen sie die Leichen verbrannten. Der Drachenring, Lohn für eine Gefolgschaft, in die er schon lange den Glauben verloren hatte. Katherinas makelloses Gesicht, das ihre wahre Natur verbarg. Carl mit der weichen Stimme eines Philosophen. Emily, die verstört seinem Blick auswich, bevor sie floh. Violet. Er dachte an Libellen und an ihr schwarzes Haar, das sich wie Seide anfühlte. Ihr Antlitz legte sich über die anderen Gesichter, wie ein Film, der an Leuchtkraft gewinnt. Er konnte nicht fort, ohne sie wiederzufinden. Er konnte nicht. Sein Geist bäumte sich auf. Ihr Name brannte ihm auf den Lippen.

Der Aufprall kam abrupt und trieb eine Woge der Qual durch seinen geschundenen Körper. Ein Teil von ihm wusste, dass seine Arme und Beine gebrochen waren. Er verlor Violets Antlitz für einen Moment, dann fand er es wieder und klammerte sich daran fest, während Wasser seine Kleider und sein Haar tränkte und ihn träge mitzog. Flussabwärts, unter die Brücke. Zwischen eine Reihe von Steinen. Tiefer in die Dämmerung der Kanäle. Tief in die Dunkelheit.

*

Violet telefonierte mit dem Power & Water Department, doch die Unterlagen der Behörde passten nicht zu Marvs Story. Unter der Brücke war zwar ein Einstieg verzeichnet, der führte allerdings nur zu einem Wartungstunnel für die Abflussrohre, die entlang der 134 in den L.A. River mündeten. Die Dame von der Wasserversorgung erklärte, dass das Netz erst vor ein paar Jahren neu kartografiert worden war und sich ältere Unterlagen wahrscheinlich in der Public Library, der öffentlichen Bibliothek der Stadt, finden ließen.

Nach weiteren Telefonaten und einigen Stunden Onlinerecherche wurden sie schließlich fündig. Violet fuhr zur Hauptzweigstelle in Downtown, einem wuchtigen Bau, der aussah, wie eine assyrische Stufenpyramide. Sie ließ sich die Zeichnungen aus dem Archiv heraussuchen und machte Kopien.

Marshall verbrachte den Nachmittag damit, die verschiedenen Versionen der Pläne abzugleichen und alte Bauberichte zu durchstöbern, während Violet die Ausrüstung besorgte, die sie für ihren Ausflug in die Kanäle brauchen würden. Sie hatte keine Ahnung, was sie hinter dem Kanaldeckel, den Marv beschrieben hatte, finden mochten. Sie wusste ja nicht einmal, wonach sie eigentlich suchten.

Kurz vor acht präsentierte Marshall ein kariertes Blatt, das mit einem Wirrwarr handgezeichneter Linien bedeckt war. Er war sichtlich stolz auf sein Werk.

„Es gibt einen Abschnitt, der nach dem Bau der Interstate 5 trockengelegt wurde wegen Einsturzgefahr. Das haben sie in den Sechzigern gemacht, auf den neuen Zeichnungen ist das nicht mehr drauf, aber hier“, sein Finger wanderte über das Papier, „muss es eine Blindmauer geben. Wenn sich da unten ein Geheimversteck befindet, dann im alten Teil der Kanalisation. Da besteht auch nicht die Gefahr, dass die Jungs von der Wartungstruppe auftauchen. Die wissen vermutlich gar nicht, dass es die alten Katakomben noch gibt.“

„Dann hoffen wir mal, dass die Storys über Riesenratten und Krokodile in der Kanalisation erfunden sind“, sagte Violet.

„Du willst da wirklich runter, was?“

„Nicht ich. Wir.“

Marshall rümpfte die Nase. „Habe ich mal erwähnt, dass mir körperliche Gewalt zuwider ist?“

Sie musste lachen und klopfte ihm aufmunternd auf die Schulter. „Ich passe schon auf, dass dir niemand den Arsch wegschießt."

„Ich wusste, dass du das sagen würdest."

Sie ließ eine Sporttasche vor ihm fallen. „Zieh dich um. Auf geht's."

„Du meinst, sofort?" War sein Widerwille zuvor noch Theater gewesen, stand ihm der Schrecken nun deutlich ins Gesicht geschrieben. „Heute noch?"

„Warum nicht? Willst du bei helllichtem Tage da aufkreuzen?"

„Es hätte den Vorteil, dass wir die Alligatoren sehen, bevor sie uns angreifen."

„Auch nur so lange, bis der Kanaldeckel hinter uns zufällt." Sie wedelte mit einer Taschenlampe. „Die hält drei Tage. Wir haben zwei davon."

Marshall nörgelte etwas Unverständliches, während er sich nach der Sporttasche bückte. Mit einer Miene absoluter Abscheu wühlte er darin herum.

Violet zog ihre knöchelhohen Boots mit den schweren Profilsohlen an, die sich auch zum Klettern an Gletscherhängen eigneten. Für Abwasserkanäle würden die wohl reichen. Dann legte sie sich das Schulterhalfter mit der Pistole um, schlüpfte in ihre schwarze Windjacke und stopfte die Haare unter eine Base-Cap. Ihre Handschuhe verstaute sie in der Jackentasche für später, zusammen mit den verbliebenen Schokoriegeln und ihrem Autoschlüssel. Geduldig sah sie zu, wie Marshall seine Ausrüstung in einen Rucksack warf. Sie machten solche Touren nicht zum ersten Mal. Marshall zierte sich immer furchtbar, aber das gehörte einfach zur Show.

„Fertig?"

Er nickte verbissen.

„Fein." Sie konnte sich das Grinsen nicht verkneifen. Mit einem Ruck hob sie ihre Tasche hoch.

Es war stockdunkel, als sie vom Freeway abfuhren und den Wagen an einem kleinen Park abstellten. Der L.A. River war nichts weiter als eine Betonrinne mit schräg abfallenden Ufern. Am Grund schimmerte eine schwärzliche Lache, die nach Kloake und Chemikalien stank. Büsche und halbhohe Bäume wucherten in der Mitte des Flussbetts, die Zweige behängt mit Papierfetzen und Plastiktüten, die die Frühjahrsfluten mitgerissen hatten.

Zu Fuß überquerten sie den River an einer Überführung weiter flussabwärts, stiegen die Betonrampe hinab und liefen am trockenen Rand entlang, bis die mächtigen Säulen der Freewaybrücke über ihnen aufragten. Violet schaltete ihre Taschenlampe ein, schirmte aber das Licht mit der Hand ab. Unter der Brücke war es so finster, dass sie buchstäblich die Hand vor Augen nicht sehen konnte. Sie wollte nicht zu offensichtlich darauf aufmerksam machen, dass sie hier rumschnüffelten. Über ihren Köpfen erfüllte das monotone Rauschen des Freeways die Nacht. Es klang wie Ozeanwellen. Sie ließ den Strahl der Taschenlampe über die Betonrampe wandern, bis sie den ringförmigen Einstieg fand. Eine Luke verschloss die halb mannshohe Öffnung, Beton und Stahlstreben, wie ein alter Bombenkeller. Sie packte den rostigen Griff und zog daran. Die Luke bewegte sich ein paar Zentimeter und stoppte abrupt, als sich rasselnd eine Kette spannte. Der Lichtstrahl glitt über ein Vorhängeschloss, das neu und glänzend aussah.

Sie hielt Marshall die Taschenlampe hin. „Halt mal bitte." In Sekunden war der Mechanismus aufgehebelt. Das Schloss war massiv genug, um einem Bolzenschneider standzuhalten, aber simpel konstruiert. Plötzlich erlosch das Licht.

„Marshall?"

„Still", zischte er.

Die Schwärze war undurchdringlich. „Was?" Das Tosen der Autos überdeckte jedes Geräusch. „Was ist los?"

„Ich glaube, da ist jemand."

Sein Atem blies gegen ihren Hals. Trotzdem konnte sie ihn kaum verstehen. Sie steckte den Dietrich in die Tasche und richtete sich auf. Minutenlang standen sie und lauschten. Doch die Nacht blieb ruhig. Niemand tauchte plötzlich von der anderen Seite der Brücke auf. Keine Rufe, keine Schüsse.

„Du hast dir was eingebildet."

„Wahrscheinlich schleichen sie sich genau in diesem Moment an", murrte er ohne rechte Überzeugungskraft.

„Schalte die Lampe wieder an."

Grummelnd gehorchte er. Sie entfernte die Kette und stopfte das Vorhängeschloss in ihren Rucksack. Nicht, dass doch noch jemand vorbeikam und das Ding wieder verriegelte. Dann zog sie die Luke auf. Ein dünner Geruch nach Chemikalien drang in ihre Nase.

„Gib mir die Taschenlampe", forderte sie. Ihre Schritte hallten hohl in dem Betonrohr. Es ging abwärts, aber nicht übermäßig steil. Der Chemiegeruch wurde stärker. Kurz blickte Violet über die Schulter.

„Habe ich erwähnt", keuchte Marshall, „dass ich Platzangst habe?"

„Das erwähnst du andauernd." Bedächtig setzte sie einen Fuß vor den anderen. „Pass auf, wo du hintrittst."

In unregelmäßigen Abständen saßen runde Gitter in der Wand. Das Rauschen über ihren Köpfen klang nun gedämpft. Das Rohr endete vor einem quadratischen Trittbrett, das in der Luft zu schweben schien, sich bei näherer Betrachtung aber nur als Plattform auf Stahlträgern herausstellte. In der Mitte war ein Durchstieg ausgeschnitten, von dem eine Leiter in die Tiefe führte.

„Hier geht's runter." Violets Stimme hallte von den Wänden wider. Sie leuchtete in die Dunkelheit. Der Lichtkreis enthüllte eine Ziegelwand und eine gewölbte Decke. Eine Symphonie neuer, ungewohnter Geräusche hüllte sie ein. Wassertropfen, leises Schaben, quietschende Geräusche wie von einer vielteiligen Mechanik. Sie schob die Taschenlampe in ihren Gürtel und tastete mit dem Fuß nach der ersten Trittleiste.

„Dann los", sagte sie zu Marshall. Unter ihren behandschuhten Händen bröckelten Rost und Sand. Sie hatte Mühe, sich mit ihrem Rucksack durch die Öffnung zu quetschen. Der Gedanke, dass VORTEC die Leichen praktisch entsorgt haben könnte, indem sie diese von der Plattform stießen, ließ sie schaudern. Wer wusste schon, was da unten auf sie wartete? Aber dann würde es hier grauenhaft stinken. Richtig, Schätzchen. Nach Chemikalien zum Beispiel, um den Verwesungsprozess zu beschleunigen.

Von irgendwo drang ein Klappern an ihr Ohr, ein dumpfer Laut, der sie innehalten ließ. War das von oben gekommen?

„Hast du das gehört?", hallte Marshalls Stimme zu ihr herunter.

„Bleib dicht an mir dran." Ihre Stimme schallte hohl von den Tunnelwänden zurück. Egal, was es war, sie wollte es nicht herausfinden, während sie auf dieser Leiter stand. Sie kletterte schneller, erreichte endlich die letzte Sprosse und landete platschend auf den Steinen. Das Wasser auf dem Boden stand zwei Finger hoch. Sie griff wieder nach der Taschenlampe und leuchtete die Umgebung ab. Das war ein gewöhnlicher Abwassertunnel, ziemlich geräumig und so hoch, dass sie aufrecht stehen konnte. Marshall fluchte hemmungslos, als er bei der Landung mit dem Fuß umknickte und sich den Strumpf mit kaltem Wasser vollsog.

„Wo geht es lang?"

Er machte eine Show daraus, seinen handgezeichneten Plan aus dem Rucksack zu ziehen. Sorgfältig entfaltete er das Papier und hielt es unter ihre Lampe.

„Wir sind ungefähr hier." Marshall tippte auf einen Wirrwarr von Linien. „Wir stehen im Quertunnel. Irgendwo im hinteren Teil befindet sich die Blindmauer. Wir werden es sehen, wenn wir davorstehen."

„Okay. Rechts oder links?"

„Rechts."

„Sicher?"

Entnervt stieß er den Atem aus. „Im Gegensatz zu dir kann ich links und rechts auseinanderhalten."

Sie hob eine Augenbraue, erwiderte aber nichts. Marshall war gereizt, weil sie ihn zu ein bisschen Feldrecherche zwang. Noch dazu in einem stinkenden Loch, in dem sie jeden Moment von Riesenratten überwältigt werden konnten. Sie musste sich zusammenreißen, um ein Kichern zu unterdrücken.

Am Rand des Tunnels war die schwarze Brühe genauso tief wie in der Mitte. Nach ein paar Schritten nahm Violet es hin, dass bei jedem Schritt Wasser in ihre Schuhe sickerte. Vielleicht wären Gummistiefel die klügere Wahl gewesen. Sie passierten eine Reihe kleinerer Rohre. An der Decke kondensierte Feuchtigkeit. Violet zuckte zusammen, als ein eisiger Tropfen sie in den Nacken traf.

„Gemütlich hier", konstatierte Marshall hinter ihr.

Der Strahl der Taschenlampe stach wie eine Klinge in die Dunkelheit und hinterließ Reflexe auf den feuchten Steinen, ohne wirklich die Architektur des Tunnels erfassen zu können. Vor ihnen platschte etwas. Ein Flattern. Violet erstarrte.

„Monsterratten", unkte Marshall.

Nerven behalten, ermahnte sie sich. Ratten oder Fledermäuse waren nichts, das sie fürchten mussten. Wäre es größer gewesen, hätte der Lichtstrahl es erfasst. Trotzdem hämmerte ihr das Herz bis zur Kehle. Violet sah wieder Marvs Pranke vor sich. Die Früchte des Teufels.

„Wo ist die verdammte Wand?", fragte sie halblaut.

„Kurz vor dem Ende des Tunnels. Geh einfach weiter."

Sie gehorchte, aber tastete mit der freien Hand nach der Pistole. Die Browning BDM ruhte im Halfter, warm von ihrem Körper. Die Mauer vor ihr machte eine Biegung. Das Licht tanzte über Beton voller Graffiti und Flecken schwarzen Mooses. Einen Augenblick später enthüllte der Strahl ein Gesicht, das keines war und ein so abgründiges Entsetzen in ihr auslöste, dass ihr ein erstickter Schrei entwich. Reflexartig schaltete sie die Taschenlampe aus. In die Schwärze spritzte Wasser unter schweren Schritten, die auf sie zuhielten.

„Zurück!", krächzte sie und rannte schon, bevor sie den Laut ganz ausgestoßen hatte. Sie stieß gegen Marshall, packte ihn an der Jacke und zerrte ihn mit. „Lauf!"

Gott sei Dank fragte er nicht, sondern gehorchte blind. Die Panik sträubte ihre Härchen im Nacken und verlieh ihr schier übermenschliche Kräfte. Ihr Herz raste wie wahnsinnig. Angst schoss durch ihre Adern, eine urtümliche Furcht, die den Fluchtinstinkt in ihr befeuerte. Ihr Verfolger holte auf, sie hörte seine Schritte. Oder waren es mehrere? Sie wusste es nicht. Sie wusste nur, dass ihre Taschenlampe etwas Grausiges erfasst hatte. Etwas, dem sie sich nicht stellen konnte. Nicht einmal mit ihrer Waffe.

Ein Steinchen traf sie an der Wange, während sie rannte, stolperte, rutschte und sich wieder aufraffte. Feine Splitter, wie der Biss eines Insekts, dann hörte sie ein metallisches Ploing und das Jaulen eines Querschlägers.

Oh Gott, die hatten Pistolen und feuerten auf sie. Das waren schallgedämpfte Schüsse. Ihr Mund wurde trocken. Ein Stechen breitete sich in ihrer Brust aus, das mit jedem Atemzug schlimmer wurde. Es war reines Glück, dass sie die Leiter nicht verfehlte. Die Finsternis war absolut. Mit der Schulter rammte sie das Eisengestell, ein dumpfer Schmerz schoss ihren Arm hinunter.

„Shit", fluchte sie zwischen zusammengebissenen Zähnen.

Sie half Marshall auf die erste Sprosse und zog sich hinter ihm hoch. Kugeln prallten vom Metall ab. Wie konnten die Typen im Dunkeln zielen? Oder wahrscheinlich zielten sie nicht, sondern hielten einfach in ihre Richtung.

Eine Hand über die andere.

Klettern.

Eine Erschütterung ging durch die Leiter, als ob ein schweres Gewicht daran rüttelte.

„Nicht langsamer werden", keuchte sie.

Marshall bewegte sich stetig weiter und sie war dankbar, dass er nicht zusammenbrach oder die Nerven verlor oder einfach aufgab.

Dann war endlich die Plattform über ihr. Sie spürte die Verfolger in ihrem Nacken, schwere Stiefel ein paar Sprossen tiefer. Marshall stand vor ihr, eine dunkle Masse in der Schwärze. Sein Atem rasselte so laut wie bei einem Asthmatiker.

„Lauf!", brüllte sie.

Dicht hintereinander tauchten sie in das Rohr ein. Violet erwartete jeden Moment den Schlag zwischen ihre Schulterblätter, eine Kugel, die sie in der Enge nicht verfehlen konnte. Der Einschlag würde sie nach vorn reißen und Marshall ins Stolpern bringen. Dann konnten sie auch ihn erledigen, sobald sie freies Schussfeld hatten.

Doch niemand schoss. Im Gegenteil, die Stiefeltritte hinter ihnen hielten abrupt inne. Dann hörte sie keine Schritte mehr außer ihren eigenen, die gespenstisch in der Röhre hallten. Sie taumelte ins Freie, stemmte sich gegen die Luke und schloss den Spalt. Metall klingelte gegen Metall. Marshall fummelte mit der Kette herum und zog das Ding durch die Ösen. Sie wühlte das Vorhängeschloss aus ihrem Rucksack und ließ es einschnappen.

„Oh Gott", stammelte sie, mehr zu sich als zu Marshall. „Was zur Hölle war das?"

Ein gewaltiges Zittern überlief sie. Ihr Puls raste, sie schwitzte und fror zugleich. Erst allmählich registrierte sie, dass niemand von innen an der Luke riss und versuchte, das Schloss zu zerbrechen. Ihre Verfolger hatten ohne ersichtlichen Grund aufgegeben. Dabei hätten die sie in dem engen Rohr erledigen können. Warum hatten sie sich zurückgezogen? War sie in fremdes Revier eingedrungen und die Besitzer gaben sich damit zufrieden, den Eindringling zu vertreiben?

„Ich lebe noch", wisperte Marshall, „falls dich das interessiert."

Sie streckte eine Hand aus, packte seine Schulter und zog ihn zu sich heran. „Shit, was war das?"

„Keine Ahnung. VORTEC Security? Die haben auf uns geschossen." Marshalls Stimme zitterte so heftig, dass sie ihn kaum verstehen konnte.

VORTEC Security? Da war sie nicht so sicher. Das, was der Strahl ihrer Taschenlampe für einen Augenblick enthüllt hatte, war kein Mensch gewesen. Erschöpft ließ sie sich auf die Knie sinken. Oder hatte sie sich was eingebildet? Der Anblick von Marvs Hand hing noch in ihrem Gedächtnis. Ihre Nerven hatten überreagiert. Es mussten die Schatten gewesen sein. Der Winkel, in dem das Licht auf die Flächen des anderen Gesichts gefallen war. Ihr überreizter Verstand hatte daraus eine Monstrosität gebaut, die in Wirklichkeit nur ihrer Fantasie entsprang. Außerdem hatten die Typen auf sie geschossen. Seit wann benutzten Dämonen schallgedämpfte Pistolen?

Ein hysterisches Kichern löste sich in ihrer Kehle, verwandelte sich in ein Schluchzen und versiegte schließlich in einem Hustenanfall, der sie in die Knie zwang.

„Alles okay?" Marshalls Stimme drang wie durch Watte zu ihr. Seine Finger packten ihr Handgelenk und zogen sie zurück auf die Füße.

„Ja", keuchte sie. „Alles super."

Mit unsicheren Fingern tastete sie nach der Taschenlampe, die sie trotz des irrsinnigen Laufs nicht verloren, sondern in ihre Tasche gestopft hatte. Sie schaltete das Licht ein und drehte sich um.

Violet erstarrte vor Entsetzen, als der Widerschein einen Mann enthüllte, nur zwei Schritte entfernt von ihr. Der Kerl reagierte blitzschnell, als der Lichtschein ihn traf. Mit einem Satz war er bei ihr, zog sie an sich und legte ihr eine Hand auf den Mund. Die Taschenlampe polterte zu Boden. Sie riss ein Knie hoch und versuchte, seinen Griff zu sprengen, doch sein Arm war wie ein Eisenband. Heftiger Würgereiz stieg in ihr auf. Der Mann knurrte, als sie ihn in den Unterleib trat, ließ aber nicht los. Keuchend rangen sie miteinander, dann plötzlich stieß er einen unterdrückten Fluch aus. Seine Finger lösten sich. Sie taumelte zurück und sah gerade noch, wie er Marshall einen gewaltigen Hieb gegen die Brust versetzte, der ihn in die Dunkelheit schleuderte. Rücklings trat sie in ein Hindernis, verlor endgültig das Gleichgewicht und stürzte.

Sie landete hart, schrammte sich die Hände auf beim Versuch, den Fall abzumildern und wälzte sich mühsam auf die Seite. Dann erst erkannte sie, dass es ein Körper war, über den sie gestolpert war. Eine Leiche! Der Kerl wollte eine Leiche entsorgen. Sie riss die Browning aus dem Halfter und kam auf die Knie. Ihr Blick fiel auf das Gesicht im Strahl der Taschenlampe, die ein Stück entfernt auf dem Boden liegen geblieben war. Ein Mann mit pitschnassem Haar. Von der Schläfe bis auf den Wangenknochen zog sich eine gekrümmte Narbe, leuchtend rot auf der wachsfahlen Haut.

Gabriel.

Es traf sie wie ein Blitzschlag. Was war das, ein schlechter Scherz der Götter? Der Schock machte sie so benommen, dass sie nicht imstande war, die Pistole zu heben, als der andere Kerl auf sie zukam. Sie wusste, dass sie es tun musste, die Waffe auf ihn richten und abdrücken, sonst würde er sie töten. Doch sie hockte nur da wie gelähmt, wollte schreien, aber brachte keinen Ton über die Lippen. Ein Muskel zuckte in Gabriels Gesicht. Er war nicht tot. Diese Erkenntnis löste eine solche Erleichterung aus, dass selbst die Bedrohung durch den Kerl mit dem kahl geschorenen Schädel verblasste.

Flackernd öffneten sich Gabriels Lider. Sein Blick versengte sie, dunkle Pupillen mit lavendelfarbenen Einsprengseln, die jetzt fiebrig glänzten. Kein Hauch von Erkennen glitt über sein Gesicht.

„Gabriel", flüsterte sie.

Harte Hände packten sie und entwanden ihr die Pistole.

„Halt ruhig", knurrte der Kerl, „dann muss ich dir nicht das Genick brechen."

„Was hast du mit ihm gemacht?" Violet wusste nicht einmal, ob sie Gabriel meinte oder Marshall, der nirgendwo zu sehen war.

„Ich?" Der Mann machte eine Kopfbewegung zu Gabriel. „Gar nichts. Ich versuche nur, seinen Arsch zu retten. Wieso? Kennt ihr euch?"

„Ja", wisperte sie.

„Okay." Abrupt ließ er sie los. „Setz dich hin und sitz still, sonst erlebst du den Morgen nicht, klar? Ich muss mich kurz um ihn kümmern, sonst erlebt er den Morgen nicht, und das kann ich nicht zulassen."

Er schob die Pistole in den Bund seiner Jeans und beugte sich über Gabriel. Sie konnte nicht genau erkennen, was er tat.

„Dein Kumpel schläft ein bisschen", rief der Mann, ohne sich zu ihr umzusehen. „Keine Sorge. Der kommt bald wieder zu sich."

Als er sich schließlich aufrichtete und zu ihr umdrehte, sah sie das hässlich gekrümmte Messer in seiner Faust. Blut lief ihm über den Arm und tropfte von seinen Fingern zu Boden.

„Wie gut kennt ihr euch?“

„Was meinst du?“ Sie konnte den Blick nicht von der Klinge lösen.

„Hast du einen Platz, wo er bleiben kann?“

„Ja“, sagte sie, weil sie sonst nichts zu sagen wusste. Sie fror. Ihr Körper schmerzte, ihr Geist war wund.

„Gut.“ In einer beiläufigen Bewegung wischte der Kerl das Blut an der Hose ab und hielt ihr die Hand hin. „Ich bin Keith.“

Die Rückfahrt verlief in bedrücktem Schweigen. Sie kamen schnell voran, der Freeway war beinahe leer. Vor einem klaren Nachthimmel leuchteten die Türme von Downtown Los Angeles.

Marshall sprach kein Wort. Ab und zu schoss er Violet einen seiner Nur-dass-du-es-weißt-du-bist-für-meinen-Tod-verantwortlich-Blicke zu. Ihre kleine Exkursion hatte ihn sichtlich erschüttert.

„Was machen die Kopfschmerzen?“, fragte Violet vorsichtig.

Seine Antwort war ein unverständliches Grunzen. Sie warf einen Blick in den Rückspiegel, um sich zu vergewissern, dass die Scheinwerfer von Keith' Wagen noch hinter ihr waren. Den Rest des Weges herrschte Stille. Sie hielt vor Marshalls Haus in der Adkisson Avenue, um ihn abzusetzen. Mit steinerner Miene stieg er aus, doch hielt die trotzige Pose nicht durch und drehte sich schließlich zu ihr um. Sie ließ die Scheibe herunter.

„Bist du sicher?“, fragte er.

„Keine Sorge.“ Sie lächelte und hoffte, dass er ihr die Lüge nicht vom Gesicht ablas. „Ich kenne den Kerl. Mir passiert schon nichts.“

Sein Schulterzucken verriet Resignation. „Du bist erwachsen.“

Als sie zwanzig Minuten später vor der chinesischen Erlöserkirche parkte, Keith' dunkelblauen Ford Explorer noch immer im Schlepptau, war sie froh, dass sich in dieser Gegend nach Einbruch der Dunkelheit kaum noch Leute auf der Straße blicken ließen. Keith wuchtete sich Gabriels schweren Körper auf die Schulter und trug ihn ohne sichtbare Anstrengung die Treppen hinauf zu ihrem Apartment. Violet verdrängte den Gedanken an ihre neugierigen philippinischen Nachbarn. Mit steifen Fingern schloss sie die Tür auf und schaltete das Licht ein.

„Aufs Sofa“, sagte sie.

Keith ließ seine Last auf die Polster sinken. Gabriel gab keinen Laut von sich. Das einzige Lebenszeichen war ein kaum merkliches Flackern seiner Lider.

„Weißt du, was er ist?“, fragte Keith.

„Was meinst du?“ Dabei wusste sie genau, was er meinte.

Sagen wir, bei mir heilen körperliche Verletzungen etwas schneller als üblich.

Gabriels Stimme hallte in ihrer Erinnerung, als spräche er laut in ihrem Geist. Die verrückte Engelsstory. Wann hatte ihre Welt eigentlich begonnen, aus den Fugen zu brechen?

„Du weißt es“, stellte Keith fest, als habe er ihre Gedanken gelesen. „Er hat es dir gesagt.“

Zum ersten Mal blickte sie ihn wirklich an. Er sah sehr jung aus, doch wenn sie Gabriels Geschichte glaubte, musste das nichts heißen. Keith' Haut schimmerte in einem warmen Bronzeton, seine Züge wiesen einen mongolischen Einschlag auf, waren aber zu kantig für einen reinblütigen Asiaten. Er hatte sich den Schädel kahl geschoren wie ein buddhistischer Mönch. Friedfertig wirkte er allerdings nicht.

„Ich habe ihm mein Blut gegeben“, sagte Keith, als wäre es das Normalste der Welt. „Er hat schon zwei Transformationen hinter sich. Kann sein, dass noch eine dritte kommt. Aber mach dir keine Sorgen. Er kommt schon wieder auf die Beine.“

„Wäre er nicht besser in einem Krankenhaus aufgehoben?“

„Kein Arzt", sagte er brüsk. „Hast du nicht zugehört? Ich habe ihm mein Blut gegeben. Kein Arzt, wenn du willst, dass er am Leben bleibt."

Er warf ihre Pistole auf den Couchtisch. „Ruf mich an, wenn er Hilfe braucht." Mit ungelenker Schrift schrieb er eine Nummer auf die Rückseite eines Kassenzettels. „Und gib gut auf ihn acht." Seine Lippen verzogen sich zu einem Lächeln. „Wenn er stirbt, stirbst du auch. Das ist dir hoffentlich klar."

Großartig.

13

Die Stille schmerzte in ihren Ohren, nachdem die Tür hinter Keith ins Schloss gefallen war. Violet starrte auf den Zettel mit der Telefonnummer, dann glitt ihr Blick zurück zu Gabriel, der reglos dort lag, wo Keith ihn gebettet hatte. Auf seinem Kinn glänzte ein dünner Faden Blut. Keith' Blut? Der Gedanke ließ sie schaudern.

Großer Gott, was für eine Nacht. Dabei hatte sie gedacht, nach Marv waren ihre Begegnungen der dritten Art nicht mehr steigerungsfähig. Was passierte als Nächstes? Ihre Schwester, die in Gestalt einer dreiköpfigen Medusa auftauchte? Der lahme Witz, selbst unausgesprochen, hinterließ einen schlechten Geschmack in ihrem Mund. Zu nahe schrammte er an den jüngsten Ereignissen.

Das Wohnzimmer stank nach Chemikalien und Kloake. Stirnrunzelnd musterte sie Gabriels klatschnasse Jeans und seine Wildlederjacke, an deren Saum sich ein Rinnsal bildete. Schwarze Tropfen lösten sich ab und versickerten im Teppich. Großartig. Seine Klamotten waren durchtränkt mit der Brühe. Zögernd streckte sie eine Hand aus und berührte sein Gesicht. Keith' Drohung war überflüssig. Bei der Vorstellung, Gabriel könne sterben, krampfte sich ihr Herz zu einem Eisklumpen zusammen.

„Wach auf, du Mistkerl", flüsterte sie. „Ich habe nicht Kopf und Kragen für dich riskiert, damit du mir unter der Hand wegstirbst."

Sein Atem flatterte unstet gegen ihre Handfläche. Sie tastete nach seinem Puls. Zu ihrer Verblüffung raste sein Herz, doch mit so schwacher Intensität, dass sie es kaum spüren konnte. Seine Haut fühlte sich kalt an. Viel zu kalt.

Warum zur Hölle machte sich Keith aus dem Staub, wenn ihm so viel an seinem Freund lag? Im Gegensatz zu ihr schien er wenigstens zu wissen, was gut für Gabriel war.

„Okay", sie zerrte an seinen Boots, „dann wollen wir dich mal aus den Klamotten holen." Sie redete mit ihm, als würde er jedes Wort hören. Das war es, was sie in ihrem Innersten hoffte. Dass sie ihn an das Hier und Jetzt ketten konnte, wenn sie nur die Worte nicht abreißen ließ. Die Jacke klebte an seinem Leib wie eine zweite Haut. Es kostete Kraft, seinen Oberkörper hochzuwuchten, damit sie ihm das Ding von den Armen ziehen konnte.

„Du könntest mir ein bisschen helfen", keuchte sie. „Was hattest du überhaupt in den Kanälen zu suchen?" Sie verlor fast das Gleichgewicht, als der Stoff sich endlich löste. Etwas klimperte metallisch, als das Leder zu Boden sank. Sie bückte sich und ertastete ein Kettchen, das irgendwo festhing, zog daran und befreite auch den Anhänger aus den Lederfalten. Eine Libelle.

Ihre Libelle.

Ihr wurde heiß, während sie auf das kleine Glitzerding starrte. Shit, er hatte es gefunden und die ganze Zeit mit sich herumgetragen? Was zur Hölle hatte das zu bedeuten? Und was trieb ihn überhaupt in die Stadt?

Eine Welle romantischer Aufregung spülte über sie hinweg. Doch dann kam sie sich vor wie ein Idiot, wie sie auf das Kettchen starrte, als sei es ein zehnkarätiger Verlobungsring mit Herzchengravur und ihren Initialen. Wahrscheinlich hatte er das Ding gefunden, einfach eingesteckt und vergessen. Der Gedanke versetzte ihr einen Stich, aber half ihr auch, sich aus der Trance loszureißen und auf das Naheliegende zu konzentrieren.

„Weiter", murmelte sie. Sie warf die Kette auf den Tisch zur Pistole und zerriss den dünnen Stoff seines T-Shirts, um das durchweichte Kleidungsstück zu entfernen. „Tut mir leid."

Darunter kamen zwei hässliche Wunden zum Vorschein. Violet schluckte hart beim Anblick seines zerschundenen Körpers. Ein langer Schnitt zog sich von seiner Schulter quer über die Brust. Eine zweite, tiefere Verletzung klaffte seitlich unter seinen Rippen. Zwischen den rot entzündeten Wundrändern sickerte Blut hervor.

Oh Mann. Soviel zu Keith' Erklärung, Gabriel brauche keinen Doktor. Was sollte sie jetzt machen? Beten und auf ein göttliches Zeichen hoffen? Wieso setzte die verdammte Wunderheilung nicht ein? Wieso lag er einfach da wie tot, aschfahl und mit flachem Atem?

Sie legte eine Hand auf seinen Bauch, bis Kälte in ihre Finger sank. „Wach auf, du Bastard. Wag nicht, dich davonzustehlen."

Mit einem tiefen Atemzug machte sie sich an den Knöpfen seiner Jeans zu schaffen. Zu einer anderen Zeit wäre das ein erregendes Spiel gewesen, aber nun tötete die Angst um sein Leben jede erotische Fantasie im Ansatz. Zu allem Überfluss erwies sich der durchnässte Stoff als besonders widerspenstig und machte den Job zu körperlicher Schwerstarbeit. „Ich schneide dir die scheiß Hose vom Leib", keuchte sie, während sie an einem Bein zerrte. „Dafür schuldest du mir was, ist das klar?"

Sie zog am anderen Bein, dann wieder am Saum und schaffte es schließlich, ihn aus der klammen Hülle zu befreien. Darunter trug er nur noch seine Calvin-Klein-Shorts. „Und glaub mir, Pancakes werden diesmal nicht reichen." Sie tastete über die schwarze Baumwolle, die ebenso durchweicht war wie der Rest seiner Garderobe. „Runter damit!"

Ihre Kehle verengte sich, als er nackt vor ihr lag, wie aus Marmor geschlagen und schön wie ein sterbender Gott. Sie entdeckte die dritte Wunde, die schlimmer war als die anderen beiden. Ein klaffender Schnitt, der ihm die Arterie zerfetzt hatte, zog sich vom Ansatz seines Oberschenkels bis hinunter zum Knie. Er musste enorm viel Blut verloren haben. Welcher Mensch konnte solche Wunden überleben?

„Aber du bist ja kein Mensch, nicht wahr?" Unschlüssig starrte sie auf ihn hinab. „Was mache ich jetzt mit dir?"

Gabriel war unterkühlt. Vielleicht brauchte er Wärme, um den mysteriösen Heilprozess in Gang zu bringen. Sie konnte kaum glauben, dass ihr dieser Gedanke durch den Kopf ging. Aber was sollte sie tun? Der Beweis, dass sie nicht übergeschnappt war, lag blutend vor ihr in den Polstern ihres Sofas.

Heißes Wasser vielleicht. Wahrscheinlich war es sowieso eine gute Idee, ihm den Dreck vom Leib zu waschen. Sie ließ eine Schüssel volllaufen, holte Seife und Handtücher aus dem Bad und machte sich ans Werk. Blut und Dreck verfärbten das Wasser, bevor sie über seinen Oberkörper hinausgekommen war. Sie goss es aus, füllte die Schüssel erneut und fluchte, weil sie nicht kräftig genug war, um Gabriel ins Bad zu schleppen. Erst, nachdem sie die unverletzten Stellen seines Körpers gereinigt hatte, tupfte sie die Wunden ab. Rötliches Wasser tropfte auf den Boden und verwandelte den Teppich in einen Klumpen feuchte Wolle. Wenigstens die Sofapolster waren aus Leder, die konnte sie abwischen.

Zuletzt raffte sie zwei Wolldecken und die Daunendecke von ihrem Bett und schleppte alles zurück ins Wohnzimmer. Bis zum Kinn hüllte sie ihn darin ein. Eine Zeit lang starrte sie ihn an, dann wanderte sie rastlos durch die Wohnung. Sie stellte sich unter die Dusche, halb in Panik, dass er ausgerechnet innerhalb dieser zehn Minuten sterben könnte. Doch er atmete noch, als sie mit einem Handtuch um die Haare zurückkehrte und nach seinem Puls tastete. Sie setzte Kaffee auf und schlug Zeit damit tot, ihre Pistole zu reinigen. Schließlich legte sie die Browning auf das Tischchen zurück und nahm die Kette mit dem Libellenanhänger in die Hand.

Warum war er nach L.A. gekommen? Die Bilder ihres Streites stiegen wieder in ihr auf, Gabriels unmäßige Wut, als sich herausstellte, dass Emily ihre Schwester war. Ihr kam ein schrecklicher Gedanke. Was, wenn er nach Emily suchte? Er hatte gedroht, sie zu töten. Vielleicht war die Kette Teil eines Plans? Vielleicht brauchte er einen Köder?

Die nagenden Kopfschmerzen, die sich schon im Auto angekündigt hatten, flammten jetzt auf zu voller Stärke. Ihre Augen brannten. Sie wühlte die Tylenolpackung aus der Küchenschublade und würgte zwei Kapseln hinunter. Tatsache war, sie wusste es nicht. Das alles war Spekulation. Sie wusste auch nicht, wer ihn so zugerichtet hatte. Ihre Verfolger aus den Kanälen kamen ihr in den Sinn. Aber die hatten Schusswaffen gehabt und Gabriels Wunden stammten von einer Klinge. Mit einer Hand fuhr sie unter Gabriels Decke, berührte sein Schlüsselbein, die Schulter, strich seinen Arm hinunter. Er zuckte nicht einmal unter ihrer Berührung. Noch immer war er eiskalt. Als könne sein Körper nicht den kleinsten Funken Wärme produzieren.

Verdammt.

„Okay, letzter Versuch", flüsterte sie. „Und bilde dir bloß nichts ein." Mit raschen Bewegungen streifte sie sich die Kleider vom Leib. „Zum Glück wurden wir uns ja schon vorgestellt."

Sie schlüpfte unter die Daunen und presste sich gegen seinen Körper, bedeckte ihn, umschlang ihn mit den Beinen. Ihre Wange drückte in die Vertiefung unter seinem Kinn, leicht kratzten seine Bartstoppeln an ihrer Schläfe. Sie fasste nach seinen Händen und verschlang ihre Finger mit seinen. Die Intimität dieser Berührung war so intensiv, dass es schmerzte. So lag sie, lauschte seinem schwachen Herzschlag und spürte seinen Atem in ihrem Haar. Sie ertastete den Ring an seiner Hand, fuhr die Linien des Steins nach, ihr Geist driftete ab. Nach kurzer Zeit fielen ihr die Augen zu. Unmerklich dämmerte sie in einen leichten Schlaf.

Als sie hochschreckte, hatte sich alles verändert.

Sie wusste nicht, wie lange sie geschlafen hatte. Aber die Kälte war verschwunden. Gabriel glühte. Sie hob den Kopf und starrte ihn an. Seine Augen waren weit offen, doch seinem Blick fehlte der Fokus. Er sah aus wie im Delirium.

„Gabriel", wisperte sie. „Kannst du mich hören?"

Er reagierte nicht. Als sie ihr Gewicht verlagerte, überlief ein Zittern seinen Körper.

„Bist du okay?" Was für eine dämliche Frage.

Sie stieß die Decken zurück und richtete sich auf. Ihr Blick wanderte hinab zu der Wunde in seiner Seite. Panik flackerte in ihr auf, als sie das Blut bemerkte. Frisches Blut. So viel, dass ihre Hüfte damit verschmiert war. Die Wunde hatte sich wieder geöffnet. Oh Gott. Sie sprang auf und schoss ins Bad, riss die Kiste mit den Salben und Bandagen aus dem Wandschrank und stürzte zurück ins Wohnzimmer. Gabriel hatte die Decken beiseite geschleudert.

„Gabriel!" Jetzt schrie sie fast. „Kannst du mich hören?"

Für einen Augenblick lag er starr, dann drang ein tiefes Knurren aus seiner Kehle, das ihr die Nackenhärchen sträubte. In ihre Angst, er könne sterben, mischte sich plötzlich eine andere Furcht. Sie war eingesperrt mit einem tödlichen menschlichen, oder eigentlich nichtmenschlichen Raubtier, und nur die Götter wussten, welche Gefahr von ihm ausging, wenn er die Kontrolle über sich verlor. Gleichgültig, wie schwer er verletzt war.

Abrupt verzerrte sich sein Gesicht, als explodiere ein unerträglicher Schmerz in seinem Körper. Er zitterte heftiger, jeder Muskel spannte sich, sein Atem ging in schweren Stößen. Dann schien der Anfall abzuebben.

Er richtete sich auf, sein Blick schweifte durch den Raum, blieb endlich auf ihr haften. Erkennen trat in die Augen, als nähme er sie zum ersten Mal wahr. Überraschung weitete seine Pupillen. Doch nicht der Anflug eines Lächelns. Ihre Furcht wurde stärker.

„Gabriel ..."

Sie machte einen Schritt auf ihn zu. Was hatte Keith gesagt? Er hat schon zwei Transformationen hinter sich, vielleicht kommt eine dritte? Was zur Hölle war überhaupt eine Transformation? Gabriel tastete nach der Wunde in seiner Seite, hob die Hand und betrachtete das Blut.

„Wo bin ich?" Seine Stimme klang unstet und rau.

„Bei mir." Sie stellte den Erste-Hilfe-Kasten auf dem Küchentresen ab. „In meinem Apartment.

Keith hat dich hergebracht."

„Keith ..."

Er brachte den Satz nicht zu Ende. Ein neuerlicher Anfall überrollte ihn, warf ihn nach vorn auf die Knie und riss ihm den Atem von den Lippen. Das Keuchen verwandelte sich in einen lang gezogenen Schrei, der ihr das Blut in den Adern gefrieren ließ. Sie stand starr vor Entsetzen. Seine Hände verkrampften sich zu Fäusten, während eine Serie gewaltiger Konvulsionen seinen Körper erschütterte. Sie konnte sehen, wie er die Kontrolle über seine Muskeln verlor. Es schien ewig zu dauern. Sie hätte nicht sagen können, ob es Sekunden waren oder Minuten oder endlose Stunden.

Als er endlich zusammenbrach und seine Schreie verebbten, löste sich die Anspannung in ihren Gliedern in einem haltlosen Zittern. Sie brauchte lange, bis sie in der Lage war, einen Fuß vor den anderen zu setzen. Dann näherte sie sich ihm, vorsichtig, blieb wieder stehen. Endlich fasste sie sich ein Herz, sank in die Knie und berührte ihn an der Schulter. Er griff sie nicht an, obwohl sie das fast erwartet hatte. Quälend langsam drehte er den Kopf, die Augen glasig und blutunterlaufen. Seine Haut war schweißüberströmt. Haarsträhnen klebten ihm in der Stirn und seltsamerweise war es dieses Detail, das ihn verletzlich machte. Und sehr menschlich. Das Raubtier hatte sich zurückgezogen.

„Ist es vorbei?", flüsterte sie.

Er senkte die Lider anstatt eines Nickens, dann sackte sein Kopf zurück. Verstohlen suchte sie nach seinen Wunden. Von dem Schnitt über seiner Brust war nur eine leuchtende Narbe geblieben. Sie konnte nicht sehen, was mit seiner Seite war und der Hiebwunde in seinem Oberschenkel, weil getrocknetes Blut die Haut verkrustete. Doch das Bauchgefühl sagte ihr, dass die Gefahr gebannt war. Sein Atem glättete sich zu langen, gleichmäßigen Zügen.

„Schläfst du?"

Friedfertigkeit strich über sie hinweg. Die Stille fiel auf sie herab wie ein weicher Mantel. Sie rieb sich über die Arme, wo sich Gänsehaut bildete. Noch immer war sie nackt und die Klimaanlage blies kalte Luft in den Raum.

„Wie du meinst." Sie löschte das Licht. „Wenn du lieber auf dem Boden schlafen willst, dann schlafen wir auf dem Boden. Kein Problem." Ihr Kopf schwamm ein wenig, schmerzte aber nicht mehr. Die Erleichterung nach der Anspannung der letzten Stunden fühlte sich an wie ein milder Rausch. Sie zog die Decken von der Couch herunter und ließ sich neben Gabriel auf den Teppich sinken. Ihr Oberschenkel schmiegte sich an seinen, ihre Hand tastete sich in sein Haar. Gott, sie hatte ihn so vermisst. Dabei hatten sie lediglich eine Nacht miteinander verbracht. Sie kannten sich kaum. Oder war das die Art von Band, das entsteht, wenn man gemeinsam dem Tod ins Auge blickt?

Da klaffte ein Loch in ihrer Seele, dessen Existenz sie zuvor nicht einmal geahnt hatte. Vielleicht weil Gabriel es war, der die Kluft erst aufgerissen hatte. Weil er die Leere auf der anderen Seite vertrieb, einfach dadurch, dass er neben ihr lag und atmete und sie mit der Wärme seines Körpers einhüllte. Und vielleicht, nur vielleicht, hatte es ja doch etwas zu bedeuten, dass er ihre Libellenkette gefunden und ihr zurückgebracht hatte, den ganzen weiten Weg von der Wüste bis hierher.

*

Etwas kitzelte Gabriels Wange, als er erwachte. Es war ein angenehmes Gefühl, wie Schmetterlingsflügel. Weicher Atem an seiner Haut. Glänzend schwarze Haarsträhnen. Dann brach die Erinnerung über ihn herein. Katherina, der Kampf in der Galerie, die beiden Gardisten, die ihn von der Brücke gestoßen hatten, Stunden im Delirium, der Gestank der Kanäle. Dazwischen große Flecken von Schwarz. Er erinnerte sich an Violet, erinnerte sich genau. Er hatte sie beim Sturz von der Brücke vor Augen gehabt.

Doch warum …

Er drehte den Kopf und konnte nicht glauben, dass sie es war. Der Schlaf verlieh ihrem Gesicht eine verletzliche, beinahe ätherische Schönheit. Ihre Nase und die Linie ihres Kinns waren fein geschnitten. Ein winziges Muttermal saß oberhalb ihres Mundwinkels, ein zweites an der Schläfe. Er betrachtete ihre Wimpern, die pechschwarz waren und zarte Schatten auf ihre Haut zeichneten. Die Unwirklichkeit dieses Moments überwältigte ihn. Das musste ein Fiebertraum sein. Sein Geist hatte sich vom sterbenden Leib gelöst und in diese Fantasie geflüchtet. Doch wenn es eine Illusion war, dann eine von bemerkenswerter Intensität. Phantomschmerzen hallten durch seinen Körper, die Echos seiner Verletzungen vor der Transformation. Dabei hatte er geglaubt, sein Organismus sei zu schwach für die Heilung, weil er zu viel Blut verloren hatte.

Was immer nach dem Sturz mit ihm passiert war, hatte nur schemenhafte Abdrücke in seinem Gedächtnis hinterlassen. Er tastete nach der Stichwunde in der Seite und fand unversehrte Haut. Also hatte tatsächlich eine Transformation stattgefunden, eine echte Transformation, nicht nur das kraftlose Aufbäumen seines zu Tode verwundeten Körpers in den Abwasserkanälen.

Wann war das geschehen? Wie viel Zeit war vergangen, seit er in den stinkenden Fluten das Bewusstsein verloren hatte? Vor allem aber, wie war es möglich, dass er neben dieser Frau erwachte und nicht auf einer Sandbank irgendwo in den Eingeweiden der Stadt?

Sie regte sich leicht, ihr Bein schmiegte sich gegen seine Hüfte, die unglaubliche Sinnlichkeit ihrer Haut auf der seinen. Hitze überflutete ihn, als ihm bewusst wurde, dass er nackt war und dass …

Seine Hand tastete unter die Decke, fand ihre Schulter, strich über ihren Rücken die Wirbelsäule und tiefer hinab bis zu ihren Hinterbacken. Die ebenfalls nackt waren. Feuer sammelte sich in seinem Unterleib. Seine Erektion pochte mit schmerzlicher Intensität. Violets Oberschenkel an seiner Hüfte war so präsent, dass er an nichts anderes mehr denken konnte. Ihr Atem an seiner Wange glich einer süßen Folter. Wie erstarrt lag er neben ihr. Er traute seinem Körper nicht. Seine Selbstbeherrschung schwankte wie Seidenpapier vor einer offenen Flamme. Doch wenn er seiner Lust nach ihr nachgab und sie im Schlaf überfiel, dann war er nicht mehr als ein Tier, das ihren Abscheu verdiente.

Es war ihm ohnehin unbegreiflich, wie sie neben ihm schlafen konnte, nachdem er sie so offen bedroht hatte. Das war ein hässlicher Abschied gewesen und nichts, auf das er stolz war. Vielleicht hatte Katherina recht, wenn sie ihn einen verantwortungslosen Egozentriker nannte. Er war nicht gut im Umgang mit anderen Menschen, hatte nie wirklich versucht, seine verdammten Wutausbrüche zu zügeln. Nach Zoes Tod hatte er sich so viele Jahre in Selbstmitleid vergraben, dass ihm auch der letzte Rest seiner Umgangsformen abhandengekommen war. Wenn er ehrlich war, kümmerte es ihn auch nicht. Es war ihm stets gleichgültig gewesen, was andere über ihn dachten.

Doch plötzlich war es ganz und gar nicht egal, was Violet von ihm dachte. Er wollte nicht, dass sie ihn für einen kalten Bastard hielt, der sie benutzte und wegwarf.

Er wollte …

Was?

Er wollte verstehen, warum sie neben ihm schlief, als sei es leicht, ihm zu vertrauen. Sie regte sich, ihre Hand stieß gegen seinen Arm, glitt über seine Brust und blieb dort liegen. Sehr sacht, weil er nicht widerstehen konnte, legte er seine Finger auf ihre. Es fühlte sich gut an. Warm und vertraut. Ihre Lider zuckten. Einen Atemzug später schlug sie die Augen auf und sah ihn an. Der wasserhelle Blick war ein Schock. Reglos und mit angehaltenem Atem beobachtete er, wie ihre

Lippen sich zu einem Lächeln verzogen.

„Du lebst", murmelte sie. „Das ist gut."

Sein Mund war trocken, seine Kehle rau. „Ich bin mir nicht sicher, ob das real ist."

„Erinnerst du dich an letzte Nacht?"

„Nein. Habe ich mich daneben benommen?"

Ihr Lächeln wurde intensiver. Er streichelte mit dem Daumen über die Innenseite ihrer Finger, fassungslos vor Glück, dass sie ihm ihre Hand nicht entzog.

„Du erinnerst dich wirklich nicht?"

„Ich glaube, ich bin tot. Ich träume." Er hob den freien Arm und strich ihr eine Haarsträhne aus der Stirn. „Weck mich bitte nicht."

Ihre Finger schmiegten sich fester in seine Hand, was einen weiteren Funken Euphorie in ihm entzündete. Halb hatte er damit gerechnet, in seine Grenzen gewiesen zu werden. Dass sie ihn gewähren ließ, machte ihn mutiger und fachte die Glut in seinen Adern zu lodernder Hitze an. Er stützte sich auf einen Ellbogen und senkte den Kopf zu ihr hinab. Zuerst war es nur eine federleichte Liebkosung, als seine Lippen über ihre strichen. Die Intimität der Berührung durchfuhr ihn dennoch wie ein elektrischer Schock. Ein kleines Seufzen entwich ihrer Kehle und stieg Gabriel zu Kopf wie Honigwein.

„Bastard", flüsterte sie, „du hast mich zu Tode erschreckt."

Er fühlte ihre Hände in seinem Nacken und dann einen sanften Druck, als sie ihn fester an sich zog. Jede Zurückhaltung löste sich in Rauch auf. Sein Kuss wurde heftig und unbeherrscht und sie kam ihm entgegen, lud ihn ein. Ihre Lippen öffneten sich, ihre Zungen fanden einander, tastend, warm, ein verzehrender Tanz. Sie schmeckte köstlich. Sonnenstrahlen kamen ihm in den Sinn, Quellwasser und eine Spur Salz. Als er den Blick hob, sah er, dass sie ihre Augen geschlossen hatte. Ihr Körper so nah an seinem brachte ihn um den Verstand. In einer heftigen Umarmung schlang sie ihre Beine um seine Hüften. Seine Erektion stieß gegen weiches, nachgiebiges Fleisch, Hitze und Feuchtigkeit. Er musste nur sein Gewicht ein wenig verlagern, nur eine winzige Drehung, um in sie einzudringen. Und sie war bereit. Sie lockte ihn. Ihre Körper pulsierten im gleichen sehnsüchtigen Rhythmus. Doch er wollte nicht, dass es so schnell vorüber war. Er widerstand der Verführung und löste sich von ihrem Mund, glitt tiefer und zog eine Spur aus Küssen ihren Hals hinunter bis zu ihren kleinen, wohlgeformten Brüsten. Er liebkoste sie und genoss, wie Violet unter seinen Lippen zusammenzuckte, wie sie sich wand, ihre Hände in seinem Haar vergrub und etwas flüsterte, das wie sein Name klang. Mit der Zunge malte er Kreise um ihre Brustwarzen, bis sie hart und empfindlich wurden. Er legte seinen Kopf auf ihren Bauch und betrachtete die winzigen schwarzen Löckchen, die ihre Scham bedeckten. Der Anblick schickte einen köstlichen Schauder durch seinen Körper. Es faszinierte ihn, wie ihre Bauchdecke bebte, als seine Finger eine Spur durch diese Löckchen zogen. Er ließ seine Hand tiefer gleiten, strich über die weiche Haut, wo ihre Schenkel ansetzten und lauschte ihrem Zittern, einem Echo seiner eigenen Erregung.

„Du bist wunderschön", flüsterte er.

Mit einem lustvollen kleinen Geräusch bog sie sich seinen Fingern entgegen. Die seidige Haut öffnete sich unter seinen Fingerspitzen. Er streichelte sie mit Nachdruck, bis sie nach Luft rang. Dann tauchte er tief in sie ein, ließ seine Finger vor- und zurückgleiten und berauschte sich an ihrem Entzücken. Er atmete ihren Duft und lauschte ihrem rasenden Herzen und wollte sie unbedingt kosten.

„Hör nicht auf", wisperte sie, als er seine Finger zurückzog.

„Warte." Er richtete sich auf. „Beweg dich nicht."

Sie streckte sich ein wenig, als er tiefer glitt. Er kniete sich zwischen ihre Beine, strich mit beiden Händen die Innenseite ihrer Oberschenkel hinab und teilte mit den Daumen das empfindliche Fleisch. Dann senkte er den Kopf und folgte der Spur seiner Finger mit der Zunge. Ihr Duft, ihr Geschmack berauschte seine Sinne. Sie schmeckte so, wie er es sich vorgestellt hatte, Salz und Quellwasser und würziger Honig. Mit beiden Händen umfasste er ihre Hüften, hob sie an und presste sie fester gegen seine Lippen. Sie wand sich, ihr Atem ging schwer. Ihre Erregung peitschte seine Lust weiter auf. Er grub seine Zähne in ihr Fleisch und stieß seine Zunge tiefer, noch tiefer in sie hinein. Ein Zittern lief durch ihren Körper, wie feine Wellen, die ihren Abdruck in der warmen Haut hinterließen. Er hielt inne, um ihrem Orgasmus nachzuspüren. Reine, ungetrübte Euphorie verdrängte jede andere Emotion.

Als ihre Muskeln sich entspannten, verlagerte Gabriel sein Gewicht und schob sich nach oben, sodass ihre Gesichter wieder auf gleicher Höhe waren und er auf ihr zu liegen kam. Er stützte sich leicht auf den Ellenbogen ab, um sie nicht mit dem Gewicht seines Körpers zu erdrücken. Ihre Hände wanderten über seinen Rücken, seine Hüften, seine Hinterbacken, ein festes Streicheln, dann wieder Schmetterlingsflügel, die ihn um den Verstand brachten und Selbstbeherrschung zu einer unmenschlichen Aufgabe werden ließen. Ihre Finger fanden einen Durchschlupf zwischen ihren Körpern. Er zuckte zusammen, als sie seine Erektion umfasste und mit ihren Fingern liebkoste.

„Nicht“, keuchte er, „wenn du nicht willst, dass ...“

Violet schenkte ihm ein weiches Lachen, das beinahe den gleichen Effekt hatte. Sie hielt ihn fester und lenkte ihn, und als er in sie eindrang, überwältigten ihn Vertrautheit und eine innere Wärme, als wären ihre Seelen verbunden. In langsamen Stößen verschmolz er mit ihr, ein köstliches Delirium. Sie bog sich ihm entgegen, der Rausch fing Flammen. Ihre Hüften an seinen, schneller, kraftvoller, ein fiebriger Rhythmus, außer Kontrolle. Als sein Körper sich ergab, verströmte er sich in ihr einer urtümlichen Explosion, die seine Sinne hinaufriss in einen vielfarbigen Strudel und nie mehr freigeben wollte.

*

Violet fühlte sich wie in Trance. Eine glückliche Schwere hatte von ihren Gliedern Besitz ergriffen, als triebe sie in warmem Karamell, das ihre Bewegungen verlangsamte, ihren Körper zugleich aufs Köstlichste umschmeichelte. Gabriel bedeckte sie mit seinem Leib. Seine Schwere hielt sie gefangen und gab ihr ein Gefühl tiefer Sicherheit.

Der Zauber war wieder da, das magische Glühen ihrer ersten Nacht in Gabriels Wüstenhaus, bevor der Streit um Emily alles zerstört hatte. Sie schwor sich, sich dieses Mal zurückzuhalten, falls er die Sprache auf ihre Schwester brachte. Einen zweiten Ausbruch wollte sie nicht erleben, vor allem nicht, nachdem sie ihn durch einen irrwitzigen Zufall wiedergefunden hatte.

Sein Kopf ruhte auf ihrem Schlüsselbein, seine Bartstoppeln kratzten ein wenig auf ihrer Haut. Warm schlug sein Atem gegen ihre Halsgrube. Der Mann war wie Rauschgift. Verführerisch, unirdisch schön und auf einschüchternde Weise endgültig. Sie wusste nicht, wie es zwischen ihnen weitergehen sollte, was ihn überhaupt in die Stadt getrieben hatte, ob er bleiben würde oder nicht. Sie wusste nur, dass die Vorstellung, er könne wieder verschwinden, unerträglich war.

Dass sie so empfand, erschreckte sie, doch die Furcht erstickte unter dem unmittelbaren Genuss, dieser Serie von Herzschlägen, die sie nicht enden lassen wollte. Sorgen um die Zukunft konnte sie sich später machen. Jetzt wollte sie noch länger mit seinem Haar spielen, die Konturen seines Körpers ertasten, und den Duft seiner Haut einatmen.

Als er sich schließlich regte, fühlte es sich an wie ein leiser Verlust. Er löste sich von ihr und rollte zur Seite. Mit einer Hand zog er die Decke hoch, um sie beide zuzudecken. Seine Hand glitt über ihre Wange, ein Finger verharrte auf ihrem Mundwinkel und zeichnete die Kontur ihrer Lippen nach. Die Berührung war so erotisch, dass sofort wieder Hitze in ihrem Unterleib aufflammte.

„Wer bist du?“ Seine Stimme klang belegt. „Du bringst mich um den Verstand.“

Seine Worte verursachten einen prickelnden Schauder. Sie küsste seinen Finger, der noch immer auf ihrem Mund lag. „Ich habe die ganze Zeit nicht aufgehört, an dich zu denken.“

Als die Worte draußen waren, hätte sie diese am liebsten zurückgenommen. Doch dann schürzte sie trotzig die Lippen. Warum sollte sie nicht aussprechen, was die Wahrheit war?

„Ich auch nicht“, sagte er.

Es klang wie von weit her. Sie hatte das Gefühl, auf einer Glasbrücke zu stehen. Beide hatten sie sich entblößt, sich verletzlich gemacht. Es war ein kostbarer Augenblick. Sie musste sehr vorsichtig sein, um den magischen Schleier nicht zu zerreißen.

„Sagst du mir, wie ich hierhergekommen bin?“

Er umschlang ihre freie Hand und führte sie zu seinen Lippen. Ihr stockte der Atem, als seine Zunge um ihren Ringfinger spielte. „Du warst sehr schwer verletzt. Gestern Nacht ...“ Sie hatte Schwierigkeiten, sich auf ihre Worte zu konzentrieren, während er nacheinander ihre Finger in den Mund nahm. „Es war reiner Zufall. Ich bin mit einem Kerl aneinandergeraten, Keith – ich nehme an, du kennst ihn. Wir sind in den Kanälen übereinander gestolpert. Er hatte dich wohl gerade aus der Kloake gezogen.“

„Keith?“ Gabriel hielt inne, ihre Finger zu küssen. Sie konnte förmlich spüren, wie sein Geist sich spannte.

„Groß und schlank, sehr junges Gesicht, sieht aus wie ein Philippino. Glattgeschorener Kopf.“

„Was ist passiert?“

Sie drehte den Kopf, um sein Gesicht zu sehen. „Ich habe ihn mit meiner Pistole bedroht, er hat mich niedergeschlagen und dann haben wir herausgefunden, dass wir beide nur um dein Wohl besorgt sind. Zum Glück, bevor wir uns gegenseitig umbringen konnten.“

Ein Lachen gluckste tief in seiner Kehle.

„Keith hat mir klargemacht, dass meine Tage gezählt sind, wenn ich mich nicht aufopfernd um dich kümmere.“

„Und du warst so eingeschüchtert, dass du ihm gehorcht hast?“

„Ich hatte Angst um dich“, sagte sie. Das Entsetzen der letzten Nacht stieg in ihr auf, das Gefühl von Hilflosigkeit vor seinem blutleeren Gesicht. „Ich dachte, dass ich deinen Tod nicht ertragen könnte. Und als dann diese Transformation ...“ Sie stockte. „Gabriel, was ist eine Transformation?“

Er schwieg so lange, dass sie schon glaubte, er würde ihre Frage nicht mehr beantworten. „Es hat mit unserem Blut zu tun“, sagte er endlich. „Das Erbe unserer Stammväter, der gefallenen Engel. In den Erstgeborenen fließt es am stärksten, aber selbst in fünfter oder sechster Generation ist es noch mächtig genug. Das Blut hat überragende Heilkräfte. Wenn ich verletzt werde, heilt mein Körper. Diesen Prozess bezeichnen wir als Transformation.“

„Das scheint nicht sehr angenehm zu sein.“

„Es fühlt sich an, als würde man innerlich auseinandergerissen. Ich weiß nicht, warum. Vielleicht, weil es eine gewaltsame Umwandlung ist. Einen menschlichen Knochen zu heilen, dauert Monate. Bei uns sind es Minuten. Das Blut zerstört die beschädigten Teile und bildet sie neu.“

„Klingt schaurig.“

„Je schwerer die Wunde, desto schlimmer die Transformation. Stell es dir vor wie eine Wiedergeburt. Keine Geburt ohne Schmerzen.“ Er drückte leicht ihre Hand.

„Also bist du unsterblich?“ Wie bizarr das klang.

In seinem Lachen schwang ein Hauch Bitterkeit. „Nein. Man kann uns enthaupten oder in die Luft sprengen. Oder uns so schwer verwunden, dass nicht genug Blut übrig bleibt, um eine Transformation auszulösen."

„Gabriel?"

Er hob den Kopf.

„Das gestern Nacht war knapp, oder?"

„Willst du die Wahrheit hören?" Er seufzte. „Ich dachte, ich kehre nicht mehr zurück."

*

Emily starrte auf den verkrümmten kleinen Körper zu ihren Füßen. Die Haare der Frau lagen ausgebreitet auf den Fliesen wie eine schwarze Blume. Emily hatte ihr vertraut.

Doch die Schlampe hatte sie hintergangen und verkauft. Sie hatte ihre Strafe verdient. Es war ein gerechter Tod.

Warum kratzte dann das Grauen an ihr, wie Fingernägel unter einer verschlossenen Tür? Emily wich an die Wand zurück und wischte sich die Hände an der Hose ab. Immer wieder rieb sie die Handflächen über den Stoff, als klebe noch Blut an ihren Fingern. Sonnenlicht fiel durch die großen Küchenfenster und fing sich auf der Messerklinge, die neben der Frau auf den Kacheln lag. Die Blutpfütze unter dem Körper wurde größer und begann, in den Teppich zu fließen. Der metallische Geruch riss ein Gefühl von Dringlichkeit in Emily auf. Eine Sehnsucht, fast körperliche Begierde. Sie seufzte und dachte an Stephan. Er durfte das nicht erfahren. Vielleicht konnte Carl ein paar Männer von seiner Securitytruppe schicken, um die Leiche zu beseitigen.

Die Lust pulsierte in ihren Schläfen. Gerechte Strafe. Ein Mantra in ihrem Kopf. Gerechte Strafe. Sie hatte die Frau nicht aus Blutgier getötet. Sie hatte sie bestrafen müssen. Ihr eine Lehre erteilen. Der Duft kreiste in ihrer Nase, schwer und würzig und verlockend. Unendlich süß. Fast gegen ihren Willen sank sie auf die Knie und tauchte die Spitze ihres Fingers in die Pfütze. Sie betrachtete die Flüssigkeit und fuhr sich damit über die Lippen. Selbstvergessen lehnte sie sich zurück und wälzte den Finger erneut im Blut. Es prickelte auf ihrer Zunge, als sie ihn ableckte. Sofort ließen die Kopfschmerzen nach, die sie schon seit dem Vorabend plagten.

Ein Klingelton riss sie aus der Verzückung. Ihr Blick glitt zum Handy der Frau auf dem Boden. In ihren Schläfen staute sich Wut, als sie auf die Nummer starrte, die dort blinkte. Wut über den Verrat. Und dahinter ein Hauch Furcht. Was, wenn jemand erfuhr, dass sie die Schlampe getötet hatte? Was sollte sie dann tun?

Aber nein, Carl würde ihr helfen. Carl würde sich darum kümmern, denn Carl verstand, was sie brauchte.

Emily wartete, bis das Handy verstummte. Dann beugte sie sich vor und schlürfte vom Blut, bis Übelkeit sie übermannte und sie sich keuchend aufsetzen musste, um sich nicht zu übergeben.

*

„Sie nimmt nicht ab." Violet nahm das Handy vom Ohr. Auf dem Display leuchtete ein Anruf von Inez, doch die Mexikanerin hatte keine Nachricht hinterlassen und ging nicht ans Telefon.

Gabriel hantierte in ihrer kleinen Küche. „Kaffee?"

„Für mich mit Milch, bitte."

Nachdenklich beobachtete sie, wie er ihre Schränke nach Tassen durchsuchte. Wenn sie doch nur ihre Bürde fallen lassen und sich mit ihm vor der Welt verstecken könnte, die Tage mit Liebe und gutem Essen und Spaziergängen anfüllen und nicht an morgen denken. Jede seiner Gesten, jeder Blick, jede Bemerkung von ihm fühlte sich so harmonisch an, dass ihre Verteidigungslinien zu Staub zerfielen.

Er hatte von seinem Vater erzählt und von einer Geheimgesellschaft, die sich als Garde bezeichnete und von seinem Privatkrieg mit der Frau namens Katherina, die diese Garde befehligte. Unvorstellbar, dass es so viele andere geben sollte, die waren wie er, fast unverwundbar und quasi unsterblich. Und dass sie diese Stadt bevölkerten und alle anderen Städte auf dieser Welt, unbemerkt unter gewöhnlichen Menschen.

In der alten Welt, als die Menschen noch an das Übernatürliche glaubten und Jagd auf die Nachkommen der Gefallenen machten, hatten sie einen Namen für Gabriels Art gehabt. Kinder der Schatten. Schattenläufer.

Im Gegenzug war Violet offen gewesen und hatte ihm gesagt, was sie in der vergangenen Nacht in die Kanäle des L.A. River geführt hatte. Er wusste nun, dass sie noch immer nach ihrer Schwester suchte, dass die Spur sie zu VORTEC geführt hatte und dass es weitere Menschen gab, die spurlos verschwunden waren. Sie rechnete ihm hoch an, dass er ihr nur reglos lauschte, als sie Emilys Namen nannte. Er riss sich zusammen, ebenso wie sie, und sie ahnte, dass auch er auf einer Brücke aus Glas stand. Sie behandelten einander mit großer Vorsicht. Hinter jedem Wort, jeder zärtlichen Geste schwang Ehrfurcht vor dem Wunder, das sie verband und das sie noch nicht in Worte fassen konnten.

Was sie ihm verschwiegen hatte, waren Marvs Deformationen. Sie wusste nicht, warum. Aber sie konnte es einfach nicht über sich bringen, ihm oder irgendjemandem davon zu erzählen. Solange sie mit niemandem darüber sprach, konnte sie sich einreden, dass die hässlichen Details ihrer Fantasie entsprungen waren.

Gabriel setzte zwei dampfende Kaffeetassen auf dem Couchtisch ab und ließ sich aufs Sofa sinken. Spielerisch griff er nach ihrer Hand und zog sie in die Polster.

„Was wirst du jetzt tun?", fragte sie.

„Wenn ich das wüsste." Er ließ sie los. „Ich muss Keith finden."

„Er hat seine Telefonnummer hiergelassen." Sie wies auf den Zettel, der neben ihrer Pistole und dem Libellenanhänger lag. Gabriel griff danach und hielt auf halber Strecke inne. Sein Blick blieb an der beschädigten Sangrin-Kapsel hängen, die noch auf der Glasplatte klebte.

„Was ist das?", fragte er mit gerunzelter Stirn.

„Das VORTEC Medikament, von dem ich dir erzählt habe." Sie verstand nicht, warum seine Augen sich verengten. „Das, was mir Emilys Freundin gegeben hat."

Gabriel fuhr mit einem Daumennagel unter die halb ausgelaufene Kapsel. Er roch daran, dann führte er sie an die Lippen, um davon zu kosten.

„Nicht!", fuhr sie auf. „Das ist …"

Sein Gesichtsausdruck ließ sie verstummen. Er schloss die Augen und probierte mehr davon. Die Luft schien sich um einige Grade abzukühlen. Als er sprach, war seine Stimme heiser.

„Wo kommt das her?"

„VORTEC." Sie fühlte sich ausgeliefert unter seinem Blick, wie bei einem Verhör, in dem sie von vornherein als Schuldige feststand. Was zur Hölle war das Problem? „Willst du die Verpackung sehen?" Nur um das schreckliche Schweigen zu überbrücken, sprang sie auf und wühlte in ihrer Handtasche. Sie brachte die Pappschachtel mit den handschriftlichen Instruktionen zum Vorschein. „Stimmt was nicht damit?"

Ohne ein Wort brach Gabriel eine Kapsel aus der Silberfolie und zerbiss sie mit den Eckzähnen. Ein paar Tropfen der Flüssigkeit spritzten über sein Kinn.

Die Früchte des Teufels.

Sein Blick weitete sich. Ob der Inhalt den gleichen Rausch in ihm auslöste wie bei ihr? Vor ihrem geistigen Auge bildete sich die gespenstische Assoziation von Blut, das seine Zähne verschmierte.

„Sprich mit mir", stieß sie hervor. „Ich bin nicht der Feind, okay?"

„Das soll ein Krebsmedikament sein?" Gabriels Stimme klirrte.

„VORTECs neue Wunderwaffe. Sie stehen kurz vor der Zulassung." Mit wachsender Nervosität starrte sie ihn an.

Gabriel wischte sich die Spritzer vom Kinn. „Du hast keine Ahnung, was das ist?"

Sie schüttelte langsam den Kopf.

*

Nachtwind rollte die steilen Flanken der Berge hinauf, strich über die Schneereste auf den Kuppen und raschelte in dem feinen Flaum, der Asâêls Flügel bedeckte. Die Federn hatten wieder zu wachsen begonnen, im gleichen Maße, wie sein Bewusstsein sich ausdehnte und die lebendige Welt berührte. Er brauchte mehr Zeit.

Allmählich kehrten die Bilder zurück. Er erinnerte sich an die Augen einer Frau, an ihre Stimme, ihre milchweiße Haut. An ihre Liebe und ihren Hass, und wie das eine das andere auszulöschen drohte. Eine schwer greifbare Sehnsucht stieg in ihm auf, als sich die Farben verfestigten. Er lauschte in die Stadt zu seinen Füßen, doch seine Kraft reichte nicht aus, um einzelne Stimmen auszumachen.

Noch nicht.

Er brauchte mehr Zeit.

Am Rand seines Gesichtskreises regte sich etwas, ein schwarzer Schmetterling. Hier oben waren es nicht so viele, doch einige folgten ihm selbst hier herauf. Obwohl die Kälte ihnen den Tod bringen würde, schien er sie so heftig anzuziehen, dass sie ihren Selbsterhaltungstrieb vergaßen. Wie offenes Feuer.

Eine andere Erinnerung kam hoch, mehr ein Gefühl, als ein wirkliches Bild. Fleisch vom eigenen Fleische. Blut vom eigenen Blut. Ein Bruder? Ein Sohn? Er tastete tiefer, doch der Schleier wollte nicht weichen.

Die zehntausendjährigen Ketten hatten ihre Spuren hinterlassen. Er musste geduldig sein. Und so lauschte er und betrachtete seine Fußspuren im Sand und die Wolkenfetzen, die seine Flügel umhüllten, und wartete. Denn der Geist heilt langsamer als Fleisch und Knochen. Tiefe Wunden hatten sie ihm geschlagen. So tief, dass es ein Wunder war, dass er vom Wahnsinn verschont geblieben war. Diesem Gift, das die Echos tränkte, die noch immer vom Gestein dieser Welt widerhallten und davon zeugten, dass andere wie er einst ihren Abdruck hinterlassen hatten.

*

Der Schock war so heftig, dass das Blut aus Gabriels Fingern wich. Er starrte auf die kleine Kapsel, die so offensichtlich nach Blut roch, und konnte nicht begreifen, was da vor ihm lag. Obwohl er es wusste, tief in seinem Innersten. Er wusste, wie das Puzzle zusammenpasste, er wagte nur noch nicht, die richtigen Schlussfolgerungen zu ziehen. Weil die Theorie zu abstoßend war und weil sie Löcher hatte, nicht alle Fragen beantwortete und mit dem Versprechen lockte, dass es vielleicht eine andere Erklärung gab. Eine, die weniger entsetzlich klang.

Er sah in Violets verstörtes Gesicht. Ihre Schultern waren angespannt, ihre Lider flackerten ein wenig. Sie musterte ihn wie einen tollwütigen Wolf, der jeden Moment angreifen konnte. Diese Erkenntnis versetzte ihm einen heftigen Stich. Er wollte nicht mit ihr kämpfen. Ich bin nicht der

Feind, hallte ihre Stimme in ihm nach. Unbeholfen griff er nach ihren Händen. „Tut mir leid."

„Diese Frau", sagte Violet, „die mir die Schachtel gegeben hat, Emilys Freundin – ich dachte, sie ist nicht ganz richtig im Kopf. Sie bezeichnete die Tabletten als Früchte des Teufels."

Er lachte ohne Humor. „Das ist eine mögliche Sichtweise der Dinge."

„Gabriel, was ist in diesen Dingern drin?"

„Blut. Das Blut eines Schattenläufers." Als ihr Blick sich weitete, fügte er hinzu: „Nicht reines, unverfälschtes Blut. Es ist verändert. Aber ich kann es immer noch schmecken."

„Ich habe daran geleckt und es war – wow." Sie schüttelte den Kopf. „Wie Koks, nur hundertmal stärker. Bilder, Farben, das volle Programm."

„Die Bilder sind Erinnerungen." Er zog Violet näher an sich, weil er sie spüren wollte, atmend und lebend und sicher. „Erinnerungen des Mannes, in dessen Adern es einmal kreiste."

„Oh mein Gott." Ihre Stimme klang hohl. „Aber wie ..."

„Es ergibt Sinn." Es überraschte ihn, wie ruhig er bleiben konnte, während er darüber sprach. „Auf eine zynische Art ergibt es Sinn. Die heilende Wirkung unseres Blutes ist universell. Sie ist nicht auf unsere Körper beschränkt."

„Du meinst, wenn ich Krebs hätte und dein Blut trinke, heilt das die Krankheit?" In ihren Blick stahl sich ein Hauch Entsetzen.

„Es gibt Grenzen, aber ja, genau so ist es. Bei einer Fleischwunde genügen ein paar Spritzer meines Blutes, um die Wunde binnen Stunden verheilen zu lassen."

„Wow." Sie schwieg eine Zeit lang. „Fragst du dich auch, wie das Blut in diese Kapsel kommt?"

„Ich glaube nicht, dass der Spender sich freiwillig davon getrennt hat." Ihm schwamm der Kopf bei der Vorstellung, welche Mengen an Blut diese Firma brauchen würde, um ihr Medikament auf den Markt zu bringen. Wie viele Kapseln ließen sich aus dem Blut eines einzelnen Mannes herstellen? Jede Woche verschwinden zwei oder drei von uns, hatte Katherina gesagt. Gabriel wusste noch nicht, wie Violets menschliche Vermisstenfälle in dieses Bild passten, aber die Entführungen der Schattenläufer ergaben plötzlich schrecklichen Sinn. „Sitzt diese Firma in Los Angeles?"

„VORTEC? Sie haben eine Klinik in Riverside Rancho."

„Riverside Rancho", wiederholte er.

„Was ist?"

Gabriel fuhr sich übers Gesicht. Er fühlte sich mit einem Mal sehr müde. „Die Sache mit meinem Vater ist kein Einzelfall. Die Nerven der Garde liegen blank. Jede Woche verschwinden ein paar unserer Leute und niemand kann die Entführer fassen." Er stieß den Atem aus. „Ein paar Mal ist es der Garde gelungen, ihnen zu folgen, aber sie haben jedes Mal die Spur verloren. Und zwar immer in der Gegend um Riverside Rancho."

„Du denkst nicht, dass es ein Zufall ist."

„Ich glaube nicht an Zufälle."

„Willst du wissen, wo ich über euch gestolpert bin, letzte Nacht? Ich habe einen Tipp bekommen. Einer der verschwundenen Patienten von VORTECs Testliste ist gar nicht verschwunden. Ich habe ihn getroffen. Und er sagt, er wurde entführt."

„Warum?"

„Warum?" Ein Schatten glitt über ihr Gesicht. „Es gibt ein paar unerwartete Nebenwirkungen. Schwere Hautausschläge. VORTEC lässt die Leute verschwinden. Dieser Mann konnte entkommen, aber er sagt, dass sie noch andere entführt haben und dass es in den Kanälen in Riverside Rancho einen geheimen Einstieg gibt."

Gabriel hörte kaum den Rest ihrer Worte. Das Blut in seinen Schläfen schien sich in Eis zu verwandeln, sein Geist in einen Mahlstrom, der über einem Abgrund kreist.

Hautausschläge?

Er sprang auf, stützte sich mit beiden Händen gegen das Fenster und starrte hinaus auf die graffitiverschmierte Mauer. Es gab also noch jemanden da draußen. Noch jemanden, in dessen Adern das gleiche tückische Gift floss. Er war nicht so allein mit seinem Fluch, wie er immer geglaubt hatte. Nach Prag war er vorsichtig gewesen. So sehr darauf bedacht, nicht noch ein Monstrum zu schaffen. Nicht abermals einen geliebten Menschen zu zerstören.

Hautausschläge?

Es mussten die gleichen Symptome sein. Wenn Blut von seinesgleichen im Spiel war und Nebenwirkungen auftraten, die so schwerwiegend waren, dass VORTEC die Patienten verschwinden ließ, war es die einzige Erklärung. Ahnten sie überhaupt, womit sie es zu tun hatten?

„Bist du okay?", fragte Violet.

Ihm graute davor, sich zu erinnern. Und dennoch war alles wieder da, binnen Sekunden, in schmerzklarer Schärfe. Selbst der Gestank der Scheiterhaufen kehrte zurück, das Wimmern des Mädchens. Eine Katze, die aus dem Hauseingang flieht, ein Schatten in der Nacht. Und Zoes blicklose Augen, die ihn nie mehr loslassen würden.

Ihre Hand berührte seine Schulter, und als er sich umwandte, war es Violet und nicht Zoe, die ihn anstarrte. Gabriel legte seine Hände um ihr Antlitz. Ihre Wangen fühlten sich warm an und lebendig und zogen ihn zurück in die Gegenwart, fort von dem Abgrund feindseliger Geister, die ihre Knochenfinger nach ihm ausstreckten. Er war ihr dankbar, dass sie nicht fragte, sich ihm nicht entzog, sondern nur dastand und ihn gewähren ließ. Als spürte sie instinktiv, dass er diesen Moment brauchte.

„Hast du diesen Einstieg in den Kanälen gefunden?", fragte er schließlich.

„Da unten war jemand", gab sie zurück. „Er hatte eine Pistole und hat auf uns geschossen. Vielleicht waren es auch mehrere, ich bin mir nicht sicher. Wir haben die Flucht ergriffen und sind Keith in die Arme gelaufen."

„Wer ist wir?" Er merkte, wie seine Frage klang, kaum dass die Worte im Raum standen.

Violet hob eine Augenbraue. „Mein Partner. Marshall Scott." Ihr Lächeln wurde breiter und er hasste sich dafür, dass er innerlich zusammenzuckte. „Mein Partner in der Detektei. Hatte ich erwähnt, dass ich eine Privatdetektei führe? Scott & Bardo Investigations, spezialisiert auf alle Arten schmutziger Ermittlungen. Rufen Sie uns an, wenn Sie es nicht wagen, zu einer anständigen Detektei zu gehen."

Der zynische Ton, mit der sie den letzten Satz in den Raum warf, sagte ihm, dass mehr dahintersteckte. Doch er wollte nicht nachbohren. Nicht, wenn sie nicht von sich aus zu erzählen begann.

„Was ist mit euren Verfolgern geschehen?"

„Sie haben aufgegeben. Vielleicht hat es ihnen gereicht, uns zu verscheuchen."

Was, wenn dieser geheime Einstieg ein Detail war, das Cyric und seine Leute übersehen hatten? Dass Violet mit Schüssen vertrieben worden war, bedeutete zumindest, dass jemand dort unten etwas zu verbergen hatte. Doch er konnte jetzt unmöglich bei Katherina auftauchen und um Verstärkung bitten. Sie würde jeden waffenfähigen Mann auf ihn hetzen, wenn er einfach in ihre Galerie in Downtown spazierte. Und er wusste nicht, wie loyal Cyric zu ihr stand. Der blonde Hüne hatte die Waffe gegen ihn erhoben, als er Katherina angegriffen hatte. Nein, er wollte lieber warten, bis sich die Gemüter abgekühlt hatten. Doch die mögliche Verbindung zwischen den entführten Schattenläufern und VORTECs Wundermedikament schürte eine rastlose Dringlichkeit in ihm. Er musste dieser Spur nachgehen. Sein Vater war seit zwei Tagen verschwunden. Die Vorstellung, dass er sich in der Gewalt von Schlächtern befand, die hinter seinem Blut her waren, erschreckte ihn weit mehr als die potenzielle Bedrohung durch Etherlight. Selbst, wenn die neue Theorie nur auf Mutmaßungen und vagen Annahmen beruhte.

„Kannst du mich zu diesem geheimen Einstieg führen?", fragte er.

Misstrauen verengte Violets Blick. „Warum?"

„Du suchst deine Schwester und ich suche meinen Vater. Beide scheinen eine Verbindung zu VORTEC zu haben. Vielleicht gelingt es mir, diese schießwütigen Kanalratten auszuschalten und nachzusehen, was sie so sorgfältig verbergen wollen?"

Sie biss sich auf die Lippen. „Ich weiß nicht, ob es eine so gute Idee ist, da noch mal hinunterzusteigen."

„Ich bin robust", versuchte er, zu scherzen. „Ich kann ein oder zwei Kugeln abfangen und dann bin ich auf Nahkampfdistanz."

In ihrem Blick flackerte Unbehagen.

„Was?"

„Nichts."

Ihr Tonfall, ihre ganze Körperhaltung verriet, dass sie ihm auswich. „Was war da unten?"

„Es könnten viele sein."

„Kann ich einen Anruf von deinem Handy machen?"

„Dein Kumpel Keith?"

Er nickte und wurde das Gefühl nicht los, dass sich Angst unter der Schicht ihres schmalen Lächelns verbarg, eine abgründige Furcht, die mit etwas zu tun hatte, das sie in den Kanälen gefunden hatte. Doch sie wollte ihm nicht sagen, was das war. Nun gut, er würde es herausfinden, auf die eine oder andere Weise.

Keith nahm nach dem zweiten Klingeln ab.

„Hey", sagte Gabriel. „Ich bin wieder im Spiel."

„Gott sei Dank." Keith' Stimme verriet Erleichterung. „Katherina ist ziemlich angepisst. Sie hofft, dass du in den Kanälen verrottest."

„Ich bin geschmeichelt."

„Scheiße Mann, wo bist du? Noch immer bei der kleinen Schwarzhaarigen?"

Ein Stich Ärger durchfuhr ihn. „Sie heißt Violet."

„Klar. Violet. Kein Problem." Keith ignorierte den scharfen Ton. „Brauchst du irgendwas?"

„Danke, dass du mir geholfen hast", sagte Gabriel nach einer Pause. Keith hatte seine Position in der Garde riskiert, Katherinas Zorn zum Trotz. „Das meine ich wirklich. Du hast was bei mir gut."

„Das hoffe ich doch." Keith lachte. Dieser Teil des Gesprächs war ihm hörbar unangenehm. „Weißt du was, nimm mich einfach mit, wenn du diese Arschlöcher aufstöberst. Das ist alles, was ich will."

„Ist dir klar, was Katherina mit dir anstellt, wenn sie herausfindet, dass du mit mir auf die Jagd gehst?"

„Dann könnte sie mich aus der Garde bannen. Aber ich glaube nicht, dass sie es tut. Jeder weiß, dass sie deinen Ausbruch provoziert hat. Himmel, sie selbst weiß es. Cyric sagt, es war höchste Zeit, dass ihr mal jemand die Zähne einschlug."

Gabriel runzelte die Stirn. „Dann hattet ihr wohl Glück, dass ich das übernommen habe."

„Kann man so sagen", gab Keith zurück. „Mann, als ich dich aus der verdammten Kloake gefischt habe, dachte ich, das war's. Ende der Geschichte."

„Du hast mir dein Blut gegeben, nicht wahr?"

„Ja, vergiss es, schon gut. Reden wir nicht mehr drüber." Für einen Moment hing Stille in der Leitung. „Was machen wir jetzt?"

„Ich habe vielleicht eine Spur." Gabriel warf einen Blick zu Violet, die in ihrem Sessel hockte und ihre Knie umklammerte, als würde sie frieren. „Hast du Lust auf eine kleine Expedition in die Kanäle?"

14

„Violet, bitte!“ Marshalls Stimme nahm einen flehenden Tonfall an. „Lass den Scheiß! Ich rufe die Bullen, okay? Ich sage denen, dass da unten auf uns geschossen wurde, und dann sperren die alles ab und ihr könnt es vergessen, da runterzusteigen.“

„Marshall …“

„Ich sage das nicht nur so! Wir wären beinahe gestorben, und du willst da noch mal hin? Das kann nicht dein Ernst sein!“

„Ich gehe ja nicht allein.“ Sie brachte es nur nicht übers Herz, ihm zu sagen, dass sie ausgerechnet mit dem Kerl unterwegs war, der Marshall mit einem Faustschlag außer Gefecht gesetzt hatte. „Ich habe Verstärkung dabei.“

„Was für Verstärkung?“

„Freunde.“ Hinter dem relativen Schutz ihrer Sonnenbrille schielte sie zu Keith und Gabriel, die ein Stück entfernt auf sie warteten. Über ihr rauschte der Freeway. Enten quakten im Unterholz des Rivers. Eine Naturidylle, wäre da nicht der allgegenwärtige Chemiegestank gewesen und das Knistern der Hochspannungsleitungen über ihren Köpfen.

„Was für Freunde?“

„Von früher. Ex-DEA.“

„Wenn du schon dein Leben riskieren musst, warum hast du mich nicht wenigstens gefragt, ob ich mitkommen will?“

„Weil ich die Jungs mit den schusssicheren Westen dabeihabe, die darauf brennen, den Bau auszuräuchern. Und weil“, ein Hauch Zärtlichkeit schlich sich in ihre Stimme, „ich mir die gleichen idiotischen Sorgen um dich mache, wie du um mich.“

„Aber du …“

„Nicht“, würgte sie ihn ab. „Entspann dich, bleib am Computer und nimm das Telefon ab, wenn ich dich anrufe. Falls wir den Durchgang nicht finden.“

„Okay.“ Seine Stimme vibrierte. „Aber ich fahre sicher nicht zu deiner Mutter und erkläre ihr, dass du tot bist.“

„Klar, Marshall.“ Sie lächelte. „Mach's gut.“

Mit weiten Schritten schloss sie zu den beiden Schattenläufern auf. Der ganze Aberwitz ihrer Situation sank in ihr Bewusstsein. Quasi-unsterbliche Nachfahren von Engeln, mit denen sie die Labors einer Firma ausspionieren wollte, weil die ein Medikament aus Blut mit übernatürlichen Heilkräften herstellten? Shit, das konnte sie nicht einmal Marshall erzählen, ohne dass er sie für verrückt erklärte.

„Bereit?“, fragte Gabriel.

Sie nickte. Ihre schusssichere Weste fühlte sich unbequem an und drückte an den Seiten, aber gab ihr ein besseres Gefühl. Das Ding stammte noch aus DEA-Zeiten, nur den Police Schriftzug hatte sie entfernt.

„Du musst nicht mit uns da hinuntersteigen.“ Er sah sie eindringlich an. „Wir können vorgehen und dich holen, wenn es sicher ist.“

„Versuch nicht, es mir auszureden.“

Gabriel nickte. Er sah nicht glücklich aus. Schließlich bückte er sich und schlug das Bündel auseinander, das Keith ihm zuvor gegeben hatte. Ein Schwert in einer abgenutzten Lederscheide wurde sichtbar, vielfach mit Riemen und Schnüren umwickelt. Er richtete sich auf und zog die Waffe blank. „Du hast es gerettet?“

„Kein Problem.“ Keith wühlte in seinem Rucksack und brachte zwei Pistolen zum Vorschein.

Eine reichte er Gabriel. „Die ist für dich."

Violet musterte die elegante Klinge in Gabriels Hand. Rot schimmernde Linien durchzogen das Blatt und fingen bei jeder Bewegung das Licht. Sie verbiss sich die sarkastische Bemerkung, die ihr auf der Zunge lag. Die beiden würden schon wissen, warum sie anderthalb Armlängen Stahl mit sich herumschleppten, wenn eine Halbautomatik es auch tat. Gabriel stieß das Schwert zurück in die Scheide und schlang sich das Waffengehenk über die Schulter.

„Los", sagte er.

Zu dritt betraten sie das Kanalrohr. Gabriel ging voraus, Violet hinter ihm, Keith bildete die Nachhut.

„Unsere Leute haben sämtliche Tunnel in der Gegend abgesucht." Keith' Stimme hallte verzerrt von der Wölbung zurück. „Sie haben nichts gefunden."

„Wissen sie von den alten Katakomben?", fragte Violet.

„Welche alten Katakomben?"

Nacheinander stiegen sie die Leiter hinab auf die tiefer liegende Ebene.

„Dieser Kanal hier wurde in den Sechzigern gebaut, als sie den Freeway ..."

Gabriel stoppte so abrupt, dass Violet gegen ihn stieß.

„Licht aus", flüsterte er.

Sie gehorchte wortlos. Die Schwärze sank auf sie nieder wie ein klebriges Gewicht. Unmittelbar vor ihnen befand sich die Biegung, an der sie in der vergangenen Nacht auf den Kerl mit der Waffe gestoßen war. Grauen kroch ihr das Rückgrat herauf. Sie musste an Marvs missgestaltete Hand denken und an den Eindruck von Monstrosität, als ihr Taschenlampenstrahl für eine Sekunde das Gesicht des Mannes im Tunnel enthüllt hatte. Ihre Fantasie ging mit ihr durch, doch es gab nichts, was sie dagegen tun konnte.

„Weiter", befahl Gabriel.

Blind setzte sie einen Fuß vor den anderen. Mit einer Hand umklammerte sie die Taschenlampe, die andere lag an ihrer Pistole. Wasser platschte bei jedem Schritt unter ihren Sohlen, die Feuchtigkeit sickerte durchs Leder und verwandelte ihre Füße in Eisklumpen.

Gabriel hielt erneut inne. „Ich stehe direkt vor einer Mauer. Der Tunnel ist hier zu Ende."

„Kann ich das Licht wieder anschalten?", fragte Violet.

„Hier ist niemand", sagte Keith hinter ihr.

„Okay." Gabriel stieß den Atem aus. „Schalte es an."

Die Taschenlampe flammte auf. Violet suchte die Tunnelwand ab, während Gabriel und Keith schweigend warteten. Im unteren Bereich der Rinne ragte ein gemauerter Sockel auf, zwei rostige Eisenringe steckten in der Wand, verwitterte Graffiti bedeckten das Mauerwerk. Die Taschenlampe unter den Arm geklemmt, zog sie Marshalls Zeichnung aus der Tasche und studierte die sich überkreuzenden Linien.

„Der Durchbruch muss ein Stück weiter vorn sein."

Sie lief ein paar Meter zurück und ließ den Lichtkegel über die Wand gleiten.

„Wonach suchen wir?", fragte Keith.

„Ein zugemauerter Durchschlupf." Schwärzliche Flechten wucherten auf dem Beton, dazwischen Risse und Krater wie Wasseradern auf einer Landkarte. Violet trat rückwärts in die Mitte der Rinne. Sie rutschte und verlor den Halt. Gabriel fing ihren Arm, doch verhinderte nicht, dass ihre Kniescheibe auf einen Spalt in den Bodenplatten krachte. Der Schmerz ließ sie Sterne sehen. Sie fluchte unbeherrscht und riss sich erst zusammen, als sie Keith' Blick begegnete.

„Tut mir leid." Sein Grinsen verriet allerdings das Gegenteil. Tatsächlich amüsierte er sich prächtig. Idiot.

Mit den Fingerspitzen stützte sie sich ab, um das Gleichgewicht wiederzufinden. Sie ertastete die verdammte Kante, an der sie sich das Knie aufgeschlagen hatte, und hielt überrascht inne. Was war das, ein Metallrahmen? Das Wasser lag wie ein Spiegel über dem Grund und versteckte jeden Vorsprung, jede Ungleichmäßigkeit. Kein Wunder, dass sie beinahe gestürzt war.

„Alles okay?", fragte Gabriel.

Was hatte ein Rahmen im Boden zu suchen? Gute Frage. Ein Funke Erregung keimte auf, wie immer, wenn ihr Bauchgefühl anschlug. Vielleicht war es ja keine Mauer, nach der sie Ausschau halten mussten.

„Moment." Sie überwand ihren Ekel und erforschte den Vorsprung mit zwei Fingern. Tatsächlich, das war ein rechtwinkliger Metallrahmen, so groß wie ein Gullydeckel. Mit einer Hand hielt sie die Taschenlampe, mit der anderen schwemmte sie das Wasser beiseite. Für einen Moment wurde eine Stahlplatte mit Nieten sichtbar, dann schwappte die Brühe zurück. „Das ist ja interessant."

Gabriel ging neben ihr in die Knie. Er suchte, tastete, umklammerte etwas. Dann zog er. Metall quietschte, der Rahmen hob sich, bewegte sich ein paar Zentimeter und verkeilte sich eine Handbreit über dem Wasserspiegel. Jetzt wurden zwei Griffe sichtbar, die auf der Platte festgeschweißt waren. Gabriel zog heftiger daran. „Das sitzt fest", keuchte er. „Keith, hilf mir mal."

Mit vereinter Anstrengung gelang es ihnen, die Klappe zu öffnen.

„Ein Mensch kriegt das nicht auf", bemerkte Keith.

Sie registrierte den Blick, den er mit Gabriel wechselte. Eine Leiter führte nach unten, nur wenige Sprossen. Der Lichtkegel der Taschenlampe tastete über einen Boden aus geriffelten Eisenplatten.

Gabriel stieg voran. Eine seltsame Spannung hing in der Luft. Sie hatte das Gefühl, dass die beiden geheimes Wissen über diesen Ort teilten, sie aber nicht einweihten. Allerdings war jetzt nicht die Zeit für Diskussionen. Sie wusste nicht, was in diesen Kanälen lauerte und entschied, lieber die Augen aufzuhalten und die Streiterei auf später zu verschieben.

Die Leiter endete über einer Plattform, die so dicht unter der Geschossdecke hing, dass sie sich bücken musste, um sich den Kopf nicht anzuschlagen. Hüfthohe Barrieren sperrten das Plateau nach drei Seiten ab. An einer Ecke befand sich eine Konsole.

„Ein Fahrstuhl", stellte Keith fest. Der Blick, mit dem er sie musterte, verriet neu gewonnenen Respekt. „Nicht schlecht."

Gabriel entsicherte die Pistole, eine abgeschrammte SIG Sauer und zog das Schwert aus der Scheide. Das feine Singen der Klinge sandte ihr einen Schauder über den Rücken.

„Macht euch bereit", sagte er. „Wir wissen nicht, was uns dort unten erwartet."

Keith lud mit einem Klacken seine Halbautomatik durch. Eine Browning BDM, die gleiche, die sie auch benutzte. Der Mann wusste, was gut war, das musste sie ihm lassen. Ebenso wie Gabriel trug er ein Schwert auf dem Rücken, doch seines war kürzer, mit abgeschrägter Tantoklinge. Achselzuckend befreite sie ihre Pistole aus dem Holster.

„Halte dich hinter uns." Gabriels Stimme klang beschwörend. „Wenn Keith oder ich uns eine Kugel einfangen, ist es nur unangenehm. Dich kann es das Leben kosten."

„Hör auf ihn", fügte Keith hinzu. Er bleckte seine leuchtend weißen Zähne. „Du hast deinen Teil beigetragen, indem du den Einstieg entdeckt hast."

„Fertig?", fragte Gabriel.

Sie nickte. Adrenalin machte ihre Muskeln geschmeidig, ein leises Fieber, das ihre Aufmerksamkeit schärfte und ihren Körper in Kampfbereitschaft versetzte. Gabriel betätigte eine Taste an der Konsole. Zuerst geschah nichts, dann ging ein Ruck durch die Plattform. Die Konstruktion sackte ein paar Zentimeter durch, fing sich wieder und senkte sich gleichmäßig nach unten.

Er hielt sein Schwert mit der Leichtigkeit und Grazie eines erfahrenen Fechters und sie bezweifelte nicht, dass er auch damit umzugehen wusste. Sie fragte sich plötzlich, wie alt Gabriel war. Klebte Blut an seiner Klinge? War er das, was man früher als Krieger bezeichnet hatte? Beide Männer verströmten eine raubtierhafte Aura. Sie zeigten nicht das geringste Zeichen von Furcht oder Unsicherheit, nur Wachsamkeit und Konzentration. Keith war offensichtlich jünger als Gabriel. In seinen Worten und seiner Körpersprache lag eine unmissverständliche Bewunderung für den älteren Schattenläufer.

Der Lichtstrahl der Taschenlampe glitt über Betonflächen, vergitterte Rohröffnungen, Säulen, hinter denen mehr Schwärze gähnte. Rumpelnd kam der Aufzug zum Stehen. Mit angehaltenem Atem lauschte sie ins Dunkel. Irgendwo gluckerte Wasser. Andere Geräusche mischten sich in die Schwärze, quietschende, zwitschernde und grunzende Laute, doch schienen sie aus weiter Ferne zu kommen. Der Griffithpark mit dem Zoo lag auf der anderen Seite des Freeways. Aber nein, das war zu weit entfernt, sie konnte sich nicht vorstellen, dass sie den Freeway unterirdisch gekreuzt hatten. Der Gedanke driftete fort, als Gabriel von der Plattform auf den Boden sprang und Wasser unter seinen Sohlen aufspritzte.

Violet leuchtete die Säulen hinauf zu einem gemauerten Tonnengewölbe. Ihre Schritte warfen Echos von den Wänden zurück. Die alten Katakomben waren gut doppelt mannshoch, ein beeindruckender Korridor, der von der Säulenreihe in der Mitte in zwei Hälften geteilt wurde. Rechts und links senkte sich der Boden zu flachen Rinnen, entlang der Wand waren Trittgitter montiert, die zwei Handbreit über dem Wasser schwebten.

„Wo lang?“, fragte Gabriel.

Sie sicherte ihre Pistole und schob sie zurück in das Schulterholster, dann zog sie die Skizze aus der Tasche. „Nach rechts“, sagte sie. „Die andere Seite ist eine Sackgasse.“

Sie stiegen auf die Gitterroste, um nicht im knöcheltiefen Wasser waten zu müssen und gingen den Korridor hinunter. Die merkwürdigen Geräusche blieben hinter ihnen zurück, dafür wurde das Rauschen lauter. Violet zuckte zusammen, als ein Wassertropfen in ihrem Nacken zerschellte. Der Geruch veränderte sich, je tiefer sie in die Katakomben eindrangen. Es roch nicht mehr so chemisch, doch eine unangenehm süßliche Note hing nun in der Luft, wie verfaulendes Gemüse.

„Was ist das hier für ein Teil der Kanäle?“, fragte Keith.

Sie stoppten vor einer Stelle, an der Teile des Gewölbes herabgebrochen waren und den Durchgang versperrten.

„Wir stehen in einem toten Arm des ursprünglichen Abwassersystems“, sagte Violet. „Wurde in den Sechzigern wegen Einsturzgefahr geschlossen. In den Karten der Stadt taucht er nicht mehr auf.“

Ein kühler Lufthauch streifte ihre Wange und trug mehr von dem Fäulnisgeruch mit. Sie leuchtete den Abhang hinauf und entdeckte eine Betonwand, ein Stück hinter dem Schutthaufen.

„Wartet hier, ich sehe mir das an.“

Gabriel stieß sein Schwert zurück in die Scheide und überkletterte die Steintrümmer. Ohne Mühe bahnte er sich einen Weg über die ineinander verkeilten Mauerstücke. Ihr Taschenlampenstrahl folgte ihm und sie beobachtete nicht ohne Faszination, wie sicher er seine Füße setzte, wie leicht er sich an den Vorsprüngen emporzog. Schwer vorstellbar, dass er vor weniger als vierundzwanzig Stunden dem Tode nahe gewesen war.

Schließlich erreichte er die Spitze des Schutthaufens und verschwand auf der anderen Seite. Sie hörte Steine poltern, dann senkte sich Stille herab. Kurz darauf begann er lauthals zu fluchen, während zugleich ein vielstimmiges Fiepen einsetzte, das Violet durch Mark und Bein ging.

„Brauchst du Hilfe?“, brüllte Keith.

„Nein!“, hallte die Antwort zurück. „Bleibt, wo ihr seid!“

Einen Augenblick später erfasste Violet eine Bewegung zwischen den zerbrochenen Steinen, dann schoss etwas so dicht an ihr vorbei, dass sie instinktiv zurückschreckte und dabei neben den Rost trat. Sie konnte ihren Sturz gerade so auffangen, verlor jedoch die Taschenlampe und riss sich eine Handfläche auf. Ihre Pistole schrammte über die Gitter. Wasserspritzer trafen sie an der Wange, als etwas neben ihr in die Kloake platschte. Ratten? Der Strahl der Taschenlampe streifte einen Teil der Schutthalde und verlor sich im Dunkel. Das Tier war so groß gewesen wie eine Katze. Mehr Ratten jagten die Halde herunter und stürzten sich in die schwarze Flut.

Sie tastete nach der Taschenlampe und richtete sich mühsam auf. „Was war das denn?", fragte sie keuchend.

Keith zuckte mit den Schultern.

„Gabriel?", rief sie. „Was ist da los?"

„Du warst mal bei den Cops, oder?", hallte seine Stimme zurück. „Bist du an den Anblick von Leichen gewöhnt?"

„Warum?"

„Weil ich ..." Mit einem Fluch brach er ab. Ein dünnes Kreischen durchschnitt das Dunkel, ein Fauchen, dann Ruhe. Und wieder Gabriels Stimme. „Hast du einen stabilen Magen?"

Seine Frage erzeugte ein flaues Gefühl in ihrem Bauch. Mit grausiger Klarheit wurde ihr der Verwesungsgeruch bewusst, der die ganze Zeit schon in der Luft hing, diese widerliche Süße. Aber es half ja nichts. „Okay, bin gleich bei dir."

Sie stieß ihre Pistole ins Holster und sprang hinab in die stinkende Brühe. Es war nicht einfach, einhändig die Schuttlawine hinaufzuklettern und dabei die Taschenlampe festzuhalten. Vor einem mannshohen Block schob sie das Ding schließlich in ihren Gürtel und zog sich beidhändig nach oben. Nicht ganz so mühelos, wie sie das bei Gabriel gesehen hatte. Der Weg hinunter auf der anderen Seite war leichter. Sie fand Gabriel mit gezücktem Schwert. Er sah auf, als der Lichtkegel ihrer Lampe ihn traf. Ein grimmiger Zug lag um seine Mundwinkel. Violet ließ den Strahl tiefer wandern, über seine bis zu den Knien durchweichten Hosen, die knöchelhohen Schnürstiefel, den Boden aus grobem Schotter, auf dem größere und kleinere Pfützen glänzten. Ein kleiner Tierkadaver lag direkt neben seinen Füßen. Zwei weitere ein Stück entfernt. Der Gestank war überwältigend, doch er ging nicht von den toten Ratten aus.

Zuerst begriff sie nicht, was sie da sah. Eine dunkle Masse türmte sich vor ihr auf. Eine Masse aus verschlungenen, verkrümmten, aufgedunsenen Leibern. Licht und Schatten schufen eine beängstigende Illusion von Lebendigkeit. Als sie begriff, weigerte sich ihr Verstand zunächst, es anzunehmen und versuchte, sie zu überzeugen, dass es das Licht war, eine Anhäufung von Steinen, einfach ihre wahnsinnige Fantasie.

„Dort drüben", sagte Gabriel, „sind noch mehr."

Hinter ihnen polterte Keith den Abhang herunter. Steinchen spritzten über den Boden.

„Scheiße", brach es aus Keith heraus, „was zur Hölle ist das?"

Violet kämpfte gegen den Würgereiz, der sie zu überwältigen drohte. Plötzlich erschien ihr der Gestank so unerträglich, dass sie nicht mehr atmen konnte. Sie hatte sich stets für abgehärtet gehalten, für keine von den Miezen, die zwar stolz ihre Copuniformen trugen, beim Anblick von Blut und verspritzter Hirnmasse aber sofort weiche Knie bekamen. Doch das hier hätte selbst einen gestandenen Veteranen aus der Fassung gebracht. Das Grauen übertraf alles, was sie je in ihrer Zeit bei der DEA gesehen hatte. Und dennoch konnte sie ihren Blick nicht abwenden. Sie leuchtete über die verrottenden Kadaver wie ein Roboter, der in einer Endlosschleife gefangen ist und starrte auf Schädel, Hände, Füße und Torsi, bei denen sich das Fleisch von den Knochen löste und Rippenbögen gespenstische Schatten warfen.

Sie spürte Gabriels Hände an ihren Schultern, doch konnte sich nicht rühren, auch nicht, als er sie zu sich umdrehte und ihr die Taschenlampe entwand.

„Deine Schwester ist nicht dabei."

Sie brauchte eine Weile, um zu realisieren, was er gesagt hatte. Ein zweiter Schock schoss durch ihren Körper. Dieser Gedanke war ihr noch nicht gekommen. Der pure Anblick des grausigen Fundes hatte sie so überwältigt, dass sie nicht darauf gekommen war, die Leichen mit VORTEC in Verbindung zu bringen.

„Oh Gott." Sie fror und glühte zugleich. Und dieser Pesthauch brachte sie um den Verstand. „Wie viele liegen da?"

„Mindestens zwanzig." Seine Hände rieben über ihre Arme, warm und mit beherrschter Kraft. „Weiter hinten gibt es noch mehr, aber die sind älter. Von denen ist nicht mehr viel übrig."

„Ich kenne zwei von ihnen", sagte Keith. Seine Stimme klang flach und tonlos.

Ein Teil von Violets paralysiertem Verstand fragte sich, wie er das in der Dunkelheit sehen konnte.

„Miro und Asher. Beide vom Blut."

*

Gabriel musste Violet mit Gewalt zurück auf die andere Seite des Schutthaufens zerren. Sie beharrte darauf, dass es hier irgendwo einen Durchstieg geben musste. Doch der Kanal endete vor einer Wand aus Stahlbeton mit einem halben Dutzend vergitterter Rohröffnungen, die so schmal waren, dass kaum ein Hund hindurchpasste. Es gab keinen geheimen Zugang in die VORTEC Labore. Außer den Leichen war hier nichts.

Violet zog dennoch ihren handgezeichneten Grundriss heraus und starrte auf die Linien, als könne sie ihnen ihr Geheimnis mit purer Willenskraft entreißen. Er las das stumme Entsetzen in ihrem Blick und hasste sich selbst. Er hätte nicht zulassen dürfen, dass sie über die Schutthalde stieg. Gedankenloser Idiot, der er war, hatte er sie auch noch ermutigt, sich die Kadaver anzusehen.

Schließlich wand er ihr den Papierfetzen aus den Fingern, starrte darauf und kam endlich zum Schluss, dass sie sich doch in der Richtung geirrt hatten und das VORTEC Gebäude am anderen Ende der Katakomben lag.

Der Marsch zurück verlief in gedrücktem Schweigen. Sowohl Violet als auch Keith verströmten eine Aura schockstarren Entsetzens. Schuldgefühle überlagerten Gabriels Denken. Dabei musste er eine Antwort auf diese andere Frage finden, die in seinem Hinterkopf herumgeisterte.

Viel stärker als die menschlichen Leichen beschäftigte ihn der Rattenkadaver, den er lange genug betrachtet hatte, um zu wissen, dass etwas nicht damit stimmte. Keith hatte den toten Tieren keine Aufmerksamkeit geschenkt, aber er hatte sich auch nicht erst durch ein Rudel dieser kleinen Aasfresser schlachten müssen. Nicht nur, dass die Ratten sich viel zu aggressiv gebärdet hatten, sie sahen auch merkwürdig aus. Größer und kräftiger als gewöhnliche Ratten. Vielleicht nur eine weitere Mutation, wie sie hier unten immer wieder einmal vorkam, bei all der Chemie, die in den Abwässern schwamm. Doch dieser spezielle Kadaver war zudem mit Geschwüren übersät gewesen. Gabriel wusste nicht genau, was das bedeutete, aber etwas tief in ihm wich zurück vor dem namenlosen Entsetzen, das dieser Anblick versprach. Er konnte es nicht greifen, nicht genau benennen, doch es jagte ihm Furcht ein.

Sie kamen wieder am Aufzug vorbei und folgten dem Kanal in die andere Richtung. Der Boden stieg ein wenig an, das Wasser in der Rinne versiegte allmählich. Nur eine dünne Schicht Schlamm bedeckte noch den Grund. Im Morast prangten frische Fußabdrücke.

„Hier war jemand", sagte Gabriel.

Violets Lichtstrahl flackerte über den Boden und verharrte auf den Trittspuren. Er hörte ein Rascheln und das Geräusch, mit dem sie ihre Pistole entsicherte.

„Licht aus." Er griff nach seinem Schwert und dämpfte die Stimme. „Violet, bleib dicht hinter mir."

Es dauerte einen Moment, bis sich seine Augen auf die vollkommene Schwärze einstellten, nachdem die Taschenlampe erloschen war. Wie die meisten seiner Art war er in der Lage, selbst in tiefster Dunkelheit noch Bewegungen und Konturen zu erkennen. Er wollte ihre Ankunft nicht schon von Weitem ankündigen, falls hinter der nächsten Biegung die Männer lauerten, die für den Leichenhaufen verantwortlich waren. Sorgsam setzte er seine Schritte. Violet war so nah hinter ihm, dass er ihren Atem in seinem Nacken spürte. Es bereitete ihm Unbehagen, dass sie sich einer Gefahr aussetzte und er nichts tun konnte, um sie abzuschirmen. Nichts, außer sie niederzuschlagen, zu fesseln und am Eingang abzulegen, bis sie hier unten fertig waren. Aber dann würde sie kein Wort mehr mit ihm sprechen.

Der Kanal machte einen scharfen Linksknick. Er hörte Stimmen und der Gedanke verflog. Zwei Männer, ein Stück vor ihnen. „Wartet", flüsterte er. „Nicht bewegen."

Lautlos schlich er weiter, das Schwert in der Rechten, die linke Hand die Pistole im Anschlag. Die Stimmen wurden lauter. Der Glutpunkt einer Zigarette leuchtete im Dunkeln auf. Gabriel erfasste die Silhouetten zweier Männer. Einer lehnte an der Wand, der andere stand mitten im Korridor. Er tastete nach einer Aura und fand nicht den Hauch eines anderen Geistes. Die beiden Kerle waren gewöhnliche Menschen. Dicht an die Wand gepresst näherte er sich, bis Zigarettenrauch seine Nase kitzelte. Die Männer gehörten zur grobschlächtigen Sorte. Schlägertypen, die mit kurzläufigen Uzi Maschinenpistolen bewaffnet waren. Er wog das Schwert in der Hand. Zwei rasche Hiebe, er konnte sie enthaupten, bevor sie einen Laut von sich gaben. Skrupel verspürte er keine, denn von der Kanalreinigung waren die bestimmt nicht. Lautlos schob er die Pistole in seinen Gürtel und packte das Schwert mit beiden Händen.

Einen Augenblick später krachte ein einzelner Schuss, brach sich dröhnend an den Wänden und schreckte die Wachen aus ihrer Lethargie. Der Kerl direkt vor ihm fuhr herum und riss die Waffe hoch, während grelles Weiß den Kanal flutete. Die Scheinwerfer blendeten Gabriel, eine Feuergarbe peitschte den Korridor herunter. Geistesgegenwärtig warf er sich nach vorn, rollte über den Boden, kam wieder auf die Füße und schwang das Schwert. Die Klinge riss eine Blutfontäne aus der Kehle des Wächters, die Maschinenpistole polterte hinab auf die Steine. Der zweite Kerl stieß ihm die Mündung der Uzi ins Gesicht. Gabriel federte in den Knien ein, sodass der Feuerstoß über ihn hinwegging, vollendete seine Drehung und krachte mit der Schulter in den Unterleib des Mannes. Zugleich riss er seine Pistole aus dem Gürtel und feuerte, bis der andere zusammensackte.

Plötzliche Stille legte sich über die Katakomben wie ein Vorhang aus Asche. Gabriel blickte sich um, doch der Korridor blieb leer. Die Gefahr schien vorerst gebannt. In einer Nische hing eine doppelflügelige Stahltür, die die beiden Schläger bewacht hatten.

„Violet!", rief er, noch während er sich in Bewegung setzte. Sein Herz hämmerte ihm bis in den Hals. „Alles in Ordnung?"

Dann hörte er ihre Stimme, ein lautes, wütendes Fluchen. Es klang nicht schmerzerfüllt. Erleichterung durchflutete ihn. Sie kniete am Boden und richtete sich auf, als er sich näherte.

„Tut mir leid", murmelte sie.

Keith neben ihr zuckte mit den Schultern, eine Geste, die alles Mögliche bedeuten konnte. Sehr besorgt wirkte er nicht.

„Alles okay?", wiederholte Gabriel die Frage. „Seid ihr verletzt?"

„Nur mein Stolz." Das Licht des Scheinwerfers verwandelte ihr Antlitz in eine scharf gemeißelte Schwarz-Weiß-Skulptur. „Oh mein Gott, Gabriel, es tut mir leid. Ich bin so blöd."

„Was ist passiert?"

„Sie ist …“ Keith verzog das Gesicht und versuchte, ein Kichern zu unterdrücken. Sein Körper bebte vor Anstrengung. Es war die Art von Explosion, die entsteht, wenn sich heftige Anspannung in Heiterkeit entlädt. „Monsterratten“, japste er. „Lieber auf Nummer sicher gehen, was? Zum Glück hatte sie keinen Flammenwerfer dabei.“

„Das Scheißvieh hat mich überrascht.“ Zorn flackerte in ihrem Blick. „Ich wollte sie abschütteln. Der Schuss hat sich aus Versehen gelöst.“

„Eine Ratte?“

„Hier.“ Violet stieß mit dem Fuß gegen einen Kadaver von der Größe einer Katze. „Seit wann greifen die eigentlich Menschen an?“

„Vielleicht bist du ihr auf den Schwanz getreten“, gluckste Keith.

Sie blickte Gabriel in die Augen. „Mit dir alles okay?“ Die Sorge, die in ihrer Stimme schwang, strich wie eine warme Brise über ihn hinweg. „Die Typen da vorn …“

„Sind tot.“ Er beugte sich hinunter zu dem Rattenleichnam. Die Kugel hatte den Schädel des Tieres in eine formlose Masse aus Fleisch und Knochensplittern verwandelt, vom Leib war jedoch genug übrig, um die gleichen krankhaften Veränderungen zu erkennen, die Gabriel an ihren Artgenossen bemerkt hatte. Die Ratte litt unter schwerem Haarausfall. Bläuliche Haut spannte sich über Geschwülste, die den ganzen Körper bedeckten. Entlang der Rippen wucherte rotbrauner Schorf. Der Anblick verursachte Gänsehaut.

„Kommt.“ Er richtete sich auf. „Da vorn ist eine Tür.“

15

„Bist du sicher, dass wir allein da reingehen wollen?", fragte Keith.

Gabriel zog die Plastikkarte durch den Leser, die er einem der Gorillas abgenommen hatte. Ein grünes Lämpchen leuchtete auf, die Verriegelung löste sich mit einem Surren.

„Wir haben keine Zeit, auf Verstärkung zu warten." Nach der Schießerei grenzte es ohnehin an ein Wunder, dass nicht längst die Kavallerie aufgetaucht war. „Bleibt hinter mir."

Die Stahltür öffnete sich in einen Seitenarm der alten Kanäle. Eine niedrige Decke wölbte sich über ihren Köpfen. Im Abstand von etwa dreißig Fuß verströmten Notlämpchen orangefarbenes Licht.

„Vielleicht hat uns ja doch niemand gehört", murmelte Keith.

Der Boden sah aus, als sei er erst kürzlich betoniert worden. Von weither drang ein Konzert aus Fiepen und Bellen und anderen tierischen Lauten, die er zuvor schon in der Nähe des Aufzugs gehört hatte. Die Geräusche wurden lauter, je tiefer sie in den Gang eindrangen. Nach etwa zweihundert Yards versperrte ihnen ein zweites Stahltor den Weg, das sich mit der gleichen Plastikkarte öffnen ließ. Violet und Keith pressten sich gegen die Wand, während Gabriel den Flügel einen Spalt aufzog.

Er zuckte zurück vor einer Kakofonie aus Jaulen und Heulen und wütendem Gebell, die ihm entgegenschlug. Kein Wunder, dass niemand die Schüsse gehört hatte. Was immer auf der anderen Seite lag, es klang wie eine außer Kontrolle geratene Horde von Bluthunden auf frischer Fährte. Licht fiel durch den Spalt, ein Boden aus gelblichen Fliesen wurde sichtbar.

Als nichts geschah, zog er die Tür ganz auf und betrat den Raum auf der anderen Seite durch einen schmucklosen Korridor mit hellgrau gestrichenen Wänden und nackten Leuchtstoffröhren. Ein durchdringender Geruch nach Desinfektionsmittel hing in der Luft. Das Tohuwabohu war so überwältigend, dass er seine Stimme kaum hören konnte, als er Keith und Violet zurief, ihm zu folgen.

„Was zur Hölle ist hier los?" Violet hielt ihre Pistole mit beiden Händen umklammert.

„Das werden wir gleich herausfinden."

Zu seiner Rechten befand sich ein dämmriger Lagerraum. Unmengen von Holzkisten stapelten sich an den Wänden, dazwischen leere Käfige. Er tauschte einen Blick mit Keith. „Halt da draußen ein Auge offen."

Rost sammelte sich an den Gitterstäben der kleinen Verliese. Eine unangenehm süßliche Note drang ihm in die Nase, als er weiter in den Raum eindrang. An der Stirnseite thronte ein großer Eisenofen, eine altertümliche Konstruktion.

„Unheimlich, findest du nicht?" Violet trat an Gabriel vorbei und zog die Ofentür auf. Ascheflocken lösten sich vom Rahmen und tanzten zu Boden.

Sein Blick glitt über die Käfige. Nicht alle zeigten Spuren von Alter. In zweien lagen Futterreste, Körnchen, eingeweicht in Wasser und Stückchen verrottenden Fleisches.

„Ein Krematorium", sagte er.

„Was?"

„VORTEC hat ein Labor, nicht wahr? Mit Versuchstieren. Hier verbrennen sie die Kadaver."

Violet drehte sich zu ihm um. „Ist das normal?"

„Keine Ahnung." Er betrachtete die Aschereste im Inneren der Brennkammer. Hier gab es nichts weiter zu entdecken. „Hier ist nichts. Suchen wir weiter."

Sie kehrten zurück in den gefliesten Vorraum zu Keith. Das Gebell schwoll an und ab wie ein wütender Sturm. Gabriel trat an die zweite Tür und untersuchte das Schloss. Es gab keinen Kartenleser, dafür jedoch eine kleine Kamera und einen Fingerabdrucksscanner.

„Schlecht", konstatierte Violet. „Diese Dinger haben sie überall in der Klinik. Ich wette, die messen auch Vitalfunktionen, das heißt, wir brauchen einen lebenden Menschen."

Gabriel machte einen Schritt zurück und richtete die Pistole auf das Schloss. Im gleichen Moment surrte etwas und die Tür sprang einen Spalt auf. Ein Funkgerät knackte auf der anderen Seite. „Ich sehe nach, wo die Idioten stecken", schwang eine Stimme durch den Lärm.

Geistesgegenwärtig glitt er zur Seite und hieb dem Mann den Lauf seiner Pistole gegen den Schädel, als dieser durch die Tür trat. Mit einem erstickten Laut taumelte der andere gegen die Wand. Mit einem zweiten Schlag setzte Gabriel nach und fing den Körper auf. Blut sickerte aus einer Platzwunde an der Stirn des Mannes. Gabriel ließ den Bewusstlosen in den Türrahmen sinken, sodass er die Tür hinderte, sich wieder zu schließen.

☆

Violet wusste nicht, was sie noch auf den Beinen hielt. Vielleicht das Adrenalin. Oder der Schock, der sie gegen alles andere unempfindlich machte.

Das Blut in ihren Adern fühlte sich an wie flüssiger Stickstoff. Ihr Geist versuchte, eine Schutzmauer gegen das Entsetzen zu errichten. Sie wollte glauben, dass die Leichen auf der anderen Seite des Tunnels nur eine Illusion waren, eine verstörende Szene aus einem Horrorfilm, die sich verflüchtigen würde, wenn am nächsten Morgen die Sonne aufging.

Ein Teil von ihr fragte sich, wie es möglich war, dass all das Gabriel so wenig berührte. Er wirkte zielstrebig, kühl und beherrscht. War das Training? Erfahrung? Einfach die Art von Abgebrühtheit, die man sich zulegt, wenn man Jahrzehnte, oder in seinem Fall vielleicht Jahrhunderte mit Tod und Schrecken konfrontiert wird? Wie diese Typen, die sich als Söldner bei Läden wie Blackwater verdingten und ihr Blutgeld auf den dreckigsten Schlachtfeldern der Welt verdienten? Tag für Tag, Jahr um Jahr?

Wie passte das mit dem Gabriel zusammen, der zärtlich sein konnte, liebevoll, und der sie auf eine Weise ansah und berührte, dass sie sich fühlte wie die begehrenswerteste Frau auf der Welt?

Steifbeinig stieg sie über den Körper des bewusstlosen Wachmanns und folgte Gabriel in einen langen Gang, der in eine Feuertür mündete. Blaugrau geflecktes Linoleum bedeckte den Boden, die Wände glänzten in fahlem Gelb. In einem Glaskasten hing ein Plakat mit Sicherheitshinweisen. Eine Reihe von Labortüren befand sich auf beiden Seiten des Korridors. Das infernalische Geheul drang durch Mark und Bein, hallte von den Wänden zurück und wollte die Scheiben in den Türen schier zum Springen bringen.

Der Griff ihrer Pistole war feucht von ihrem Schweiß. Das Herz schlug ihr bis zum Hals, jede Faser ihres Körpers war angespannt. Sie machte sich Vorwürfe, dass sie die Kontrolle verloren hatte, vorhin im Kanal, als die Ratte sich in ihr Hosenbein verbissen hatte. Was, wenn es Gabriel nicht gelungen wäre, die beiden Wachen auszuschalten? Wieder zwei Menschen, murmelte eine bösartige kleine Stimme in ihrem Hinterkopf, an deren Tod sie Mitschuld trug. Reife Leistung.

Gabriel stieß der Reihe nach die Türen auf. Kein Mensch schien sich hier unten aufzuhalten. Aber das war auch nicht überraschend, kurz vor Mitternacht. Die Wachleute hatten sie bereits ausgeschaltet. Die ersten beiden Räume waren gewöhnliche Labors mit Kühlschränken, stählernen Arbeitstresen und Schreibtischen mit Computern. Im dritten Labor stand eine Reihe von Käfigen auf der Rückseite. Drei der vier Verschläge waren leer, im letzten lag eine weiße Laborratte.

Das Tier klebte apathisch am Boden, nur die Augen zuckten hin und her. Violet blieb stehen und konnte ihren Blick nicht abwenden. Der Körper der Ratte wirkte unnatürlich aufgedunsen. An vielen Stellen waren die Haare ausgefallen, das verbliebene Fell zu Büscheln verklebt. Ausschlag bedeckte die kahle Haut, Schorf und eitrige Stellen. Kein schöner Anblick. Viel mehr erschreckte sie allerdings Gabriels Gesichtsausdruck. Er starrte auf die kranke Ratte, als sei sie eine Inkarnation seiner entsetzlichsten Albträume.

„Gabriel?", fragte sie mit erzwungener Ruhe. „Was ist das?"

Er zuckte zusammen wie unter einem körperlichen Schlag. „Nichts."

„Was stimmt nicht mit diesem Tier?"

Wortlos starrte er sie an.

„Es sind die Hautausschläge, oder? Du weißt etwas darüber. Sind das die gleichen Hautveränderungen wie bei Marv?" Ihre Stimme klang schrill in ihren Ohren. „Und es ist nicht nur die Haut, es ist mehr. Gabriel, du weißt, was das ist. Es ist etwas Schreckliches, nicht wahr?"

„Später." Seine Stimme vibrierte. Er schob sein Schwert zurück in die Scheide. „Du musst mir vertrauen. Ich werde es dir später erklären."

Sie hielt seinen Blick fest, der jetzt flackerte. Es machte ihr Angst. Viel mehr Angst als alles andere, was sie heute Nacht gefunden hatten. Weil es ihm Furcht einjagte.

„Wir sollten uns nicht zu viel Zeit lassen", sagte Keith. „Die werden bald noch mehr Leute schicken, wenn ihre Funksprüche ins Leere laufen."

Gabriel wandte sich ab. Wie zufällig berührte seine Hand sie am Rücken. Sie schluckte, bohrte aber nicht weiter. Keith hatte recht. Sie mussten sich beeilen.

„Wo sind diese verdammten Hunde?", fragte sie, an niemanden im Besonderen gewandt.

Die Tür auf der anderen Seite war verschlossen, doch Gabriel sprengte das Schloss mit einem Tritt. Das Türblatt krachte gegen ein Stahlregal. Auf der anderen Seite schälte sich die Quelle des wahnsinnigen Lärms aus dem Halbdunkel. Im Schein der Notlämpchen zeichneten sich Käfige ab, kleine und große Zwinger. Unter dem Antiseptikum in der Luft dräute Raubtiergestank. Urin, Geifer und nasses Fell. Die Hunde in den Zwingern gebärdeten sich wie rasend, ein Inferno aus Heulen und Gebell. Ein riesiger Schäferhund warf sich gegen die Gitterstäbe, immer wieder, und erschütterte die gesamte Käfigreihe.

„Scheiße", sagte Keith hinter ihr. „Was für ein Irrenhaus."

Zögernd näherte sie sich den Tieren. Soweit sie das in dem Tohuwabohu beurteilen konnte, hatten diese Hunde keinen Haarausfall. Vor einem großen Verschlag, dessen Gitterstäbe klebrig glänzten, blieb sie stehen. Dahinter gähnte Dunkelheit.

Dann schoss etwas so entsetzlich schnell auf sie zu, dass sie mit einem Schrei zurückstolperte. Verdrehte Reißzähne schlossen sich um die Stäbe, Fellbüschel und Geifer flogen durch die Luft, Krallen kratzten über den Boden. Die Attacke löste einen neuen Anfall von Hysterie in den umliegenden Käfigen aus.

„Was ist das?" Keith hatte sich ebenso erschreckt wie sie selbst. „Sieht aus wie direkt der Hölle entsprungen."

Aus sicherer Entfernung starrte sie auf die Muskelstränge, die unter der fahlblauen Haut des Tieres arbeiteten. Knoten und Schwellungen deformierten die Glieder des Tieres. Die Proportionen wirkten falsch, der Kopf war zu groß, die Schultern zu massig. Selbst das Knurren der Bestie klang nicht, wie ein richtiger Hund klingen sollte. Unwillkürlich musste sie an den monströsen Kojoten in der Mojavewüste denken.

In ihrem Kopf begann sich alles, zu drehen. Das war zu viel. Zu entsetzlich. Wenn einer der infizierten Bestien die Flucht gelungen war, wie konnte der Hund dreihundert Meilen weit kommen? Noch dazu in der Wüste?

„Gabriel", rief sie. „Sieh dir das an."

Er durchquerte den Raum und blieb vor dem tobenden Hund stehen. Seine Miene verhärtete sich. Der Eisklumpen in Violets Magen ballte sich noch fester zusammen.

„Marv", stieß sie hervor. „Da war noch mehr. Nicht nur der Hautausschlag." Gabriels Blick brachte sie beinahe zum Verstummen. Doch sie machte weiter. Sie strauchelte nicht. „Seine Finger waren deformiert. Er hatte Geschwüre auf den Gelenken. Knotige Fortsätze, als ob jeden Moment ein Dorn aus den Fingerknöcheln wachsen wollte."

„Ja", sagte Gabriel ausdruckslos. „Ich weiß."

„Was weißt du?"

„Wartet", unterbrach sie Keith angespannt, „könnt ihr das später diskutieren? Obwohl es mich auch sehr interessiert, würde ich lieber zuerst den Rest dieser Hütte durchsuchen. Wir müssen unsere Leute finden, schon vergessen?"

Sie zogen sich aus dem Labor zurück und durchstöberten den letzten Raum an der Seite des Korridors, eine Kühlkammer mit acht in die Wand eingelassenen Stahlfächern. In der Mitte des Raums stand ein Tisch mit einer Glasplatte. Mit grimmiger Entschlossenheit zog Gabriel die Schubladen auf, eine nach der anderen. Sie waren leer. Bis auf eine.

Beim Anblick der Leiche taumelte Keith zurück. Es war ein junger Mann, dessen Gesicht selbst in der Totenstarre noch schön anzusehen war. Obwohl der Körper keine offensichtlichen Verletzungen aufwies, wirkte er nicht ganz richtig. Die Glieder waren unnatürlich dünn und sehnig. Wie Äste eines Baumes, die jemand mit weißer Farbe überzogen hat.

„Alessandro", stammelte Keith. „Das ist Alessandro!"

„Er ist tot", sagte Gabriel.

„Ich dachte ..." Ein rascher Wechsel von Emotionen flackerte über Keith' Gesicht. Zorn, Leere und ein so heftiger Schmerz, dass sich Violets Innerstes zusammenzog. „Ich meine, ich hatte gehofft, dass ..." Er brach ab.

„Es tut mir leid." Gabriel streifte seine Jacke ab und breitete sie über den blutleeren Leib. Dann wandte er sich zu Keith und legte ihm eine Hand auf die Schulter. „Es tut mir leid, dass wir zu spät kommen. Aber vielleicht gibt es andere, die wir retten können."

„Er war ein guter Freund", wisperte Keith.

„Ich weiß."

„Was machen wir mit ihm? Wir können ihn nicht hier liegen lassen."

„Wir können ihn auch nicht mitnehmen. Aber wir rufen Verstärkung. Jetzt haben wir einen Beweis. Sie können uns die Hilfe nicht verweigern."

*

Sie benutzten ein Telefon im benachbarten Labor. Gabriel wartete, während Keith mit Cyric telefonierte. Es dauerte nicht lange.

„Sie kommen." Keith legte den Hörer auf. „Sie fahren sofort los."

„Was ist mit Katherina?"

Er bleckte die Zähne. „Cyric wird hinterher mit ihr reden."

Gemeinsam wanderten sie hinaus auf den Korridor, wo Violet sich auf den Boden hatte sinken lassen. Die Pistole hatte sie neben sich gelegt, ohne sie loszulassen. Mit gerunzelter Stirn blickte sie zu ihnen auf. „Seid ihr sicher, dass ich nicht die Cops rufen soll?"

„Wenn die Cops hier auftauchen, wird VORTEC alle Spuren vernichten", erwiderte Gabriel. „Sie sind nicht schnell genug. Das können sie gar nicht. Bei dem, was VORTEC hier tut, werden sie ihre Kontakte haben. Die wissen schon, dass eine Durchsuchung ansteht, bevor der Richter den Beschluss unterschrieben hat."

Der Lärm der tobenden Hunde hallte so laut von den Wänden zurück, dass sie ihre Stimmen erheben mussten, um einander zu verstehen.

„Was ist zwischen dir und Katherina?", fragte Keith. „Sie hat doch nicht wirklich gedacht, dass du hinter den Entführungen steckst. Das war doch nur ein Vorwand. Sonst hätte sie dich nicht ausgerechnet in Riverside Rancho von der Brücke werfen lassen, dann hätte sie ja riskiert, dass deine Freunde dich finden."

„Wenn ich das wüsste." Gabriel warf einen Blick hinüber zu dem Wachmann, der immer noch bewusstlos in der Tür lag. „Ich dachte zuerst, es liegt an mir. Ich beuge nicht gern das Knie vor ihr. Aber darum geht es nicht. Sie hasst mich. Und meinen Vater hasst sie noch mehr. Wenn es nur Thomasz wäre und nicht noch zwei Dutzend anderer Schattenläufer, die verschwunden sind, würde sie keinen Finger rühren."

„Vielleicht hat sie eine gemeinsame Vergangenheit mit Thomasz, von der du nicht weißt? Frag ihn doch mal."

„Ja, wenn wir ihn finden." Gabriel drehte sich einmal um seine eigene Achse und musterte den oberen Bereich der Wände, so wie er es zuvor schon getan hatte. „Ich frage mich, warum es hier keine Kameras gibt. Sie haben Bioscanner an ihren Türen, also warum keine Kameras?"

„Vielleicht ist das hier unten so geheim, dass die Mitarbeiter nichts davon wissen dürfen", warf Violet ein.

„Gut für uns." Keith hatte zu seinem flapsigen Tonfall zurückgefunden, doch er wirkte aufgesetzt. Seine Art, den Schmerz zu bekämpfen. Gabriel respektierte das.

Das surrende Geräusch des Türschlosses war so leise, dass es im Hundegebell versank, doch er nahm es dennoch wahr. Er zog die Pistole hoch, seine andere Hand ruckte automatisch an den Griff seines Schwertes.

„Besuch", knurrte er.

Im nächsten Moment flog die Tür auf und gab den Blick frei auf zwei Männer, einer im dunklen Anzug, der andere in Jeans und T-Shirt, beide bewaffnet mit den kurzläufigen Maschinenpistolen, die hier zur Standardausrüstung der Wachen zu gehören schienen. Der Anzugträger hatte gute Reflexe. In einer fließenden Bewegung riss er die Uzi hoch und feuerte.

„Eindringlinge!", brüllte der andere in sein Funkgerät. „Eindring..."

Eine Kugel aus Gabriels Pistole brachte ihn zum Verstummen. Keith neben ihm jagte ein ganzes Magazin in den Leib des Anzugträgers. Binnen Sekunden war der Kampf vorbei.

„Scheiße", sagte Keith. Blut tropfte von seinen Fingern. Sein Gesicht verzog sich zu einer schmerzerfüllten Grimasse, während er nach seiner Schulter tastete. „Das Arschloch hat mich getroffen."

Gabriel verbiss sich einen spöttischen Kommentar. Keith' Wunde war nur ein Kratzer. Er wandte sich um zu Violet, die ihre Lippen zu einem schmalen Strich zusammengepresst hatte. „Bist du okay?"

„Ja." Das Wort klang wie ein kleiner harter Knoten.

„Sicher?"

Sie nickte heftig. Mit dieser Geste verriet sie, dass gar nichts okay war. Wahrscheinlich würde sie zusammenbrechen, wenn sie das hier überstanden hatten. Es nötigte ihm ohnehin Bewunderung ab, dass es ihr gelang, die Nerven zu behalten. Mit einem Ruck kehrten seine Schuldgefühle zurück. Er wollte nicht, dass sie Schaden nahm, hier unten, wollte nicht, dass ...

Was?

„Jetzt wissen sie wirklich, dass wir hier sind", riss Keith ihn aus dem Gedanken.

Gabriel spähte durch die Feuertür in den angrenzenden Raum. Es war eine Art Schleuse, mit einem weiteren Paar Doppeltüren auf der gegenüberliegenden Seite. Wahrscheinlich der Übergang in die regulären Klinikbereiche. Auf der rechten Seite befand sich ein Aufzug. Er stieg über die Leichen und drückte den Rufknopf, doch nichts geschah. Daneben saßen ein Zahlenfeld und ein Fingerscanner. Ohne den richtigen Code saßen sie hier fest. Er zog die beiden Toten ins Innere des Korridors, bis die Tür wieder ins Schloss fiel. So mussten sie wenigstens nur einen Zugang im Auge behalten, bis die Verstärkung eintraf. Blutige Streifen blieben auf dem Linoleum zurück.

„Da kommen bestimmt noch mehr", sagte er. „Wir warten hier und hoffen, dass Cyric mit seinen Leuten bald auftaucht."

*

Die Lichter faszinierten Asâêl. Ein Teppich aus Lichtern bedeckte die Hügel und Täler, wie Juwelen auf dem nachtschwarzen Haar einer Frau.

Einer Frau.

Das Bild glitt durch Asâêls Geist und hinterließ eine Spur aus Sehnsucht, doch verblasste, bevor er es festhalten konnte. Zöpfe wie gesponnenes Silber. Zwei Bilder eigentlich, die sich überlagerten, in schmerzhafter Disharmonie. Silber und Schwarz, eine plötzliche Schärfe. Er hatte etwas getan. Etwas, das Leid gesät hatte.

Seine Finger gruben sich in die Erde, zermalmten Lehm und Steine. Verzweiflung überwältigte ihn, weil es ihm nicht gelang, sich zu erinnern. Er fand Bruchstücke. Scherben. Momentaufnahmen. Doch er wusste nicht, warum sie ihn berührten.

Geduld. Das Mantra, das ihn davor bewahrte, den Verstand zu verlieren. Er musste geduldig sein. Sein Geist hatte zu heilen begonnen. Er verstand bereits viel mehr von den Dingen, die ihn umgaben, als zu Beginn nach seiner Wiedergeburt.

Er erinnerte sich, wie er gelebt hatte. An Liebe und Schmerz. An einen Sturz in die ewige Nacht. Nicht die Details, die entzogen sich ihm. Doch die Emotionen, an die erinnerte er sich. Süße. Verzweiflung.

Verrat.

Wer hatte ihn verraten?

Der Blick der Frau hatte brennende Abdrücke auf seiner Seele hinterlassen. Smaragdfarbene Flammen, tiefschwarzer Samt. Zwei Paar Augen.

Zwei Frauen.

Asâêl senkte die Lider. Die Nebel von Jahrtausenden verbargen eine Tragödie, ein schreckliches Leid. Die Schatten umkreisten ihn wie ein Schwarm Raben.

Was hatte er getan?

Was war geschehen? Es trieb dort irgendwo, dieses Wissen, in den Weiten der Ewigkeit. Und er musste sich erinnern. Es war wichtig, dass er sich erinnerte.

Die Lichter funkelten, mitternachtsschwarz, smaragdgrüne Flammen, Juwelen auf dem Haar einer Frau.

*

Die Feuertür schob sich einen Spalt auf, dann flog etwas hindurch und rollte über den Boden.

„Zurück!", brüllte Gabriel. „Zurück!"

Er packte Violet am Arm und riss sie mit. Mit der Schulter rammte er die Tür auf und hechtete in den Kühlraum, Violet an sich gepresst. Die Detonation erfasste ihn und schleuderte ihn gegen die Wand, doch er schützte Violet mit seinem Körper und ließ sie nicht los. Der Aufprall sandte Schmerz in seine Schulter. Ein schwerer Gegenstand traf ihn am Hinterkopf. Benommen tastete er über seinen Schädel und fühlte Blut. Die Explosion hatte seine Trommelfelle betäubt.

Er wälzte sich herum und blickte Violet in die weit aufgerissenen Augen. Sie bewegte ihre Lippen, doch er konnte sie nicht hören. Nur sein Herzschlag dröhnte in den Ohren und das Rauschen seines Bluts.

Als sein Gehör endlich zurückkehrte, vernahm er zuerst das Toben der Hunde, wie durch dichten Nebel gedämpft. Maschinengewehrfeuer übertönte das Bellen. Der Gedanke an Keith war ein eisiger Guss Wasser. Er zog Violet auf die Füße. Ein Funkgerät krächzte.

„Scheiß Hunde", brüllte jemand.

Putzbrocken bedeckten den Fußboden, das Tischgestell lag verbogen vor der Wand mit den Kühlkammern, die Glasplatte zersplittert. Die Tür war halb verschüttet, doch daneben war ein Riss in der Wand entstanden, breit genug, um hindurchzusteigen. Staub hing in der Luft. Er packte Violet an den Schultern. „Bleib hier." Seine Pistole hatte er beim Sturz verloren. Im Korridor tauchten Männer auf. „Gib mir deine Waffe." Er zog die Browning aus Violets Gürtel, bevor sie etwas erwidern konnte und fasste mit der anderen Hand nach dem Griff seines Schwertes. „Warte hier", beschwor er sie erneut und sah ihr fest in die Augen. Nach einem Kuss auf ihre Stirn machte er sich auf den Weg.

Mit drei großen Schritten überbrückte er die Distanz zum Riss in der Mauer. Er drückte sich gegen die Wand und spähte hindurch. Zwei weitere Gestalten näherten sich von der Feuertür. Der Korridor hatte sich in eine Schutthalde verwandelt. Betontrümmer blockierten den Durchgang. Er wartete, bis die Männer auf seiner Höhe waren, dann feuerte er. Zwei präzise Schüsse, die Wachen brachen zusammen. Er fuhr herum und erfasste die anderen drei Wachleute. Noch ein dunkler Anzug, daneben ein kahl rasierter Latino und ein Blondschopf mit militärisch kurzem Haarschnitt und Holzfällerhemd.

Der Latino zog sofort den Abzug seiner Uzi durch. Gabriel ließ sich fallen und presste sich gegen einen hüfthohen Betonbrocken. Über ihm fetzten Splitter und Staub aus dem Trümmerstück. Die Feuertür schwang abermals auf und weitere Gestalten drängten hindurch. Hier konnte er nicht bleiben. Es waren zu viele. Doch zurück in den Kühlraum konnte er auch nicht, ohne Violet zu gefährden. Der Kugelhagel riss nicht ab. Wenigstens blieben die Sicherheitsleute an der Doppeltür stehen, weil sie nicht in die Schusslinie ihrer Leute geraten wollten. Gabriel feuerte ein paar Schüsse in ihre Richtung. Der Staub verwandelte alles, was weiter als vier Meter entfernt lag, in gelbliche Schemen. Ein Mann brach zusammen, die anderen wichen hinter die Tür zurück.

Abrupt rissen die Salven der Maschinenpistolen ab. Die Hysterie der Hunde in ihren Käfigen hallte von den Wänden zurück.

Eine zweite Granate rollte über den Boden.

Verdammt.

Er kam hoch und setzte über den Betonbrocken. Die Explosion hob ihn von den Füßen. Mit dem Rücken prallte er gegen die Wand, Schmerz lähmte ihn und riss ihm den Atem von den Lippen. Ihm wurde bewusst, dass die Wachleute verschwunden waren. Der Kampflärm klang nun weiter entfernt. Cyrus und seine Kavallerie?

Zwei Männer tauchten aus dem Dunst auf. Keuchend kam Gabriel auf die Füße, die Trommelfelle betäubt vom Knall. Er feuerte mit zitternder Hand, einer der beiden taumelte, dann schlug der Hammer auf Metall. Das Magazin war leer.

Gabriel ließ die Browning fallen, packte das Schwert mit beiden Händen und stürmte auf die Männer zu. Etwas traf ihn an der Hüfte und schleuderte ihn gegen die Wand. Er fand sein Gleichgewicht wieder, dann hatte er sie erreicht. Seine Klinge fetzte durch Stoff und Muskeln, als wäre es nichts als Papier. Ein Regen aus Blut sprühte durch die Luft, benetzte seine Wange. Sie fielen, der Weg war frei.

Schwankend ließ er das Schwert sinken.

Er konnte die Anwesenheit der Gardekämpfer spüren, so deutlich wie den Kupfergeschmack des fremden Blutes auf seinen Lippen. Und noch eine Aura flammte auf, scharf wie ein Peitschenhieb.

Einen Augenblick später krachten beide Flügel der Feuertür gegen die Wände und gaben den Blick frei auf einen schwarzlockigen Mann. Instinktiv wusste Gabriel, dass die neue Aura zu ihm gehörte.

Ein Schattenläufer.

Feind oder Verbündeter?

Der Mann war massiv gebaut und so groß, dass er den Kopf unter dem Rahmen neigen musste. Als er näher kam, bemerkte Gabriel die Maschinenpistole in seiner Hand.

„Marco?", rief eine Stimme hinter ihm.

Gabriel warf einen Blick über die Schulter und entdeckte Keith mit blutüberströmtem Gesicht, eine Hand gegen die Seite gepresst. Auf seinen Zügen stand sprachlose Überraschung.

„Marco!", stieß er hervor. „Verdammt, du lebst?"

Marco de Calzo. Gabriel hatte ihn in all den Jahren nur zwei Mal getroffen. Der Schattenläufer, mit dem die Serie der Entführungen begonnen hatte. Sie hatten nie etwas miteinander zu schaffen gehabt. Die Mundwinkel des großen Mannes verzogen sich zu einem Lächeln. Keith trat an Gabriel vorbei und auf Marco zu.

Etwas war falsch.

„Keith, mein Freund!", rief Marco über das Hundegebell hinweg.

Das Gefühl, dass etwas nicht stimmte, wurde überwältigend.

„Nett, dass du hier auftauchst, um ..." Er führte den Satz nicht zu Ende, sondern zog die Uzi hoch und feuerte eine Salve auf Keith ab, die ihn rücklings in die Trümmer schleuderte.

„Bastard!", stieß Gabriel hervor. Brennende Wut stieg in ihm auf, eine Woge Adrenalin, die die Steifheit und den Schmerz in seinen Gliedern hinwegfegte. Mit einem weiten Bogen hieb er nach Marcos Waffenarm, traf die Maschinenpistole und lenkte sie ab. Eine Serie von Kugeln grub sich ins Linoleum.

Marco ließ die Uzi fallen und sprang Gabriel an wie eine Raubkatze. Gemeinsam gingen sie zu Boden. Marcos Stirn traf ihn im Gesicht. Gabriel spürte, wie seine Nase brach. Der zweite Hieb ließ einen stechenden Schmerz in seinem Schädel explodieren, der ihm Tränen in die Augen trieb. Er kämpfte, um bei Bewusstsein zu bleiben. Das Antlitz über ihm versank in roten und schwarzen Schlieren. Marco war unglaublich stark, selbst für einen Schattenläufer. Gabriels Finger öffneten sich unter dem unbarmherzigen Klammergriff, der ihm das Handgelenk zu brechen drohte, und gaben das Schwert auf.

Einen Atemzug später gab Marco einen seiner Arme frei, um nach einer Waffe zu greifen. Mehr Reflex als bewusstes Handeln, brachte er seinen Arm hoch, packte Marcos Kehle und drückte zu. Der andere knurrte, dann fuhr eine Klinge herab. Gabriel riss den Kopf zur Seite. Der Dolch grub sich neben ihm ins Linoleum. Marco zerrte an der Waffe, um sie zu befreien, ließ dann abrupt von seinem Vorhaben ab und fasste nach Gabriels Handgelenk, um den Würgegriff zu brechen.

Der Schmerz war atemberaubend, doch Gabriel ließ nicht los. Er wusste, dass er sterben würde, wenn er seine Finger von Marcos Kehle löste. Sie rangen miteinander, eine scheinbare Ewigkeit. Plötzlich war auch sein zweiter Arm frei, weil Marco nun mit beiden Händen seine Kehle zu befreien suchte.

Seine Finger tasteten über die Trümmer, schlossen sich um einen scharfkantigen Stein und rammten ihn Marco mit aller Gewalt gegen die Schläfe. Marcos Augen verloren den Fokus. Gabriel zog die Knie an und schleuderte ihn von sich.

Sie kamen fast gleichzeitig auf die Füße. Blut lief Marco übers Gesicht. Gabriel wich zurück und bückte sich nach seinem Schwert. Marcos Grinsen wirkte schmerzverzerrt. In seiner Hand lag schwer und bedrohlich Keith' Tantoklinge. Schüsse krachten in Gabriels Rücken. Die Hunde tobten. Er musste das hier beenden. Schnell.

Das Grinsen erlosch auf Marcos Gesicht. Mit einem Schrei stürmte er auf Gabriel zu, eine Lawine aus Muskeln und Stahl. Gabriel glitt zur Seite und blockte den ersten Hieb. Er spürte den Aufprall bis in die Schultern. Marco verfügte über die Kraft und die Reflexe eines Bluttrinkers, die weit über die normalen Fähigkeiten ihrer Spezies hinausgingen. Kein Wunder, dass sich immer wieder Schattenläufer der Verlockung des Blutes hingaben, obwohl es ein Weg ohne Wiederkehr war. Marco musste kürzlich erst getrunken haben. Er war stark und schnell, ein tödliches Raubtier.

Plötzlich war Gabriel nicht mehr sicher, dass er den Mann würde besiegen können. Er blockte eine Serie von Schlägen ab und wich zurück, bis er mit dem Rücken gegen die Wand stieß. Stahl klirrte auf Stahl. Jeder Hieb fühlte sich an, als würde er ihm die Knochen zerschmettern. Marco schlug heftiger zu, immer schneller. Weniger kontrolliert.

Dann krachte ein Schuss, so dicht neben Gabriel, dass er glaubte, das Mündungsfeuer an seiner Wange spüren zu können. Marco prallte zurück, blieb mit dem Fuß an einem Trümmerstück hängen und geriet aus dem Gleichgewicht. Der Moment genügte Gabriel für eine Gegenattacke. Seine Klinge unterlief das andere Schwert, ein waagerechter Schnitt, der tief eindrang und Marco nach vorn sinken ließ. Gabriel legte auch die zweite Hand um den Griff und enthauptete den Bluttrinker mit einem wuchtigen Coup de Grace. Die Spitze der Klinge fetzte eine tiefe Rinne in den Putz der dahinterliegenden Wand, dann entglitt die Waffe Gabriels Fingern.

Langsam wandte er sich um. Hinter ihm stand Violet, bleich und mit zusammengepressten Lippen. Blut benetzte ihre Wange. Ihr Haar, ihre Kleider, sogar ihre Haut waren mit Staub überzogen. Sekundenlang starrten sie sich an, wie zwei Menschen, die sich nach wochenlangem Umherirren in einem Labyrinth plötzlich gefunden haben. Er las seine eigene Sorge gespiegelt in ihrem Blick. Sie hatte um ihn gefürchtet. Das berührte ihn auf einer Ebene, die tief unten lag, so tief, dass er schauderte.

„Ich bin okay", sagte sie, bevor er die Frage stellen konnte. Ihre Lippen zitterten. „Was ist mit Keith?"

Gabriel ließ sich neben ihm auf die Knie sinken. Keith stöhnte, als er ihn an der Schulter berührte. Seine Haut hatte sich bleifarben verfärbt, die Kleidung troff vor Blut.

„Kannst du mich hören?", fragte Gabriel.

Keith öffnete seine Lider einen Spalt. Sein Gesicht verzerrte sich zu einem Ausdruck purer Qual, als er sich aufzurichten versuchte.

„Scheiße", flüsterte er. „Wieso hat Marco ..."

„Das finden wir später heraus. Dir steht eine höllische Nacht bevor, mein Freund."

„Du lässt mich nicht sterben, nicht wahr?" Das Lächeln auf Keith' Lippen misslang. „Du bist mir was schuldig."

„Nein." Gabriel riss ihm das Hemd auf, um die Wunden zu untersuchen. „Ich lasse dich nicht sterben."

16

Es duftete nach Flieder, als Violet erwachte. Sonnenlicht flirrte in weißen Gazevorhängen. Von irgendwo klang ein rhythmisches Piepsen. Sie tastete über gestärkte Bettwäsche, strich über ihren Arm, die Härchen, die sich aufrichteten. Es fühlte sich warm an, wie es sein sollte. Alles war richtig. Dann stieß sie gegen die Kanüle, die in ihrer Armbeuge steckte und war schlagartig wach.

Ein Schatten schob sich vor das Licht, die Silhouette eines Mannes. Sein Haar fiel ihm auf die Schultern in dichten, seidigen Strähnen, walnussfarben mit helleren Einsprengseln, wo die Sonne sie gebleicht hatte. Lange Wimpern verschatteten seinen Blick, dunkel mit lavendelfarbenen Einsprengseln.

„Gabriel“, flüsterte sie.

„Du bist wach.“ Er trug eine dunkelblaue Bandana mit weißen Ornamenten. Ein Lächeln saß in seinen Mundwinkeln. Seine Hand berührte ihre Wange und schob eine Haarsträhne beiseite. Zärtlichkeit lag in dieser Geste. Sie verriet die Verletzlichkeit unter seiner spöttischen Maske.

„Was ist passiert?“, fragte sie.

„Du hast das Bewusstsein verloren.“

Sie versuchte, sich zu erinnern. Die unterirdischen Tunnels, die Leichen, die tobenden Hunde. Nach der zweiten Explosion hatte sie geglaubt, keinen einzigen heilen Knochen mehr im Leib zu haben. Sie hatte Gabriels Pistole unter dem Schutt gefunden, der von der Decke gebrochen war. Das Letzte, woran sie sich erinnerte, war der entsetzliche Kampf zwischen Gabriel und einem riesenhaften schwarzhaarigen Gegner, auf den sie geschossen hatte.

„Habe ich getroffen?“

Er nickte.

„Ist er tot?“

„Ich habe ihn enthauptet.“

Ja, richtig. Und Keith, blutüberströmt. Oh Gott. Was für ein Albtraum. „Haben wir gewonnen?“

Sein Lächeln wurde breiter. „Keith ist wieder auf den Beinen.“

„Hast du ihm … dein Blut gegeben?“

„Ja.“

„Oh.“ Sie zupfte ein wenig an der Kanüle. Ihr Kopf fühlte sich zu leicht an. Sie horchte in ihren Körper, doch fand keinen Schmerz. Nur eine warme Schwere, die von den Medikamenten herrühren mochte. „Warum bin ich hier?“

„Du hast eine Kopfverletzung und zwei gebrochene Rippen.“ Gabriel ließ sich vor ihr auf den Boden sinken. Ihre Köpfe waren nun fast auf gleicher Höhe. „Sie behalten dich für ein paar Tage hier.“

„Ein paar Tage?“, fuhr sie auf. „Aber ich habe keine Zeit.“ Sie betastete ihren Schädel und fand den Mullverband. „Du hast nicht zufällig noch etwas von deinem Blut übrig für mich?“

„Nein!“

Das kam so heftig, dass sie zurückzuckte. Die Zärtlichkeit war aus seinem Gesicht verschwunden und auch das Lächeln, weggefegt von einer plötzlichen Kälte, die sie nicht verstand. Himmel, sie hatte einen Scherz gemacht! Was in aller Welt war los mit ihm? Verstimmt über seine Grobheit richtete sie sich auf und nahm sich die Kanüle aus der Armbeuge.

„Was machst du da?“

„Ich stehe auf.“ Sie stieß die Decke zurück. „Wo sind meine verdammten Sachen?“

Er machte keinen Versuch, sie aufzuhalten, doch seine Augen wurden schmal. „Ich glaube nicht, dass das eine gute Idee ist."

„Warum nicht?"

„Weil gleich die Krankenschwester auftauchen wird."

Sie richtete sich auf. Schwankend machte sie ein paar Schritte, packte einen Stuhl und klemmte ihn unter die Türklinke. „Soll sie kommen." Sie verspürte das ganz und gar ungesunde Bedürfnis, Gabriel zu beweisen, dass er unrecht hatte.

„Was wird das?" fragte Gabriel ruhig.

Er musterte sie von unten herauf mit jener Art von Interesse, die man für jemanden aufbringt, der dabei ist, etwas Idiotisches zu tun, das aber ein interessantes Schauspiel verspricht. Doch das stachelte Violets Widerspruchsgeist noch an. Sie zog die Schranktüren auf und fand ihre Jeans, das T-Shirt und die schlammverschmierten Schuhe. Na also, der Tag war noch zu retten.

„Was ist übrigens passiert, nachdem ich bewusstlos geworden bin?"

Sie zog sich das Nachthemd über den Kopf und strich über den Verband, der sich über ihre Rippen spannte. Obwohl sie ihm den Rücken zuwandte, konnte sie hören, wie er sich aufrichtete und seine Schritte auf dem Linoleum. Sein Atem strich über ihren Nacken, als er so dicht hinter ihr stehen blieb, dass der Stoff seiner Jeans ihre Oberschenkel streifte. Er massierte leicht ihre Schultern, strich über ihre Brüste und ließ seine Hände dort liegen.

„Was machst du?"

„Ich helfe dir, dich zu entspannen."

Seine Stimme so dicht an ihrem Ohr, schickte einen erregenden Schauder durch ihren Leib. Mit unstetem Griff langte sie nach ihrer Jeans und stieg hinein. Gabriel fasste nach dem Hosenbund und zog ihn an ihr hoch. Beiläufig strich er mit dem Daumen unter dem Saum ihres Höschens entlang, bevor er die Knöpfe für sie schloss.

„Das ist irritierend", wisperte sie.

„Soll ich aufhören?"

Sein Haar kitzelte sie in der Halsbeuge, als er den Kopf senkte, um sie im Nacken zu küssen. Seine Berührung verursachte Gänsehaut.

Heftiges Klopfen an der Tür zerriss den Moment. Unwillig blickte sie auf.

„Hallo?", drang eine Frauenstimme durch das Holz. „Alles in Ordnung bei Ihnen? Machen Sie auf, bitte!"

„Wir könnten sie ignorieren", flüsterte Violet.

„Dann ruft sie die Polizei." Unterdrückte Heiterkeit schwang in Gabriels Stimme. „Glaub mir, sie kennt keine Gnade."

„Machen Sie die Tür auf!"

„Ja!", rief er. „Moment."

Hastig streifte sich Violet das T-Shirt über den Leib, während Gabriel den Stuhl beiseite räumte.

Die Stationsschwester war eine bullige Frau mit gerötetem Gesicht. In einschüchternder Haltung blieb sie vor Violet stehen.

„Was machen Sie da? Sie können nicht einfach aufstehen!"

„Es geht ihr schon wieder richtig gut", sagte Gabriel fröhlich.

Sie schoss ihm einen grimmigen Blick zu. „Das hat der Doktor zu entscheiden."

Violet stopfte ein paar Haarsträhnen in ihren Kopfverband. „Wo muss ich unterschreiben, dass ich auf eigenen Wunsch entlassen werde?"

„Ich hole den Doktor. Warten Sie hier!" Empört fuhr sie auf dem Absatz herum und marschierte aus dem Zimmer.

Gabriel lachte leise. „Ich habe dich gewarnt."

„Du wolltest mir erzählen, was passiert ist, nachdem ich bewusstlos geworden bin", erinnerte ihn Violet. Sie bückte sich, um ihre Schnürsenkel zu binden.

„Cyric und ein paar andere Gardisten sind rechtzeitig aufgetaucht. Während ich mit Marco beschäftigt war, haben sie die Kavallerie niedergemacht. Danach haben wir einen der überlebenden Wachleute gezwungen, die Tür zu öffnen."

„Habt ihr deinen Vater gefunden? Oder einen Hinweis auf meine Schwester?"

„Wir hatten nicht viel Zeit. Jemand hat die Cops gerufen. Ich weiß nicht, ob dieser jemand die wirklich heißen Sachen beiseitegeschafft hat, als wir noch unten mit Marco und seinen Leuten zugange waren."

„Ihr habt also nichts gefunden?" Es gelang ihr nicht, ihre Enttäuschung zu verbergen.

Gabriel rieb sich über die Stirn. „Wir haben ein paar Festplatten mit Daten und einen Gefangenen."

„Einen Gefangenen?", wiederholte Violet.

„Einer der Laboranten, der versucht hat, Unterlagen zu vernichten, als er uns kommen hörte."

Ungläubig starrte sie ihn an. „Und ihr habt ihn mitgenommen? Einfach so? Wo ist er jetzt?"

„Violet, wir haben da unten ein Blutbad angerichtet", sagte Gabriel sanft. „Glaubst du, ein Gefangener macht da noch einen Unterschied?"

„Und was wollt ihr mit ihm machen? Informationen aus ihm herausprügeln?" Sie würden ihn natürlich verhören, warum sonst hatten sie ihn mitgenommen? Violet fröstelte. Was, wenn er sich weigerte, zu kooperieren? Ihr Blick blieb an Gabriels Augen hängen und an der plötzlichen Härte, die sie darin las. Sie kannte die Antwort, bevor sie ihre Frage stellte.

Es klopfte an der offenen Tür, dann tauchte ein schlanker, grauhaariger Mann im Doktorkittel auf, dicht gefolgt von der verärgerten Stationsschwester.

„Ich bin Marc Frey", stellte er sich vor. „Ihr zuständiger Arzt." In seinem Lächeln schwang eine gequälte Note. „Möchten Sie nicht wenigstens die Untersuchung abwarten, bevor Sie eine Entscheidung treffen? Gestern Nacht haben wir nur die Notversorgung gemacht. Es könnte sein, dass Sie innere Verletzungen haben, die noch nicht entdeckt wurden."

Violet hatte Mühe, ihm geduldig zuzuhören. Der Gefangene kreiste in ihrem Kopf. Ein Laborant, der vielleicht wusste, was mit ihrer Schwester geschehen war. Der Licht in die Abgründe der VORTEC Tests bringen konnte. Sie musste mit ihm reden, bevor die Männer der Garde ihn mit ihren Verhörmethoden versehentlich umbrachten. Sie würden sich nicht zurückhalten, so viel war klar.

„Nein", sagte sie. „Nein wirklich nicht. Vielen Dank für Ihre Sorge, aber ich würde gern den Papierkram erledigen und dann muss ich los."

Freys faltige kleine Augen verengten sich. „Vom medizinischen Standpunkt kann ich Ihnen wirklich nicht …"

„Ich weiß das zu schätzen." Ihre Geduld löste sich auf wie Salz in kochendem Wasser. „Wirklich. Aber ich kann nicht, selbst wenn ich wollte. Also geben Sie mir bitte die Papiere und machen die Rechnung fertig, ja?"

Sie fragte sich, was die Cops in den Labors gefunden hatten. Ob sie auf das Blutbad in den Kellergewölben von VORTEC gestoßen waren. Sicher waren sie das. Plötzlich kam ihr ein Gedanke, siedend heiß. Sie fuhr zu Gabriel herum, im gleichen Moment, da Dr. Frey das Zimmer verlassen hatte. „Meine Pistole! Hat die jemand mitgenommen?"

„Keine Sorge. Wir haben uns um alles gekümmert. Da unten gibt es keine Spuren mehr, die man zu uns zurückverfolgen könnte."

„Hat die Presse schon Wind bekommen? Es müsste inzwischen auf allen Sendern sein."

„Kein Wort und das ist ungewöhnlich. VORTEC scheint mächtige Freunde zu haben."

Violet holte tief Atem. Sie konnte einfach nicht glauben, dass niemand VORTEC behelligen würde. Ja, es gab Korruption im LAPD, aber nicht so viel, dass sie sang- und klanglos ein Dutzend Leichen unter den Tisch fallen lassen konnten. Oder doch? Vielleicht war es ein Segen, dass sie aus der DEA rausgeflogen war, bevor sie sich intern so viel Ärger einhandeln konnte, dass sie sich eines Nachts auf einer Müllhalde wiederfand, mit einer Kugel im Hinterkopf. „Wo ist mein Rucksack?", fragte sie.

„Bei mir. Zusammen mit deiner Kevlarweste." Gabriel berührte sie am Rücken. „Komm, unterschreib das Entlassungsformular und lass uns gehen. Um die Rechnung habe ich mich gestern Nacht schon gekümmert."

„Du hast was?"

Er verzog einen Mundwinkel. „Kannst mich ja zum Essen einladen, wenn es dir schlaflose Nächte bereitet."

„Das werde ich", grummelte sie. „Verlass dich drauf."

Auf ihrem Handy hatten sich vierzehn Rufe in Abwesenheit angesammelt. Marshall, ihre Mutter und zwei andere Nummern, die sie nicht kannte.

Gabriel lenkte seinen staubigen schwarzen Tacoma durch den dichten Verkehr in Richtung Downtown, während Violet ihren Anrufbeantworter abhörte. Ein leises Stechen war in ihrer Seite erwacht und wurde mit jeder Minute stärker. Großartig, genau, was sie jetzt brauchte.

„Hast du zufällig Tylenol dabei?" Oder einen Spritzer Blut, fügte sie in Gedanken hinzu. Aber das hatte ihn vorhin so sehr auf die Palme gebracht, dass sie keine Witze mehr darüber reißen mochte.

„Hast du Kopfschmerzen?", fragte er.

„Meine Rippen."

„Im Handschuhfach."

„Danke." Sie schüttelte zwei Kapseln aus der Dose und würgte sie trocken hinunter, dann rief sie im Büro an.

„Bardo & Scott Investigations", meldete sich Marshall. „Was kann ich für Sie tun?"

„Ich bin froh, deine Stimme zu hören", brach es aus ihr hinaus.

„Gott sei Dank, du lebst", tönte es dumpf aus dem Hörer. „Ich hasse dich. Ich hasse dich wirklich, wenn du dich nicht meldest und ich mir ausmale, was dir alles zugestoßen sein könnte. Ich schwöre dir, noch zwei Stunden und ich hätte die Bullen losgeschickt."

„Die waren sowieso schon da."

„Was?" Im Hörer raschelte es. „Hast du übrigens schon die Nachrichten gesehen?"

„Nein." Sie musterte ein riesiges Plakat auf der Rückwand eines Hochhauses. Bist du bereit für das Jüngste Gericht? Ein Engel mit flammendem Schwert ragte aus einer Horde dreiköpfiger Wölfe auf. Oder sollten das Höllenhunde sein? Es sah aus wie Werbung für einen Sandalenfilm, doch dann erfasste sie den Schriftzug unter dem Bild. Etherlight ist der Weg zum Licht. Finde zu Etherlight. „Ach du lieber Himmel", murmelte sie.

„Was?"

„Vergiss es. Was ist in den Nachrichten?"

„Schalte mal FOX News an. Baby, du wirst hintenüberfallen."

„Wieso, was gibt's?"

„Zwei Sachen." Das Rascheln wurde lauter. „In einem Haus in den Hollywood Hills wurde eine Tote gefunden. Inez de la Torre, die Putzfrau."

Ihr wurde heiß und wieder kalt. Oh nein. Bitte nicht. Oder vielleicht war es nur eine zufällige Namensgleichheit? Es gab schließlich jede Menge mexikanische Putzfrauen, die Inez hießen.

„Nachbarn haben die Bullen gerufen, weil sie zwielichtige Typen auf dem Anwesen erspäht haben. Die Eindringlinge sind geflohen, als die Cops vorfuhren." Geräuschvoll stieß Marshall den Atem aus. „Und dann steht hier noch, dass das Haus dem Medienmogul Frank Tingirides gehörte, bis der es nach zweijährigem Scheidungskrieg an seine Exfrau Emily Bardo verlor."

„Shit." Wer hatte Inez auf dem Gewissen? VORTEC Killer auf der Suche nach Emily? Warum sonst waren die in Emilys Haus eingedrungen? Die arme Inez hatte den Fehler begangen, zur falschen Zeit am falschen Ort zu sein. Ihr wurde schlecht. „Steht da sonst noch was? Haben die Bullen schon eine Spur?"

„Nichts. Deine Mutter hat übrigens angerufen."

„Ja, weil meine kleine Schwester im Fernsehen ist. Oder zumindest ihr Haus." Sie seufzte. „Mom steht sicher kurz vor einem Herzinfarkt. Was hast du ihr gesagt?"

„Dass du unterwegs bist und zurückrufst."

„Danke."

„Willst du die zweite Neuigkeit hören?"

„Noch mehr Dramen?"

„Die hier ist interessant. Matavilya Crest, klingelt da was?"

„Das Etherlightanwesen in der Wüste." Sie konnte kaum denken, ihr war schwindelig, ihre Fingerspitzen fühlten sich taub an. Inez war ermordet worden. Und wo zur Hölle steckte Emily? War sie auf der Flucht vor VORTECs Gorillas, während ihr die Haare ausfielen und ihre Haut Blasen schlug?

Ein heftiges Schuldgefühl nistete sich in ihrem Magen ein. Was, wenn Emily dieses eine Mal wirklich Hilfe brauchte? Wenn sie ihre Leukämiediagnose vor Mom und ihren Freunden geheim gehalten hatte und zu VORTEC gegangen war? Die sie in ihre Testreihe aufnahmen, und dann, als sich herausstellte, dass Nebenwirkungen auftraten, wie ein Tier zu jagen begannen? Violet hatte kein warmherziges Verhältnis zu ihrer Schwester, wirklich nicht. Aber dieses Schicksal wünschte sie selbst Emily nicht an den Hals. Ganz zu schweigen von Mom, die es nicht ertragen würde, wenn ihrer jüngsten Tochter etwas zustieß.

„Was ist mit Matavilya Crest?", fragte sie. Gabriel warf ihr einen Blick zu, den sie jedoch ignorierte.

„Jemand hat es mit Granaten beschossen und niedergebrannt. Die Polizei sucht verbissen nach einer Spur. Und der Guru von Etherlight hat eine Presseerklärung veröffentlicht."

„Ah ja?", sagte sie schwach.

„Wirres Zeug." Marshalls Stimme klang abgehackt durch die Telefonleitung. „Das Jüngste Gericht steht bevor und niemand kann Gottes Willen aufhalten. Auch nicht, indem er Gottes einzig wahre Vertreter auf Erden mit Granaten beschießt. So geht es noch zwei Seiten weiter." Rascheln. „Hier, der Schluss ist episch. Er ruft alle, die in Vorbereitung auf die Apokalypse ihre Seele reinigen wollen, auf, sich der Etherlightkirche anzuschließen, solange noch Zeit ist. Denn der Feind lauert bereits in den Schatten und nur die, deren Glaube rein ist, also Etherlightjünger, werden vor den Ausgeburten der Hölle beschützt."

„Okay. Also jemand hat Matavilya Crest in Schutt und Asche gelegt. Gab es Tote?"

„Acht Tote, fünfundzwanzig Verletzte."

„Oh Shit."

„Emily Bardo taucht nicht auf der Liste auf."

„Hast du in den Polizeidatenbanken geschnüffelt?"

„Nur für dich." Marshall kicherte. „Habt ihr eigentlich irgendwas in den Kanälen gefunden?"

Verrottete Leichen, mutierte Hunde und schießwütige Killer. Sie schauderte. „Lange Geschichte", sagte sie schließlich. „Das muss ich dir in Ruhe erzählen."

*

Ein Stahltor glitt auf, Gabriel passierte eine lange Reihe von Containern und hielt schließlich auf dem Sandplatz vor einer Rampe.

Cyric hatte den Gefangenen in einem Lagerhaus untergebracht, nicht weit entfernt von der Brewery. Das Grundstück gehörte der Garde und wurde für alle möglichen Zwecke genutzt. Als Abstellfläche, als Zwischenlager für Waffen, gelegentlich als Gefängnis. Obwohl die Wellblechwände der Halle von außen einen baufälligen Eindruck machten, war das Gebäude schallgedämmt und vollgestopft mit Sicherheitstechnik.

Cyric hatte sich nicht so sehr gegen Violets Anwesenheit gesträubt, wie Gabriel erwartet hatte. Sie war bei dem Übergriff auf die VORTEC Labors dabei gewesen, hatte überhaupt erst den Durchschlupf entdeckt, den die Garde bei jeder Suche übersehen hatte. Das hatte ihr Cyrics Respekt verschafft.

„Diese Leute sind nervös und gefährlich", sagte Gabriel, bevor er die Fahrertür öffnete. „Und es sind keine Menschen. Behalte das im Hinterkopf und sei vorsichtig, wenn du etwas sagst."

Violet nickte nur. Nach ihrem Telefonat im Auto wirkte sie fahrig und angespannt. Er warf sich den Schwertgurt über die Schulter und streckte eine Hand nach ihr aus. „Entspann dich. Sei ganz du selbst."

Ihr Lachen klang hart. „Das willst du nicht."

Kühles Dämmerlicht umfing sie, als sie die Lagerhalle betraten. In den Schatten hing der Geruch von Staub, Maschinenöl und Vogelfedern. Keith wartete bereits.

„Wie geht es dir?", fragte Gabriel.

„Bestens." Sein Gesicht war blass, unter den Augen klebten schwarze Ringe. „Das war eine Höllennacht. Wenn du diesen Scheißkerl nicht schon umgebracht hättest, würde ich jetzt losziehen, um es nachzuholen."

Ihre Schritte klangen hohl auf dem Beton, als sie die Halle durchquerten.

„Hast du ihr dein Blut gegeben?", fragte Keith mit einem Blick auf Violet.

Gabriel presste die Zähne aufeinander. Er wollte Keith anbrüllen, ihm die Frage entgegenschleudern, ob er nicht gesehen hatte, was passierte, wenn Gabriel sein fluchbeladenes Blut mit einem Menschen teilte. Aber Keith kannte die alten Geschichten nicht. Er konnte nichts dafür. Seine Frage war unschuldig. Deshalb schwieg Gabriel und schluckte seine Wut hinunter, bis nur noch ein harter Stein übrig war, den er in eine Falte seiner Seele presste. Unwillkürlich strich er über den Drachenring an seinem Finger.

„Es war nicht notwendig", stieß er hervor.

Keith warf ihm einen seltsamen Blick zu. „Wie du meinst."

Violet sagte überhaupt nichts, als hätte sie Keith' Frage nicht gehört. Gabriel war ihr dankbar.

„Wir sind jetzt miteinander verbunden", sagte Keith nach ein paar Sekunden des Schweigens. „Ich habe deinen Arsch gerettet und du meinen. Von nun an sind wir Blutsbrüder."

„Aber glaub nicht, dass du mich jetzt küssen kannst."

Keith lachte. Die unterschwellige Spannung verflog in der Witzelei. „Ich würde dich sowieso nicht küssen, mit deinen scheiß Bartstoppeln. Rasier dich erst mal anständig."

Sie stiegen eine Stahltreppe hinunter in einen verwinkelten Gang. Am Ende des Korridors stand Jamil und bewachte eine grau gestrichene Tür.

„Gabriel", sagte der Assyrer, „gut, dich zu sehen."

Kein Wort über den Vorfall in Katherinas Galerie, bei dem Jamil ihn beinahe enthauptet hätte. Vielleicht ein Indiz, dass die Angelegenheit ausgestanden war. Katherina hatte ihr Gesicht gewahrt und Gabriel war es gelungen, am Leben zu bleiben. Die natürliche Ordnung der Dinge war wieder im Gleichgewicht. Jamil ging vermutlich nicht davon aus, dass Gabriel ihm die Beinahe-Exekution übel nahm. War schließlich nichts Persönliches, sondern nur Teil des Spiels. Ein weiterer Grund, warum Gabriel nicht mit Katherina auskam. Ihre Art, die Dinge zu sehen, war ihm zuwider. Er nahm es persönlich, wenn jemand versuchte, ihn zu töten.

Er stieß die Tür auf und betrat einen Lagerraum auf der anderen Seite. Cyric, der an einer Werkbank lehnte und auf seinem Handy herumtippte, hob den Kopf.

„Wurde Zeit." Kurz nickte er Violet zu. „Du weißt, dass du tot bist, wenn irgendetwas von dem, was du hier siehst, nach außen dringt?"

„Das dachte ich mir." Ihre Stimme klang kühl und beherrscht.

Der blonde Hüne richtete sich auf und schlug Gabriel mit der Hand auf die Schulter. „Wer hätte gedacht, dass Marco hinter der Sache steckt?"

„Die Presse weiß nichts von gestern Nacht", sagte Gabriel. „VORTEC wird die Sache unter den Tisch kehren und einfach weitermachen."

„Mag sein, aber Marco ist tot und wir haben ihren Unterschlupf gesprengt. Es wird keine Entführungen mehr geben. Der Bluttrinker war der Kopf der Bande. Ohne ihn kommen sie nicht mehr an uns heran." Er lachte dröhnend. „Katherina windet sich, aber sie muss zugeben, dass du recht hattest. Sie schuldet dir was und das ärgert sie mehr, als du dir vorstellen kannst."

Cyrics aufgekratzte Stimmung versetzte Gabriel einen Stich Ärger. Er fühlte sich jedenfalls nicht in Feierlaune. „Wir haben meinen Vater nicht gefunden", wandte er ein. „Und auch nicht die anderen Entführungsopfer."

„Deshalb sitzt ja Mister Weißkittel hier." Cyric packte die Lehne eines Bürostuhls, drehte ihn um und zerrte ihn ins Licht. Der Mann, den sie darauf festgebunden hatten, war schmal gebaut und hatte dünne blonde Haare, die zu einem Pferdeschwanz gebunden waren. Ein schwarzes Tuch verhüllte seine Augen, getrocknetes Blut klebte in seinem Mundwinkel. „Wir haben extra auf dich gewartet, bevor wir ihn auseinandernehmen." Mit einer schnellen Bewegung riss Cyric ihm die Augenbinde ab. Der Mann blinzelte, Panik glitt über sein Gesicht, dann Fatalismus, wie bei jemandem, der sich damit abgefunden hat, dass er gleich sterben wird. „Wie ist dein Name, Arschloch?"

Seine Lippen zitterten, aber kein Wort drang aus seiner Kehle.

„Kein guter Start." Cyric packte den Mann bei den Haaren und zwang ihn, zu ihm aufzusehen. „Wenn du uns hilfst, lassen wir dich laufen. Wenn nicht, schneide ich dich lebendig in Stücke. Verstanden?"

Die hellblauen Augen flackerten.

„Ob du verstanden hast!"

Gabriel trat neben ihn. Er brauchte nur einen Blick, um zu erkennen, dass der Laborant keinen Laut hervorbrachte vor Angst.

„Hör mir zu, mein Freund", sagte er in weichem Tonfall. „Wir finden sowieso heraus, was wir wissen wollen. Hast du mal Filme gesehen, in denen sie Leute foltern? Dann weißt du, was auf dich zukommt, wenn du nicht mit uns redest. Früher oder später brechen wir dich, entweder mit Schmerzen oder mit Medikamenten. Selbst wenn du das überlebst, wirst du nie wieder ohne Albträume schlafen können. Also, tu dir selbst und uns einen Gefallen, erspar dir die Schmerzen und uns die Sauerei. Was hast du zu verlieren?" Er warf Cyric einen Blick zu. „Lass ihn los."

Der Kopf des Mannes sank nach vorn und blieb für ein paar Sekunden auf seiner Brust liegen. Dann blickte er auf. Tränen verschleierten seinen Blick.

„Ich heiße Charles Farrell. Ich habe nur getan, was sie mir gesagt haben. Wir wollten es synthetisieren", schluchzte er. „Aber es funktionierte nicht und dann ging uns die Zeit aus. VORTEC hat Geldprobleme. Wir mussten Sangrin auf den Markt bringen. Jede Verzögerung wäre eine

Katastrophe."
„Und deshalb habt ihr begonnen, uns zu jagen?" Gabriel hatte sich rittlings auf einem Stuhl niedergelassen und sah Charles in die Augen.
„Das war nicht meine Idee, das kam von oben", stieß der Laborant hervor. „Wir hatten auch nicht viel mit der Blutbeschaffung zu tun. Ich meine, ich habe das nur ein einziges Mal gesehen. Ganz am Anfang, sie brachten uns einen jungen Mann. Leider versiegten seine regenerativen Fähigkeiten nach drei Wochen und ..."
„Du meinst, er ist gestorben", sagte Gabriel.
Charles blinzelte heftig. Sein Atem ging schwer durch die vom Weinen verstopfte Nase. „Danach haben die uns Blutkonserven geliefert und gesagt, wir sollen sie für die Produktion benutzen, so lange, bis wir eine Lösung gefunden haben." Seine Stimme kippte. „Mein Gott, ich wusste doch nichts von den Leichen."
„Aber du bist ein kluger Kopf", warf Cyric ein. „Du konntest dir sicher denken, dass das Blut nicht aus Erdbeeren gepresst wird."
„Wir sind Forscher. Ich habe keine Fragen gestellt. Sie haben Marco gesehen! Denken Sie, irgendeiner von uns wollte sich mit ihm anlegen?" Seine Lippen zitterten. „Wir wollten das Blut synthetisieren. Wir haben es nur nicht rechtzeitig geschafft."
Cyric nickte. „Wie seid ihr überhaupt auf die Idee gekommen?"
„Sie haben uns diese Blutprobe gegeben und gesagt, wir sollen die Zusammensetzung herausfinden und es nachbauen." Charles' matte Augen gewannen ein wenig an Leuchtkraft zurück. „Nach den ersten Tests waren wir euphorisch. In meiner ganzen Laufbahn habe ich niemals zuvor eine solche Substanz gesehen. Dieses Blut ist in der Lage, jedes Leiden zu heilen, in kürzester Zeit. Wir nennen es San Greal. Verstehen Sie? Wir konnten Krebs heilen!"
San Greal, der Heilige Gral. Gabriel wusste nicht, ob er Abscheu empfinden sollte oder Mitleid für diesen Mann, dem die Illusion von Göttlichkeit so sehr zu Kopf gestiegen war, dass er keine Fragen stellen wollte.
„Ich will einen Namen", sagte er. „Wer hat euch eure Anweisungen gegeben?"
„Dr. Arnolds ist der Forschungsleiter", stammelte Charles. „Er spricht direkt mit dem Boss."
„Und wer ist der Boss?"
„Mister Amaryllis."
„Wie bitte?" Violet, die bislang nur auf der Werkbank gesessen und zugehört hatte, richtete sich auf. „Was haben Sie gesagt?"
„Mister Amaryllis." Charles' Stimme wurde leiser. „Er lässt sich nicht oft bei uns blicken. Aber Dr. Arnolds kommt gut mit ihm klar."
„Stephan Amaryllis?"
„Ich weiß nicht", stotterte Charles.
„Mitte vierzig, blondes Haar, grau meliert, gut aussehend?" Violet war blass geworden. Auf ihren Wangen bildeten sich rote Flecken.
„Was ist?", fragte Gabriel. „Kennst du ihn?"
Sie spielte an der Libelle an ihrem Hals. „Vielleicht." Mit zwei Schritten stand sie vor dem Laborarzt und packte ihn an den Schultern. „Wenn Sie Stephan Amaryllis kennen, wissen Sie dann auch etwas über Emily Bardo?" Die Drohung in ihrer Stimme war unverkennbar. „Versuchen Sie nicht, mich anzulügen."
„Ich kenne keine Emily Bardo." Die Worte flatterten über Charles' Lippen wie ein Schwarm panischer Vögel. „Ich schwöre, ich habe den Namen noch nie gehört! Ich kenne Mr. Amaryllis nur vom Sehen. Ich habe noch nie ein Wort mit ihm gewechselt. Alle offiziellen Funktionen übernimmt der andere Boss, Mr. Armstrong. Mr. Amaryllis ist die graue Eminenz."

Violet starrte noch einen Moment länger auf ihn hinab, dann ließ sie ihn los.
„Was ist mit diesem Amaryllis?", fragte Gabriel.
„Stephan Amaryllis ist der mysteriöse Verlobte meiner Schwester", sagte sie halblaut. „Überraschung. Er taucht in keinem Bericht über VORTEC auf, sonst wären wir längst darüber gestolpert."
Das war eine interessante Information. Er konnte nur noch nicht einschätzen, was sie bedeutete. Dem Puzzle fehlten zu viele Teile.
„Wo sind die übrigen Schattenläufer?", knurrte Cyric.
„Keine Ahnung." Charles' Knie bebten so heftig, dass der Stuhl zu rutschen begann. „Ich habe Ihnen doch gesagt, dass keiner von uns weiß, wo die Blutkonserven herkommen. Bei uns in den Labors haben wir nur den Wirkstoff extrahiert."
„Ich glaube, dass sie alle Entführungsopfer erst mal in ihre Katakomben gebracht haben", sagte Keith aus dem Hintergrund. „Alle Spuren führten nach Riverside Rancho. Vielleicht haben sie sie später weggeschafft."
„Das denke ich auch", fiel Cyric ein. „Was sagst du dazu, Charles? Willst du mir erzählen, dass ihr auch nichts von dem Zugang in den Kanälen wusstet?"
„Die Tür war tabu", wisperte Charles. „Sie war immer tabu, bis Sie mich dort hinausgebracht haben. Wir hatten keine Zugangskarten dafür."
„Und ihr habt auch nicht gefragt, was auf der anderen Seite ist."
Charles begann wieder, zu schluchzen.
„Was ist mit den Hunden?", fragte Violet.
Seine Augen weiteten sich. „Welche Hunde?"
„Die in den Käfigen. Die verrückt spielen, weil ihnen die Haare ausfallen und Tumore auf der Haut wachsen."
Er öffnete ein paar Mal den Mund und schloss ihn wieder. „Marcos Leute sollten sie entsorgen." Seine Stimme war so leise, dass man ihn kaum noch hören konnte.
„Was?" Cyric trat gegen den Stuhl. „Sprich lauter."
„Sie wurden entsorgt."
„Offenbar nicht." Violet begann, im Raum auf und ab zu wandern, ihr Körper war angespannt. „Was ist das für eine Geschichte mit den Nebenwirkungen? Ihr habt die Opfer ausgeschaltet, nicht wahr? Was war euer Plan für die Zukunft, wenn Hunderttausende von Leuten Sangrin nehmen? Wie wolltet ihr das in Griff kriegen?"
„Es tut mir leid", flüsterte er.
„Beantworte die verdammte Frage!", brüllte sie ihn an. Gabriel zuckte zusammen, überrascht von ihrem Ausbruch.
„Wir haben es erst vor ein paar Wochen herausgefunden", stieß Charles hervor. Tränen liefen ihm über die Wangen. „Wir wissen es jetzt, aber wir konnten nichts mehr tun. Es ist unheilbar."
„Was, zur Hölle?", schnappte sie.
„Porphyrie", stammelte der Laborarzt. „Wenn der Patient an einer Porphyrie leidet, kommt es innerhalb weniger Tage zu Mutationen. Der Prozess lässt sich verlangsamen, wenn Sangrin sofort abgesetzt wird, aber nicht aufhalten."
„Was ist Porphyrie?"
„Porphyrien sind Stoffwechselerkrankungen, bei denen die Bildung des roten Blutfarbstoffs gestört ist. Ein erblicher Defekt." Charles schwieg für einen Moment. „Es ist kompliziert. Sangrin verbindet sich mit dem Blut des Patienten und codiert es so, dass es die Zellneubildung anregt. Deshalb ist es logisch, dass schwere Anomalien auftreten, wenn etwas mit den Blutkörperchen nicht stimmt. Sie sind unvollständig, und wenn sich der Sangrin-Wirkstoff anlagert, entsteht

etwas ... Ungeplantes."

„Wie oft kommt das vor?"

„Nicht oft." Er verschluckte sich und hustete. „Eigentlich sehr selten. Das Problem ist nur, dass Porphyrien so gut wie nie diagnostiziert werden, wenn sie nicht akut verlaufen. Die meisten Patienten wissen gar nicht, dass sie unter einer leiden. Aber jetzt haben wir das Problem isoliert. Wir müssen nur sicherstellen, dass jeder Proband zuerst auf Porphyrien getestet wird."

Gabriel wollte den Mann schütteln und ihn anschreien, dass es so einfach nicht war. Nicht sein konnte. Dass es mit dem Blut zu tun hatte, dass ein Fluch darauf lag. Doch er saß nur wie gelähmt und lauschte Charles' stockenden Ausführungen.

„Was ist mit Leukämie?", fragte Violet.

„Was meinen Sie?"

„Führt die auch zu dieser Mutation?"

„Ich weiß nicht." Charles blinzelte seine Tränen beiseite. „Ich glaube nicht. Ich meine, Leukämie führt zu einem Mangel an roten Blutkörperchen, aber sie werden nicht verändert. Es könnte höchstens die Wirksamkeit von Sangrin verringern."

„Und wäre es möglich, dass fälschlicherweise eine Leukämie diagnostiziert wird, obwohl der Patient eigentlich unter Porphyrie leidet?"

„Schon möglich. Ich meine, ich weiß es nicht. Warum fragen Sie das?"

„Wer weiß, wo diese Blutkonserven hergestellt werden?", klinkte sich Gabriel ein.

„Vielleicht Dr. Arnolds." Charles sah nicht aus, als würde er noch lange durchhalten. „Oder Mr. Amaryllis. Der weiß es bestimmt."

„Und wie kommen wir an diesen Amaryllis heran?"

„Ich habe seine Telefonnummer", sagte Violet. „Er hält mich für eine harmlose Verrückte."

*

Als Violet aus der Halle trat, fiel ihr auf, wie kalt es drinnen gewesen war. Die Sonne wärmte ihre Schultern. Zwei weitere Tylenol hielten den Schmerz in ihren gebrochenen Rippen unter Kontrolle.

Verdammt, sie musste ihre Mutter anrufen. Doch was sollte sie ihr sagen? Weder wusste sie, wo Emily sich versteckte, noch, in welchem Zustand sie sich befand. Oder ob sie überhaupt noch am Leben war. Warum konnte nicht mal etwas einfach sein? Warum musste jedes Puzzleteil, das sie enträtselte, den Dingen eine noch schlimmere Wendung geben?

Sie setzte sich auf die Rampe und wählte Moms Nummer. Ihre Mutter hob so rasch ab, als habe sie neben dem Telefon gesessen und auf den Anruf gewartet.

„Violet!" Schon wieder Tränen in Moms Stimme. Gott, wenn sie etwas hasste, dann, wenn Mom sich die Augen aus dem Kopf weinte. „Gott sei Dank, dass du dich meldest."

„Schon gut, Mom. Was ist los?"

„Ich habe mir Sorgen gemacht."

„Aber du musst dir keine Sorgen machen, das weißt du doch. Ich habe neun Leben, schon vergessen?"

„Ich dachte, zuerst ist Emily verschwunden und du suchst nach ihr und nun bist du auch verschwunden." Ihre Mutter würgte ein Schluchzen ab und setzte einen Ton auf, der aufmunternd klingen sollte. „Hör nicht auf mich. Ich bin eine alte Frau. Ich werde schrullig und sehe Gespenster. Überall predigen sie den Weltuntergang, das macht alles noch schlimmer."

„Du weißt doch, der Weltuntergang wird andauernd verschoben. Das letzte Mal zur Jahrtausendwende, und was ist passiert? Du darfst das nicht so ernst nehmen."

„Hast du schon etwas herausgefunden?“

„Ich bin dran.“

„Aber weißt du, ob es ihr gut geht? Sie ist gar nicht auf Hawaii, stimmt's?“

„Nein, Mom“, sagte Violet sanft. „Ich glaube, sie ist irgendwo in L.A. und versteckt sich vor uns. Aber ich finde sie, keine Sorge. Ich bin ganz dicht dran.“

„Ich verstehe einfach nicht, warum sie mich nicht anruft. Sie weiß, sie kann immer zu mir kommen, wenn sie ein Problem hat.“

Diesmal nicht. Mit diesem Problem kannst du ihr nicht helfen. Unheilbar, hatte Charles gesagt. Was bedeutete das? Ein Leben ohne Haar und mit entstellter Haut? Oder etwas Schlimmeres? Starb man daran?

„Mom, weißt du etwas über irgendwelche Krankheiten, die Emily in letzter Zeit hatte?“

Ihre Mutter seufzte. „Weihnachten war diese schlimme Grippe, und dann klagte sie immer über Gliederschmerzen, und dass sie so empfindlich ist gegen Sonnenlicht, aber das weißt du ja.“

Also nichts, was über Emilys übliche Jammerei hinausging. Nichts über Leukämie. Warum hatte sie niemandem davon erzählt, außer ihrer seltsamen Freundin bei Etherlight? War es ihr unangenehm? Emily litt unter so vielen Phantomkrankheiten, dass sie eine echte vielleicht aus dem Gleichgewicht warf. Blutkrebs war kein Kinderspiel. Gut möglich, dass ihr die Nerven durchgebrannt waren und sie sich einbildete, ihre Freunde und Familie würden ihre Krankheit abstoßend finden. Nichts war für Emily schlimmer, als zurückgewiesen zu werden.

„Mom, ich muss dich was wegen Stephan fragen.“

Schweigen auf der anderen Seite.

„Ich muss mit ihm reden. Ich glaube, er weiß mehr, als er zugibt, aber er geht nicht ans Telefon, wenn ich ihn anrufe.“

„Ja?“, fragte ihre Mutter hilflos.

„Weißt du, wo er wohnt?“

„Nein.“

Eine lange Pause, in der Peinlichkeit schwang. Mom war es unangenehm, nicht zu wissen, wo der Verlobte ihrer Tochter lebte. Es bedeutete, dass sie noch nie in sein Haus eingeladen worden war und das wiederum konnte sie nur schwer zugeben, selbst vor Violet.

„Hat Emily nie was erwähnt?“

„Sie hat von seinem Penthouse in Downtown erzählt, mit einem toskanischen Garten auf dem Dach im vierzehnten Stock, den er ganz für sich allein hat.“

„Aber du hast keine Adresse?“

„Sie haben Personal für alles“, fuhr ihre Mutter fort, ohne auf die Frage zu antworten. „Angestellte, um die Autos zu parken und zu waschen. Putzleute und einen Concierge. Man kann das Haus nur betreten, wenn man ein Mitglied ist oder ein Freund des Mitglieds.“ Moms Stimme stabilisierte sich. „Emily war sehr stolz darauf.“

„Ein nobles Clubhaus in Downtown L.A. mit einem toskanischen Dachgarten“, murmelte Violet. „Damit sollte etwas anzufangen sein.“

„Was hast du denn vor, Kind? Willst du ihm etwa auflauern?“

„Wenn's sein muss.“

*

„Was machen wir jetzt?“, fragte Gabriel. Er war mit Cyric in den kleinen Korridor getreten, außer Hörweite von Charles. Keith folgte ihnen mit ein wenig Abstand.

„Du weißt, dass Katherina immer noch verärgert ist?“ Cyric setzte sich auf die Treppenstufen.

„Warum? Wir haben das Rätsel um die Entführungen gelöst. Sie sollte uns Rosen schicken."

„Wir untergraben ihre Autorität." Cyric lachte ohne Humor. „Ich habe sie nicht um Erlaubnis gefragt, bevor wir gestern Nacht die VORTEC Klinik auseinandergenommen haben. Und deshalb wird sie jede weitere Suche boykottieren."

Gabriel nickte. Er konnte Katherina verstehen. Sein offener Angriff hatte Flecken auf ihrer schimmernden Rüstung als Anführerin der Garde hinterlassen. Obgleich selbstmörderisch, hatte seine Attacke den anderen vor Augen geführt, dass Katherina nicht unantastbar war. Das wurmte sie und forderte ihren Widerstand heraus. Sie trug zu viel Verantwortung, um ihre Entscheidungen aufgrund persönlicher Eitelkeit treffen zu können. Dennoch tat sie genau das. Sie nutzte ihre Macht, um die Garde zu blockieren und er war sicher, dass es mit Thomasz zu tun hatte. Auch wenn neben Thomasz noch ein gutes weiteres Dutzend Schattenläufer verschwunden waren, die nun zu Bauernopfern in Katherinas persönlichem Feldzug wurden, dessen Motive ihm immer noch unklar waren.

„Sie sagt, mit Marcos Tod hat sich das Problem erledigt."

„Nein. Ich bin sicher, das hat es nicht."

„Marco war der Kopf hinter den Entführungen." Cyric rieb sich über die Stirn. „Katherina denkt, dass VORTEC seine Blutgier ausgenutzt hat. Er musste regelmäßig töten, um seine Sucht zu füttern und VORTEC gab ihm die Infrastruktur. Für ihn war es ein guter Deal, er konnte fortan nicht nur menschliches Blut trinken, sondern auch das seiner eigenen Art. Der ultimative Kick. Also hat er die Schattenläufer für VORTEC aufgespürt und mit einer Bande erfahrener Kidnapper in seine Gewalt gebracht. Sie denkt, dass unsere Leute längst tot sind."

„Und was denkst du?"

„Ich denke, Katherina hat recht, was Marcos Motivation anging. Marco de Calzo war ein hundertprozentiger Junkie. Und er war stark. Ich schwöre, als du ihn zur Strecke gebracht hast, hatte er getrunken und das war kein menschliches Blut, das da in seinen Adern kreiste."

„Denkst du auch, dass es keine weiteren Entführungen geben wird?"

„Wenn wir Glück haben, bricht VORTEC einfach zusammen. Wir haben ihre Leute dezimiert und ihren obersten Jäger erschlagen. Ohne Marco wissen die doch nicht mal, wo sie suchen sollen. Und ohne das Blut können sie ihr verdammtes Medikament nicht produzieren. Bumm, sie können nicht liefern, fahren Verluste ein, die Finanzen brechen zusammen. Ende der Geschichte."

„Ich gebe nicht auf, solange ich nicht den Beweis habe, dass mein Vater und die anderen tot sind", sagte Gabriel. „Katherina ist mir egal. Ich bin nicht in der Garde."

„Ich weiß." Cyric verlagerte unbehaglich sein Gewicht. „Mir gefällt es auch nicht, unsere Leute im Stich zu lassen. Drei Wochen, hat dieses Arschloch gesagt. Drei Wochen bedeuten, dass sieben oder acht von uns noch am Leben sein könnten. Und wir sitzen hier rum, während dieses Leben aus ihnen herausläuft, in irgendeine scheiß Kanüle, vielleicht nur ein paar Blocks entfernt!"

„Zwei Dinge." Gabriels Blick glitt zu Keith und zu Jamil, der mit vor der Brust verschränkten Armen an der Wand lehnte. „Wir versuchen diesen Dr. Arnolds zu erwischen. Setz jemanden auf seine Adresse an. Brich ihm die Finger, wenn er versucht, Arnolds zu schützen. Ich rede noch mal mit Violet. Vielleicht kommen wir über sie an Amaryllis ran."

„Sie ist gut", murmelte Cyric. „Das habe ich mir schon gestern Nacht gedacht. Wirklich gut für einen Menschen."

„Sie ist auch hübsch", warf Jamil ein.

Keith begann, zu grinsen, bis Gabriel ihm einen finsteren Blick zuschoss.

„Unsere Leute sehen sich gerade die Festplatten an." Cyric erhob sich von der Treppe. „Die Daten sind geschützt. Unser Mann weiß, wie er die Verschlüsselung aufhebeln kann", fuhr Cyric fort, „aber es wird eine Weile dauern."

„Wie lange?", fragte Gabriel.

„Vierundzwanzig Stunden. Wir brauchen nicht vor morgen früh damit zu rechnen."

Gabriel schloss die Augen. Fünf Tage war es her, dass sie Thomasz entführt hatten. Es bestand eine realistische Chance, dass er noch am Leben war. Wenn Charles' Aussagen verlässlich waren. Wenn.

Mit beiden Händen schob er sich die Bandana aus der Stirn. Vielleicht war das überhaupt das Schlimmste von allem. Diese vage Hoffnung, die ihn beinahe zerriss und die immer wieder erschüttert wurde, angefacht und niedergetreten und dann erneuert, wenn er alles verloren glaubte. Es war zermürbender als diese dumpfe Verzweiflung, die sich beim Tod eines geliebten Menschen über die Seele breitet wie eine Aschedecke.

*

Sechs-zwei-sechs, fünf-sieben-drei ... es fühlte sich seltsam an, diese Nummer zu wählen. Violet konnte sie im Schlaf aufsagen. Sie hatte geglaubt, sie nie wieder anzurufen. So zornig war sie gewesen, zum Bersten gefüllt mit verletztem Stolz. Doch jetzt stellte sie fest, dass nur Leere geblieben war.

„Ja?", meldete sich eine männliche Stimme.

„Hey Tom."

Für ein paar Sekunden hing Schweigen in der Leitung. „Violet?"

„Ja ich bin's. Bist du überrascht?" Sie hatte gedacht, dass es schwerer sein würde. Dass ihr jedes Wort im Hals stecken blieb. Aber es war gar nicht schwer. Es fühlte sich vertraut an. Das erschreckte sie mehr als alles andere.

„Mein Gott, ja!" Freute er sich wirklich, sie zu hören? „Ich bin überrascht. Wo steckst du? Wie geht es dir?"

„Wir können mal einen Kaffee trinken gehen, wenn du willst." Sie konnte kaum glauben, dass sie das gesagt hatte. „Wie läuft's bei der Agency?"

„Wie immer."

Jetzt lachte er. Sein tiefes, volltönendes Lachen. Das hatte sie an Tom gemocht. Damals, als er noch ihr Boss bei der DEA war. Bevor sie begriffen hatte, dass er keinen Finger zu ihrer Rettung rühren würde. Dass er sie tatsächlich opferte, weil er keinen Machtkampf mit Steve Altman provozieren wollte, der gerade zum Dezernatsleiter aufgestiegen war. „Sodom und Gomorrha und jede Menge Korruption. Was kann ich für dich tun, Baby?"

„Hast du immer noch ein Ohr an der Tür vom LAPD?"

„Kommt drauf an. Was willst du wissen?"

„VORTEC. Hast du da was gehört?"

Schlagartig war der Humor aus seiner Stimme verschwunden. „Was hast du mit denen zu schaffen?"

Sie kannte diesen Tonfall. Aus irgendeinem Grund war das Glatteis, auf dem sie stand. Sie musste sich vorsichtig bewegen, um ihn nicht zu verschrecken.

„Okay, nehmen wir mal an, rein hypothetisch, VORTEC hätte ein paar üble Machenschaften am Laufen."

„Violet ..."

„Rein hypothetisch, okay? Ich sage nicht, dass ich jemanden beschuldige. Nur mal angenommen. Wenn also VORTEC zum Beispiel Leute verschwinden lassen würde, bei denen ihre Medikamente extreme Nebenwirkungen zeigen."

„Violet, ich weiß nicht, wie du da drin hängst. Aber wenn du an meinem Rat interessiert bist, hör auf, weiterzugraben."

„Gestern Nacht gab es ein Blutbad in den VORTEC Labors."

„Negativ", sagte er. „Es ist kurz in den Datenbanken aufgetaucht und sofort wieder verschwunden. Jemand unterbindet die Ermittlungen. Für das LAPD existiert der Fall nicht. Ich könnte dir nicht mal sagen, welche Patrouille gestern Nacht vor Ort war."

„Was heißt das, Tom?"

„Dass jemand an höchster Stelle nicht möchte, dass gegen VORTEC ermittelt wird. Rein hypothetisch natürlich. Ich habe was von nationaler Sicherheit gehört, und wenn das Schlagwort fällt, gehe ich lieber in Deckung."

„Okay, und wenn wir in unserer Hypothese mal annehmen, ich hätte Beweise, dass VORTEC Testprobanden verschwinden lässt?"

„Dann würde sich herausstellen, dass die Beweise gefälscht sind oder vor Gericht keine Gültigkeit haben, und dann würden sie auf unerklärliche Weise verschwinden. Vielleicht würdest du Besuch bekommen von ein paar Herren, die dich über die Belange der nationalen Sicherheit belehren möchten."

„Danke, Tom." Sie schwang ihre Füße auf die Rampe und lehnte sich gegen einen Stahlpfosten. „Gibt's eine Chance, herauszufinden, wer diese oberste Stelle ist?"

„Nein."

„Dachte ich mir."

Für ein paar Sekunden hing Schweigen in der Leitung.

„Hey Tom?"

„Ja?"

„Kannst du mir noch was sagen?"

„Nur, wenn das mit dem Kaffee noch steht."

„Na sicher. Ich lade dich ein, wenn ich durch das hier durch bin."

„Was ist das hier übrigens?"

Sie kicherte. „Kann ich nicht sagen. Ist fast so kompliziert wie eine Angelegenheit von nationaler Sicherheit."

„Verstehe." Er seufzte. „Okay, frag."

„Haben sie meine Schwester schon gefunden? Emily Bardo?"

Tasten klapperten im Hintergrund. „Worum geht's genau? Hilf mir mal mit Details."

„Ihre Putzfrau wurde tot aufgefunden. Inez de la Torre."

„Ah." Noch mehr Klappern. „Ich wusste gar nicht, dass du eine Schwester hast."

„Ich hänge es auch nicht an die große Glocke. Also, haben die was gefunden?"

„Ist sie auf der Flucht?"

„Keine Ahnung." Violet stieß erschöpft den Atem aus. „Wenn ich das wüsste. Sie ist seit Wochen verschwunden und das mit der Putzfrau habe ich in den Nachrichten gelesen. Ich versuche, sie zu finden."

„Hat sie die Frau umgebracht?"

„Ich bezweifle es."

„Na gut", sagte er nach einer Pause. Es klang, als glaubte er ihr. „Das Haus steht unter Beobachtung. Die haben ein Team da, rund um die Uhr. Deine Schwester ist noch nicht aufgetaucht."

„Schade."

„Tut mir leid."

„Kein Problem." Sie zögerte. „Tom, du hast mir wirklich geholfen." Sie hatten es beide im Kopf, da war sie sicher. Aber sie sprachen es nicht aus. Sie sprachen nicht darüber, was vor zwei

Jahren geschehen war. Vielleicht war das auch gut so. „Ich melde mich wieder, okay? Und dann trinken wir Kaffee und reden über die alten Zeiten."

„Ja", sagte er. Sie glaubte zu hören, wie er lächelte.

Violet ließ die Hand mit dem Telefon sinken und saß eine Zeit lang reglos an den Pfosten gelehnt. Die Sonne blendete, sie schloss die Augen und genoss das rötliche Durchscheinen des Lichts durch ihre gesenkten Lider. Sie stellte fest, dass sie mit Tom wirklich Kaffee trinken wollte, dass sie mit ihm über die alten Zeiten reden wollte. Ganz unmerklich war ihr verletzter Stolz durch die Risse gesickert, bis nichts mehr übrig war. Sie fragte sich, ob Tom immer noch mit seiner Frau Marian verheiratet war, ob sie inzwischen Kinder hatten, ob er es endlich geschafft hatte, nach Los Feliz versetzt zu werden.

Sie rief Marshall an. „Stephan Amaryllis ist der Boss von VORTEC", sagte sie zur Begrüßung.

„Wer zur Hölle ist Stephan Amaryllis?"

„Der mysteriöse Verlobte meiner Schwester. Laut einer sicheren Quelle auch die graue Eminenz bei VORTEC. Glaubst du an Zufälle? Ich nicht."

„Wow. Interessant."

„Ja, nicht wahr?" Sie konnte kaum fassen, was in den letzten vierundzwanzig Stunden passiert war. Wie sollte sie das Marshall erklären? Der würde sie für irre halten, wenn sie ihm die ganze Story erzählte. Das fing schon mit der Existenz der Schattenläufer an. „Stephan ist gerade auf Platz eins meiner Liste aufgestiegen. Ich bin mir ziemlich sicher, dass er weiß, wo Emily steckt." Oder vielleicht auch nicht? Wenn seine Leute auf der Jagd nach ihr waren? Tja, das war das Problem mit diesen großzügigen, gut aussehenden Millionären. Es gab immer einen Haken an der Sache. Ihre Hände zitterten. Die Sache ging ihr allmählich an die Substanz.

„Und was brauchst du von mir?"

„Angeblich hat er ein Penthouseapartment auf dem Dach eines noblen Clubhauses in Downtown Los Angeles. Vierzehnter Stock und das Dach ist ein toskanischer Garten. Irgendeine Idee?"

„Ebony Horse Club."

„Wow. Wie kommt es, dass du dich in der Szene der gehobenen Gesellschaftsclubs auskennst?"

„Ich habe den gehobenen Mitgliedern mal Koks verkauft", erwiderte er trocken. „Da lernt man ne Menge Leute kennen."

„Ah ja?"

„Die lassen dich aber nur durch die Tür, wenn du Mitglied bist."

„Wie wird man Mitglied?"

„Empfehlung und dreißigtausend Dollar Mitgliedsbeitrag im Jahr."

„Okay." Sie schob sich das Haar aus der Stirn. Die verdammte Mullbinde juckte. „Wie kommt man rein, wenn man kein Mitglied ist?"

„Auf Einladung eines Mitglieds."

„Und sonst?"

„Gar nicht. Außer, man kennt den göttlichen Marshall Scott, der für jedes Problem eine Lösung hat und sich außerdem damit beschäftigt, unsere verdammten Brötchen zu verdienen, während Madame in gehobenen Gesellschaftsclubs abhängt. Oder in der Kanalisation. Kannst du dich eigentlich mal entscheiden?"

„Ich liebe dich auch, Marshall. Weihst du mich in deinen göttlichen Plan ein?"

„Ich kenne einen Typen, der ein Apartment im Ebony Horse Club hat. Der hat mich mit seiner Corvette immer ein paar Blocks mitgenommen. Ganz netter Kerl eigentlich, hat die Kokserei nur aus Spaß gemacht. Ab und zu habe ich ihm ein Mädchen vermittelt."

„Du hast was?"

„Hey, versteh mich nicht falsch. Ich war kein Zuhälter oder so was. Der Typ war nur schüchtern und ich habe ihm Dates organisiert."

„Dates."

„Die Mädchen haben sich nie beschwert!"

„Sagst du."

„Eine hat mir sogar Pralinen geschenkt. Als Dankeschön."

Violet stöhnte. „Ich ahne, worauf das hinausläuft."

„Hast du ein sexy Kleidchen? Ein bisschen elegant, aber an der Seite geschlitzt oder rückenfrei?"

Sie dachte an Dolce & Gabbana, rot wie die Sünde, das immer noch in ihrem Auto lag und nach dem Parfüm ihrer Schwester roch. Falls die Apokalypse dieses Jahr stattfand, würde sie in der Hölle landen, daran bestand kein Zweifel.

„Okay", sagte sie. „Ruf ihn an."

*

Gabriel dachte, dass sie müde aussah, wie sie dort auf der Rampe hockte, mit ihrem Kopfverband, um den sich ihre widerspenstigen schwarzen Haarsträhnen ringelten. Müde, verletzlich, zäh und unbarmherzig. Nie zuvor hatte er eine solche Frau getroffen. So widersprüchlich und so faszinierend.

Da war viel mehr in ihr als das, was sie an die Oberfläche ließ. Alte Narben, Abgründe, ihre ganz persönlichen Gespenster. Darin war sie ihm ähnlich. Sie würde Zeit brauchen, um diese Facetten zu offenbaren. Doch das respektierte er. Er ertappte sich bei Hoffnung, dass sie ihm dieses Geschenk machen würde. Dass er derjenige war, dem sie vertraute. Er wollte ihre Narben fortküssen und ihre Albträume vertreiben.

„Hey", sagte sie weich.

Gabriel ließ sich vor ihr in die Hocke nieder.

„Ich habe vielleicht einen Plan, wie wir an Stephan herankommen."

„Ja?"

Ihr Handy klingelte. Sie nahm ab, lauschte, verzog die Lippen zu einem schiefen Lächeln. „Okay", sagte sie. „Du bist der Beste." Dann legte sie auf. „Ich habe ein Date." Sie streckte eine Hand nach ihm aus und berührte seine Lippen. „Mit einem Kerl, dessen Apartment unter Stephan Amaryllis' Penthouse liegt."

„Klingt abenteuerlich." Gabriel fing ihr Handgelenk und küsste die Spitzen ihrer Finger.

„Ich schätze, ich muss über die Fassade klettern."

Sie sagte das ganz ungerührt, als würde sie das jeden Tag tun. Das war ihre Maske. Ihr Schutzschild aus Spott, Pragmatismus und einer Spur Galgenhumor. Er wusste, wenn er versuchte, es ihr auszureden, würde sie es erst recht tun. Das war eine Seite an Violet Bardo, die ihn Nerven kostete, aber die er nicht ändern konnte. Nicht ändern wollte. Violet war ein Geschenk, ein göttliches Zeichen. Sie hatte nicht nur sein Leben gerettet, sondern auch seine Seele, indem sie mit ihrer bloßen Existenz dreihundert Jahre Asche hinwegfegte und das Licht zurück in seine Existenz holte.

Zuerst hatte er sie für eine Ablenkung gehalten. Er hatte geglaubt, einen schrecklichen Frevel zu begehen, wenn er sich auf sie einließ, während er doch nach seinem Vater suchen sollte. Doch sie behinderte ihn nicht bei seiner Suche. Im Gegenteil. Ihre Mission und seine Suche waren miteinander verknüpft und sie hatte sich als wertvolle Verbündete erwiesen. Ohne sie wäre er niemals so weit gekommen.

Einst hatte Zoe ihn gefragt, ob er an Vorbestimmung glaube. Die echte Zoe, nicht das Monster. Glaubte er an Schicksal? Was heißt Schicksal, hatte er erwidert. Begegnungen und Entscheidungen.

Um Violets Lippen spielte ein Lächeln.

„Über die Fassade klettern", wiederholte er.

Sie nickte. Ihr Lächeln vertiefte sich. Wer war er, das Schicksal zu hinterfragen?

*

Die Schmetterlinge in Violets Bauch spielten verrückt, wenn Gabriel sie so ansah und ihre Fingerspitzen küsste.

„Was machen wir jetzt?", fragte sie mit belegter Stimme.

„Cyric denkt, dass er vor morgen früh keine verwertbaren Daten hat."

„Ich müsste eigentlich ins Büro fahren." Sie schuldete Marshall noch einen detaillierten Bericht über die Ereignisse von gestern Nacht. Doch dann betrachtete sie wieder Gabriel, mit seiner Bandana, die ihm den jungenhaften, verwegenen Charme eines hispanischen Gangsterprinzen aus South Central verlieh.

„Du siehst erschöpft aus", sagte er.

Sie fingerte an ihrem Libellenanhänger herum, ein schwacher Versuch, die aufsteigende Unrast zu kanalisieren. Plötzlich schienen die Hindernisse vor ihr aufzuragen wie Betontürme, die die Sonne verdunkelten. VORTEC und nationale Sicherheit, Mom in Panik, Etherlight und lebende Engel. Herrje, wer würde da nicht die Nerven verlieren?

„Ich weiß nicht, ob ich das kann."

„Was?"

„Das alles. Du und deinesgleichen, ihr steht außerhalb des Gesetzes." Sie legte den Kopf zurück gegen die Ziegelwand und schloss die Augen. „Ihr seid so gut wie unsterblich. Aber ich komme mir vor, als wäre ich die Einzige auf einem Schlachtfeld voller Panzer, die zu Fuß unterwegs ist. Ich habe keine Superrüstung." Sie ließ von der Libelle ab und zupfte am Saum ihres T-Shirts, das so perfekt symbolisierte, was sie sagen wollte. „Wenn ich eine Kugel abbekomme, blutet es, tut weh und kostet mich vielleicht das Leben." Sie befreite sacht ihre Hand aus seinem Griff und richtete sich auf. „Das LAPD hat VORTEC nicht in den Datenbanken. Alle Einträge wurden gelöscht. Soweit es die Polizei betrifft, hat die Schießerei nie stattgefunden. Die Leichen existieren nicht. Es gibt nicht mal eine klitzekleine öffentliche Ruhestörung. VORTEC hat mächtige Freunde. Wenn ich denen in die Quere komme, zerquetschen sie mich an der Wand. So einfach ist das."

„Ich kann dich schützen." Ein schwer deutbarer Ausdruck trat in Gabriels Blick.

„Kannst du das?" Sie sprang von der Rampe. „Gabriel, ich habe ein Leben. Ich habe Menschen, für die ich verantwortlich bin. Es geht nicht nur um mich."

„Ich weiß." Er hielt ihr die Wagentür auf, dann umrundete er den Pick-up und stieg ein. „Wie wäre es, wenn wir uns für ein paar Stunden vor der Welt verstecken? Es gibt nichts, das wir vor morgen früh tun können."

Ein kleiner Schauder rieselte ihre Schultern hinab. „Was hattest du denn im Sinn?"

„Ich möchte dir etwas zeigen." Sein Blick fühlte sich an wie ein Streicheln auf ihrer Haut. „Einen ganz besonderen Ort."

17

Gabriel ließ sich bis zuletzt kein Wort über das Ziel ihres Ausflugs entlocken. Sie verließen die Stadt auf dem Golden State Freeway in Richtung Norden und bogen kurz vor Santa Clarita ab in die Berge.

Das leichte Vibrieren des Wagens und das einförmige Motorengeräusch machten Violet schläfrig. Sie schloss die Lider und fiel in einen festen Schlaf, aus dem sie erst erwachte, als Gabriel in Palmdale vom Freeway abfuhr. Die Santa Monica Mountains lagen hinter ihnen.

Träge musterte sie die Schilder über der Straße. „Was machen wir hier?"

„Ich besorge uns Abendessen."

Sie warf einen Blick auf das Display ihres Handys. „Aber es ist erst früher Nachmittag."

Gabriel bog in eine Mall und parkte vor einem Ralphs Supermarkt. „Wir essen draußen in der Wüste."

„Ah." Das versprach, interessant zu werden. Romantisches Lagerfeuer in den Sanddünen?

Er lächelte. „Willst du im Wagen warten? Geht ganz schnell."

Violet rekelte sich im Polster. Die Sonne auf ihrem Gesicht fühlte sich angenehm an. „Bringst du mir Erdbeeren mit?"

Sie wusste nicht, wie viel Zeit vergangen war, bis er wieder auftauchte, weil sie erneut in einen Halbschlaf geglitten war. Seine Fingerspitzen auf ihren Lippen und ein köstlicher Erdbeerduft zogen sie zurück in die Realität. Sie biss ein Stück von der Frucht ab, ohne die Lider zu öffnen und ergriff sein Handgelenk, um auch den Rest zu verzehren.

„Möchtest du noch eine?" Seine Stimme klang belegt.

Nun schlug sie doch die Augen auf. In den Kanälen und danach war keine Zeit für Nähe gewesen. Sie war mehr damit beschäftigt, zu überleben und Gabriel vermutlich auch. Doch jetzt, mit seinem Gesicht so dicht über ihrem, beschleunigte sich ihr Herzschlag. Einem plötzlichen Impuls folgend legte sie ihre Hände in seinen Nacken und zog ihn zu sich herab. Der Kuss war lang und heftig und vertiefte sich, als seine Zunge gegen ihre stieß und ihren Mund erforschte. Er schmeckte viel besser als Erdbeeren. Viel besser als alles, was sie sich vorstellen konnte. Sein Haar kitzelte ihren Hals, seine Hände hielten ihren Kopf umfangen und sein Atem beschleunigte sich im Gleichklang mit ihrem.

„Wir müssen aufhören", murmelte Gabriel, „sonst reiße ich dir die Kleider vom Leib und dann kommt eins zum anderen, und dann verhaften sie uns wegen Erregung öffentlichen Ärgernisses."

Er ließ sich hinter das Lenkrad fallen und stellte die Schale mit den Früchten in die Ablage zwischen den Sitzen. Sie wusste nicht, ob sie enttäuscht oder belustigt sein sollte. Auch das war etwas, das sie vor Gabriel nicht gekannt hatte. Ein so intensives Begehren, dass ein Wort oder eine einfache Berührung oder nur ein Blick ausreichte, um sie in Flammen zu setzen. Sie fragte sich, ob es die außergewöhnlichen Umstände waren, die sie zusammengeführt hatten. Die Gefahr für Leib und Leben und diese irrsinnige, überschäumende Euphorie nach einem Kampf, wenn man begreift, dass man noch am Leben ist.

Sie verspeisten die Erdbeeren, während Gabriel den Wagen zurück auf den Freeway lenkte. Manchmal trafen sich ihre Finger, wenn sie gleichzeitig in die Schale griffen. Schließlich provozierte sie diese zufälligen Berührungen, bis Gabriel ihre Hand umfasste und lange nicht mehr losließ. Sie wünschte, dass sie immer weiterfahren und niemals ankommen würden.

Vor ihnen flimmerte die Wüste. Die Creosotebüsche, die überall aus dem fahlen Sandboden wuchsen, standen in voller Blüte. Am Horizont streckten sich Bergketten unter einem tiefblauen Himmel. Der Freeway lag einsam vor ihnen, nur selten begegneten sie anderen Fahrzeugen. Als Gabriel die ausgebleichte Asphaltpiste verließ und auf einen Sandweg abbog, war es leicht, sich vorzustellen, dass sie die einzigen Menschen unter der Sonne waren.

„Warum lebst du hier draußen?"

„Weil es ein friedlicher Ort ist." Er warf ihr einen kurzen Blick zu. „Du kannst deinen Herzschlag hören."

„Fühlst du dich nie einsam?"

Er zuckte mit den Schultern. „Ich bin nicht gut im Umgang mit anderen."

„Was ist mit deinem Vater?"

Ein schmerzhaftes Lächeln glitt über sein Gesicht. „Wir schätzen einander. Wir sind uns durch Blut verpflichtet. Unsere Loyalität füreinander kennt keine Grenzen. Doch das heißt nicht, dass wir miteinander leben können."

Sie dachte an ihre Mutter, für die sie buchstäblich durchs Feuer gegangen wäre. Die Zärtlichkeit, die sie für Mom empfand, war niemals frei von Schuld. Mit ihr leben konnte sie auch nicht, doch sie konnte auch nicht ohne sie leben. Ein Paradox, das bestand, seit sie im Alter von neunzehn Jahren bei Mom ausgezogen war und seither mehr mit ihr sprach, als sie es je zuvor getan hatte.

Die Ebene ging über in zerklüftetes Hügelland. Sie tauchten ein in eine Schlucht aus roten Felsen, die sich immer weiter verengte, bis Violet fürchtete, sie würden mit den Spiegeln an den Schrunden entlangkratzen. In einer kleinen Bucht hielt Gabriel und stellte den Motor aus.

„Wir sind da", verkündete er.

Sie stieg aus und folgte ihm zu einem versteckten Durchschlupf zwischen den Felsen. Ein Trampelpfad schlängelte sich zwischen hoch aufragenden Kliffen und mündete in ein Tal von unwirklicher Schönheit. Rote Felshänge formten einen runden Kessel. Nach Süden hin, wo die Sonne tief am Horizont hing, öffnete sich das Tal zu einer Gruppe von Hügeln, die aus feinem Sand bestanden. Auf der Anhöhe hatten ein paar Creosotebüsche Wurzeln geschlagen, die Blüten leuchtend gelb gegen den tiefblauen Himmel.

Wasser glitzerte auf dem Boden, ein Netz von Rinnsalen, die sich in den Kies gegraben hatten und Inseln gleißend weißer Salzausblühungen umspülten. Dazwischen wuchsen Kissen aus gelblichem Gras. Ein Schwarm kleiner Vögel kreiste über dem Tümpel, stieß nieder und erhob sich wieder, eine komplexe Choreografie. Weiß leuchteten ihre Bäuche gegen den Himmel, ihre Schatten schwarz auf dem Grund.

„Mein Gott." Sie konnte sich kaum überwinden, ihre Füße auf die winzigen Salzblüten zu setzen.

Und dann entdeckte sie die Libellen. Riesig waren sie, leuchtend blau und orange. Eine saß auf einem Stein. Zwei andere glitten über den Tümpel, umtanzten einander, verloren sich und fanden sich neu. Das ewige Spiel in seiner schönsten Form.

Ihr Blick suchte und fand Gabriels Augen. Ein Lächeln tanzte um seine Mundwinkel. Mehr als zuvor spürte sie, dass sein Spott Selbstschutz war. Er machte sich verletzlich, doch wollte sich nicht vollends entblößen.

„Du hast dich daran erinnert", sagte sie. „An die Libellen."

„Dein Tümpel hinter der Union Station."

„Es gibt ihn nicht mehr." Auf Zehenspitzen machte sie ein paar Schritte. Unter ihren Sohlen knirschte Kies. „Sie haben den Kanal zugeschüttet und betoniert."

„Das tut mir leid."

„Muss es nicht." Sie ging in die Knie und betrachtete eine rote Libelle, die auf einem Zweig balancierte. „Das Wasser hier draußen ist wie ein Wunder."

„Es gibt eine Menge Oasen wie diese hier in der Mojave. Sie sind nur nicht leicht zu finden." Gabriel beschirmte seine Augen vor der Sonne. „Die Indianer, die früher hier lebten, wussten genau, wonach sie suchen mussten."

Violet richtete sich auf und folgte dem Wasserlauf, bis er zwischen den Ausläufern der Dünen versickerte. Das Pfeifen der Vögel wehte durch die Luft. Sie ließ sich auf den Boden fallen und band ihre Schuhe auf. Genussvoll grub sie ihre Zehen in den Sand. Fast fühlte sie sich wieder wie das Kind, das am Tümpel hinter der Union Station versucht hatte, die geheime Sprache der Feen zu ergründen. Gabriel streckte sich neben ihr aus.

„Wie lange lebst du schon hier?", fragte sie.

„Mein Vater ist 1941 in die Neue Welt gegangen, nachdem die Nazis seinen Gutshof bei Krakau niederbrannten. Er wollte nichts mehr zu tun haben mit Europa und seinen Kriegen." Sein Arm schob sich unter ihre Schultern und zog sie näher zu sich heran, bis ihr Kopf in seiner Halsbeuge ruhte. Sein Atem in ihrem Haar war wie die Flügel der Libellen. „Ich habe ihn begleitet. Los Angeles zieht unsere Art an wie die Motten das Licht. Aber vielleicht tun das alle großen Städte. Mein Vater fand hier schnell Freunde. Er sammelte Künstler und Denker um sich, die ihm Hofstaat und Publikum zugleich waren. Nicht jeder vom Blut ist berufen, ein Krieger zu sein. Auch wenn es viele zu den Waffen zieht." Er lachte ein wenig. „Wir sind wie geschaffen für das Kriegshandwerk. Schwer umzubringen."

„Und du? Was war mit dir?"

„Ich war mein Leben lang Söldner. Also bin ich bin Katherinas Garde beigetreten, als wir nach L.A. kamen. Allerdings ging das nicht lange gut."

„Was ist passiert?"

„Katherina hasst meinen Vater aus tiefstem Herzen. Auch wenn Thomasz es abstreitet. Ich weiß, dass da etwas zwischen ihnen ist. Jeder kann es sehen. Nachdem sie erfuhr, dass ich Thomasz' Eysmonts Sohn bin, war mein Scheitern in der Garde nur eine Frage der Zeit." Sein Lachen erschütterte ihr Haar. „Natürlich war es nicht gerade hilfreich, dass ich mir nicht gern unsinnige Befehle erteilen lasse."

„Und deshalb bist du in die Wüste gegangen?"

„Ich habe das Haus einem Kerl abgekauft, der die Nase voll davon hatte, hier draußen Pferde zu züchten. Ist ein mühsames Geschäft auf dem kargen Boden."

Sie fasste nach seiner Hand und verschränkte ihre Finger in seinen. Sie konnte sich nur schwer vorstellen, wie es sein musste, wenn einem eine so lange Lebensspanne gegeben war. Wenn Jahre verstrichen wie ein Wimpernschlag.

Gabriel rollte sich herum und blickte auf sie herab. „Warum fragst du das?"

„Ich interessiere mich für dich." Faszinierend, wie leicht es ihr fiel, ihm das zu sagen. Früher hätte sie sich lieber die Zunge abgebissen, als einem Mann gegenüber ein solches Geständnis zu machen. Aber vielleicht lag es daran, dass es dieses Mal die Wahrheit war. Er setzte die Regeln ihres früheren Lebens außer Kraft. „Ich will wissen, was für ein Mensch du bist."

„Kein Mensch." Er senkte den Kopf und küsste ihre Mundwinkel. „Damit fängt es schon mal an."

*

Violets Atem strich an seiner Schulter entlang. Gabriel lauschte ihrem Herzschlag und sah zu, wie die Sterne am Himmel in der Morgendämmerung verblassten. Das Feuer war heruntergebrannt. Die Nachtluft, kalt und klar, roch nach Salz und dem harzigen Duft der Creosotebüsche.

Das Klingeln des Handys brachte die Realität zurück in den unwirklichen Morgen. Er schälte sich aus den Decken und tastete nach seiner Jacke, die ein Stück entfernt lag. Die Kälte ließ ihn schaudern. Violet regte sich und wandte ihm den Kopf zu.

„Ich dachte, hier draußen gibt es keinen Empfang?", murmelte sie schläfrig.

„Wie es aussieht, doch." Endlich fand er das Telefon und presste es ans Ohr. „Ja?"

„Wir haben diese Daten entschlüsselt", begrüßte ihn Cyric. „Die Adresse von Doktor Arnolds haben wir auch. Leider war er nicht zu Hause."

„Okay." Mit der freien Hand fasste er nach seiner Jeans. „Überwacht jemand sein Apartment?"

„Ja, aber ich weiß nicht, ob es viel bringt. Er ist heute Nacht nicht nach Hause gekommen. Seine Frau ist in Panik."

„Dann weiß er, was die Stunde geschlagen hat." Gabriel schüttelte den Sand aus seinem T-Shirt. „Er wird den Kopf unten halten."

Nach einem kurzen Schweigen fuhr Cyric fort: „Katherina reißt mich übrigens in Stücke, wenn sie mitkriegt, dass wir weiter an der Sache dran sind. Die anderen fangen an, sich Sorgen zu machen. Erik ist eigentlich froh, dass wir Arnolds nicht finden konnten."

„Ich weiß." Er warf einen Blick zu Violet. „Wir brauchen einen handfesten Beweis, dass unsere Leute noch am Leben sind."

Gabriel musste an sich halten, um nicht zu schnell zu fahren. Die zeitlose Leichtigkeit der Nacht war einer nervösen Rastlosigkeit gewichen, die ihn schier auffressen wollte.

Auf ihrem Weg zurück stoppten sie in einem Nest am Sierra Highway, das nur aus Tankstellen, zwei Motels und einer Handvoll Schnellrestaurants bestand. Sie fanden ein Denny's, das annehmbaren Kaffee und Pancakes mit Blaubeeren servierte. Während sie frühstückten, beobachteten sie einen endlos langen Güterzug, der im Schritttempo durch die Stadt rollte. Violet versuchte, eine Unterhaltung in Gang zu bringen, doch er war zu angespannt, um mehr als einsilbige Antworten zu geben. Schließlich schob sie ihren Teller zurück und ließ die Gabel auf den Tisch fallen.

„Was ist los mit dir?"

Er dachte einen Moment nach und entschied, dass es keinen Grund gab, sie anzulügen. „Ich mache mir Sorgen."

„Wegen deines Vaters?"

Gabriel schüttelte den Kopf. Sie kam nicht einmal auf die Idee, dass sie es war, um deren Sicherheit er sich sorgte. „Heute Abend willst du in Stephan Amaryllis' Apartment einbrechen und niemand kann voraussagen, was passiert." Er umklammerte die Kanten des Tisches und beugte sich vor. „Alles in mir schreit danach, dich von diesem verrückten Plan abzubringen. Ich würde dich am liebsten an Händen und Füßen fesseln und in einen ausbruchsicheren Raum sperren. Weil ich weiß, dass ich es dir nicht ausreden kann." In Violets Augen trat ein wachsamer Ausdruck, doch sie unterbrach ihn nicht. „Auf der anderen Seite weiß ich, dass es meine einzige Chance sein könnte, Thomasz rechtzeitig zu finden. Deshalb zerbreche ich mir den Kopf, wie ich dieses Dilemma lösen kann. Es macht mich wahnsinnig. Ich bin …"

„Du fühlst dich schuldig", fiel sie ein. Ihre Mundwinkel verzogen sich zu einem schmalen Lächeln. „Weil du tausend Jahre Ethik nicht einfach abstreifen kannst. Männer müssen Frauen beschützen. Darum geht es, nicht wahr?"

Er fühlte sich ertappt. „Vielleicht", gab er zu.

„Und du denkst nicht, dass ich mich meiner Haut erwehren kann?" Ihr Lächeln wurde breiter und einen Hauch hinterhältig. „Wer hing zuletzt in Ketten in einem Kellerloch und musste gerettet werden?"

„Das war etwas anderes."

„Ja, das war etwas anderes, da hast du recht." Sie hob eine Augenbraue. „Im Gegensatz zu dem, was ich heute Abend vorhabe, war es nämlich ziemlich gefährlich. Aber ich war zum Glück acht

Jahre bei der DEA und habe mich mit Straßendealern geprügelt. Da ist ein bisschen was hängen geblieben, okay?“ Sie seufzte. „Gabriel, der Ebony Horse Club ist ein Apartmenthaus voll reicher alter Männer. Das Schlimmste, das mir passieren kann, ist, dass sie mir auf den Arsch starren. Stephan Amaryllis rechnet nicht damit, dass ich bei ihm auftauche. Vielleicht ist er nicht mal zu Hause und ich kann in Ruhe sein Penthouse durchwühlen. Falls er doch da ist, werden wir ein bisschen plaudern und der Rest findet sich.“

Es klang ganz einfach, wenn sie darüber sprach. Doch er wusste, dass das nicht stimmte. Stephan Amaryllis war ein gefährlicher Mann. Gabriel konnte nicht genau festmachen, warum er das glaubte. Es war einfach sein Bauchgefühl und die Annahme, dass jemand mit Amaryllis' Ambitionen nicht einfach auszutricksen war.

Hinter ihnen brandete ein Disput auf. Er drehte den Kopf und sah eine mexikanische Familie, die über das Fernsehprogramm debattierte. Eine übergewichtige Frau in viel zu engen Jeans stand auf und streckte sich nach dem Fernseher, um durch die Sender zu schalten. NBC, Fox, History Channel, dann blieb sie bei einem Gottesdienst hängen und drehte den Ton lauter. Ein Choral schallte aus den Lautsprechern. Das Denny's war so gut wie leer. Niemand der anderen Gäste erhob Einspruch.

„Vertrau mir, okay?“ Violet griff nach seiner Hand und hielt sie fest.

Ihre Berührung machte es nur schlimmer. Mühsam hielt er seine Beherrschung aufrecht. „Ich möchte dich begleiten“, sagte er mit erzwungener Ruhe.

„So funktioniert das nicht, Gabriel.“

„Aber ich kann wenigstens in der Nähe sein, falls etwas passiert.“

„Ja“, stimmte sie nach kurzem Überlegen zu. „Das könntest du.“

Der Choral verstummte und ein Prediger erhob seine Stimme. Der weiche, kultivierte Klang traf ihn wie ein Blitzschlag aus heiterem Himmel. Er fuhr so heftig herum, dass er mit dem Arm seinen Kaffeebecher umstieß.

„Alles okay?“, hörte er Violet fragen.

Sein Blick wurde wie magisch angezogen von diesem Gesicht, den fahlen Augen hinter goldgerahmten Brillengläsern. Mit den Ereignissen der letzten Nacht waren Carl und Etherlight aus seinem unmittelbarem Fokus geglitten, doch Carls Stimme riss sofort diesen elementaren Hass auf, der nach Blut und Rache verlangte.

„Gabriel!“

Der Tonfall in Violets Stimme grub sich in sein Bewusstsein wie ein Anker und hinderte es, weiter abzudriften. Tief holte er Atem.

„Was ist los?“

Er machte eine Bewegung zum Bildschirm und Violets Blick glitt nach oben, über ihn hinweg.

„Ein Fernsehprediger“, sagte sie ratlos.

„Sein Name ist Carl.“

„Carl …“ Sie starrte ihn an. Verstehen trat in ihren Blick, im gleichen Moment, da sie den Namen wiederholte. „Shit. Der Oberpriester von Etherlight?“ Sie stand auf und trat näher an den Fernseher.

Die Apokalypse ist ein brüllender Feuersturm, Sein Zorn über die Abtrünnigen. Ihr, die ihr den wahren Glauben vergessen habt und eure Brüder, die den falschen Versprechungen derer folgen, die sich als Gottes Diener ausgeben, doch sein Gesetz in Wahrheit verhöhnen! Fallt nun auf die Knie und badet im Licht seiner Gnade, oder seid auf ewig verdammt!

„Wer hört sich diesen Schwachsinn an?“ Violet drehte sich zu ihm zurück. Die übergewichtige Mexikanerin schoss ihr einen giftigen Blick zu.

Etherlight ist das Licht. Etherlight lauscht Gottes Worten. Und ich sage euch, noch ist es nicht zu spät. Kommt und lauscht der Wahrheit des Herrn und lasst euch von euren Herzen leiten. Lasst uns genügend Herzen sammeln, um Sein Herz zu erweichen, auf dass er seine Streiter schickt, um die Stätten der Menschheit gegen das Böse zu verteidigen.

Sie warf ihre Serviette in die Kaffeepfütze. „Das war der Kerl, der dich gefoltert hat?“

„Er ist ein Psychopath“, murmelte Gabriel.

„Hast du von dem Anschlag auf ihr Wüstendomizil gehört?“ Violet klaubte eine Blaubeere von ihrem Teller. „Natürlich“, korrigierte sie sich. „Ich habe es dir ja gestern erzählt.“

Gabriel versuchte, eine ausdruckslose Miene aufzusetzen. Er hatte ihr nichts von seiner Rolle bei diesem Anschlag gesagt. Noch immer fragte er sich, wie die Etherlightguerillas von dem bevorstehenden Angriff hatten wissen können. Noch eine Frage ohne Antwort. Doch darum würde er sich kümmern, wenn er Thomasz gefunden hatte.

Alles zu seiner Zeit.

18

Das Dolce & Gabbana Kleid passte wie angegossen. Jedenfalls beinahe. Es spannte ein wenig über dem Hintern, aber Violet kam zu dem Schluss, dass das der Sache dienlich war.

Der Beinschlitz sah spektakulär aus und das Dekolleté war zum Anbeißen, dank Push-up-BH mit Gelkissen. Der modernen Dessousindustrie sei Dank. Sie klebte sich Pflaster auf die Zehen, bevor sie in die schwarz glänzenden High Heels schlüpfte. Die Dinger hasste sie mit Leidenschaft. Waren die geliehenen Jessica-Simpson-Sandalen von Camilla schon furchtbar, so erfüllten diese hier alle Kriterien, um als Folterinstrument durchzugehen. Sie stöckelte von der Küche zum Badezimmer und wieder zurück, verteilte ein paar zusätzliche Pflaster zur Sicherheit und packte ihre Turnschuhe in die kleine Handtasche. Mit durchgedrückten Schultern stellte sie sich vor den Spiegel. Sie hatte ihre Haare hochgesteckt und rot leuchtenden Lippenstift aufgetragen. Jetzt sah sie aus wie ein wandelndes Plakatmodel. Der Libellenanhänger an ihrer Kette versank so verrucht zwischen ihren Brüsten, dass sie beinahe rot wurde. Wow.

Genau das, was sie brauchte.

Auch wenn sie es vor Gabriel heruntergespielt hatte, ihr kleiner abendlicher Ausflug barg ein paar Risiken und die Kletterpartie ins Penthouse war nur eines davon. Sie stopfte ihre Pistole neben die Schuhe ins Täschchen, das damit zum Bersten gefüllt war und so schwer, dass das Tragekettchen ihr in die Schulter schnitt. Hoffentlich merkte es keiner und wurde misstrauisch. Ihre Rippen schmerzten wieder, obwohl sie in den letzten Stunden eine halbe Packung Tylenol geschluckt hatte. Sie tastete über die Bandage und verzog das Gesicht. Jetzt war nicht die richtige Zeit für Selbstmitleid. Sie würde das durchstehen wie ein großes Mädchen.

Marshall wartete bereits vor dem Haus, als sie die Treppen hinunterstieg. Er ließ den Motor an und bleckte anerkennend die Zähne.

„Was meinst du?“ Sie strich sich eine Haarsträhne zurück, die sich aus dem Knoten gelöst hatte. „Gebe ich eine gute Edelhure ab?“

„Weltklasse“, sagte er mit breitem Grinsen. „Sicher, dass wir nicht das Geschäftsfeld wechseln sollen?“

Sie schnitt eine Grimasse und versuchte, es sich im Sitz bequem zu machen, ohne das Kleid zu zerdrücken.

„Ich habe noch mal nachgedacht“, setzte Marshall an, als sie auf den Freeway fuhren. „Über das, was du mir heute Nachmittag erzählt hast.“

„Und glaubst jetzt, ich sollte es mal langsamer angehen lassen? Damit die Halluzinationen verschwinden?“

„Das war mein erster Gedanke“, gab er zu.

„Und der zweite?“

„Dass das die abgefahrenste Story ist, die ich jemals gehört habe. Wenn wir schon nicht zu den Bullen können, warum rufen wir nicht die Typen von der Presse an?“

„Hmhm, die Jungs von 'UFO Observer' finden das bestimmt wahnsinnig interessant.“ Andererseits, vielleicht war die Idee gar nicht so schlecht. Wenn die Medien einen Skandal witterten, verwandelten sie sich in Bluthunde. Ein Albtraum für VORTEC, wahrscheinlich ihr Ende, wenn die Lawine erst einmal ins Rollen geriet. Dann würde ihnen auch der Schutz vor polizeilichen Ermittlungen nicht mehr helfen.

Der Verkehr wurde dichter. Marshall zog auf die rechte Spur und nahm die Chinatown-Abfahrt nach Downtown, vorbei an den Blechlawinen. Straßenlichter flackerten über sein Gesicht. „Was machen wir, wenn dieser Irrsinn vorbei ist?“

Sie starrte auf die geschwungenen Pagodendächer mit den roten Laternen und den chinesischen Schriftzeichen auf weißem Grund. Zurück zur Normalität? Schwer vorstellbar. Doch die Welt drehte sich weiter. Die Miete zahlte sich nicht von allein. Marshall warf ihr einen undeutbaren Blick zu.

„Kann ich dich was Privates fragen?"

„Klar."

„Bist du zufällig gerade verliebt oder so was?"

Violet stockte der Atem, so überrumpelte sie die Frage.

„Und wenn ja, wer ist der Glückliche?"

Blut schoss ihr ins Gesicht. „Wie kommst du denn darauf?"

Er lachte. „Sieh dir mal selbst zu und frag dann noch mal."

Sie betrachtete ihre Fingernägel. „Okay. Verliebt ist übertrieben." Warum zitterte dann ihre Stimme, als sie das sagte?

„Aha." Er stoppte vor einer Ampel. „Wer?"

„Du kennst ihn nicht."

„Dann klär mich auf."

„Du bist nicht meine Mutter!"

„Nein, aber dein einziger Kumpel, bei dem du dich ausweinen kannst, wenn sich mal wieder rausstellt, dass der Typ von gestern Nacht verheiratet ist und vier Kinder hat."

Sie fand eine ungeheuer interessante Naht an ihrem Kleid, die ihre ganze Aufmerksamkeit erforderte. „Ich stelle ihn dir vor", murmelte sie, „wenn es sich ergibt."

Die Ampel sprang auf Grün, Marshall gab Gas. Sie bogen in die dritte Straße, durchquerten den Tunnel und fuhren nach rechts in die Flower Street. Der Ebony-Horse-Club befand sich in einem Hochhaus mit eleganter Sandsteinfassade im italienischen Renaissancestil. Eine Steinkartusche über dem Haupteingang verkündete, dass der Bau im Jahr 1907 vollendet worden war. Halbkugelförmige Markisen überkrönten die Fenster im Erdgeschoss, dahinter bauschten sich üppige Vorhänge.

Marshall passierte das Hauptportal und bog in die Tiefgarage an der Seite des Gebäudes. Zwei Hausangestellte in blauen Fantasieuniformen eilten auf sie zu und öffneten ihnen die Türen, sobald der Wagen stand.

Wow. Violet setzte einen Fuß auf den glatt geschliffenen Beton und stieg aus. Marshall auf der anderen Seite sprach so leise mit dem Angestellten, dass sie kein Wort verstand. Doch was immer er ihm erzählte, zeigte den gewünschten Erfolg. Der Mann führte sie einen Korridor, der mit Glasvitrinen voller Segelsouvenirs dekoriert war. Marmorfliesen hallten unter ihren Absätzen. Es roch nach Autoreifen und Veilchenparfüm.

Sie betraten eine hohe Empfangshalle mit Kristallleuchtern an den Wänden. Der Concierge lächelte distinguiert über einen Mahagonitresen hinweg und griff nach dem Telefon, als Marshall ihm sein Anliegen vortrug. Violet umrundete währenddessen eine Gruppe viktorianischer Sessel und blieb vor einem üppigen Liliengesteck stehen.

Ein paar Sekunden später gesellte sich Marshall zu ihr und legte ihr eine Hand auf den Arm. „Adam Sheffer kann es kaum erwarten, dich kennenzulernen."

Als sich ihr Blick erneut mit dem des Concierge traf, glaubte sie, einen abschätzigen Zug in seinem Lächeln zu entdecken. „Bastard", murmelte sie.

„Es ärgert ihn, dass sich Mister Sheffer leisten kann, was ihm verwehrt bleibt", flüsterte Marshall. Dann hob er seine Stimme wieder zu normaler Lautstärke. „Sei nett zu Adam, okay? Er ist kein schlechter Kerl."

„Was soll das denn heißen?"

„Dass er eigentlich nur ein schüchterner ...“

„Nein, nicht das. Der Teil mit dem nett sein.“

„Keine Ahnung.“ Marshall drehte die Handflächen nach oben, eine fatalistische Geste. „Versuch, ihm nicht den Schädel zu zertrümmern, wenn du ihm eins überziehst.“

„Marshall, bitte.“ Sie hob eine Augenbraue. „Du kennst mich.“

„Eben.“ Mit sanftem Druck schob er sie in Richtung der Aufzüge. „Viel Glück. Und ruf mich an, wenn was schief geht. Ruf mich auch an, wenn alles gut geht und ich dich wieder aufsammeln soll.“

„Klar.“ Sie hauchte ihm einen Kuss zu. Aus dem Augenwinkel beobachtete sie den Concierge. Marshall hatte recht. Der Mann war blass vor Neid. Kein Wunder, wahrscheinlich gaben sich hier Beverly-Hills-Gören und russische Luxusmodels die Klinke in die Hand, während seine Frau zu Hause schon vor zehn Jahren aus der Form geraten war, jeden Abend die gleiche Sorte Nudeln kochte und ihn mit den Kindern erpresste.

Die Aufzugstüren glitten lautlos auseinander. Neben der Schalttafel stand ein weiterer uniformierter Angestellter mit Silbertressen an den Ärmeln. Natürlich, hier brauchte sich keiner der Bewohner die Mühe zu machen, die Tasten selbst zu drücken. Nebenbei stellten sie sicher, dass sich Gäste nicht ins falsche Stockwerk verirrten. Was hatte sie erwartet?

Der Mann erkundigte sich auf Höflichste nach ihrem Ziel.

„Vierzehnter Stock, bitte.“

Irritiert hielt er inne. „Aber Mr. Sheffer wohnt im zwölften.“

Shit. Der Concierge hatte ihn bereits instruiert. „Ah ja?“

„Möchten Sie, dass ich Sie in den zwölften Stock bringe?“

Das Lächeln des Portiers täuschte nicht darüber hinweg, dass es sich um eine rhetorische Frage handelte. Sie nickte und fragte sich, ob sie die Browning ziehen und den Kerl zwingen sollte, sie direkt ins Penthouse zu fahren. Dann rastete ihre Vernunft wieder ein. Selbst wenn sie damit durchkam, würde Mr. Concierge binnen fünf Minuten die Cops rufen. Oder noch schlimmer, die hatten ihre eigene Security, die nicht lange fackelte und ungebetene Eindringlinge kurzerhand vom Dach schmiss.

Mit einem weichen Glockenton stoppte der Aufzug.

„Mister Sheffers Apartment liegt auf der rechten Seite. Gute Nacht, Ma'am.“ Der Portier machte eine formvollendete Verbeugung, die sie so sehr aus der Fassung warf, dass sie beim Hinaustreten mit dem Absatz in der Ritze zwischen Wand und Kabine hängen blieb und unelegant in den Korridor stolperte. Dann schlossen sich die Türen und sperrten die Peinlichkeit hinter sich aus. Ihre High Heels versanken in einem schweren dunkelblauen Teppich. Die cremefarbenen, mit Stuck verzierten Wände atmeten vornehme Stille. Rechts am Ende des Korridors befand sich eine zweiflüglige Tür mit einem Messingschildchen, auf das Adam Sheffer graviert war. Sie hob das Kinn, drückte den Rücken gerade und klingelte.

Adam Sheffer war einen Kopf kleiner als sie und sah mit seiner beginnenden Glatze und dem kleinen Bauchansatz aus wie ein Buchhalter aus einem der Bankentürme, die den Ebony-Horse-Club umzingelten. Er sprach leise und kultiviert und lächelte die ganze Zeit hinter seinen teuren Brillengläsern. Violet fühlte sich sofort schlecht bei dem Gedanken an das, was sie ihm antun wollte.

„Ich bin sehr erfreut, Sie kennenzulernen“, erklärte Adam. „Wirklich sehr erfreut.“

Er führte sie in ein riesiges Wohnzimmer, dessen eine Hälfte aussah wie eine barocke Bibliothek und die andere wie eine Clublounge mit schwarz-weiß gestreiften Tapeten, viktorianischen Beistelltischchen und einem Arrangement weißer Sofas und noch mehr gestreiften Kissen. Aus versteckten Lautsprechern drang klassische Musik, genau richtig, um eine Atmosphäre zu schaffen, ohne aufdringlich zu sein.

„Möchten Sie etwas trinken? Ein Glas Wein? Oder lieber Cognac? Grappa? Ich habe eine Sammlung ausgezeichneter Grappas hier. Ich bin ein paar Mal im Jahr in Italien und kenne dort einen Weinhändler in Rom, der auch …"

Seine Worte perlten in die Klavierakkorde. Das Zimmer atmete Holz, Leinen und Pergament. Ein freundlicher Geruch. Sie fühlte sich wirklich schlecht. Sehr schlecht.

Adam war höflich, gebildet und hatte einen guten Geschmack. Mitte fünfzig und beginnende Glatze, es gab Schlimmeres. Wieso zum Teufel war er nicht mit einem langbeinigen italienischen Model verheiratet, das ihm jeden Abend frische Pasta in seiner Luxusküche zubereitete, die sich zweifellos hinter einer der hohen Mahagonitüren verbarg?

Violet trat an eines der Fenster, schob den unteren Teil hoch und lehnte sich hinaus. Unter ihr brodelte die Figueroa Street, dahinter der Freeway. Ein breites Ziersims verlief unter dem Fensterbrett. Breit genug, um darauf zu stehen. Trotzdem wurde ihr flau im Magen angesichts der Höhe. Sie beugte sich weiter hinaus und blickte nach oben. Noch mehr Ziersimse, Wasserspeier an den Hausecken, zwei Fensterreihen. Und darüber ein steinernes Geländer, das den Dachgarten einfasste.

Sie drehte sich wieder um und nahm das Glas entgegen, das Adam ihr reichte. Wie zufällig berührten sich ihre Finger. Adams Lächeln gewann eine Tiefe, die sie ihm nicht zugetraut hatte. Touché. Flirten konnte er.

„Mr. Scott sagte mir, dass Sie neu in der Stadt sind."

Soso. Hatte er das?

„Darf ich fragen, was Sie hierherführt?"

„Geschäfte." Rasch setzte Violet das Glas an die Lippen. Was hatte Marshall ihm sonst noch erzählt? „Sie haben eine schöne Stadt hier." Im gleichen Moment wurde ihr bewusst, wie idiotisch das klang. Man konnte vieles über L.A. sagen, aber Schönheit gehörte wirklich nicht zu den Attributen der Metropole. Adam war zu höflich, um das anzumerken, ließ sich aber auch nicht auf ungefährliches Terrain locken.

„Welcher Art von Geschäften gehen Sie denn nach?"

Was, wenn Marshall behauptet hatte, sie sei Unterwäschemodel oder tanze klassisches Ballett? „Ich bin Privatdetektivin." Manchmal war Flucht nach vorn die beste Strategie. „Sie wissen schon, untreue Ehegatten und dergleichen." Verschwörerisch zwinkerte sie ihm zu.

„Dann brauche ich mir ja keine Sorgen zu machen." Adam nahm es mit Humor.

Sie deutete auf eine Flügeltür, die geschlossen war. „Ist das dein Schlafzimmer?"

„Ja, in der Tat." Jetzt wirkte er überrumpelt.

„Dann ziehe ich mich kurz dorthin zurück, okay?" Sie setzte ihr verführerischstes Lächeln auf. „Ich habe eine Überraschung für dich."

Adam errötete. „Wollen wir nicht zuerst etwas essen?", stammelte er.

Sie griff nach der Türklinke. „Wer braucht schon Essen?"

„Warte." Er nahm ihre Hand. „Vorher musst du dir meine Überraschung ansehen."

Es kostete sie Mühe, ihre Ungeduld zu verbergen. Hatte er die Andeutung nicht verstanden? Er zog sie zu einer Anrichte und trat zur Seite.

„Bitte." Er strahlte übers ganze Gesicht. „Mach es auf."

Sie hob den Deckel der schwarz lackierten Papierschachtel auf. Etwas funkelte ihr entgegen, bläulich auf schwarzer Seide.

„Oh mein Gott", flüsterte sie. „Sind die …"

„Zweikarätige Diamanten." Adams Stimme klang verhalten, doch darunter vibrierte eine atemlose Aufregung, wie bei einem Kind, das am Weihnachtsmorgen darauf wartet, die Geschenke stürmen zu dürfen. „Ich würde mich sehr freuen, wenn du sie zum Abendessen tragen könntest. Darf ich?"

Er hob die Diamanttropfen hoch und befestigte sie an ihren Ohrläppchen. Seine Finger bewegten sich schnell und sicher. War er Juwelier? Oder kam es häufiger vor, dass er Frauen, die einen Kopf größer waren als er, Diamantschmuck anlegte? Sie überlegte, ob er wohl auf den Zehenspitzen stand, wagte aber nicht, ihm auf die Füße zu schauen. Sie wollte ihn nicht kränken. Und diese Diamanten, was sollte das heißen? Waren sie nur eine Leihgabe für die Dauer des Abendessens? Oder stellte so was bei Millionären das gängige Mitbringsel dar? Wieso zur Hölle konnte er kein widerwärtiger Macho sein? Das hätte es leichter gemacht.

„Und jetzt das Kleid", bat er.

Violet griff danach, zögerte, schüttelte es aus. Knisternd entfaltete sich die Seide. Federbesatz kitzelte ihren Handrücken.

Oh. Mein. Gott. „Wundervoll", hauchte sie. „Jetzt muss ich wirklich ins Schlafzimmer, es anprobieren."

„Ja." Er strahlte über das ganze Gesicht. „Bitte probier es an."

Adams glückliches Lächeln war das Letzte, das sie sah, bevor sie die Flügeltüren zuschob. Shit. Das war nicht nett. Er würde enttäuscht sein. Musste sein sorgfältig zubereitetes Dinner allein verzehren. Ob er das Essen selbst gekocht hatte? Nein, schalt sie sich, Cateringservice, was sonst? Leute wie Adam kochten nicht selbst. Leute, die Diamantohrringe im Wert von über hunderttausend Dollar an eine Edelhure verschenkten, die sie nicht einmal kannten.

Sie schleuderte die High Heels von den Füßen, warf die Browning aufs Bett, zerrte ihre Turnschuhe aus der Handtasche und band die Schnürbänder mit fliegenden Fingern. Zuletzt ließ sie die Waffe zurück in die Tasche fallen und hängte sie um den Hals. Als sie das Fenster öffnete, strich Wind über ihr Gesicht. Herrje, war das hoch.

Die Ohrringe. Sie fummelte am Verschluss herum, bekam ihn aber nicht auf.

„Honey?" Das war Adams Stimme. „Brauchst du Hilfe?"

„Nein", stieß sie hervor. „Nicht hereinkommen bitte! Sonst ist die Überraschung kaputt!"

Sie glaubte, Glas gegen Glas klingeln zu hören und zerrte noch hektischer an den Ohrringen. Sie saßen fest. Irgendeine blöde Sicherung. Wer wollte schon riskieren, die Aussteuerdiamanten auf einer Party zu verlieren? Ihre Wut schwoll an. Auf Marshall, auf Adam, auf sich und ihren idiotischen Plan, der bislang viel besser funktionierte, als sie zu träumen gewagt hatte. Nur, dass sie sich wie ein Schwein fühlen würde, hatte sie nicht einkalkuliert. Und jetzt kam auch noch Diebstahl dazu.

Sie zog den Dolce & Gabbana Fummel bis zu den Hüften und schlang sich den restlichen Stoff um die Taille, damit er sie nicht beim Klettern behinderte. Dann stieg sie aufs Fensterbrett, hielt sich am Mittelkreuz fest und trat hinaus. Das Sims wirkte solide, doch es änderte nichts daran, dass der Wind sich plötzlich viel stärker anfühlte. In den Straßenschluchten zu ihren Füßen heulte eine Polizeisirene. Rote und blaue Lichtreflexe fingen sich in der Fassade des Union Bank Tower auf der anderen Seite. Einen Moment stand sie, die Wange an die Ziegelmauer gepresst und lauschte ihrem Herzschlag. Bedächtig grub sie die Finger in eine Fuge über ihrem Kopf, mehr Führung als wirklicher Halt. Konzentration. Sie musste sich konzentrieren. Es war nicht das erste Mal, dass sie ohne Sicherung kletterte, doch an einer Hochhausfassade hatte sie das noch nie probiert. Die Wand der Kapelle in Matavilya Crest war schwieriger zu erklimmen gewesen, doch bei Weitem nicht so hoch. Ein Fehltritt, und sie war tot. So einfach war das.

Noch einmal holte sie tief Atem, dann begann sie, einen Fuß neben den anderen zu setzen. Seitlich schob sie sich bis zum Wasserspeier, der die Hausecke überkrönte. Unter ihren Füßen knirschte es, Sand rieselte ihr ins Gesicht, als sie nach oben griff. Reflexartig drehte sie den Kopf weg. Ihre Finger stießen gegen etwas Dünnes, Metallisches. Taubendraht. Sie packte eine Handvoll der Stäbe und riss sie beiseite, dann umfasste sie die Schulter des Wasserspeiers und zog sich hinauf.

Mit klopfendem Herzen hielt sie inne. Nach einer weiteren Minute tastete sie sich die Wand empor und stieg auf den Kopf der Statue, reckte sich und bekam die Balkonbalustrade zu fassen. Unter ihrem Fuß bröckelte der Stein, sie schwankte. Fing sich wieder. „Shit", flüsterte sie. Jetzt hörte sie nur noch den Wind. Wind, der an ihrem Haar zerrte, ihrem Kleid, ihrem Gesicht. Ob Adam mittlerweile bemerkt hatte, dass sie verschwunden war? Wahrscheinlich würde er die Bullen rufen. Die konnten das halbe Gebäude in Alarmzustand versetzen. Verdammt, sie hätte ihn doch bewusstlos schlagen sollen, Freundlichkeit hin oder her. Die Balustrade. Sie fuhr die geschwungenen Säulen entlang, fand die Steinauflage und zog sich mit einem Ruck nach oben. Ihre Knie zitterten vor Erleichterung, als sie auf der anderen Seite des Geländers zu Boden glitt.

Der Wind flüsterte in den Blättern des Dachgartens. Zitronenbäume in Teakholzkübeln säumten die Brüstung. Irgendwo plätscherte Wasser. Durch die Arkaden eines Rosenspaliers hindurch erspähte sie ein Steinbecken mit einer kleinen Fontäne. Hübsch. Kaum zu glauben, dass sie auf dem Dach eines Hochhauses in L.A. Downtown saß. Sie richtete sich auf, richtete ihr Kleid und entsicherte die Browning. Nur für alle Fälle.

Der Eingang ins Penthouse lag auf der anderen Seite des Laubengangs, eine überraschend moderne Glasfront aus Schiebetüren, überspannt von weißen Markisen. Ein Teil der Verglasung war aufgeschoben, der Raum dahinter lag im Dunkeln. Sie gestattete sich ein schmales Lächeln. Sicher rechnete Stephan nicht damit, dass jemand ausgerechnet vom Dach her in sein Apartment einstieg.

Kühle umfing sie auf der anderen Seite. Sie betrat einen kleinen Flur, von dem eine Treppe nach unten führte. Auf der anderen Seite schloss sich eine Flucht aus drei Zimmern an. Der erste Raum stand leer, bis auf eine hohe Vase mit Bambuszweigen. Deckenhohe Bücherregale bedeckten die Wände des zweiten Zimmers. Neben einem Tischchen mit geschwungenen Beinen stand ein einzelner Sessel. Dahinter schloss sich ein Schlafzimmer an, ein Kingsizebett mit einer braun und cremefarben glänzenden Überdecke. Auf den Möbeln und dem Parkett fing sich das gelbliche Licht der Gartenlampen, gefiltert von Blüten und Blättern.

In den Räumen hing Stille. Auf Zehenspitzen schlich Violet die Treppe hinunter. Das Wohnzimmer war riesig, größer sogar als das von Adam, mit einem frei stehenden Kamin in der Mitte. Ein ausladendes Sofa stand auf der einen Seite des Raums, dahinter ein Glasschreibtisch und ein Rollcontainer mit Drucker und Faxgerät. Kein Computer, nur ein loses Stromkabel für einen Laptop.

Die andere Seite wurde von einem weißen Konzertflügel eingenommen. Ein digitaler Fotorahmen warf geisterhaft bleiches Licht auf den Lack. Sie nahm das Bild in die Hand und starrte in mildem Schock auf Emily in einer Venuspose auf roten Polstern. Nackt ruhte sie auf der Ottomane, den Kopf zurückgelehnt mit versonnenem Lächeln, in einer Hand eine Rose, die andere verdeckte das Dreieck zwischen ihren Beinen. Das Foto war perfekt, eine professionelle Hochglanzaufnahme mit der berückenden Schönheit eines Renaissancegemäldes.

Seufzend stellte Violet es zurück und griff nach ihrer Waffe. Wenigstens stand dort der Beweis, dass sie nicht ins falsche Apartment eingebrochen war. Sie trat an den Schreibtisch und zog die Schubladen des Rollcontainers auf. Im untersten Fach entdeckte sie ein Hängeregister und blätterte rasch durch die Ordner. Mietunterlagen für das Apartment, ein paar Briefe vom Ebony-Horse-Club, eine Mitgliedskarte in prunkvollem Blau und Gold. Werkstattrechnungen und Papiere für einen Porsche Cayenne und ein BMW 6er Cabrio. Stephan hatte ein Faible für deutsche Luxuskarossen, das gefiel Emily sicher gut.

Die nächste Mappe zog sie ganz heraus, als sie den VORTEC Briefkopf auf einigen der Dokumente entdeckte. Schnell wurde ihr klar, dass das Papiere waren, bei denen er sichergehen wollte, dass sie nicht in fremde Hände fielen. Auszüge aus einem Gesellschaftervertrag, Optionsvereinbarungen. Hier ging es um Geld. Viel Geld. Ein Mietvertrag für ein Fabrikgebäude in L.A. Downtown. Sie zog ihr Handy heraus und rief Marshall an.

„Hast du Internet?" Durch die Leitung hörte sie Rascheln und Stimmengewirr und Musik.

„Was brauchst du?"

„680 Lamar Street. Was ist das für ein Objekt?"

„Moment."

Er tippte, während sie die restlichen Dokumente durchsah. Eine Sondergenehmigung der Stadtverwaltung erregte ihre Aufmerksamkeit, ausgestellt auf die gleiche Adresse.

„Eine ehemalige Aluminiumfabrik", sagte Marshall. „Die Firma ging in den Achtzigern Bankrott. Das Gebäude gehört jetzt einer Gesellschaft namens Marks Real Estate."

„Die es an VORTEC vermieten." Erneut studierte sie den Mietvertrag. „Okay, nicht an VORTEC. Die tauchen hier gar nicht auf. Der Mieter ist Stephan Amaryllis. Er hat eine Genehmigung für die Verarbeitung von hochgiftigen Chemikalien in der Anlage."

Marshall lachte auf.

„Was ist daran so witzig?"

„Sehr beliebter Trick. Hält die Bullen aus den Koksküchen draußen. Willst du mir erzählen, die DEA weiß nichts davon?"

„Na, wenn die davon wüssten, wäre es nicht so populär, oder?", gab sie mürrisch zurück.

„Du besorgst dir eine Sondergenehmigung für den Umgang mit gefährlichen Stoffen. Damit fällst du automatisch unter bestimmte Auflagen. Zum Beispiel musst du sicherstellen, dass nicht einfach jemand auf deinen Hof spazieren kann und erblindet, weil er irgendwelche Dämpfe einatmet."

„Lass mich raten, das gilt auch für die Cops?"

„Sie brauchen eine Autorisierung. Das dauert ein bisschen und außerdem kann man leicht herausfinden, wenn so ein Dokument ausgestellt wird. Dann heißt es Klarschiff und weg mit dem Stoff, bevor die Polizei an die Tür klopft."

„Ah", sagte sie schwach. „Interessant."

„Entspann dich." Er klang fröhlich. „Du bist kein Cop mehr."

„Nein. Dein Glück."

Sie hörte kaum den hellen Glockenton des Aufzugs, realisierte nicht, dass er nicht Teil der Starbucks Geräuschkulisse in ihrem Telefon war. Dann glitt ein Lichtstreif über den Boden, leckte über ihre Füße und ließ sie herumfahren.

„Shit", murmelte sie in den Hörer. „Warte."

Sie ließ das Telefon fallen und packte ihre Pistole. Geistesgegenwärtig raffte sie die Unterlagen in die Mappe und ließ sie zurück in das Hängeregister fallen, stieß die Schublade mit einem Fuß zu und drehte sich um.

Zu spät. Helligkeit flutete den Raum. Ein Mann tauchte im Durchgang vom Korridor auf. Stephan. Sie erkannte ihn sofort. Er sah so vollkommen aus wie auf dem Foto, das Mom ihr gezeigt hatte. Ein hübsches Gesicht, seltsam alterslos, mit blondem, grau meliertem Haar. Kein Zeichen von Panik flackerte über sein Gesicht, als er sie entdeckte. Kein Erschrecken, nicht einmal Überraschung. Entweder er hatte sich sehr gut im Griff oder er war gewarnt worden. Langsam, mit einer kontrollierten Bewegung, setzte er seinen Aktenkoffer auf dem Parkett ab.

„Guten Abend", sagte er.

Sein Blick glitt an ihr hinunter, blieb an der Browning hängen, wanderte tiefer zu ihren Füßen und wieder zurück. Seine Lippen verzogen sich zu einem spöttischen Lächeln. Ihr wurde überscharf bewusst, wie sie aussehen musste in ihrem zerknitterten Dolce & Gabbana Flitter, an der Seite geschlitzt, den Turnschuhen, der verwüsteten Frisur und der Pistole in der Hand. Nicht zu vergessen den Diamantschmuck im Wert von hunderttausend Dollar in den Ohren. In einem schwachen Versuch, ihre Würde zu wahren, richtete sie die Waffe auf seine Brust. Nicht, dass es ihn beeindruckte. Ganz im Gegenteil.

„Was für eine hübsche Überraschung."

Seine Stimme klang in Wirklichkeit noch angenehmer als am Telefon. Er verbeugte sich leicht, als seien sie einander soeben auf einer Dinnergesellschaft vorgestellt worden.

„Ich bin Stephan. Und mit wem habe ich die Ehre, bitte?"

*

Wie ein Schatten glitt Asâêl durch die Asphaltschluchten. Ein warmer Luftstrom trug ihn zwischen den glitzernden Türmen hindurch, hinunter und wieder hoch zu den Dächern. Myriaden winziger schwarzer Flügel verwirbelten in seinem Pfad, streiften seine Haut, seine Lippen, sein Haar. In einem Moment waren sie da, im nächsten taumelten sie davon. Er spürte sie, lauschte ihrem Flüstern. Alle zusammen woben sie eine halb bewusste Entität, wie ein höheres Wesen, das in einem Wachtraum gefangen ist. Mehr als die Summe seiner Teile. Etwas in ihm zog sie magisch an, die Nachtfalter mit ihren samtweichen Flügeln. Asâêl verstand noch nicht die Natur dieser Kraft, doch das würde sich ändern. Einst hatte er darum gewusst, es nur vergessen in den Jahrtausenden seines Kerkers.

Doch er verstand bereits, dass sie ihm nützlich sein konnten. Er konnte fühlen, was sie fühlten und sehen, was sie sahen. Mehr rohe Emotion als wirkliche Bilder gaben sie ihm doch die Sicherheit, an vielen Orten gleichzeitig zu sein. Ganz und dennoch mit tausend Gesichtern, tausend Gedanken zugleich.

Sie kannten nun das Antlitz der zwei Frauen, die eine ein silbriger Wasserfall, die andere Mitternachtssamt. Er hatte seine Sehnsucht mit ihnen geteilt und seine Ängste. Sie wussten um seine Suche. Und suchten mit ihm, um wiederzufinden, was vor Äonen verloren gegangen war.

Ein Echo kehrte zu ihm zurück. Ganz leicht nur, ein einzelner Flügelschlag. Er sah, was der Bote sah. Spürte den Samt auf seinem Gesicht. Das Antlitz einer Frau. Das Haar ein Wasserfall aus Silber. Ein Flügelschlag trug ihn höher hinauf, über Brücken und Dächer. Er starrte hinab auf die Lichter und ließ sich fallen. Sank lautlos nach unten, bis er die Baumkronen streifte. Dann konnte er sie sehen.

Schön und unnahbar und eingehüllt in einen Panzer aus Härte, den er nicht an ihr kannte. Sie hatte ihr Haar in einen Knoten geschlungen. Allein saß sie dort und schrieb etwas nieder. Doch er spürte andere, außerhalb seiner Sicht. Andere vom älteren Blut, die über sie wachten. Schwach floss es in ihren Adern, verwässert über die Generationen, doch unverkennbar. Nicht sein Blut, aber das seiner Brüder.

Asâêl war überwältigt vom Anblick der Frau, überwältigt von einem Mahlstrom aus Erinnerungen, die in seinem Geist aufstoben wie trockene Blätter, in die ein Windstoß fährt. Leidenschaft und eine Liebe, so umfassend, dass er alles dafür hingeben wollte. Und hatte er das nicht getan? Tausend Jahre Kerker, war das nicht genug der Buße? Dazwischen drehten sich dunklere Scherben, die nach Verrat schmeckten, nach Tränen und Blut.

Verzweifelt suchte er nach einem Muster in den Emotionen, einem Schlüssel, um das Chaos in ein lesbares Bild zu verwandeln. Wie rasend tastete er nach einer Erinnerung, nur einer einzigen, die nicht zerbrochen war. Was war geschehen, dass der Anblick dieser Frau gleichzeitig Liebe und Hass weckte? Sie hatte ihm etwas gegeben, doch sie hatte auch etwas genommen. Was war das?

Er versuchte, in ihre Gedanken einzudringen und stieß gegen eine Barriere. Wie war das möglich? Kein Mensch konnte seinen Geist vor Asâêl verschließen. Kein Mensch und kein Kind vom älteren Blut.

In seinem Inneren tobten widerstreitende Gefühle. Er wollte aus dem Schatten treten, damit sie ihn sehen konnte, wollte die Hand ausstrecken und ihr silberblondes Haar berühren, ihre Wangen, ihre perfekten roten Lippen.

Doch eine böse Ahnung hielt ihn zurück, ein Widerhall von Leid. Ein Teil seines Bewusstseins schauderte bei der Vorstellung, dieser Frau in die Augen zu sehen.

Es machte ihn schier wahnsinnig, dass seine Erinnerungen noch immer unvollständig waren. All diese Bilder, Gerüche, Gedanken. Genug, um Leidenschaft aufzustören. Doch nicht genug, um zu verstehen, warum er sie empfand. Er wusste nicht, was zwischen ihm und dieser Frau war. Hatten sie einander geliebt? Kinder gezeugt? Gab es Nachkommen dort draußen, Abkömmlinge seines Blutes? Die Nachtfalter spiegelten das Chaos in seinem Geist, seine Unschlüssigkeit. Wild taumelten sie um seine Glieder, stürzten und stiegen um ihn auf. Hatte sie ihn verletzt? Ihn verraten? Ihm etwas Unersetzliches entrissen? Asâêl konnte nicht einmal erkennen, ob es sein Hass war oder ihrer, der wie schwarze Tinte aus den Rissen in seinem Gedächtnis quoll. Erschöpft sank er nach vorn und stützte sich mit den Handflächen auf den Stein. Wind strich über seine Flügel. Zwei Gesichter waren es, zwei Frauen. Mitternachtsschwarz, gesponnenes Silber. Sein stummer Ruf schwang hinaus in die Weite. Zwei waren es, nicht eine. Er musste die zweite finden.

*

„Ich bin Violet." Die Pistole in ihrer Rechten wurde allmählich schwer. Sie stabilisierte das Handgelenk mit ihrer zweiten Hand. „Violet, Sie erinnern sich? Die Frau, deren Anrufe Sie ignorieren."

„Das tut mir leid." Stephans Lächeln vertiefte sich. „Erschießen Sie Männer normalerweise, wenn sie nicht zurückrufen?"

Sie zog eine Braue hoch. Es schien ihn wirklich nicht zu kümmern, dass eine Waffe auf ihn gerichtet war. Im Gegenteil. Sein flirtender Tonfall brachte sie gelinde gesagt aus dem Konzept.

„Nicht, wenn Sie mir sagen, wo ich meine Schwester finde. Dann lasse ich Gnade vor Recht ergehen." Täuschte sie sich oder blitzte da ein Riss in seinem Lächeln auf?

„Möchten Sie etwas trinken? Wein? Zitronenlimonade? Oder lieber einen Espresso?"

„Sie haben meine Frage nicht beantwortet."

Stephan bückte sich und hob den Aktenkoffer wieder auf. Er tat es langsam, ohne hastige Bewegungen. Offenbar war es nicht das erste Mal, dass jemand mit einer Pistole auf ihn zielte. Ungerührt trat er an ihr vorbei zum Schreibtisch und platzierte das Köfferchen auf der Glasplatte. Er betätigte einen Schalter an der Wand. Eine Reihe von Holzpanelen drehte sich und enthüllte eine geräumige Küche auf der anderen Seite, mit Fronten aus geschliffenem Stahl. Violet wartete noch einen Moment länger, dann ließ sie die Pistole sinken. Es machte sowieso keinen Unterschied. Sie hatte nicht vor, Stephan zu erschießen und als Einschüchterung zog die Waffe nicht.

„Danke", sagte er. „Nette Schuhe übrigens."

Sie zuckte mit den Schultern. „High Heels machen sich schlecht beim Klettern."

„Sie sind geklettert?" Zum ersten Mal blitzte Fassungslosigkeit in seinen Augen auf. „Ich dachte, Sie hätten die Putzleute bestochen."

„Die Putzleute sind unschuldig."

Er öffnete den Kühlschrank, nahm eine Karaffe heraus und schenkte sich ein Glas ein. „Warum haben Sie nicht einfach an der Tür geklingelt?"

„Hätten Sie mich reingelassen?"

„Vielleicht." Er verzog einen Mundwinkel. „Ich bin ein neugieriger Mensch."

Der spielerische Ton dieser Konversation fühlte sich bizarr an. Als ob kein Grund zur Sorge bestand. Als ob alles nur ein Missverständnis war, sie nur miteinander reden mussten. Stephans Charme war überwältigend, ohne aufgesetzt zu wirken. Es kostete sie körperliche Mühe, sich nicht zu entspannen, sich nicht von diesem warmen Strom aus Worten und Blicken und Gesten mitziehen zu lassen. Stephan schenkte ein zweites Glas mit Limonade ein und reichte es ihr.

„Sollen wir uns vielleicht setzen?"

Sie überlegte, ob sie ihn direkt mit der VORTEC Geschichte konfrontieren sollte. Im Augenblick nahm er an, dass sie nur auf der Suche nach Emily war, und gab sich deshalb unbefangen. Er wusste nichts von ihren Ermittlungen um VORTECs Sangrin-Tests und erst recht nicht von ihrer Beteiligung am Anschlag auf das Labor. Vielleicht war es besser, wenn sie ihn vorerst in diesem Glauben ließ.

„Wo ist Emily?"

„Ich habe es Ihnen schon am Telefon gesagt. Es geht ihr gut. Sie will ein bisschen Abstand vom Alltag. Ist das zu viel verlangt?"

„Sie ist nicht auf Hawaii."

„Woher wollen Sie das wissen?"

„Weil ich mit ihrer Putzfrau gesprochen habe." Ihre Stimme schwoll an. Sie redete sich in Wut. Doch es war ein kontrollierter Ausbruch, eine Rage, die sie sorgfältig kultivierte. Mit mehr Schwung als notwendig stellte sie ihr Glas auf die Schreibtischplatte. Spritzer flogen über den Rand und trafen ihren Handrücken. „Der gleichen Frau, die vor zwei Tagen in Emilys Haus ermordet wurde, weil sie das Pech hatte, ein paar Killern in die Arme zu laufen, die hinter Emily her waren."

Der Wandel auf Stephans Gesicht war unheimlich. Das liebenswürdige Lächeln fiel ab wie eine gebrauchte Haut. Dahinter kam schneidende Härte zum Vorschein, die sie innerlich zurückprallen ließ. Dieser Mann war nicht, was er vorgab, zu sein. Instinktiv zog sie die Pistole wieder hoch.

Einen Moment später fand sie sich in Stephans Umklammerung wieder. Gott, wie hatte er das gemacht? Schweiß brach ihr aus. Er hatte die Distanz zwischen ihnen so rasch überbrückt, dass sie den Ansatz seiner Bewegung nicht wahrgenommen hatte. Seine Finger schlossen sich wie Stahlklammern um ihr Handgelenk. Er entwand ihr die Pistole, dann ließ er sie abrupt los.

„Was ist mit Emilys Haus?" In seiner Stimme schwang ein bedrohlicher Ton.

Was zur Hölle sollte diese Frage? Ärger flammte ihn ihr auf und überlagerte die Panik. „Vielleicht sollten Sie das Ihre eigenen Leute fragen!"

„Ich ..." Er brach ab und starrte an ihr vorbei ins Leere. „Ich schwöre, ich weiß nichts von diesem Übergriff. Was ist geschehen?"

Seltsamerweise fühlte seine Beteuerung sich wahrhaftig an. Sie hätte schwören können, dass er nicht log. Was hatte das nun wieder zu bedeuten?

„Haben Sie keine Nachrichten gelesen?"

Er schüttelte den Kopf.

„Die Nachbarn haben die Cops gerufen, weil sie verdächtige Männer bei Emilys Haus gesehen haben. Als die Polizei auftauchte, sind die Typen geflohen. Alles, was die Officers gefunden haben, war Inez' Leiche in einer Blutlache." Sie wich Stephans Blick nicht aus. „Die Putzfrau war nur zufällig im Haus. Ich bin mir sicher, dass die Killer eigentlich hinter Emily her waren."

Stephan warf die Pistole aufs Sofa und fuhr sich mit beiden Händen über das Gesicht. Müdigkeit überlagerte die Härte in seinen Augen. „Ich habe Sie angelogen", murmelte er. „Emily ist nicht auf Hawaii."

„Warum?"

„Sie hat Probleme. Sie will nicht, dass ihre Mutter davon erfährt."

Eitrige Ausschläge und Haarausfall? Doch das sprach sie nicht laut aus. Etwas sagte ihr, dass sie ihr Wissen besser noch für sich behielt. Im Moment stellte sie keine Bedrohung für Stephan dar, doch das konnte sich schlagartig ändern, wenn ihr eine unvorsichtige Bemerkung entschlüpfte. Seine Sorge um Emily wirkte jedenfalls echt. „Was für Probleme?"

„Gesundheitliche Probleme."

„Wo ist sie jetzt?"

„Ich weiß nicht." Seine Schultern sanken ein wenig nach vorn. „Ich weiß es wirklich nicht. Sie kommt und geht. Sie hört mir nicht zu."

„Sie hört niemandem zu. Ich kenne meine Schwester. Immer auf der Suche nach sich selbst. Wussten Sie, dass sie sich einer Sekte angeschlossen hat?"

„Was?" Die Überraschung in seiner Stimme klang echt.

„Etherlight, die Kirche des Lichts."

Dunkelheit glitt über Stephans Gesicht, ein Schatten von Wut. Oder war es nur Fassungslosigkeit, die seine Züge für einen Herzschlag verzerrte?

„Kennen Sie die Leute?"

„Nur aus dem Fernsehen."

Eine Lüge, sagte ihr Bauchgefühl. Es war die Unverbindlichkeit in seiner Stimme, die Leichtigkeit, mit der er die Antwort produzierte.

„Sie schauen sich Fernsehpredigten an?" Sie schielte nach ihrer Pistole und fragte sich, ob Stephan sie aufhalten würde, wenn sie versuchte, die Waffe wieder an sich zu nehmen. „So hätte ich Sie gar nicht eingeschätzt."

„Es gibt vieles über mich, das Sie nicht wissen."

„Zweifellos." Sie legte den Kopf schräg. „Etherlight predigt die Apokalypse. Die haben ein Haus weit draußen in der Mojavewüste. Matavilya Crest. Sagt Ihnen das was? Emily hat sich da eine Zeit lang aufgehalten. Wussten Sie das auch nicht?"

„Nein." Seine Augen verengten sich zu Schlitzen.

„Ich dachte, Sie sind ihr Verlobter? Sprechen Sie manchmal auch miteinander?"

Die Luft selbst schien für einen Moment den Atem anzuhalten. Die Spannung im Raum war fast mit Händen zu greifen. Stephan kochte innerlich. Sie konnte es sehen. Nur mühsam hielt er seine Beherrschung aufrecht. Sie fragte sich, ob ihre kleinen Provokationen die einzige Ursache waren. Schwer vorstellbar. Stephan hatte zu Beginn ihrer Unterhaltung nicht gerade den Eindruck gemacht, als wäre er leicht reizbar. Doch Etherlight schien einen wunden Punkt zu berühren. Das war interessant. Warum stritt er ab, die Sekte zu kennen? Sie wägte Chance gegen Risiko ab und entschied, noch einmal nachzulegen.

„Vor zwei Tagen hat jemand Matavilya Crest in die Luft gesprengt. Es gab ein paar Tote und viele Verletzte. Das war ein paar Stunden, bevor Emilys Haus in den Hollywood Hills überfallen wurde. Finden Sie nicht, dass das ein seltsamer Zufall ist?"

„Hören Sie", stieß Stephan hervor. „Ich habe keine Ahnung, wie Sie darauf kommen, dass ich Emily schaden will. Ich liebe sie. Ich liebe sie mehr als mein Leben. Es gibt nichts, das ich nicht für sie tun würde. Ich will ihr helfen, doch das kann ich nicht, weil ich nicht weiß, wo sie ist!" Seine Stimme steigerte sich in einen heftigen Ausbruch.

Violet nickte. „Warum schließen wir uns nicht zusammen?"

„Das würde ich gern."
„Aber Sie sagen mir nicht alles, was Sie wissen."
„Das tun Sie auch nicht."
Nein. Weil er es dann nicht riskieren könnte, sie am Leben zu lassen. Die Leichtigkeit, mit der er sie entwaffnet hatte, schockierte sie noch immer. Sie wollte Stephan schütteln und ihn fragen, warum er zugelassen hatte, dass Emily Sangrin schluckte, wenn ihm etwas an ihr lag. Wenn er wusste, dass die Nebenwirkungen so verheerend ausfallen konnten. Stattdessen atmete sie tief ein und aus, um ihre Stimme zu kontrollieren. „Würden Sie mich anrufen, wenn Emily wieder auftaucht?"
„Das ja. Aber ich kann nicht versprechen, dass sie einwilligt, sich mit Ihnen zu treffen." Ein schwaches Lächeln glitt über sein Gesicht. „Rufen Sie mich auch an, wenn Sie sie vor mir finden?"
„Klingt fair."
„Dieses Haus, Matavilya Crest." Er stolperte über die Silben, als hätte er tatsächlich nie davon gehört. „Wo befindet sich das?"
„Auf halbem Weg zwischen hier und Vegas. Emily war nicht unter den Toten und Verletzten."
„Woher wissen Sie das?"
„Ich habe meine Quellen." Ohne Hast bückte sie sich nach der Pistole und schob sie zurück in ihre Handtasche.
Stephan beobachtete sie, doch regte sich nicht. „Wollen Sie auf dem Weg nach unten den Aufzug nehmen? Oder lieber das Fenster?"
„Der Aufzug wäre mir recht", murmelte sie, plötzlich verlegen. Sie betrachtete ihre Turnschuhe, die schwarz und klobig unter der roten Seide hervorragten. Wenigstens waren sie nicht grün oder hellblau. „Wenn Sie kein Problem damit haben, was die Angestellten dann von Ihnen denken."
„Oh, die denken alles Mögliche." Plötzlich war die Fröhlichkeit wieder da, die charmante Maske.
Er geleitete sie in ein kleines Atrium mit glänzendem Marmorfußboden und drückte den Rufknopf für den Fahrstuhl, dann streckte er ihr seine Hand entgegen.
„Passen Sie auf sich auf."
Der Druck seiner Finger fühlte sich kühl und fest an. Dann sah sie den Ring. Ein riesiger Aquamarin in einer altertümlichen Silberfassung, die in der Form eines Drachen geschmiedet war. Sie konnte sich nicht erklären, dass sie das Schmuckstück nicht zuvor schon bemerkt hatte. Es war so offensichtlich. Hinter ihr schlug der Glockenton an, die Türen glitten auf. Die weiß behandschuhte Hand des Portiers schob sich vor die Lichtschranke.
Der Ring, wollte sie sagen.
„Würden Sie die Dame bitte nach unten fahren?"
Stephan berührte sie leicht am Rücken. Dann stand sie im Inneren der Kabine, er hob die Hand zum Abschiedsgruß. Die Worte blieben ihr in der Kehle stecken. Sie wollte lächeln, doch die Türen schlossen sich und sie gab den Versuch auf.
Der Ring.
„Mr. Sheffer hat nach Ihnen gesucht", sagte der Portier. Bemerkenswert, wie er es schaffte, die Miene ausdrucksloser Höflichkeit zu wahren. „Möchten Sie ihm eine Nachricht hinterlassen?"
„Ähm", sie nestelte an einem Ohrstecker, aber das Ding saß immer noch fest, „richten Sie ihm aus, ich rufe ihn an."

„Das ging schnell“, kommentierte Marshall, als Violet zu ihm in den Wagen stieg.

„Fahr los“, sagte sie. Aus dem Augenwinkel sah sie, wie der Concierge das Foyer durchquerte. „Los!“

Sie zog die Tür zu, Marshall gab Gas und ordnete sich in den stockenden Verkehr auf der Figueroa ein.

Der Ring kreiste in ihrem Kopf. Der verdammte Ring. Das musste sie unbedingt Gabriel erzählen. Sie klappte die Sonnenblende herunter und musterte sich im Spiegel. Erfreut stellte sie fest, dass ihre Frisur gar nicht so schlimm aussah, wie sie geglaubt hatte, was ihr eine kindische Erleichterung verschaffte. Sie tastete nach dem Kettchen, doch griff ins Leere.

„Shit“, entfuhr es ihr.

„Bitte nicht.“

Sie griff in ihr Dekolleté, doch die Libelle war nicht mehr da. Das durfte nicht wahr sein. Zum zweiten Mal innerhalb weniger Tage hatte sie nun ein Schmuckstück verloren, das sie so viele Jahre getragen hatte, dass es ein Teil von ihr geworden war. Traurigkeit glitt über sie hinweg, als ihr bewusst wurde, dass sie es diesmal wohl nicht zurückbekommen würde.

„Warst du auf der Flucht vor dem Sicherheitsdienst?“

„Noch nicht.“ Sie klappte die Sonnenblende zurück. „Die haben mich knapp verpasst.“

„Wie ist es gelaufen?“

„Ich habe Adams Diamantohrringe geklaut.“

„Du hast was?“ Schock überzog Marshalls Gesicht. „Was? Die Klunker in deinen Ohren, sind die echt?“

„Ich fürchte ja.“

„Scheiße.“ Er bremste zu hart und wechselte die Spur. „Willst du sie zurückgeben?“

„Gute Frage. Ich habe den Verschluss nicht aufgekriegt. Sonst hätte ich sie dagelassen.“

„Und jetzt fragst du dich, ob das ein göttliches Zeichen ist?“ Aus dem Augenwinkel sah sie sein Grinsen.

„Sozusagen. Hängt nur davon ab, wie gut die Story ist, die du ihm erzählst, wenn er dich wutentbrannt anruft.“

„Hat er schon.“

„Wie bitte?“ Fassungslos starrte sie ihn an.

„Er findet dich toll.“ Marshall grinste noch breiter, hielt seinen Blick aber auf die Straße gerichtet. „Er war nur etwas verwirrt. Er glaubt, er hätte was missverstanden. Die Sache mit dem Fenster war ihm auch nicht ganz klar.“

„Hat er die Diamanten erwähnt?“

„Mit keiner Silbe.“

„Wow.“ Vielleicht hatte er noch nicht gemerkt, dass sie sie hatte mitgehen lassen. Sie rutschte im Sitzpolster hin und her, bis sie eine bequemere Position gefunden hatte.

„Er wollte wissen, ob du einen Schuhfetisch hättest. Er wäre da sehr offen, müsste es nur wissen, dann geht er gern darauf ein.“

„Ob ich … was?“

„Wegen der High Heels, die du ihm aufs Bett gelegt hast.“

„Die High Heels. Ja, richtig.“ Sie blinzelte. „Was hast du ihm gesagt?“

„Das willst du nicht wissen.“ Er gluckste vor unterdrückter Heiterkeit. „Du hast jetzt einen reichen Verehrer, Süße. Ist das nicht toll?“

„Großartig, ich bin geschmeichelt.“ Sie seufzte. „Von den Klunkern bezahle ich alle Reparaturen am Haus meiner Mutter und dann bleibt immer noch so viel übrig, dass wir uns zwei Jahre über Wasser halten können.“

„Und wenn uns die Kohle ausgeht, lässt du dich einfach noch mal von Adam zum Dinner einladen."

„Wenn er mir nicht die Cops auf den Hals hetzt."

„Wegen der Ohrringe?" Marshall zuckte mit den Schultern. „Er wollte doch, dass du sie anziehst."

„Er hat nicht direkt gesagt, dass es ein Geschenk ist."

„Mach dir nicht zu viele Sorgen. Die zahlt er aus der Portokasse."

Sie hob nur die Augenbrauen und langte nach ihrem Handy. Gabriel nahm nach dem ersten Klingeln ab.

„Ich habe die Adresse des zweiten Labors", sagte sie.

Geräuschvoll stieß er den Atem aus. „Alles okay bei dir?"

„Alles bestens." Sie unterdrückte ein hysterisches Kichern. „Ich bin jetzt eine wohlhabende Frau."

19

Violet fühlte sich ein bisschen wie eine Verräterin, weil sie Marshall mit Gabriels einschüchternden Freunden in Pascals Werkstatt zurückgelassen hatte.

Natürlich erinnerte er sich lebhaft an Keith, der ihn unten an den Kanälen in Riverside Rancho bewusstlos geschlagen hatte. Und Keith hatte nichts Besseres zu tun, als Marshall die ganze Zeit damit aufzuziehen.

Als sie außer Sichtweite waren, zog Gabriel sie mit einem Ruck in seine Arme. Sein Kuss war rau und besitzergreifend und von einer verzweifelten Intensität, dass sie für einen Moment glaubte, darin verglühen zu müssen. Mit beiden Händen packte sie seinen Nacken und zog ihn noch fester zu sich herunter, zerrte seine Bandana beiseite und grub ihre Finger in sein Haar. Gott, das fühlte sich so gut an. Er drückte sie rücklings gegen eine Mauer, sein Daumen glitt über ihre Wange, ihr Kinn hinunter. Sie küssten sich wie Verhungernde. Als sie schließlich voneinander abließen, keuchten sie beide vor Atemlosigkeit.

„Ich habe mir Sorgen um dich gemacht", stieß er hervor.

„Ich weiß." Sie spielte mit einer seiner Haarsträhnen. „Du musst mir vertrauen. Wenn ich sage, es ist nicht besonders gefährlich, dann stimmt das meistens."

„Meistens?"

Sie lächelte vergnügt. „Fünfzig-fünfzig Chance? Ist das gut genug?"

„Mein Leben war langweilig, bevor ich dich getroffen habe." Ein gequälter Ton schwang in seiner Stimme. „Das wird mir nun bewusst."

Er senkte den Kopf und küsste sie erneut, dieses Mal zart und ohne Hast. Seine Zunge strich über ihre Lippen wie schmelzende Schokolade und riss diese heftige Sehnsucht in ihr auf, die halb Schmerz war und halb verzehrende Süße. Ihr Kopf schwamm, als er sich von ihr löste.

„Hast du etwas herausgefunden?", fragte er.

„Stephan Amaryllis hat mich in seinem Apartment überrascht."

Eine Falte bildete sich zwischen seinen Brauen.

„Wir haben uns höflich unterhalten", fuhr sie rasch fort. „Er weiß nicht, dass ich von VORTEC weiß. Und ich habe es ihm auch nicht gesagt."

„Klug."

„Nicht wahr? Es gibt da etwas Merkwürdiges." Sie griff nach seiner Hand und ließ ihren Daumen über den Drachenring gleiten. „Stephan trägt den gleichen Ring wie du."

Schlagartig versteifte er sich. Er betrachtete seinen Ring, dann sah er wieder in ihr Gesicht. Ein abwesender Ausdruck trat in seine Augen.

„Stephan", flüsterte er. Als habe er plötzlich eine ganz neue Bedeutung im Namen entdeckt, die ihm zuvor entgangen war. Ein kalter Windzug schien über ihren Nacken zu streifen. Sie bekam eine Gänsehaut, weil Gabriel schauderte. Er sah aus, als sei er einem Geist begegnet.

„Was ist?", fragte sie.

Für mehrere Sekunden hing Schweigen in der Luft. Doch auch dann antwortete er mit einer Gegenfrage. „Bist du sicher, dass es der gleiche Ring ist?"

„Ganz sicher. Dieser Drache sieht nicht gerade aus, als könne man ihn an jeder Ecke kaufen."

„Nein, kann man nicht." Seine Stimme sank ab.

Sie dachte daran, wie schnell Stephan sich bewegt hatte, als er sie entwaffnet hatte. „Ist er so wie du?"

„Vom Blut?" Gabriel löste sich von ihr und starrte an ihr vorbei. Seine Züge hatten sich zu einer undeutbaren Maske verhärtet.

„Gabriel", fragte sie mit Nachdruck, „was ist das für ein Ring?"

„Ein Geschenk." Seine Stimme war so leise, als spräche er mit sich selbst.

*

„Ein ganz besonderes Geschenk." Gabriel betrachtete den Efeu an der gegenüberliegenden Mauer. Das Licht der Straßenlaternen färbte die Blätter rötlich und braun.

Warum waren es vor allem die Schrecken, die sich so klar in seine Erinnerungen brannten, dass sie auch nach vierhundert Jahren noch dazu taugten, ihm Albträume zu bescheren? Ohnmacht, Entsetzen, die Schreie einer Frau. Er erinnerte sich an die Waschmagd, die sie im Unterholz gefunden hatten, ein Stück abseits vom Lager. Er konnte sogar ihr Gesicht vor seinem geistigen Auge heraufbeschwören. Oder das, was davon übrig geblieben war. Der Geruch von Nebel und Sumpfwasser und kaltem Wintergras zwischen den Bäumen. Wölfe durchstreiften die böhmischen Wälder, doch das hier war nicht das Werk der grauen Räuber. Fünfzehnhundert Männer waren bei der Niederlage von Sablat gefallen, die übrigen in kleine Grüppchen versprengt. Nachdem Wallensteins Reiterei das böhmische Heer zerschmettert hatte, flohen die Überlebenden nach Süden, plünderten Dörfer auf ihrem Weg und suchten nach einem Ort, an dem sie sich verschanzen und ihre Verwundeten versorgen konnten.

Gabriel streckte seine Hand nach Violet aus und spielte mit ihrem Haar. Er hatte nie zuvor jemandem erzählt, was damals geschehen war, in den winterlichen Wäldern von Böhmen. Doch etwas an Violet brachte ihn dazu, dieses spezielle Siegel zu brechen. Ihre Wärme nahm den Bildern die Schärfe. Noch während ihm die Worte über die Lippen gingen, spürte er, wie die Last erträglicher wurde.

„Wir waren zu dritt", sagte er. „Kampfgefährten. Wir dienten in den Söldnerarmeen Europas. Stephan von Doubravice, Lorenz Bucquoy und ich. 1618 warb Graf Ernst von Mansfeld im Auftrag der böhmischen Stände ein Heer an, um gegen die Habsburger zu ziehen."

„1618", wiederholte Violet. Um ihre Lippen zuckte ein unstetes Lächeln. „Was war das? Der Dreißigjährige Krieg? Mein Gott, ich kann mir das kaum vorstellen. Du hast das Europa des siebzehnten Jahrhunderts gesehen? Die europäischen Königshöfe, prachtvolle Empfänge, die …"

„Tuberkulose. Pestscheiterhaufen. Der Gestank in den Städten, die Straßen ein Pfuhl aus Jauche und knietiefem Morast. Und die Schlachtfelder …"

Ihr Lächeln verblasste. „Schon gut. Ich nehme an, meine Vorstellung vom alten Europa ist zu romantisch."

„Ich habe fast zweihundert Jahre in Kriegen verbracht. Vielleicht habe ich zu viel Tod gesehen. Die meisten meiner Erinnerungen an Europa bestehen aus Blut und Flammen."

Lorenz hatte er in einer Gosse in Venedig getroffen, nach einer Kneipenschlägerei. Instinktiv hatten sie einander erkannt, hatten gespürt, dass sie beide vom Blut waren. Lorenz' Tod hatte er lange nicht verwinden können. Und Stephan …

„Ich kenne Stephan, seit wir Kinder waren. Er war ein Waisenjunge, verstört und überwältigt von seinen eigenen Kräften. Mein Vater hat ihn aufgenommen, als ich zehn Jahre alt war." Ein elendes Gefühl breitete sich in seinem Magen aus. Wenn es wirklich Stephan war, der Stephan von Doubravice, was sollte er dann tun?

Nach den entsetzlichen Ereignissen, die auf die Schlacht von Sablat folgten, hatten sie sich aus den Augen verloren. Es hatte Zeiten gegeben, in denen Gabriel sich fragte, ob Stephan überhaupt noch lebte. Ob er nicht längst mit dem Schwert in der Hand den Tod gefunden hatte, in einem gottvergessenen Winkel Europas. Vielleicht war sein Leichnam seit zweihundert Jahren zu Erde zerfallen.

„Die Ringe waren ein Geschenk des Königs von Ungarn, der Dank für eine gewonnene Schlacht." Gabriel stieß den Atem aus. „Jeder einzelne davon ein kleines Lehen wert. Sein Hofjuwelier fertigte nur drei Stück – für Stephan, für Lorenz und für mich." Er zog das Schmuckstück ab und drehte es so, dass Violet die Innenseite betrachten konnte. „Die Inschrift ist ein königlicher Geleitbrief." Ein humorloses Lachen löste sich aus seiner Kehle. „Als der ungarische Thron an die Habsburger fiel, war es natürlich klüger, diese Gravur zu verstecken."

Er schob den Reif zurück auf den Finger. Sie alle hatten mit dem Kriegsgewerbe ein Vermögen gemacht. Über die Jahrzehnte hatten die Ringe einen symbolischen Wert gewonnen, der weit über den materiellen hinausging. Die Drachenringe standen für Loyalität, für unverbrüchliche Freundschaft, für eine Allianz, die Könige und Zeitalter überdauern konnte. Doch dann starb Lorenz in einem Hinterhalt. Ein Schwerthieb trennte ihm den Kopf vom Rumpf, eine Wunde, die selbst das Blut nicht heilen konnte. Ein paar Monate später folgten Gabriel und Stephan dem Ruf des Grafen von Mansfeld und gerieten bei Sablat in die Zange der Kaiserlichen. Wallensteins Kürassiere kamen über das böhmische Söldnerheer wie die Dämonen der Hölle.

Fast spürte er wieder den frostigen Nebel auf seiner Haut, die Ahnung des nahenden Todes. Kaum hundert Mann waren von ihrer Einheit übrig geblieben. Sie schlugen sich durch sumpfige Wiesen und novembergraue Felder und kampierten in den Wäldern oder den rauchgeschwärzten Überresten kleiner Weiler, die andere vor ihnen niedergebrannt hatten. Bei ihnen war der schwer verwundete Johann Savoyen, einer von Mansfelds Generälen. Savoyen war ein guter Mann und mehr als das. Ein Freund. Die Vorstellung, ihn sterben zu lassen, war Gabriel unerträglich.

„Ich habe Savoyen mein Blut gegeben. Seine Wunden heilten binnen weniger Tage. Doch danach war er nicht mehr der Gleiche. Wir dachten zuerst, es sei dem Trauma zuzuschreiben. Savoyen war nie ein grausamer Mann gewesen. Das änderte sich nun."

Flammen, die sich ein Strohdach hinauffraßen. Qualm mischte sich mit dem Gestank der Jauchegruben. Die vielstimmigen Schreie aus dem Inneren des Infernos verschmolzen mit dem Brüllen des Feuers. Dann stürzten die Balken hinab und erstickten die Schreie. Funkenregen stob auf und ließen die Pferde scheuen.

Sie hatten die Bewohner des Dorfes zusammengetrieben und in die Scheune gesperrt. Gabriel hatte nicht glauben können, dass Savoyen den Befehl gab, das Gebäude in Brand zu stecken. Die Männer, verroht und kaum mehr als hohläugige Bestien nach wochenlangen Gewaltmärschen, jubelten ihrem Befehlshaber zu, der wie durch ein Wunder Gottes von seinen Schwertwunden genesen war. Savoyen war dafür berüchtigt gewesen, Vergewaltiger und Plünderer aus den eigenen Reihen am nächsten Baum aufzuknüpfen. Der gleiche Mann befahl nun kalten Herzens den Tod von fünfzig Frauen und Kindern.

Am nächsten Morgen fanden sie die verstümmelte Magd in einem Wäldchen unweit des Lagers und Gabriel beschlich dumpfes Entsetzen. Es dauerte weitere fünf Tage, bis er begriff, was er getan hatte. Stephan war es, der Savoyen über der Leiche eines Pferdeburschen überraschte, Kinn und Hände besudelt mit dem Blut des Jungen. Stephan überwältigte den General und holte Gabriel hinzu. Gemeinsam starrten sie auf ein Übel hinab, das sie bislang für ein Ammenmärchen gehalten hatten, für eine Legende.

„In einer Überlieferung heißt es, dass Gott die Anführer der gefallenen Engel, die den Menschen die Geheimnisse des Himmels offenbart hatten, mit einer besonderen Strafe belegte. Nicht nur sollten sie gejagt werden und bis zum Jüngsten Gericht in Ketten liegen. Nein, ihre Nachkommen, die Nephilim, würden verflucht sein. Ihre Berührung würde Tod sähen und noch mehr Tod, bis die Menschen sie ächteten wie eine ansteckende Plage und sie vom Angesicht der Erde tilgten, wo sie Gottes Zorn entkommen waren."

Violet schüttelte den Kopf. „Klingt wie eine dieser flammenden Fernsehpredigten, bei denen ich immer wegschalte. Du glaubst das nicht wirklich, oder?"

„In dieser Nacht war es die einzige Erklärung, die wir hatten." Er schüttelte einen Anflug von

Benommenheit ab. Nach seiner Rückkehr vom Feldzug in Böhmen hatte er sich in der Bibliothek seines Vaters verschanzt und diese Passage gelesen, wieder und wieder. „Ich habe nie jemandem davon erzählt, außer meinem Vater. Und Stephan natürlich."

Zoe hatte es nie erfahren. Sie war das zweite Opfer gewesen. Die schrecklichen Veränderungen an ihr lieferten den endgültigen Beweis, dass ein Fluch auf seiner Blutlinie lag. Johann Savoyen war kein Zufall gewesen, sondern ganz allein Gabriels Schuld.

„Und jetzt erzählst du es mir." Violet setzte sich auf einen Stapel Betonschwellen, gerade außerhalb des Lichtkegels einer Straßenlaterne und zog ihn neben sich. „Wolltest du mir deshalb dein Blut nicht geben?"

Er nickte.

„Der Arzt hat gesagt, dass die Veränderungen auftreten, wenn die Probanden an dieser Blutkrankheit leiden." Sie umfasste ihre Knie mit beiden Händen und sah ihn herausfordernd an. „Es hat nichts mit dir zu tun. Du hast Keith dein Blut gegeben und er hat sich nicht in ein Monster verwandelt."

„Keith ist wie ich. Die Mutation geschieht nur bei Menschen."

„Das Blut in den Tabletten stammt aber nicht von dir."

„Vermutlich gibt es andere wie mich."

Violet schwieg für ein paar Augenblicke. „Was habt ihr mit diesem Savoyen gemacht?"

„Er verwandelte sich in ein Ungeheuer. Ich musste ihn töten, um die Morde zu stoppen." Genau wie Zoe. Gabriel schloss die Augen. Nach wenigen Tagen war Savoyens Blutdurst unkontrollierbar geworden. Zuerst kämpfte der Mann dagegen an. Doch als die Verwandlung weiter fortschritt, begann er zu akzeptieren, was aus ihm geworden war. Er fand Gefallen an seinen neu gewonnenen Kräften. Nun tötete er nicht mehr, um den drängenden Hunger zu befriedigen, sondern weil er töten wollte.

Gabriel dachte an den wütenden Disput, den er mit Stephan geführt hatte, in der gleichen Nacht, da sie Savoyen über der Leiche des Pferdeknechts gefunden hatten. Sie hatten sich angebrüllt. Regen prasselte auf den Waldboden und wusch den Geruch des Blutes fort, während der General sich gefesselt am Boden wälzte. Stephan wollte Savoyen die Kehle durchschneiden, doch Gabriel hinderte ihn daran. Er hoffte, dass sich die Verwandlung rückgängig machen ließ, wenn er Savoyen mehr von seinem Blut gab. Vielleicht würde es die Abnormität heilen, so wie es zuvor die Wunden geheilt hatte. Savoyen war sein Freund. Er konnte ihn nicht sterben lassen, bevor er nicht sicher war, dass jede Rettung zu spät kam.

In der Nacht darauf verschwanden zwei Wachen.

Stephan tobte. Ist es nicht genug, dass du das Monster erschaffen hast? Jetzt lass es mich wenigstens erschlagen, bevor es noch mehr Unheil anrichtet. Sie waren drauf und dran, mit Dolchen aufeinander loszugehen.

„Ich glaube trotzdem, dass die Geschichte mit diesem Fluch nicht mehr ist, als eine alte Legende", sagte Violet. „Ein Märchen." Der Wind trieb ihr die Haarsträhnen ins Gesicht, doch sie regte sich nicht. „Wie ging es weiter zwischen Stephan und dir?"

„Die Trauer um Lorenz war noch frisch. Wir sprachen nicht oft darüber, aber ich vermute, dass er sich ebenso viele Vorwürfe machte wie ich." Dass sie besser auf Lorenz hätten achtgeben müssen. Lorenz war vom Blut, doch er war der Jüngste von ihnen. Ein ungestümer Krieger ohne Erfahrung, der unvorsichtig war, weil er sich unsterblich wähnte. Und den sein Leichtsinn das Leben kostete. „Wir waren beide in schlechter Verfassung. Unsere Nerven lagen blank. Als dann die Sache mit Savoyen passierte …" Er berührte den Stein in seinem Ring. „Über Savoyen zerbrach unsere Freundschaft. Nach seinem Tod habe ich die Einheit verlassen. Ich habe Stephan nicht gefragt, ob er mit mir kommen wollte."

„Glaubst du, dass es der gleiche Stephan ist?" Eine Spur von Verlorenheit glitt über Violets Gesicht.

„Es wäre möglich." Er verlagerte sein Gewicht und zog sie an sich. Die Wärme ihres Körpers vertrieb die bittere Leere, die die Erinnerungen aufwühlte. „Wenn er es wirklich ist, verkompliziert das die Dinge."

Violet drehte sich um, sodass ihr Rücken sich gegen seine Brust schmiegte und ihr Kopf an seiner Schulter zu liegen kam. „Weil er dein Freund ist?"

„Weil er kein Dummkopf ist. Es würde bedeuten, dass wir gegen einen mächtigen Gegner antreten."

Und weil es unlogisch war. Was war mit Stephan geschehen, dass er seinesgleichen nun entführte und tötete wie Schlachtvieh? Ausgerechnet Stephan, der sich nie damit abfinden konnte, dass ausgerechnet das Kriegshandwerk das war, was er am besten beherrschte. Stephan, der mit Inbrunst an die Erbschuld glaubte, die die alten Schriften beschworen. Stephan war es nie müde geworden, zu predigen, dass ihre Existenz eine unverdiente Gnade Gottes war und dass sie ihre besonderen Kräfte in den Dienst Seiner Schöpfung stellen mussten. Er mochte sich als Söldner verdingen, doch kämpfte nie für eine Sache, an deren Gerechtigkeit er nicht glaubte.

Gabriel senkte den Kopf, bis seine Lippen ihr Haar berührten, um ihren Duft einzuatmen und mehr von ihrer Wärme, die sich so gut anfühlte. „Es tut mir leid, dass ich dich in all das hineingezogen habe. Ich lasse nicht zu, dass dir etwas zustößt. Ich schwöre, ich werde dich nicht verlieren."

„Was soll mir zustoßen? Ich bin zäh. Frag Marshall." Ihr schräger Humor war zurück. „Zäh und dickköpfig und unbelehrbar."

„Stephan von Doubravice ist gefährlich."

„Ich habe mich schon gefragt, warum er ganz unbeeindruckt war von meiner geladenen Pistole."

Mit einiger Verzögerung traf ihn der Schock. „Du hast ihn mit der Pistole bedroht?"

„Er hat sie mir sowieso abgenommen." Sie streckte ihre Beine aus. „Weißt du, was seltsam ist? Ich dachte, dass die Killer in Emilys Haus in seinem Auftrag handelten. Aber als er über Emily sprach, hatte ich das Gefühl, dass es ihm wirklich ernst mit ihr ist. Er macht sich Sorgen um sie. Er wusste nicht, wo sie ist. Ich glaube sogar, er hat mich nur deshalb gehen lassen, weil er hofft, dass ich sie aufspüren kann."

„Was weiß er von dir?"

„Dass ich auf der Suche nach ihr bin, weil unsere Mutter Angst um sie hat."

„Sonst nichts?"

„Nichts über VORTEC und nichts über dich."

„Du hattest Glück." Im Nachhinein wurde ihm schlecht bei der Vorstellung, was ihr hätte zustoßen können.

„Chance und Risiko." Sie lächelte spöttisch. „Dafür habe ich die Adresse seiner Blutbank."

Hin und hergerissen zwischen dem Wunsch, sie zu küssen oder sie zu ohrfeigen für ihren Leichtsinn, packte er sie einfach nur fester. „Dann sollten wir zurückgehen und mit den anderen Kriegsrat halten."

„Ich habe einen Gefallen eingefordert." In einer demonstrativen Geste hob Pascal das Telefon an und legte es neben sich auf die Drehbank.

Gabriel beobachtete aus dem Augenwinkel, wie Violet dem langhaarigen jungen Philippino namens Marshall etwas ins Ohr flüsterte. Jede Geste, jedes Wort zwischen ihnen verriet eine tiefe Vertrautheit, wie man sie nur zwischen Geschwistern findet oder langjährigen Freunden. Oder zwischen Liebenden. Er schluckte die Eifersucht hinunter, die gallig in seiner Kehle aufstieg. Der Kerl war ihr Partner in der Detektei. Da war es nicht überraschend, dass sie aufeinander eingespielt waren. Er sah Gespenster.

„Von der Garde wird niemand außer uns kommen", sagte Cyric. Er schlug Keith auf die Schulter. „Wir beide haben uns soeben auf die andere Seite der Linie gestellt. Ich hoffe, das ist es wert. Katherina wird uns das nie verzeihen."

Das Telefon klingelte, Pascal nahm ab. Er lauschte für einen Moment, murmelte etwas und legte wieder auf. „Alan kommt", sagte er. Seine Augen leuchteten.

„Alan?", fragte Keith ungläubig. „Alan Schattenherz?"

Cyric schlug die Handflächen gegeneinander. „Wie hast du das gemacht?"

Pascal grinste. „Er war mir was schuldig."

„Ich dachte, er hat den Waffen abgeschworen?", warf Gabriel ein.

„Ja, das hatte er." Pascal rieb sich über die Stirn. „Fünfzehn lange Jahre. Bis sein Vater ihn gezwungen hat, den Schwur zu brechen. Von dem, was ich gehört habe, hat er die Kriegskunst jedenfalls nicht verlernt."

„Nein, hat er nicht." Keith nahm einen tiefen Schluck aus einer Flasche ohne Etikett. Er wischte sich über den Mund und bleckte die Zähne. „Alan ist so gut wie zehn gewöhnliche Kämpfer. Leute wie Cyric und ich", fügte er vergnügt hinzu.

Cyric schoss ihm einen schiefen Blick zu. „Zehn wie du, fünf wie ich."

Pascal hob einen schweren Säbel von der Wand. „Ich komme mit euch."

„Bist du sicher?" Misstrauisch sah Gabriel ihn an. „Versteh mich nicht falsch, ich weiß kaum, wie ich dir danken kann, aber …"

„Ich kann mit dem Ding umgehen", unterbrach ihn Pascal. „Ich war nicht mein ganzes Leben lang Schmied."

„Wie können wir euch helfen?", fragte Violet.

Gabriel biss sich auf die Zunge und hielt die Erwiderung zurück, die ihm sofort in den Sinn kam. Sie würde es als Beleidigung auffassen, wenn er sie darum bat, sich aus der Schusslinie zu halten, vor allem hier vor allen anderen.

„Ich habe die Gebäudepläne", fiel Marshall ein. „Es ist eine frei stehende Industriehalle mit zwei Reihen Stacheldrahtzaun und je einem Tor vorn und hinten. Keine unterirdischen Zugänge. Das Grundstück nimmt einen kompletten Block ein."

„Bestens", konstatierte Cyric. „Wann geht es los?"

Gabriel zog sein Schwert ein kleines Stück aus der Scheide und stieß es wieder zurück. Das Gefühl des kunstvoll geschmiedeten Stahls in seiner Handfläche näherte die Hoffnung, die verfluchte Hoffnung, die sich aufs Neue in seinem Herzen sammelte.

„Heute Nacht."

*

Emily konnte kaum atmen vor Zorn, während sie den Korridor zur Tiefgarage hinunterstürmte. Sie stieß die Tür auf und rammte mit der Schulter einen der Wachposten auf der anderen Seite, der eilig zurückstolperte.

Diese rot glühende, alles verzehrende Wut hatte ihr zuerst Angst eingejagt. Sie hatte nicht gewusst, dass sie zu einer solch kraftvollen Emotion fähig war. Diese Wut fühlte sich übermenschlich an, wie ein Lavastrom, der verbrennt, was sich ihm in den Weg stellt, der nicht zögert und nicht denkt. Aber dann sah sie die pure Schönheit, die darin lag und verstand, dass sie sich nicht davor fürchten musste. Ihre Wut richtete sich auf Carl.

Carl und seine Spiegelfechtereien. Sie hatte ihm vertraut, hatte seine Anweisungen befolgt, stets getan, was er von ihr verlangte. Denn er hatte ihr den Engel versprochen. Doch nun hielt er sie hin und erfand immer neue Ausflüchte. Er befahl ihr, geduldig zu sein.

Geduldig? Er musste ihr nur ins Gesicht sehen, um zu sehen, dass die Zeit für Geduld verstrichen war. Innerlich kochend schob sie sich hinter das Lenkrad des Audi Cabrios, das Stephan ihr geschenkt hatte. Sie rammte die Tür so wuchtig hinter sich zu, dass die Scheibe sprang.

Vor den Blicken der Wachen geschützt, zog sie einen Handschuh aus und betrachtete die Deformation auf ihrem Handrücken. Wo ihre Finger ansetzten, hatten sich Verdickungen gebildet, eine über jedem Knöchel. Über dem Zeige- und Mittelfinger durchbrachen purpurfarbene Dornen die Haut. Ein Grat wuchs hinab zum Handrücken, wie der Kamm eines Drachens. Der Anblick verhärtete die Verzweiflung in ihrem Herzen zu einem schwarzen Klumpen. Sie wollte weinen, doch hatte keine Tränen mehr. Tagelang hatte sie getobt, geweint und gebrüllt, doch niemand war gekommen, um ihr zu helfen. Weil niemand ihr helfen konnte. Es gab nur dieses vage Versprechen.

Ein Engel.

Das Blut eines Engels sollte sie heilen. Ihre Schönheit wieder herstellen, die Entstellungen ungeschehen machen, die Albträume, die schleichende Mutation, die sie nicht nur äußerlich, sondern auch innerlich in ein Monstrum verwandelte.

Doch wo war dieser Engel?

Sie hatte so sehr an Carl geglaubt. Aber Carl hatte versagt und Stephan würde sie auch nicht retten. Seine Lippenbekenntnisse machten sie krank. Dennoch konnte sie Stephan nicht abschreiben, bevor sie nicht sicher war, dass Carl des Engels habhaft werden konnte. Jetzt hatte Stephan den Gefangenen in seiner Gewalt und ließ sie nicht mit ihm sprechen. Er versteckte ihn vor ihr. Als ob er ihr nicht mehr traute. Frustriert hieb sie mit der Faust auf das Lenkrad. Es tat nicht mehr weh. Ihre Haut hatte aufgehört, zu bluten und ganz und gar diese schuppige, rotbraune Konsistenz angenommen, die sie nahezu unempfindlich gegen Schmerz machte. Hinter ihrem Schleier entblößte Emily die Zähne und tastete mit der Zunge über die Konturen. Selbst ihr Gebiss veränderte sich. Ihr Zahnfleisch fühlte sich wund an und quälte sie Tag und Nacht. Dahinter aber lauerte etwas viel Schlimmeres. Dieses leise Ziehen, dieser Hunger, vor dem sie sich noch mehr fürchtete als vor ihrem Spiegelbild.

Emily schloss die Augen, um die Erinnerung an Inez auszusperren. Verräterin! Inez hatte ihr Schicksal verdient. Sie war nicht wichtig. Nur ein weiteres Ärgernis, das ihren Zorn auf Carl schürte. Seine Männer hätten die Leiche beseitigen sollen, doch nun überwachten Cops das Haus und sie konnte nicht mehr hinein.

Sie drehte den Zündschlüssel herum, ließ den Motor aufheulen und stieß rückwärts aus der Parklücke. Sie würde schon herausfinden, wo Stephan den Gefangenen versteckte. Auch wenn sie dafür jede Tür in dem verdammten Labor aus den Angeln reißen musste. Dann würde sie eben selbst in Erfahrung bringen, wo sich der Engel versteckte, wenn Stephan nicht Manns genug war, den Kerl zum Reden zu bringen. Stephan mochte Skrupel haben, sie hatte jedenfalls keine. Sie hatte nichts zu verlieren.

Alan Schattenherz traf kurz nach Mitternacht ein. Violet wusste nicht genau, was sie nach den Bemerkungen von Gabriels Freunden erwartet hatte, doch Alan war keinesfalls ein zwei Meter großer Riese in eiserner Rüstung.

Der Mann, der aus dem grauen Dodge Magnum stieg, war schlank und athletisch und einen halben Kopf kleiner als Gabriel. Er trug einen Rucksack über der Schulter und ein Katana in einer mattschwarzen Scheide. Als er in den Lichtschein trat, sah Violet, dass er ein schönes Gesicht hatte, kaukasische Züge mit einem arabischen Einschlag, gebräunte Haut und pechschwarzes Haar. Er hielt auf Gabriel zu, der ihm eine Hand entgegenstreckte. Alan umfasste seinen Arm, dann standen sie und sahen sich an. Ein erwartungsvolles Schweigen breitete sich aus, das niemand der Umstehenden zu brechen wagte.

„Ich freue mich, dich zu sehen", sagte Gabriel. „Als Pascal sagte, dass du kommst, konnte ich es kaum glauben."

Ein Lächeln zuckte um Alans Lippen. Violet war überrascht, wie sehr sie einander ähnelten. In ihrer Mimik und Gestik, in der Art, wie sie sich bewegten, in dieser subtilen Aura von Gefahr, die wie ein Mantel um sie schwang.

„Es ist lange her", gab Alan endlich zurück. Sein Lächeln wurde breiter. „Katherina ist übrigens ganz hingerissen, dass du wieder in der Stadt bist."

„Sagt sie das?"

„Es ist das, was man auf den Straßen hört." Er zog Gabriel in eine raue Umarmung und schlug ihm mit der Hand auf den Rücken. „Was immer du ihr angetan hast, ich bin sicher, sie hat es verdient. Gut, dich zu sehen."

Als sie einander losließen, drehte sich Alan zu den anderen um und tauschte Begrüßungen und Frotzeleien mit Pascal und Cyric aus. Dann wandte er sich Violet zu. Sein Lächeln gewann an Charme, seine Augen an Tiefe. Sein Händedruck war kühl und fest. Ihr fiel auf, dass er lange schlanke Finger hatte, wie ein Pianist.

„Ich bin Alan", stellte er sich vor. „Und Sie sind …?"

„Violet", brachte sie hervor, gegen ihren Willen ein wenig atemlos.

„Sie gehört zu mir", erklärte Gabriel in schroffem Tonfall. Plötzlich war die Freundlichkeit aus seiner Miene verschwunden.

Cyrics Lachen platzte in die Stille und löste die Anspannung.

„Alan, hör auf mit dem Scheiß. Violet, er kann nicht anders. Macht der Gewohnheit. Seine Frau ignoriert es. Sie weiß, dass das nur Show ist. Er würde es nie wirklich wagen."

Alan hob eine Augenbraue. „Und woher willst ausgerechnet du das wissen?"

„Es muss dir nicht peinlich sein." Nun grinsten auch Keith und Pascal. „Keiner hier würde es wagen, sich Eve zum Feind zu machen. Wir können dich alle verstehen."

Beiläufiges Kichern mischte sich in die letzten Worte.

Alan trat einen Schritt zurück. „Tut mir leid."

Dabei sah er überhaupt nicht aus, als würde es ihm leidtun. Violet streckte eine Hand nach Gabriel aus und strich ihm den Arm hinauf bis zur Schulter, wo sie ihre Finger lange genug liegen ließ, dass jeder es sah. Sie spürte, wie Gabriels Muskeln sich unter ihrer Berührung entspannten, und wusste nicht, ob sie sich befremdet fühlen sollte von seinem Eifersuchtsanfall oder geschmeichelt. Sie entschied sich für die zweite Alternative und tauschte einen letzten Blick mit Alan, der den Anstand besaß, bedauernd mit den Schultern zu zucken.

„Dann ist unser kleiner Kriegstrupp vollständig", sagte Pascal. Er griff nach seinem Säbel und pflückte seinen grauen Wollmantel von der Wand. „Seid ihr bereit, Gentlemen?"

*

Die Echos ihrer Absätze hallten gespenstisch von den Wänden der großen Halle zurück. Notlämpchen beleuchteten die Türen und die Gitterglaswände, die einen Serverraum auf der anderen Seite abschirmten. Emily ignorierte den Gruß der Nachtpatrouille, ließ die beiden Männer hinter sich zurück und fuhr mit dem Aufzug in den dritten Stock. Der zweite Stock war versperrt, doch sie glaubte nicht, dass Stephan den Gefangenen dort festhielt. Er hatte die Türen auf der Etage durch Eisentore ersetzen und alle Verglasungen mit Doppelgittern verstärken lassen. Doch seit die Bauarbeiten abgeschlossen waren, war der Fahrstuhlknopf entfernt worden und Stephan mied den Trakt wie die Pest.

Auf ihrem Weg durch den Korridor der dritten Etage riss Emily jede Labortür auf. Sie überraschte einen Techniker, der Entschuldigungen stammelte, und ließ ihn stehen, ohne das Ende seiner Litanei anzuhören. Der Geruch nach Desinfektionsmittel kroch ihr in die Nase wie Essigdampf. Seit ihre Sinne so empfindlich geworden waren, brachte sie der Gestank der Chemikalien fast um den Verstand.

Die Zugänge zu den Blutbanken waren verschlossen, doch Emily holte mit der Faust aus, zertrümmerte das Glas und klinkte die Tür von innen auf. Überwachungsmonitore tauchten den lang gezogenen Saal in einen gespenstischen, blaugrünen Schimmer. Messinstrumente piepsten ihren monotonen Rhythmus. Unter dem beißenden Chlorvorhang lauerte der Gestank von Verfall. Das war ihr früher nicht aufgefallen.

Sie passierte die Reihe von Vitrinen, ohne einen Blick auf die wachsbleichen Leiber zu werfen. Heftig stieß sie die Schwingtüren auf der Rückseite der Halle auf. Dahinter lag ein quadratisches Vestibül mit vier Türen. Drei davon waren verschlossen, das wusste sie von ihren früheren Besuchen. Es war ihr bislang nicht gelungen, herauszufinden, wer außer Stephan die Schlüssel besaß. Voller Wucht warf sie sich gegen die erste Tür, doch selbst ihre neu gewachsenen Kräfte reichten nicht aus, um dieses Schloss zu brechen. Schmerz schoss ihre Schulter hinauf. Sie schrie ihre Wut hinaus, bis ihre Kehle heiser war. Wie rasend stürzte sie sich gegen die stahlglatte Fläche, wieder und wieder. Erst als sie schluchzend zu Boden sank, wurde ihr bewusst, dass Stephan in der Tür seines Büros stand und sie beobachtete.

„Du bist hier?", wisperte sie.

„Ich kann nicht schlafen."

Er trat auf sie zu und beugte sich herab, um ihr aufzuhelfen. Geistesgegenwärtig zog sie ihren Schleier zurück vor das Gesicht. Stephan zog sie an sich. Emily war zu erschöpft, um sich zu wehren. Zu erschöpft, um noch Furcht zu empfinden, dass ihre Entstellungen ihn abstoßen könnten.

„Wo bist du gewesen?" Er roch so gut. Seine Wärme drohte, sie einzulullen. „Ich habe mir furchtbare Sorgen gemacht."

„Wo ist der Gefangene?", stieß sie hervor.

Stephans Finger streichelten über den Stoff ihres Handschuhs, glitten um den Saum und berührten die Haut darunter.

Sie zuckte zurück. „Rühr mich nicht an!"

Sofort ließ er von ihr ab. „Es tut mir leid."

„Ich will den Gefangenen sehen!"

„Warum?"

„Ich will ihn nach dem Engel fragen."

„Das habe ich bereits getan."

„Warum kann ich ihn nicht sehen?"

„Es würde nichts ändern."

Die Wut kehrte zurück und verbrannte die Tränen. „Und weißt du nun, wo der Engel ist? Wird er mir helfen?"

„So einfach ist es nicht."

„Sieh mich an!", fauchte sie. Die Wut leckte mit giftigen Flammen über ihre Seele hinweg. In einer entschlossenen Bewegung packte sie den Schleier und zerrte ihn hoch. Aus zusammengekniffenen Augen starrte sie Stephan an. War da ein Zucken in seinen Pupillen? Er hatte sich zu gut im Griff. Wenn er Ekel empfand, zeigte er es nicht.

„Sieh genau hin! Das hört nicht auf!" Mehr Tränen quollen hoch und erstickten ihre Stimme. „Es wuchert immer weiter. Nachts wache ich auf, weil sich Knochen durch meine Haut bohren! Und du sagst, es ist nicht so einfach?" Jetzt schrie sie beinahe. „Du musst etwas tun! Du musst das aufhalten. Lass mich zum Gefangenen. Ich bringe ihn zum Reden! Ich schwöre es."

Wie konnte er so ruhig vor ihr sitzen? So beherrscht, als müsse sie nur Geduld haben. Sie hatte keine Zeit mehr für Geduld. Was immer in ihr noch menschlich war, es wurde schwächer. Dahinter lauerte etwas Dunkles, streckte seine dornigen Finger aus und schloss sie um ihr Herz.

„Er muss es mir sagen", schluchzte sie. „Er muss. Sieh mich doch an, Stephan. Wir müssen den Engel finden."

*

Sie kamen über Stephans Leute wie Engel des Todes. Unter den Männern, die das abgeschirmte Fabrikgebäude bewachten, war kein einziger Schattenläufer. Die beiden Wachen am äußeren Zaun spürten nicht einmal die Gefahr, als Gabriel und Alan sich näherten und sie so rasch außer Gefecht setzten, dass kein Laut die Nachtstille störte. Keith und Cyric taten das Gleiche auf Rückseite des Geländes, während Violet mit Marshall im Wagen wartete, einen Block von der alten Fabrik entfernt.

„Ganz wie in alten Zeiten", murmelte Alan, als sie geduckt zwischen den beiden Stacheldrahtzäunen entlangrannten bis zum nächsten Durchgang.

„Immerhin sind das hier keine Laufgräben voller Minen", gab Gabriel zurück. „Und sie haben keine Hunde."

„Kinderspiel." Alan unterdrückte ein Lachen. „Wofür braucht ihr mich überhaupt?"

Sie drückten sich gegen einen Stromverteilerkasten, als sich weiter vorn etwas bewegte. Gabriel spürte die Aura anderer Schattenläufer, doch zu schwach und unstet, um sie lesen zu können. Er war lediglich sicher, dass es mehr als einer war und dass sie sich irgendwo vor ihm in dem Bau aus geschwärzten Ziegeln befanden.

Die zweite Patrouille näherte sich, zwei Männer, die in eine leise Unterhaltung verstrickt waren. Gabriel tauschte einen Blick mit Alan. Sie glitten um den Stromkasten herum, tauchten im Rücken der beiden Wachen auf und schalteten sie lautlos aus. Dann fesselten sie die Männer mit Kabelbindern und nahmen ihnen Schlüssel und Chipkarten ab. Vor dem Eingang ins Gebäude trafen sie mit Pascal, Keith und Cyric zusammen.

„Das war leicht", sagte Pascal.

„Vielleicht hatten wir Glück und haben den Großteil der Kavallerie schon in der VORTEC Klinik erwischt." Gabriel schraubte den Schalldämpfer auf die Pistole, den Pascal ihm gegeben hatte. Die Aura pulsierte nun stärker gegen seinen Geist. „Spürt ihr das auch?"

„Kinder vom Blut." Ein grimmiger Ausdruck trat in Pascals Blick. „Die Frage ist nur, ob das unsere Leute sind oder Freunde von Marco."

„Wie gehen wir vor?", fragte Keith.

„Raum für Raum", erwiderte Gabriel. „Wir versuchen, so lange wie möglich unbemerkt zu bleiben. Es hilft uns nichts, wenn die Cops auftauchen, bevor wir Thomasz und die anderen gefunden haben." Er entriegelte die grau gestrichene Stahltür. „Los!"

*

„Ich habe ein schlechtes Gefühl." Marshall verlagerte sein Gewicht im Beifahrersitz von Pascals zerschrammtem Transporter. Der Laptop auf seinen Knien warf ein geisterhaftes Licht auf sein Gesicht. „Ein ganz schlechtes Gefühl."

Violet zeichnete mit dem Zeigefinger Muster auf das Lenkrad und betrachtete die nächtliche Straße. Dies war schon tagsüber keine lebhafte Gegend, doch zwei Stunden nach Mitternacht verirrte sich nicht einmal eine Katze zwischen die trostlosen Industrieblocks.

„Du hast Gabriels Freunde gesehen", versuchte sie zu scherzen. „Dagegen sind die US-Marines eine Pfadfinderklasse."

„So was haben wir früher nicht gemacht." Er stieg nicht auf ihren leichten Tonfall ein. Seine Stimme klang so ernst, dass sie den Kopf drehte, um ihn anzusehen. „Einbruch ja, alles kein Problem. Aber durch die Vordertür stürmen und alles niederschießen, was nicht in Deckung geht, ist eine andere Liga. Ich habe mit dem Drogenscheiß nicht aufgehört, weil mein Leben so langweilig war."

„Wenn wir Glück haben, ist nach heute Nacht alles vorbei."

„Ich weiß nicht." Unbehaglich drückte er sich in die Polster. „Ich frage mich, ob wir nicht zu den Cops gehen sollen, bevor wir so tief drinstecken, dass denen aus Versehen ein Schuss losgeht, wenn sie uns verhaften. Bedauerlicher Unfall, du weißt schon."

„Du bist paranoid."

„Ich höre nur auf meinen Bauch."

„Ich habe meinen alten Chef angerufen", sagte sie nach einer Pause.

„Du hast was?"

„Also wirf mir nicht vor, ich hätte es nicht versucht", fuhr sie fort. „Ich habe ihn wegen VORTEC gefragt und er hat gesagt, dass jemand die Ermittlungen unterbindet. Wir haben das halbe Labor in die Luft gejagt und in den LAPD Unterlagen existiert nicht mal eine Randnotiz."

„Scheiße", sagte Marshall voller Inbrunst. „Da hast du es. Verstehst du nun, was ich meine? Wenn nicht mal auf die Bullen Verlass ist?"

Violet wusste nicht, was sie antworten sollte und starrte wieder aus dem Fenster. Wie lange waren Gabriel und die anderen schon fort? Sie hatten verabredet, dass sie sich melden würden, wenn das Gelände sauber war und Violet den Wagen vorfahren konnte.

„Wie lange sind sie weg?", fragte sie Marshall.

„Neunzehn Minuten, wenn du es genau wissen willst."

„Ziemlich lange, findest du nicht?"

„Nicht, wenn du versuchst, lautlos in ein Gebäude einzudringen und unterwegs die Security auszuschalten, ohne dass jemand was merkt."

„Was, wenn ihnen etwas zugestoßen ist?"

„Ich denke, die US-Marines sind eine Pfadfinderklasse gegen diese Jungs?"

Sie trommelte einen ungeduldigen Rhythmus auf das Lenkrad. „Es macht mich nur fertig, mir vorzustellen, dass wir hier herumsitzen, während sie da drinnen …"

„Zu Hackfleisch verarbeitet werden?", schlug Marshall vor. „Wie genau sollen wir sie retten?"

„Du bist doch der mit den glorreichen Plänen."

„Nicht, wenn es darum geht, US-Marines zu befreien."

Violet schnaubte und ließ den Wagen an. Die Warterei machte sie wahnsinnig. Es konnte doch nicht so schwer sein, ein paar Wachen auszuschalten. Gabriel hatte selbst gesagt, dass sie vermutlich nur auf gewöhnliche Menschen treffen würden. Shit, darüber durfte sie nicht nachdenken. Gewöhnliche Menschen. Solche wie sie oder Marshall oder ihre Mutter oder jeder andere, den sie kannte.

Marshall packte ihr Handgelenk. „Was genau hast du vor?"

Seine Augen hatten sich zu Schlitzen verengt, sein Blick suggerierte Mord und Totschlag.

„Wonach sieht es denn aus?"

„Nach einer schwachsinnigen Kurzschlussreaktion."

Sie verzog einen Mundwinkel und legte den Gang ein. „Wir fahren nur ein bisschen näher ran."

Er stöhnte.

Rasselnd griff das Getriebe. Mit ausgeschalteten Scheinwerfern rollten sie die Straße hinunter bis zur Kreuzung. Von hier aus konnten sie einen Teil der ehemaligen Aluminiumfabrik einsehen. Nichts deutete darauf hin, dass dort ein Kommando von bis an die Zähne bewaffneten Engelskriegern ein illegales Labor in seine Einzelteile zerlegte.

„Verdammt." Violet beugte sich nach vorn, über das Lenkrad. „Sieht ruhig aus."

„Na das ist doch gut!", konstatierte Marshall.

Sie rollte weiter, bis auf die Mitte der Kreuzung.

„Was machst du?"

„Ich schaue mir das aus der Nähe an." Schwungvoll bog sie in die Kurve. Die Betonmauer mit der beleuchteten Stacheldrahtkrone sah aus wie ein Festungswall. Das Tor stand offen. Interessant.

„Du willst da nicht reinfahren, oder?"

Sie wägte das Für und Wider ab. Das tat sie wirklich. Sehr ernsthaft. Fünf Sekunden lang. Dann kurbelte sie das Lenkrad herum.

*

Auf der anderen Seite der Stahltür lag ein fensterloser Raum mit einem großen Schaltkasten an der Wand, in dem farbige Dioden glühten.

„Habt ihr Kameras gesehen?", fragte Cyric.

„Ich nicht", erwiderte Gabriel. „Aber das heißt nicht, dass sie nicht da sind. Und das hier dürfte schusssicheres Glas sein." Er klopfte leicht gegen die Scheibe. Ein stahlverkleidetes Tastenfeld war in die Wand eingelassen, vermutlich der Zugang zur Steuerung der Sicherheitsanlage. Er zog das Schwert, packte das Heft mit beiden Händen und hieb den Knauf gegen die spiegelnde Oberfläche. Der Schlag schickte einen schmerzhaften Schock in seine Schulter, der ihn knurren ließ, doch im Glas zeigte sich nicht einmal ein Sprung. Er hob die Pistole, doch Pascal legte ihm eine Hand auf den Arm.

„Das gibt nur Querschläger. Ohne den Code kriegst du es nicht auf."

„Gehen wir rein", sagte Alan. Er zog sein Katana blank. „Falls es da draußen Kameras gab, wissen sie bereits, dass wir kommen."

Gabriel stieß die Tür auf der gegenüberliegenden Seite auf und trat in das Halbdunkel einer großen Fabrikhalle. Ein Lichthof reichte über drei Stockwerke hinauf, Stahlpfeiler stützten die oberen Geschosse. Mit Draht bespannte Eisenrahmen sicherten die umlaufenden Galerien. Eine unnatürliche Stille hing in der Halle.

Vorsichtig machte er zwei Schritte in die Halle, Alan dicht hinter ihm, dann folgten die anderen. Staub hing in der Luft, eine Spur Kerosin und ein chemischer Geruch, der ihn unangenehm an die Kanäle in Riverside Rancho erinnerte. Er streckte seinen Geist aus und tastete in das Chaos aus Empfindungen, die pulsierten, sich wanden und einander überlagerten, doch seltsam gedämpft, wie ein Tümpel unter einer Nebeldecke. Unmöglich, zu sagen, wie viele es waren. Er grub weiter und tastete sich ins Rauschen. War Thomasz unter ihnen? Er wusste es nicht.

Von irgendwoher zerschnitt ein Klicken die Stille, überlaut in den nächtlichen Mauern. Gabriels Muskeln spannten sich mit einem Ruck an. „Vorsicht", flüsterte er.

Sie glitten ein Stück an der Wand entlang und vermieden es, in den offenen Lichthof zu treten. Der Chemiegestank wurde stärker, ein Reiz, der Gabriel die Nackenhaare aufrichtete.

„Vorsicht", wiederholte er etwas lauter. Er zuckte zusammen, als direkt über ihren Köpfen ein Krachen die Decke erschütterte. Ein Trappeln erhob sich wie ein flüsternder Sturm und jagte ihm einen Schauder über den Rücken.

„Was ist das?" Keith' Stimme schwankte.

Wieder klickte etwas, doch dieses Mal viel lauter. Metall rieb gegen Metall.

„Zurück!", rief Cyric.

Hinter ihnen fiel eine Stahltür ins Schloss. Bewegung kam in die Männer, jemand entsicherte eine Pistole. Dumpfe Schläge erschütterten die Struktur. Und dann sah Gabriel die Stahlgitter, die sich in schnellem Stakkato aus ihren Verankerungen lösten, quer durch den Lichthof und in eine Stahlrinne im Boden fielen. Binnen Sekunden war der hintere Teil der Halle abgeriegelt. Das Trappeln schwoll an. Kratzen und Quietschen mischten sich hinein und ein Geräusch, als grüben sich Klauen in Stein. Gabriel fuhr herum und starrte auf den schwarz gähnenden Schacht eines Lastenaufzugs, der durch ein altmodisches Eisengitter versperrt war.

„Was ist das?", brüllte Keith.

„Zurück!" Das war Cyric. „Zurück vom Aufzug!"

Das Gitter explodierte.

*

„Was hast du getan?", kreischte Emily.

„Jetzt komm! Wir haben keine Zeit!" Stephans Griff um ihr Handgelenk war hart und unbarmherzig.

„Aber der Gefangene …. "

Sie durften ihn nicht zurücklassen. Sie konnten doch den Gefangenen nicht hierlassen.

„Komm endlich!"

Mit brutaler Gewalt, der sie selbst mit ihren neu gewonnenen Kräften nichts entgegenzusetzen hatte, zerrte er sie den Korridor hinunter zu den Treppen. Hinter ihnen erschütterte ein Schlag die Feuertür. Sie rannten. Stephan neben ihr verströmte einen Geruch, den sie nicht an ihm kannte. Furcht? War das Furcht an ihm? Ihr Verstand fühlte sich an wie ein Tier, das zwischen den Wänden einer sich schließenden Müllpresse gefangen ist. Dann waren sie schon auf den stählernen Treppenstufen und das Poltern ihrer Schritte übertönte die reißenden und quietschenden Geräusche in ihrem Rücken.

*

Violet rollte im Schritttempo durch das halb offene Tor. Im Wachhäuschen brannte Licht, doch kein Mensch war zu sehen. Auf halber Strecke zwischen der Umzäunung und dem Fabrikgebäude parkten zwei Wagen.

„Die werden uns erschießen", grummelte Marshall, „und unsere Leichen im L.A. River versenken. Und wer kümmert sich dann um deine arme alte Mutter?"

Violet setzte zu einer scharfen Entgegnung an, doch brachte sie nicht über die Lippen, weil genau in diesem Moment das Vorderrad in ein Schlagloch krachte. „Shit!"

Marshall klappte den Laptop zu und warf ihn auf die Rücksitzbank. „Was jetzt?"

Sie zog ihre Pistole aus dem Schulterhalfter und legte sie in den Schoß. Langsam fuhr sie weiter, an den beiden Autos vorbei, bis dicht an die staubige Backsteinfront.

„Scheiße!", entfuhr es Marshall, „Da drüben!"

Sie hatte die dunkle Masse vor der Mauer für Müllsäcke gehalten, doch es waren zwei menschliche Körper, die dort lagen. Violet bremste, ließ das Fenster herunter und lehnte sich hinaus, um Details zu erkennen. Die beiden Männer waren in hellgraue Uniformen gekleidet, vermutlich VORTEC Security. Ob sie tot waren oder nur bewusstlos, ließ sich nicht sagen. „Das sind nicht unsere Leute."

Marshall öffnete das Handschuhfach und holte eine Pistole heraus, eine kleine Taurus 24/7.

„Ich dachte, du fasst keine Waffe mehr an?"

„Sag nichts", schnappte er. Mit hastigen Bewegungen rammte er das Magazin in den Griff und zog den Schlitten zurück. „Wenn es nach mir ginge, würden wir die Bullen rufen und das Weite suchen, bevor hier alles in die Luft geht."

Anstatt einer Antwort nahm sie den Fuß von der Bremse und tauchte ein in die lange dunkle Passage zwischen dem Fabrikgebäude und der Sicherheitsmauer. Auf dieser Seite gab es keine Fenster, nur Lüftungsauslässe hoch über ihren Köpfen. Eine einzelne Laterne brannte am anderen Ende des Durchlasses. Es kostete sie Selbstbeherrschung, nicht das Handy zu zücken und Gabriel anzurufen. Sie starrte auf die Uhr.

„Verdammt. Warum melden die sich nicht?"

*

Die Kreatur, die das Gitter aus den Angeln gerissen hatte, war so groß wie ein Bär und bewegte sich mit albtraumhafter Geschwindigkeit. Wie eine Kanonenkugel krachte sie in die Männer, riss Cyric zu Boden und fegte Keith mit einem Prankenschlag von den Füßen. Brüllen und Knurren und Schreie erfüllten die Luft.

Gabriel stürzte auf die Gruppe der Kämpfenden zu, um Cyric zu helfen, doch ein Mann schnitt ihm den Weg ab. Oder zumindest glaubte Gabriel, dass es ein Mensch war. Die Proportionen wirkten seltsam falsch, allerdings war es zu dunkel und der Mann bewegte sich zu schnell, um Details zu erkennen. Ein Schlag in den Rücken ließ Gabriel nach vorn taumeln. Der Arm des Mannes schoss ihm entgegen, die Finger zu Klauen gekrümmt. Geistesgegenwärtig riss er die Pistole hoch und feuerte, doch der andere zog ihm seine Nägel über Hals und Wange, bevor die Kugeln ihn zu Fall brachten. Ein scharfer Schmerz brandete über Gabriel hinweg. Für ein paar Herzschläge verschwamm seine Wahrnehmung zu Schlieren. Blut lief ihm in den Kragen. Er spürte eine Bewegung hinter sich und drehte sich. Vom Lichthof näherte sich ein Dutzend weiterer Gestalten. Mehr von ihnen tauchten hinter den Geländern der oberen Stockwerke auf und sprangen hinab. Der Aufprall aus mehreren Metern Höhe schien ihnen nichts auszumachen. Sie landeten mit federnden Knien und waren sofort wieder auf den Beinen. Ihren Bewegungen haftete diese katzenartige, tödliche Schnelligkeit an, die Gabriel nur von seiner Spezies kannte.

Mit einem wuchtigen Schwerthieb durchtrennte er Stoff und Muskeln und schleuderte den Angreifer zurück. Für den Bruchteil einer Sekunde zuckte die Frage durch seinen Geist, warum diese Leute nicht bewaffnet waren, sondern mit bloßen Händen angriffen wie verhungernde

Wölfe, ungeachtet der Gefahr für ihr Leben. Er rammte das Schwert abwärts in die Kehle des Mannes und erhaschte zugleich einen Blick auf Alan Schattenherz, der sein Katana beidhändig gegen zwei Gegner schwang. Gabriel riss seine Klinge frei und feuerte in die Masse der nachrückenden Angreifer, bis das Magazin der SIG Sauer leer war. Dann ließ er die Pistole fallen, packte das Heft des Schwertes mit beiden Händen und holte zu einem Rundschlag aus. Bevor er die Drehung vollenden konnte, brachte ihn ein Hieb in die Kniekehlen zu Fall. Er stürzte, drehte sich, schaffte es, das Schwert nicht zu verlieren. Etwas landete auf seiner Brust, schwer, heiß und stinkend, warme Flüssigkeit spritzte gegen seine Wange. Blut, doch nicht sein eigenes. Eine Sekunde später begriff er, dass es der gleiche Mann war, den er zuvor niedergeschossen hatte.

Gott, kein Mensch erhob sich nach solchen Wunden.

Kein Mensch.

Krallen hieben nach seinen Augen, lang, gebogen und messerscharf. Er blockte den Schlag mit dem Unterarm und umklammerte das Handgelenk des anderen. Grauen sickerte in sein Blut wie flüssiges Eis, als er erkannte, was da auf ihm hockte. Kein Mensch mehr, sondern eine monströse Bestie. Die Fratze, die sich zu ihm hinabbeugte und ihre Fänge entblößte, hatte kaum noch Ähnlichkeit mit menschlichen Zügen.

Das Monster war stark. Gabriel rammte ihm den Knauf seines Schwertes gegen die Schläfe, ein Hieb, der jeden Menschen augenblicklich außer Gefecht gesetzt hätte. Doch nur ein Knurren drang zwischen den hochgezogenen Lippen hervor. Er schlug ein zweites Mal zu, dann ließ er das Schwert fallen, packte die Kreatur beim Haar und riss ihren Kopf zurück. Sie wälzten sich über den Boden, kämpften wie rasend. Seine Schreie versanken in der Kakofonie von Gewalt, die sich wie eine Sturmglocke über seine Sinne stülpte. Auch die Kreatur schrie und es waren nur ihre Schreie, in denen ein letzter Rest Menschlichkeit schwang. Verzweiflung klang darin, Hunger und Wut.

Gabriel löste seinen Griff vom Handgelenk des Geschöpfes und tastete nach seinem Dolch. Die Klauen fuhren hoch, schlugen nach seiner Kehle und dann hatte er die Klinge befreit. Er schlug sie der Kreatur seitlich in den Leib. Und dann höher, ins Genick, zwischen die Wirbel. Die tobenden Glieder erschlafften endlich.

Gabriel stieß den Kadaver von seiner Brust. Er zitterte so sehr, dass er Mühe hatte, sich aufzurichten. Um ihn schienen sich die Schleusen der Hölle geöffnet zu haben. Alan stand breitbeinig zwischen zwei oder drei Leichen und focht wie ein Berserker. Keith und Pascal kämpften Rücken an Rücken. Die Luft war getränkt von Blut und Tod.

Als er sich nach seinem Schwert bückte, registrierte er eine Bewegung im Augenwinkel. Ohne zu denken, riss er die Klinge hoch, in einem funkelnden Bogen, der den riesigen Hund im Sprung erwischte. War das die Bestie, die zuerst aus dem Fahrstuhlschacht gekommen war? Mit einem wuchtigen Hieb enthauptete er das Tier.

Dann sah er die beiden Gestalten, die die Treppe hinunterrannten, auf der anderen Seite der Absperrgitter. Im gleichen Moment wurde er sich der Aura bewusst, die machtvoll und klar gegen seinen Geist brandete. Die sich so schmerzhaft vertraut anfühlte, dass sich ein Teil seines Bewusstseins unter der Erkenntnis krümmte.

Stephan von Doubravice.

„Stephan!“, brüllte er. „Stephan, bleib stehen!“

Der Mann auf der anderen Seite hielt inne. Sie waren zu weit voneinander entfernt und es war zu dunkel, um sein Gesicht zu lesen, doch Gabriel war fast sicher, dass Stephan ihn gleichfalls erkannte. Mit einem Ruck setzte der Mann sich wieder in Bewegung und stürmte die restlichen Stufen hinab. Er zerrte eine Frau mit weit ausladendem Hut hinter sich her. Sie durchquerten die Halle, dicht an der Wand, so weit entfernt wie möglich von den Gittern. Gabriels Blick flog zurück zum Kampfgeschehen. Es kamen keine weiteren Angreifer mehr nach. Sie würden es ohne ihn schaffen. Sie mussten. Vor allem mit Alan, der durch die Reihen der Bestien schnitt wie der leibhaftige Tod.

Die Gitter waren zu hoch und zu glatt, um sie zu erklimmen. Gabriel rannte an der Barriere entlang auf die andere Seite der Halle und erreichte die Wand gleichzeitig mit Stephan und seiner widerstrebenden Begleiterin. Stephan stieß eine Tür auf, Gabriel schob das Schwert in die Scheide auf seinem Rücken und fasste nach der Kante des Fensters über seinem Kopf. Er zog sich hoch und zertrümmerte das Glas mit dem Ellbogen, dann schwang er sich hindurch und landete im Hof.

Stephan verschwand hinter der Hausecke und Gabriel begann, zu rennen.

*

Rostige Container stapelten sich auf dem Hof an der Rückseite der Fabrik. In der Absperrmauer saß ein weiteres Tor, das ein Stück offen stand. Violet musterte die Laderampe und die beiden Rolltore, die komplett heruntergelassen waren. Mehrere Autos parkten zwischen Stahlcontainern. Sie bremste und musterte die Nummernschilder.

„Da vorn!“, rief Marshall.

Zwei Gestalten schossen um die Hausecke und rannten direkt auf sie zu. Ein Mann, hochgewachsen mit aschblondem Haar, zog eine zierliche Frau hinter sich her. Die Heckleuchten eines Porsche Cayenne Geländewagens neben Violet blinkten auf. Fernentriegelung.

Verzögert durchfuhr sie der Schock. Stephan und Emily. Die Statur war unverwechselbar, obwohl ihre Schwester einen ihrer dämlichen Hüte trug, ein weit ausladendes Gebilde mit einem Spitzenschleier wie in alten Schwarz-Weiß-Filmen. Stephan blieb so abrupt stehen, dass sie gegen ihn stolperte. Sie zerrte und riss an seinem Arm, bis er endlich ihr Handgelenk losließ. Sie schienen ein hitziges Wortgefecht zu führen, dann packte er sie erneut und zog sie weiter.

Mit einem Fluch rammte Violet den Ganghebel in die Parkposition, entsicherte die Pistole und stieß die Tür auf. Die beiden waren nun nur noch wenige Meter entfernt. Violet umklammerte die Browning mit beiden Händen und zielte.

„Lassen Sie sie los!“, brüllte sie Stephan zu.

Emily stammelte etwas Unverständliches. Stephan stoppte, sein Gesicht eine zornige Maske.

„Sie!“

Das irrwitzige Bedürfnis, zu kichern, stieg in Violet auf, obwohl Stephan ihr Angst einjagte. Sie hatte ihren Saab nicht bewusst so abgestellt, doch er versperrte seinem Geländewagen die Ausfahrt.

„Lassen Sie sie los“, wiederholte Violet. Sie richtete ihren Blick auf ihre Schwester. „Emily, bist du okay?“

Stephan setzte sich wieder in Bewegung, bis die Mündung ihrer Browning fast gegen seine Brust stieß. Anders als ein paar Stunden zuvor in seinem Penthouse wirkte er nun bedrohlich und nicht zu Scherzen aufgelegt. In einer fließenden Bewegung griff er nach ihrer Waffe. Reflexartig drückte Violet ab.

Emily kreischte auf, Stephan stolperte einen Schritt zurück, auf seiner Brust erblühte ein dunkler Fleck. Überraschung flackerte über sein Gesicht. Nur für den Bruchteil einer Sekunde, dann kehrte der Zorn zurück.

Violet war immer stolz auf ihre schnellen Reflexe gewesen, doch ihr zweiter Schuss ging ins Leere, weil Stephan ihren Arm zur Seite schlug und ihr mit der anderen Faust einen Hieb gegen das Kinn versetzte, der sie rücklings gegen ihren Wagen schleuderte. Schmerz explodierte in ihrem Kopf. Für einen Moment glaubte sie, sich nicht mehr bewegen zu können. Es war, als habe der Aufprall ihr sämtliche Knochen gebrochen. Benommenheit flutete über sie hinweg. Mehr Schüsse fielen. Ihre Wahrnehmung driftete ab. Was zur Hölle ...

Emily begann, hysterisch zu schreien.

„Shit", flüsterte sie. „Emily ..."

Ein Schatten verdunkelte ihr Gesichtsfeld. Harte Finger packten ihr Handgelenk und entwanden ihr die Pistole. Für einen Lidschlag starrte sie in die Mündung. Ihr Bewusstsein verlor sich in der Schwärze, dann krachte ein Schuss.

*

Gabriel erfasste nicht sofort, was geschehen war, doch er erkannte Pascals grauen Transporter. Beide Türen standen offen. Marshall kniete am Boden und feuerte, bis der Hahn auf Metall schlug. Stephan taumelte zurück, eine Pistole in den Händen. Die Frau mit dem Hut beugte sich über Violet, die gegen die Front des Wagens gesunken war. Schock und Adrenalin schossen ihm ins Blut. Er zog das Schwert, während er die letzten Meter zwischen sich und Stephan überbrückte. Der Mann, den er einmal geliebt hatte wie einen Bruder, drehte sich um. Ihre Blicke trafen sich. Gabriel fühlte sich, als würde er durch die Zeiten zurückgeschleudert in eine Vergangenheit, die so schön und so schrecklich war, dass die bloße Erinnerung sich wie eine Klinge in sein Fleisch senkte. Doch nur für einen Moment, dann fand er zurück ins Hier und Jetzt.

„Wo ist mein Vater?", stieß er hervor.

Traurigkeit glitt über Stephans Gesicht. „Ich habe ihm kein Haar gekrümmt."

„Wo?"

„Dachtest du wirklich, ich würde Thomasz ein Leid zufügen?" Aufrichtige Bestürzung färbte seine Stimme. „Er ist auch mein Vater!"

„Wo ist er?"

„Wir müssen einander nicht bekämpfen." Stephan seufzte. „Es ist nicht so, wie du denkst."

Gabriels Blick flog zu Marshall, der nach vorn eingeknickt war. Und Violet, die sich zu regen begann. Die Frau mit dem Hut wich zurück. Dann wieder starrte er Stephan an, dessen hellbrauner Pullover mit Blut besudelt war. Doch Stephan schwankte nicht, obwohl ihm die Wunden Schmerzen bereiten mussten.

Hinter ihnen splitterte Glas und zerriss das Schweigen.

Stephans Augen weiteten sich. Alarmiert wandte auch Gabriel den Kopf und starrte den beiden Kreaturen entgegen, die sich mit riesigen Sprüngen näherten. Eine von ihnen war einst wohl ein Hund gewesen, eine gewaltige, wolfsähnliche Bestie. Bei der anderen, kleineren war er sich nicht sicher.

Der Wolfshund krachte in Gabriels Klinge und stürzte winselnd zu Boden. Dann war auch die andere Kreatur in Angriffsdistanz. Gabriels Klinge sang in einem tief geführten Hieb, doch das Tier war schnell und wendig und wich zur Seite. Eine tückische Intelligenz flackerte in den geschlitzten gelben Pupillen. Sie umkreisten einander, belauerten sich. Aus dem Augenwinkel sah Gabriel, wie der erste Wolfshund erneut auf die Beine kam. Sein Blick flackerte zu Violet, die jetzt wieder aufrecht stand und die andere Frau bei den Armen gepackt hielt. Stephan brüllte etwas, doch in diesem Moment drangen beide Kreaturen gleichzeitig auf Gabriel ein. Er schwang die Waffe in einem flachen Halbkreis, zerfetzte Fell, Muskeln und Sehnen und enthauptete den Wolfshund. Dann zuckte Schmerz durch sein Bein, als die kleinere Bestie ihre Zähne knapp oberhalb seines Knies in sein Fleisch grub.

Wutentbrannt stieß er das Schwert abwärts, durchbohrte den Nacken des Tieres und drehte die Klinge. Die Kiefer lösten sich, das Biest fiel von ihm ab.

Von der Hausecke her tauchten Alan und Pascal auf. Hinter ihm heulte ein Motor auf. Er fuhr herum. Der Lieferwagen setzte zurück, schleuderte in ein Wendemanöver, die Türen schlugen zu.

Stephan.

Einen Sekundenbruchteil später raste der Wagen auf ihn zu. Gabriel warf sich zur Seite. Doch die zwei Tonnen Stahl überrollten ihn nicht, wie er es halb erwartet hatte. Stephan steuerte an ihm vorbei und hielt auf die Ausfahrt zu, rammte den Torflügel und bog schlingernd hinaus auf die Straße. Im nächsten Augenblick war er verschwunden.

Mit einigen Sekunden Verzögerung begriff Gabriel, dass Stephan die Frau mit dem Hut zurückgelassen hatte. Er sah Marshall, der sich mit schmerzverzerrtem Gesicht herumwälzte, die Hände voller Blut. Und Violet, die auf ihn einredete. Herzschläge dröhnten ihm in den Ohren wie Hämmer auf Eisen. Alan packte ihn am Arm und half ihm auf. Marshall krümmte sich unter einem Hustenanfall.

„Ruft einen Krankenwagen", sagte Gabriel. „Schnell."

*

Violet presste ihre Hand auf die Wunde in Marshalls Brust, wo Stephans Kugel ihn getroffen hatte.

„Du musst wach bleiben", beschwor sie ihn.

Unfassbar, dass er es geschafft hatte, danach noch ein ganzes Magazin auf den Bastard abzufeuern. Er hatte ihr das Leben gerettet. Ausgerechnet Marshall, über dessen zarte physische Konsistenz sich schon zu DEA Zeiten jeder lustig gemacht hatte, der den nervösen kleinen Straßendealer kannte. Marshall hatte die Courage besessen, mit einer Kugel im Leib gegen einen quasiunsterblichen Dämon anzutreten, einen vierhundert Jahre alten Krieger, der menschliche Gegner mit einer Handbewegung vernichten konnte. Und was hatte sein Mut ihm eingebracht?

„Shit, reiß dich zusammen!" Sie schüttelte ihn an der Schulter. Marshall begann fortzudriften, sein Blick verlor den Fokus. Mit wachsender Verzweiflung blickte sie zu den anderen auf. „Verdammt noch mal, er stirbt!"

Alan und Gabriel wechselten einen Blick, den sie nicht zu deuten wusste. Dann ließ Alan sich in die Knie sinken und zog einen Dolch aus der Scheide am Rücken. Er riss Marshall das Hemd auf, hielt ihn mit einer Hand nieder und setzte ihm mit der anderen die Klinge auf die Brust. Marshall bäumte sich auf und brüllte wie ein verwundeter Stier.

Was zur Hölle sollte das werden?

Sie wollte Alan von ihm wegzerren, doch Gabriel packte sie um die Hüfte und hielt sie fest. Marshalls Schreie steigerten sich zu Agonie, während Violet keuchte und sich in Gabriels Griff wand und ihn verfluchte, bis sie endlich erkannte, was Alan vorhatte. Der schwarzhaarige Schattenläufer hielt das blutverschmierte Projektil zwischen Daumen und Zeigefinger und hob es für einen Moment ins Licht. Dann fügte er sich selbst einen Schnitt am Unterarm zu und ließ das Blut in die Wunde fließen. Er zwang Marshalls Kiefer auseinander und flößte ihm mehr von seinem Blut ein, bis Marshall zu würgen begann. Alan stand auf und trat zurück.

„Er wird es schaffen." Seine Stimme war heiser, er sah erschöpft aus.

„Danke", flüsterte Violet. Ihr Blick wanderte zu den beiden Kadavern. Sie sahen um ein Vielfaches monströser aus als die missgebildeten Hunde aus der VORTEC Klinik. Selbst das Zwielicht der Straßenlaternen, das gnädig die Details verschluckte, nahm dem Schrecken nicht die Schärfe.

In der Ferne heulten Sirenen auf. „Die Ambulanz wird jeden Moment hier sein." Alan blickte

Gabriel an. „Ich kümmere mich darum. Währenddessen kannst du Pascal und den anderen helfen, eure Leute da drin zu finden." Er machte eine Kopfbewegung zum Fabrikgebäude.

Violet trat auf Emily zu, die ein paar Meter entfernt stand, die Arme um ihren Oberkörper geschlungen. Etwas Kindliches haftete ihrer Gestalt an, eine Aura von Hilflosigkeit, die Ärger in Violet schürte, aber zugleich an ihr schlechtes Gewissen rührte. Sie hasste Emilys Zuckerpuppenattitüde, doch sie war immer noch ihre Schwester. Wer wusste schon, was sie in den vergangenen Wochen durchgemacht hatte? Und die letzten zehn Minuten hatten sie mit Sicherheit bis ins Mark erschüttert.

„Emily, bist du okay?" Sie streckte eine Hand nach ihr aus. Aus dem Augenwinkel sah sie, wie Gabriel sich versteifte, doch darauf konnte sie jetzt keine Rücksicht nehmen. Sie war sicher, dass es eine Erklärung für die Geschichte mit Etherlight gab. Warum hätte Emily einen ihr unbekannten Mann freiwillig in eine Falle locken sollen? Sie würde jedenfalls kein Urteil fällen, bevor sie nicht Emilys Version gehört hatte. „Emily?"

Ihre Schwester machte einen kleinen Schritt rückwärts, bevor Violet sie berühren konnte. „Violet", wisperte sie. „Was machst du hier?"

„Ich habe dich gesucht, Baby. Wir haben uns Sorgen gemacht."

„Das tut mir leid." Ein Schluchzen schüttelte die schmalen Schultern. Der Schleier bebte leicht bei jedem ihrer Worte. „Ich bin froh, dass du hier bist."

Dieses Bekenntnis überraschte Violet so sehr, dass sie für einen Moment nicht wusste, was sie sagen sollte. „Mom wird ein Stein vom Herzen fallen, dass du wieder da bist."

„Ich nehme euch mit in die Brewery", schlug Alan vor. „Dort ist es sicher und ihr könnt euch ausruhen." Die Sirenen waren nun so nahe, dass jeden Moment rote und blaue Lichter auf der Straße auftauchen mussten. Er runzelte die Stirn. „Ihr solltet irgendwo in Deckung gehen, bis die Ambulanz fort ist. Sonst gibt es nur eine Menge Fragen."

Marshall lag ganz still da, die Lider geschlossen. Sein Atem ging gleichmäßig, sein Gesicht hatte sich entspannt. Er schien nicht länger Schmerzen zu leiden.

Gabriel wandte sich zum Gehen. Er machte einen Schritt, blieb wieder stehen und streckte eine Hand nach Violet aus. Sie schmiegte ihre Wange in seine Handfläche und genoss die kurze Zärtlichkeit, die in scharfem Gegensatz zu der Gewalt stand, deren Nachhall noch in der Luft hing.

*

Das Innere der Fabrik war ein Albtraum aus Blut, Leichen und abgetrennten Körperteilen. Der Gestank des Todes machte jeden Atemzug zur Qual. Gabriel fand seine Pistole neben einem Stahlpfeiler, hob sie auf und wischte das Blut ab. Er tauschte das Magazin aus und schob die SIG Sauer hinter seinen Hosenbund. Für einen Moment starrte er auf einen der Toten hinab, der einst ein Mensch gewesen war. Aus den Fingerknöcheln der Kreatur ragten sichelförmige Dornen. Der Schädel war seltsam verformt. Ein Wulst zog sich vom Haaransatz über die Stirn und bis hinunter zur Nase. Am schlimmsten aber war das albtraumhafte Gebiss, größer und raubtierhafter, als es bei einem Menschen sein sollte. Das Kinn hatte sich nach vorn verschoben. Unter den hochgezogenen Lefzen ragten Fänge hervor, die einer Raubkatze Ehre gemacht hätten. Seine Haut hatte die Farbe von Rost angenommen und war übersät von Schuppen, Kratern und unförmigen Geschwüren. Wie lange dauerte es, bis die Mutation solche Ausmaße erreichte? Wochen? Monate? Waren das die unglücklichen Testprobanden, von denen Violet erzählt hatte? Diese Kreaturen hatten sich wie rasend gebärdet, blind vor Blutgier. Stephan musste ihre Käfige geöffnet haben, um seine Flucht zu decken. Warum hatte er sie nicht viel früher getötet, als die Mutation offenbar wurde und stattdessen zugelassen, dass sie sich in Monster verwandelten?

Gabriel wandte sich ab und drückte den Rufknopf für den Aufzug. Sein Geist war in Aufruhr. Die Begegnung mit Stephan erschütterte ihn stärker, als er erwartet hatte. Es war eine Sache, stillschweigend getrennte Wege zu gehen, doch eine andere, einem Mann als Feind gegenüberzustehen, mit dem man aufgewachsen und Jahrhunderte gemeinsam gekämpft, gelitten und geliebt hatte.

Außerdem machte er sich Sorgen wegen Violet. Jetzt, wo ihre Schwester wieder aufgetaucht war, würden sich die Dinge verkomplizieren. Die Erinnerung an Emilys süße Stimme und ihren Charme, mit dem sie ihn dazu gebracht hatte, sich unbewaffnet und ahnungslos nach Matavilya Crest zu begeben, direkt in die Arme von Carls bewaffneter Bande, ließ wieder Wut aufsteigen.

Violet hatte nichts damit zu tun, nicht das Geringste, doch er konnte die Sache nicht auf sich beruhen lassen. Er musste herausfinden, ob Emily tatsächlich mit Carl unter einer Decke steckte und dann, bei Gott ...

Was würde er dann tun? Sie umbringen, um den Preis, Violet zu verlieren? Hinterhältige Schlampe oder nicht, Emily war ihre Schwester, auch wenn er den Eindruck nicht loswurde, dass Violets Gefühle für Emily nicht sonderlich tief gingen.

Er tastete nach den Kratzern auf seiner Wange und dem Hals, aus denen immer noch Blut sickerte. Nun, wo das Adrenalin in seinem Körper abflaute, spürte er die kleinen Wunden, die Prellungen und Abschürfungen und Schnitte, die er sich im Kampf eingefangen hatte.

Er fand Keith und Cyric in einem lang gezogenen Labortrakt im dritten Stock. Sie hatten zwei Techniker überwältigt und gefesselt und öffneten nacheinander die Wannen aus Acrylglas, in denen Körper in einem klaren, dickflüssigen Gel ruhten, die Adern voller Kanülen.

„Sieh dir das an", stieß Keith hervor. Sein Gesicht war bleich unter der Bräune. Er blutete aus tiefen Kratzwunden im Gesicht und auf der Brust. „Sie sind alle noch am Leben. Wenn es nach Katherina gegangen wäre ..."

„Wären wir nicht hier", gab Gabriel zurück. „Ist Thomasz unter ihnen?"

„Pascal und Cyric durchsuchen den Rest des Gebäudes." Mit zitternden Händen entfernte Keith die Schläuche vom Körper eines Mannes.

Das Piepsen der medizinischen Apparate klang geisterhaft. Er grub beide Hände in das Gel unter dem Leib des Mannes und hob ihn aus dem Kokon. Sein Schädel war kahl geschoren, seine Lider flatterten leicht. Keith zog seinen Dolch und ritzte sich den Handrücken auf. Fast zärtlich zwang er den Mund des anderen auf und flößte ihm etwas von seinem Blut ein.

„Wir werden Hilfe brauchen, um sie alle zu stabilisieren und hier rauszubringen", sagte Gabriel.

„Wahrscheinlich sind sie voll mit Drogen", knurrte Cyric, der sich von der anderen Seite näherte. Er klappte sein Handy auf. „Ich rufe Katherina die Große an."

Gabriel nickte. „Kommt ihr hier ohne mich klar?"

„Kein Problem." Keith richtete sich auf. „Geh und such Pascal. Er ist irgendwo da drüben."

Die Glastür am anderen Ende des Labors führte in einen quadratischen Flur mit unverputzten Ziegelwänden. Drei Türen standen weit offen und gaben den Blick frei auf ein Büro und zwei Lagerräume. Pascal hockte vor einer vierten und fummelte mit Draht und einer Zange am Schloss herum.

„Warum brichst du es nicht einfach auf?", fragte Gabriel.

„Weil ich ein verdammter Schmied bin, deshalb." Pascal hob den Kopf. „Hast du eine Pistole?"

Gabriel zog die SIG Sauer aus dem Gürtel. „Geh zur Seite."

Er feuerte schräg auf das Türschloss, um nicht von Querschlägern getroffen zu werden. Der Schalldämpfer reduzierte den Schusslärm auf ein dumpfes Husten. Dennoch tauchte kaum drei

Sekunden später Cyric im Durchgang auf.

„Alles okay?"

Gabriel senkte die Waffe und zog die letzte Tür auf. „Alles bestens."

„Das verdammte Schloss ging nicht auf", erklärte Pascal.

„Okay." Cyric stieß den Atem aus. „Ich frage mich sowieso, warum die Cops nicht längst hier aufgetaucht sind."

„Stephan wird sie bestimmt nicht rufen." Gabriel spähte in den unbeleuchteten Gang, der auf der anderen Seite der Tür lag. „Und das ist keine Wohngegend. Hier treibt sich nachts kein Mensch herum."

„Ich habe gerade mit Katherina telefoniert", sagte Cyric. Seine Augen verengten sich zu Schlitzen. „Sie schickt uns ein paar Leute. Als ich ihr gesagt habe, dass wir Thomasz nicht gefunden haben, wurde sie gleich ganz kooperativ."

Pascal grummelte einen Fluch.

„Was ist da zwischen Katherina und deinem Vater?" Cyrics Stimme hob sich etwas. „Dass sie die Integrität der Garde und ihre Glaubwürdigkeit aufs Spiel setzt, um ihn tot zu sehen?"

Gabriel klickte den Sicherungshebel an der Pistole zurück. Das war eine Frage, die er sich oft gestellt hatte in den letzten Tagen. Er war gespannt, was sein Vater antworten würde. Wenn er rechtzeitig kam, um ihn fragen zu können.

Sie fanden Thomasz in einem versteckten kleinen Labor ohne Fenster am Ende des Korridors. Die Stahltür sah aus, als sei sie kürzlich eingesetzt worden. Es erforderte Pascals gesamtes Geschick, um die Schlösser aufzubrechen. Der Raum war gesichert, als handele es sich um den Tresor einer Schweizer Bank. Dahinter befand sich ein kleines Krankenzimmer. Zwei Wandleuchten tauchten den Raum in warmes Dämmerlicht.

Thomasz sah zerbrechlich aus, wie er im Bett lag, ein weißes Laken über die Brust gezogen. Seine Haut schimmerte wächsern. Seine Lider zuckten, er atmete flach. Gabriel starrte auf die Kanüle, die im Arm seines Vaters steckte und mit einem Schlauch verbunden war, durch den eine klare Flüssigkeit rann. Seine Kehle war trocken, seine Augen brannten. Er hatte so sehr gehofft, dass sie Thomasz finden würden. Und hatte sich zugleich, tief in seinem Innersten, bereits von der Hoffnung verabschiedet.

Sein Geist brauchte eine Zeit lang, um zu begreifen, dass dies keine Täuschung war und keine Illusion.

„Vater", flüsterte er. „Kannst du mich hören?" Mit dem Handrücken strich er Thomasz das Haar aus der Stirn. Sein Vater war von zarter körperlicher Konstitution, ein Gelehrter, kein Kämpfer. Seine pergamentdünne Haut, obwohl frei von Falten, gab eine Ahnung seines wirklichen Alters preis.

„Er ist voller Drogen", sagte Pascal. „Genauso wie die anderen. Deshalb konnten wir sie kaum spüren."

Doch die zweite Kanüle fehlte. Die, durch die das Leben aus den anderen Schattenläufern herausgeflossen war. Hatten Stephan die Skrupel gepackt, als er im Begriff war, den Mann auszubluten, der ihn aufgezogen hatte? Aber warum hatten seine Schergen Thomasz überhaupt entführt? Ein Zufall? Ein Versehen?

Gabriels Kopf füllte sich mit einer verrückten Euphorie, nicht unähnlich dem Gefühl, das einen Kämpfer überkommt, wenn er begreift, dass er dem Tod entronnen ist. Er umfasste Thomasz' Ellbogen, vorsichtig, um ihm nicht wehzutun, und zog die Nadel heraus. Ein Zittern glitt über das Gesicht seines Vaters, doch er erwachte nicht. Gabriel griff nach einer Decke und breitete sie über Thomasz' schmalen Leib. Dann schob er seine Hände unter den Rücken und die Kniekehlen seines Vaters und hob ihn aus dem Bett. Leicht fühlte sich der Körper an. Zerbrechlich wie Glas. Gabriel verlagerte das Gewicht, sodass Thomasz' Kopf an seiner Brust ruhte. Seine Beine fühlten sich an wie aus Blei, als er den langen Weg zurück nach draußen antrat, mit seinem Vater auf den Armen.

21

Alan Schattenherz fuhr sie zurück in die Brewery in Pascals Werkstatt. Er blieb schweigsam und in sich gekehrt und bewegte sich, als sei er verletzt. Violet wusste nicht, wie viel von dem Blut auf seinen Kleidern sein eigenes war. Er nahm eine Kiste voller Lappen und Ölfläschchen aus einem der Regale und setzte sich nach draußen auf die Laderampe, um seine Waffen zu reinigen.

Emily hatte sich auf die oberen Treppenstufen zurückgezogen. Ihre Schwester weigerte sich, die Handschuhe auszuziehen oder den Hut abzusetzen, der viel zu groß an ihr wirkte. Wie ein Kind, das die Kleider ihrer Mutter anprobierte und sich vorstellte, sie sei eine Prinzessin. Der Schleier, der an der inneren Hutkrempe befestigt war, reichte bis auf ihre Schultern, wie eine Insektenschutzmaske. Er war so dicht gewebt, dass ihre Züge nicht zu erkennen waren. Violet stieg die Treppe hinauf und setzte sich neben sie.

„Okay Baby, was ist passiert?"

Lange antwortete Emily nicht. Nur ihre Atemzüge füllten den Raum. Dann verlagerte sie unbehaglich ihr Gewicht. Stoff raschelte.

„Ich will nach Hause", flüsterte sie. „Kannst du mich zu meinem Haus bringen?"

Violet runzelte die Stirn. „Keine gute Idee. Die Cops haben dein Haus im Visier." Sie wollte einen Arm um sie legen, doch wie zuvor auf dem Parkplatz schrak Emily vor der Berührung zurück. Violet ließ sie die Hand sinken. „Warum bist du einfach untergetaucht? Mom ist krank vor Sorge. Du hättest sie wenigstens anrufen können. Du weißt, wie sie ist."

Ein dünnes Schluchzen drang unter dem Schleier hervor. Emilys Schultern zitterten. Sie legte beide Arme um ihren Oberkörper, als würde sie frieren. „Es war Stephan", schniefte sie. „Er hat mich eingesperrt. Ich durfte sein Apartment nicht verlassen. Er hat mir mein Handy weggenommen und …"

„Bitte", unterbrach Violet, „ich bin nicht irgendein Cop, dem du eine Story erzählen musst. Ich weiß, dass du diese verdammten Sangrin Kapseln geschluckt hast, okay? Ich habe sie in deinem Haus gefunden. Ich weiß auch, dass das Zeug schwere Nebenwirkungen hervorruft." Sie hatte sich nie so zerrissen gefühlt, wie in diesem Moment. Abscheu kämpfte mit Schuldgefühlen. Emilys Lügen machten sie krank, diese Fassade des verzärtelten Kindes, mit der sich Emily durchs Leben mogelte. Andererseits waren die Sangrin Mutationen etwas, das sie selbst Emily nicht wünschte.

Violet war die Ältere von beiden, sie war stark, sie kämpfte für das, was sie wollte. Kampf lag nicht in Emilys Natur. Emily war, was sie war. Trotzdem blieb sie ihre Schwester. Blut ist dicker als Wasser, pflegte Mom zu sagen. Violet beugte sich ein wenig vor und schlug einen sanfteren Tonfall an. „Das ist auch der Grund, warum du den Hut und die Handschuhe nicht ausziehen willst, nicht wahr?"

Ein heftiger Weinkrampf erschütterte Emilys Körper.

„Was ich nicht verstehe, ist, warum du Sangrin genommen hast."

„Stephan", stieß Emily erstickt hervor. „Es war Stephan. Er hat mich gezwungen."

Große Lügen, kleine Schwindeleien. Das war Emilys Welt. Violet schluckte ihren Groll hinunter und bemühte sich um einen freundlichen Tonfall. Es half niemandem, wenn ihre Schwester einen Nervenzusammenbruch erlitt.

„Aber warum?"

Schweigen.

„Ist es wegen der Leukämiediagnose? Emily, ich weiß, dass sie dir Leukämie diagnostiziert haben."

Emilys Worte waren kaum zu verstehen. „Ich hatte so furchtbare Angst. Der Arzt sagte, ich müsse jetzt damit leben. Eine Therapie würde die Symptome unterdrücken, aber die Krankheit nicht heilen. Ich wollte Mom nicht zur Last fallen, okay? Ich wollte nicht, dass sie sich Gedanken macht." Sie fasste mit einer behandschuhten Hand unter den Schleier, um die Tränen abzuwischen. „Dann hat Stephan mir Sangrin gegeben. Ich wusste doch nicht, dass es nicht funktionieren würde. Bei den anderen hat es auch geholfen!"

Obwohl diese Version einigermaßen schlüssig klang, stimmte etwas nicht. Warum hätte Stephan den komplizierten Umweg über Sangrin gehen sollen, wenn er ihr einfach etwas von seinem Blut hätte einflößen können?

„Und dann fingen die Veränderungen an", fuhr Emily fort. „Ich wollte nicht, dass Mom mich so sieht. Ich wollte zu einem Arzt, aber Stephan hat das nicht zugelassen."

Warum bestand sie so sehr darauf, dass Stephan sie festgehalten hatte? Die Geschichte war nicht stimmig. Doch die Uhr stand auf drei Uhr nachts und Violet war todmüde und nicht in der Stimmung, Emily einem Verhör zu unterziehen.

Draußen näherte sich ein Wagen, Türen schlugen zu. Dann leise gewechselte Worte. Einen Moment später tauchte Pascal auf.

„Habt ihr Gabriels Vater gefunden?", fragte sie.

Der Schmied nickte. Erschöpfung zeichnete sein Gesicht. „Wir haben sie alle gefunden."

„Lebend?"

„Geschwächt, aber am Leben."

„Gott sei Dank." Ein schwerer Knoten löste sich tief in ihrer Brust. „Wo ist Gabriel?"

„Kümmert sich um Thomasz." Pascals Blick wanderte zu Emily und wieder zurück. In seiner Wange zuckte ein Muskel. „Ich kann euch zu ihm bringen, wenn du willst."

*

Gabriel breitete die Decke über seinen Vater aus und trat zurück. Thomasz war während der Fahrt nicht erwacht. Sein Atem flatterte schwach über halb geöffnete Lippen. Es würde einige Zeit dauern, bis sich die Drogen in seinem Blut verflüchtigt hatten. Die Einstichstellen in seiner Armbeuge versanken in einem gelblichen Bluterguss, der an den Rändern purpurn schimmerte.

Jemand würde dafür bezahlen.

Bei Gott, er würde Stephan finden und dann würde nichts auf der Welt ihn retten. Gabriel ballte die Fäuste so fest, dass seine Nägel sich schmerzhaft in seine Handballen gruben. Er starrte zum Fenster, wo ein großer Nachtfalter gegen die Scheibe flatterte.

„Vater", flüsterte er. „Kannst du mich hören?"

Wenn Thomasz erwachte und seine Kräfte zurückgewonnen hatte, mussten sie reden. Unbehagen ballte sich in seiner Brust. Er konnte sich nicht erinnern, wann er das letzte Mal wirklich Zeit mit seinem Vater verbracht hatte. Mehr jedenfalls als die kurzen Besuche, um Belanglosigkeiten auszutauschen und sich vom Wohlbefinden des alten Mannes zu überzeugen. Wann hatten ihre Welten begonnen, auseinanderzudriften? Nach dem Zerwürfnis mit Katherina, als Gabriel sich so sehr an das Flüstern des Windes in der Wüste gewöhnt hatte, dass er seine Gesellschaft der eines jeden Menschen vorzog? Oder schon viel früher, in ihrem ewigen Disput um Krieg und Frieden und Thomasz' naivem Glauben, dass Männer wie Gabriel und Stephan einen Unterschied machen konnten, wenn sie nur entschieden, dem Blutvergießen ein Ende zu setzen?

Warum musste man etwas verlieren, um zu verstehen, wie kostbar es war? Liebte er seinen Vater nun mehr als zuvor, weil er beinahe getötet wurde? Gabriel umschloss die Hand seines Vaters, die kleiner und zerbrechlicher war als seine.

„Wir wissen nichts voneinander", murmelte er.

Er hielt die Hand noch etwas länger, bis Pascals Stimme von unten heraufscholl. Als er sie endlich losließ, fühlte es sich an wie ein körperlicher Verlust. Er stieg die Treppen hinunter und sah Violet durch die Tür treten, blass und erschöpft. Emily folgte ihr dichtauf. Erst jetzt fiel ihm auf, dass der Schleier an ihrem Hut mehr war als ein modisches Accessoire und sie Lederhandschuhe trug, deren Fellbesatz ein breites Stück Haut oberhalb des Handgelenks verdeckte. Kälte breitete sich in seinem Magen aus.

„Hey", sagte Violet, als ihre Blicke sich trafen. Ihre Stimme klang flach.

Seine Augen wanderten von ihr zu Emily und wieder zurück. Wie sehr er sich wünschte, dass ihre Schwester einfach verschwinden würde, sich in Luft auflösen, als habe sie nie existiert. Schon jetzt konnte er spüren, wie sie die Atmosphäre befleckte, wie unsichtbares Gift. Violets Anspannung war mit Händen zu greifen.

„Thomasz hat Gästezimmer in den benachbarten Lofts", sagte Pascal.

„Ich weiß."

„Hier sind die Schlüssel." Pascal zog eine der Küchenschubladen auf und beförderte eine Holzschachtel zum Vorschein. Münzen lagen darin, Streichhölzer, Knöpfe und eine Handvoll Schlüssel. Er machte eine Geste zur Galerie, die die oberen Räume begrenzte. „Wie geht es ihm?"

„Er schläft."

„Gut." Pascal warf Emily einen langen Blick zu. So lang, dass Gabriel ihn unmöglich übersehen konnte. „Ich bleibe heute Nacht bei ihm. Dann könnt ihr euch in den Nachbarlofts einquartieren, okay?"

Er ließ die Schlüssel auf die Küchentheke fallen, murmelte etwas Unverständliches und stieg die Treppen hinauf. Stille breitete sich aus, nachdem er in Thomasz' Schlafzimmer verschwunden war. Violet verlagerte ihr Gewicht mit einer nervösen kleinen Bewegung. Emily neben ihr verharrte stocksteif. Gabriel konnte ihr Gesicht nicht sehen, doch wurde den Eindruck nicht los, dass sie ihn wie paralysiert anstarrte. Er verspürte Lust, ihr den Hut herunterzureißen, sie bei den Schultern zu packen und gegen die Wand zu stoßen. Sie zu fragen, ob sie gewusst hatte, welches Schicksal ihm bestimmt war, als sie in seinem Haus in der Mojavewüste auftauchte.

Doch das war es nicht wert. Nicht jetzt, mit Violet, die Aggression aus jeder Pore atmete. Er musste mit ihr reden und zwar allein. Glatt schob er sich an den beiden Schwestern vorbei in die Küche und nahm die Schlüssel.

„Dann sehen wir uns mal die Gästezimmer an."

Sie folgten ihm ohne ein Wort. Emilys Absätze klackten auf dem Steinboden, als sie in den hohen, dunklen Korridor traten, der mit seinen Ziegelwänden und den staubigen Neonleuchten genauso aussah wie zu Zeiten des Brauereibetriebes vor vierzig Jahren. Er schloss die Nachbartür auf und schaltete das Licht ein. Der Loft war etwas kleiner als Thomasz' Apartment, doch geschmackvoll möbliert mit dunklen Möbeln und hellen Leinenbezügen. Er schob einen Paravent aus japanischem Reispapier beiseite, hinter dem sich ein Queen-Victoria-Bett mit geschnitzten Holzpfosten und einer bestickten weißen Überdecke verbarg.

„Deine Schwester kann hier schlafen", sagte er, an Violet gewandt. „Handtücher sind im Bad. Im Kühlschrank stehen Wasser und Limonade. Es gibt auch ...", er deutete auf ein Küchenregal, „Kaffee und Tee."

Violets Gesichtszüge entspannten sich ein wenig. „Okay für dich, Emily?"

Emily nickte, eine winzige Bewegung, die ihren Schleier auf der Schulter aufstoßen ließ.

„Wir schlafen nebenan ..." Gabriel zögerte, „wenn es dir recht ist."

„Ist okay." Sie lächelte ein wenig. Doch es erleichterte ihn nicht.

Thomasz' zweites Gästeapartment verfügte über eine doppelflügelige Tür, die auf die Laderampe führte. Zwei Orangenbäumchen in Holzkübeln säumten einen Holztisch und Klappstühle mit Leinenkissen. Lichtstreifen aus Thomasz' Loft und Emilys Zimmer fleckten den Beton.

„Können wir ein Stück gehen?" Violet senkte ihre Stimme. „Ich möchte nicht, dass Emily uns hört."

Gabriel sprang von der Rampe und streckte eine Hand nach ihr aus, um ihr herunterzuhelfen. Er hielt ihre Finger länger umfangen als notwendig. „Was ist mit dir?"

„Du hast sie gesehen." Sie klang heiser. „Irgendwas stimmt nicht mit ihr."

Gabriel verschluckte die Antwort, die ihm in den Sinn kam. Er wusste genau, was nicht mit Emily stimmte. Doch Violet würde das nicht gefallen. Nebeneinander überquerten sie den Hof.

„Danke, dass ihr Marshall gerettet habt", sagte sie.

„Alans Blut ist makellos", gab er zurück. „Es wird nur eine kleine Narbe zurückbleiben."

Zischend sog sie die Luft ein. „Glaubst du etwa immer noch, dass dein Blut kontaminiert ist?"

Was sollte er darauf erwidern? Er wusste nicht mehr, was er glauben konnte.

„Du hast den Arzt gehört", fuhr sie fort. „Es ist ein Zelldefekt. Ein Zelldefekt beim Empfänger! Es hat überhaupt nichts mit deinem Blut zu tun. Dieser Savoyen, das war ein Zufall! Ein unglücklicher Zufall."

„Es war nicht nur Savoyen."

Sie blieb stehen. „Was?"

Zoe. Die Lippen zurückgezogen, Blutdurst im Blick. Er schloss die Augen, weil sie brannten. Doch das löschte nicht das Bild in seinem Kopf. Zoes lebloses Gesicht, ein gebrochener Engel. Oh Gott. Er schauderte.

„Erzähl mir davon."

Ihn faszinierte immer wieder, wie fein ausgeprägt ihr Gefühl für seine Stimmungen war. Wie sie instinktiv erfasste, was in ihm vorging. Ihre Stimme klang versöhnlich, ganz ohne Härte. Sie mochte impulsiv sein und dickköpfig, doch sie war auch bereit, ihn anzuhören. Die Vorstellung, sie zu verlieren, war unerträglich. Er musste wieder an Emily denken und der eisige Klumpen in seinem Magen wurde größer. Wenn die Mutation bereits eingesetzt hatte, was sollte er dann tun?

„Es gab eine Frau. Zoe. Wir wollten heiraten."

Unwillkürlich versteifte sich Violet. Gabriel lachte leise. „Keine Sorge. Das ist ein paar Hundert Jahre her." Er warf ihr einen Blick zu und sah, dass sie ebenfalls lächeln musste.

„Tut mir leid", sagte sie. „Du bringst meine schlechtesten Charaktereigenschaften zum Vorschein. Glaubst du, dass ich sonst nicht so besitzergreifend bin?"

Statt einer Antwort nahm er ihre Hand und küsste ihre Fingerspitzen.

„Was war mit Zoe?"

„1711 wütete die Pest in Prag wie eine biblische Plage. Zoe steckte sich an. Ein Todesurteil." Er holte tief Atem. „Ich wollte sie retten und gab ihr mein Blut. Sie starb nicht, doch sie verwandelte sich."

Schweigen hing zwischen ihnen wie erstarrte Kristalltropfen. Sie blieben unter einer Brücke aus Glas und rostigem Eisen stehen, die über und über mit Efeu bewachsen war.

„Was hast du getan?" Violets Frage war wie ein Windhauch.

„Sie wollte mehr Blut. Ich gab es ihr. Aber das war ihr nicht genug. Ihr stand der Sinn nach Abwechslung." Er wischte sich mit beiden Händen über das Gesicht. „Sie begann, Kinder zu töten."

„Oh." Ein kleiner Laut aus Entsetzen.

„Ich habe versucht, sie abzuhalten. Wir haben gekämpft. Sie ist gestürzt und hat sich das Genick gebrochen."

Diesmal zog das Schweigen sich länger. Wie eine Spinnwebe, mit Tautropfen besetzt, die keiner zu erschüttern wagte.

„Es tut mir leid", flüsterte Violet. Sie sah ihn lange an. „Ich habe Angst wegen Emily."

„Ich weiß." Seine Kehle fühlte sich trocken an. „Sie versteckt ihre Hände und ihr Gesicht."

„Gabriel", die Panik schimmerte durch ihre Stimme, Entsetzen und Hilflosigkeit. „Was können wir tun?"

„Der Prozess ist unumkehrbar."

„Ja, aber ..." Die Aggression war zurück in ihrer Stimme. Die unterdrückte Wut. „Sie ist meine Schwester!"

„Die beiden Hunde, die durch die Fenster kamen." Er nahm ihren Kopf in beide Hände. Sie machte eine unwillige Bewegung, doch er ließ sich nicht abschütteln. „Das war nur die Nachhut. In diesem Fabrikgebäude hat uns ein Dutzend dieser Bestien angegriffen. Unter ihnen waren Menschen. Oder das, was von ihnen übrig war. Du kannst dir nicht vorstellen ... Wenn die Verwandlung fortschreitet, können sie ihren Blutdurst nicht mehr kontrollieren. Sie werden zu wilden Tieren. Sie haben uns mit bloßen Händen angegriffen. Sie sind fast so stark wie wir. Violet, nur einer von ihnen könnte ganze Straßenzüge niedermetzeln, bevor man ihn stoppen würde."

„Sie ist meine Schwester", wiederholte Violet. Es klang wie eine leere Hülse. „Was soll ich tun?"

Ihr Handy klingelte und enthob ihn einer Antwort.

„Ja?", meldete sie sich.

Dann lauschte sie und ging ein Stück. Sie sagte etwas, aber er verstand ihre Worte nicht. Sie bedeutete ihm mit einer Handbewegung, dass es länger dauern würde. Er fragte sich, wer sie mitten in der Nacht anrief. Es konnte eigentlich nur das Krankenhaus sein, in das Marshall eingeliefert worden war.

In gedrückter Stimmung wanderte er zurück zur Rampe und der Tür, die noch immer offen stand. Vielleicht wusste Thomasz Rat. Doch zuvor musste er herausfinden, wie weit Emilys Verwandlung fortgeschritten war.

*

„Was soll das heißen, seine Versicherungsnummer wurde zurückgewiesen?" Himmel, nahm diese Nacht denn kein Ende? Was kam als Nächstes? Ein Anruf der Polizei, dass ihre Mutter überfallen worden war? Violet blickte Gabriel nach, der die Rampe erklomm und im Apartment verschwand. „Haben Sie schon mit denen telefoniert?"

„Unser Computer sagt, die Nummer ist nicht gültig", erklärte die Dame namens Michele in freundlichem Ton. Als ginge es um eine Flugzeitauskunft. „Sie können mir aber eine Kreditkartennummer geben, dann nutzen wir die als Sicherheit und Sie klären morgen früh die Details mit der Versicherung von Mr. Scott."

Shit. Sie war nicht einmal sicher, ob die Karte eine Belastung jenseits der hundert Dollar für diesen Monat noch verkraften konnte. Gleich morgen früh würde sie diese Diamantohrringe versetzen, egal ob Adam sie zurückhaben wollte oder nicht. Das hier war ein Notfall. Wieso war die verdammte Versicherungsnummer überhaupt ungültig? „Okay. Moment." Sie tastete ihre Taschen ab, fand die kleine Lederbörse mit ihren Kreditkarten und zitierte die Nummer ihrer Visa Card.

„Sicherheitscode?"

„Zwei-vier-sieben."

Eine Zeit lang hörte Violet nichts außer dem Klappern der Tastatur auf der anderen Seite.

„Wie geht es ihm?“, fragte sie.

„Ich kann Sie mit der Station verbinden.“

„Das wäre großartig.“

Ein Klicken lief durch die Leitung, dann Fahrstuhlmusik. Kurz darauf nahm eine Frau ab.

„Mr. Scott geht es gut“, erklärte die Schwester, nachdem Violet ihr versichert hatte, dass sie Marshalls nächste Verwandte sei. „Aber er schläft jetzt. Rufen Sie morgen früh wieder an.“

„Ist er außer Lebensgefahr?“

Eine irritierte kleine Pause folgte. „Im Aufnahmeprotokoll steht etwas von Abschürfungen und Blessuren und einem traumatischen Schock. Keine lebensgefährlichen Verletzungen.“

„Was ist mit der Schusswunde in seiner Brust?“

„Ma'am, von einer Schusswunde steht hier nichts.“ Misstrauen schlich sich in den Tonfall der Frau. „Ich kann noch einmal den Doktor fragen.“

„Nein“, unterbrach Violet hastig. „Kein Problem. Ich dachte nur ... ich meine, vielleicht habe ich etwas falsch verstanden. Ich bin froh, dass es Mr. Scott gut geht. Vielen Dank!“

Erschöpft legte sie auf. Großartig, eine Wunderheilung. Die Notärzte musste der Schlag getroffen haben, als sie feststellten, dass ihr Patient zwar blutüberströmt war, ansonsten aber keinen Kratzer aufwies. Posttraumatischer Schock. Wenn es weiter nichts war.

Sie stieß den Atem aus und wandte sich zum Apartment. Dass Marshall nicht auf der Intensivstation mit dem Tod kämpfte, war zumindest eine gute Nachricht. Wenn sie es jetzt noch schaffte, jemanden zu finden, der die unheimlichen Veränderungen an Emilys Organismus rückgängig machen konnte, war der Tag gerettet. Gabriels Geschichte über seine Verlobte lag wie ein dunkler Schatten auf ihrer Seele. Ihr gefiel nicht, wie die Story endete.

Ein Schrei wehte zwischen den Türen hindurch und richtete Violet die Härchen im Nacken auf. Mit einem Sprung erklomm sie die Rampe, rutschte mit einem Fuß ab und schürfte sich das Schienbein an der Kante auf. Ein Klirren drang aus dem Apartment, dann ein dumpfes Geräusch. Sie stieß einen Fluch aus und stürzte ins Innere des Lofts.

Ihr Verstand weigerte sich, zu glauben, was sie sah.

Gabriel und Emily rangen miteinander, taumelten und gingen zu Boden. Ihre Schwester hatte den Hut verloren. Knurrend und fauchend schlug sie auf Gabriel ein. Er packte eines ihrer Handgelenke, griff nach dem anderen, verfehlte sie. Emily zog ihm die Nägel über die Wange, er schlug ihr mit der flachen Hand ins Gesicht. Ihr Kopf flog zurück, sie schrie erneut. Es klang wie der Hilferuf eines verwundeten Tieres.

„Aufhören!“, brüllte Violet. „Hört sofort auf!“

Gabriel richtete sich halb auf, ohne Emilys Arme loszulassen. Mit seinen Knien nagelte er sie am Boden fest. Emily wand sich unter ihm wie eine Furie.

„Lass sie los, Gabriel!“ Sie versuchte, einen Blick auf das Gesicht ihrer Schwester zu erhaschen, doch das war nicht so einfach. Ein Gewirr schwarzer Locken fiel Emily in die Stirn, während sie so fanatisch kämpfte, dass sich das Bild einer tobenden Raubkatze aufdrängte, die sich mit den Hinterläufen in einer Bärenfalle verfangen hat.

„Sie wollte sich aus dem Staub machen“, stieß Gabriel hervor. „Ich habe sie mit meinem Autoschlüssel erwischt.“

Emily riss den Kopf hoch und rammte ihm die Stirn in die Kehle. Ein Keuchen entfuhr ihm, ob Überraschung oder Schmerz, ließ sich nicht genau sagen. Er holte ein zweites Mal aus und ohrfeigte sie fester als zuvor. Emilys Kopf prallte auf den Boden. Ihre Pupillen waren geweitet, die Lippen zurückgezogen. In einer Mischung aus Wut und Entsetzen starrte Violet ihr ins Gesicht.

Die großen, blaugrauen Augen unter dem Kranz pechschwarzer Wimpern waren das Einzige, das noch an die Frau erinnerte, die ihre Schwester war. Emilys Hals und ein Großteil ihres Gesichtes waren von einer schuppigen, rotbraunen Kruste überzogen. Ihr Gebiss sah aus wie eine dieser albernen Vampirmasken, die man sich zu Kostümbällen in den Mund einsetzen konnte, nur dass die Reihe vorspringender Reißzähne echt war. Rötlicher Speichel schimmerte auf ihren Fängen.

„Sieh sie dir an!" Gabriels Stimme klang atemlos. „Sieh genau hin! Das ist kein Mensch mehr, was du hier siehst. Das war vielleicht einmal deine Schwester, aber jetzt ist sie es nicht mehr."

Emilys Augen füllten sich mit Tränen, ihre Lippen zitterten. Schluchzer quälten sich ihre Kehle hinauf. „Es war Stephan", röchelte sie. „Es ist nicht meine Schuld."

„Lass sie los", wiederholte Violet. Die Wucht der widerstreitenden Gefühle in ihrem Inneren drohte, ihr die Luft abzuschnüren. Sie hatte plötzlich schreckliche Angst, dass Gabriel ihrer Schwester die Kehle durchschneiden würde. Er sah so zornig aus, so entschlossen. Bei allem, was ihr lieb war, sie konnte nicht zulassen, dass er Emily etwas antat. Auch wenn sie ahnte, dass sie das später vielleicht bereuen würde, zog sie ihre Pistole. Was sollte sie sonst tun? Worte wirkten nicht. Sie entsicherte die Waffe und richtete sie auf seinen Kopf.

„Lass sie los."

Er starrte sie an, als habe sie den Verstand verloren. „Violet ..."

„Lass sie los, verdammt!" Ihre Stimme überschlug sich. „Oder ich feuere das komplette scheiß Magazin auf dich ab."

Groll glitt über sein Gesicht, Fassungslosigkeit, wütende Resignation. Schließlich gehorchte er, stand auf und trat zurück. Emily wälzte sich schwerfällig herum und kam auf die Knie. Violet trat näher, ohne die Waffe zu senken und streckte eine Hand nach ihrer Schwester aus. Aus dem Augenwinkel sah sie, dass auch Emilys Handrücken von den rötlichen Schuppen überzogen war. Als ihre Finger sich um die Hand schlossen, glaubte sie ein Pulsieren unter ihren Fingerspitzen zu spüren, wie Myriaden winziger Schlangen unter trockenem Laub. Sie schauderte, doch ließ nicht los.

„Komm!", befahl sie. Emily bückte sich nach ihrem Hut und den Handschuhen. „Mach schon!"

„Das ist ein Fehler", sagte Gabriel. „Du hast nicht gesehen ..."

„Was?", schnitt sie ihn ab. „Was habe ich nicht gesehen? Das Massaker, das ihr unter den armen Kreaturen angerichtet habt?" Sie wusste, dass sie ungerecht war. Es versetzte ihr einen Stich, wie sich Gabriels Züge verhärteten, doch sie konnte nicht zurück. „Wer zur Hölle hat euch berufen, über Gut und Böse zu richten? Wie kannst du behaupten, sie sei ein Monstrum? Ausgerechnet du!"

Sie war froh, dass Emily endlich ihrer Aufforderung Folge leistete, sich hinter sie stellte und sie ihr nicht länger ins Gesicht sehen musste. Sie ließ die Hand ihrer Schwester los und bückte sich nach ihrer Tasche. Dann schob sie sich rückwärts aus dem Raum, Emily dicht neben sich. Gabriel machte keinen Versuch, sie aufzuhalten. Er stand nur da und sah sie an.

„Er lügt", stieß Emily hervor, als sie von der Rampe sprangen.

„Was meinst du?"

„Ich wollte seine Autoschlüssel nicht klauen. Ich wollte nur nachsehen, ob ihr noch wach seid und dann war er plötzlich im Raum und hat mir den Hut und die Handschuhe abgerissen."

„Schon gut", murmelte Violet. „Schon gut. Baby, wir fahren zu mir."

Ihr schwamm der Kopf. Sie war erschöpft, wütend und unglücklich zugleich und fühlte sich nicht in der Lage, mit ihrer Schwester zu diskutieren, wer von beiden gelogen hatte. Schnell überquerten sie den Hof und liefen die Auffahrt hinunter. Das Pferd aus Stahl und Lichterketten funkelte in allen Farben. Sie zog ihr Handy heraus und wählte eine Taxinummer.

22

„Geh doch zum Teufel“, stieß Gabriel hervor. Er starrte auf die Flügeltüren, die leicht im Wind bebten. „Geh doch!“, brüllte er.

Er ließ sich gegen die Wand sinken. Obwohl alles in ihm schrie, ihr nachzulaufen und sie aufzuhalten, gab er der Regung nicht nach. Zur Hölle mit ihr und ihrem verdammten Eigensinn. Wenn sie nicht fähig war, seinen Rat anzunehmen, wer war er dann, ihr seinen Willen aufzuzwingen? Er konnte sie nicht mit Gewalt hindern, dass sie sich mit einer Kreatur zusammentat, die sie über kurz oder lang in Stücke reißen würde, wenn sich kein anderes Opfer in Reichweite befand, um ihren Blutdurst zu stillen. Und der Blutdurst würde unweigerlich kommen. Die Verwandlung war bereits so weit fortgeschritten, dass er sicher war, dass sie begonnen hatte, Beute zu reißen.

Er zog sein Telefon hervor und suchte nach Keith' Nummer. Zu seiner Überraschung hob Keith tatsächlich ab.

„Schläfst du schon?“, fragte er.

„Nein, ich betrinke mich.“ Keith' Stimme klang schleppend. „Warum?“

„Wo bist du?“

„Bei mir.“

Gabriel ließ sich nach vorn sinken und stützte den Kopf auf eine Hand. „Brauchst du Gesellschaft beim Saufen?“

Keith kicherte. „Klar. Mission Road, Ecke Baldwin Street, gleich hinter dem Lincoln Park. Unten an der Ecke ist ein Schnapsladen, die haben rund um die Uhr geöffnet und verkaufen überteuerten Whisky.“

„Ich komme.“

„Was ist mit deiner Süßen? Violet?“

„Violet?“ Seine Kehle war so zugeschnürt, dass er die Worte kaum über die Lippen brachte. „Tja, das ist genau das Problem.“

Keith bewegte sich ein wenig unstet, als er die Tür öffnete. Seine Augen waren glasig und blutunterlaufen. Er trug noch immer seine blutbespritzten Klamotten. Sein Schwert und die Pistole lagen auf der Küchenablage, als habe er sie dort fallen lassen und nicht einmal angefasst, um sie zu reinigen. Gabriel stellte die Papiertüte mit dem Alkohol auf den Wohnzimmerboden.

„Wie geht's dir?“

„Beschissen.“ Keith griff nach einer halb leeren Flasche Whisky, nahm einen langen Zug und reichte sie Gabriel. „Auf Alessandro. Und die anderen armen Schweine, die es nicht geschafft haben.“

„Er war dein Freund, nicht wahr?“

„Mein bester Freund.“ Keith ließ sich in einen Sessel fallen. „Wir waren wie Brüder, Mann. Ich hab die ganze Zeit gehofft, dass er nur untergetaucht ist. Mal eine Auszeit brauchte, verstehst du? Dass das nichts mit diesen scheiß Entführungen zu tun hat. Und dann, in dieser scheiß Klinik …“ Er brach ab und wischte sich übers Gesicht. Seine Augen glänzten verräterisch. „Hey Mann, ich bin froh, dass wir wenigstens deinen Vater gefunden haben. Und die anderen.“

Gabriel reichte ihm die Flasche zurück. „Du wirst ihn nicht vergessen. Andere werden ihn auch nicht vergessen. Ein Stück von den geliebten Toten lebt immer in uns weiter.“

Keith starrte ihn an. „Aus welchem Buch ist das?“

„Wieso?“

„Weil es gut ist, Mann.“

„Es ist aus keinem Buch.“ Gabriel ließ sich zu Boden sinken und lehnte seinen Rücken gegen die Wand, sodass er Keith gegenübersaß. „Ein Freund hat das einmal zu mir gesagt."

„Lebt er noch?"

„Ja." Der Whisky glühte rauchig auf seiner Zunge, brannte sich seine Kehle hinab und schmolz das Eis in seinem Magen. Nicht alles, das nicht.

„Wie geht's deinem Vater?", fragte Keith.

„Er ist noch nicht aufgewacht. Pascal hat ein Auge auf ihn."

„Gut." Keith nahm einen tiefen Zug. „Was ist jetzt mit Violet? Hat sie dich verlassen?"

„Es ist kompliziert."

„Das ist es immer."

„Wir haben uns gestritten. Sie hat mich mit einer Pistole bedroht."

In Keith' Augen flackerte neues Interesse auf.

„Nachdem ich ihre Schwester niedergeschlagen habe."

„Du hast was?"

„Emily, die kleine Schlampe. Sie wollte meine Autoschlüssel klauen."

Das Interesse in Keith' Augen verwandelte sich in Verwirrung. „Sie wollte deine Autoschlüssel klauen? Aber musstest du sie deshalb gleich niederschlagen?" Er hatte offensichtlich Mühe, den Faden zu behalten. „Also ich verstehe ja, dass du dein Auto liebst, aber sie ist immerhin eine Frau, und wenn sie auch noch Violets Schwester ist ..."

„Du verstehst nicht", stieß Gabriel hervor. Er setzte die Flasche an und trank, bis seine Kehle in Flammen stand.

„Nein."

Sein Geist sank allmählich in warme Schwere. „Ich liebe sie." Ein Teil von ihm zuckte zusammen, konnte nicht glauben, dass er das wirklich gesagt hatte. „Ich liebe sie", wiederholte er, um die zweifelnde Stimme zum Schweigen zu bringen.

„Ähm, herzlichen Glückwunsch." Keith grinste wie ein Idiot. „Das ist ja großartig. Liebt sie dich auch?"

„Keine Ahnung." Gabriel zog die Tüte heran, um eine weitere Flasche aufzuschrauben.

„Und was zur Hölle ist nun mit ihrer Schwester?"

„Ich kann nicht zulassen, dass sie sich von dieser Karnivore einwickeln lässt." Genau, schoss es ihm durch den Sinn. Deshalb hast du sie auch einfach so ziehen lassen. Wer weiß, was passiert, wenn die beiden erst allein in einem Auto sind? Oder in Violets Apartment? Was, wenn Emily der Blutdurst übermannt, während Violet in tiefem Schlaf liegt? Die Kreaturen, die sie in der Fabrik angegriffen hatten, waren wahnsinnig vor Gier gewesen.

„Ich habe keine Ahnung, wovon du redest." Keith rutschte ein wenig tiefer in seinen Sessel und tastete nach der Flasche. „Aber ist auch egal, du bist trotzdem mein Freund."

„Ihre Schwester hat diesen verdammten Defekt." Gabriel hatte Mühe, die Silben richtig aneinanderzureihen. „Diese Porphy..." Er schnaubte. „Du weißt schon, diese scheiß Krankheit, bei der die Nebenwirkungen an den Sangrin Testprobanden aufgetreten sind. Ich habe ihr Gesicht gesehen. Und ihre Hände. Sie ist kein Mensch mehr. Verstehst du? Sie verwandelt sich in eine von diesen Kreaturen. Sie hat diese verdammte Mutation. VORTEC wusste nicht, wie sie es stoppen können, deshalb haben sie die Probanden gejagt, bei denen die Symptome auftraten. Die Hälfte von ihnen erschossen, die andere Hälfte eingesperrt, bis Stephan sie auf uns losgelassen hat."

„Scheiße", sagte Keith. Er klang beinahe nüchtern. „Was sagt Violet dazu?"

„Sie wollte mich erschießen, wenn ich ihre Schwester nicht loslasse."

Ratlos sah Keith ihn an. „Und was hast du getan?"

„Ich habe sie losgelassen."

„Und dann?“

„Ist sie aus dem Haus gestürmt, mit der Schwester im Schlepptau. Sie hat keine Ahnung, worauf sie sich einlässt.“

„Naja“, Keith zuckte mit den Schultern, „es ist ihre Schwester. Willst du ihr nicht nachfahren oder so was?“

„Damit sie auf mich schießt, wenn ich mich auf dreißig Fuß nähere?“

„Schenk ihr Blumen. Frauen lieben Blumen.“

Gabriel stöhnte. „Sie hasst mich. Sie glaubt, ich will ihre Schwester erschlagen.“

„Willst du das?“

„Ich habe mit dem Gedanken gespielt.“

„Auf die Frauen“, erklärte Keith. Er prostete Gabriel zu und stürzte zwei Fingerbreit hinunter.

„Hast du Eis?“

„Eis?“

Schwankend richtete Keith sich auf. Er hielt sich an der Kante des Sessels fest, schwang sich auf die andere Seite und steuerte auf den Kühlschrank zu. Eine Serie unverständlicher Flüche ging ihm über die Lippen, als er an einer Ecke des Küchentresens hängen blieb. Hoch konzentriert streckte er eine Hand nach dem Eisfach aus, murmelte etwas Unverständliches, sackte seitlich gegen die Wand und glitt daran hinunter.

„Keith?“ Er antwortete nicht. Gabriel quälte sich auf die Beine. Er war betrunken, doch nicht so betrunken, dass er das Gleichgewicht nicht mehr halten konnte. „Keith?“ Der Schattenläufer hatte sich zusammengerollt wie eine Katze und war in tiefen Schlaf gefallen. „Keith“, murmelte er verdrossen. „Jetzt lässt du mich auch noch im Stich.“

*

Die Brücken gefielen ihm. Wie sie kunstvoll zu Knoten verschlungen die riesigen Straßen überspannten, Adern aus Rauschen und Licht. Sie übten eine hypnotische Faszination auf ihn aus. Die Säulen unter den Brücken waren mit Efeu bewachsen. Asâêl mochte ihren Duft und das Rascheln der Blätter. Er lauschte dem Flüstern der kleinen Flügel. Hunderte, Tausende, unendlich viele. Sein Geist war ihr Geist, er durchwirkte sie und sah durch ihre Augen, lauschte durch ihre Sinne und spürte die Furcht, die sie spürten und die verbotene Faszination, wenn sie sich einer Flamme näherten.

Sie suchten für ihn. Mitternachtssamt.

Er erinnerte sich.

An eine Frau, die er geliebt hatte. So sehr, dass er alles für sie riskierte, die Rache seines Herrn, den Hass der anderen. Er schenkte ihr die Ewigkeit, ein kostbares Geheimnis, das allein den himmlischen Scharen vorbehalten war. Denn die Vorstellung, dass sie sterben und er weiterleben könnte, brach ihm das Herz.

Nachtfalter ruhten auf seinem Haar und den Spitzen seiner Flügel. Wann immer er sich regte, erhoben sie sich flüsternd und ließen sich neu auf ihm nieder, wie Blumen aus schwarzem Samt.

Die Schönheit der Frau, ihr Liebreiz, ihre Klugheit hielt ihn ganz und gar gefangen. Doch nach einiger Zeit erkannte er, welch einzigartiges Geschenk in der Sterblichkeit lag. Wie kostbar sich jeder einzelne Herzschlag anfühlte, wie teuer die Jugend und Schönheit, wenn sie vergänglich war. Er hatte sich eine ewige Gefährtin erschaffen, doch etwas starb zwischen ihnen. Es geschah nicht sofort, eher langsam, wie ein Salzsee, der jedes Jahr ein wenig sinkt. Und noch etwas brachte die Unsterblichkeit mit sich. Etwas, das er zuvor nicht gewusst hatte und das sich nun als Fluch entpuppte. Verzweifelt wünschte seine Gefährtin sich ein Kind, einen Beweis ihrer Liebe, doch mit ihrer Sterblichkeit hatte sie auch die Fähigkeit verloren, Nachkommen zu gebären.

Asâêl starrte hinab in die Lichter. Ein Käfig aus Schmerz umspannte seine Brust. Die Risse in seiner Erinnerung quälten ihn. Doch nun, da sie heilten, linderte das nicht das Leid. Es waren die Erinnerungen, in denen der Schmerz lebte, nicht die Brüche dazwischen.

Er erinnerte sich an die Frau mit den schwarzen Augen, warm wie Honig, tief und klar. Zwei Spiegel, in denen ein Mann sich verlieren konnte. Eine Sterbliche. Eine Prinzessin unter Ihresgleichen. Ihre Haut schimmerte wie Kakao. Goldstaub glänzte auf ihren Wangen und den Handflächen und dem Ansatz ihrer Brüste.

Er erinnerte sich an den Aufruhr in seinem Inneren, als sie zum ersten Mal das Lager teilten, diese Explosion aus Begierde, Schuld und unsäglicher Freude. Und an den Moment reinen Glücks, als er das Leben spürte, das in ihr wuchs.

Sein Sohn.

Sein Blut.

Die Flügel der Nachtfalter rieben gegeneinander wie auffrischender Wind. Sie teilten seinen Gedanken, den Genuss, das Glück, die Trauer. Eine Frau wie Mitternachtssamt. Nachdem ihre Zeit gekommen war, lebte sie weiter in seinem Herzen, seiner Erinnerung, in den Augen seines Sohnes, dem das Geschenk eines ewig jungen Körpers als Geburtsrecht gewährt war.

Mein Sohn.

Ich habe einen Sohn.

Asâêl schloss die Augen. Wie hatte er das vergessen können? Es war ein Teil seiner Bestrafung, das verstand er nun. Sie hatten seine Erinnerungen zerschlagen, sein Wissen um alles, was ihm einst lieb und teuer gewesen war. Die Motivation für seine Taten, den Grund für die Rebellion. Wie hatte er es geschafft, nicht den Verstand zu verlieren in tausend Jahren Dunkelheit?

Er musste ihn finden. Er musste unbedingt seinen Sohn finden.

*

Die Digitalanzeige in seinem Pick-up stand auf fünf Uhr vierzehn, als Gabriel endlich die verdammte Straße fand, nachdem er sich in einem Labyrinth aus Nebenstraßen und Sackgassen verirrt hatte. Voller Erleichterung erkannte er die schäbige Apartmentanlage mit den rosa gestrichenen Wänden, die sich von Staub und Abgasen längst grau gefärbt hatten. Er parkte seinen Pick-up direkt vor der Kirche der Chinesischen Einheit vor Gott. Beim Aussteigen musterte er die Leuchtreklame ein zweites Mal, nur um sicherzugehen, dass er sich nicht verlesen hatte. Kirche der Chinesischen Einheit vor Gott. Wow. Hieß das, die ließen nur Chinesen rein? Der Gedanke amüsierte ihn außerordentlich. Er kicherte, stieg über die kniehohe Umgrenzung in den Vorgarten und blieb mit einem Fuß in Fliedersträuchern hängen, die die Innenseite des Mäuerchens säumten. Mit einem Fluch stürzte er auf ein Knie, fing sich mit den Händen und rutschte ein Stück über das Gras.

Irgendwo raschelte etwas, ein kleines Tier oder ein Vogel, den er aufgescheucht hatte. Er drehte sich um und begutachtete das Hindernis, das sich hinterlistig um seinen Fuß geschlungen hatte. Hübsch. Der Strauch stand in voller Blüte. Hunderte winziger blauer Trichter ballten sich zu üppigen Dolden.

Er zog den Dolch aus der Scheide, um ein paar Zweige abzuschneiden. Reflexe von den Leuchtreklamen fingen sich auf der kantigen Klinge. Schwerter zu Pflugscharen. Blumensicheln, um genau zu sein. Das würde Thomasz gefallen. Der Gedanke erheiterte ihn noch mehr als die Kirche der Chinesischen Einheit vor Gott, in deren Garten er herumtrampelte wie ein betrunkener Pharisäer. Alles im Namen der Liebe. Fantastisch.

Er hielt sich die Dolden vor die Nase und atmete tief ein. Die Blumen verströmten einen betäubend süßen Duft. Violet würde das mögen. Er richtete sich auf, wartete einen Moment, bis der Horizont sich ausrichtete, und marschierte auf die Rosensträucher zu. Er erreichte sein Ziel ohne weiteren Zwischenfall und stach sich nur zwei oder drei Mal in die Finger, bevor er einen Arm voller Rosen auf dem Rasen aufgehäuft hatte. Kritisch musterte er das, was von den Büschen übrig geblieben war und entschied, dass das Ausmaß an Verwüstung tolerierbar war. Hier heiligte der Zweck die Mittel.

„Amen", murmelte er mit einem Blick auf das Lichterkettenkreuz. Er raffte alles zusammen und schleppte seine Ausbeute zu Violets Haus. Es war ein ziemlich großer Blumenstrauß, der auf beiden Seiten des Treppengeländers entlangschleifte, als er die Stufen zu ihrem Apartment hochstieg. Aber sie war auch ziemlich wütend gewesen. Je mehr Blumen, desto besser.

Auf halbem Weg überfielen ihn Zweifel. Plötzlich war er nicht mehr sicher, ob er den richtigen Aufgang gewählt hatte. Der Korbsessel am Ende der Veranda kam ihm bekannt vor, aber er konnte sich nicht mehr erinnern, ob die Stehlampe mit dem hässlichen Aufsatz schon immer dort gestanden hatte. Er stoppte vor der letzten Tür und bückte sich, um das Klingelschild zu lesen. Da war es. Bardo. Gott sei Dank. Sein untrüglicher Ortssinn funktionierte auch noch mit einer halben Flasche Whisky im Blut. Das empfand er als ungemein tröstlich.

Ein letztes Mal ordnete er die Blumen in seinem Arm, stieß gegen die Stehlampe und brachte sie gefährlich ins Schwanken. Doch sie stürzte nicht um. Die Götter waren ihm wohlgesonnen. Vor allem der Gott der Chinesischen Einheit. Er unterdrückte ein Kichern und drückte den Klingelknopf. Dreimal kurz, dreimal lang. Er wartete ein paar Minuten und versuchte es erneut. Dreimal kurz, dreimal lang.

„Violet", rief er. „Mach auf. Ich habe die Chinesische Staatskirche ausgeraubt. Ganz allein für dich."

*

Die Klingel war real. Kein schlechter Traum, wie sie ein paar Sekunden lang gehofft hatte. Violet stieß die Wolldecke beiseite und setzte sich auf. Sie brauchte einen Moment, um zu rekapitulieren, dass sie sich vor weniger als drei Stunden auf der Couch zusammengerollt hatte, damit Emily in ihrem Bett schlafen konnte.

„Shit", fluchte sie mit einem Blick auf die Uhr. Sonntag, halb sechs Uhr morgens. Wer zum Teufel klingelte um diese Zeit? Sie blickte an sich hinab. Das T-Shirt reichte ihr bis zu den Oberschenkeln, damit war dem Anstand Genüge getan.

Barfuß tappte sie zur Tür und spähte durch den Spion. Sie sah nicht viel mehr als weiße und blaue Flecken, polierte irritiert die Linse und schaute ein zweites Mal hindurch. Die Flecken bewegten sich. Etwas raschelte.

„Wer ist da?"

Das Rascheln wurde lauter, dann mischte sich ein Fluch hinein. „Tut mir leid. Ich bin es."

Sie hakte die Kette ein und klinkte die Verriegelung auf. Die Tür öffnete sich einen Spalt. Ein betäubend süßer Duft schlug ihr entgegen. Was zur Hölle …

„Ich habe Blumen."

„Gabriel?"

Die Tür ruckte gegen die Kette. „Mach auf, bitte. Wir müssen reden."

Etwas war seltsam mit seiner Stimme. Er reihte die Silben schleppend aneinander oder verschluckte sie. Außerdem machte er genug Lärm, um nicht nur Emily, sondern auch noch die philippinische Nachbarschaft zu wecken.

„Nicht so laut", wisperte Violet. Sie fühlte sich überrumpelt. Der Groll brodelte noch immer, doch hatte an Schärfe verloren. Die Wut, die sie befähigt hätte, nicht nur die Pistole auf ihn zu richten, sondern auch abzudrücken, war abgeflaut. Vielleicht lag es an der Müdigkeit.

Gabriel drückte gegen die Tür. Die Kette begann, zu knirschen. Und die Blumen knirschten auch, wo er sie zwischen Türblatt und seinem Körper zerdrückte.

„Nicht! Warte."

„Violet ..."

„Warte, verdammt."

Ihre Schwester würde einen Herzinfarkt erleiden, wenn sie Gabriel sah. Im Halbdunkel durchquerte Violet das Zimmer, um die Schlafzimmertür zu schließen. Auf der Türschwelle blieb sie wie angewurzelt stehen. Die Decke war zurückgeschlagen, das Bett leer. Ratlos blickte Violet sich um. Die Tür zum Bad stand halb offen, es brannte kein Licht. Sie warf trotzdem einen Blick hinein. „Emily?"

Stille.

Auf der Veranda raschelte Gabriel mit seinen Blumen wie Sturmwind in einer trockenen Hecke. Was machte er da?

„Emily?"

Shit.

Ihr Ärger sackte in sich zusammen wie eine leere Hülle und ließ nur Erschöpfung zurück. Ein bitterer Geschmack breitete sich in ihrer Kehle aus. Was hatte das nun wieder zu bedeuten? Warum hatte Emily sich davongestohlen? Sie musste gewartet haben, bis Violet eingeschlafen war und sich aus der Wohnung geschlichen haben. Sie fuhr sich mit beiden Händen durch die zerzausten Haare. Großartig, jetzt war sie wieder da, wo sie angefangen hatte. Nur mit dem Unterschied, dass sie wenigstens wusste, was genau sie ihrer Mutter verschwieg, wenn sie ihr beim nächsten Telefonat Lügenmärchen erzählte. Sie hoffte nur, dass Emily weit genug bei Verstand war, nicht zu ihrem Haus in den Hollywood Hills zu fahren, wo sie direkt den Jungs vom LAPD in die Arme laufen würde.

Sie löste die Kette und machte einen Schritt zurück. Ein Fuder Blumen quoll ihr entgegen. Blauer Flieder und Rosen. Jede Menge Rosen. Weiß, rosa und rot. Gabriel drängte sich durch die Tür, verlor ein paar Blüten auf dem Weg ins Wohnzimmer und hielt ihr die Blumen entgegen wie einen Haufen Wäsche, der so hoch war, dass selbst sein Kopf dahinter verschwand.

„Ich liebe dich", drang es durch die Zweige.

Violet schoss das Blut ins Gesicht. Sie war nicht sicher, ob sie sich verhört hatte, aber ihr Puls jagte trotzdem. Das war nun wirklich nicht, was sie erwartet hatte. Sie war todmüde. Emily war verschwunden. Was zum Teufel sollte sie auf so eine Eröffnung erwidern?

„Ich ... was hast du gesagt?"

„Kannst du mir diesen ... ähm, Blumenstrauß abnehmen?"

„Wo hast du das Ding überhaupt aufgetrieben, mitten in der Nacht?"

„Verdammt, jetzt nimm ihn endlich!"

„Konntest du keinen normalen Strauß finden?" Gegen ihren Willen packte sie Belustigung. Sie unterdrückte ein Lachen und schloss die Arme um die Wagenladung aus Blättern und Blüten. Dornen kratzten über ihre nackten Arme. „Was soll ich jetzt damit machen?"

„Mir versprechen, dass du nicht mehr mit Feuerwaffen auf mich zielst. Herrgott", die Silben rutschten ineinander, „du könntest mir einen letzten Rest Selbstachtung lassen und so tun, als wärst du beeindruckt."

„Ich bin beeindruckt", stieß sie hervor. Die Kratzer auf ihren Armen juckten. Das Grünzeug war schwer und roch wie eine Mischung aus Fliederparfüm und frisch gemähtem Rasen. Mit drei großen Schritten war sie an der Spüle und ließ die Blumen hineinsinken, dann drehte sie sich zu Gabriel. Morgendämmerung fiel durch die Fensterscheiben und tauchte seine Wangen und die Schultern in einen Schimmer aus Kobaltblau und Rosé. Je mehr Details sie erfasste, desto größer wurde ihre Irritation. Seine Bandana war verschwunden, sein Haar eine wirre Masse ineinander verwundener Strähnen, in denen Blätter und ein paar winzige Fliederblüten hingen. Die tiefen Kratzer in seinem Gesicht, die er vom Kampf in der Fabrik davongetragen hatte, waren bereits verschwunden. Stattdessen war sein rechter Arm mit Erde verschmiert. Dazwischen glänzte aufgeschürfte Haut. Seine Augen leuchteten in einem merkwürdigen Glanz.

„Was ist los mit dir?"

„Was soll sein?"

Er breitete die Arme aus und machte einen Schritt auf sie zu. Trotz seines demolierten Äußeren verströmte er einen überwältigend maskulinen Charme. Lächeln vertiefte seine Mundwinkel. Sie wich einen Schritt zurück und stieß mit dem Rücken gegen die Spüle. Die Zweige pikten ihr in den Rücken.

„Hast du das vorhin ernst gemeint?"

„Was?"

„Das, was du gesagt hast."

„Dass du aufhören sollst, mit einer Pistole auf mich zu zielen?"

„Nein." Alles fühlte sich surreal an. „Das davor."

Er legte den Kopf ein wenig schräg und betrachtete sie mit diesem abgründigen Blick, den sie kaum zu erwidern wagte. Sie tat es dennoch und wusste im gleichen Moment, dass es ein Fehler war. Seine Augen hypnotisierten sie. Wenn er sie so ansah, machten sie ihr weiche Knie und trieben ihr den Herzschlag in die Kehle. Lavendel und Gold funkelten in den Schatten. Sie schluckte. Er machte noch einen Schritt und da war kein Platz mehr, um noch weiter zurückzuweichen. Sein Atem streifte weich über ihre Wange. Nein, das konnte sie nicht glauben.

„Du bist betrunken!"

„Nicht sehr." Er senkte den Blick zu der Ausbeulung an seinen Jeans. „Funktioniert alles noch."

Sie wusste nicht, ob sie erbost sein sollte oder belustigt. „Bist du etwa Auto gefahren?"

„Nur für dich."

Gabriels Lächeln vertiefte sich. Er war nun so nahe, dass sie die Wärme seines Körpers spüren konnte. Scheppernd sprang die Klimaanlage über ihren Köpfen an und unterbrach seinen Versuch, sie zu küssen. Seine Hände lagen an ihren Hüften, sein Gesicht dicht an ihrem.

„Wo ist Emily?", fragte er, als sei ihm das gerade erst eingefallen.

„Nicht hier."

Er zögerte. Seine Nähe benebelte ihre Sinne. Sie wollte jetzt nicht über Emily nachdenken. Sie wollte sich gegen ihn sinken lassen, wollte seine Hände auf ihrer Haut, seine Lippen auf ihren. Die Wucht ihrer Empfindungen überwältigte sie.

„Sie ist nicht hier", wiederholte Violet. „Sie hat sich aus dem Staub gemacht."

Seine Finger schmiegten sich fester um ihren Leib. Mit einer neu gewonnenen, fast verzweifelten Intensität glitten sie unter ihr T-Shirt, ihre Seiten hinauf, schoben den Stoff vor sich her. Sein Mund strich über ihre Wange, ihre Lippen, ein Augenblick großer Zärtlichkeit. Sie packte den Saum seines T-Shirts und zog es hoch, bis seine Haut an ihrer glühte. Ihre Finger grub sie in seinen Rücken, spürte dem Spiel seiner Muskeln nach, fuhr sein Rückgrat herauf. Die Spitzen seines Haars kitzelten ihre Handrücken.

Sein Kuss schmeckte nach Whisky und Meeresrauschen, nach Rauch und Ewigkeit. Sie versank im Spiel ihrer Zungen, in der Hitze, die sie überwältigte, als seine Zähne über ihre Haut streiften, im lustvollen Vergnügen, das seine Finger ihr bereiteten. Seine Finger, die ihre Brüste liebkosten und die Vertiefung zwischen ihren Schlüsselbeinen, die schließlich an ihren Ohrmuscheln entlangstrichen und dann ihr Gesicht erkundeten, als sei sie eine zerbrechliche Statue aus Alabaster. Seinen Berührungen haftete eine romantische Verspieltheit an, die sie so nie zuvor bei ihm erlebt hatte.

Eng umschlungen taumelten sie ins Wohnzimmer, ließen sich auf den Teppich sinken, zogen einander aus. Sie zer-drückten eine Handvoll Blüten unter sich, die hinuntergefallen waren. Gabriel stürzte sich auf einen Ellbogen und blickte auf sie herab. Der Schalk wich aus seinen Augen und machte einem ernsthafteren Ausdruck Platz.

„Willst du bei mir bleiben?"

Obwohl er nicht laut sprach, klang seine Stimme ein-dringlich. Und viel nüchterner als zuvor. Ihr Herz setzte für einen Schlag aus. Verrückt, aber plötzlich überfiel sie eine rasende Furcht, dass sie es verderben könnte. Durch eine unbedachte Reaktion. Eine Bemerkung, die ihr entschlüpf-te, bevor sie ein zweites Mal nachdachte. Wo vorbeugendes Nachdenken ohnehin nicht ihre größte Stärke war. „Shit."

„Was?", fragte er irritiert.

Gott, hatte sie das laut gesagt? „Ja", stieß sie hervor. „Ich meine ja. Ich will bei dir bleiben. Wenn das hier ausgestan-den ist. Und wenn du mich ertragen kannst."

Seine Züge entspannten sich. „Ich ertrage dich gern."

„Auch wenn ich mich manchmal selbst kaum ertrage?"

Humor blitzte unter seinen langen Wimpern auf, lavendelfarbene Funken. Sie dachte an seine surreale Liebeserklärung zwischen dem Rosen- und Fliedergestrüpp, bei der sie sich noch immer nicht sicher war, ob sie sich nicht verhört oder er sich versprochen hatte. Mom würde glatt der Schlag treffen, wenn sie ihn vorstellte. Das einzige und letzte Mal, dass sie einen Liebhaber ins Haus ihrer Mutter gebracht hatte, war kurz nach ihrem fünfzehnten Geburtstag gewesen. Mom hatte die Cops gerufen. Hach, das waren noch Zeiten.

„Was ist so lustig?", fragte er.

Sie hob auch den zweiten Arm und zog Gabriel zu sich herab. „Ich hoffe, du magst hausgemachte Blaubeermuffins."

„Warum?"

Er küsste ihren Mundwinkel, dann glitt er tiefer und malte mit seiner Zunge Muster auf ihre Brüste. Die Hitze in ihrem Schoss flammte augenblicklich auf. Sie schauderte.

„Mach weiter."

Seine Fingerspitzen rannen ihren Bauch hinunter, glitten über die Spitze ihres Höschens und streichelten die empfindliche Haut am Ansatz ihres Oberschenkels.

„Warum willst du wissen, ob ich Blaubeermuffins mag?"

Er schlüpfte unter den Saum und strich über die weichen Locken, gerade so leicht, dass ihre Fantasie mit ihr durchging. Seine Lippen zogen eine Spur von Küssen hinunter zu ihrem Bauchnabel. Sein Atem bereitete ihr Gänsehaut. Sie konnte nicht antworten. Sie war gefangen in seinem Spiel.

„Was ist?", flüsterte er. „Hast du den Faden verloren?"

Genussvoll vergrub sie ihre Hände in seinem Haar und zog seinen Kopf tiefer, noch ein wenig tiefer. Eine köstliche kleine Hitzewelle lief durch ihre Adern, als sie seine Zähne durch den Stoff fühlte. Mit einer raschen Bewegung streifte er ihr das Höschen über die Beine. Seine Handflächen fuhren über die Innenseite ihrer Oberschenkel und drückten sie auseinander. Sein Atem blies über ihre empfindlichste Stelle. Sie glaubte, schmelzen zu müssen. Instinktiv hob sie ihm ihre Hüften entgegen. Sie dachte nicht mehr, sie fühlte nur noch. Alles in ihr war Honig und Feuer. Gabriels

Zunge, die sich einen Weg durch ihr nachgiebiges Fleisch bahnte, ein langsames Kreisen, weich und fest zugleich, riss ihr den Atem aus der Kehle und brachte sie um den Verstand.

Als er später zwischen ihren Beinen kniete, realisierte sie, dass er nackt war. Wann hatte er sich entkleidet? Sie erinnerte sich nicht. Er beugte sich über sie, schob seine Hände unter ihren Rücken und richtete sich mit ihr auf, bis ihre Brüste sich an seinen kraftvollen Körper schmiegten und seine Erektion sich an ihrem Schoß drängte. Sie küssten sich, zögerten den Moment hinaus. Ihr ganzer Körper vibrierte. Sie spürte, wie auch er zitterte, wie sein Atem ihn verriet und seine Selbstbeherrschung Lügen strafte. Sein Blick unter halb geschlossenen Lidern war schwer vor Begehren.

Leicht richtete sie sich in den Knien auf und fuhr mit der Hand sein Glied hinunter. Sie genoss, wie er zusammenzuckte und dann, wie er aufstöhnte, als sie ihn in sich aufnahm. Gabriel umfasste ihre Hinterbacken, verharrte einen Herzschlag und begann, tief und langsam in sie zu stoßen. Schwer fühlte er sich an, wundervoll, ein seidiges Gleiten. Eine neue Woge aus Lust baute sich auf, wärmer dieses Mal, tiefer in ihr. Seine Bewegungen wurden schneller und heftiger, sein Kopf vergrub sich an ihrer Schulter, seine Bartstoppeln schabten über ihren Hals, doch der zarte Schmerz schärfte nur ihre Sinne und peitschte die Welle über den Horizont. Ihr Rhythmus explodierte zu feurigem Rausch. Und Gabriel verströmte sich in ihr, ein Hauch von Ewigkeit.

*

Ein Telefon klingelte. Warme Haut drückte gegen seinen Leib, eine angenehme Schwere. Gabriel drehte den Kopf und atmete ihren Duft ein. Salz, ein Rest Hitze, ein leichter Hauch Flieder. Er formte ihren Namen auf seinen Lippen, ohne ihn auszusprechen. Violet. Eine glückliche Trägheit umfing seine Glieder.

Der Klingelton verstummte. Ein paar Sekunden herrschte Stille, dann klingelte es erneut. Sonnenlicht tupfte das Laken. Wie waren sie ins Bett gelangt? Andere Erinnerungen gewannen an Kontur. Er hatte sich mit Keith betrunken. Und war hierhergefahren zu Violets Haus. Für eine Schrecksekunde konnte er sich nicht erinnern, wo er den Pick-up abgestellt hatte. Die Kirche der Chinesischen Einheit … gütiger Himmel. Jetzt fiel ihm der Rest wieder ein, die Plünderung des Kirchgartens und die verdammte Stehlampe auf Violets Veranda, die ihn beinahe erschlagen hatte. Der andere Rausch hallte stärker nach, die Süße ihrer Vereinigung, die Erschöpfung und das Gefühl puren Glücks.

„Dein Telefon klingelt", murmelte Violet schläfrig an seinem Ohr.

Er schloss die Augen und spielte mit einer Strähne ihres Haars. Das Klingeln riss ab und setzte wieder ein.

„Wie spät ist es?", fragte sie.

„Spät."

„Vielleicht ist es wichtig?"

„Ja, vielleicht." Widerwillig zog er seinen Arm unter ihrem Kopf hervor und richtete sich auf. Blütenblätter klebten an seinem Unterarm. Violet rollte sich auf den Bauch und vergrub ihren Kopf unter dem Kissen. Er küsste die Libelle auf ihrem Schulterblatt, schlug das Laken zurück und stieg aus dem Bett. Nackt tappte er ins Wohnzimmer. Nach einigem Suchen fand er seine Jeans zerknittert unter dem Sessel. Sein Handy steckte in der Hosentasche. Als er es endlich herausgefischt hatte, war es verstummt. Sechs Anrufe leuchteten auf dem Display. Die Nummer kam ihm vage bekannt vor, doch er konnte sie nicht auf Anhieb zuordnen. Er legte das Telefon auf die Küchenanrichte, drehte kaltes Wasser auf und trank aus den hohlen Händen. Sein Blick fiel auf den riesigen Haufen schlecht geschnittener Rosen- und Fliederzweige im anderen Becken und dann zurück zu den zerdrückten Blüten, die überall im Wohnzimmerteppich steckten. Er unterdrückte ein Stöhnen. Der schieren Menge nach zu urteilen, waren vermutlich nur Stümpfe im Kirchgarten übrig geblieben.

„Soll ich uns Kaffee kochen?", rief er.

„Wer war am Telefon?", klang Violets Stimme durch die offene Schlafzimmertür.

„Keine Ahnung." Er füllte Wasser in die Glaskanne der Kaffeemaschine. „Warum wolltest du eigentlich wissen, ob ich Blaubeermuffins mag?"

„Was?"

„Blaubeermuffins."

Ein schwer bestimmbares Geräusch drang aus dem Schlafzimmer.

„Violet?"

Er hörte Stoff rascheln, dann tauchte sie in der Tür auf, das Laken über ihren Brüsten zusammengeknotet.

„Du siehst aus wie die schaumgeborene Venus."

Sie lächelte verschlafen. Das war das Schönste, was er jemals gesehen hatte. Violet in einem Laken, die Abdrücke seiner Küsse in ihrem Gesicht. Ein warmes Gefühl von Zärtlichkeit spülte über ihn hinweg. Er hatte sich vielleicht wie ein Idiot benommen, war aber unendlich froh, dass er in seinem whiskygetränkten Geist auf die Idee gekommen war, ihr nachzufahren.

Das Klingeln zerriss den Moment. Er stellte die Kanne ab und griff nach dem Telefon.

„Ja?"

„Ich bin es, Pascal." Der Schmied sprach hastig und abgehackt. „Gott sei Dank, dass ich dich erreiche. Wo bist du?"

Pascals Stimme riss ein Prickeln in Gabriels Nacken auf, das jede Behaglichkeit auslöschte. „Warum?"

„Du musst sofort herkommen."

„Was …"

„Etwas Schreckliches ist passiert." Pascal atmete rasselnd aus. „Sie haben mich niedergeschlagen und den Loft verwüstet. Und Thomasz ist verschwunden."

*

Violet sah es in seinem Gesicht, bevor er das Telefon vom Ohr nahm. In der Art, wie seine Kiefer sich verhärteten und seine Schultern sich verkrampften. In einem Lidschlag löste sich die Aura entspannter Heiterkeit in Nichts auf. Der Killer war zurück. Der Gabriel, der bis an die Zähne bewaffnete Guerillas mit einem Schwert enthauptete, ohne mit der Wimper zu zucken.

„Oh Gott", stieß sie hervor. „Was ist geschehen?"

Er war fahl unter seiner gebräunten Haut. „Mein Vater."

„Ist er … ich meine, ist ihm etwas zugestoßen?"

„Er ist verschwunden."

Ihre Finger fühlten sich plötzlich kalt an. „Was heißt das?"

„Sein Loft wurde verwüstet."

„Jemand hat ihn überfallen?"

„Während ich nicht dort war." Sein Blick flackerte. „Ich habe nicht einmal ein Wort mit ihm gesprochen. Pascal wollte auf ihn aufpassen, aber sie haben ihn überrascht und bewusstlos geschlagen. Ich hätte bei ihm sein müssen …"

Ein flaues Gefühl breitete sich in ihrem Magen aus. Sie wusste, wohin das führte. Sie wusste es, bevor er es wusste. „Lass uns in die Brewery fahren."

Gabriel stieg in seine Jeans. „Du musst mich nicht begleiten."

Sie starrte ihn an. Warum fühlte es sich jetzt verdammt noch mal an, als sei es ihre Schuld? Sie hatte ihn nicht gezwungen, eine halbe Flasche Whisky zu trinken und dann zu ihr zu fahren. Wut stieg auf. Eine giftige Erwiderung lag ihr auf der Zunge, doch dann setzte ihr Verstand wieder ein, wie ein Guss Eiswasser. Es brachte niemandem etwas, wenn sie den Kopf verlor. Wenn sie ihrem Zorn jetzt nachgab, würden sie sich wieder gegenseitig verletzen. In der Hitze des Gefechts würden sie sich Wunden zufügen, die nicht mehr heilen mochten. Weil sie vielleicht kein zweites Mal in der Lage sein würden, ihren idiotischen Stolz zu überwinden.

Mit zusammengebissenen Zähnen ließ sie das Laken fallen, zerrte ein frisches T-Shirt aus dem Schrank, Höschen und eine Jeans und zog sich so rasch an, als hinge ihr Leben davon ab. Als sie in ihre Boots schlüpfte, riss Gabriel bereits die Tür auf.

„Warte!", rief sie ihm nach.

Seine Schritte hallten auf dem Holzboden der Veranda, entfernten sich und rissen abrupt ab.

„Scheiße!", brüllte er.

Der Rest seines Fluchs ging im Gepolter seiner Tritte unter, während er die Treppen hinabrannte. Sie lief hinter ihm her, nahm immer zwei Stufen auf einmal und schloss auf der Mitte des Sandplatzes zu ihm auf.

„Was ist los?"

„Mein Auto!"

Seine Blicke sprachen Mord. Sie sah, dass überall auf dem Asphalt welke Rosenzweige lagen. Eine Spur aus Blüten führte zu ihrem Apartment, die Treppenstufen hinauf. Wohlweislich unterdrückte sie die Bemerkung, die ihr auf der Zunge lag.

„Was ist mit deinem Auto?"

„Es ist verschwunden." Er zeigte auf eine Stelle direkt vor dem Eingang der Kirche. „Ich habe es hier abgestellt."

„Hast du es auch abgeschlossen?"

Er sah sie an, als habe sie den Verstand verloren. Beschwichtigend hob sie die Hände. „Schon gut. Wahrscheinlich hat jemand es abschleppen lassen." Hilflos deutete sie auf die rote Markierung am Bordstein entlang des Kirchenzauns. „Absolutes Parkverbot."

Der Garten auf der anderen Seite sah aus, als sei ein Panzerregiment hindurchgefahren. Und die Keksspur führte direkt zu ihrer Tür. Denk nicht darüber nach, Violet. Denk einfach nicht darüber nach.

„Wir können meinen Wagen nehmen. Lass mich nur schnell die Schlüssel holen." Sie drehte sich zurück zum Haus. Ihr Blick streifte die geparkten Autos entlang des Zauns, der den Freeway begrenzte und blieb an der Lücke zwischen den Betonschwellen und einem weißen Toyota Camry hängen. Der Lücke, in der ihr Saab hätte stehen müssen. Kälte und Hitze überliefen sie gleichzeitig.

„Shit!" Ihre Gedanken überschlugen sich, während sie zurückeilte in ihr Apartment, um nach dem Schlüsselbund zu suchen. Ihre Tasche stand neben der Eingangstür, wo sie sie hatte fallen lassen. Doch der Schlüssel war nirgends zu finden. Als sie ihre Brieftasche aufklappte, sah sie auch, dass Bargeld und Kreditkarten verschwunden waren. Und die Pistole.

Ein taubes Gefühl breitete sich von ihrem Gesicht her aus. Ihre Hände zitterten so sehr, dass ihr das Lederetui aus den Fingern glitt. Fassungslos starrte sie in die Tasche.

Doch nichts geschah. Der Schlüssel materialisierte sich nicht, ebenso wenig wie die Browning BDM, die sich jetzt in den Händen ihrer durchgeknallten Schwester befand, die wer weiß, was damit anstellen mochte. Sie hatte sich Sorgen um die Zuckerprinzessin gemacht, hatte sich tatsächlich mit Schuldgefühlen gequält, weil sie sich nicht mehr um Emily gekümmert hatte. Und diese kleine Schlampe hatte nichts Besseres zu tun, als ihr das Auto, die Kreditkarten und die Knarre zu klauen und sich einfach aus dem Staub zu machen? Was für ein gottverdammtes Desaster.

Sie hörte Gabriels Schritte hinter sich und drehte den Kopf. „Tut mir leid wegen letzter Nacht. Ehrlich. Du hattest recht. Meine liebste Schwester hat wohl wirklich versucht, deine Schlüssel zu klauen."

Überraschung flackerte über seine Züge. „Wie kommst du darauf?"

„Weil jetzt meine Schlüssel weg sind. Und mein Auto auch. Hast du zufällig Bargeld dabei? Dann rufe ich uns ein Taxi."

*

Thomasz' Apartment glich einem Schlachtfeld. Gabriel betrachtete die kostbaren alten Bücher und Pergamentrollen, die aus den Regalen gefegt worden waren und zwischen Scherben und zertrümmerten Möbeln am Boden lagen. Eine eisige Faust krampfte sich um seine Eingeweide.

Auf dem Steinboden vor der Küchenzeile glänzte eine Pfütze dunkler Flüssigkeit, die an den Rändern getrocknet war. Durch die großen Fenster fiel Nachmittagssonne, Staub tanzte im schräg einfallenden Licht.

Die Spur war kalt.

Niemand hatte etwas gesehen oder gehört, nicht einmal die Bewohner der anderen Lofts im Gebäude. Da die angrenzenden Apartments ebenfalls Thomasz gehörten und mindestens vier Wände zwischen ihm und dem nächsten Nachbarn lagen, glaubte Gabriel ihnen. Pascal hatte in einem Sessel gesessen und gelesen, als die Einbrecher ihn überrascht hatten. Sie hatten ihn mit zwei Betäubungspfeilen ausgeschaltet, deren Dosis ausgereicht hätte, um einen Elefanten einzuschläfern. Als der Schmied mit dröhnendem Schädel erwachte, waren die Eindringlinge längst über alle Berge.

Gabriel stieg die Treppenstufen hoch, seine Glieder schwer wie Blei. Das Rolltischchen mit den Büchern neben dem Bett war umgestürzt, die Laken lagen zerdrückt am Boden. Die Wolldecke war verschwunden. Vielleicht hatten die Entführer sie Thomasz über den Kopf gehängt, um ihn am Schreien zu hindern.

„Es ist nicht deine Schuld", sagte Violet hinter ihm.

Er fuhr herum. Sein Geist war ein Mahlstrom, der jeden klaren Gedanken in die Tiefe zu reißen drohte. Schuldgefühle, Groll und dieser verlockende Drang, ihr seine Wut entgegenzuschleudern. Weil sie Emily geschützt hatte, ihre Augen davor verschlossen hatte, dass ihre Schwester ein Monstrum geworden war.

„Sie hatten Betäubungspfeile." Ihre Stimme klang ruhig und beherrscht. „Pascal hat sie nicht einmal kommen gehört. Glaubst du nicht, dass sie dich auf die gleiche Weise ausgeschaltet hätten?"

Seine wütende Entschlossenheit geriet ins Wanken. Was sie sagte, klang logisch.

„Ich will dir helfen, okay? Aber das kann ich nur, wenn du mich lässt."

Er wollte sie anbrüllen, dass es verdammt noch mal seine Angelegenheit war. Hier ging es um seinen Vater. Dann wurde ihm bewusst, dass es so einfach nicht war. Er war nicht länger allein. Ohne sie hätte er Thomasz nicht einmal gefunden. Sie war es, die ihn erst auf die richtige Spur gesetzt hatte.

„Violet ... ich ..." Was wollte er überhaupt sagen? Dass es ihm leidtat, dass seine verdammten Wutanfälle sich ausgerechnet immer in ihre Richtung entluden? Dass er sich ohnehin schon viel besser in Griff hatte, seit sie diese verrückte Mission gemeinsam verfolgten? Ja, es tat ihm leid. Er wollte sie nicht schon wieder vertreiben. Zur Hölle, er brauchte sie. „Ich bin froh, dass du da bist", stieß er schließlich hervor. „Auch wenn Emily deine Schwester ist."

„Tut mir leid." Sie setzte ein schiefes Lächeln auf, das mehr als alle Worte verriet, dass sie ihn verstand. „Ich hab sie mir nicht ausgesucht. Wenn ich könnte, würde ich sie sofort umtauschen."

In einer Aufwallung von Zuneigung streckte er seine Hand nach ihr aus und berührte ihre Wange. Dann trat er an ihr vorbei und stieg wieder nach unten. Nichts fiel ihm ins Auge. Kein Hinweis, keine Spur. Nur die halb getrocknete Blutlache auf den Steinen und die Scherben der Kaffeekanne. Sein Blick glitt über die geschwungene Kupferschale, die Pascal vor Jahren für seinen Vater angefertigt hatte. Die Äpfel hatten eine stumpfe, leicht klebrige Schale. Dann sah er den Ring. Er lag am Rand der Schale, halb von einem Apfel verborgen.

Ein Drachenring.

Seine Finger zitterten, als er danach griff. Stephans Ring. Der Aquamarin schimmerte im Licht. Ein kleiner Zettel steckte darin, zu einem Zylinder gerollt.

„Soll ich die Cops rufen?" Violet war auf halber Treppe stehen geblieben. „Die könnten Fingerabdrücke nehmen."

„Warte noch." Er entfaltete den Zettel.

Gabriel, wir müssen reden. Heute Abend, acht Uhr, in meinem Apartment im Ebony Horse Tower. Nur du und ich. Wenn du dich an die Regeln hältst, geschieht deinem Vater kein Leid.

Stephan.

Das war bizarr. Er dachte an ihre kurze Begegnung in der Nacht zuvor.

Es ist nicht so, wie du denkst, Gabriel.

Was hatte das zu bedeuten? Der Ring war echt, daran bestand kein Zweifel. Er war das exakte Gegenstück zu dem, den Gabriel trug. Hatte das gleiche Gewicht, fühlte sich richtig an.

„Hast du etwas gefunden?" Violet war die restlichen Stufen herabgestiegen.

Er blickte sie an. „Eine Nachricht von Stephan." Er rollte den Zettel zwischen seinen Fingern.

„Was?" Unglauben färbte ihre Stimme. „Stephan ist für das hier verantwortlich?"

„Er will mit mir reden."

„Du wirst doch nicht darauf eingehen? Das ist eine Falle!"

„Ich weiß nicht." Wieder musterte er den Ring. Dass Stephan ihn an diese Botschaft geheftet hatte, bewies, wie wichtig es ihm war. Niemals hätte er sich leichtfertig von dem Schmuckstück getrennt.

Sie zuckte mit den Schultern. „Rufen wir ihn an und finden es heraus." Mit einer raschen Bewegung zog sie das Handy aus der Tasche und suchte nach der Nummer, dann hielt sie es ans Ohr. Eine Augenbraue wanderte nach oben. „Sein Telefon ist ausgeschaltet."

„Wenn ich an seiner Stelle wäre, hätte ich es längst weggeworfen. Er weiß, dass du seine Nummer hast, oder nicht? Er muss damit rechnen, dass wir versuchen, ihn zu orten."

„Verteidigst du ihn etwa?"

Gabriel schob den Ring und die Nachricht in die Tasche seiner Jeans. Ihre Frage war berechtigt, doch sein Inneres war in neuerlichem Aufruhr. Nach Stephans Flucht letzte Nacht hatte er nicht erwartet, dass sein alter Freund und Ziehbruder sofort wieder auf dem Spielfeld auftauchen würde.

Gott, niemand hatte mit einem neuerlichen Überfall auf die Brewery gerechnet, sonst hätten sie Vorkehrungen getroffen. Nachdem sie das Labor überrannt und die restlichen Schattenläufer befreit hatten, waren sie alle der Meinung gewesen, der Feind sei geschlagen. Warum hatte Stephan die Mutanten aus ihren Käfigen gelassen? Weil ihm nach dem Kampf in der Klinik die Ressourcen ausgingen. Marco und seine kleine Privatarmee aus Totschlägern und Banditen waren aus dem Spiel. Die Sicherheitsvorkehrungen am Labor verrieten mehr als alles andere, was von der VORTEC Security übrig geblieben war.

„Es war mein Fehler", sagte er. „Ich dachte, Stephan ist aus dem Spiel. Ich habe nicht erkannt, dass Thomasz etwas Besonderes für ihn ist. Die anderen waren Schlachtvieh, aber Thomasz nicht. Thomasz hat er aus einem anderen Grund entführt. Bei meinem Vater ging es nicht um sein Blut." Er umklammerte den Rand der Küchentheke, weil er plötzlich das Gefühl hatte, der Boden schwankte unter seinen Füßen. „Mein Gott, ich dachte ..."

„Du dachtest, er war nur zufällig unter den Entführten, und als Stephan ihn erkannte, übermannte ihn die Sentimentalität ob der guten alten Zeiten. Aber er konnte deinen Vater schlecht laufen lassen, sonst wäre alles aufgeflogen. Also machte er Thomasz zu seinem Gast wider Willen und setzte ihn unter Drogen, um ihn ruhigzustellen. Bis ihm eine Lösung einfallen würde. War es das, was du dachtest?" Ihre Züge wurden weich. „Auf jeden Fall war es das, was ich mir zusammengereimt habe."

Gabriel starrte ihr ins Gesicht, in die wasserblauen Augen, die schmal waren vor Müdigkeit, ihre Lippen eine Linie aus Konzentration. Wie hatte er sie ernsthaft für Thomasz' neuerliche Entführung verantwortlich machen können? Sie war seine Verbündete, nicht sein Feind. Die beste Verbündete von allen.

Da war die bösartige kleine Stimme in seinem Kopf, die flüsterte, dass es wegen Emily war. Dass das alles nicht passiert wäre, wenn Violet nicht Emily seinem Zugriff entzogen hätte. Doch Stephan wusste auch ohne Emily, wo er Thomasz finden konnte. Er hatte Gabriels Sorglosigkeit ausgenutzt, um sich seine Beute zurückzuholen. Das hier hatte mit Emily nichts zu tun.

„Die Nachricht ist echt", sagte er. „Wenn es Stephan nur darum geht, mich tot zu sehen, kann er das leichter haben. Dieser Ring ist der beste Beweis. Stephan war nie ein ehrloser Mann. Im Ernst, ich kenne kaum jemanden, der einen so hohen Ehrbegriff pflegt wie Stephan. Ich weiß nicht einmal, wie er in diese VORTEC Geschichte hineinrutschen konnte. Vielleicht hat er sich verändert. Aber ich glaube einfach nicht, dass er mich so plump in eine Falle locken würde. Das ist nicht Stephans Stil."

Violet starrte ihn mit zusammengepressten Lippen an. Endlich nickte sie, eine abrupte Bewegung. „Also gut. Du sagst, es ist echt. Wo will er dich treffen?"

„In seinem Apartment im Ebony Horse Tower."

„In Downtown?" Sie fuhr sich durchs Haar. „Das ist verrückt. Gabriel, wir haben gerade sein verdammtes Labor ausgeräuchert und er ist nur um Haaresbreite entkommen. Und da kehrt er ausgerechnet in sein Apartment zurück, statt sich irgendwo am anderen Ende der Stadt zu verkriechen?"

„Die Einzige, die das Apartment kennt, bist du."

„Und was hindert mich daran, ihm die Polizei auf den Hals zu hetzen? Oder die Garde?"

Erschöpfung sickerte in seine Schultern. Tief innen hatte er seine Entscheidung bereits getroffen. Er wusste, dass ihr das nicht gefiel. Ihre Einwände waren berechtigt. Er hätte die gleichen Fragen gestellt, wenn es nicht Stephan gewesen wäre. Doch seine Entscheidung basierte auf Instinkt, nicht auf kühler Kalkulation und sein Instinkt hatte ihn nie im Stich gelassen. Er glaubte nicht, dass er falsch lag, was Stephan betraf. Sie hatten zu viele Schlachten gemeinsam geschlagen, zu viel geteilt. „Ich fahre hin."

„Dann komme ich mit."

„Nein." Bedauernd schüttelte er den Kopf. „Ich muss allein zu ihm gehen."

23

Gabriel ließ seinen Pick-up vor dem Hauptportal des Ebony Horse Clubs stehen und überließ das Parken den uniformierten Angestellten. Wenn Stephan falsch spielte, würde es kaum einen Unterschied machen, ob der Wagen fluchtbereit in der Nachbarstraße stand. Er betrat die marmorne Eingangshalle und steuerte auf den Concierge zu, der ebenso handverlesen aussah wie das Mobiliar und die Blumenarrangements. Gabriels Schwert war in der Brewery zurückgeblieben, doch er verbarg seinen Dolch und die SIG Sauer unter der Lederjacke.

„Was kann ich für Sie tun, Sir?", fragte der Concierge mit einem gepflegten Ostküstenakzent.

„Ich habe eine Verabredung mit Stephan Amaryllis."

Ein Lächeln trat auf das Gesicht des Mannes. „Perfekt. Dann sind Sie Mr. Eysmont?"

„Der bin ich."

„Augenblick, bitte. Ich glaube, Sie werden bereits erwartet."

Der Concierge tippte eine dreistellige Nummer ins Telefon und lauschte einen Augenblick in den Hörer. „Hier ist der Empfang, ich habe Mr. Eysmont für Sie. Soll ich ihn hochschicken?" Eine Pause, dann bedankte er sich und legte auf. Mit einer Hand wies er zu den beiden Fahrstühlen, von denen einer offen stand. „Sir, mein Kollege wird Sie zu Mr. Amaryllis' Apartment fahren."

Der Portier, der den Aufzug bediente, war jung und trug Silbertressen an seiner Uniform. Er begrüßte Gabriel mit einer kleinen Verbeugung. „Vierzehnter Stock, Sir?"

Geräuschlos glitten die Türen zu. Ein leichter Duft hing in der Luft, Citrus und Sandelholz. Als die Kabine stoppte, öffneten die Türen sich direkt in das Atrium eines Penthouseapartments. Die Architektur entlockte Gabriel ein dünnes Lächeln. Es passte zu Stephan. Sein Ziehbruder hatte seinen Sinn für Dramatik offenbar nicht verloren.

Im schwarzen Marmorboden reflektierte sich ein Sternenhimmel winziger Halogenstrahler. Die Decke war mindestens sechs Meter hoch und verschwand vollständig im Schatten. Durch einen hohen Durchgang konnte er das Wohnzimmer sehen, ein großer Raum im Halbdunkel. Hinter ihm schloss sich der Aufzug. Paneele aus Teakholz verbargen den Schacht.

„Stephan?" Er öffnete seinen Geist und tastete nach Stephans Aura. Ein Funken Misstrauen flackerte auf, als er nichts fand, nicht einmal ein Flimmern im Äther. Dass er Thomasz nicht spürte, überraschte ihn dagegen nicht. Er erwartete nicht wirklich, dass Stephan ihn hier festhielt. Thomasz war Stephans Rückversicherung.

Seine rechte Hand glitt unter die Jacke und tastete nach der SIG Sauer. Er zog die Pistole und klickte die Sicherung zurück, dann betrat er das Wohnzimmer. Sofort wurde sein Blick angezogen von einem beleuchteten Bilderrahmen, der auf dem Konzertflügel stand. Emily.

Atemberaubend.

Ein Geräusch alarmierte ihn, so fein, dass menschliche Sinne es nicht wahrgenommen hätten. Ein unterdrückter Atemzug. Er fuhr herum und begriff im gleichen Moment, dass sein Instinkt ihn getäuscht hatte. Dass er einem schrecklichen Irrtum erlegen war.

Er spürte den Einschlag der Kugel in seiner Brust, bevor er das Flüstern der Schüsse hörte. Eine schallgedämpfte Automatik, dachte er noch, dann taumelte er rücklings gegen die Wand. Seine Glieder versagten, er ging zu Boden. Der Schmerz flammte auf wie weißes Feuer. Alle Geräusche waren verzerrt und gedämpft. Er wollte seine Pistole hochbringen, doch sein Arm gehorchte nicht. Die Waffe glitt aus nutzlos gewordenen Fingern und polterte auf die Marmorfliesen.

Silhouetten lösten sich aus dem Dunkel. Etwas traf seine Kehle. Sein Mund füllte sich mit Blut. Ein Hieb raste auf ihn zu. Und dann war da nur noch Schwärze.

*

„Können Sie nicht an dem Kerl vorbeifahren?" Violet lehnte sich vor und starrte dem Taxifahrer auf den schwarz glänzenden Nacken. Der Mann hupte, dann wandte er den Kopf, die Miene purer Fatalismus.

„Tut mir leid, Ma'am. Is nich meine Schuld. Sie seh'n ja, was hier los is."

Ihre Nerven lagen blank. Die Straßen in Downtown waren verstopft wie zu Michael Jacksons Trauerfeier. Es war Sonntagabend, verdammt. Hatten die Leute nichts Besseres zu tun, als hier im Stau zu stehen? Vor ihnen rollte ein umgebauter mexikanischer Blumentransporter, der offenbar Probleme mit dem Getriebe hatte, weil er an jeder verdammten Kreuzung zwei Minuten brauchte, um anzufahren. Und die Idioten auf der Nachbarspur ließen ihr Taxi nicht ausscheren.

„Shit!", fuhr sie die Rückseite der Sitze an.

Sie hätte sich von Gabriel nicht breitschlagen lassen dürfen. Das war ihr fünf Minuten nach seinem Aufbruch klar geworden. Sein Vertrauen in Stephan hin oder her, ein Backup schadete nie. Mit jeder Sekunde, die sie länger in dieser Blechlawine eingeklemmt verbrachte, wuchs ihre Panik. Es war nicht einmal Stephan, dem sie verräterische Absichten unterstellte. Emily war es, die ihr Bauchschmerzen bereitete. Die Tatsache, dass ihre Schwester sich einfach mit ihrem Auto und dem Inhalt ihrer Brieftasche aus dem Staub gemacht hatte, erschütterte ein fundamentales Vertrauen, das trotz ihrer Differenzen immer da gewesen war.

Wenn Stephan sie wirklich liebte, wie weit würde er für sie gehen? Andererseits, was hatte Emily mit Thomasz zu tun? Oder Gabriel? Sie biss sich auf die Lippen, bis es schmerzte, aber ihre Gedanken wurden nicht klarer. Es ergab keinen Sinn.

Endlich setzte sich der verfluchte Laster wieder in Bewegung. Sie krochen die Spring Street hinunter, kreuzten eine weitere Ampel, dann bog der Laster ab. Sie presste sich die Fingerspitzen gegen die Schläfen. Vielleicht sah sie wirklich Gespenster. Moment, es gab eine Verbindung zwischen Emily und Gabriel. Da war ja noch die Sache mit Etherlight und die unrühmliche Rolle, die ihre Schwester bei Gabriels Gefangennahme gespielt hatte. Ein Haufen Scherben und nichts passte zusammen.

Der Taxifahrer bog in die Figueroa Street. Sie waren kaum noch zwei Blocks entfernt. Eine Sekunde später machte er eine Vollbremsung und stieß einen Schwall von Flüchen in einer fremden Sprache aus.

„Was ist los?" Sie reckte den Kopf durch das kleine Fenster.

„Ambulanz."

Im gleichen Moment heulte die Sirene auf. Der Krankenwagen rollte aus der Garageneinfahrt des Ebony Horse Club und schob sich im Schritttempo auf die Figueroa. Blau und Rot kreisten die Signallichter auf dem Dach. Ihr Herzschlag geriet aus dem Rhythmus. Was machte ausgerechnet jetzt die Ambulanz hier? Reichtum schützt vor Herzinfarkt nicht, belehrte die gehässige kleine Stimme in ihrem Hinterkopf. Die transportieren einen Notfall ins nächste Hospital, was sonst? Sie glaubte nicht an Omen und Vorzeichen. Aber das hier …

„Hey", sie beugte sich noch weiter vor, „können Sie dichter an den Krankenwagen heranfahren?"

„Was?"

Gereizt wühlte sie nach ihrer Brieftasche und hielt ihm den kompletten Stoß Zwanzigdollarnoten hin, den sie sich vorhin von Gabriel geliehen hatte. „Tun Sie's einfach, bitte. Schnell!"

Der Mann brummte etwas Unverständliches, blinkte aber und drängte sich in einem rücksichtslosen Manöver auf die Nachbarspur. Ein Hupkonzert brandete auf. Nicht so, dass uns die Bullen anhalten, wollte sie hinzufügen, tat es aber nicht. Denn sie waren nun so nahe, dass sie im

Licht der Scheinwerfer den Schriftzug auf den Hecktüren der Ambulanz erkennen konnte. Ein halbkreisförmiger gelber Strahlenkranz und eine Taube. Etherlight – Tritt ein ins Licht.

Oh mein Gott.

Das war zu viel des Zufalls.

„Folgen Sie der Ambulanz!“, wies sie den Fahrer an, einer plötzlichen Eingebung folgend.

„Aber der Ebony-Horse-Club …“

„Ich habe es mir anders überlegt“, schnitt sie ihn ab. „Zweihundert Dollar, wenn Sie an der Ambulanz dranbleiben, ohne dass die uns bemerken.“

„Ma'am“, sie sah sein Stirnrunzeln im Rückspiegel, „das wird kein Kinderspiel.“

„Zweihundert Dollar. Das ist alles, was ich habe. Wollen Sie die jetzt, oder nicht?“

Er gab ordentlich Gas, als die Spuren sich wieder in Bewegung setzten, blinkte, hupte kurz und setzte sich direkt hinter die Ambulanz. Erleichtert griff sie nach dem Sicherheitsgurt. Sie provozierten jede Menge kollektiven Zorn, der sich in weiteren Hupkonzerten entlud, als er hinter dem Notarztwagen über zwei rote Kreuzungen rauschte. Violet sandte ein Stoßgebet gen Himmel, dass die Insassen der Ambulanz genug Lärm verursachten, um nicht mitzubekommen, was sich hinter ihnen abspielte. Das zweite Stoßgebet galt ihrem Bauchgefühl. Sie hoffte, dass sie nicht gerade einen kapitalen Fehler begangen hatte und einen ältlichen Millionär mit Lungenembolie in die Notaufnahme verfolgte.

Der Verkehr dünnte zunehmend aus, je weiter sie nach Norden gerieten. Der Taxifahrer wechselte die Spur und fiel zwei Wagen zurück. Wer hätte das gedacht, der Mann kannte sich aus mit Verfolgungsjagden. Die Ambulanz schaltete Sirenen und Blaulicht ab. Ihr war schlecht vor Sorge. Inzwischen hätte sie Moms Blaubeermuffins verwettet, dass das kein echter Krankentransport war.

Sie durchquerten die Randbezirke von Little Tokyo und bogen in ein Industriegebiet. Ihr Fahrer ließ den Wagen noch weiter zurückfallen.

„Ma'am“, in seiner Stimme schwang Unsicherheit, „das is keine gute Gegend hier.“

„Wir wollen ja auch nicht anhalten und spazieren gehen.“ Die Fröhlichkeit war aufgesetzt und blieb ihr fast im Halse stecken. Der Taxifahrer wirkte auch nicht, als würde er sich entspannen. „Bleiben Sie dran.“

Die Bremslichter der Ambulanz flammten auf, dann bog der Wagen in eine Einfahrt und war verschwunden.

„Licht aus“, sagte Violet.

„Was?“

„Licht aus!“

Er zuckte zusammen, gehorchte aber. Sie fühlte einen Stich Schuldbewusstsein. Langsam rollte das Taxi in eine Seitenstraße, vorbei an einer fensterlosen Halle. Dahinter wurde ein großer Hof sichtbar.

Shit. Mit einem Helikopter in der Mitte.

Die Rotoren liefen noch, als sei er soeben gelandet. Maschinenlärm erfüllte die Luft. Der Ambulanzwagen parkte ein Stück vom Hubschrauber entfernt, die Hecktüren standen weit offen. Zwei Träger hoben eine Pritsche heraus. Ein paar andere standen daneben, bewaffnet mit kurzläufigen Maschinenpistolen. Decken verhüllten den Mann auf der Liege. Violet fluchte lautlos. Sie war zu weit entfernt, um sein Gesicht zu erkennen und näher heranfahren konnten sie nicht, ohne in den Lichtkreis der Scheinwerfer zu geraten. Doch als die Träger für einen Moment stehen blieben, machte sie die blau und weiß gemusterte Bandana auf dem Kopf des Mannes aus. Es fühlte sich an wie ein elektrischer Schlag. Sie wollte sich einreden, dass es nicht Gabriel war, und zerrte das Handy heraus. Mit fliegenden Fingern suchte sie seine Nummer. Es gab keinen Klingelton. Nur den Anrufbeantworter. Ihr Körper fühlte sich taub an, eine schreckliche Hilflosigkeit.

Die Trage verschwand im Inneren des Helikopters, zusammen mit drei Männern. Ein vierter schlug die Türen der Ambulanz zu, stieg ein und setzte den Wagen zurück. Die Motoren brüllten auf. Schwankend hob der Helikopter ab.

*

Er roch so gut. Sein Duft hatte ihr von Anfang an gefallen. Jetzt mischte sich ein anderes Aroma in den Geruch seiner Haut. Es neckte ihre Sinne und ließ sie schnurren wie eine Katze.

„Emily", sagte er müde. „Was willst du?"

Unwillkürlich zuckte sie zusammen. Sie gewöhnte sich nicht daran, dass Stephan im Dunkeln sehen konnte. Sie hatte geglaubt, er würde sie nicht bemerken. Aber sie waren sich nun ebenbürtig. Sie konnte ebenfalls im Dunkeln sehen. Das fand sie erheiternd.

Der Geruch erregte sie. Emily warf einen Blick zurück zur Tür und vergewisserte sich, dass sie den Riegel vorgelegt hatte. Die beiden Wachen auf der anderen Seite würden nichts unternehmen, um sie zu stoppen. Doch sie wollte nicht, dass einer von ihnen hereinplatzte. Das war, als würde ein Fremder in ihr Schlafzimmer eindringen, während sie Sex mit einem Mann hatte.

Die Wunden, die Carls Männer ihm bei seiner Gefangennahme zugefügt hatten, waren inzwischen verheilt. Nun blutete er nur noch aus den frischen Abschürfungen an den Handgelenken, die er sich zugefügt hatte, als er gegen die Ketten kämpfte. Das war dumm. Sie hatte ihm gesagt, dass er aufhören konnte, weil seine Mühe vergebens war. Carl wusste, was er tat, dafür sorgte sie. Carls Männer wussten, womit sie es zu tun hatten.

Sie trat näher an ihn heran. Metallringe rieben leise aneinander. Sie spürte seine Wut, seine angespannten Muskeln, die Brutalität, mit der er sich gegen die Fesseln stemmte. Fast wollte sie zurückweichen, plötzlich verunsichert, was geschehen mochte, wenn es ihm gelang, die Eisen zu brechen. Doch das war unmöglich. Carl hatte Vorkehrungen getroffen. Sie lächelte über ihre Bedenken. Stephan war schwach und sie war stark. Der Duft seines Bluts stieg ihr in die Nase wie betörender Wein. Sie streckte eine Hand aus und berührte sein Handgelenk. Er zuckte zurück, doch das nützte ihm nichts. Mit der Fingerspitze sammelte sie einen Tropfen auf und leckte daran. Es schmeckte köstlich. Belebend. Als würde sich jedes einzelne Äderchen unter ihrer Haut weiten und mit Quecksilber füllen. Schon einen Augenblick später verflog die Wirkung. Die Häute sanken zusammen wie leere Ballons.

„Ich brauche dich", wisperte sie. „Ich liebe dich."

„Du liebst nur dich selbst."

Wut flammte in ihr auf, wie Kohlefunken. Warum sagte er das? Er wollte sie verletzen, sie konnte das spüren. Erbittert holte sie aus und grub ihre Nägel in seine Wange. Er keuchte auf, dann war sie bei ihm, schlang einen Arm um seinen Nacken und presste ihre Lippen auf seinen Mund. Sie küsste ihn spielerisch, dann glitt sie weiter zur frischen Wunde. Der Duft spülte über ihre Sinne hinweg und verwandelte Erregung in pure Ekstase. Sie schlürfte und leckte sein Blut, küsste ihn, schmiegte sich an seinen Körper. Kalt blieb er und steif, regte sich nicht. Das schürte den Ärger in ihr.

Wie konnte er behaupten, sie zu lieben, wenn er ihr nicht geben wollte, was sie so sehr brauchte? Er war ein Heuchler. Ein Verräter. Nur mühsam gelang es ihr, die Gier zu zähmen und von ihm abzulassen.

„Was hattest du mit meiner Schwester zu schaffen?", flüsterte sie ihm ins Ohr.

„Was meinst du?"

Sie ließ ihn los und fuhr zurück. Glaubte er wirklich, damit durchzukommen? „Ihren bescheuerten Libellenanhänger", zischte sie, „den ich in unserem Schlafzimmer gefunden habe."

„Emily, ich habe keine Ahnung, wovon du sprichst."

Er leugnete es. Er log sie an. Und das, obwohl sie es beweisen konnte. Sie hatte die Libelle und mehr noch, sie war sogar in der Lage gewesen, Violets Geruch zu wittern, der immer noch in den Räumen hing. Eine schwache Spur, doch unverkennbar.

„Sie war bei dir!"

Er seufzte. „Ja, sie war bei mir. Deine Schwester hat sich Sorgen um deinen Verbleib gemacht. Sie ist eingebrochen, wenn du es genau wissen willst. Wir haben geredet. Mehr nicht."

Ihre Wut drohte, in Tränen umzuschlagen. Sie zitterte vor Anstrengung, nicht weinen zu müssen. Sie hatte ihn geliebt und jetzt hasste sie ihn. Er hatte sie verraten. „Es ist, weil du mich abstoßend findest. Und weil sie mir ähnlich sieht." Ein tiefer, gewaltiger Schluchzer rang sich ihre Kehle hinauf und erstickte ihr die Worte im Mund. „Warum geschieht das mit mir?"

„Mach mich los", flüsterte er. „Ich liebe dich. Ich suche noch immer nach einem Weg, dir zu helfen."

Seine Worte waren Gift, das sie einlullen sollte. Er benutzte sie. Er war geschickt. Sie hatte immer bewundert, wie schön er reden konnte. Ihre Hand glitt zu dem kleinen Dolch. Mit der anderen löste sie seine Gürtelschnalle.

„Emily", keuchte er, „was hast du vor?"

Sie öffnete die Knöpfe seiner Hose und tastete nach seinem Geschlecht, doch fand keine Erektion. Ihre Finger stimulierten ihn nicht. Ihre Berührung ließ ihn kalt. Die Wut nahm ihr fast den Atem.

„Findest du mich nicht mehr schön? Widere ich dich an? Würdest du lieber mit meiner Schwester schlafen?"

Sie rammte ihm den Dolch in das weiche Fleisch, dort wo sein Oberschenkel am Rumpf ansetzte und zog die Klinge mit einem Ruck nach unten. Blut schoss ihr entgegen, als sie die Arterie fand. Er wand sich, doch die Ketten hielten ihn fest. Wie eine Ertrinkende schlürfte sie die warme Flut. Sie merkte kaum, wie sie ihre Hände und ihr Gesicht besudelte. Es sickerte ihr ins Haar und tränkte ihre Kleider, doch es schmeckte so süß. Vor allem stillte es den Durst, dieses trockene Reißen, das jeden Tag ein wenig lauter in ihren Ohren klang.

„Sie kann dich nicht haben", wisperte sie, den Mund voller Blut. „Denn vorher töte ich dich."

*

Das Gefühl von Ohnmacht lähmte ihr Bewusstsein wie ein grauer Schleier. Violet konnte sich kaum erinnern, wann sie sich zuletzt so hilflos gefühlt hatte, ausgeliefert und ohne die geringste Idee, was sie tun sollte. Sie wies den Taxifahrer an, sie zurück zur Brewery zu fahren und rief Keith von unterwegs an.

„Du musst mir helfen", stieß sie hervor.

„Einer Maid in Nöten helfe ich doch immer." Seine Stimme klang rau und ein wenig heiser. „Was kann ich für dich tun, was Gabriel nicht hinkriegt?"

Violet holte tief Atem. Ihr entglitt die Kontrolle über sich. Sie konnte kaum noch klar denken. „Sie haben Gabriel. Und ich weiß nicht, wo sie ihn hinbringen. Sie haben einen Hubschrauber und ..."

Keith wurde schlagartig ernst. „Wer hat Gabriel?"

„Etherlight."

„Die Sekte? Die aus Matavilya Crest?"

„Hat Gabriel dir von ihnen erzählt?"

„Wir haben ihr Mutterhaus in Schutt und Asche gelegt, weil Gabriel dachte, dass sie hinter den Entführungen stecken."

„Was?" Die Garde steckte hinter dem Überfall auf Matavilya Crest? Wieso hatte ihr Gabriel das nicht gesagt?

„Es war eine Falle. Jemand hat uns verraten. Wir wären beinahe alle draufgegangen, wenn Gabriel nicht rechtzeitig gemerkt hätte, dass was nicht stimmte." Keith räusperte sich. „Deshalb hat er sich mit Katherina in die Haare gekriegt. Sie hat ihm unterstellt, er sei der Verräter und hätte die Gardekämpfer absichtlich in die Schusslinie gelockt."

„Keith, hast du mich verstanden? Etherlight hat Gabriel in ihrer Gewalt. Sie haben ihn irgendwie außer Gefecht gesetzt." Jetzt schrie sie beinahe. „Sie haben ihn in einem Hubschrauber weggebracht. Was soll ich jetzt tun?"

„Hey, beruhige dich." Dabei zitterte seine Stimme genauso wie ihre. „Wo bist du?"

„Auf dem Weg in die Brewery."

„Dann treffen wir uns bei Pascal. Ich rufe ein paar Leute an."

„Die Garde?"

„Nein." Geräuschvoll strich sein Atem durch die Leitung. „Wenn wir einen Verräter haben, ist er noch unter uns. Ich frage Cyric und Alan."

„Danke", murmelte sie.

„Kein Problem. Bis gleich." Er legte auf.

„Kann ich das Radio ein bisschen lauter drehen, Ma'am?" Der Taxifahrer bremste vor einer roten Ampel. „Die Lakers haben doch gewonnen."

Sie machte eine zustimmende Handbewegung. „Von mir aus." Sportnachrichten, Basketball, L.A. Lakers gegen die Denver Nuggets. Im Geiste schlug sie sich gegen die Stirn. Kein Wunder, dass in Downtown die Hölle los war. Das Spiel im Staple Center.

Die Diskussion mit Keith half ihr, das Chaos in ihrem Inneren zu kanalisieren. Ihr Verstand arbeitete wieder. Sie hatte keine Möglichkeit, herauszufinden, wohin der Hubschrauber geflogen war. Also mussten sie sich auf Vermutungen stützen. So schloss sich der Kreis. Etherlight war wieder im Spiel. Was waren ihre Optionen? Sie konnten eine Suche über alle Etherlight Niederlassungen starten. Doch wie lange würde es dauern, die alle zu überprüfen?

Ein Nachrichtensprecher beglückwünschte die Lakers zum Sieg und fuhr mit einem Erdbeben in Mexiko fort und der Beschlagnahmung illegaler Feuerwerkskörper in La Puente. Die Alltäglichkeit der Meldungen betäubte ihre Nerven, lullte sie ein. ... rätseln weiter über den Tod der drei Teenager, die in der Nähe von Baker gefunden wurden. Dies ist der dritte Vorfall, bei dem ein Rudel wilder Hunde Wanderer in der Mojavewüste anfällt.

Was? Schlagartig spannten ihre Sinne sich an. „Drehen Sie das lauter." Sie beugte sich vor.

... Team von Spezialisten durchkämmt das Umland der Stadt. Die Behörden raten dringend von Wanderungen in der Wüste ab. Die Tiere verhalten sich untypisch aggressiv, machen Jagd auf Menschen und gelten als extrem gefährlich.

Baker lag nicht weit entfernt von Matavilya Crest. Fünfzig Meilen mit dem Auto, aber nur dreißig Meilen Luftlinie durch die Wüste. Ihr wurde übel, als sie an die Hunde in der VORTEC Klinik dachte und die beiden Bestien auf dem Hof der alten Fabrik, die Gabriel erschlagen hatte. Oh Gott. Es hing alles zusammen. Es gab eine Verbindung zwischen VORTEC und Etherlight, sie konnte sie nur noch nicht sehen.

Hätte Etherlight einen Hubschrauber benutzt, um Gabriel an einen Ort innerhalb der Stadt zu bringen? Nein, wahrscheinlicher war es, dass sie eine größere Strecke überbrücken mussten. Eine, für die man mit dem Auto mehrere Stunden brauchte. Mutierte Hunde trieben ihr Unwesen in der Umgebung von Matavilya Crest. Wie standen die Chancen, dass sie Gabriel erneut in das

Mutterhaus in der Wüste verschleppten? Nach dem Überfall der Garde auf das Anwesen musste jeder glauben, dass Etherlight sich einen neuen Unterschlupf gesucht hatte. Den Polizeiberichten zufolge waren große Teile der Gebäude zerstört worden. Niemand würde erwarten, dass Etherlight so schnell nach Matavilya Crest zurückkehrte. Und weil es so abgelegen war, eignete es sich perfekt für Machenschaften, bei denen Aufmerksamkeit nicht erwünscht war.

Sie drückte die Wahlwiederholung auf ihrem Handy. „Keith“, sagte sie, „ich glaube, ich weiß, wo sie ihn hinbringen.“

*

Mit einem Ruck zog Emily den Riegel zurück. Der Geruch von Stephans Blut tränkte die Luft wie süße Sommerschwüle. Die Gier hatte sich in die Schatten verkrochen, satt und träge und fast versöhnlich. Sie richtete den Schleier vor ihrem Gesicht und wischte sich die Handflächen an der Hose ab.

Die beiden Wachen drehten sich gleichzeitig um, als hätten sie nur darauf gewartet, dass Emily wieder auftauchte. Ärger flammte in ihr auf, als die Gesichter der Männer sich verkrampften. Der Größere von beiden wich so hastig zur Seite, dass der Schaft seiner Maschinenpistole gegen die Wand schlug. Emily wollte ihn fragen, ob er sie etwa auch abstoßend fand, doch sie biss sich auf die Zunge. Sie war satt und nicht in der Stimmung, zu kämpfen.

Mit einem Ruck ihres Kinns wies sie in den Raum hinter sich. „Macht mit ihm, was ihr wollt.“ Sie konnte sich ein gehässiges Lächeln nicht verkneifen. „Und beeilt euch, wenn ihr noch etwas von seinem kostbaren Blut auffangen wollt.“

24

Der Geruch von Weihrauch hing in der Luft. Darunter Staub. Holzkohle. Gerinnendes Blut. Als Gabriel zu sich kam, fühlte er sich, als habe ihm jemand Arme und Beine mit einem Hammer zertrümmert. Der unaussprechliche Schmerz der Transformation war vergangen, doch in seinen Muskeln schwang noch das Echo der Schmerzen.

Seine Schultern brannten unter dem Gewicht seines Körpers. Man hatte ihm die Hände über Kopf gefesselt. Es war stockfinster, doch er konnte die Umrisse eines Gewölbebalkens ausmachen. Er bewegte die Finger, Metall klirrte. Handschellen schnitten in seine Gelenke. Seine Erinnerung kehrte zurück. Reflexartig öffnete er seinen Geist und krachte in zwei Aurafelder, so dicht, dass er vor Überraschung aufkeuchte.

„Vater?" Er hörte kaum sein Flüstern. Seine Kehle fühlte sich wund an, als habe er stundenlang geschrien. Vielleicht hatte er das auch. „Vater, bist du hier?"

Schemen formten sich, während seine Augen sich an die Dunkelheit gewöhnten, eine Reihe von Stützbalken und aufgestapelte Kisten.

„Er ist nicht hier." Stephans Stimme kam von der anderen Seite des Raums.

„Bastard", knurrte Gabriel. Zorn flammte auf und belebte seine Kräfte. Er zog ruckartig an den Ketten, doch die Glieder gaben nicht nach. Stattdessen biss ihm der Stahl in die Handgelenke, ein frischer Schmerz, der das Adrenalin in seinem Blut aufschäumen ließ.

„Du ehrloser Bastard!"

„Wie haben sie dich erwischt?"

Erst jetzt fiel ihm auf, wie rissig Stephans Stimme klang. Als würde mit jedem Wort ein Stück seiner Kraft über die Lippen fliehen. Das war nicht der Stephan, den er kannte.

„Warum stellst du dich nicht dorthin, wo ich dich sehen kann?"

Ein Kichern versackte in einem Hustenanfall. „Weil es mir nicht gelingt, diese Ketten zu brechen", flüsterte er. „Weil Nadeln in meinen Armen stecken. Das Leben läuft aus mir heraus. Mir bleibt nicht viel Zeit, mein Freund."

Gabriel drehte den Kopf so weit, dass es schmerzte, doch er konnte Stephan nicht sehen. „Was hatte die Nachricht zu bedeuten? Und der Ring?"

„Sie hat dich aufs Kreuz gelegt. Genauso wie mich."

„Emily." Bitterkeit tränkte das Wort. „Ich dachte, du liebst sie."

„Oh, ich liebe sie." Stephans Stimme brach. „Ich liebe sie so sehr, dass ich die Erinnerung an Johann Savoyen verdrängt habe. Ich dachte, ich könnte sie retten. Ich habe mich an einen Strohhalm geklammert. Doch dafür brauchte ich Thomasz' Hilfe."

„Wo ist er?"

„Nicht weit von hier." Metall schabte über Stein. „Sie töten ihn nicht. Sie brauchen ihn noch."

Erneut zog Gabriel an den Handschellen. Langsamer diesmal, doch mit aller Kraft, die er aufbringen konnte. Der Stahl gab trotzdem nicht nach. „Was hat mein Vater an sich, dass jeder ihn in seine Gewalt bringen will?"

„Es ist kompliziert", sagte Stephan.

„Wir haben Zeit."

„Nicht sehr viel." Ein Keuchen. „Die Kälte kriecht mir in die Knochen. Gabriel, wenn ich hier sterbe … ich will nicht, dass wir als Feinde scheiden."

Gabriel schloss die Augen. So sollte es nicht enden. Vor nicht einmal achtundvierzig Stunden war er bereit gewesen, Stephan zu erschlagen, doch da hatte er geglaubt, dass der einstige Freund den Tod seines Vaters auf sich geladen hatte. Traurigkeit schnürte ihm die Kehle zu. Die Begegnung in diesem lichtlosen Kerker fühlte sich unwirklich an. Wie eine Traumsequenz, aus der er jeden Augenblick zu erwachen drohte.

„Ich hatte niemals vor, einen anderen Schattenläufer zu behelligen, als ich VORTEC kaufte." Stephan sprach langsam und gedämpft. „Es war mein Blut, mit dem wir die Forschungen durchgeführt haben. Arnolds hat es analysiert und nachgebildet. Wäre alles nach Plan gelaufen, hätten wir Sangrin in unbegrenzter Menge produzieren können. Ganz legal und ohne jemandem ein Leid zuzufügen. Wir hätten jede Krankheit auf diesem Planeten heilen können. Kannst du dir vorstellen, was das bedeutet?"

„Deine Vision einer besseren Welt." Gabriel öffnete die Augen und starrte ins Dunkel. „Aber der Plan hat nicht funktioniert."

Stephan seufzte. „Der künstliche Wirkstoff verursacht bei neunzig Prozent der Testpersonen eine Mutation. Es ist ein schleichender Prozess. Die Symptome zeigen sich erst nach Jahren. Die akute Phase endet mit dem Tod durch innere Blutungen." Er schwieg einige Sekunden. „Als wir es bemerkt haben, lief bereits das Zulassungsverfahren. Die Pressemitteilungen waren draußen. Zu dem Zeitpunkt, an dem ich VORTEC übernommen habe, stand die Firma vor dem Zusammenbruch. Sangrin hat uns die notwendigen Investitionen verschafft, um das Unternehmen am Leben zu erhalten. Ich bin nicht mittellos, aber mein Vermögen reicht nicht aus, um eine Firma dieser Größe zu erhalten. Wären die Kapitalgeber abgesprungen, hätten wir Insolvenz anmelden müssen."

„Verzweifelte Zeiten erfordern einen verzweifelten Plan", sagte Gabriel dumpf.

„Wir dachten, wir könnten das Problem beheben. Wir brauchten nur etwas Zeit. Doch um diese Zeit zu überbrücken, benötigten wir echtes Blut." Stephans Atem rasselte. „Ich wollte sie nicht töten. Ich dachte, es geht um einige Wochen. Höchstens zwei Monate. Aber dann ..."

„... geriet es außer Kontrolle", unterbrach ihn Gabriel. „Es dauerte viel länger als geplant und du musstest dir ernsthaft Gedanken über die Versorgung deines Labors mit frischem Blut machen. Also hast du Marco angeheuert, damit er mit seinen Schlägern Jagd auf die Kinder des Bluts macht. Wie passt Thomasz in diese Geschichte?"

„Thomasz? Das ist der andere Teil des Problems." Die Silben zitterten wie Spinnweben im Wind. „Du hast gesehen, was aus Emily geworden ist?"

„Sie hat Sangrin genommen."

„Als sie zu mir kam, war es längst zu spät."

„Hast du es ihr nicht gegeben?"

„Sie ist ein schwieriger Mensch." Stephan schnaubte. „Ich würde alles für sie tun, glaub mir. Doch sie macht es mir nicht leicht, sie zu lieben. Sie ist zerbrechlich. Instabil und leicht zu erschüttern. Sie verbringt viel Zeit bei ihren Ärzten und Therapeuten, das tut ihr nicht gut. Man hat ihr Leukämie diagnostiziert, aber anstatt mir davon zu erzählen, hat sie einen der Laborärzte überredet, ihr hoch konzentriertes Sangrin zu besorgen. Ihr Charme kann sehr überzeugend sein."

„Aber in ihren Kapseln befand sich echtes Blut", wandte Gabriel ein.

„Gott hat einen seltsamen Sinn für Humor." Stephans Stimme wurde so leise, dass Gabriel Mühe hatte, ihn zu verstehen. „Das neue Mittel lässt die Mutationen viel schneller und gewaltiger ausbrechen, allerdings bei weniger als einem Prozent der Probanden, nämlich bei Personen mit einer Porphyrie, einer Fehlbildung der roten Blutkörperchen." Er seufzte. „Emily hat keine Leukämie. Der Arzt hat die Symptome falsch interpretiert. Sie leidet an einer angeborenen Porphyrie."

Gabriel versuchte, sein Gewicht zu verlagern, um die Schultern zu entlasten. Die Muskeln in seinen Armen fühlten sich wund und geschwollen an, als würden sie jeden Moment reißen. „Was hat Thomasz damit zu tun?"

„Ich habe gehofft, er könnte mir helfen."

„Wie?"

„Er ist ein Experte der alten Schriften. Vielleicht der Beste, den es gibt." Stephan hielt inne.

Auch Gabriel hörte nun die Geräusche, die von außen durch die Wände drangen. Motoren wurden angelassen. Ein schwerer Truck setzte sich in Bewegung und ließ den Boden unter seinen Füßen vibrieren.

„Ich wusste nicht, was ich wegen Emily tun sollte. Erinnerst du dich an damals? An Johann Savoyen?"

„An jede einzelne schreckliche Stunde."

„Weißt du noch, wie du versucht hast, ihm einfach mehr von deinem Blut zu geben? So viel, dass du beinahe das Bewusstsein verloren hast, weil du dachtest, es würde die Veränderungen rückgängig machen?"

„Es hat die Mutation nur beschleunigt." Unwillkürlich dachte er an Zoe. „Es hat ihn stärker gemacht."

„Und weißt du noch, wie wir überlegt haben, was wir tun könnten? Nur das Blut eines Engels kann ihn noch retten. Das hast du damals gesagt."

„Mein Gott", stöhnte Gabriel, „das kann nicht dein Ernst sein. Das war eine von Vaters verstaubten Legenden. Eine Lagerfeuergeschichte!"

„Ein Engel wandelt wieder auf dieser Welt." Stephans Stimme gewann an Kraft. „Mordechai hat einen Engel erweckt. Und woher wusste er, wie er das anzustellen hatte? Thomasz hat es ihm gesagt. Niemand kennt die alten Legenden so gut wie dein Vater. Er weiß genau, wo der Mythos endet und die Wahrheit beginnt. Ich wollte diesen Engel finden, Gabriel. Ich musste."

„Du hättest Thomasz einfach fragen können."

„Ich konnte nicht riskieren, dass ..." Stephan hielt inne. „Niemand durfte davon erfahren. Ich wäre erledigt gewesen, wenn Katherina etwas über VORTEC herausgefunden hätte. Thomasz ist nicht dumm. Er hat Fragen gestellt. Und als ihm klar wurde, warum ich hinter dem Engel her war, wollte er mir nicht mehr helfen." Stephans Worte klangen bitter. Und traurig. Unendlich traurig. „Er hatte Angst, dass ich ihm ein Leid zufügen könnte."

„Dem Engel?"

„Der Name des Engels ist Asâêl. Thomasz hat gesagt, dass er nicht ahnen konnte, dass es ausgerechnet Asâêl war, den Mordechai zurückholen wollte."

Gabriel hatte zunehmend Mühe, Stephan zu folgen. Die Schmerzen in seinen Schultern wurden schlimmer. Sein Kopf schwamm noch immer von der Transformation. Zudem war die Geschichte mit dem Engel so weit hergeholt, dass er kaum glauben konnte, dass Stephan sich an diesen Strohhalm klammerte. Doch wenn es die gleiche Verzweiflung war, die ihn einst bei Zoe zerfressen hatte, konnte er ihn verstehen.

„Wie soll das funktionieren?", fragte er. „Heilt dieser Engel durch Handauflegen? Oder muss sie sein Blut trinken?"

„Thomasz behauptet, er weiß es nicht. Ich glaube aber, er weiß es doch. Er hat die Gefallenen noch lebendig gesehen, in all ihrer verdammten Glorie. Er ist ein Erstgeborener! Wenn er es nicht weiß, wer dann?"

„Was?", fragte Gabriel in mildem Schock. Gebell drang in die Dunkelheit, gedämpft wie aus weiter Entfernung. Ein kakofonisches Heulen und Kläffen, das ihn an die Katakomben unter der VORTEC Klinik erinnerte und unwillkürlich seine Nackenhärchen aufrichtete.

„Hat er es dir nie gesagt?"

„Wir stehen füreinander ein, aber wir können nicht mehr als ein paar Stunden unter dem gleichen Dach zubringen, ohne aufeinander loszugehen. Ich fürchte, ich habe ihm nie lange genug zugehört."

„Er liebt dich mehr als sein Leben." Stephan gab ein gequältes Lachen von sich. „Kein Grund, eifersüchtig zu sein. Ich habe es auch nur durch Zufall herausgefunden."

Gabriel tastete nach Thomasz' Aura. Er spürte ihn so deutlich, als säße er neben ihm. Sein Vater war bei Bewusstsein und ganz in der Nähe. Das erleichterte ihn, doch in seinem gegenwärtigen Zustand konnte er Thomasz nicht helfen. Zuerst musste er hier raus, musste diese Fesseln loswerden.

„Wo sind wir hier?"

„Bei Emilys neuen Freunden. Etherlight."

Sein Magen wurde kalt. Schock rollte über ihn hinweg, Unglauben, maßlose Wut. Er kämpfte gegen den schwarzen Strudel an, der seinen Geist umkreiste und ihn hindern wollte, einen logischen Gedanken zu fassen. Ganz tief unten blieb das Wissen, dass er nicht überrascht sein musste. Nicht sehr jedenfalls. Er hatte sich so sehr auf VORTEC fixiert, dass Etherlight fortgeglitten war. Ganz unmerklich, wie ein nächtlicher Geist, der gegen die Morgendämmerung verblasst.

„Was will Etherlight mit dem verdammten Engel? Woher wissen sie überhaupt davon?"

„Ich habe Emilys Schwäche für Esoterik unterschätzt." Stephans Stimme war nur mehr ein Hauch. „Carl Miller, der Begründer von Etherlight, ist ein charismatischer Mann. Wir kennen uns von früher. Ich fürchte, es ist alles meine Schuld. Ich habe sie einander vorgestellt, auf einer von Carls Partys. Mir war zuerst nicht bewusst, dass sie sich danach weiter getroffen haben." Ein Motor brüllte auf und verschluckte einen Teil von Stephans Worten. „... Sekte beigetreten. Aus irgendeinem Grund vertraut sie ihm mehr, als sie mir jemals vertraut hat. Sie hat ihm alles erzählt. Sangrin, das Geheimnis des Bluts, ihre Mutation und alles über den Engel. Sie glaubt, dass Carl ihr helfen kann. Besser als ich. Deshalb", er hustete, „bin ich entbehrlich. Das Blut bringt die hässlichsten Facetten ihres Charakters an die Oberfläche."

Gabriel fragte sich, warum kein Groll in Stephans Worten lag. Nur Resignation und Traurigkeit. Emily hatte ihn verraten und verkauft. Sie lieferte ihn dem Tod aus, ohne mit der Wimper zu zucken. Wie konnte Stephan ihr das verzeihen?

Das Knirschen von Metall auf Metall unterbrach den Gedanken. Eine Tür wurde aufgestoßen, matter Lichtschein fiel in den Raum. Dann flackerte ein Halogenstrahler auf, ein grelles Licht, das ihn für einen Moment blendete und ihm jede Orientierung raubte.

Als er wieder sehen konnte, formten sich vier Gestalten in der Helligkeit. Drei waren mit Maschinenpistolen bewaffnet und sahen aus wie gewöhnlicher Ghettoabschaum. Der vierte Mann trug eine beigefarbene Stoffhose und einen weißen Pullover. Die Brille mit dem Goldrand war neu.

„Carl." Gabriel bleckte die Zähne. Die Wut half ihm, das Grauen zu bekämpfen. „Ich habe dich schon vermisst."

*

Der Kofferraum von Keith' Landcruiser sah aus, als wollten sie in den Krieg ziehen. Violet hoffte nur, dass sie in keine Polizeikontrolle gerieten. Es ging auf Mitternacht zu, die Freeways waren leer. Sie kamen rasch voran. Keith saß am Steuer, neben ihm Pascal, Cyric und sie auf der vorderen Rückbank.

„Diese Etherlighttypen sind nicht zu unterschätzen." Keith warf einen Blick in den Rückspiegel. „Das letzte Mal haben sie uns beinahe geröstet. Und da waren wir zu zwölft und hatten einen Hubschrauber."

Violet hob eine Braue. „Deshalb marschieren wir auch nicht mit Pauken und Trompeten durchs Vordertor. Als ich das letzte Mal eingestiegen bin, hat es eine halbe Stunde gedauert, bis sie mich entdeckt haben."

„Sie hat recht", sagte Cyric. „Das hier ist anders. Niemand weiß, dass wir kommen. Also kann niemand sie warnen."

„Was ist, wenn ich falsch liege?" Violet biss sich auf den Daumennagel. „Was, wenn sie nicht in Matavilya Crest sind?"

„Dann können wir uns zumindest nicht vorwerfen, dass wir es nicht versucht hätten", sagte Pascal.

*

Gabriel spürte, wie Stephan vom Licht in die Schatten hinüberglitt. Er lauschte dem Zittern an den Rändern von Stephans Aura, konzentrische Kreise aus Leere, die sich fortpflanzten wie Wellen auf einer Wasserfläche. Sein Blick blieb an Augen seines Vaters hängen, die unnatürlich glänzten, als kreisten noch immer Drogen in seinem Blut. Zwei Männer hielten Thomasz an den Armen gepackt, während ein dritter die Maschinenpistole auf ihn richtete.

Thomasz' Züge waren zu einer Maske aus Schock und Beklommenheit gefroren. Gabriel begriff nicht, warum er sich nicht zur Wehr setzte. Wenn er ein Erstgeborener war, musste er über Kräfte verfügen, die jenseits aller Vorstellungskraft lagen. Wieso benutzte er sie nicht? Warum ließ er sich an diesen Balken ketten wie ein Lamm, das man zur Schlachtbank führt? Dann bemerkte er die Einschussstellen auf der Weste seines Vaters, runde Löcher, die Ränder ausgefranst und blutverkrustet. Eine blinde, zerstörerische Rage wallte in ihm auf. Thomasz ertrug keine körperliche Gewalt. Die Transformation erfüllte ihn mit Entsetzen. Gabriel hatte es nur ein einziges Mal erlebt, als deutsche Nazis sein Haus bei Krakau in Brand steckten und die Bewohner und Angestellten niederschossen.

Es war eine schlimme Heilung gewesen, aus der Thomasz verstört und traumatisiert hervorgegangen war. Es dauerte Monate, bis er zurückfand zu seinem alten Selbst.

Er mochte physisch in der Lage sein, seine Peiniger zu zerschmettern, doch seine Psyche lähmte die Kräfte.

Carl spielte mit seinem Armeedolch. Er wirkte zerstreut. Dann plötzlich fuhr er herum und drückte Thomasz die Klinge gegen die Kehle. Gabriel zerrte an seinen Fesseln. Seine Handgelenke waren glitschig von seinem Blut.

„Du wolltest mir von dem Engel erzählen."

Carl, so weich und kultiviert.

„Er könnte sonst wo sein", stieß Thomasz hervor. Der Klang seiner Stimme versetzte Gabriel einen Schock. „Irgendwo auf dieser Welt. Wir würden ihn niemals finden, wenn er nicht gefunden werden will."

Gabriel spannte sich an, im gleichen Maße, in dem sein Vater sich verkrampfte. Er spürte es, so wie er Stephans Sterben spürte. Thomasz' Geist streifte sein Bewusstsein wie ein kleines Tier, das vor Kälte zittert, doch nicht wagt, sich zu rühren. Seine Hand in den Eisen rutschte einen Millimeter weiter.

Doch der Stoß mit dem Dolch kam nicht. Stattdessen drehte Carl sich um und blickte Gabriel an. Er lächelte.

„Du hast mich nicht belogen." Ein höfliches, distanziertes Lächeln, wie unter Geschäftspartnern, die sich eine Zeit lang nicht gesehen haben. „Du hast es nur versäumt, mich auf eine kleine, aber folgenreiche Verwechslung aufmerksam zu machen." Sein Kopf flog zurück zu Thomasz. „Aber dank dieser Familienzusammenführung habe ich ja meinen Spezialisten endlich gefunden. Ein Vögelchen hat mir zugeflüstert, dass der Engel sich höchstwahrscheinlich noch in der Nähe des Ortes aufhält, an dem er erweckt worden ist. In Los Angeles. In den San Gabriel Mountains. Vielleicht in der Wüste." Er machte eine ausholende Bewegung mit dem Arm. „Jedenfalls nicht am anderen Ende der Welt. Das stimmt doch, mein gelehrter Freund?"

Thomasz antwortete nicht. Er starrte Carl an. Sein Gesicht hatte eine fahlgraue Farbe angenommen. Gabriel registrierte das winzige Nicken, das Carl einem Blondschopf in einer leuchtend blauen Lederjacke zuwarf, der neben ihm stand. Der Schuss krachte ohrenbetäubend. Thomasz schrie, ein unmenschlicher Laut, der Gabriel den Verstand raubte. Er tobte, riss an seinen Ketten, weil er nicht anders konnte. In einem Wimpernschlag verwandelte sich das Innere der Kapelle in ein Inferno. Ein Hieb in die Magengrube ließ Gabriel würgen, ein zweiter Schuss fiel und Thomasz in seiner Agonie verlor jede Menschlichkeit.

„Sag es ihm, verdammt", brüllte Gabriel. „Sag es ihm! Wen interessiert dieser Engel?"

Thomasz' Schreie verebbten. Blut sickerte aus einer Wunde über seinem Knie und sammelte sich in einer Lache am Boden.

„Sag es ihm." Gabriels Kehle brannte.

„Sag es mir!", fiel Carl ein.

„Ich kann nicht", stöhnte Thomasz.

Stephans Aura bäumte sich auf und verebbte. Kälte breitete sich in Gabriels Brust aus. Er ballte die Hände zu Fäusten. Der Schmerz in seinen Handgelenken war besser als diese schreckliche Leere, die dort wogte, wo zuvor Stephans Geist gewesen war.

„Sag es ihm", flüsterte Gabriel. „Bitte."

„Nein." Die Lider seines Vaters flatterten. Er schloss die Augen. Unter seinen Wimpern bildeten sich Tränen. Seine Lippen bewegten sich kaum. „Nein."

Carl seufzte. „Wir könnten uns hier stundenlang miteinander beschäftigen, aber mir läuft leider die Zeit davon." Mit einem Schulterzucken ließ er von Thomasz ab und wandte sich zurück zu Gabriel. In seinem Blick lagen Interesse und leises Bedauern. Ein Psychopath mit dem Aussehen eines Literaten. „Du weißt, worauf das hinausläuft. Er lässt mir keine Wahl."

Die Schnelligkeit, mit der er sich bewegte, war verblüffend. Er musste mal beim Militär gewesen sein, denn er handhabte das Kampfmesser mit der lässigen Routine eines Profis. Mit einem Arm umschlang er Gabriel, mit der anderen Hand rammte er ihm die Klinge zwischen die oberen Rippen und vergrub sie bis zum Heft im Fleisch. Der Schmerz war eine weißglühende Flamme, als Carl den Dolch herumdrehte.

Thomasz und die anderen Männer verschwammen vor Gabriels Augen. Sein Atem flatterte. Blut rauschte ihm in den Ohren. Es waren nicht die Schmerzen allein, es war vor allem der Krater aus Leere, den Stephans Aura zurückgelassen hatte, es waren Thomasz' Qualen, die er körperlich zu spüren glaubte.

Er wusste, dass Thomasz Sinne ebenso fein waren wie seine, wahrscheinlich sogar um ein Vielfaches feiner. Sein Vater hatte Stephans Sterben genauso gefühlt wie er. Gewiss empfand er auf einer abstrakten Ebene auch den bohrenden Schmerz, der durch Gabriels Fleisch pulsierte. Sie waren wie zwei gegenüberstehende Spiegel, die Schmerz und Leid in unendliche Tiefe zurückwerfen und bei jeder Reflexion verstärken, bis weit über die Grenze des Erträglichen hinaus.

Undeutlich vernahm er die Stimme seines Vaters, wie durch brennenden Stoff und Nebelschwaden.

„Ich kann ihn nicht preisgeben", schluchzte Thomasz. „Ich kann nicht."

Mehr Schüsse krachten. Er hörte Schreie und wusste nicht einmal, ob es Thomasz war oder er selbst, der schrie. Die Wucht der Einschläge schleuderte seinen Körper in den Ketten zurück, doch nicht sehr weit. Er verlor das Gefühl in seinen Armen, seine Finger wurden taub. Auf einer losgelösten Ebene begriff er, dass die Kugeln seine Schultern zertrümmert hatten. Ob Adrenalin oder gnädiger Schock, er wusste es nicht, der Schmerz blieb gleich. Er verlor auch nicht das Bewusstsein, nicht sofort jedenfalls.

„Asâêl!“, keuchte Thomasz. „Sein Name ist Asâêl.“

„Wie kann ich ihn rufen?“

„Du darfst ihm nichts tun!“

Thomasz' Aura war ein Gespinst schwarzer Verzweiflung. Carls Finger verkrallten sich in Gabriels Haar und zwangen seinen Kopf in den Nacken. Mit einem Ruck befreite Carl das Messer aus der Wunde. Gabriel spürte, wie sein Geist kippte. Er hatte Mühe, sich nicht fallen zu lassen, der verlockenden Einladung nicht nachzugeben und einfach fortzudriften. Die Klinge strich über seine Kehle. Carl sagte etwas, aber er hörte die Worte nicht.

Thomasz schrie eine Antwort, auch die eine Serie von Worten, die keinen Sinn mehr ergaben. Gabriels Lider waren wie Blei. Warm tränkte Blut sein T-Shirt, lief ihm über die Brust und die Seiten.

„... mein Vater.“

Wer hatte das gesagt? Thomasz verströmte eine so abgründige Verzweiflung, dass die Welt alle Farben verlor. Gabriel sank der Kopf auf die Brust. Carl hatte sein Haar losgelassen. Es gelang ihm nicht länger, die Augen offen zu halten.

„Ich weiß, dass du es kannst“, sagte Carl.

Echos verzerrten die Stimme. Reflexionen im Spiegel. Leere.

*

Zwei Stunden nach Mitternacht erreichten sie Baker, tankten den Wagen auf, tranken Kaffee im Stehen und fuhren weiter in Richtung Osten. Violet war müde, aber zugleich aufgewühlt. Ihr Geist fühlte sich an wie grobes Sandpapier. Das monotone Fahrgeräusch lullte sie ein. Sie schwiegen, denn niemand verspürte das Bedürfnis, eine Unterhaltung zu führen. Und doch hätte sie am liebsten geschrien, nur um ihre Stimme zu hören und sich zu vergewissern, dass das alles nicht einfach ein verrückter Albtraum war.

Sie verließen den Freeway an der Cima Road. Keith schwang in die Kurve, ohne den Fuß vom Gas zu nehmen, doch bremste so abrupt, dass es sie nach vorn schleuderte. Der Gurt spannte sich und schnürte ihr die Luft ab. Scheinwerfer schoben sich über die Anhöhe, gleißend hell.

Zuerst konnte sie nichts erkennen, dann sah sie, dass es ein Truck war, der beinahe die gesamte Breite der schmalen Straße einnahm. Keith rollte an den äußersten Rand, Büsche und Sand knirschten unter seinen Reifen. Nicht ein Truck, sondern drei. Drei riesige Lastzüge, die sich an ihnen vorbeischoben und auf den Freeway in Richtung Los Angeles auffuhren.

„Scheiße, wo kamen die denn her?“, stieß Keith hervor.

„Vielleicht gibt's einen Militärflughafen da draußen.“ Violet zog an ihrem Gurt. „Was weiß ich. Fahr einfach vorsichtig, okay?“

Er brummte etwas Unverständliches und gab Gas. Kies spritzte gegen den Unterboden, die Räder drehten durch, fanden Haftung und schoben den Landcruiser zurück auf den Asphalt. Ihre Scheinwerfer schnitten in die Nacht wie zwei weiße Messer. Nach kurzer Zeit lag die Wüste so still und leer vor ihnen, dass es leicht war, anzunehmen, sie seien die einzigen Menschen auf der Welt. Unwillkürlich kam ihr die erste Nacht mit Gabriel in den Sinn, in seinem Ranchhaus mitten in den sonnenverbrannten Hügeln und keine andere Seele im Umkreis von fünfzig Meilen. Da hatte sie das Gleiche gefühlt.

Sie verfehlten die Abzweigung nur deshalb nicht, weil sie danach Ausschau hielt, dann folgten sie einem Pfad, der kaum mehr war als platt gewalzter Sand. Das Gelände wurde steinig, stieg unmerklich an. Nach einer gefühlten Ewigkeit erreichten sie endlich das Plateau, an dessen Ende sich Matavilya Crest befand.

Das Anwesen war verlassen. Kein Licht brannte, nicht einmal eine winzige Notbeleuchtung. So, als sei kein einziger Mensch nach dem Überfall der Garde auf Matavilya Crest zurückgeblieben. Violets mühsam aufrechterhaltene Energie sank in sich zusammen bei der Vorstellung, sie könnten umsonst hinausgefahren sein. Sie hatte plötzlich Mühe, die Tränen zu unterdrücken.

„Soll ich näher ranfahren?", fragte Keith. Die Scheinwerfer hatten sie schon vor einer halben Meile ausgeschaltet.

„Ja", gab Cyric zurück. „Sieht nicht so aus, als wären Wachen auf den Mauern."

Sie presste die Fingerspitzen auf ihre brennenden Lider. Ihr war latent übel. Der Kaffee brannte in ihrem Magen. Was, wenn sie sich geirrt hatte? Sie dachte an das Kellerloch, in dem sie Gabriel gefunden hatte, die Blutlachen am Boden, den Gestank und die Dunkelheit und seine Hände in Ketten. Unwillkürlich krallte sie ihre Finger in die Sitzpolster, so fest, dass die Knöchel zu schmerzen begannen.

„Halt an", sagte Cyric.

Sie waren jetzt so nah, dass Violet das Tor im Dunkeln erkennen konnte. Die Fensterlöcher in der nahegelegenen Kapelle starrten auf sie herab wie Augenhöhlen in einem längst verwitterten Schädel.

„Ich spüre etwas", stieß Pascal hervor.

„Was?"

„Ich weiß nicht." Pascal drehte sich zu Cyric um. „Sehr schwach. Konzentrier dich, dann spürst du es auch."

„Eine Aura", murmelte Keith. „Einer von uns."

„Gabriel?", fragte Violet.

„Keine Ahnung." Keith tauschte einen Blick mit Pascal, der mit den Schultern zuckte. Er schob den Ganghebel in Parkposition und stellte den Motor aus. „Sehen wir mal nach."

Sie stiegen aus und nahmen ihre Waffen aus dem Kofferraum, Pistolen und die langen Schwerter, die Violet mit einem diffusen Unbehagen erfüllten, seit sie gesehen hatte, welches Blutbad diese Klingen anrichten konnten. Sie zog die Ersatzpistole, die Keith ihr besorgt hatte, eine Beretta M9, die etwas schwerer und unhandlicher war, als ihre eigene Waffe und lud sie durch. Wind zerrte an ihrer Jacke und wirbelte den feinen Staub auf, der den Felsgrund bedeckte.

Cyric und Keith übernahmen die Führung, Violet folgte ihnen mit Pascal.

Das Bronzeschild, Church of Etherlight, schimmerte im Mondlicht. Keith drückte gegen einen Torflügel, doch der bewegte sich keinen Millimeter. Er drehte sich um und grinste. „Wäre auch zu einfach gewesen."

Mit einem Sprung erklomm er das Tor, zog sich hoch, trat mit einem Stiefel den Stacheldraht nach unten und sprang auf der anderen Seite hinunter. Violet blieb beinahe der Atem im Hals stecken. Dieser Mann kletterte so kraftvoll und sicher wie ein Berglöwe. Diese unmenschlichen körperlichen Fähigkeiten, über die Gabriel und die anderen Schattenläufer verfügten, waren etwas, an das sie sich noch immer nicht gewöhnt hatte.

Metall knirschte, dann schob sich der Flügel ein kleines Stück auf, gerade weit genug, dass ein Mensch hindurchschlüpfen konnte.

„Keine Wachen", klang Keith' Stimme von der anderen Seite. „Kommt rein."

Der Hof lag verlassen, kein Auto war zu sehen, abgesehen von einem ausgebrannten Wrack, das ein Stück entfernt auf dem Dach lag.

„Wo sind die alle?", fragte Keith misstrauisch.

„Hier ist niemand", wisperte Violet. Sie konnte nicht verhindern, dass ihre Frustration in den

Worten schwang.

Cyric warf ihr einen Blick zu. „Doch. Jemand ist hier. Einer von unseren Leuten." Er nahm das Schwert vom Rücken. „Bleibt wachsam, okay? Das könnte eine Falle sein."

Pascal nickte und tat es ihm nach. Keith zögerte einen Moment, dann zog auch er seine Klinge blank. Sie überquerten die freie Fläche und hielten auf das Haupthaus zu. Die Gebäude lagen in tiefem Dunkel. Das reich verzierte Hauptportal war demoliert, ein Flügel stand halb offen, der andere hing schief in den Angeln.

„Shit", stieß Violet hervor, „seid ihr das gewesen?"

„Mich wundert, dass sie es nicht repariert haben", gab Cyric zurück. „Sieht wirklich so aus, als hätten sie alles hier stehen und liegen gelassen."

Holzdielen knarrten unter ihren Sohlen, als sie das Atrium betraten. Ein scharfer, chemischer Geruch wehte ihnen entgegen. Mit dem Fuß stieß sie gegen ein Blechfass, das direkt hinter der Tür stand. Sie unterdrückte einen Fluch und versuchte, in der Finsternis irgendetwas zu erkennen. Gern hätte sie ihre Taschenlampe benutzt, aber die lag in ihrem Auto, das Emily gestohlen hatte. Sofort stieg der Groll wieder hoch.

„Brian?" Der Ruf kam von draußen, schallte über den Platz. „Brian, kommst du endlich?"

Sie erstarrte. Cyric sah sie alle an, legte einen Zeigefinger auf die Lippen und bedeutete ihnen, sich nicht zu bewegen. Er drang tiefer in den Raum ein und war einen Augenblick später verschwunden.

„Brian!" Die Stimme klang jetzt näher. Und hörbar genervt. „Verdammt, ich wollte nicht die ganze Nacht hier bleiben. Findest du die Zünder nicht, oder was?"

Jetzt wurde ihr gleichzeitig heiß und kalt. Hatte der Kerl gerade Zünder gesagt? Was sollte das heißen? Na was wohl, Baby?

„Die wollen den Laden in die Luft jagen", flüsterte sie.

„Warte", gab Keith genauso leise zurück. „Das haben wir gleich."

Er glitt nach draußen durch das ramponierte Portal. Für ein paar Minuten hörte sie nichts. Dann ein ersticktes Gurgeln. Sie hob die Beretta, doch Pascal berührte sie an der Schulter.

„Nicht."

Minuten schienen sich zu Stunden zu dehnen. Die Stille war so dicht, dass sie ihre Herzschläge zu hören glaubte. Plötzlich flackerten ein paar Wandlämpchen auf, die den Raum in fahlen gelblichen Schein tauchten.

„Alles sauber", verkündete Cyric von der anderen Seite.

Violet sah nun auch das Hindernis, gegen das sie gestoßen war. Das gesamte Atrium war vollgestellt mit rostigen Blechfässern. HBC war in Großbuchstaben auf die Schilder gedruckt, darunter Warnhinweise mit Totenkopfsymbolen.

Auf Cyrics Schwertklinge schimmerte Blut. Er hob ein Plastikpäckchen in die Luft. „Die waren dabei, hier alles zu sprengen."

„Ich habe das andere Arschloch erwischt", sagte Keith von der Tür her. „Das waren dann alle, glaube ich."

„Frag ihn nach Gabriel!" Violet schob sich an ihm vorbei ins Freie. Ein Mann krümmte sich im Sand, beide Hände auf den Bauch gepresst. Mit glasigen Augen starrte er hoch zu ihr.

„Wo ist Gabriel?", brüllte sie ihn an. Der Mann grinste, dann verzerrte Schmerz sein Gesicht. „Wo?" Sie packte ihn bei der Kehle und stieß ihm den Lauf der Pistole gegen die Stirn.

„Kirche", flüsterte er. Sein Blick verlor den Fokus. „Aber ihr seid zu spät." Ein Zittern lief durch seinen Körper. Ein kraftloses Kichern. „Schieß doch, du Schlampe."

„Das sind die scheiß Fässer, die vorher im Keller standen", hörte sie Cyric in ihrem Rücken. „Was haben die mit dem Zeug gemacht?"

„Bestimmt nicht auf die Felder gesprüht", erwiderte Keith. „Oder hast du hier irgendwo Getreide gesehen?"

„Die Kirche", wiederholte Violet. Sie ließ den Kerl los und setzte sich in Bewegung, ohne sich zu vergewissern, dass die anderen ihr folgten.

Der Blutgeruch in der Kapelle war überwältigend. Violet stieß gegen ein Blechgestell, fluchte, griff danach und stellte fest, dass es ein transportabler Scheinwerfer war, wie man ihn auf Baustellen benutzte. Das Gehäuse fühlte sich noch warm an. Sie tastete nach dem Schalter und legte ihn um. Die Helligkeit war so gleißend, wie die Finsternis zuvor undurchdringlich gewesen war. Das Innere der Kapelle war völlig verwüstet. Teile der Mauer waren beschädigt, das Geländer des umlaufenden Balkons heruntergebrochen. Trümmer übersäten den Boden. Über den Boden verliefen Zündkabel, die irgendwo zwischen den Stützbalken verschwanden. Blutlachen glänzten auf den Fliesen.

In einer Nische neben dem Altar entdeckten sie Stephan und Gabriel. Sie lagen nebeneinander, an Händen und Füßen gefesselt. Die Ketten der Handschellen liefen durch Eisenringe, die im Boden einbetoniert waren, stabil genug, um einen tobenden Stier zu halten. In ihren Armbeugen steckten Nadeln, doch die Schläuche lagen durchtrennt am Boden. Blut tröpfelte aus den abgeschnittenen Enden und sickerte zwischen die Steine.

Violet blieb fast das Herz stehen bei ihrem Anblick. Sie streckte eine Hand nach Gabriels Hals aus, doch fand keinen Puls. Der schwarze Sog in ihrem Kopf wurde so überwältigend, dass sie für einen Moment die Balance verlor. Sie taumelte, dann war Keith neben ihr und tastete nach den Kanülen in Gabriels Armen.

„Er ist tot", sagte Cyric.

Nein, dachte sie. Nur das eine Wort. Nein.

Quälend langsam drehte sie den Kopf. Alles in ihr weigerte sich, es zu akzeptieren. Weil der Schmerz sie vernichten würde. Um sie drohte sich eine Wand aus Elend und Verzweiflung zu schließen, die alles Licht schluckte. Und sie wusste, dass sie das brechen würde.

„Nein", wisperte sie.

Cyric richtete sich auf. Keith neben ihr ließ das Schwert fallen, zog seinen Dolch und zog sich die Klinge über den Unterarm.

„Nimm seinen Kopf", fuhr er Pascal an.

Verzweifelte Hast breitete sich aus. Erst, als der Schmied Gabriels Kiefer aufzwang und Keith' Blut auf die bleichen Lippen tropfte, begriff sie, dass Cyric von Stephan gesprochen hatte, nicht von Gabriel.

„Was ist mit ihm?", fragte sie schwach.

Pascals Augen richteten sich auf sie, ein stumpfes Grau mit grünlichem Schimmer, das mehr als alles andere seine Erschöpfung verriet. „Sein Herz schlägt noch."

Keith verlagerte sein Gewicht. „Das ist nicht gerade ideal. Er braucht eine richtige Infusion."

„Wir haben keine Ausrüstung für eine Infusion. Es muss reichen, um ihn zu stabilisieren. Wenn wir zurück sind in der Stadt …" Cyric ließ den Rest des Satzes in der Luft hängen. „Ich sehe mal nach, ob ich einen Hinweis auf Thomasz' Verbleib finde. Wir brauchen Werkzeug, um diese Ketten zu lösen."

Er sprach nicht aus, was sie alle dachten. Stephan war tot, Gabriel lag im Sterben. Cyric rechnete nicht damit, Thomasz lebend zu finden. Das las sie in seinem Blick.

25

„Heute Abend fahre ich zurück", sagte Gabriel.

Violet blickte zu ihm hoch. Morgensonne fiel durch die Fenster des Lofts und vergoldete sein Haar und die Narben an den Schultern, die ihm von seiner zweiten Begegnung mit Etherlight geblieben waren.

„Also geben wir auf?"

Drei Wochen waren verstrichen, seit sie von Matavilya Crest zurückgekehrt waren. Drei Wochen, in denen sie die Stadt durchstöberten, Gefallen einforderten, jedem noch so winzigen Hinweis nachgingen. Sie hatten buchstäblich jeden Stein umgedreht. Alle Spuren führten ins Leere. Die Besitzungen der Etherlightkirche im Großraum Los Angeles waren sauber, Carl und Emily blieben spurlos verschwunden. Sie hatten den Sender angerufen, auf dem Carls Predigten liefen, doch natürlich bekam das Studio sie vorgefertigt auf Band. Violets Saab war auf einem Schrottplatz aufgetaucht. Die Identität des Verkäufers ließ sich allerdings nicht ermitteln.

Mom verharrte in einem mentalen Schockzustand, seit Violet ihr gebeichtet hatte, dass Emily sich mit einer Sekte eingelassen und nun wirklich verschollen war.

Gabriel war nicht mehr der Gleiche, nachdem er sich vom Blutverlust und den schweren Verletzungen erholt hatte, die Carl und seine Folterknechte ihm zugefügt hatten.

Niemand sprach es laut aus, doch allen war bewusst, dass sich mit jedem Tag die Chancen verringerten, Thomasz doch noch zu finden. Gabriel zog sich immer weiter an einen Ort zurück, zu dem nicht einmal Violet ihm zu folgen vermochte. Das schmerzte.

Er gab sich wortkarg und verschlossen, schlief kaum, verbrachte Nächte grübelnd am Fenster. Sie wusste nicht, was sie noch tun konnte, um zu ihm durchzudringen. Er gab sich die Schuld am Tod seines Vaters, konnte sich nicht verzeihen, dass er in der Nacht der zweiten Entführung nicht bei ihm gewesen war.

Und hier schloss sich der Kreis. Vielleicht wäre nichts von alldem geschehen ohne den Auftritt ihrer Schwester und den idiotischen Streit, den Violet mit Gabriel geführt hatte. Vielleicht.

„Du hast selbst gesagt, dass sie deinen Vater lebend brauchen." Sie rollte sich auf den Bauch und stützte den Kopf auf einen Arm. „Sonst hätten sie ihn zusammen mit dir und Stephan in der Kapelle ausbluten lassen."

Gabriel knöpfte seine Jeans zu und zog sich ein T-Shirt über. Sie teilten das gleiche Bett, sie hielten sich in den Armen, doch sie schliefen nicht mehr miteinander. In der Nacht nach ihrer Rückkehr aus der Wüste und einer furchtbaren Transformation hatten sie rauen Sex gehabt, von Hunger und Verzweiflung getrieben. Doch danach hatte sich ein Schwert aus Kälte zwischen sie geschoben, ein Universum aus Schuldgefühlen und Bitterkeit, das jede Leidenschaft im Keim erstickte.

„Vielleicht hat Thomasz seinen Zweck längst erfüllt. Vielleicht treibt seine Leiche seit zwei Wochen blutleer in den Kanälen." Er rammte eine Faust gegen die Wand. „Gott, ich weiß ja nicht einmal, was Carl mit dem Engel überhaupt will!"

Violet zuckte zusammen unter seinem plötzlichen Ausbruch. Sie beobachtete, wie er das blau und weiß gemusterte Tuch um den Kopf schlang und zur Bandana verknüpfte.

„Was wird aus uns?", fragte sie nach ein paar Minuten des Schweigens.

Gabriel ließ die Hände sinken und sah sie an, als habe er gerade erst bemerkt, dass sie sich mit ihm im Raum befand. Die Traurigkeit in seinem Blick verstörte sie.

„Vielleicht muss ich mich selbst bestrafen."

„Es ist nicht deine Schuld!"

„Das ist nicht wahr und du weißt es."

Sie versuchte, ihre Hilflosigkeit unter einem Lächeln zu verbergen. „Kann ich dich irgendwie erreichen?"

„Ich rufe dich an."

„Ich glaube dir nicht." Ihre Stimme klang kläglich. Ein schwacher Funke Zorn regte sich. Auf sich, auf ihre Schwäche. War sie tatsächlich drauf und dran, vor ihm zu Kreuze zu kriechen, ihm eine Szene zu machen wie ein Beverly Hills Püppchen, das ihren Liebhaber verdächtigte, mit der besten Freundin rumgeknutscht zu haben? Sie wollte etwas nachschieben, eine gesalzene Bemerkung, irgendetwas, um klarzustellen, dass sie verdammt noch mal nicht auf die Gnade seiner Anwesenheit angewiesen war, öffnete den Mund und schloss ihn wieder.

Wann wirst du endlich erwachsen?

War es nicht viel mehr ein Zeichen von Mut, die Wahrheit auszusprechen? Sich nicht hinter Spitzfindigkeiten zu verstecken, Floskeln und idiotischer Etikette, die mit der ursprünglichen Bedeutung des Wortes nichts mehr gemein hatte?

„Ich liebe dich", sagte sie.

Erstaunlich, wie leicht das ging. Aber sie hatte ja keinen Grund, ihn zu belügen. Als sie seinen Kopf in ihren Armen gehalten hatte, auf dem Rückweg von Matavilya Crest, da war es ihr bewusst geworden, mit allen Konsequenzen. Dass sie seinen Tod nicht zulassen konnte. Weil sie ihn liebte, so unbarmherzig liebte, dass sein Tod sie vernichten würde, in einen Abgrund reißen, aus dem sie vielleicht nie wieder hinausfand.

Die Trauer in seinem Blick vertiefte sich. Gabriel sah sie lange an, als wolle er herausfinden, ob ein doppelter Sinn in ihren Worten lag. „Ich liebe dich auch."

„Warum tust du es dann?"

„Weil ich muss."

„Um deine Schuld zu sühnen?"

Er senkte die Lider. Die sonnengebleichten Spitzen seiner Wimpern flackerten. „Ich will dich nicht verletzen. Doch das tue ich, wenn ich bleibe." Sie öffnete den Mund zu einem Einwand, doch er ließ sie nicht reden. „Versuch nicht, es abzustreiten. Ich kann es in deinen Augen lesen. Jeden Tag ein bisschen mehr. Also muss ich gehen. So einfach ist das."

Violet fühlte sich leer und verbrannt, als sie zum Büro fuhr, um Marshall zu treffen. Ein Teil von ihr wollte umkehren, um die wenigen verbleibenden Stunden in Gabriels Nähe zu verbringen. Doch ihr Verstand sagte, dass es ihrem seelischen Zustand nicht guttun würde, zuzusehen, wie er seine Sachen packte und alle Spuren seines Aufenthalts aus dem Apartment seines Vaters tilgte.

Also stellte sie ihren Wagen ins Parkverbot vor dem mexikanischen Deli, versetzte einer Cokedose auf dem Gehweg einen Tritt und stieß übellaunig die Tür zum Büro auf.

Der kleine Fernseher auf dem Küchentresen lief mit gedämpftem Ton und zeigte Basketballspielstände.

„Sag nichts", befahl Marshall. Er nahm die Füße vom Tisch und hob beide Hände. „Sag nichts, bevor ich dich nicht mit den aktuellen Neuigkeiten beglückt habe. Danach wirst du dich nicht mal mehr erinnern können, was genau dir den Tag versaut hat."

„Ich habe Kopfschmerzen und Liebeskummer", murrte sie.

„Soll ich Adam Sheffer anrufen?"

„Ehrlich, ich bin nicht in der Stimmung für blöde Sprüche." Sie schleuderte ihre Tasche in Richtung ihres Schreibtisches und betrachtete die Zierkante, die immer noch abgebrochen hinunterhing, seit Mister Hähnchen-mit-Knoblauch daran herumgefummelt hatte. „Hat sich Wilken, das Arschloch, noch mal gemeldet?"

„Wieso? Willst du ihm Erzengel Gabriel auf den Hals hetzen?"

Sie nahm das Schulterholster ab und zog die Pistole heraus, zielte probeweise auf ihren Computer und ließ den Arm wieder sinken. „Eigentlich dachte ich daran, ihn selbst zu erschießen. Was sind jetzt die verdammten Neuigkeiten des Tages?"

„Ich habe einen Scheck." Er grinste wie eine Katze, der die Sahne von den Schnurrhaaren tropft. „Von dem Typen, dem ich die Diamantohrringe verkauft habe."

„Wie viel?" Sie wusste, dass sie ungerecht zu Marshall war, doch fühlte sich außerstande, Euphorie zu empfinden.

„Gib einen Tipp ab."

„Keine Ahnung. Wie viel?"

„Zweihundertsiebzigtausend."

„Was?" Sie hatte sich verhört. Ganz sicher. „Zweiundsiebzig?"

„Zweihundertsiebzig."

Der Schock verdrängte jede andere Emotion. „Wie zur Hölle hast du das gemacht? Den Kerl mit einer Waffe bedroht?"

„Ich hab noch drei Pfund Koks draufgelegt." Sein Grinsen wurde breiter. „Aus unseren geheimen Kellervorräten. Die von der DEA."

Idiot. Das Lächeln stahl sich ohne ihr Zutun auf ihre Lippen.

„Ich habe einen Kumpel überredet, mir ein Zertifikat zu machen."

Violet hob eine Braue. „Ist das legal?"

„Sieht aus wie echt. Mit Wasserzeichen und sogar der Hologrammdruck ..."

„Ich will's gar nicht wissen", unterbrach sie ihn.

„Und auf diesem anderen Zertifikat ..."

„Dem anderen Zertifikat?"

„Das mit Mae West."

„Mae West", wiederholte sie.

„Ja, die die Ohrringe zu ihrer Hochzeit mit Frank Wallace getragen hat."

„Hat sie?"

Marshalls Miene war ein Ausdruck vollkommener Unschuld. „Hey, ich habe zwei Tage lang alte Klatschpostillen durchstöbert. Schau mal hier", er blätterte eine Zeitschrift auf und zeigte ihr ein Schwarz-Weiß-Foto, „verblüffend ähnlich, findest du nicht?"

„Da sind zwei weiße Punkte." Sie kniff die Augen zusammen. „Wer zur Hölle würde da Diamantohrringe rein interpretieren?"

„Dir mangelt es an Fantasie."

„Es mangelt mir an Fantasie? Aber dieser Käufer, der kriegt jetzt feuchte Träume, weil er glaubt, dass Mae Wests Hochzeitsohrringe über seinem Bett hängen?"

„Er ist glücklich, also haben wir eine gute Tat vollbracht. Wahrscheinlich hat er sogar noch Geld gespart. Die echten Mae West Klunker kosten bestimmt das Doppelte."

„Mae West." Sie seufzte. „Da muss man erst mal drauf kommen. Du bist der Größte. Wir sind reich. Ich bin so stolz auf dich."

„Und du bist sicher, dass du nicht noch mal mit Adam Sheffer ausgehen willst? Ich meine, er hat es einfach so hingenommen, dass du sie geklaut hast, nicht die Bullen gerufen oder so. Und wo die herkommen, da ist noch mehr und ..."

„Marshall, bitte. Ich bin nicht in der Stimmung."

Jetzt sah er wirklich betroffen aus. „Hast du das ernst gemeint mit dem Liebeskummer?"

„Todernst. Am liebsten würde ich mich betrinken und mir die Augen aus dem Kopf heulen." Sie schluckte. „Aber große Mädchen weinen nicht."

„Tut mir leid." Plötzlich linkisch, trat er an den Kühlschrank und zog die Tür auf. „Hier gibt's noch eine halbe Flasche Wodka, aber ich könnte auch Rum besorgen. Ich persönlich wäre ja für Rum, dann kaufe ich noch Limetten und dann könnten wir diese leckeren ..."

„Marshall!"

Er blickte auf. „Was?"

„Hör auf mit dem Scheiß." Sie versetzte ihrer Tasche einen Tritt, der sie noch ein Stück weiter unter den Tisch beförderte, und ließ sich aufs Sofa fallen.

„Sieh mal", Marshall deutete auf den Fernseher. „Läuft seit gestern auf allen Sendern."

Sie musterte den Strahlenkranz mit dem Etherlightschriftzug. Tritt ein ins Licht. „Mein Gott, wenn ich diesen Mistkerlen nur irgendwas beweisen könnte." Sie zog ihre Beine hoch und legte den Kopf auf die Armlehne. „Wann ist übrigens diese Apokalypse?"

„Gute Frage." Marshall studierte den Kalender an der Wand. „Ich würde ja auf ein populäres Datum tippen. Weihnachten oder eine Sonnenwende. Oder – wie wäre es mit Samhain?" Er drehte sich um. „Das ist nämlich morgen."

„Morgen?"

Der Fußboden knarrte unter Marshalls Füßen. „Etherlight verkündet, dass die Apokalypse unmittelbar bevorsteht. Sie sind die einzigen Propheten Gottes, denen er wahre Einsicht geschenkt hat und deshalb weicht ihr Datum von den anderen Weltuntergangsdaten ab."

Eine Zeit lang war nur das Klappern der Tasten zu hören, die leise Stimme des Sportkommentators und ab und an ein Auto auf der Straße.

„Oh", sagte Marshall plötzlich. „Die haben ihre Webseite renoviert. Warte, das musst du dir anhören."

Violet hob den Kopf vom Polster und sah zu ihm hinüber.

„Homeland Security, FBI und andere Behörden, deren höchstes Anliegen die Sicherheit unseres Landes und seiner Bürger sein sollte, ignorieren auch weiterhin unsere Warnungen", las er vor. „Carl Miller, oberster Bischof und Hohepriester der Kirche von Etherlight, wendet sich nun direkt an die Menschen ..." Marshall hob den Kopf und zwinkerte ihr zu. „Baby, hier steht es schwarz auf weiß. Morgen findet die Apokalypse statt. Und wir hätten es beinahe verpasst."

„Es wäre zum Totlachen, nicht wahr?" Groll schwelte in ihrer Brust. „Wenn nicht so viel Blut geflossen wäre."

„Wenn die Nacht der Nächte anbricht, verlasst eure Häuser nicht, verschließt eure Fenster und Türen und sprecht die Gebete, um die Gnade des Schöpfers zu erlangen." Er streute Zucker in seinen Kaffeebecher und rührte darin. „Der gleiche Scheiß wie in den Fernsehspots. Du sollst in ihre Kirche kommen, um das Gebet zu lernen und außerdem", eine senkrechte Falte bildete sich auf seiner Stirn, „sollst du das Zeichen der Unschuld auf deine Türschwelle malen, mit geweihtem Ziegenblut."

„Geweihtes Ziegenblut?", wiederholte sie ungläubig.

„Und das Zeichen der Unschuld zeigt dir dein freundlicher Etherlightpriester von nebenan." Marshall schnaubte spöttisch. „Natürlich gegen eine kleine Spende. Ich wette, sie verkaufen das den Leuten zusammen mit dem Handbuch mit den zehn wichtigsten Verhaltensregeln für das Jüngste Gericht im Sparpaket. Zwei zum Preis von einem. Ich frage mich nur, warum sie sich so auf die Apokalypse festnageln. Wenn morgen Nacht nichts passiert, ist ihre Glaubwürdigkeit für immer im Eimer."

„Nein, die sind schlau." Violet sprang von der Couch auf. Eine leise Erregung breitete sich in ihr aus, ein Kribbeln im Blut, das es ihr unmöglich machte, still zu sitzen. Dieses Gefühl, einer Sache auf der Spur zu sein, die dem Fall eine neue Wendung geben könnte. Während der ganzen drei Wochen ihrer Suche hatte sie niemals dieses Jagdfieber verspürt. Dass es jetzt ansprang, fesselte sie so sehr, dass sie für einen Moment sogar ihr Elend wegen Gabriel vergaß.

„Sie verkünden die Apokalypse, und wenn sie nicht eintritt, behaupten sie, dass Gott den Tag der Abrechnung noch mal verschoben hat, weil ihre Missionare genug reine Seelen gefunden haben, um seine Gnade zu erwirken."

Sie begann, den Raum zu durchwandern. Bilder kreisten in ihrem Kopf. Puzzlesteinchen, die beinahe zusammenpassten. Das Plakat mit den dreiköpfigen Höllenhunden und dem Engel mit Flammenschwert. Bist du bereit für das Jüngste Gericht? Marvs Krallenhand, Emilys zerstörtes Gesicht. Sie dachte an die mutierten Laborratten und die Hunde im VORTEC Keller und an die monströsen Kadaver im Hof der Fabrik. Hastig klappte sie ihr Handy auf und blätterte durch die Fotos. Da war es, das Bild des Kojoten, den sie überfahren hatte.

„Alles okay?", fragte Marshall.

„Dieses Tier", sie drehte ihm das Display zu, „das aussieht wie eine kranke Hyäne, das war in Wirklichkeit ein mutierter Hund."

Er runzelte die Stirn. „Ich habe die Viecher nicht wirklich gesehen. Nur die beiden in der Nacht, als mich Emilys Liebhaber niedergeschossen hat und da war ich nicht ganz auf der Höhe. Tut mir leid."

Sie bedachte ihn mit einem schiefen Grinsen und setzte sich wieder in Bewegung. Die Radiomeldung kam ihr in den Sinn, über die Wanderer, die von einem Rudel wilder Hunde getötet worden waren. Etherlights Schergen hatten Gabriels und Stephans Blut gestohlen. Wofür? Um fortzusetzen, was VORTEC begonnen hatte? Wollten sie sich ein Wunderheilmittel verschaffen, einen heiligen Gral? Und Shit, da waren noch die mysteriösen Fässer in Matavilya Crest. Wie passten die ins Bild? „Hast du schon mal von HCB gehört?"

„HCB?", fragte Marshall irritiert.

„In Matavilya Crest haben wir fünfzig leere Blechfässer in der Eingangshalle gefunden, die alle mit HCB beschriftet waren. Hexachlor-Irgendwas. Ein Schädlingsbekämpfungsmittel. Ich frage mich, was Etherlight damit wollte." Violet blieb vor dem Fenster stehen und beobachtete einen Polizeiwagen auf der anderen Straßenseite, der einen Toyota gestoppt hatte. Im Fernsehen lief Cornflakeswerbung.

Marshalls Finger glitten über die Tasten. „Hexachlorobenzen", verkündete er. „HCB. Ein Fungizid. Meinst du das?"

„Ja genau." Sie drehte sich um. „Was könnte Etherlight damit vorhaben? Ich meine, fünfzig Fässer!"

„Vielleicht verrühren sie es mit diesem …", Marshall zog eine Grimasse, „Engelsblut und kochen daraus einen Zombieerweckungstrank?"

Violet klappte das Handy zu und schob es in die Hosentasche.

„Warte, das ist interessant." Er wurde schlagartig ernst. „Ich habe hier vielleicht was … okay, das Zeug wurde in den sechziger Jahren verboten, nachdem mit HCB behandelter Weizen zu einer Massenporphyrie in Anatolien geführt hat. Über viertausend Menschen sind erkrankt. Fast alle Kleinkinder unter zwei Jahren starben an der Giftkonzentration in der Muttermilch." Sein Gesicht wirkte ein paar Schattierungen blasser, als er aufblickte. „Porphyrie, das ist die Blutkrankheit, die sie bei deiner Schwester mit Leukämie verwechselt haben, oder?"

„Porphyrie in Verbindung mit Sangrin führt zu Mutationen." Das flaue Gefühl in Violets Magen verdichtete sich zu Übelkeit. „Oh Gott, was ist, wenn dieser Carl Miller und seine verrückten Jünger beschlossen haben, der Apokalypse nachzuhelfen? Stell dir vor, sie schalten diese gigantische Werbekampagne und dann, in der Nacht der Nächte, passiert etwas. Wenn sich wirklich ein Schlund der Hölle öffnen und dämonische Kreaturen ausspucken würde, dann wäre das der Volltreffer für die Sekte. Die Gläubigen würden ihnen in Scharen zulaufen."

„Und wie erklären sie, dass die Apokalypse nur in Los Angeles stattfindet?"

„Wem mangelt es jetzt an Fantasie?" Ihre Wangen brannten. Plötzlich rutschten die Puzzleteile ineinander, eines nach dem anderen. „Sie werden eine Geschichte erfinden. Los Angeles ist das moderne Babel, deshalb öffnen sich die Tore zur Hölle natürlich auf dem Hollywood Boulevard. Ist doch klar. Oder sie behaupten, dass das Gleiche in anderen Metropolen dieser Welt geschieht. Wer soll das Gegenteil beweisen? Sie werden diese mutierten Bestien filmen, und wenn sie das senden, lösen sie eine mittlere Panik aus, in der sowieso niemand mehr nach Beweisen fragt."

„Ausbruch der Porphyrie nach dem Verzehr von HCB Weizen waren drei bis sechs Wochen", las Marshall vor.

„Vielleicht geht es schneller, wenn man die Dosis erhöht."

„Und dann brauchen sie das Blut." Marshall drückte sich mit dem Stuhl ein Stück vom Schreibtisch weg und stützte seine Füße auf die Kante. „Sie besorgen sich herrenlose Hunde, vergiften sie mit HCB und verabreichen ihnen das Blut. Dann müssen sie nur etwas warten und fertig sind die Höllenbestien."

„Vor ein paar Wochen gab es doch diese Einbruchserie in die Tierheime." Ihre Kehle schnürte sich zu. Die Bestien in der alten Fabrik waren stark und gefährlich. Wie tollwütige Wölfe. Selbst Gabriel und seine Schattenläuferfreunde mit ihren übermenschlichen Kräften hatten Mühe, sie zu töten. Gewöhnliche Sicherheitskräfte wären einfach in Stücke gerissen worden.

Nun passte auch der Engel ins Bild. Wenn Etherlight ihn aufspüren und dazu bringen konnte, ihr apokalyptisches Schlachtfeld zu betreten, war die Inszenierung perfekt. Doch selbst ohne Engel blieb die Botschaft verständlich. Etherlight kannte die Wahrheit. Sie konnten beweisen, dass ihr prophezeites Datum das richtige war. Und selbst wenn das Jüngste Gericht nach zwei Stunden zu Ende war, weil die Armee anrückte und den Kreaturen mit M60 Feuer den Garaus machte, würde es ausreichen, um Carls Sekte Millionen Gläubiger zuzutreiben.

„Shit", sie zog ihre Tasche unter dem Schreibtisch hervor, „ich muss sofort mit Gabriel reden."

*

Gabriel hielt überrascht inne, als Violet in der Tür auftauchte. Er hatte sie nicht kommen gehört. Ihre Wangen leuchteten in einem fiebrigen Rot, die Augen glänzten ungesund. Sein Magen zog sich zusammen. Er wollte nicht, dass es so endete, doch die Schuld erdrückte ihn und brannte ihn aus. Er wollte, durfte sie nicht weiter verletzen. Er war nicht der Mann, den sie verdiente, und würde ihr nicht länger im Wege stehen.

„Ich weiß jetzt, was sie vorhaben." Ihre Stimme klang heiser.

Er verspürte ein überwältigendes Bedürfnis, sie an sich zu ziehen und festzuhalten und sein Gesicht in ihrem Haar zu vergraben. Doch er gab der Neigung nicht nach und blieb reglos stehen. Es änderte nichts. Es würde den Bruch nur schmerzhafter machen, als er ohnehin war.

„Etherlight", fügte sie hinzu. „Ich weiß, was sie tun werden."

„Was meinst du?"

Sie trat auf ihn zu, so nahe, dass ihr Atem ihn streifte. Dann war sie vorbei, ihre Hand strich an seinem Arm entlang, eine beiläufige Berührung, die einen Kratzer auf seiner Seele hinterließ. Er drehte sich um und sah zu, wie sie sich auf das Sofa zwischen Thomasz' hölzernen Bücherregalen setzte.

„Kennst du die Geschichte von Charles Manson?"

„Der Massenmörder?" Worauf wollte sie hinaus?

„In den Sechzigern war Manson der Anführer einer Sekte. Er war überzeugt, dass sich die Apokalypse in Gestalt eines Krieges zwischen der weißen und schwarzen Rasse entlädt, dass die Schwarzen siegen und ihn anschließend zum Herrscher über die Welt machen würden." Sie presste ihre Fingerspitzen gegeneinander, als wolle sie ein Zittern unterdrücken. „Nachdem die von ihm prophezeiten Unruhen 1969 nicht eintraten, schickte er seine Anhänger los, um ein paar reiche Weiße zu töten, unter anderem Sharon Tate, die schwangere Frau des Regisseurs Polanski. Er dachte, auf diese Weise könnte er die Apokalypse erzwingen, denn alle Schwarzen würden in den Taten der Manson Family ein Leuchtfeuer erkennen, das ihnen den Weg zeigt."

Gabriel kannte die Geschichte. Manson, der vermutlich populärste Gefangene Kaliforniens. Angeblich bekam kein anderer Gefängnisinsasse in den Vereinigten Staaten so viel Fanpost. Er verstand nur noch nicht, was Violet ihm sagen wollte. „Was hat das mit Etherlight zu tun?"

„Manson hat versucht, seine Überzeugungen in die Realität zu zwingen. Er dachte, die kosmische Ordnung bräuchte nur einen kleinen Schubs und dann würde sich alles so fügen, wie er es in seinem wirren Geist vorhersah." Violet beugte sich vor. „Und genau das ist es, was Carl Miller vorhat. Nur mit dem Unterschied, dass seine Apokalypse ein paar Nummern größer ausfallen wird."

Sie bebte förmlich vor Energie. Frische Glut strahlte aus jedem ihrer Worte, während Leere in ihm tobte. Er fürchtete sich, ihre Glut zu ersticken, wenn er den Mund aufmachte und ihm ein Stück Leere entschlüpfte.

„Du brauchst nichts zu sagen. Hör nur zu." Violet sprang auf. „Das Zeug aus den Fässern in Matavilya Crest ist eine hochgiftige Chemikalie, die bei Menschen und Tieren Porphyrie hervorruft. Sie kontaminieren Tiere mit HCB, warten, bis sich die Symptome zeigen und dann geben sie ihnen euer Blut. Sie züchten sich ihre eigenen Dämonen."

Nur langsam sickerte die Bedeutung ihrer Worte in ihn ein. Die schreckliche, verdrehte Logik, die darin lag.

Stephans Forschungen waren aus dem Ruder gelaufen und seine Liebe zu Emily hatte ihn zu einer verzweifelten Tat getrieben. Emily hingegen hatte ihn nur noch benutzt, nachdem sie Carls Charme und seinem Charisma verfallen war. Carl wiederum benutzte Emily, um Stephans Vermächtnis für seine Zwecke zu pervertieren.

Violet streckte eine Hand nach ihm aus. Ihre Finger, kühl und weich, glitten seinen Hals herauf, unter sein Haar, die Wange herauf, über seine Schläfe. Sie schlüpfte unter die Bandana und löste das Tuch, sodass sein Haar ihm über die Schultern fiel.

„Nicht aufgeben", flüsterte sie. „Niemals aufgeben. Auch nicht tief drinnen." Ihre Fingerspitzen besänftigten den Aufruhr in seiner Seele und rührten an eine Zärtlichkeit, die er vergeblich versucht hatte, abzutöten.

„Sie inszenieren die Apokalypse", fuhr sie fort, in gedämpftem Tonfall. „Sie lassen die Bestien in der Stadt frei und sorgen für mediale Aufmerksamkeit. Und diese Sache mit dem Engel …" Sie ließ die Hand sinken. „Der Engel wäre die Krönung des Spektakels. Ich habe auf dem ganzen Weg zurück darüber nachgedacht. Dass sie deinen Vater vielleicht brauchen, um den Engel herauszulocken. Er könnte noch am Leben sein. Was, wenn er eine Art Faustpfand ist?"

„Wann soll diese Apokalypse stattfinden?"

„Heute Nacht."

Es ist die Hoffnung, aus der der Schmerz entspringt. Das hatte er schon vor langer Zeit gelernt. Die Hoffnung, dass Savoyen die Nacht überstehen möge, dass die schwärzlichen Verfärbungen auf Zoes Armen nicht ein Zeichen der Pest waren. Dass mehr von seinem Blut die schrecklichen Veränderungen rückgängig machen würde. Und nun flammte die Hoffnung wieder auf, dass Thomasz noch am Leben sein konnte. Es war ein verrückter Strohhalm, ein Faden dünner als ein Haar.

Die Hoffnung krallte ihre Klauen in die Leere und holte den Schmerz zurück. Er starrte auf Violet hinab, ihre leuchtend wasserblauen Augen, die ihm den Atem nahmen. Er wollte sie nicht küssen, doch dann tat er es doch, nahm ihren Kopf in beide Hände und streifte ihren Mund. Es war ein leichter Kuss, warm und zart und gerade genug, um ein Loch in die Eiswand zu schmelzen, die er zwischen ihnen errichtet hatte.

26

Kurz nach Sonnenuntergang kam über den Polizeifunk die Meldung, dass ein Raubtier Spaziergänger im McArthur Park angefallen hatte. Marshall lauschte in die Frequenzen und hielt Violet auf dem Laufenden.

Gemeinsam mit Gabriel war sie in Pascals Loft zurückgekehrt, der sich allmählich in eine Kommandozentrale verwandelte. Pascal telefonierte fast ununterbrochen. Ein paar Schattenläufer, die Violet nie zuvor gesehen hatte, standen draußen auf der Rampe. Und alle warteten auf ein Lebenszeichen von Cyric, der sich erboten hatte, Katherina die Botschaft zu überbringen, dass in den nächsten Stunden eine Armee mutierter Bestien über die Stadt herfallen würde. Die Garde musste etwas unternehmen.

Eine halbe Stunde später war auf allen Kanälen die Hölle los. Notambulanzen rückten aus, weil in der Nähe der Union Station ein Rudel Wölfe das Freiluftfestival des Mexikanischen Kulturinstitutes verwüstete und es jede Menge Verletzte gab. Zwei große Hyänen lösten Panik auf dem Hollywood Boulevard aus. Violet entschied, ihren ehemaligen Boss anzurufen, der sie zwei Stunden zuvor für verrückt erklärt hatte. Er nahm sofort ab.

„Hallo Tom", sagte sie. „Ich bin's noch mal. Hörst du Polizeifunk?"

„Ich fahre gerade zurück ins Büro." Toms Stimme klang abgehetzt und ein wenig zu schrill. „Was ist das für eine Scheiße da draußen?"

„Es geht los, Tom."

„Verschone mich mit diesem paranormalen Blödsinn, okay? Irgendwelche bescheuerten Tierschützer haben sich im L.A. Zoo ausgetobt, das ist alles."

„Wenn du einen Fernseher findest, schalte mal auf FOX oder irgendeinen anderen Kanal und warte auf die Apokalypsewerbung." Sie hatte Mühe, ihre Stimme ruhig zu halten. „Da rollt eine sich selbst erfüllende Prophezeiung auf euch zu! Ihr solltet wirklich alle verfügbaren Kräfte mobilisieren, um diese Dreckskerle zu finden, bevor sie ihr Inferno auf die Stadt loslassen."

Tom auf der anderen Seite schwieg einen Moment. „Ich weiß nicht, was du da ausgegraben hast", sagte er. „Aber irgendwo unterwegs hast du dich verlaufen. Wenn du mich für dumm verkaufen willst ..."

„Ich habe auch eine Zeit lang gebraucht", erwiderte sie schwach. Sie warf Gabriel einen Blick zu, der mit Keith diskutierte. „Es ist, was es ist."

„Okay. Was soll ich deiner Meinung nach tun?"

„Die Arschlöcher finden. So schnell wie möglich." Den Engel erwähnte sie vorsichtshalber nicht.

„L.A. ist groß."

„Vielleicht solltet ihr euch auch vergewissern, wie es mit militärischer Verstärkung aussieht." Sie biss sich auf die Lippen. „Schickt eure Leute auf die Straße, lasst sie die Augen aufhalten. Ich melde mich wieder, okay?"

Mit einem gemurmelten Fluch legte sie auf.

Eine halbe Stunde später tauchte Alan auf, in Begleitung einer Frau. Sie war schmal und drahtig. Honigfarbene Locken kringelten sich um ihre Schultern.

„Ich bin Eve." Ihr Händedruck fühlte sich kühl und fest an.

„Danke, dass ihr gekommen seid", sagte Pascal.

„Die paar Biester da draußen sind nur Vorgeplänkel." Das war der alte Gabriel, der da vor ihr stand, wagemutig, voller Tatkraft und ein wenig zynisch. Violet spürte leise Erleichterung. Die Ketten aus Schuld und Selbstvorwürfen, die jeden Tag ein wenig mehr von seinem Leben fraßen und ihn in einen grauen Schatten seiner selbst verwandelten, waren verschwunden. „Wir müssen herausfinden, wo Etherlight ihre Hauptwelle freisetzt."

„Sie wollen diesen Engel anlocken", fügte Violet hinzu. „Wir glauben, dass sie Thomasz dafür brauchen."

„Ich kann ihn spüren", sagte Eve. Violet wusste nicht viel über die blonde Frau. Nur, dass sie Alans Gefährtin war und dass sie in den Ereignissen um die Erweckung des Engels eine mysteriöse Rolle gespielt hatte. „Ich weiß nicht, wo er ist, ich konnte ihn nicht orten. Aber ich spüre ihn wie einen Geruch in der Luft. Manchmal schwächer, manchmal stärker. Er bleibt nie sehr lange verschwunden."

„Sein Name ist Asâêl", sagte Gabriel.

„Ich weiß." Eve lächelte schmal. „Ich glaube, es zieht ihn zum Ort seiner Erweckung. Immer wieder. Er ist noch nicht wieder im Vollbesitz seiner Kräfte, deshalb widerstrebt es ihm, sich zu weit von vertrauten Gestaden zu entfernen."

„Und wo ist der Ort seiner Erweckung?"

„Maryans Cathedral."

Alan legte einen Arm um Eves Schultern. Es war eine leichte Berührung, nicht sehr besitzergreifend, doch Violet erfasste den Blick, den die beiden tauschten. Die Art, wie sie sich ansahen, wie sie miteinander umgingen, verriet Innigkeit und bedingungsloses Vertrauen, als teilten sie wahrhaftig jeden Gedanken. Das berührte sie und machte sie zugleich wehmütig. Sie fragte sich, ob es zwischen ihr und Gabriel jemals so sein könnte.

„Maryans Cathedral ist geweihte anglikanische Kapelle auf dem Dach eines Hochhauses im Fashion District in Downtown", fügte Eve hinzu.

„Die Lakers spielen heute Abend im Staple Center", sagte Pascal. „Und gleichzeitig findet der Midnight Art Walk statt. Die Galerien und Bars in Downtown haben bis Mitternacht geöffnet. Wenn Etherlight ihre Kreaturen dort loslassen, wird es ein Blutbad geben."

„Also fahren wir zu Maryans Cathedral?" Violets Telefon klingelte, sie trat zur Seite und nahm ab.

Ein panischer Unterton schwang in Marshalls Stimme. „Es sind jetzt vier auf dem Hollywood Boulevard. Vier Bestien. Zehn Tote, über fünfzig Verletzte. Die Cops rufen Verstärkung aus allen Bezirken. Sie sind nicht mehr sicher, ob das Hyänen sind oder was anderes."

„Shit. Sonst noch was?"

„Ein Unfall in Downtown, die Figueroa Street ist dicht. Ein großer Hund ist in ein offenes Cabrio gesprungen und hat den Fahrer angegriffen. Hey, ich weiß nicht, ob ich im Büro bleiben soll, ich meine, diese Sperrholzwände sind nicht gerade stabil, und wenn die Viecher hier auftauchen …"

„Keine Sorge, die konzentrieren sich auf belebte Gegenden." Sie versuchte, so viel Zuversicht wie möglich in ihre Stimme zu legen. Sie war nicht sicher, ob ihre These stimmte, aber vermutlich war es ungefährlicher für Marshall, im Büro zu bleiben, anstatt zusammen mit viertausend anderen panischen Autofahrern Zuflucht auf der Straße zu suchen. „Verriegle die Tür und mach das Licht aus."

*

Auf den Straßen von Downtown herrschte Verkehrschaos.

„Das ist sinnlos", knurrte Gabriel.

Eine fiebrige, adrenalinschwangere Erregung trieb ihn an. Und nun steckten sie in einer Blechlawine fest, die Downtown abschirmte wie ein stählerner Wall. Weiter vorn erhob sich ein misstönendes Hupkonzert. Polizei- und Feuerwehrsirenen brachen sich an den gläsernen Fassaden.

„Wir können aussteigen und laufen", schlug Violet vor.

„Bis zu Maryans Cathedral sind es zwölf oder vierzehn Blocks", sagte Alan, der mit Keith auf dem Rücksitz saß. Eve war mit Pascal zurückgeblieben. „Das ist ein ziemliches Stück."

„Aber so kommen wir nicht weiter." Gabriel stellte den Motor ab und stieß die Tür auf. „Ich gehe zu Fuß."

Der Himmel passte zu seiner Stimmung, finster und mondlos, ohne einen Stern am Firmament. Die Laserstrahlen des Staple Centers reflektierten an der Wolkendecke. Nebel verzerrte die Spitzen der Bankentürme zu leuchtenden Schemen. Etliche Hubschrauber schwebten über Downtown. Feuerwehr, Presse und die Luftüberwachung des LAPD. Obwohl alles stillstand, erschien der Lärm hier draußen ohrenbetäubend. Sie standen auf einer Brücke, die den L.A. River und die Eisenbahnschienen überwölbte. Unter ihnen ratterte ein Güterzug, neben ihnen liefen Motoren, Sirenen heulten über dem Lichtermeer. Es stank nach Abgasen und fauligem Wasser.

Gabriel zog die Plane von der Ladefläche des Pick-ups zurück und nahm sein Schwert herunter, ohne sich um neugierige Blicke zu kümmern. Nach ein paar Sekunden stiegen auch Alan und Keith aus und legten ihre Waffen an. Alan verbarg seine Klinge unter einem langen Mantel.

„Hoffen wir, dass die Cops uns nicht anhalten", sagte Violet.

Ihre Jacke wölbte sich über der schusssicheren Weste. Nicht, dass das Ding viel nützen würde, wenn ein blutgieriger Wolfshund sie anfiel. Schnell schob er den Gedanken beiseite. Er konnte Violet nicht abhalten, mit ihnen zu kommen. Andererseits war er froh, sie bei sich zu haben und zu wissen, dass sie ihm den Rücken deckte. Sie war clever und wusste sich ihrer Haut zu wehren. Er verlor allmählich die Übersicht, wie oft sie ihm inzwischen das Leben gerettet hatte. Der Gedanke entlockte ihm ein sarkastisches Lächeln. Wer musste hier auf wen aufpassen?

Alan übernahm die Führung, er selbst die Nachhut. Keith telefonierte mit den anderen, die hinter ihnen im Verkehr feststeckten. Ein Stück vor ihnen fleckten rote und blaue Lichter die Straße. Zuerst war kaum etwas zu erkennen, doch dann schälten sich Polizeiwagen aus der Dunkelheit, fünf oder sechs, die das Ende der Brücke blockierten.

Violet nahm das Handy vom Ohr. „Die Cops riegeln Downtown ab", sagte sie. „Kam gerade über Funk. Totalsperrung auf allen Freeways."

„Was ist passiert?", fragte Gabriel.

„Keine Ahnung." Die Scheinwerfer der Autos reflektierten sich in ihren Pupillen. „Ich schätze, wir sollten die Augen offen halten."

Alan beugte sich über das Geländer der Rampe und blickte hinab in die enge Schlucht zwischen der Brückenkonstruktion und einem Industrieloft. „Hier runter", sagte er. „Wenn wir die Polizeisperre umgehen wollen."

Entgeisterung huschte über Violets Gesicht, aber sie fing sich sofort wieder. Die Brücke war hier bereits so weit abgesenkt, dass der Höhenunterschied nur noch zwei oder drei Meter betrug. Keith schwang sich ohne ein weiteres Wort über die Brüstung und verschwand im Dunkeln. Gabriel wollte Violet helfen und fing sich einen bösen Blick ein. Elegant setzte sie über die Betonbalustrade, packte die untere Kante und ließ sich fallen. Alan grinste, dann tauchte auch er in die Schlucht. Gabriel folgte als Letzter.

Sie liefen am Brückenfundament zurück, bis sie auf eine verlassene Straße trafen, die parallel zu den Schienen verlief. Das Hupkonzert und der Lärm der Sirenen klangen hier unten gedämpft. Die Santa Fe Avenue war gesäumt von Industriehallen und Lagerhäusern. Stacheldraht krönte die Mauern.

Sie unterquerten zwei weitere Brücken, auf denen das gleiche Chaos herrschte wie auf der First Street. Rechter Hand tauchte ein Umspannwerk mit summenden Stromleitungen auf, danach wandten sie sich westwärts, durch kleine Gassen, die ins Herz von Downtown führten.

Vor der American Apparel Zentrale, einem sechsstöckigen Industrieloft, fanden sie die erste Tote. Ein Haufen aus Stoff und menschlichen Gliedern lag neben der Mauer, direkt unter einer Straßenlaterne. Gabriel zog das Schwert und hörte, wie Keith und Alan es ihm gleichtaten.

In die angespannte Stille klingelte Keith' Handy, so unerwartet, dass er zusammenzuckte. Seine Sinne waren aufs Äußerste angespannt. Während Keith ins Telefon lauschte, musterte Gabriel die Straße. Alle vier Spuren lagen verlassen. Nur ein einzelner Wagen stand auf der Fahrbahn, ein Lexus SUV, quer auf den Mittelstreifen. Halogenscheinwerfer schnitten wie Nadeln durch die dunstige Luft und malten Lichtflecken auf die rosafarbene Wand des American Apparel Gebäudes. „Da drüben", sagte er halblaut zu Alan. „Der Wagen."

Violet umfasste ihre Pistole mit beiden Händen. „Was machen wir?"

Etwas regte sich in den Schatten hinter dem Wagen, eine gedrungene Silhouette wurde sichtbar. Einen Augenblick später tauchte eine Kreatur hinter dem Lexus auf, die aussah, wie eine Kreuzung aus Wolf und abgemagertem Panther. Sie trottete ins Licht, blieb stehen und zog die Lefzen zurück. Ein tiefes Knurren füllte die Nacht. Doch zum Glück war es nur ein Raubtier, kein ganzes Rudel, wie Gabriel erwartet hatte.

„Wartet hier." Er packte das Schwert mit beiden Händen und näherte sich der Kreatur. Das Tier knurrte erneut, doch wich nicht zurück. Eine Bewegung im Augenwinkel lenkte Gabriel ab. Im gleichen Moment sprang der Hund. Es geschah so schnell, dass er nicht mehr erfasste als eine verschwommene Bewegung, dann flogen fünfzig Pfund Muskelmasse auf ihn zu. Reflexartig riss er die Klinge hoch und glitt zur Seite. Die Spitze erwischte den Hund am Bauch und schnitt durch einen seiner Läufe. Eine krallenbewehrte Pranke streifte seine Schulter und brachte ihn ins Taumeln, bevor das Tier zu Boden krachte. Hinter ihm brach Chaos los, doch er hatte keine Zeit, den Kopf zu drehen, weil der Hund sofort wieder auf den Beinen war. Als hätte der Schnitt ihn nur wütend gemacht. Ein Albtraum aus Zähnen und Klauen, drang er auf Gabriel ein. Er führte einen Abwärtshieb aus, heiße Flüssigkeit spritzte gegen seine Wange, er drehte sich, riss die Waffe frei und stieß erneut zu. Stahl schnitt durch Haut und Muskeln, durchtrennte das Rückgrat der Bestie und nagelte sie buchstäblich auf den Asphalt.

Schüsse krachten. Nun fuhr er doch herum, ließ den Schwertgriff los und packte die SIG Sauer und seinen Dolch. Alan und Keith waren damit beschäftigt, drei weitere Hunde niederzumachen. Violet feuerte auf einen vierten, traf ihn in die Brust und schleuderte ihn zurück. Doch die Bestie sprang sofort wieder auf die Füße und griff erneut an. Er jagte drei Kugeln in den Schädel seines lederhäutigen Gegners, der, aufgespießt von seinem Schwert, noch immer nach ihm schnappte. Die Fänge der Kreatur krachten aufeinander, das gelbliche Feuer der Pupillen trübte sich endlich.

Schwer atmend befreite er sein Schwert und wandte sich der Bestie zu, die Violet bedrängte. Ihre Kugeln hielten das Tier auf Distanz, doch reichten nicht aus, um es zu erledigen. Gabriel erwischte den Hund im Sprung, in einem weiten Rundschlag, der ihm das Genick durchschlug und den Schädel vom Rumpf trennte.

Keith lag am Boden und rang mit einer schuppigen Kreatur, die nach seinem Gesicht schnappte. Alan hatte eine Bestie erledigt und bedrängte die zweite. Mit zwei Sätzen war Gabriel bei Keith, packte von hinten den Schädel der Bestie und riss ihr mit dem Dolch die Kehle auf. Blut spritzte über Keith' Gesicht. Fluchend schleuderte Keith den Kadaver beiseite.

Alan schleuderte die letzte Kreatur mit einem Fußtritt gegen die Betonwand, setzte ihr nach und enthauptete sie. Irgendwo klingelte ein Handy.

Suchend blickte Keith sich um, entdeckte das Gerät und klaubte es mit ausgestrecktem Arm vom Asphalt, ohne aufzustehen.

Gabriel drehte sich zu Violet um, die mit gesenkter Pistole dastand und am ganzen Leib zitterte. Mit zwei raschen Schritten war er bei ihr, ließ das Schwert zu Boden fallen und zog sie an sich.

„Ich habe es getroffen", flüsterte sie. „Vier Treffer in die Brust."

„Es ist vorbei." Seine Hand strich über ihren Rücken, eine hastige Bewegung, sein hilfloser Versuch, ihren Schock zu lindern. „Sie sind tot."

Violet sah ihn an. „Du bist voller Blut."

„Nicht mein eigenes."

Neben ihnen hockte Keith auf dem Asphalt und brüllte ins Telefon.

„Verdammt, sind die zäh." Alan wischte sein Schwert am Mantelsaum sauber und schob es zurück in die Scheide.

Keith ließ den Arm mit dem Handy sinken. „Das war Cyric. Ihre Hoheit geruht, die Garde zu schicken. Wir treffen uns bei Maryans Cathedral."

„Falls wir es bis dorthin schaffen." Alan schob einen Ärmel hoch und untersuchte einen tiefen Kratzer an seinem Unterarm. Blut troff ihm von den Fingern. „Wir sind noch nicht mal in der Nähe des Fashion Districts. Diese Biester sind stark. Das wird kein Spaß, wenn die in größeren Rudeln ihr Unwesen treiben."

*

Von nun an bewegten sie sich mit äußerster Vorsicht und hielten sich dicht an den Hauswänden. Hundert Yards hinter dem American Apparel Gebäude stießen sie auf zwei weitere Hunde, die kleiner waren, als ihre Artgenossen zuvor. Der Kampf fiel kurz und blutig aus.

Ein paar Autos kamen ihnen entgegen, denen es gelungen war, aus dem Jahrhundertstau im Financial District und den Blocks rund um das Staple Center auszuscheren. Über der nächtlichen Stadt hing ein Teppich aus Sirenen, dem Grollen von Helikoptern und unverständlichen Megafondurchsagen aus weiter Ferne, die sich an den Hauswänden brachen.

Violet lauschte Marshalls zunehmend hysterischen Meldungen. Fernsehsender zeigten die ersten Bilder. Es gab ein paar Sekunden Livesendung, bei der ein Kameramann von einem monströsen Raubtier angegriffen wurde und die damit endete, dass das Blut des Mannes über die Linse spritzte, kurz bevor die Übertragung abbrach.

„Auf MSNBC läuft ein Interview mit einem Typen von Etherlight ..."

„Carl Miller?", fiel sie ein.

„Nein, ein Reverend Austin. Das LAPD hat Homeland Security zu Hilfe gerufen und die County Police Departments. Die sind verzweifelt."

Alan blieb so abrupt stehen, dass Violet gegen ihn stieß. Sie ließ das Telefon sinken. „Was ist?"

Sie sammelten sich im Schatten eines heruntergekommenen Hotels. Aus den Lüftungsgittern stieg muffige Luft, eine Mischung aus Wäscherei und altem Gemüse. Etwa dreihundert Yards vor ihnen, kurz vor der Kreuzung Central Avenue, blockierten quergestellte Polizeiwagen die Spur. Eine Ambulanz mit aufgerissenen Türen stand daneben, Blaulicht fleckte den Asphalt.

„Können wir die umgehen?", fragte Keith.

„Nicht ohne großen Umweg." Alan richtete sein Schwertgehenk so, dass der Mantel die Waffe vollständig verbarg.

Gabriel verzog einen Mundwinkel und wog die Scheide in seiner Hand. Seine Jacke verbarg den Dolch und die Pistole, aber die armlange Klinge war unmöglich, zu verstecken.

„Bleibt hinter mir", befahl Alan. „Wir müssen es drauf ankommen lassen."

Violet schob die Beretta ins Schulterhalfter und zog den Reißverschluss ihres Kapuzenshirts zu. Gabriel berührte sie am Arm. Sie tauschte einen Blick mit ihm, ein verkniffenes Lächeln. Wir kriegen das hin.

„Sie sind so stark", murmelte sie. Dieser monströse Hund, den selbst ein halbes Magazin aus ihrer Pistole kaum aufzuhalten vermocht hatte. Diese Art von Monstern hatte nichts mehr zu tun mit den mitleiderregenden Laborkreaturen, die sie in den Tunnels unter der VORTEC Klinik gefunden hatten.

„Wieso sind sie so stark? Etherlight hatte doch kaum ein paar Wochen."

„Es ist das Blut." Gabriel wich einem umgestürzten Mülleimer aus. „Das echte Blut. Die Mutation fällt viel stärker aus als mit dem künstlichen Ersatz. Unser Blut ist stark genug, um gebrochene Knochen und zerfetzte Organe in Stunden neu zu bilden – warum sollte es bei der Mutation anders sein?" Er seufzte. „Mein Vater ist ein Erstgeborener. Ein reiner Nephilim. Das heißt, das Blut in meinen Adern ist nur durch zwei Generationen verwässert. Wahrscheinlich haben sie nur ein paar Tropfen gebraucht, um den Mutationsprozess bei diesen Kreaturen in Gang zu setzen."

Keine guten Nachrichten. Aber was hatte sie erwartet?

Inzwischen waren sie nahe genug, um Details zu erkennen. Hinter den Polizeiwagen stauten sich die Autos auf der Central Avenue. Nach weiteren fünfzig Yards sah sie menschliche Leiber am Boden liegen. Schreie zerrissen die Nacht. Viele Autotüren standen offen, als hätten die Insassen der Fahrzeuge in unaussprechlicher Panik die Flucht ergriffen. Ein schrecklicher Fehler.

Der Boden rings um die Ambulanz bewegte sich. Zuerst glaubte sie an eine Sinnestäuschung. Doch da waren Wellen, die durch den dunklen Grund liefen, eine Unruhe wie Wirbel in einem Trichter voller Sand.

„Violet, zurück!", brüllte Gabriel.

Kein einziger Policeofficer war zu sehen. Ihre Fingerspitzen fühlten sich eisig an, als sie die Pistole zog. Tief über den Häusern schwebte ein Hubschrauber, nur zwei oder drei Blocks entfernt. Der Suchstrahl taumelte und zuckte. Und dann ballte sich der schwarze Teppich vor ihnen zu einem Klumpen und schoss direkt auf sie zu. Licht fing sich in unzähligen Augenpaaren, Bosheit und Blutgier glitzerte darin. Ein Albtraum materialisierte sich, so entsetzlich, dass sie zuerst nicht begreifen konnte, was sie da sah.

Gütiger Himmel!

Sie schrie und feuerte, während zwei oder drei der Biester gleichzeitig auf ihren Schultern landeten, auf ihrer Brust und ihr das T-Shirt zerfetzten. Es waren Katzen. Zwanzig oder dreißig, ein großes Rudel. Oder das, was aus ihnen geworden war. Monstrositäten mit nackter, ledriger Haut voller Beulen, das Fell zu Büscheln verklebt oder gänzlich ausgefallen. Ein Albtraum aus überlangen Krallen und viel mehr Kraft, als so einem kleinen Leib innewohnen durfte.

Sekunden später schien ihr Körper nur noch aus Schmerzen zu bestehen. Die Mistviecher schlugen ihr tiefe Kratzer, die bluteten und brannten wie die Hölle. Sie feuerte, bis ihr Magazin leer war. Anders als bei den Hunden richteten ihre Kugeln wenigstens Schaden an. Jeder Schuss ein Treffer.

Doch es waren viele. Zuletzt wehrte sie sich mit bloßen Händen, packte die Biester und schleuderte sie von sich. Gabriel, Keith und Alan hielten blutige Ernte. Eine Zeit lang schien es dennoch, als würden sie von der puren Masse der Tiere überrannt werden. Für jedes Biest, das sie erschlugen, tauchten drei neue auf.

Die vielen kleinen Wunden kosteten Kraft. Irgendwann brach Violet in die Knie, spürte, wie sich die nadelspitzen Fänge einer Kreatur in ihre Schulter gruben, und schaffte es nicht, den Biss zu brechen. Mehr Schüsse krachten, dann waren die Zähne plötzlich verschwunden.

Um Luft ringend stützte sie sich nach vorn auf die Handflächen. Gott, die Schmerzen waren unerträglich.

Von irgendwo tauchten mehr Männer auf und wendeten das Kräfteverhältnis zu ihren Gunsten. Sie glaubte, zwei von ihnen zuvor in der Brewery gesehen haben. Verstärkung, die konnten sie brauchen.

Als die letzten der Kreaturen endlich die Flucht ergriffen, hatte die Straße rund um die Polizeisperre sich in einen Sumpf aus Blut und Leichenteilen verwandelt.

Jemand half ihr auf und dann waren da Gabriel und Alan, die auf sie einredeten, mit Worten, die keinen Sinn ergaben. „Seit wann jagen Katzen in Rudeln?", stieß sie hervor. Ihr Kopf drehte sich, Übelkeit ließ sie schwanken. Sie starrte hoch zum Hubschrauber. Der Suchstrahl bohrte sich ins Leere, die Maschine trudelte so tief über den Dächern, dass es unverantwortlich war.

„Was machen die dort?" Ihre Kehle schmerzte. Die Maschine sackte noch einmal durch und verschwand aus ihrem Blickfeld. Shit. Im gleichen Moment wusste sie, warum.

„Runter", brüllte sie und ließ sich auf den Boden fallen. „Runter!"

Die Welle der Explosion fegte über sie hinweg, gerade als sie den Asphalt berührte. Sie spürte keine Hitze, doch die Druckwelle zerschmetterte Fensterscheiben, schleuderte Autos durch die Luft und ließ einen Regen von Nässe und Glasscherben auf sie niedergehen.

Es dauerte Minuten, bis sie wieder in der Lage war, etwas zu hören. Alle Geräusche klangen wie durch eine Nebelwand gefiltert. Ihr Kopf dröhnte. Ihre Glieder, ihre Muskeln, alles schmerzte. Und alles war voll Blut. Es troff ihr von den Kleidern, besudelte ihre Hände. Der Gestank war unerträglich.

„Shit", krächzte sie, „warum ist der Hubschrauber abgestürzt?" Niemand antwortete, doch sie sah den Blick, den Alan und Gabriel wechselten und der gefiel ihr nicht.

Die Blocks jenseits der Straßensperre glichen einem Irrenhaus. Für geraume Zeit begegneten sie keiner weiteren von Etherlights monströsen Kreaturen, doch die Straßen quollen über von Toten und Verletzten. Dazwischen flohen Menschen in kopfloser Panik. Schreie und Schluchzen erfüllte die Luft. Über allem dröhnten die Helikopter. Kurz hinter der Santee Street trieb eine Kreatur, die so groß war wie ein Bulle, eine Gruppe von Menschen vor sich her. Schüsse krachten, immer mehr Uniformierte tauchten auf. Die Bestie wütete wie ein Wolf unter Schafen. Keith wollte sich einmischen, doch Alan hielt ihn zurück.

„Wir haben keine Zeit."

Violet hatte sich das Blut von Gesicht und Händen gewischt. Sie schwankte bei jedem Schritt. Inzwischen war es pure Willenskraft, die sie aufrecht hielt und die Furcht, allein in diesem Hexenkessel zurückzubleiben, wenn sie nicht mithalten konnte. An der nächsten Kreuzung bogen sie auf einen breiten Boulevard. Um sie drängte sich eine Masse aus brüllenden und kreischenden Passanten. Viele der Galerien und Läden standen offen, die Scheiben zerbrochen, die Auslagen verwüstet.

In den Bewegungen und Gesichtern der Männer las Violet, dass diese ebenso erschöpft waren wie sie. Es konnte kaum eine Stunde vergangen sein, seit sie die Tote vor dem Industrieloft gefunden hatte, doch fühlte es sich an, als wateten sie seit Tagen durch Blut und Grauen, ohne Gefühl für die Zeit.

„Scheiße", sagte einer der Schattenläufer. „Seht mal da vorn."

Ein großes Rudel Hunde, mindestens zehn oder zwölf Tiere, trieb die Fliehenden vor sich her, eine schwarze, todbringende Masse. Der Anblick löste einen Fluchtinstinkt aus, den sie nur mühsam unterdrückte. Maschinengewehrfeuer brach sich an den Hauswänden. Ein Polizeihubschrauber schob sich über die Hausdächer und sank so tief, dass sein Suchscheinwerfer die Straße ausleuchtete wie eine schaurige Bühne. Wind kam auf, eine heftige Böe, die Violet taumeln ließ. Überrascht griff sie nach dem Laternenmast, der neben ihr aufragte. Ein paar andere Schattenläufer kämpften um ihr Gleichgewicht, plötzliche Unruhe verstörte die Gruppe. Die Hunde kamen näher, rennende Menschen stießen gegen Violet, jemand kreischte einen Namen. Der Wind wurde stärker, wie ein Luftzug in einem engen Kanal.

Ein Schatten glitt über sie hinweg. Violet hob den Kopf und starrte nach oben, ohne zu erkennen, was sie dort sah.

„Der Engel!“, schrie Keith.

Gabriel packte sie am Arm. Der Engel war eine schwarze Silhouette gegen das grelle Licht des Hubschraubers. Wie eine gigantische Fledermaus mit ausgebreiteten Flügeln glitt er nach unten. Dann schoss eine Flammenwand empor, ein brüllendes Inferno, das Hunde und Menschen verschlang, Autos explodieren ließ und Fensterscheiben zertrümmerte, die sich als Meer von Splittern über die Straße ergossen. Gabriel zog Violet zu Boden und schirmte sie mit seinem Körper ab. Sie wartete auf die Druckwelle, doch nur ein Gluthauch fegte über sie hinweg. Als sie wieder aufblickte, war der Hubschrauber verschwunden. Der Schatten des Engels waberte verschwommen hinter dem Hitzeschild, schwang sich aufwärts und verschmolz mit der Nacht.

„Wir hatten recht“, keuchte Alan. „Sein Ziel ist Maryans Cathedral.“

Mit schmerzenden Gliedern richtete Violet sich auf. Dieses Mal ließ sie sich von Gabriel helfen. Sie machte ein paar unsichere Schritte und starrte auf das Armageddon, das vor ihren Augen ausgebrochen war. Der Engel hatte eine Schneise der Verwüstung hinterlassen. Die Baumkronen standen in Flammen, Autos brannten, die Straße war übersät mit Schutt und verkohlten Leichen.

„Er hat sie einfach verbrannt“, stieß sie hervor. Unglauben und Schock lähmte ihre Stimme.

„Er ist wütend“, sagte Alan.

„Aber die Menschen ...“

„Ein Engel ist kein gütiges Wesen.“ Er schnaubte. „Das ist nur das, was ihr glauben wollt.“

Gabriel runzelte die Stirn. „Ich hoffe nur, wir müssen uns nicht mit ihm anlegen.“

„Ich auch.“ Alan bückte sich und half Keith auf. „Hast du die Legenden gelesen? Ein einziger Engel hat Legionen vernichtet.“

„Lasst uns weitergehen“, sagte Gabriel. „Uns läuft die Zeit davon.“

Rund um Maryans Cathedral lagen die Kadaver verbrannter Tiere. Büsche und Bäume standen in Flammen und spendeten zuckendes Licht.

Gabriel schlug nach einem Nachtfalter, der seinem Gesicht zu nahe kam. Sie waren überall. Große Schmetterlinge mit samtschwarzen Flügeln, die zusammen mit dem Engel aufgetaucht waren und wie betrunken durch die Nachtluft taumelten. Viele hatten Feuer gefangen und trudelten brennend zu Boden. Es sah gespenstisch aus.

Maryans Cathedral war ein Hochhaus aus den dreißiger Jahren mit einer einst prunkvollen, nun aber heruntergekommenen Fassade. Auf Höhe des zweiten Stocks hing ein erloschener Neonschriftzug, der davon kündete, dass hier einmal ein Theater gastiert hatte. Die Fensterhöhlen der unteren Etagen waren mit Brettern und Draht verbarrikadiert.

Die Stille wirkte noch unheimlicher als das Chaos ein paar Blocks entfernt. Nur das Dröhnen der Hubschrauberrotoren und das ferne Konzert der Sirenen blieben allgegenwärtig.

„Der Engel zieht die schwarzen Schmetterlinge an“, sagte Alan. „In der Nacht, als Mordechai ihn erweckt hat, war die Luft so dick von ihnen, dass man kaum atmen konnte.“

Gabriel musterte das Hauptportal mit seinen verwitterten Sandsteinschnitzereien, zerfressen von Abgasen und Taubenkot. Die mächtigen Doppeltüren hingen zerschmettert in den Türangeln. Dahinter gähnte Schwärze.

„Seit seiner Wiedererweckung bin ich nicht mehr hier gewesen.“ Alan stieß einen Hundekadaver beiseite, der bis auf die Knochen verbrannt war. „Ich schätze, wir sollten Asâêl dankbar sein. Das müssen ein paar Dutzend von den großen Viechern gewesen sein.“

„Wo steckt die Garde?“, fragte Gabriel.

Keith zuckte mit den Schultern. „Wahrscheinlich kämpfen sie sich den Weg frei.“

„Sollen wir warten?“ Einer der anderen Schattenläufer schob ein frisches Magazin in seine Maschinenpistole und lud sie durch. „Der Engel scheint den Großteil des Jobs ja schon erledigt zu haben.“

Alan runzelte die Stirn. „Das Haus hat zehn Stockwerke. Das ist ein langer Weg nach oben.“

„Gibt es eine Feuertreppe?“

„Ja, aber nur bis zum fünften Stock.“

In diesem Moment schnitt ein Schrei in die Stille, lang gezogen und voller Grauen. Ein menschlicher Schrei, irgendwo über ihnen.

Thomasz.

Gabriel erstarrte. Ein Teil seines Hirns sagte ihm, dass er sich etwas einbildete, dass er hörte, was er hören wollte. Der Mann schrie erneut, schwächer diesmal und riss abrupt ab. Er öffnete seinen Geist, so weit er konnte und suchte. Suchte und tastete. Die Auraschwingungen der anderen Schattenläufer wirbelten um seinen Geist, überlagerten sich und machten es unmöglich, die Aura seines Vaters zu verifizieren.

Doch da war die Hoffnung, die mit aller Kraft aufflammte.

„Wir gehen rein“, sagte er. „Wir können nicht warten.“

„Wie du willst.“ Alan schloss zu ihm auf. „Da entlang.“

Sie setzten sich in Bewegung, rannten durch die stockdunkle Halle. Die Angst um seinen Vater fegte Gabriels Erschöpfung beiseite und verlieh ihm neue Kraft.

Die Treppe wand sich um einen Fahrstuhlschacht voller geborstener Seile. Im vierten Stock scheuchten sie Kreaturen auf, die sich an ihre Fersen hefteten. Ein paar Schattenläufer fielen zurück, um ihnen den Garaus zu machen.

Die Halle im siebten Stock flackerte in rötlichem Dämmerlicht, das von ein paar Magnesiumfackeln auf dem Fußboden stammte. Eine lange Batterie leerer Käfige schälte sich aus der Dunkelheit. Es stank nach Blut, Urin und Raubtierhaus, eine Mischung, die ihm schier den Magen umdrehen wollte. Direkt neben dem Treppenansatz lag eine Leiche, die bis zur Unkenntlichkeit zerfetzt worden war.

Mit einem schnellen Blick über die Schulter überzeugte er sich, dass Alan und Violet direkt hinter ihm waren. Von weiter unten drangen Kampfgeräusche herauf, Knurren, ein wütender Schrei und eine Salve von Schüssen.

Er schmiegte seinen Daumen um den Abzug der SIG Sauer, erneuerte seinen Griff um das Schwert und rannte weiter.

Achter Stock. Neunter.

Ein Windzug traf ihn von oben. Der Lärm der Rotorblätter wurde ohrenbetäubend. Er bog um den letzten Treppenabsatz. Licht ergoss sich über die Stufen, die Scheinwerfer des Helikopters. Die Maschine kreiste direkt über dem Dach. Vermutlich Presse oder Etherlights Kameraleute, um den Moment des Zusammenpralls zwischen Himmel und Hölle einzufangen, so wie Carl Miller ihn sich in seinen Träumen ausgemalt hatte. Gabriel überflutete eine so heftige Mordlust, dass sie die Panik um seinen Vater überstrahlte. Er hasste diesen Mann mit jeder Faser, jedem Teil seines Seins.

Er stürzte hinaus und blieb beinahe mit dem Fuß an der Leiche eines Mannes in einer blauen Lederjacke hängen. Überrascht hielt er inne. Das war einer von Carls Männern, der Blondschopf, der Thomasz ins Knie geschossen hatte. Der Tote lag in einer Blutlache, sein Gesicht war zerfleischt. Es brauchte keinen zweiten Blick, um zu erkennen, dass er ein Opfer ihrer Kreaturen geworden war.

Linker Hand erhob sich die Kapelle, der das Hochhaus seinen Namen verdankte, ein kleiner Turm mit Fenstern aus gotischem Maßwerk und einer vergoldeten Engelsstatue auf dem Dach. Ein Teil des Mauerwerks war eingestürzt und gab den Blick frei auf den Altar im Inneren. Dahinter, am anderen Ende des Dachs, führten Gitterstufen zum Hubschrauberlandeplatz. Zwischen den beiden Aufbauten ragte ein Ausleger auf, wohl der Kran, der dafür gedacht war, die Fensterputzplattform zu tragen.

Der Helikopter über dem Dach schlingerte bedrohlich, als würde der Pilot jeden Augenblick die Kontrolle über die Maschine verlieren. Zwischen der Kapelle und dem Landeaufbau schwelten Tierkadaver. Nachtfalter krochen über den Boden, flatterten hysterisch mit ihren samtenen Flügeln, klebten in den Blutlachen fest.

Vom Engel keine Spur.

Ein paar der monströsen Raubtiere hatten das Inferno überlebt und gebärdeten sich wie wahnsinnig unter dem Kran. Die Scheinwerfer blendeten ihn, doch dann erkannte er, was die Tiere so aufstachelte. Eine menschliche Gestalt hing vom Ausleger herab, vielleicht vier Meter über dem Boden, gerade außerhalb ihrer Reichweite und pendelte im Wind.

Er wusste im gleichen Moment, dass es Thomasz war. Und dass er noch lebte, obwohl Blut von seinem Leib herabtropfte, ein dünnes Rinnsal, das die Bestien unter ihm in den Wahnsinn trieb. Denn das da oben war eine andere Beute als gewöhnliche Menschen. Der Geruch des wahren Bluts versetzte sie in Raserei. Sie sprangen nach ihm und streckten ihre Krallen. Der Ausleger schwankte gefährlich. Das Ding würde nicht mehr lange standhalten.

Er kam nicht dazu, den Gedanken zu Ende zu denken, denn eine gewaltige Masse krachte von oben herab, zerschmetterte einen Eckpfeiler der Kapelle und landete auf den Dachplatten. Risse sprangen im Beton auf. Der Ausleger neigte sich nach vorn. Eine der Bestien erwischte Thomasz' Fuß mit der Tatze und brachte seinen Körper zum Schwingen.

„Der Engel", keuchte Alan neben ihm. „Mein Gott, der Engel!"

Metall kreischte, die Rotoren des Hubschraubers brüllten auf, das Heulen der Bestien mischte sich zu einer infernalischen Kakofonie. Gabriel bemerkte die Stahltrossen, die sich zwischen den Eckpfeilern der Hubschrauberplattform und dem Dach der Kapelle spannten.

„Nicht!", schrie Violet hinter ihm.

Er fuhr herum und sah nun die Gestalt, die am äußersten Rand des Daches stand.

Emily.

Sie holte mit einer Axt aus und ließ sie auf ein Tau niedersausen, das ein Gewicht aus Betonscheiben hielt. Alan hob seine Pistole und feuerte. Violet rannte los, Emily strauchelte, fing sich wieder und landete einen zweiten Hieb. Violet hatte sie beinahe erreicht, da schlug sie zum dritten Mal zu. Das Seil riss, fegte herum wie eine Peitsche und erwischte Emily im Rücken. Das Gewicht kippte und verschwand über der Dachkante. Emily stürzte im gleichen Moment. Violet schoss ihr nach, griff nach ihr und verfehlte sie um Haaresbreite.

Der Engel Asâêl regte sich am Boden und hob seine wuchtigen Schwingen. Im gleichen Augenblick senkte sich ein Stahlnetz über ihn nieder, gehalten von den zwei Trossen. Gabriel begriff, dass es das Betongewicht war, das den Mechanismus ausgelöst hatte. Das schwere Gewebe zog sich um Asâêl zusammen. Der Engel wölbte die Flügel und zerrte daran. In seinen Bewegungen lag eine so unaussprechliche Grazie, dass Gabriel für einen Augenblick nichts anderes tun konnte, als ihn anzustarren.

Eine von Carls Kreaturen wurde auf ihn aufmerksam und hob den Kopf. Das Tier ähnelte entfernt einem Wolf, doch war riesig, mit einem albtraumhaften Schädel und skelettierten Ohren. Die Wolfsbestie entblößte ihre Fänge und knurrte. Dann, urplötzlich, schoss sie auf ihn zu.

Asâêl kämpfte gegen die Stahldrähte, die sich immer mehr in seinen Flügeln verfingen, je heftiger er sich zu befreien versuchte.

Gabriel feuerte das Magazin der SIG Sauer in das Untier, ließ sie fallen und packte sein Schwert mit beiden Händen. Hinter ihm stoben die anderen Schattenläufer auseinander. Er erwischte den Wolf im Sprung, dieses Mal mit einem sauberen Schlag. Die Bestie prallte gegen die Wand hinter ihm, stürzte und kam sofort wieder auf die Beine.

Vor ihm explodierte die Kapelle.

Staub füllte die Luft und machte es für einen Moment unmöglich, etwas zu sehen. Blind hieb er in die Richtung des Wolfes, Steinbrocken trafen ihn im Gesicht, Hitze streifte seine Wange.

Der Engel tobte.

Er wird uns alle in den Untergang reißen. Der Gedanke flammte in Gabriel auf, dann prallten hundert Pfund Knochen und Muskeln gegen seine Brust und warfen ihn rücklings zu Boden.

*

Emily war gefallen.

Wie paralysiert starrte Violet von der Dachkante hinunter. Die Tiefe ließ sie schaudern. Die Baumkronen standen noch immer in Flammen, doch Violet konnte nicht erkennen, wo Emilys Körper aufgeprallt war.

Als sie sich umdrehte, starrte sie einem mutierten Hund direkt in die tückischen gelben Augen. Das Tier war nicht sehr groß, aber gedrungen und kräftig. Muskelstränge zeichneten sich überdeutlich unter der Haut ab. Auf der Schnauze glänzte Blut.

Im gleichen Moment wurde ihr bewusst, dass sie die Beretta hatte fallen lassen, um nach Emilys Hand zu greifen. Ohne den Blick von der Kreatur zu wenden, tastete sie über den Boden. Ihre Finger stießen gegen etwas Hartes. Der Leib des Hundes spannte sich. Ohne sichtbaren Ansatz sprang er auf sie zu. Sie ließ sich fallen, ihr Kopf prallte gegen die Reling, sie zog die Axt hoch, die Emily verloren hatte, und legte auch die andere Hand um den Griff. Dass sie den Hund erwischte, war pures Glück. Sie traf nicht einmal mit der Schneide.

Die stumpfe Seite der Axt prallte gegen den Leib der Kreatur und der Schwung reichte aus, um sie über ihren Kopf hinweg ins Leere zu schleudern. Die Bestie verschwand im Abgrund, ohne sie auch nur zu berühren.

Für einen langen Moment blieb sie liegen. Sie starrte hoch in die grellen Scheinwerfer des Hubschraubers, der sich allmählich wieder stabilisierte. Der Wind der Rotoren zerrte an ihren Kleidern und ihrem Haar. Jeder Atemzug stach ihr in den Lungen.

Langsam schob sie sich von der Kante fort, dann richtete sie sich vorsichtig auf, um nicht zu stolpern. Ihre Knie schlotterten. Sie zuckte zurück, als Flammen aus der Kapelle schossen. Was zur Hölle war jetzt geschehen? Einen Augenblick später war die Luft dick von Steinsplittern und Staub. Sie konnte nichts mehr sehen. Blind tastete sie sich an der Dachbrüstung entlang. Panik überrollte sie, ein verspäteter Nervenzusammenbruch. Nicht jetzt. Bitte nicht jetzt. Sie grub die Zähne in ihre Unterlippe, bis sie Blut schmeckte.

Als der Staub sich endlich lichtete, erkannte sie das ganze Ausmaß des Chaos. Der Engel wütete wie ein Berserker in dem Versuch, sich aus dem Netz zu befreien. Die beiden Trossen waren zum Zerreißen gespannt, doch sie hielten. Überall auf dem Dach züngelten Flammen. Der verdammte Auslegerkran drohte, jeden Augenblick zu stürzen. Gabriel und die anderen waren mit drei Bestien beschäftigt, die so groß waren wie ausgewachsene Bären. Eine vierte Wolfskreatur schnappte nach Thomasz' Beinen, ohne auf den Engel zu achten, der sie jeden Augenblick zerschmettern konnte.

Eine neue Feuerwand raste über das Dach hinweg. Ihre Sicht verwandelte sich wieder in Qualm und flirrendes Weiß.

Verdammt, der Engel war völlig außer Kontrolle. Das Netz schien ihn in den Wahnsinn zu treiben. Falls nicht ein Wunder passierte, würden sie hier oben alle den Tod finden. Wenn sie nur die Verankerungen lösen könnte, die das Netz hielten …

Die Hubschrauberplattform.

Beide Seile waren an den Trägern verankert, die die Plattform hielten. Sie rannte in weitem Bogen über das Dach, um dem Engel und der vierten Wolfsbestie nicht zu nahe zu kommen. Sie sandte ein Stoßgebet an Wer-immer-es-hören-wollte, als sie die Treppenstufen unbeschadet erreichte. Auf zum Himmelfahrtskommando. Sie und ihr Glück. Wie hatte sie es geschafft, in dieser Schlacht zu enden?

Ein Dutzend Stahlanker säumten die Plattform. In zwei davon waren die Seile eingeklinkt. Mit der Axt hieb sie auf eine der Trossen ein, doch richtete nicht das Geringste aus. Die Axt prallte in ihrer Hand zurück, die Schneide schlug lediglich Funken aus dem Stahl. Violet kamen die Tränen vor Frustration. Dann fiel ihr Blick auf die Eisenplatten, an denen die Anker angeschweißt waren und die von jeweils vier Nieten im Beton gehalten wurden. Eine Niete hatte sich bereits durch die Erschütterungen gelöst. Darunter klaffte ein Riss im Beton. Bingo.

Sie drehte die Axt um und rammte den Dorn in den Beton. Sie stöhnte, schrie ihre Anstrengung hinaus, hackte und zerrte wie ein Berserker.

„Danke“, flüsterte sie, als das Material endlich nachgab. Brocken platzten heraus, zuerst kleine, dann größere, dann löste sich mit einem Ruck eine weitere Niete.

Weiter.

Nicht aufgeben.

Ihre Arme fühlten sich wie Blei an, die Schmerzen hatten sich in dumpfes Pochen verwandelt.

Knack.

Noch eine Niete. Mit quälender Langsamkeit löste sich der Anker. Dann war er plötzlich frei und das Tau sauste durch die Luft wie der Schwanz eines überdimensionalen Skorpions. Geistesgegenwärtig warf sie sich auf den Boden, um der rasenden Peitsche zu entgehen. Die Struktur ächzte, als sei sie zu Tode verwundet.

Violet wälzte sich herum und versuchte, einen Blick auf den Engel zu erhaschen. Die Luft war erfüllt von Feuer, glühendem Stahlgewebe, Staub und Blut. Sie kam wieder auf die Knie und rammte die Axt auf den Boden, um sich daran aufzurichten. Ihr Blick flog zum anderen Tau, das sich unter der Belastung ebenfalls zu lösen begann. Die Nieten brachen aus dem Boden, eine nach der anderen. Die Trosse explodierte förmlich, schoss hoch und flog herum, ein Tentakel mit der Wucht eines Eisbrechers. Zugleich erfasste eine Druckwelle Violet, riss sie von den Füßen und schleuderte sie nach vorn, dem Tentakel entgegen. Eine Explosion, schoss es durch ihr Bewusstsein. Der Hubschrauber.

Feuer und brennende Metallteile stürzten vom Himmel. Der Schmerz verhallte. Kälte kam und zog sie hinab in freundliche Dunkelheit.

Gabriel, dachte sie.

Sie hörte Stimmen. Etwas Weiches streifte ihre Wange. Der Lärm der Hubschrauberrotoren war verschwunden und hatte einer vollkommenen Stille Platz gemacht. Ihr Körper fühlte sich an, als würde er nicht materiell existieren. So schwebend, so losgelöst. Sie verspürte keinen Schmerz.

Das war falsch.

Es jagte ihr Angst ein und diese Angst war es, die ihr die Kraft gab, die Augen zu öffnen. Sie starrte in ein Paar hypnotisierende Pupillen, die sie so sehr in Bann schlugen, dass sie ihre Angst sofort wieder vergaß.

Mein Gott. War sie tot? Und das hier das Jenseits?

Sie widerstand dem Bedürfnis, im Geiste ihre Sünden durchzugehen. Sicher würde sie früh genug erfahren, ob sie durch das rechte oder das linke Türchen gehen durfte. Gern hätte sie einen Blick zurück aufs Schlachtfeld geworfen, um herauszufinden, was aus Gabriel und Thomasz geworden war. Sie wünschte sich so sehr, dass ihre selbstmörderische Aktion nicht sinnlos geblieben war.

Armer Gabriel. Das würde ihm nicht gefallen. Jetzt hatte sie ihn doch noch aufs Kreuz gelegt. Von wegen, sieben Leben wie eine Katze. Fast hatte er ihr am Ende geglaubt.

Diese Pupillen über ihr saßen in einem alabastergleichen Gesicht, die Haut durchscheinend, doch nicht transparent. Als ströme Licht von ihr aus. Eine unbeschreibliche Farbenpracht lag in den Augen. Leuchtendes Blau, Meeresgrün, goldene Funken und die Ränder purpurn. Die Farben schienen sich zu verändern, noch während sie darüber nachdachte.

Die Haut war weiß, aber auch wieder nicht. Farben wirbelten in diesem Weiß, ein Spektrum von Tönen. Reflexartig streckte sie eine Hand aus, um diese Haut zu berühren und stellte überrascht fest, dass sie den Arm bewegen konnte, den sie zuvor nicht einmal gespürt hatte. Fasziniert betrachtete sie ihre Finger, als sie dieses Gesicht berührten. Ein Teil der Leuchtkraft schien in ihre Fingerspitzen zu sickern, sodass sie nun ihrerseits schimmerten. Wow.

Die Gestalt lehnte sich so weit zurück, dass Violet erkennen konnte, dass es ein Mann war, der über ihr kniete. Sie leckte sich über die Lippen und schmeckte Salz und eine Spur Süße. Merkwürdig.

Ein Lachen klang auf, doch sie konnte die Quelle nicht ausmachen. Perlend, süß, berührte es ihre Seele. Sie starrte hoch zu dem Mann.

Wo bin ich, wollte sie fragen.

Die Worte blieben ein Gedanke ohne Ton. Ihre Stimme gehorchte ihr nicht.

Keine Sorge, sagte der Mann. Deine Kehle ist wund.

Seine Lippen bewegten sich nicht. Er sprach in ihrem Kopf und das war nun endgültig der Beweis, dass sie es nicht geschafft hatte. Von einem scheiß Tau erschlagen. Das war ein so unrühmliches Ende, dass sie …

Nein. Du lebst.

Misstrauisch kniff sie die Augen zusammen. Sie erfasste mehr von seiner Gestalt. Und dann dämmerte es ihr. Der Schock trieb ihr die Tränen in die Augen. Wieder einmal.

Asâêl.

Er lachte schon wieder. Es klang freundlich. Amüsiert, doch ohne Spott.

Sie verdanken dir ihr Leben.

Das Lachen versiegte.

Ich bin dir zu Dank verpflichtet, weil du mich davor bewahrt hast, sie zu töten. Ich hätte die Schuld nicht tragen können, mein eigenes Blut auszulöschen.

Das Drahtnetz, das seine Flügel gefangen hielt, hatte ihn in Raserei versetzt. Nur von dem Gedanken besessen, sich aus dieser Falle zu befreien, unterschied er nicht mehr zwischen Freund und Feind, vergaß sogar, warum er gekommen war.

„Danke“, sagte eine vertraute Stimme. „Dass du sie zurückgeholt hast.“

Violet erhaschte einen Blick auf Gabriel, als der Engel zur Seite trat. Erleichterung breitete sich in ihr aus, durchdrungen von einem so intensiven Glücksgefühl, dass sich ihre Nackenhärchen aufrichteten. Die unbändige Freude, einer aussichtslos erscheinenden Situation lebend entkommen zu sein. Sein Gesicht zu sehen. Zu sehen, dass er lebte, blutüberströmt, dreckig und den Körper voller Wunden. Doch er lebte. Das war alles, was zählte.

Wieder leckte sie sich über die Lippen. Der verstörende Geschmack war noch da. Sie fuhr mit einem Finger über ihren Mund und betrachtete ihre Fingerkuppe. Blut klebte daran.

„War ich tot?", krächzte sie. Nun kehrte ihre Stimme doch zurück.

Nicht tot, wisperte der Engel. Nur auf der Schwelle des Todes. Ich kann niemanden zurückholen, der sie endgültig überschritten hat.

„Du hast mir dein Blut eingeflößt."

Er lächelte.

Sie stützte sich auf die Ellbogen. Das Gefühl in ihren Gliedern kehrte zurück.

„Komm her", bat sie Gabriel.

Er ließ sich neben ihr in die Knie sinken. Seine Hand in ihrem Haar war wie ein leichter Wind. Er stank nach Dreck und Tod und sah aus, als habe er tagelang auf mittelalterlichen Schlachtfeldern gefochten, doch in diesem Moment erschien er ihr so schön und begehrenswert, dass es ihr das Herz brechen wollte. Und sie war die glücklichste Frau der Welt, weil er seinen Blick auf sie richtete.

„Ich liebe dich, du Bastard." Sie versuchte ein halbes Lachen. „Nur, damit du es weißt. Willst du dich immer noch vor mir in der verdammten Wüste verstecken?"

Er lächelte schief. „Ich hatte gehofft, du würdest vielleicht mitkommen."

„Dann sag es, verdammt."

„Habe ich doch."

„Nicht das. Das andere."

Sein Lächeln verschwand. „Ich liebe dich. Hast du etwa daran gezweifelt?"

Dann lasst nicht zu, dass eure Liebe sich jemals gegen euch wendet.

Verblüfft starrte sie Asâêl an, der ihr den Rücken zugewandt hatte.

„Hilf mir hoch."

Ihre Beine zitterten, doch mit Gabriels Hilfe gelang es ihr, aufrecht zu stehen. Voller Überraschung stellte sie fest, dass all die Kratzer und kleinen Wunden verschwunden waren, als hätten sie nie existiert.

Asâêl überquerte das Dach und blieb vor der Kapelle stehen, die nur noch eine rauchende Ruine war. Sie erkannte Thomasz, der dort saß, zwischen Steinbrocken und verkohlten Holzbalken.

Der Engel entfaltete seine prachtvollen Schwingen und schirmte sich selbst und Thomasz von den anderen ab. Die Flügel waren gewaltig, gut dreimal so groß wie er selbst. Wind fuhr durch die kurzen Federn, die von der gleichen irisierenden Farbigkeit waren wie seine Haut. Scheinbar weiß, doch auch wieder nicht. Violet kniff die Lider zusammen, weil sich der Effekt dann verstärkte.

Alle Farben dieser Welt, wenn du sie sehen kannst.

Gabriel trat hinter Violet und zog sie an sich.

„Was tut er da?", flüsterte sie.

Ich stehe in deiner Schuld.

Sein Blick ruhte auf Thomasz, doch es war Violet, zu der er sprach.

Ich gehe fort von hier. Ich muss sehen, wie die Welt sich verändert hat. Meine Erinnerungen kehren zurück und nicht alle sind – angenehm. Wenn du jemals meine Hilfe brauchst, rufe nach mir. Denke meinen Namen und ich finde dich.

„Meine Schwester", krächzte sie. Der Gedanke brach in ihr Bewusstsein wie eine Hyäne mit gesträubtem Nackenfell. „Meine Schwester …"

Sie wandelt außerhalb meiner Macht.

„Ist sie tot?"

Sein Schweigen dehnte sich. Der Wind frischte auf. Sie dachte am Mom.

Es tut mir leid.

„Schon gut“, flüsterte sie. „Ich danke dir. Dass du mich zurückgeholt hast.“

*

„Carl war in dem Helikopter, nicht wahr?“ Violet saß auf der Rampe und ließ die Füße herunterbaumeln.

Gabriel lehnte sich mit dem Rücken gegen die Ziegelwand, die angenehm warm war von der Nachmittagssonne, und blickte sie an. Nachdem Asâêl sie ihm zurückgebracht hatte, hatte er geglaubt, dass er nie mehr aufhören könnte, sie anzusehen.

Sie waren in die Brewery zurückgekehrt, um seinen Vater zu sehen, nachdem er sich von seinen Wunden erholt hatte, zumindest den körperlichen. Wie es seiner Seele erging, war schwer zu sagen. Gabriel war es nicht gelungen, das herauszufinden. Thomasz mochte ein geselliger Mensch sein, aber tief in sich hütete er Geheimnisse, die er mit niemandem teilte.

Er ließ sich neben ihr nieder. „Carls Leiche ist mit den anderen verbrannt. Es ist nicht viel von ihm übrig geblieben.“

Nach zwei Tagen hatten Polizei und nationale Sicherheitskräfte die letzten der Kreaturen aufgespürt und zur Strecke gebracht, die Carl und seine Anhänger in der Stadt freigesetzt hatten. Ein kollektiver Schock lag über dem Land. Selbst die Medien legten einen gedämpften Tonfall vor. Das LAPD entdeckte drei schwere Trucks, einen davon auf einem Parkplatz in der Nähe von Maryans Cathedral, die offenbar zum Transport der Tiere gedient hatten. Die Speditionsfirma, der die Fahrzeuge gehörten, verwies auf ein Anwaltsbüro, das für die Etherlightkirche arbeitete und die Trucks für mehrere Wochen angemietet hatte. Die Polizei verfolgte die Spur, die in einer Welle von Verhaftungen und Hausdurchsuchungen mündete. Der größte Mordprozess in der Geschichte der Stadt stand bevor.

Emilys Leiche blieb unauffindbar.

„Bist du froh, dass er tot ist?“, fragte Violet. „Ich meine, gibt es dir Frieden?“

Er legte ihr einen Arm um die Schultern und fuhr mit der Hand durch ihr Haar. Sie zu berühren, war wie Sonne auf der Haut. Unvorstellbar, dass er drauf und dran gewesen war, das aufzugeben. „Ich weiß nicht. Es fühlt sich leer an.“ Nachdenklich spielte er mit einer der glänzenden Strähnen. „Versteh mich nicht falsch. Wäre er nicht mit dem Hubschrauber abgestürzt, ich hätte ihn eigenhändig umgebracht. Aber so …“

„ … hat dich das Schicksal um deine Rache betrogen?“

„Vielleicht.“ Er suchte nach den richtigen Worten. „Vielleicht habe ich mir auch nur eingebildet, dass sein Tod mich stärker berühren müsste. Dass er mir Befriedigung verschaffen sollte. Aber da ist nur Gleichgültigkeit. Okay, vielleicht ein winziges bisschen Befriedigung. Aber es ist nicht so, als ob du plötzlich aus der Dunkelheit ins Licht trittst.“

Die Dielen unter Thomasz' Füßen knarrten, als er zu ihnen auf die Rampe trat. Gabriel stand auf und zog Violet auf die Füße. Es fühlte sich noch immer an wie ein Wunder, dass sein Vater vor ihm stand. Atmend und lebend und mit seinem sanften, kultivierten Wesen, das den surrealen Eindruck erweckte, die vergangenen Wochen mit all ihren Schrecken hätten niemals stattgefunden. Wie ein schlechter Traum, aus dem man am Morgen schweißgebadet erwacht.

Violet wirkte in Thomasz' Gegenwart eingeschüchtert, etwas, das Gabriel belustigte. Sie, die den Teufel am Schwanz packte und mit seiner eigenen Gabel versengte, benahm sich in der Gegenwart seines Vaters wie ein Teenager, der zum ersten Mal bei den Eltern ihres Freundes zu Besuch ist. Als Thomasz ihr ein Kompliment gemacht hatte, war sie tatsächlich errötet. Bis in die Haarwurzeln.

„Mein Freund Pascal hat mich bedrängt“, sagte Thomasz. Der Anflug eines Lächelns fing sich in den winzigen Fältchen um seine Augen. „Er sagte, ich schulde euch eine Geschichte."

„Du schuldest mir gar nichts", murmelte Gabriel. „Wenn du es nicht willst."

Thomasz' Lächeln wurde breiter. „Setzt euch wieder hin. Diese Geschichte ist etwas länger. Im Grunde hätte ich sie schon vor langer Zeit erzählen sollen. Du kennst die Legende", sagte Thomasz, an Gabriel gewandt. „Gott sandte die Wächterengel auf die Erde, um das Paradies zu errichten. Doch als sie die Frauen der Menschen erblickten, waren sie so verzaubert von ihrer Schönheit, dass sie ihre Pflichten vernachlässigten und sich stattdessen mit diesen Frauen einließen, um mit ihnen Nachkommen zu zeugen. Die Nephilim. Den Beweis ihrer Sünde. Die Nephilim glichen den Menschen vom Angesicht, doch sie trugen das Blut der Engel in sich und waren deshalb den anderen ihres Volks überlegen. Einige verfielen darüber in Hochmut, unterdrückten ihre Brüder und überzogen sie mit Krieg, bis sie sich geschlagen gaben. Andere begingen einen unaussprechlichen Frevel, indem sie Geschmack am Blut der Menschen fanden, einer einzigartigen und exquisiten Droge, die ihnen noch größere Stärke verlieh."

„Diesen Teil der Geschichte kenne ich."

Thomasz nickte. „Einer der Engel war Asâêl, ein Anführer unter seinesgleichen. Er verliebte sich in eine Frau mit ungewöhnlich heller Haut und langem Haar wie gesponnenes Silber. Sie gehörte zum Harem des Königs von Akkad und wilde Gerüchte rankten sich um ihre Herkunft, denn sie glich keiner anderen Frau, die man je gesehen hatte. Ihr Name war Karathis. Asâêl forderte den König heraus und der beugte sich, denn er wollte nicht den Zorn eines Engels auf sich laden. Er ließ Asâêl mit Karathis ziehen. Der Engel machte sie zu seiner Gefährtin und sie schworen sich Treue. Als Beweis seiner Liebe verschmolz Asâêl seine Kraft mit ihr und schenkte ihr Unsterblichkeit, auf dass ihre Schönheit niemals welken sollte und sie auf ewig vereint wären.

Damit beging er ein unaussprechliches Sakrileg. Er zog sich den flammenden Zorn des Herrn zu, denn er hatte ein Privileg in Anspruch genommen, das ihm nicht zustand. Doch was war ein zorniger Gott gegen das Versprechen, auf ewig mit der geliebten Frau vereint zu sein? Bald trübte allerdings ein Schatten ihr Glück, als sich zeigte, dass Karathis unfruchtbar war und niemals Kinder würden haben können.

Es verging eine lange Zeit, in der andere Wächterengel Asâêls Beispiel folgten und sich Gefährtinnen nahmen. Sie zeugten Söhne und stachelten den Zorn des Herrn noch weiter an, was schließlich in ihrer aller Verdammnis münden sollte. Der Fluch zeigte sich zuerst darin, dass nur männliche Nachkommen geboren wurden. So verwässerte das Blut der Engel mit jeder Generation mehr.

Asâêl liebte Karathis, doch er wünschte sich auch einen Sohn. Eines Tages erblickte er die babylonische Prinzessin Ninarthi, ein glutäugiges Geschöpf mit goldener Haut und Lippen wie Honig. Er entbrannte in Leidenschaft zu ihr und brach den Treueschwur, den er Karathis gegeben hatte.

Als aus der Verbindung ein Sohn entsprang, war Karathis außer sich vor Zorn. Für eine gewöhnliche menschliche Frau hatte Asâêl sie verlassen und wagte es auch noch, seine Untreue für alle sichtbar mit einem Kind zu besiegeln. Längst hatte sie vergessen, dass auch sie einst ein Mensch gewesen war."

Gabriel betrachtete die Efeublätter, die im Wind raschelten. „Das ist lange her. Wie ging es weiter?"

„Nicht so lange, wie du glaubst. Wenn du die Gegenwart verstehen willst, musst du in der Vergangenheit suchen." Thomasz presste seine Finger gegen die Schläfen. „Du hast mich einmal gefragt, wie es kommt, dass Katherina mir so feindselig gesinnt ist. Und ich habe dir geantwortet, dass ich nicht verstehe, was du meinst. Aber das war eine Lüge. Sie hasst mich. Sie hasst mich und meine Blutlinie und alles, was wir symbolisieren, denn ich bin die lebende Erinnerung an das, was sie verloren hat."

„Sie waren das Kind, nicht wahr?" Violet straffte ihre Schultern. „Deshalb sollten Sie Carls Leuchtfeuer sein. Und deshalb kam der Engel zu Ihrer Rettung. Sie sind der Sohn, den Asâêl mit der babylonischen Prinzessin gezeugt hat."

Thomasz kicherte ein wenig. „Und mein Leben war ununterbrochen in höchster Gefahr. Ich war vermutlich das bestbewachte Kind in ganz Babylon, den Thronfolger einmal ausgenommen. Katherina, die sich damals noch Karathis nannte, erwies sich als rachsüchtig. Ihre Leidenschaft für Asâêl schlug um in blinden Hass, als sie den Betrug erkannte. Fortan lebte sie nur noch für ihre Rache.

Meine Mutter starb von der Hand eines Assassinen, als ich ein kleiner Junge war. Asâêl versteckte mich vor Katherinas Wut, bis ich alt genug war, um mich selbst vor ihren Häschern zu schützen. Ich habe das nie genau herausfinden können, aber ich glaube, sie war es selbst, die Asâêl in eine Falle lockte, damit seine Jäger ihn überwältigen und einkerkern konnten.

Als ich Mordechai geholfen habe, den Körper und den Seelenring eines Gefallenen ausfindig zu machen, wusste ich nicht, dass es Asâêl war. Aber sie fand es heraus und setzte Himmel und Hölle in Bewegung, um die Erweckung zu verhindern."

„Hasst sie ihn immer noch?", fragte Gabriel. „Nach viertausend Jahren?"

„Sie ist verbittert. Manchmal tut sie mir leid. Sie hat das nie überwunden. Vielleicht hatte sie auch Angst, was er mit ihr anstellen könnte. Schließlich hat sie ihn eigenhändig zur Schlachtbank geführt."

„Wenn er sich an ihr hätte rächen wollen, hätte er längst Gelegenheit gehabt."

„Ja, vielleicht." Thomasz schloss die Augen. „Aber vielleicht liebt er sie noch immer. Vielleicht kann er nicht aufhören, sie zu lieben, auch wenn er sie eigentlich hassen müsste."

27

„Ich hoffe, du magst Blaubeermuffins."

Violet drehte ihre Finger in Gabriels Hand. Schon vor der Begegnung mit Thomasz hätte sie sich ohrfeigen können für ihre Aufregung, doch jetzt, vor dem Haus ihrer Mutter, schlug ihr das Herz bis zum Hals.

„Das hast du mich schon mal gefragt." Gabriel küsste sie auf die Wange. „Ich kann mich in der Gegenwart von älteren Damen benehmen, okay? Es wird sie schon nicht der Schlag treffen."

Sie musste zugeben, er hatte sich Mühe gegeben mit seiner Garderobe, die ihr den Atem verschlug, wann immer sie ihn anblickte. Das graue Hemd zu seinen eleganten schwarzen Hosen stand ihm ausgezeichnet. Und italienische Lederschuhe. Sein Haar fiel ihm so weich und glänzend auf die Schultern, dass sogar Marshall neidisch geworden wäre.

Er sah aus wie ein Fortune 500 Unternehmer von der Titelseite des Wallstreet-Journals. Mit seiner Bandana hatte er auch den letzten Rest seines East-L.A.-Gangster-Habitus im Fußraum des Wagens verstaut.

Mom öffnete die Tür, bevor Violet die Hand heben und anklopfen konnte. Ihre Augen waren gerötet, als hätte sie geweint. Obwohl einige Wochen vergangen waren, war Emilys Tod noch frisch. Mom ging es nicht gut.

Doch nun hellte sich das Gesicht ihrer Mutter auf, ein Lächeln breitete sich zwischen den Fältchen aus. Violet legte ihre Arme um sie und verharrte, atmete den Geruch von Lavendel und Kernseife und blinzelte verstohlen zur Verandabrüstung. Sie wollte noch ein paar Wochen warten, bevor sie Mom die Handwerker auf den Hals schickte. Vor wenigen Tagen hatte sie Marshall überredet, einen Teil des Erlöses aus den Diamantohrringen zu nehmen, um endlich aufs College zu gehen und Informatik zu studieren. Doch es war immer noch so viel übrig, dass sie Moms Haus gleich zweimal renovieren konnte.

„Das ist Gabriel", sagte sie mit hochrotem Kopf. Es war hoffnungslos. Sie fühlte sich wieder wie die Fünfzehnjährige, als Mom die Cops gerufen hatte.

Gabriel verbeugte sich leicht, nahm die Hand ihrer Mutter und hauchte einen formvollendeten Kuss darauf. Einen von der alten Schule, bei der die Lippen die Haut nicht berühren. Noch während er sich aufrichtete, zauberte er eine Margerite hervor, die er im Nachbargarten abgerissen hatte, und reichte sie ihr.

Moms Wangen nahmen einen rosigen Ton an. Sie zupfte an ihren sorgfältig gelegten Locken und murmelte etwas davon, wie erfreut sie sei, ihn kennenzulernen.

Violet verschlug es die Worte. Doch das war nicht schlimm. Gabriel übernahm die Show, als würde er jeden Tag bei argwöhnischen Müttern um die Hand ihrer Töchter anhalten.

„Ich habe gehört, Ma'am, dass Ihre Blaubeermuffins die besten der Welt sind."

Verzückt lächelte sie ihn an. „Wer hat Ihnen das denn verraten?" Arm in Arm betraten sie das Haus.

Magie. Er hatte sie gänzlich verzaubert.

Violet bückte sich nach Moms Kater, der ihr um die Beine strich, hob ihn hoch und vergrub ihre Nase in seinem weichen Fell. Die Sonne stand tief und ließ sie blinzeln. War es möglich, dass die Dinge sich doch noch zum Guten fügten?

Selbst Mister Hähnchen-mit-Knoblauch hatte seinen Scheck bezahlt, nachdem sie ihm einen Besuch abgestattet hatte, gemeinsam mit Keith und Marshall, die sich inzwischen angefreundet hatten.

Verstohlen lugte sie über den Kopf des Katers hinweg in die Diele, wo Gabriel und ihre Mutter sich angeregt unterhielten. Er sagte etwas, Mom lachte.

Der Kater schnurrte aus vollen Zügen. Gutgelaunt zauste sie ihn zwischen den Ohren und lächelte in die Sonne.

Andrea Gunschera, geboren in Deutschland, studierte Industriedesign und arbeitete viele Jahre in der Computergrafikindustrie.
Ihr Thriller-Debüt Das dunkle Fenster erschien 2008 im Sieben Verlag.
City of Angels 01: Engelsbrut war ihr erster Fantasy-Romance-Roman und erschien 2009 im Sieben Verlag.

Webseite: www.andreagunschera.com

Nachwort

Die Schauplätze des Buches sind überwiegend an reale Orte in und um Los Angeles angelehnt, jedoch habe ich mir ein paar kleinere und größere Freiheiten erlaubt.

Das Gebäude der VORTEC-Klinik in Riverside Rancho ist frei erfunden. Wäre ich Stephan, hätte ich sie allerdings genau dort errichtet. Die Gegend ist ruhig, nur durch einen Freeway und den L.A. River vom Griffith Park getrennt, nicht zu teuer, aber trotzdem nur zwanzig Minuten von West Hollywood und Beverly Hills entfernt.

Als ich im Januar die Cima Road Abfahrt an der I-15 erkundete, lag Schnee in der Mojave-Wüste, ein seltener Anblick. Ein Sturm zog auf, die Berge schimmerten dunkelblau vor einem unsteten Himmel. Nach zwei Meilen gewinnt man den Eindruck, Welten von jeder menschlichen Ansiedlung entfernt zu sein. Der einzige Hinweis auf Zivilisation sind die Strommasten, die sich über den Horizont spannen wie rostige Skelette. Das Matavilya Crest Anwesen ist fiktiv, der Name ist der Mythologie einiger Indianerstämme entlehnt, die in der Mojave-Wüste leben. Matavilya ist ihr Name für den Großen Geist und Schöpfergott.

Danksagung

Wie immer bin ich zahlreichen Personen zu großem Dank verpflichtet. Den Lektorinnen vom Sieben Verlag und natürlich Alisha, was würde ich ohne euch tun!

Dann meine lieben Testleserinnen – Alexandra, Tanja, Kathi, Alex und Susanne, ihr seid einfach die Besten. Ohne euch wäre das Buch um ein paar Unlogiken reicher und die Autorin schon längst ihren Selbstzweifeln zum Opfer gefallen.

Außerdem geht ein herzlicher Dank an meine großartige Plotgruppe auf Montsegur, die unter Andreas sachkundiger Leitung die richtigen Fragen gestellt hat. Melanie, dein Hinweis auf Porphyrie war unschätzbar und hat mich auf die richtige Fährte gebracht.

Außerdem danke ich allen anderen, die mir mit Rat und Tat zur Seite standen und meine Fragen geduldig beantworteten. Jegliche Schnitzer, die es dennoch in den Roman geschafft haben, sind ausschließlich der Autorin anzulasten.

Phoenixfluch
Jennifer Benkau

ISBN: 978-3-941547-11-7

Ein Fluch, eine grenzenlose Liebe und Magie

Seit Jahrzehnten erträgt Samuel seine verfluchte Existenz. Einst hatte er in seiner Verzweiflung dem Werben des Teufels nachgegeben, der ihn in den Selbstmord lockte. Doch der Schicksalsgöttin Moira, die andere Pläne mit Samuel hatte, gelang ein Handel mit Satan und sie schickte Samuel zurück ins Leben. Aber alles hat seinen Preis – einen Preis, den Samuel jeden Tag bezahlen muss.

Helena ahnt nicht, wie sehr das zufällige Zusammentreffen mit Samuel ihr Leben verändern wird. Als Nachfahrin einer alten Hexenzunft spürt sie, dass Samuel ihr etwas verheimlicht. Doch so sehr er sich auch sträubt, Helena gibt so schnell nicht auf. Für ihre Liebe zu Samuel ist sie bereit zu kämpfen, auch wenn der Gegner eine unbekannte Größe darstellt.

Sinnlich, stark und magisch. Ein Roman über Liebe und Schicksal, der unter die Haut geht.

Das Rote Palais 03: Die Schattenpforte
Helene Henke

ISBN: 978-3-941547-04-9

Mit der Schattenpforte findet die Vampirtrilogie ihren fulminanten Abschluss. Ein letztes Mal begleiten wir die Privatdetektivin Leyla Barth bei ihrem Kampf um Gerechtigkeit und ihre Liebe zum Meistervampir Rudger von Hallen.

Es herrscht Ausnahmezustand in Krinfelde. Eine dunkle Wolke liegt über der Stadt und lässt weder Licht noch Wärme durch. Wissenschaftler sind ratlos, Meteorologen überfragt. Niemand weiß, was dieses Phänomen ausgelöst hat, noch hat jemand eine Idee, wie man diesen Zustand rückgängig machen kann.

Leyla Barth und Rudger van Hallen haben jetzt alle Hände voll zu tun, denn die Dunkelheit am Tag ermöglicht Vampiren auch tagsüber aktiv zu sein, und es kommt zu unschönen Vorfällen. Doch das ist nicht das einzige Problem. Im Aurodom verschwinden Menschen während Filmvorführungen, und Rudger erwacht eines Abends nicht mehr aus seiner Starre.

Leyla sieht keine andere Möglichkeit und beschließt, auf eine lebensgefährliche Reise zu gehen – um Rudger zurückzuholen aus dem Reich der Schatten. Dem Land, in das die Vampire bei Tag reisen, während sie starr und tot sind für die Welt.